「十二五」国家重点图书出版规划项目

中国散文通史

郭预衡 郭英德 总主编

宋金元卷

李真瑜 田南池 房春草 著

时代出版传媒股份有限公司
安徽教育出版社

图书在版编目（CIP）数据

中国散文通史. 宋金元卷 / 李真瑜,田南池,房春草著. —合肥:安徽教育出版社,2012.12
ISBN 978-7-5336-7190-7

Ⅰ.①中… Ⅱ.①李…②田…③房… Ⅲ.①古典散文－文学史－中国－辽宋金元时代 Ⅳ.①I207.6

中国版本图书馆 CIP 数据核字（2012）第 283892 号

书名:中国散文通史·宋金元卷		作者:李真瑜 田南池 房春草
出 版 人:朱智润	策划统筹:张丹飞 张 利	责任编辑:王 骏
版式设计:朱 锦	装帧设计:张鑫坤	技术编辑:王 琳

出版发行:时代出版传媒股份有限公司　http://www.press-mart.com
　　　　　安徽教育出版社　http://www.ahep.com.cn
　　　　　（合肥市繁华大道西路398号,邮编:230601）
　　　　　营销部电话:（0551）63683010,63683011,63683015
排　　版:安徽创艺彩色制版有限责任公司
印　　刷:安徽新华印刷股份有限公司　电话:（0551）65859480
（如发现印装质量问题,影响阅读,请与印刷厂商联系调换）

开本:720×1010　1/16　　印张:31.75　　字数:460千字
版次:2013年1月第1版　　2013年1月第1次印刷

ISBN 978-7-5336-7190-7　　本卷定价:138.00元（全套定价:1490.00元）

版权所有,侵权必究

目 录

上编 宋代散文

绪 论 …………………………………………………… 001

第一章 宋代论辨文 …………………………………… 007
第一节 北宋论辨文 ………………………………… 009
第二节 南宋论辨文 ………………………………… 025

第二章 宋代奏议文 …………………………………… 033
第一节 北宋奏议文 ………………………………… 034
第二节 南宋奏议文 ………………………………… 043

第三章 宋代书序文 …………………………………… 056
第一节 北宋书序文 ………………………………… 057
第二节 南宋书序文 ………………………………… 078

第四章 宋代杂论及试策文 …………………………… 099
第一节 北宋杂论及试策文 ………………………… 100
第二节 南宋杂论及试策文 ………………………… 106

第五章 宋代传状文 …………………………………… 108
第一节 北宋传状文 ………………………………… 109
第二节 南宋传状文 ………………………………… 120

第六章　宋代杂记文 ... 133
第一节　北宋杂记文 ... 136
第二节　南宋杂记文 ... 159

第七章　宋代杂事文 ... 175
第一节　北宋杂事文 ... 176
第二节　南宋杂事文 ... 192

第八章　宋代碑志哀祭文 ... 204
第一节　北宋碑志哀祭文 ... 205
第二节　南宋碑志哀祭文 ... 208

第九章　宋代辞赋文 ... 212
第一节　北宋辞赋文 ... 213
第二节　南宋辞赋文 ... 218

第十章　宋代铭颂文 ... 222
第一节　北宋铭颂文 ... 223
第二节　南宋铭颂文 ... 229

第十一章　宋代赠序文 ... 234
第一节　北宋赠序文 ... 235
第二节　南宋赠序文 ... 239

结　语 ... 242

下编　金元散文

绪　论 ... 245

第一章　金元论辨文 ·················· 248
第一节　金代论辨文 ·················· 250
第二节　元代论辨文 ·················· 260

第二章　金元奏议文 ·················· 290
第一节　金代奏议文 ·················· 291
第二节　元代奏议文 ·················· 300

第三章　金元书序文 ·················· 313
第一节　金代书序文 ·················· 314
第二节　元代书序文 ·················· 322

第四章　金元传状文 ·················· 358
第一节　金代传状文 ·················· 359
第二节　元代传状文 ·················· 364

第五章　金元杂记文 ·················· 377
第一节　金代杂记文 ·················· 378
第二节　元代杂记文 ·················· 387

第六章　金元碑志文 ·················· 403
第一节　金代碑志文 ·················· 404
第二节　元代碑志文 ·················· 411

第七章　金元辞赋文 ·················· 426
第一节　金代辞赋文 ·················· 427
第二节　元代辞赋文 ·················· 432

第八章　金元铭颂文 ·················· 452
第一节　金代铭颂文 ·················· 453
第二节　元代铭颂文 ·················· 456

第九章　金元赠序文 …… 464

第一节　金代赠序文 …… 465
第二节　元代赠序文 …… 468

第十章　金元哀祭文 …… 481

第一节　金代哀祭文 …… 482
第二节　元代哀祭文 …… 487

结　语 …… 495

参考文献 …… 496

后　记 …… 501

绪　论

有宋一朝三百二十年(960—1279),分为北宋、南宋两个时期,恰好处于中国历史由中古向近古转变的阶段,在疆域版图、综合国力和军事态势上,虽远不能与汉、唐盛世相提并论,但在文化建设和学术思想的发展上却呈现出承先启后的繁荣气象。

在北宋初期的七十余年间,晚唐五代以来的柔弱绮艳文风相沿成袭,无法扭转。但是也有人旗帜鲜明地站出来,反对五代旧习,力图改变文坛风气。他们从文章入手,以写作"古文"相互号召,以图重建儒家的"道统"和"文统"。或学韩愈古文,以六经为范本,强调文学的道德教化作用;或以儒为主而兼容老庄,力求融儒家理想于道家风范之中。

而宋代文风的真正转变则是以北宋中叶的诗文革新为起点的。尽管在此之前就有一批作家致力于提倡古文,力图变革文风,如柳开、王禹偁之辈,但直到诗文革新的兴起时才出现了根本的转机。宋代的古文运动在某种程度上可以说是中唐韩柳古文创作思想和创作实践的发扬与光大。以欧阳修为代表的北宋古文六大家,以韩愈的"文以明道"为宗旨,强调文学的政教作用,要求文学承当起道德才华和政治变革的重大使命。所不同的是,以韩柳为代表的唐代古文创作的目标还只限于文章,而且没有能够真正收到摧枯拉朽的战果,相反,韩柳之后,文坛主流反而再次被骈文所取代。而宋代的古文运动由于有三苏、王安石与曾巩等大家的加盟,不仅造成了极大的声势,并且切实推动了宋代古文创作的极大繁荣,从而最终奠定了古文在中国散文发展史上不可动摇的正统地位。

另外,北宋的诗文革新之所以能够取得比唐代古文运动远为辉煌的成就,除了"明道说"的发展能与当时社会的政治改革紧密配合而适应历史的需要以外,更在于宋代的古文作家在各自具体的创作实践中,能以各具鲜明创作风格的优秀作品体现散文发展自身的规律和要求。如文坛领袖欧阳修散文中那种前人所没有的纡徐委备的节奏感和俯仰自得的情趣,不但被时人盛赞为"六一风神",而且极大地强化了古文独特的抒情魅力,从而使其具有鲜明的个性风采。在欧阳修的巨大影响和极力扶持下,风格迥异的作家与作品层出不穷。苏氏父子的汪洋恣肆、雄奇奔放,王安石的拗劲峭拔,曾巩的严谨平实……这些异彩纷呈的古文作品具有深远影响。这场诗文革新在散文领域所达到的成就使得古文体裁焕发了长达千年的创作青春,使其成为描述客观现实与展示作者内心世界的最佳艺术样式,将叙事、评论和抒情写意完美地融为一体,具有极强的实用价值和极高的文学价值。

  北宋文坛还有一个不容忽视的现象:宋代的文坛领袖欧阳修和苏轼,具有前人所不具备的多方面修养与风度,甚至是一身兼具政治家、思想家、诗词家、文章家等多重身份。从立朝之初,宋代统治者就将文化建设放在十分重要的地位,每年科举考试录取的名额大大超过唐代,并且采取了诸如殿试、糊名、誊录等一系列措施,取消了门第、乡里的限制,在录取标准上尽可能做到一视同仁,使得众多读书人的仕途空前通畅。北宋名家范仲淹、欧阳修等都出身寒门,全无根基,通过科举进入仕途,最终成为北宋政坛名臣和文坛巨匠,这在唐代是不可想象的。另外,宋代统治者还十分重视图书的收集、整理。宋太宗下诏令文臣编纂图书,先后完成《文苑英华》、《太平广记》、《太平御览》、《道藏》等大部头的文化典籍的整理工作,为有宋一代的文化繁荣奠定了坚实基础。刻苦读书是宋代文人的普遍风气,这当然与科举考试以诗文取士有着密切的关系。苏轼、黄庭坚等人更是明确地把刻苦读书作为文人必修的"功课"。他们所津津乐道的"学问",不仅是指读书时能够融会贯通前人的各种知识和创作技巧,以丰富自己在遣词造句时的素材,而且更主要是着眼于品格的陶冶和胸襟的养成。宋代之后新儒家的出现,又强调了主体内在心性的体认和反省。所有这些,对一个文化空前繁荣的朝代而言,起到了不可忽视的影响和推动作用。

北宋文章大致可分为三类,到熙宁变法前后已初见端倪:以王安石、司马光为代表的论事之文;以周敦颐、张载、二程为代表的讲学之文;以欧阳修、苏轼为代表的文士之文。

南宋之初,国势艰难,风云际会,文章转折。无数文人学者,包括太学诸生,都倡言国是。因为恢复中原的理想和雄才大略难以实现,他们义愤填膺,所发政论与议论,皆慷慨陈词、理直气壮。北宋初年以来形成的文人好发议论的传统,得到了发扬光大。而随着偏安局面的形成,文风日趋浮艳,不过理学的兴起,却使得在北宋表现为政治改革的经世之文向道德教化的方向转变。正心、诚意成为士大夫的口头禅,也成为一般文人在社会上安身立命的必修课。理学大师朱熹已不赞成事功之说,对古文家为人为学不符合儒家道德伦理规范之处提出强烈的批评。在南宋后期,由于得到宋理宗的肯定和表彰,程朱理学成为官方正统哲学,其文亦大行于世。在偏安之局,"暖风熏得游人醉,直把杭州作汴州"的社会风气中,儒者讲学、文人立说,似乎也呈现出一派兴旺气象,特别是各体杂文、小品层出不穷、风格各异,从不同角度反映了当时的社会、学术风气以及南宋文人墨客的生活情调,颇有时代特点。

亡国之时,悲壮呐喊,如文天祥,虽其一生业绩不在文章,但其文章自有不可泯灭的光芒。不少志士文人写于国破家亡之际的作品,虽成就各有高低,但悲歌慷慨,自与此前之文迥异。宋亡之后,若干遗民文士,放浪于山水之间,寄情于诗文之中,凡所创制,亦颇为耐读。

上编　宋代散文

第一章　宋代论辨文

从北宋开国到南宋覆灭，宋王朝自始至终都处于民族矛盾的困扰之中，内忧外患，经久不绝。在北宋时，统治集团内部新党与旧党之间；在南宋时，抗战派与求和派之间的争斗一直十分激烈，论说文也因此成为政治斗争、民族斗争和思想斗争的重要工具，获得空前的用武之地和长足的发展空间。加上宋代理学昌盛，说理论辨俨然成为有宋一代的风尚，这对宋代论说文的辉煌无疑起到了推波助澜的作用。唐宋八大家中的北宋六家，欧阳修、苏洵、苏轼、苏辙、王安石、曾巩，个个都是论说文写作的行家里手，像欧阳修的《朋党论》、《本论》、《纵囚论》、《宦者传论》，苏洵的《权书》十篇，苏轼的《留侯论》、《贾谊论》等，不论是政论、史论，还是兵论、杂论，都写得雄辩滔滔，有决江河而下的气势，实为其他时代的论说文所少有。可喜的是，宋代六家在写论辨文时，并没有把它单纯地作为应用文体来对待，而是把它当做一种文学体式来揣摩，当做一种艺术目标去追求，所以写得波澜壮阔，气象万千。而苏轼与王安石各自的精心之作——《上皇帝万言书》，更是为后世注目的政论鸿文。宋代的史论也极为兴盛，这与科举考试增加了这方面的科目有很大的关系，著名的文章有苏洵的《六国论》、苏轼的《留侯论》等。史论文多不是为论史而论史，往往是作者借史讽今、表明自己的政见或志向的工具，这一点在宋代尤其明显。

南渡以后，民族矛盾更加尖锐，战和之争也日趋白热化，主战派或与主和派论战往复，为朝廷进计献策，像李纲的《议国是》，虞允文的《论今日可战之机有九疏》，陈亮的《中兴五论》，辛弃疾的《美芹十论》、《九议》，都是震动朝野的大文章。不过，与北宋六家之文比起来，这些文章急于事功,来不及讲究文采,不免有质直、粗疏之不足,反倒是遗民邓牧等能在亡国之后做冷静的思考,写出《君道》、《吏道》等篇,既有阐释,又有惋叹,不失为精心之作。

第一节　北宋论辨文

北宋文坛,热闹非凡,首先是因为唐宋八大家中的六家是北宋人,其继承发扬唐代古文运动传统的浪潮在六大家的手中一浪高过一浪;再加上北宋政坛上,改革、朋党、变法,纷争屡起,风云不断,各种论辨之文,此起彼伏,议论迭出,使得这一阶段的散文创作在有宋一代,甚至是整个中国散文史上,都占有重要的承前启后的地位。

筚路蓝缕柳仲涂

柳开(947—1000),原名肩愈、字绍元,大名(今属河北)人。生于后晋开运三年(947)的柳开是宋初第一个学习韩柳散文,并大力推行古文创作的作家。早在宋太祖立国之后的乾德元年(963),年仅十七岁的柳开就开始钻研韩文,甚至把自己的名字都改了,"遂酷而学之,故慕其古而乃名肩愈矣"(柳开《河东集》卷五,《答梁拾遗改名书》),可见其志向之坚决。在当时,一般文人只知道研习骈俪之文,根本不知有韩愈,柳宗元,更不晓何谓"古文"。柳开"朝暮不释于手,日渐自解",于是"深得韩文之要妙,下笔将学其文"(《河东集》卷二,《东郊野夫传》)。他写的《天辨》、《海说》、《经解》等文从题目到内容都明显受到韩愈的影响,但是他的古文并没有得到时人的赞同,反而遭到不少非难。他在《应责》中为自己辩解"子责我以好古文,了之言何谓为古文?古文者,非在辞涩言苦,使人难读诵之,在于古其理,高其意,随言短长,应变作制同古人之行事,是谓古文也。子不能味吾书,取吾意,今而视之,今而诵之,不以古道观吾心,不以古道观吾志。吾文无过矣,吾若从今世之文也,安可垂教于民哉!"(《河东集》卷二)他明确表示"吾之道,孔子孟轲扬雄韩愈之道;吾之文,孔子孟轲扬雄韩愈之文"。后来,他又改名为"开",字"仲涂"。作为宋初第一个大力推行古文创作的他,曾解释改名、字的用意是:"其意谓将开古圣贤之道于时也,将开今人之耳目使聪明也,必欲开之为其涂也,使古今由于吾也。"(《河东集》卷二,《补亡先生传》)他于开宝六年(973)中进士,此后虽历任内外官职,历典州郡,终于如京使,但其一生业绩,却在提倡古文。柳开曾尖锐批判晚唐五代以来流行的骈文,说这些文章"华而不实,取其刻削为工,声律为能"(《河东集》卷五,《上王学士第三书》)。但是,筚路蓝缕,柳开的创作成就并不高。柳开曾叹息说,他本以为自己"立身行道必大出于人上而遍及于世间,岂虑动得憎嫌,挤而斥之"(《河东集》卷九,《再与韩洎书》)。石介集中有《过魏东郊》诗,为开而作,推重乃不遗余力。有《河东集》,传在《宋史》卷四百四十《文苑传》。

他的《代王昭君谢汉帝疏》(《河东集》卷三)颇能代表其创作特点。文章的体裁虽是上疏,或可归"奏议之属",但实为代拟,甚至是虚拟之作,因为他不可能代汉人上疏。此文虽明为代王昭君上疏,实为借题发挥,对屈辱求和、媚外亲敌的现行国策进行抨击,疏中无中生有的替昭君辩解,并无因"奉诏出妻单于"而有"怨愤之心":

> 夫自古妇人,虽有贤异之才,奇畯之能,皆受制于男子之下,妇人抑挫至死,亦罔敢雪于心,况幽闭殿廷,备职禁苑,悲伤自负,生平不意者哉!臣妾少奉明选,得列嫔御,虽年华代谢,芳时易失,未尝敢尤怨于天人;纵绝幸于明主,虚老于深宫,臣妾知命之如是也。

此一段表白虚与委蛇,口气十分委婉而坚定地表明自己绝不怨愤,以下宕出新意:

> 不期国家以戎虏未庭,干戈尚炽,胡马南牧,圣君北忧,虑烦师征,用竭民国;征前帝之事,兴和亲之策,出臣妾于掖垣,妻匈奴于沙漠,斯乃国家深思远谋,简劳省费之大计也。臣妾安敢不行矣。况臣妾一妇人,不能违陛下之命也。

如果其意果真是为了表白自己无怨愤,那么以下一段恐怕就不必说了:"以安国家、定社稷、息兵戈、静边戍,是大臣之事也。食陛下之重禄,居陛下之崇位者,曰相,宜为陛下谋之;曰将,宜为陛下伐之。今用臣妾以和于戎,朝廷息轸顾之忧,疆场无侵渔之患,尽系于臣妾也。是大臣之事,一旦之功,移于臣妾之身矣……陛下以此安危系于臣妾一妇人,臣妾敢无辞以谢陛下也!"本来,王昭君"以幽闭为心,宠幸是望,今反有安国家、定社稷、息兵戎、静边戍之名,垂于万代,是臣妾何有于怨愤也"。一篇之中,三致意焉,虽无怨愤之词,然读者自能从字里行间领会出深广的怨愤,只不过这并不是王昭君的"怨愤",而是柳开对宋初无能的将相、懦弱的国君的"怨愤"而已。因为举朝上下竟将国家之危亡系于一弱女子之身,这是何等的辛辣的讽刺呀!

独喜论兵尹师鲁①

尹洙(1001—1047),字师鲁,河南(今洛阳)人,天圣二年(1204)进士,是庆历新政的支持者。其古文成就也是超过了柳开与穆修的,在宋初文坛中,较为醒目。所著有《河南集》,附《五代春秋》两卷。《宋史》卷二百九十五有传。

尹洙为人内刚外和,能以义自守。及其没也,欧阳修为墓志,韩琦为墓表,而范仲淹为序其集,其为正人君子所重如此。尹洙在文学理论上虽无创见,但他与穆修交流甚深,力倡古文以反晚唐颓风,文笔谨严,所为文章,古峭劲洁,继柳开、穆修之后,一挽五代浮靡之习,尤卓然可以自传。连欧阳修和范仲淹都很推重他,写好文章常请他过目,对宋初古文运动的开展也是起了先导作用。而且师鲁一贯留心军事,尤其是西北防务,因为他多年历任渭州(今甘肃陇西县)、庆州(今甘肃庆阳)、晋州(今山西临汾)等边地知州,所以对西北的对敌形势有深入的了解,所论之精到也非他人所能及。宋朝自真宗景德元年(1004)与辽签订"澶渊之盟"后,武备渐次废弛,而此时,西夏日益崛起强大,对宋朝构成了新的威胁,尹洙对苟安局面极为不安,所以写了一篇《息戍》(尹洙《河南集》卷二),针对西北的边防

---

① 语出欧阳修《尹师鲁墓志铭》:"师鲁当天下无事时,独喜论兵,为《叙燕》、《息戍》二篇行于世。"见《欧阳文忠集》卷二十八。

大谈军备,剀切陈辞,充分体现了宋初古文家重视"文以致用"的特点。文章先论形势:

> 国家割弃朔方,西师不出三十年,而亭徼千里,环重兵以戍之。虽种落屡扰,即时辑定;然屯戍之费,亦已甚矣。

再指出西北庞大的军费支出实为棘手之事:

> 今西北泾原、分宁、秦凤、鄜延四帅,戍卒十余万,一卒岁给,无虑二万,以十万较之,岁用二十亿。自灵武罢兵,计费六百余亿,方前世数倍矣。平世屯戍,且犹若是,后虽无它警,不可一日辍去。是十万众有益而无损,明也。

三叙当前措施之不力:

> 国家厚利募商入粟,倾四方之货,然无水漕之运,所挽致亦不过被边数郡尔。岁不常登,廪有常给,顷年亦尝稍匮矣。倘其乘我荐饥,我必济师馈饷,当出于关中,则未战而西垂已困,可不虑哉。

最后指出应采取的对策:

> 为今之计,莫若籍丁民为兵,拟唐置府,颇损其数。……农隙讲事,登材武者为什长、队正。盛秋旬阅,常若寇至,以关内、河东劲兵傅之。尽罢京师禁旅。慎简守帅,分其统,专其任,分统则柄不重,专任则将益励。坚于守备,习其形势,积粟多,教士锐,使虏众无隙可窥,不战而慑。《兵志》所谓"无恃其不来,恃吾有以待之"。其庙胜之策乎!

全文在充分掌握敌我态势,分析近年防边得失的基础上,提出了仿效"府兵制"的建议,以加强边防并将军费控制在可以承受的范围内。确实是一篇务实的"救弊之策"(叶适语)。史传钱惟演守西都,起双桂楼,建临园驿,命欧阳修及洙作记,欧公先成,凡千余言,而尹洙后就,只五百余字,而欧公自叹不如。简而有法,要言不烦,可以说是尹洙行文的鲜明特色。

为文有气石守道

石介(1005—1045),字守道,兖州奉符(今山东泰安)人,天圣八年(1030)进士及第。初,介尝躬耕于徂徕山下,世以徂徕先生称之,因以名集。介深恶晚唐五代以后文格卑靡,王士禛《池北偶谈》称其倔强劲质,有唐人风,较胜柳、穆二家,而终未脱草昧之气。石介毅然以天下是非为己任,提倡古文,不遗余力。他对以杨亿为代表的"西昆体",曾著《怪说》猛烈抨击:"今杨亿穷妍极态,缀风月,弄花草,淫巧侈丽,浮华纂组,刓镵圣人之经,破碎圣人之言,离析圣人之意,蠹伤圣人之道,使天下不为《书》之《典》、《谟》、《禹贡》、《洪范》;诗之《雅》、《颂》;《春秋》之经;《易》之繇、爻、十翼……其为怪大矣!"对承继韩、柳古文的柳开,极其推崇。他与孙复、穆修、尹洙等古文家一脉相承,相互呼应,创作成就也超过柳开,是宋初古文复兴的中坚之一。《宋史》卷四百三十二有传。

石介的文章特点突出,即"为文有气"与"遇事发愤"(欧阳修《徂徕石先生墓志铭》语,见《文忠集》卷三十四)。于其《辩惑》之文,可见一斑:

> 吾谓天地间必然无者有三:无神仙、无黄金术、无佛。然此三者举世人皆惑之,以为必有,甘心乐死而求之。
>
> 然吾以为必无者,吾有以知之:大凡穷天下而奉之者,一人也。莫崇于一人,莫贵于一人,无求不得其欲,无取不得其志,天地两间,苟所有者,惟不索焉,索之莫不获也。秦始皇之求为仙,汉武帝之求为黄金,梁武帝之求为佛,勤已至矣;而秦始皇远游死,梁武帝饥饿死,汉武帝铸黄金而不成。
>
> 推是而言,吾知必无神仙也、必无佛也、必无黄金术也。

文虽甚短,气却极盛。正如《宋史》本传所言:"介为文有气,尝患文章之弊,佛、老为蠹,著《怪说》、《中国论》,言去此三者,乃可以有为。"文中所论"三无",皆言之凿凿,不容置疑,明辨神仙、黄金术、佛之虚无妄诞,在破除迷信的同时,也提示了封建帝王"穷天下而奉之"的剥削实质。文笔简练,事理明确,是很有说服力的论说文。

俊辩能文李泰伯

李觏(1009—1059),字泰伯,建昌军南城(今江西南城)人,因范仲淹荐,任太学说书。虽著《礼论》等文,极论儒家之道,却并不迂腐,本传有"俊辩能文"之评。《宋史》卷四百三十二有传。他的《原文》(李觏《旴江集》卷二十九),题目仿韩愈而来,原为探求本原,据明代徐师曾《文体明辩·原》曰:"自韩愈作'五原',而后人因之,虽非古体,然其溯原于本始,致用于当今,则诚有不可少者。"李所"原"之"文"专指儒家礼教,虽为探求儒家礼教之原,实际对当时理学家反对功利人欲之说颇不以为然,这在当时是一种很大胆的提法。确实也符合"溯原于本始,致用于当今"的初衷。

> 利可言乎?曰:人非利不生,曷为不可言。欲可言乎?曰:欲者人之情,曷为不可言。言而不以礼,是贪与淫;罪矣!不贪不淫,而曰不可言,无乃贼人之生,反人之情?世俗之不喜儒以此。
>
> 孟子谓"何必曰利?"激也。焉有仁义而不利者乎?其书数称汤武将以七十里百里而王天下,利岂小哉?孔子七十,所欲不逾矩,非无欲也。于《诗》,则道男女之时,容貌之美,悲感念望,以见一国之风,其顺人也至矣。

文章引经据典,证明孔孟皆不讳言"利"与"欲",则宋儒片面之非自可见矣。然则何以至此?李觏一针见血地指出:"学者大抵雷同,古之所是则谓之是,古之所非则谓之非,诘其所以是非之状,或不能知。"

道德文章欧阳修[①]

领导古文运动并最终取得决定性胜利,从而为宋代散文奠定坚实的基础而能上继韩、柳的是一代宗师欧阳修(1007—1072),字永叔,号醉翁,晚年又号六一居士。吉州庐陵(今江西吉安)人。官至枢密副使、参知政事。苏轼在《六一居士集叙》中称欧阳修为"今之韩愈"。从转变一代文章风气上看,欧阳修的确堪称宋代的韩愈,欧阳修从孩提朝代起就倾慕韩愈,十多岁时就立志学韩:"年十有七试于州,为有司所黜,因取所藏韩氏之文复阅之,则喟然叹曰'学者当至于是而止耳!'……后七年,举进士及第,官于洛阳,而尹师鲁(洙)之徒皆在,遂相与作为古文,因出所藏《昌黎集》而补缀之,求人家所有旧本而校定之,其后天下学者,亦渐趋于古,而韩文遂行于世,至于今盖三十余年矣!学者非韩不学也,可谓盛矣。"(欧阳修《记旧本韩文后》,见《文忠集》卷七十三)

但他又不完全照搬韩愈,同是"文以载道",欧阳修的"道"更为平实切用,而欧文也更趋向平易晓畅,他针对当时文坛"西昆派"的雕琢之风,提出"道胜者文不难而自至"(欧阳修《答吴充秀才书》,见《文忠集》卷四十七),但是,他所谓的"不难",并不如道学家们侈谈的"有德者必有言",在《送徐无党南归序》中,他举了颜渊的例子,说明有德之士,不一定必有文章。可见,道尽管能够充实文,却不可能完全代替文。而这恰恰是柳开辈所看不到的。欧阳修提倡的是"其道易知而可法,其言易明而可行"(欧阳修《答张秀才第二书》,见《文忠集》卷六十六)的文章,他在嘉祐二年(1057)知贡举,"时学者为文,以新奇相尚,文体大坏……公深革其弊,一时以怪僻知名在高等者,黜落几尽"(宋代欧阳发等撰《先公事迹》,见《文忠集附录》卷五),欧阳修可以说是处在前有柳开、穆修、王禹偁筚路蓝缕,后有众多文人响应,群星捧月的关键地位,在他身边团结了一批志同道合者,其最出色的当是苏氏父子、曾巩和王安石,这六名散文作家即是后世

[①] 语出曾巩《寄欧阳舍人书》:"蓄道德而能文章者。"见明代贺复征编《文章辨体汇选》卷二百二十八。

所谓"唐宋八大家"的宋代六大家了。其他如范仲淹、孙复、宋祁、苏舜钦等也争相呼应。欧阳修顺应时代的需要,以有力的措施和自己鲜明的理论与创作实践,成功地领导了宋初的古文运动,使得古文的创作迎来了全新的面貌,产生了极为深远的影响。

欧阳修本人的创作风格,苏洵曾有精当的评论:"执事之文,纡余委备,往复百折,而条达通畅,无所间断;气尽语极,急言竭论,而容与闲易,无艰难劳苦之态。"(苏洵《上欧阳内翰书》,见《嘉祐集》卷十二)既平易自然,又委婉曲折,可说是欧文的本色。而这种平易自然,成为宋文的共性,至于委婉曲折,实为欧文的魅力。当然,欧阳修的政论、史论和文论的锋芒还是比较突出的,而他的记事、写景、抒怀文更富于一唱三叹的风韵。《朋党论》是欧阳修投身政治改革时所写,为欧文激进风格不多的代表作,无论是从对当时北宋政坛的了解还是欧阳修本人后来的经历来说,都是一篇备受关注的政论文。欧阳修在宋仁宗景祐三年(1036),范仲淹被贬时,出于义愤,写了《与高司谏书》,对保守派进行了口诛笔伐,因而被贬为夷陵(今湖北宜昌)令。对此次贬官,欧阳修却感到颇有收益,"某再为县令,然遂得周达民事,兼知宦情,未必不为益。"(欧阳修《与焦殿臣书》,《文忠集》卷一百五十)直到庆历三年(1043)才回京知谏院,范仲淹也在同年任参知政事,施行新政,在庆历四年(1044)他又给仁宗皇帝上了一篇奏章,以反击保守派污蔑范仲淹、杜衍、韩琦、富弼等当朝革新派为"朋党",这就是著名的《朋党论》(详见下章《奏议之属》)。欧公的论辨文不但有精彩绝伦的长篇大论,就是三言两语的短章也写得耐人寻味,意趣盎然,如不过百余字的《杂说》(见明代茅坤《唐宋八大家文钞》卷六十)。其一:

蚓食土而饮泉,其为生也,简而易足。然仰其穴而鸣,若号若呼,若啸若歌,其亦有所求耶?抑其求易足而自鸣其乐耶?苦其生之陋而自悲其不幸耶?将自喜其声而鸣其类耶?岂其时至气作,不自知其所以然而不能自止者邪?何其聒然而不止也?吾于是有乎感。

此说就饮食简单,易于满足的蚯蚓也要"聒然而不止"地鸣叫发论,警戒青年人应该立志高远,说话行事,哪怕作文都要有为而发,不要无病呻吟。不过此番用意却不肯直接道出,只是寄寓在对蚯蚓为什么要鸣叫的各种揣测之辞中,连用四个"若"字,接以五个"耶",极尽曲折婉转之能事,但又怕只是点到为止,读者未必能心领神会,所以最后用"吾于是有乎感"一语提醒有心人仔细体味个中三昧。真如苏辙所言,"短章大论,施无不可"(苏辙《欧阳文忠公神道碑》,见《栾城集·后集》卷二十三)。不过即使做了这番引导,但是对于今天那些急功近利的读者来说,就难免对牛弹琴了。

欧阳修之后,苏轼文章达到了更高的水平,其父洵、其弟辙皆不及轼,但洵文"纵横上下,出入驰骤"(欧阳修《苏明允墓志铭》,见《宋文鉴》卷一百四十),辙文"汪洋淡泊,有一唱三叹之声"(苏轼《答张文潜书》,见《东坡全集》卷七十四),均各有特色,并为大家。

纵横驰骤苏老泉①

苏洵(1009—1066)字明允,号老泉,眉州人,少不习文,"年二十七,始大发愤,谢其素所往来少年,闭户读书为文辞",后因举进士及茂才异等皆不中,"退而叹曰:'此不足为吾学也。'悉取所为文数百篇焚之。益闭户读书,绝笔不为文辞者五六年,乃大究六经百家之说,以考质古今治乱成败、圣贤穷达出处之际,得其精粹,涵畜充溢,抑而不发。久之,慨然曰:'可矣!'由是下笔顷刻千言。其纵横上下,出入驰骤,必造于深微而后止。"②他曾在《仲兄字文甫说》中提出著名的风水"相激成文"的观点,后来又经其子苏轼发扬光大,"若言琴上有琴声,放在匣中何不鸣?若言声在指头上,何不于君指上听?"(苏轼《琴诗》,见《东坡全集》卷三十)

苏氏父子皆学《战国策》,苏洵长于议论,议政议兵,纵横古今,犀利无比。他的《六国论》(见《嘉祐集》卷三)论述战国时期,山东六国灭亡的原

---

① 语出欧阳修《故霸州文安县主簿苏君明允墓志铭》,"纵横上下,出入驰骤"。见《文忠集》卷三十四。
② 语出欧阳修《故霸州文安县主簿苏君明允墓志铭》,见《文忠集》卷三十四。

因在于"赂秦",从而得出必须团结抗敌的历史教训,以古讽今,用心良苦。文章开门见山"六国破灭,非兵不利、战不善,弊在赂秦。赂秦而力亏,破灭之道也",卒章明义"夫六国与秦皆诸侯,其势弱于秦,而犹有可以不赂而胜之之势,苟以天下之大,而从六国破亡之故事,是又在六国下矣。"其实六国早已灰飞烟灭,夫复何言,然而当今宋朝步其覆辙,每年输往西夏、契丹的白银与绢帛动辄以数十万计。在苏洵看来这完全是六国"抱薪救火,薪不尽,火不灭"的亡国之路。借评论战国时代山东齐、楚、燕、赵、韩、魏六国相继被秦吞并的历史原因,劝诫北宋王朝对外族的入侵,不要一味屈辱求和。清人朱晴川评此文说"借六国赂秦而灭,以暗刺宋事。其言痛切悲愤,可谓深谋先见之智。"也是深得《战国策》纵横捭阖之风范的。

光风霁月朱敦颐

朱敦颐(1017—1073),道州营道(今湖南道县)人,因经过庐山,而爱其风景秀丽,故筑读书堂于山麓,堂前有溪水发源于莲花峰,便以故居营道濂溪之名名之,晚年定居于此,故世称其为"濂溪先生"。《宋史》卷四百二十七有传。他是宋代有名的学者,理学濂洛学派的创始人,二程都是他的学生,其一生业绩,在于学问和授业,虽不是文章大家,但有一篇人见人爱的《爱莲说》传世,斯亦不朽矣。此文写于他卜居庐山,筑室濂溪之后,虽然只是篇区区一百二十余字的短文,却是散文史上脍炙人口的名作。它借说莲花,表现了对洁美人格的赞颂。其文云:

> 水陆草木之花,可爱者甚蕃,晋陶渊明独爱菊;自李唐来,世人甚爱牡丹。予独爱莲之出淤泥而不染,濯清涟而不妖,中通外直,不蔓不枝,香远益清,亭亭净植。可远观而不可亵玩焉。
>
> 予谓菊,花之隐逸者也;牡丹,花之富贵者也;莲,花之君子者也。噫!菊之爱,陶后鲜有闻;莲之爱,同予者何人?牡丹之爱,宜乎其众矣!

作者明确表示了自己对莲花的情有独钟。以极为洗练的笔触,比较了菊、牡丹和莲花各自的品性,菊花虽好,却是幽居独处,不免有点孤芳自赏;牡丹也好,但有失艳丽,犹如世间的荣华富贵,带些俗气;只有莲花"出淤泥而不染,濯清涟而不妖",能洁身自好,清高脱俗。作者所爱的不是它的花色,而是内在的品质,以此说明只有身处污浊而不同流合污的人,才真正值得爱慕和效法。通过对莲花形神兼备的刻画,寓意深远地赞美了洁身自好的坚贞人格,明是写莲花,暗在表人品,称道的是莲的习性,赞美的是人的情操。全文最后以反诘和慨叹的语气,抒发了自己愤世嫉俗的感情。这篇小文语言优美,情趣盎然,意境清新,是一篇别具风韵的上上之品。

瘦硬通神王介甫

王安石(1021—1086),字介甫,号半山,抚州临川人。庆历二年(1042)三月登进士第,嘉祐三年(1058)《上仁宗皇帝言事书》,是一篇纲领性的政治文件,虽未被采纳,但为后来的变法奠定了理论基础和舆论准备。熙宁元年(1068)以翰林学士入对,上《本朝百年无事札子》,是对朝政得失的简要总结,也是熙宁变法的主要依据。神宗熙宁二年(1069)二月,为参知政事,设立制置三司条例司,实行变法。熙宁四年(1071)年,为同中书门下平章事,全面改革。熙宁七年(1074)乞解机务,札子凡六上,以观文殿学士知江宁府。熙宁八年(1075),再度任宰相,继续推行新法,颁《三经新义》于学官。熙宁九年(1076)十月,二度罢相,知江宁,变法失败。元祐元年(1086)哲宗起用司马光,尽废新法,王安石忧愤而死。

王安石一生主要精力与功过均在政事上,但为世所传诵的却是他的文章。王安石文风格特异,成就甚高,在宋代散文中是第一流的作品,能够做到在曲折畅达中气雄词峻。至于他的议论文,无论长篇短简,都结构谨严,析理透辟,斩钉截铁,不容置疑,表现出极高的思想水平和语言驾驭能力。短文中给人印象最深的自然非《读孟尝君传》(见《宋文鉴》卷一百三十)莫属了:

世皆称孟尝君能得士,士以故归之,而卒赖其力以脱于虎豹之秦。嗟呼,孟尝君特鸡鸣狗盗之雄耳,岂足以言得士?不然,擅齐之强,得一士焉,宜可以南面而制秦,尚何取鸡鸣狗盗之力哉?夫鸡鸣狗盗之出其门,此士之所以不至也。

这篇驳论去掉标点符号只有区区九十字,分为四句,而第一句还是所要加以反驳的三个观点:世皆称孟尝君能得士,士以故归之,而卒赖其力以脱于虎豹之秦。以下三句才是正文,步步紧逼,间不容发,以"嗟呼"句驳"能得士";以"不然"句驳"卒赖其力以脱于虎豹之秦";以"夫鸡鸣狗盗"句驳"士以故归之",正如清人沈德潜所言,"语语转、笔笔紧,千秋绝调。"从孟尝君能得士入手,以不能得士作收,跌宕起伏,尺幅千里,充分体现了他峭拔雄健、犀利痛快的创作特色,是历代传诵不绝的短文佳构。

滔滔汩汩苏子瞻

苏轼(1037—1101),字子瞻,眉州人。嘉祐二年(1057)欧阳修任知贡举时与弟辙同榜进士及第,欧阳修对苏轼极为赏识,说要"放此人出一头地",而苏轼也没有辜负恩师的期望,继欧阳修之后成为古文运动的旗手,并使之取得决定性的胜利。他的理论主张,为散文的长足发展开辟了广阔的天地,而他的创作实践,也体现了北宋散文的最高成就。苏轼虽然一生从政,但他骨子里却是个典型的文人,根本不宜从政。所以在党派斗争中,一贬再贬也是不足为怪的。但是,正因为如此,他对人生的态度,才渐有所悟,所为文章,也才更有特点。他仕途上最大的挫折,莫过于在湖州任上因以"讪谤朝政"而下狱,史称"乌台诗案",贬黄州团练副使,不能签署公事,不得擅离安置所。但是如果不是贬官黄州,恐怕也就没有后来的苏东坡了。因为他在黄州期间写下了许多脍炙人口的作品,如前、后《赤壁赋》、《方山子传》、《记承天寺夜游》,还有《念奴娇·赤壁怀古》,甚至连东坡居士的别号也是在黄州起的。苏轼在遭受了政治上的打击之后,以儒家思想为主的世界观起了变化,释与道在他的人生道路上起了越来越重要的影响,这一方面使他身处逆境而坚持乐观通达的处世态度,另一方面仍保持着对人生和美好事物的不懈追求,达到了一种"一蓑烟雨任平生",甚至是"也无风雨也无晴"(苏轼词《定风波》,见《东坡词》)的难能境界。

苏轼是北宋最著名的大文豪、大才子,他极为重视文学的学以明理,文以述志的社会功能。他的散文包罗万象,用力勤、体裁多、数量大、成就高。他说"某平生无快意事,惟作文章,意之所到,则笔力曲折,无不尽意。自谓世间乐事,无逾此者"(语出宋代宋何薳撰《春渚纪闻》卷六,"东坡事实·文章快意"条),成为欧阳修以后北宋文坛的旗手与巨匠,其作品代表了北宋散文的最高成就。他的政论与史论多是为了"酌古以御今,有意于济世之实用,而不志于耳目之观美。此正平生所望于朋友与凡学道之君子也"(苏轼《答俞括奉议书》,见《东坡全集》卷七十六)。所以无不写得言之有物,雄辩滔滔,语言练达,气象万千。明显地吸收了《战国策》、《孟子》、《庄子》,以及贾谊、陆贽等人的长处,比韩愈更平易,比欧阳修更痛畅。再加上苏轼本人洞悉历史,有丰富的社会阅历,所以他的政论与史论便不同于一般的书生之见。如传诵一时的《教战守策》(见《东坡全集》卷四十七),是参加制科考试时写的二十五篇《进策》中的一篇,此文从提出论点、列出论据、到得出结论,层次之分明,论证之严密,可以代表苏轼论事之文的行文特点。此文虽写于仁宗,是史称的所谓百年无事的太平盛世,但已是危机四伏,本文开宗明义告诫当政者,"当今生之患","在于知安而不知危,能逸而不能劳",可谓见微知著,居安思危,随即明确发出警告,"此其患不见于今,而将见于他日。今不为之计,其后将有不可救者"。论点一针见血,极其醒豁。对当前的时局,文章有非常精彩的分析:"且夫天下固有非常之患也。愚者见四方无事,则以为变故无自而有。此亦不然矣。今国家所以奉西、北虏者,岁以百万计。奉之有限,而求者无厌,此其势必至于战。战者,必然之势也。不先于我,则先于彼,而要不能免也。"这种预言已被后来的历史无情地证明。既然战争不可避免,如果不未雨绸缪,势必后患无穷,"天下苟不免于用兵,而用之不以渐,使民于安乐无事之中,一旦出身而蹈死地,则其为患必有不测"。行文至此,结论也就水到石出,无须多言了,"臣欲使士大夫尊尚武勇,讲习兵法。庶人之在官者,授以击刺之术。每岁终则聚于郡府,如古都试之法,有胜负,有赏罚,而行之既久,则又以军法从事。"全文紧扣时弊,强调要使百姓熟习战守,以应外患,表现了苏轼对国运与民生的关注。唐宋以来,写文章注意谋篇布局,而《教战守策》的布局相当完美,此文虽是更大文章的一个组成部分,他的《进策》一共是二十五篇,其中专论性质的《策别》有十七篇,下分四个题目,其中"安万民"占了六篇,而《教战守策》不过是第五篇,却也论证得如此周详,环环相扣。难怪欧阳修在向朝廷推荐苏轼参加制科考试时会说"学问通博、资识明敏,文采烂然,论议蜂出"(欧阳修《举苏轼应制科状》,见《文忠集》卷一百十二)了,苏轼的应试文写得也的确无愧恩师的褒举。

《留侯论》(见《东坡全集》卷四十三)也是苏轼应制科时上的《进论》之一。这是一篇史论,写作翻案的史论的关键在于立意。然后,言之成理,自圆其说地表达出来。立意是从人家眼中有,胸中无出发,而不能胡编乱造。然后就是选材,有关张良的素材俯拾皆是,要看怎么开掘,苏轼在文章中所用的素材都是尽人皆知的,雇凶杀人,桥下纳履,脚踩刘邦,谁都知道,但是别人却绝不可能写出这种文章来。同样的素材在别人那里难免老生常谈,而到了苏轼手中,即为妙笔生花,这就是角度不同,立意不同,所以说立意最重要。这篇文章的素材极好地配合了文章主旨的阐发,让人读了只有佩服得五体投地的工夫。而此篇的立意全在一个"忍"字,当初张良"不忍忿忿之心,以匹夫之力,而逞于一击之间",事败逃亡,危急万分,"当此之时,子房之不死者,其间不容发",自己逃命都来不及,如何还能成就大事?"圯上老人"认为"子房才有余而忧其度量之不足,故深折其少年刚锐之气,使之忍小忿而就大谋","非有生平之素,卒然相遇于草野之间,而命以仆妾之役,油然而不怪者,此固秦皇之所不能惊,而项藉之所不能怒也。"经过此桥下纳履一事,张良果然心领神会,豁然开窍。后来在楚汉相争的关键时刻,当刘邦被项羽围困在荥阳,"而淮阴(韩信)破齐而欲自王(其实是让刘邦封他为假王,即代理齐王),高祖发怒,见于词色"(司马迁《史记·淮阴侯列传》),就在这千钧一发之际,坐在一旁的张良连忙踩了刘邦的脚,刘邦这才如梦初醒,此时万万不可得罪韩信,便骂到"大丈夫定诸侯,即为真王耳,何以假为?"当即封韩信为齐王,然后令他征兵伐楚。"由此观之,(刘邦)犹有不忍之气,非子房其谁全之"!张良不但自己能忍,还辅佐刘邦"忍小忿而就大谋",这一忍,便忍出汉朝几百年的江山。而文章至此本已写完,但苏轼意犹未尽,就司马迁以为张良作为帝王之师,应该"魁梧奇伟,而其状貌乃如妇人女子,不称其志气"的议论,忽发奇想地添上了神来之笔,"呜呼!此其所以为子房欤!"此文表现了苏轼史论纵横捭阖,汪洋恣肆,雄辩滔滔,一泻千里的创作风格,正如罗大经在《鹤林玉露》中说,"《庄子》之文,以无为有,《战国策》之文,以曲作直。东坡平生熟此二书,故其为文,横说竖说,惟意所到,俊辩痛快,无复滞碍。"(罗大经《鹤林玉露》卷九)

综上所述,苏轼的散文创作,是宋代议论文日益成熟的显著标志,这个过程是从王禹偁开始,经过欧阳修、曾巩等人,到了苏轼手中,才最终大功告成的。

汪洋澹泊苏子由

苏辙(1039—1112),字子由,嘉祐二年(1057),与兄轼同科进士,但个性远不似其父兄张扬,本传说他"性静简洁"。诚如茅坤所言,"其才钁削之思或不如父,雄杰之气或不如兄"(茅坤《唐宋八大家文钞·苏文定公文钞引》),故其散文成就虽不及其父兄,但也写得"汪洋澹泊,有一唱三叹之声",所以当之无愧地跻身于唐宋八大家之列。就论辨文来说他的《六国论》(《栾城集·应诏集》卷一)便是一篇经过深思远虑的力作。此文与其父的《六国论》均是总结秦国以一灭六的历史经验,但侧重却有不同。苏辙指出,六国所以灭亡乃是因为"当时之士,虑患之疏而见利之浅,且不知天下之势也",苏辙所强调的"天下之势"是与秦国接壤的韩魏两国,"夫秦之所与诸侯争天下者,不在齐楚燕赵也,而在韩魏之郊;诸侯之所与秦争天下者,不在齐楚燕赵也,而在韩魏之郊。"也就是说,"韩魏塞秦之冲,而蔽山东之诸侯,故天下之所重者,莫如韩魏。"这一段反复陈说,委曲周详,确有"一唱三叹"之致,但齐楚燕赵等国不明此理,各为己谋,"委区区之韩魏,以当虎狼之秦,彼安得不折而入于秦哉!"使得秦国能从容地实施远交近攻,各个击破的战略。如果六国当时能"厚韩亲魏以摈秦,秦人不敢逾韩魏以窥齐楚燕赵之国",那么,"四国休息于内,以阴助其(指韩魏)急,若此可以应夫无穷,彼秦者将何为哉! ……至于秦人得伺其隙,以取其国,可不悲哉!"文章结尾连发浩叹,可见"其秀杰之气终不可没"。苏洵、苏辙两篇《六国论》,父子同论一事,而各有千秋,俱为名作,这在中国文坛上也算是一件难得的美谈了。后人说,苏氏父子之文多学《战国策》,的确是有道理的。

　　北宋是中国散文兴盛的时代,在名列唐宋八大家之中的欧、三苏、王、曾之流的同时和前后,不少作家也取得了可观的创作成就。如前文提及的柳开、尹洙、朱敦颐等人,或意气风发,或借物言怀,充分体现了宋人好发议论的文风。此外,尚有王禹偁、宋庠、宋祁、苏舜钦、文同、刘敞、司马光、沈括、黄庭坚、秦观、张耒、晁补之、李格非等名家,将在其他体裁的章节中分别论及。

第二节　南宋论辨文

南宋自始至终受到北方强敌的威胁,较之北宋,变法革新已退居次要,而抗敌御侮是当时最重要的政事。所以虽然南宋文人在创作上的成就不及北宋,但南宋的政论文多以吁请抗敌、谋划复国为主旋律,在后期,更出现了文天祥、陆秀夫等舍生取义的救国志士,其爱国之情发为文章,自有其精诚所至、金石为开的激情,实为南宋文坛的一面永远张扬的爱国旗帜。

胸襟透脱杨廷秀

杨万里(1124—1206),字廷秀,号诚斋。吉州吉水(今江西吉水)人,绍兴二十四年(1154)进士,由赣州司户调永州零陵丞,时张浚谪居永州闭门谢客,万里求见再三,张浚乃勉以"正心诚意"之学,万里深受其教,书其书斋为"诚斋"。官至秘书监,是当时有名的作家,与陆游、范成大、尤袤并称"南宋四大家"。万里为官刚直,不近附贵。权相韩侂胄当政,欲网罗各界名士为其羽翼,尝筑南园,特邀杨万里为其作记,并许以高官,但万里不为所动,竟以"官可弃,记不可作"加以拒绝。并因韩的当政误国而忧愤成疾,卧家十五年,据本传记述"家人知其忧国也,凡邸吏之报时政者,皆不以告。忽族子自外至,遽言侂胄用兵事,万里痛哭失声,极呼纸书曰:'韩侂胄奸臣,专权无上,动兵残民,谋危社稷,吾头颅如许,报国无路,惟有孤愤!'笔落而逝。"《宋史》卷四百三十三有传,著有《诚斋集》一百三十三卷。

万里为人如此,为文可知,但其文名为诗所掩。其《庸言》一书,颇有语录体之风,如"君子不安其心之所不安,小人安其心之所不安",今天读来,亦觉在理,还能三言两语,道出常人所未道者,如"或问夷齐两去其国,夫子两许其仁何也?杨子曰:夷不去无国也,齐不去无兄也。"(杨万里《诚斋集》卷九十二)真可谓一针见血,一语破的。

而他的言事论政之作的文笔也较为轻捷自如,明白晓畅。最为世所重的是《千虑策》,包括《论君道》、《论治原》、《论国势》、《论政》、《论相》、

《论兵》《论将》《废冗官》《论人才》《论民政》《论选法》《论刑法》《论驭吏》等篇，洋洋洒洒，蔚为大观。其《论人才》中所言不乏真知灼见："臣闻才之在天下，求之之法愈密则愈疏，取之之途愈博则愈狭。然则天下之才果不可求乎？古者一代圣人之兴，则一代之人才亦从而兴。夫岂不求而自至也？盖圣人者度越世俗之拘挛，彻藩墙，去城府，神倾意豁以来天下度外奇杰之士，故才者毕赴，不才自伏。后世之君以为天下之人举将欺我而不可信，于是立为规矩，创为绳墨，而奇杰之士皆漏于规矩绳墨之外。"这类文章与北宋以来一般的文士之文的风格显然不尽相同，无粗重典雅之态，而以明达显豁出之，而所论却言不虚发，直指要害。再如《论兵》言"天下之兵，必有所敛，有所散。有所敛所以集天下有用之士，有所散所以去天下无用之人。不集其有用则兵不强，不去其无用则兵不精。明乎敛散之说而兵制无遗策矣"，在详论其敛散之策后，又谆谆言之，"典兵在人，用兵在术，练兵在臣。"（明代黄淮、杨士奇等奉敕编《历代名臣奏议》卷一百四十六）

修身求道刘子翚

刘子翚（1101—1147），字彦冲，崇安（今属福建）人，其父死于靖康之难，他痛愤之极，图谋报复，及金兵犯福建，戎服从军，参与郡将守卫军事，后归武夷山讲学，少喜佛氏，归而读《易》，朱熹的父亲临死时，把朱熹托付给他，教之以《易》之"不远复"之言，熹佩之终身，后卒为大儒。《宋史》卷四百三十有传。

他的《试梁道士笔》（刘子翚《屏山集》卷六）是一篇短文，讲的是南渡以后，北方的兔毫笔不好找了，所幸的是武夷山有一位梁道士送给作者一枝，这本来是无关大局的小事一桩，但他却因小见大，引出一篇大议论来："南渡以来，毛颖乏绝，幔亭黄冠以笔遗予，玉表霜里，视之皆触藩之柔毳也。束缚精妙，驱使如意，亦管城之匹亚焉。"能够从一枝道士送的毛笔中联想到国家兴亡的大事，似乎离题甚远，其实却是有为而发的："善将不择兵，善书不择笔，顾所用如何耳！"也就是说，其实不管是南方还是北方的笔，都可以"驱使如意"，因为"善书不择笔"，当然，善将也是不择兵的，不论是南方还是北方的士兵,只要有良将,都可以打胜仗的。原来,一支笔并不足让作者动心,他所关注的其实是国家大事,"因念:神州赤县半没埃秽中,或言南兵剽轻不足仗者,而春秋吴楚之霸,六朝晋宋之捷,不闻借锐于他方,选徒于外境。昔人云:'京口酒可饮,兵可用。'岂用之自有道邪?"其实这是根本无需回答的,本文的目的就是为了反驳那些以为南宋兵弱,只可苟安的投降言论的,他所希望的正是推此理于试笔之外,庶几"组练之军,或有为于今日"呀!全文着墨不多,言近旨远,而转接自然,天衣无缝。

精忠报国岳鹏举

岳飞(1103—1141),字鹏举,相州汤阴(今属河南)人,祖先世代务农,力学,年少之时,正是国难当头之日,忧国忧民,不事科举,喜读《左传》和孙武、吴起的兵书。值靖康之变,遂应募从军,他英勇善战,治军严整,金人对其又恨又怕,称"撼山易,撼岳家军难"。绍兴十年(1140),金兵大举南下,岳家军大破之,进兵到朱仙镇,距开封南只有四十五里,正要一鼓作气,乘胜前进之际,秦桧却在一日之内连发十二道金牌迫其退兵。次年,又将其召至临安,以"莫须有"的罪名杀害了。成为千古冤案,至今令人发指。岳飞生活在民族矛盾极其尖锐的年代,所作诗文充满了抗金复国的坚强决心与激烈昂扬的斗志,这些作品大都被其孙岳珂收入《金陀粹编》中。《宋史》卷三百六十五有传。

《论马》(见岳珂《金陀粹编》卷七)一文的中心思想是"骥不称其力,称其德也",意思是对好马不能只看其表现出来的能力,而应看重其内在的本质。作为一名驰骋沙场的将军,对马当然有着亲身的体会,"臣有二马,故常奇之。日噉豆至数斗,饮泉一斛,然非精洁宁饿死不受。介胄而驰,其初若不甚疾,比行百里,始振鬣长鸣,奋迅示骏,自午至酉,犹可二百里;褫鞍甲而不息、不汗,若无事然。此其为马也,受大而不苟取,力裕而不求逞,致远之材也。"可惜的是,这两匹良马都先后不幸战死,"今所乘者不然,日所受不过数升,而秣不择粟,饮不择泉,揽辔未安,踊跃疾驱,甫百里,力竭汗喘,殆欲毙然。此其为马,寡取易盈,好逞易穷,驽钝之材也。"

两相对比,一者初看起来,似乎要求很高,"非精洁宁饿死不受",一者来者不拒,"秣不择粟,饮不择泉",而一旦行动,也各不相同,一者长驱之后,不喘不汗,举重若轻,实乃路遥知马力;一者踊跃疾驱,力竭汗喘,不过躁进轻佻之辈,文章表面是论马,其实是在论人。那些抱负远大,有真才实学,能够承担重任之才,肯定不会苟且从事,不会急躁冒进,所以才能任重而致远、而那些目光短浅、动辄浮躁的华而不实之辈,是无论如何成不了气候的。这篇文章,在当时抗金图强与妥协偷安的严酷斗争的历史条件下,无疑是有着积极性和针对性的,哪怕就是在当今,也仍是有着借鉴意义和发人深省的。

穷理致知朱元晦

朱熹(1130—1200),字元晦,号晦庵,徽州婺源(今属江西)人,绍兴十八年进士,孝宗即位,诏求直言,朱熹上书言事,曰:"帝王之学,必先格物致知。"隆兴元年,入对,仍言"大学之道,在乎格物以致其知"。乾道年间,屡被荐举,但因与宰相主和之议不合,皆不肯赴任。《宋史》本传称"熹登第五十年,仕于外者仅九考,立朝才四十日",坎坷一生,身历四朝,主要从事讲学著书。他一生以道学自任,本不以文章为意。其论文主张,也与二程相近,说"文是文,道是道"。"道者,文之根本;文者,道之枝叶。"(朱熹《朱子语类》卷一百三十九)作为著名的道学家,他的文章最长于说理,是语录体的大家,尽管多讲格物致知、天理人欲,但行文之际,却坦率明白,其写景之作,亦清新可读。著有《朱文公文集》、《朱子语类》。《宋史》卷四百二十九有传。

宋绍熙五年(1194),光宗内禅,赵扩即位,是为宁宗。以"欲进修德业,追踪古先哲王,则须寻天下第一人",故宰相赵汝愚等举荐,将朱熹从赴任二月的湖南安抚使任上召至京师,除焕章阁待制兼侍讲。宋代的侍讲是一个很特殊的官职,其任务就是专门为皇帝进读书史,讲论经义,备顾问应对。显然,这是接近皇帝,并对其施加影响的好机会。

从保存下来的他为宁宗皇帝开讲的讲稿中,可以清楚地了解他的道德主张和一贯文风:"臣熹曰,大学者,大人之学也。古之为教者,有小子之学、有大人之学。小子之学：洒扫、应对、进退之节，诗、书、礼、乐、射、御、书、数之文是也；大人之学：穷理、修身、齐家、治国、平天下之道是也。此篇记皆大人之学故以大学名之。臣又尝窃谓，自天之生此民，而莫不赋之以仁义礼智之性，叙之以君臣父子兄弟夫妇朋友之伦，则天下之理固已无不具于一人之身矣，但以人自有生而有血气之身，则不能无气质之偏以拘之于前，而又有物欲之私以蔽之于后。以不能皆知其性以至于乱其伦理而陷于邪僻也。是以古之圣王设为学校，以教天下之人，使自王、世子、王子、公侯、卿、大夫、元士之适子以至庶人之子，皆以八岁而入小学，十有五岁而入大学。必皆有以去其气质之偏，物欲之蔽，以复其性，以尽其伦而后已焉。此先王之世，以自天子至于庶人无一人之不学，而天下国家以治日常多，而乱日常少也。及周之衰，圣贤不作，于是小学之教废而人之行艺不修；大学之教废而世之道德不明。其书虽有存者，皆不过为世儒诵说口耳之资而已也。"(朱熹《经筵讲义·大学》，见《晦庵集》卷十五)

但是，赵扩并不是真要从理学中汲取治国之道，他把朱熹招致麾下的目的，不过是为了粉饰太平，装修门面。所以，当朱熹一旦以帝师身份向他宣讲"帝王之术"，要求他"正心诚意"、"动心诚意"、"动心忍性"，要求他读书穷理时，这位新君便不耐烦起来，觉得朱熹未免多管闲事，夸夸其谈。于是宁宗就以"悯卿耄艾，方此隆冬，恐难立讲"为名将这位被大臣们推为"天下第一人"的大儒撵出了皇宫。这时，离朱熹入宫侍讲仅仅四十天，即本传所说的"立朝才四十日"。

作为集大成的理学宗师，朱熹当仁不让地继承了周敦颐和二程的文道观，并对文与道的关系作了更深入的论述。首先，他强调"道"的重要性，道是根本，而文不过是辅助手段而已。同时，朱熹又并不认为文与道是毫不相干的，他曾说："道者，文之根本。文者，枝叶。惟其根本乎道，所以发之于文，皆道也。三代圣贤文章，皆从此心写出，文便是道。"(《御纂朱子全书》卷六十五)事实上承认了文学的价值。朱熹是两宋理学家中最具文学修养的人，在创作上，他强调作家的人品修养，承认感情在文学中的作用，多次强调"感物道情，吟咏情性"(《朱子语类》卷八十)，不像其他理学家那样不近人情，只是反对流于滥而已。他还反对模拟，提倡创新，强调平淡,注重涵咏、曲折、风致,特别推崇比兴和温柔敦厚的风格,所有这些都可以看出朱熹文学思想的重要特点。理学家的散文主要是用来说理的,大部分没有什么文学价值,但他们也有一些文学性较强的作品,有些虽是宣扬理学思想,但能借助生动的形象;有些则突破了自己理论上所设的藩篱,抒发了较真实的感情,在表达上也能做到明洁浅易、平淡自然。

总之,朱熹的文论对南宋的古文创作产生了深刻的影响。一方面,散文被置于理学的规范之下,文成为从属于道的表现工具,这妨碍了作家对艺术作深入的研究,并导致了一些粗糙鄙俚的语录体散文的产生。另一方面,朱熹毕竟没有完全抹杀文学的价值,仍然为文学在理学思想的支配下保留了一席之地。

不胜愤悱陈同甫

陈亮(1143—1194),字同甫,世称龙川先生,婺州永康(今属浙江)人,"为人才气超迈,喜谈兵,议论风生,下笔数千言立就"(见《宋史》本传)。隆兴和议后,南宋当局忻然自安,唯独陈亮以为不可。正值婺州以解头荐于朝,故上《中兴五论》,未被采纳。在淳熙五年,又诣阙上书,纵论天下大事及恢复大计,孝宗"赫然震动,欲榜朝堂以励君臣,用种放故事,召令上殿,将擢用之",为大臣所沮,只得退还于家,著书讲学。纵观陈亮一生志向,在"开社稷数百年之基",却始终不能如愿,赍志以没,著有《龙川文集》,《宋史》卷四百三十六有传。

《中兴五论》上于主和派得势之时,鼓吹北伐,一统中原,其决心可知,其难度亦可知。《中兴五论》共有五篇:《中兴论》、《论开诚之道》、《论执政之要》、《论励臣之道》、《论正体之道》,其中最重要的是《中兴论》。此文最突出之处在"挥霍张大",这主要表现在力排和议,独倡恢复。愈发显示出陈亮其人其文的不同凡响。"臣窃惟海内涂炭,四十余载矣!赤子嗷嗷无告,不可以不拯;国家凭陵之耻,不可以不雪,陵寝不可以不还,舆地不可以不复,此三尺童子之所共知!"(陈亮《龙川集》卷二)然而,朝中从上到下,安于苟且,"日趋怠惰"。这使陈亮痛心疾首,无可容忍,"南渡日久,中原父老,日以殂谢,生长于戎,岂知有我?……则今日之事,可得而更缓乎!"后来的事实也正不幸被陈亮言中,当"忍泪失声问使者,几时真有六军来"(范成大《州桥》,出使金国路过汴京时所作)的父老不再,南宋除了败亡,已无路可走了。面对"贤者私忧而奸者窃笑"(《龙川集》卷二)的朝局,陈亮试图能够力挽狂澜而"反其道,政化行,人心同,天时顺",并提出一系列复兴宋室政治、经济的具体举措,坚定地认为只要能以我为主,布置得当,"不出数月,纪纲自定;比及两稔,内外自实,人心自同,天时自顺。有所不往,一往而民自归。有所不动,一动而敌自斗。中兴之功,可跂足而须也。"在军事上,陈亮认为襄、汉之地,即今湖北一带的战略地位极为重要,"控引京洛,侧睨淮蔡,包括荆楚,襟带吴蜀,沃野千里,可耕可守,地形四通,可左可右",牵一发而动全身,应重点经营,"此所谓批亢捣虚,形格势禁之道也"。然而,委以襄汉重任者要极其慎重,"必得纯意于国家而无贪功生事之心者而后付之"。对于以襄汉为战略要地的主张,陈亮在淳熙五年的《上孝宗书》中仍然再次重申"荆、襄之地,在春秋时,楚用以虎视齐、晋,而齐、晋不能屈也。及战国之际,独能与秦争帝。其后三百余年,而光武起于南阳,同时共事,往往多南阳故人。又二百余年,遂为三国交据之地,诸葛亮由此起辅先主,荆楚之士从之如云,而汉氏赖以复存于蜀……而不知其势之足用也。其地虽要为偏方,然未有偏方之气五六百年而不发泄者,况其东通吴会,西连巴蜀,南极湖湘,北控关洛,左右伸缩,皆足以为进取之机。今诚能开垦其地,洗濯其人,以发泄其气而用之,使足以接关洛之气,则可以争衡于中国矣,是亦形势消长之常数也。"(陈亮《上孝宗皇帝第一书》,见《龙川集》卷一)不过,陈亮这些愤悱高呼的言论,包括《戊申再上孝宗书》等强力上书,在当时的"暖风熏得游人醉,直把杭州作汴州"(林升《题临安邸》)的社会背景下,只落得曲高和寡、不了了之的下场也是势所必至,理所当然的了。

藻思英发叶水心

叶适(1150—1223),字正则,号水心先生,温州永嘉(今属浙江)人,淳熙五年(1178)进士,尝荐陈傅良等四十三人于丞相,时称得人。历任朝官与地方官职,均未被重用,开禧三年(1207),被诬夺官,退归乡里。《宋史》

卷一九三有传。所著有《水心文集》、《别集》、《习学记言序目》等。

叶适是永嘉学派的集大成者，在哲学上坚持"道"在"器"中的唯物主义观点，《四库全书总目》说他"文章雄赡，才气奔逸，在南渡卓然为一大宗"，是南宋中期的文章大家。其于淳熙十四年曾有力主恢复的《上殿札子》，"臣窃以为今日人臣之义当为陛下建明者，一大事而已。二陵之仇未报，故疆之半未复。此一大事者，天下之公愤，臣子之深责也。或知而不言，或言而不尽，皆非人臣之义也。"疏上之后，"读未竟，帝(孝宗)蹙额曰：'朕比苦目疾，此志已泯。谁克任此，惟与卿言之耳。'及再读，帝惨然久之。"(事见《宋史》本传)然孝宗早年确是有为之君，只是此一时彼一时也，晚年已不以恢复为念，他既说"此志已泯"，并"惨然久之"，叶适所言，终不被采纳，而成一纸空文矣。

作为南宋中期的文章大家，他的奏札和长篇政论，都可称为一代鸿文，如《治势》三篇，讲天下大势，纵横捭阖，极有气势，其中篇云：

> 太祖、太宗，削平专国，统一方夏，真宗、仁宗，祈天永命，又安海宇。当是时也，其要在使天下无女宠，无宦官，无权臣，无奸臣，随其萌蘖，寻即除治。而又蹙狭其门，颠错其途，使其至者蹉隧绝灭，四顾而问，不得其所求，俛首而去之。宫中之裁决，大臣之平章，近臣之献纳，小臣之议论，无不咸出于此。操天下之垣镉，以与天下共守之而无所害。是故以言其井地牧民，税赋均一，则不如周；君臣才智，赴功遵力，则不如汉；蓄积富厚，国用沛然，则不如隋；拓地沙漠，冠带夷蛮，则不如唐。然而天下之势，周密而无间，附固而无隙，不忽治而乍乱，几亡而仅存，可以传之后世，垂之无极，则远过于前代。（明代黄淮、杨士奇等奉敕编《历代名臣奏议》卷五十四）

此番议论，很不寻常，其意不在颂扬本朝，而是确有独到的见解。远比宗周，近比汉唐，力图从对比中找出宋代为治的特点。能"无女宠，无宦官，无权臣，无奸臣"，确非易事，也确非汉唐可比。

第二章　宋代奏议文

北南宋两朝国家多难,故奏议也写得极为精彩,特别是北宋的庆历新政与王安石变法,保守与变革两派的交锋极为激烈,交相论战,互相诘难,彼消我长,层出不穷;而到了南宋,民族危机日甚一日,和战双方甚至到了水火不容的地步,乃至于要将对方砍头示众而后快,如胡铨就说自己"义不与桧等共戴天。区区之心,愿斩三人头(秦桧、孙近、王伦),竿之藁街"(胡铨《戊午上高宗封事》,见《澹庵文集》卷二)。

所以说,有宋一朝奏议的焦点及精彩部分不外乎北宋的变法之议与南宋的和战之议,这些奏议的作者不少又是文章大家。

第一节　北宋奏议文

北宋有几篇出自大家之手的著名上书,如王安石于嘉祐三年的《上仁宗皇帝言事书》、熙宁元年的《本朝百年无事札子》,以及熙宁四年,苏轼的《上皇帝书》。洋洋洒洒,动辄万言,其文一出,朝野耸动。历来为世所重,其影响后世几乎难以望其项背。

王安石一贯主张文章要适用为本,"有补于世",他的政论文更是他改革变法的直接产物,其锋利劲峭的风格与他刚正不阿、坚定果断的改革家风度如出一辙。《上仁宗皇帝言事书》、《本朝百年无事札子》,一长一短,一前一后,都是直接为变法服务的,说理透彻,逻辑性强,结构谨严,语言犀利,形成峭拔雄健的独特风格,文如其人。历来被当作宋代政论文的典范。

嘉祐三年(1058),王安石在提点江东刑狱任上被召回京述职,《上仁宗皇帝言事书》(王安石《临川文集》卷三十九),是一篇纲领性的政治文件,虽当时未被采纳,但却为十年后的变法奠定了理论基础和舆论准备。《宋史·本传》说"安石议论高奇,能以辨博济其说。果于自用,慨然有矫世变俗之志,于是上《万言书》,后安石当国,其所措注,大抵皆祖此书"。作为王安石政论文的代表作,此文历来受到高度重视。茅坤说,"荆公以王佐之学与王佐之才自任,故其一生措注已尽于此书中,所以结知主上,亦全在此书中……此书几万余言,而其丝牵绳联,如担百万之兵,而钩考部曲,无一不贯"(茅坤《唐宋八大家文钞·宋大家王文公文钞卷之一·上书》)。可见这篇上书不但对其后的变法产生了深远的影响,而且在写作上也是颇有建树的。此万言书,所涉极广,是继范仲淹《应诏条陈十事》后又一次提出对朝政改革的方案,其所言者,诸如纲纪制度日削月侵,官壅于下,国困于外,不可不更张以救之,如明黜陟,必三载考绩,精贡举,必先策论而后诗赋,多是范仲淹所极言而未能实施之事。此书虽长达万言,却写得明白晓畅,条理清晰,虽长似简,开篇便说朝廷内外交患,财困俗衰,

"顾内则不能无以社稷为忧,外则不能无惧于夷狄,天下之财力日以困,而风俗日以衰坏",致使"天下有志之士,谔谔然常恐天下之久不安,此其故何也?患在不知法度故也"。开宗明义指出要害在"不知法度",以下便在"法度"上大做文章。不过,王安石所说的法度并不是"今朝廷法严令具,无所不有",因为"方今之法度,多不合于先王之政"。但并不是"欲一一修先王之政","今之失,患在不法先王之政者,以谓当法其意而已……法其意,则吾所改易更革,不至乎倾骇天下之耳目,嚣天下之口,而固已合乎先王之政矣。"大政方针确定之后,首要之务便是人才,因为没有人才,一切都只能是空谈,"臣顾以谓陛下虽欲改易更革天下之事,合于先王之意,其势必不能者,何也?以方今天下之人才不足故也"。人才不足正是此篇上书的要害所在,所以下面有"教之之道"、"养之之道"、"取之之道"、"任之之道"。

教之之道:"古者天子诸侯,自国至于乡党皆有学,博置教导之官而严其选,朝廷礼乐、刑政之事,皆在于学,士所观而习者,皆先王之法言德行治天下之意,其材亦可以为天下国家之用,苟不可以为天下国家之用,则不教也。苟可以为天下国家之用者,则无不在于学。"

养之之道:"饶之以财,约之以礼,裁之以法也。"

取之之道:"先王之取人也,必于乡党,必于庠序,使众人推其所谓贤者,书之以告于上而察之。"

任之之道:"人之才德,高下厚薄不同,其所任有宜有不宜。先王知其如此,故知农者以为后稷,知工者以为共工。其德厚而才高者以为之长,德薄而才下者以为之佐属。"

四道具备,然后"当时人君,又能与其大臣,悉其耳目心力,至诚恻怛,思念而行之,此其人臣之所以无疑而于天下国家之事,无所欲为而不得也"。后来安石变法为吏之道,可说是一本于此,而其政论文之实用简捷,一至如此,较宋代其他文臣,可说无出其右者。

熙宁元年(1068)王安石以翰林学士入对,上《本朝百年无事札子》(《临川文集》卷四十一)。此札历述太祖、太宗、真宗、仁宗、英宗五朝百年得失,宋朝立国于公元960年,至此已有一百余年,故曰"百年无事"。这篇上书在时机的选择与内容的侧重上颇有讲究,十年前所上《仁宗皇帝言事书》,洋洋万言,虽也轰动一时,但因时机不够成熟,所以未被采纳。这次上书选在神宗登基之初,新君即位总要有一番新举措,结果一炮打响,熙宁二年,即入朝为参知政事,开始变法,熙宁四年升同中书门下平章事。可见《本朝百年无事札子》为王安石取得神宗信任及实行变法起到了举足轻重的作用。全札虽从宋朝立国说起,但重点却在仁宗一朝,其他几位国君除开国的宋太祖略详以外,均一笔带过,"太宗承之以聪武,真宗守之以谦仁,(仁宗)英宗无有逸德,此所以享国百年而天下无事也",繁简极为得当。这是因为仁宗在位时间长达四十年(1023—1063),而其后的英宗不过四年(1064—1067)。在大力颂扬仁宗四十年盛世的同时,也委婉而明确地指出了仁宗朝给后世留下的难题,"伏惟仁宗之为君也,仰畏天、俯畏人,宽仁恭俭,出于自然,而忠恕诚悫,终始如一,未尝妄兴一役,未尝妄杀一人……升遐之日,天下号恸,如丧考妣……然本朝累世因循末俗之弊,而无亲友群臣之议。人君朝夕与处,宦官女子;出而视事,又不过有司之细故。未尝如古大有为之君与学士大夫讨论先王之法以措之天下也……君子非不见贵,然小人亦得厕其间;正论非不见容,然邪说亦有时而用。以诗赋记诵求天下之士,而无学校养成之法。以科名资历叙朝廷之位,而无官司课试之方。监司无检察之人,守将非选择之吏……赖非夷狄昌炽之时,又无尧汤水旱之变,故天下无事,过于百年,虽曰人事,亦天助也"。这绝不仅仅是对以往朝政得失的简要总结,更是对今后熙宁变法更张的重要理论依据。茅坤说,"此篇极精神骨髓,荆公所以直入神宗之肋,全在说仁庙处,可谓搏虎屠龙手"(茅坤《唐宋八大家文钞·宋大家王文公文钞卷之二·札子、疏、状》)。

熙宁四年,苏轼官至太常博士,摄开封府推官,针对新法,如鲠在喉,不吐不快,有《上皇帝书》(《东坡全集》卷五十一),"臣之所欲言者三:愿陛下结人心、厚风俗、存纪纲而已。"从表面上看,"结人心、厚风俗、存纪纲"这三点似乎不过是儒家的老生常谈,但却处处冲新法发难,行文激切,意有所指。

结人心:"人主之所恃者,人心而已。人心之于人主也,如木之有根,如灯之有膏,如鱼之有水,如农夫之有田,如商贾之有财……人主失人心则亡。此必然之理,不可逭之灾也。其为可畏,从古以然。"此段议论堂堂正正,古今一理,但发于此时,却明显是针对变法的,所以他引孔子的话,"信而后劳其民。未信,则以为厉已也。"并以商鞅变法为例,"商鞅变法,不顾人言,虽能骤致富强,亦以召怨天下……虽得天下,旋踵而亡。至于其身,亦卒不免。负罪出走,而诸侯不纳,车裂以徇,而秦人莫哀。君臣之间,岂愿如此"。因为在他看来,熙宁变法的所作所为,如设制置三司条例司等,并不能结人心。"使六七少年,日夜讲求于内,使者四十余辈,分行营干于外。造端宏大,民实惊疑,创法新奇,吏皆惶惑","故臣以为消谗慝而召和气,复人心而安国本,则莫若罢制置三司条例司。"

厚风俗:"夫国家之所以存亡者,在道德之浅深,而不在乎强与弱……在风俗之厚薄,而不在乎富与贫……臣愿陛下务崇道德而厚风俗,不愿陛下急于有功而贪富强。"所谓富强云云,正是安石变法所标榜的口号。而为了推行新法,自然又破格起用了众多新人。故话锋一转,矛头直指因推行变法而引起的用人不当,"招来新进勇锐之人,以图一切速成之效。未享其利,浇风已成","近来朴拙之人愈少,而巧进之士益多。惟陛下重之惜之,哀之救之"、"惟陛下以简易为法,以清净为心,使奸无所缘,而民德归厚。"顾炎武评苏轼此书说"当时论新法者多矣,未有若此之深切者"(清代顾炎武《日知录·宋世风俗》)。

存纪纲:苏轼以为宋朝最好的传统是"自建隆以来,未尝罪一言者"。希望"陛下得不上念祖宗设此官(指言事之官,台谏之属)之意,下为子孙立万一之防,朝廷纪纲,孰大于此?"情急之下,竟然说出"陛下生知之性,天纵文武,不患不明,不患不勤,不患不断。但患求治太速,进人太锐,听言太广。"真有些情之所激,无所顾忌了。诚如后人茅坤所评"敢为危言,痛陈时政"、"骨鲠痛切"、"其指陈利害似贾谊,明切事情似陆贽"。这篇急言深论的反对变法的上书,虽然曾使皇帝为之动容,"所以结知主上者在此",然而,也给苏轼后来的仕途产生了极大的不利,"而所以深执政之嫉怨者亦在此"(均见茅坤《宋大家苏文忠公文钞卷之二·上书》)。

除了这些洋洋洒洒的有关变法的鸿篇巨制,北宋的奏议文可圈可点之作甚多。

北宋一代名臣包拯,俗称包青天,字希仁,庐州合肥人。天圣五年进士。历官御史中丞、知开封府,终礼部侍郎、枢密副使。赠礼部尚书。谥孝肃,《宋史》有传。哪怕是官居相位,贵为外戚,他也敢无所顾忌,直言弹劾。前者是北宋重臣宋庠、后者是宋仁宗温成皇后的父亲张尧佐。

在弹劾宋庠的奏章开头,包拯有大段的表白,剖明心迹:"臣等今日中书传谕奉圣旨,宣示宋庠自辨及求退等事。臣等蒙陛下擢任,处之谏垣,惟采取天下公议,别白贤不肖,敷闻于上。冀陛下倚任常得其人,以熙大政,不使贪冒非才者,得以胶固其位,害败于事。乃臣等之职分,陛下所责任者也。固不敢缘私诋欺,变白为黑。惑乱陛下耳目,动摇大臣爵位。以取奇誉,巧资身计。斯亦臣等所自信,陛下所明照者也。"(包拯《包孝肃奏议集》卷六)这番话说得堂堂正正,掷地有声。所以他敢义无反顾,连章劾庠。"臣等昨于二月二十二日具札子论列宋庠,自再秉衡轴,首尾七年,殊无建明,略效补报。而但阴拱持禄,窃位素餐。安处洋洋以为得策,且复求解之际,陛下降诏未及断章,庠乃从容遂止其请。足见其固位无耻之甚也,今乃自辨谓臣等议论暗合己意。臣等亦谓宋庠本意,暗合天下之议论。斯不近于欺乎。陛下所深察矣。且云无过,则又不然。臣等窃以前代至于祖宗之朝,罢免执政大臣,莫不以其谟明无效,取群议而行也。何则?执政大臣,与国同体。不能尽心竭节,灼然树立,是谓之过。宜乎当黜……宋庠岂无细过,臣等不言之者。盖为陛下惜此事体。臣等所陈,惟陛下圣度详处。若以为是,则乞依前来札子,早赐施行。倘以臣等为谤讟时宰,敢肆狂妄。亦乞治正其罪,重行降黜。臣等无任激切竢命之至。"为了打动皇帝,在奏章结尾,包拯甚至不惜压上的自己的身家性命,这种精神实在难得。对朝臣可以直言不讳,对皇亲国戚就得借助天人感应之说了"谏官包拯、陈升之、吴奎上言:比年以来,水冒城郭,地震河溢,盖小人道盛。天下皆谓尧佐主大计,诸路困于诛求,内帑烦于借助。法制刓敝,实自尧佐。臣等窃惟,亲昵之私,圣人不免,惟处之有道,使不践危机,斯为得矣"(《陈尧佐本传》,《宋史》卷四百六十三)。这哪里是弹劾皇后的父亲张尧佐,简直就是说皇帝不该重用外戚,结果弄得天怒人怨。难怪《宋史》说他"立朝刚毅,贵戚宦官为之敛手,闻者皆惮之"。确实是铁面无私的包青天啊!

欧阳修的《言青苗钱第一札子》。青苗法是王安石变法的主要举措。于熙宁二年(1069)实行,规定凡州县各等民户,在每年夏秋两收前,可到当地官府借贷现钱或粮谷,以补助耕作。当年借款随春秋两税归还,每期取息二分,实际有重达三四分的。先在河北、京东、淮南三路实行,后其他诸路也推行开来。其本意是为了抑制兼并,在青黄不接的时候救济百姓,但实际执行却出现偏差:地方官员强行让百姓向官府借贷,而且随意提高利息,加上官吏为了邀功,额外还有名目繁多的勒索,百姓苦不堪言。早在实施的第二年,已罢参知政事,出知青州的欧阳修就上书坚决反对:

> 臣窃见议者言青苗钱取利于民为非,而朝廷深恶其说,至烦圣听,命有司具述本末,委曲申谕中外,以朝廷本为惠民之意。然告谕之后,搢绅之士,论议益多。至于田野之民,蠢然固不知《周官·泉府》(朝廷告谕引《泉府》为证,以辨青苗法出之有据)为何物,但见官中放债每钱一百文,要二十文利尔。是以申告虽烦,而莫能谕也。臣亦以谓等是取利,不许取三分而许取二分,此孟子所谓以五十步笑百步者。以臣愚见:必欲使天下晓然知取利非朝廷本意,则乞除去二分之息。但令只纳元数本钱。如此始是不取利矣。盖二分之息,以为所得多耶,固不可多取于民;所得不多耶,则小利又何足顾。何必以此上累圣政。(《言青苗钱第一札子》,《文忠集》卷一百十四)

此时欧公虽在札子中提到自己已"老病昏忘",但"苟有所见,其敢不言"!且不管王安石强制推行青苗法的初衷如何,在实际上,青苗法成为不法官吏辗转放高利贷的苛政。其取利于民,弊端百出,最终于元祐元年(1086)停止执行。

欧阳修的《朋党论》也是北宋著名的有为而发的奏议,据《续资治通鉴长编》卷一百四十八记载,仁宗庆历四年(1044),"石介作《庆历圣德诗》,言进贤退奸之不易,奸,盖斥夏竦也。竦衔之,而范仲淹等皆修素所厚善,修言事一决径行,略不以形迹嫌疑顾避,竦因与其党造为党论,目衍、仲淹及修为党人。修为作《朋党论》(见《文忠集》卷十七)上之"。

> 臣闻朋党之说,自古有之。惟幸人君辨其君子小人而已。大凡君子与君子以同道为朋,小人与小人以同利为朋。此自然之理也。然臣谓小人无朋,惟君子则有之。其故何哉?

自古都以为君子小人或以同道,或以同利,各为朋党,但欧阳修却以为,只有君子才有党,而小人无党可言。保守派不是以朋党为口实吗,此文以高屋建瓴之势,非但不惧有朋党之名,而且大讲君子结为朋党之可取之实,有利于国:

> 君子则不然,所守者道义,所行者忠信,所惜者名节。以之修身,则同道而相益;以之事国,则同心而共济。终始如一,此君子之道也。故为人君者,但当退小人之伪朋,用君子之真朋,则天下治矣。

然后以尧舜用贤人君子之党而天下大治,商纣时人心离散,"亿万人各异心"而亡国的正反事例,加强了论证的效果。全文论点鲜明、论据充分,连用排比和对比,增强了论说气势。虽然是一篇有为而发的激愤之作,但在行文之际,却也处处显得从容不迫,含而不露,如文中以祈使作结,"嗟呼,治乱兴亡之迹,为人君者,可以鉴矣",既立场鲜明地陈说利害,又给皇帝留下了回旋周转的余地,把一篇急言竭论写得如此容止闲易,实在是难得的大手笔。

司马光的《建储札子》。仁宗皇帝即位三十多年,一直无子,眼看身体一年不如一年,国嗣未立,天下寒心而莫敢言。司马光时在通判并州任上,曾连章上疏,力陈早日立储的必要性与迫切性。任谏官时第一次面见仁宗便旧事再提,毫无顾虑:"臣光于至和三年通判并州事日,三曾上言,乞陛下早定继嗣,以遏乱源。当是之时,臣疏远在外,犹不敢隐忠爱死敷陈社稷至计,况今日侍陛下左右,官以谏争为名,惟国家至大至急之务无先于此。舍而不言,专以冗细之事,烦渎圣听,厌塞职业,是臣怀奸以事陛下,罪不容于菹醢。伏望陛下,取臣向时所进二状,少加省察,或有可取,乞断自圣志,早赐施行。如此,则天地、神祇、宗庙、社稷、群臣、百姓,并受其福。惟在陛下一言而已,取进止。"司马光此札的要害正如仁宗自己所言,在"选宗室为继嗣",词虽激切,但仁宗也承认"此忠臣之言,但人不敢及耳"。但事隔有日,未闻有命,司马复上疏曰:"臣向者进说,意谓即行,今寂无所闻,此必有小人言陛下春秋鼎盛,何遽为不祥之事。小人无远虑,特欲仓卒之际,援立其所厚善者耳。'定策国老'、'门生天子'之祸,可胜言哉?"终于促使仁宗下决心将他的奏章下发中书省议定。不久,仁宗将其堂兄濮安懿王赵永让的十三子赵曙立为皇太子。两年以后,仁宗去世,遗诏命赵曙即位,是为英宗。可见《建储札子》篇幅虽然短小,却事关朝统稳固之大要,实在是一言九鼎,言他人所不敢言,此类奏议,不但可窥宋室之内幕,而且颇见作者的磊落人格及处世风范。难怪死后国人罢市往吊,鹥衣致奠,官谥"文正",赐碑"忠清粹德"。备极哀荣,良有以也。

另,古代还有不少官方文告,均为骈文,但由于古文运动的所向披靡,此类文章,现在已经很少有人关注,但是作为一种古代官方使用文体,仍然有提及的必要。以宋初名臣王禹偁的《重修北岳庙碑奉敕撰》(并序)为例,前有幅序言,以申修碑之由:"臣闻元气胚浑,结而为山岳;幽灵肸蠁,降而为神祇。矧乎地属阴方,位居水德,于八卦在坎,于四时为冬。固阴沍寒,万物之所藏伏;早生晚熟,五谷之所蕃滋。帝尧开唐侯之封,大禹奠冀州之域。厥有巨镇,兹惟常山。却雁塞以标雄,压龙荒而挺秀。天官画野,势当昴毕之星,易象流形,名系雷风之兆。下斡坤轴,高摩斗魁……"以申皇帝圣明,祭天祀地,以统万民之德:"我法天崇道皇帝之抚运也,天祚明德,民怀有仁,括禹画于无垠,化尧封于比屋……于是庶政交修,百神蠲洁,严祭祀而为人祈福;行教令而先天弗违。"后缀碑铭,前为四言,"铭曰:节彼常山　峻极于天　崛起万仞　生乎一拳　摩穹戛汉　控赵排燕　人皆仰止　神或凭焉　明明岳神　上帝所授　不骞不崩　可大可久　其谁祭之　皇宋哲后　其谁尸之　中山郡守",后为骚体,"袟视公兮爵为王　金其几兮玉其床　何以赠之兮　赤绂斯皇　何以处之兮　峻宇雕墙　谅聪明兮无得丧　维庙貌兮有兴亡　嗟睟容兮荡毁　遇丑虏兮猖狂　物成败兮有数　神杳冥兮无方　虽像设兮云坏　于精灵兮靡伤　诏新斯庙　表匈奴之不道　诏祠尔神　彰皇家之至仁　天辅德兮我有庆　鬼害盈兮胡无人　绝代马之南牧　扬和銮兮北巡　有效灵之云物　无出塞之妖氛　齐泰山兮等梁甫　并亭亭兮接云云　飞英声兮腾茂实　握乾符兮阐坤珍　垂千龄兮万祀　永昭德于吾君"。(王禹偁《小畜集》卷十六)

细读序文及碑铭,原是祭祀北岳恒山,当时北界不宁,宋代只有招架之功,绝无还手之力,只好请出神明保佑平安,其文恬武嬉,国运不久,也是无可奈何的结局了。

第二节　南宋奏议文

南宋以后，政论文中最激烈也最精彩的奏议无外乎关系国家存亡的和战之议。这些文章的政治与功利目的均十分明确，所以大都秉笔直书，义正词严，虽然不甚注重文学技巧，然而气势磅礴，掷地有声，在欧、苏、曾、王之外开辟了古文创作的新境界。这也正是南宋文坛的鲜明时代特色。而言事论政最为激切者，均为当时主战派人士，如宗泽、李纲、李光、赵鼎、张守、沈与求、王之道、王庭珪、潘良贵、胡铨等人的上书，都写得激昂慷慨，千载之下，仍使人感到那种忧国忧时、披肝沥胆的拳拳之心。除此以外，一些太学生不满朝政，感于国是，不在其位而谋其政，伏阙上书，如陈东、雷观、杨晦、沈长卿等人之文，亦感人至深，催人泪下，其意气之盛、影响之大，也是前所未有的。

感愤激切宗汝霖

宗泽(1059—1128)，字汝霖，婺州义乌(今属浙江)人，元祐六年(1091)进士。因廷对时，慷慨陈言，极论时政之弊，为主考官所恶，而被置于末甲。在南北宋之交，金人不断南侵，宋王朝面临严重的生存危机的历史关头，宗泽是力主抗金，坚决反对割地议和的主战派中流砥柱。靖康元年，徽宗、钦宗被金兵俘虏北去，康王赵构仓促即位于南京(今河南商丘)时，宗泽正在磁州(今河北磁县)任上，闻讯立即招募义军，从磁州勤王，屡破金兵。入对，除龙图阁学士，出知襄阳。高宗建炎元年(1127)六月，受命于危难之际，任东京留守，知开封府。他精修战备，积极组织军队和人民群众，沿河筑垒，守卫汴京，并联络各地抗金武装多达百万，准备大举渡河反攻，收复失地，连上二十余疏，恳请高宗回东京主持抗金北伐，朝野震动，无奈高宗胆小如鼠，畏金如虎，坚持妥协、南逃的方针，重用黄潜善、汪伯彦等投降派，苟且偷安和消极防御，对宗泽的上疏充耳不闻。建炎二年(1128)五月，再次上疏，有言"愿陛下早降回銮之诏，以系天下之心。臣当躬冒矢石，为诸将先"。主和派黄潜善等极力阻挠，宗泽的一片苦心却得不到任何反应,使忧愤成疾,疽发于背,叹曰:"吾志不得伸矣",三呼"过河"气绝身亡。充分显示了他抗金北伐的决心和勇往直前的顽强精神。著有《宗忠简集》,《宋史》卷三百六十有传。

　　早在靖康元年,被金人吓破胆的钦宗向金人议和,许划黄河以东以北与金,遭到两河人民的坚决反对,纷纷组织起来,抵抗金兵,坚守城池,杀死割地使臣。实际上,河北、河东两路仅有数郡为金所控制,但高宗即位后,急于媾和,遣散两路的各路抗金义军,宗泽义愤上书,力图谏阻,时在建炎元年六月。文中慷慨激昂,义愤填膺,至今读之,令人叹惋:"臣闻天下者,我太祖、太宗肇造一统之天下也;奕世圣人继继承承,增光共贯之天下也"(《上乞毋割地与金人疏》),然而,高宗登基后的所作所为却令国人齿寒,"奈何遽议割河之东,又议割河之西,又议割陕之蒲、解乎?此三路者,太祖、太宗基命定命之地也;奈何轻听奸邪附敌张皇者之言,而遂自分裂乎?"文中三提"割地",两叹"奈何",语气沉痛至极,以至不顾一切,对皇帝直言强谏,因为"自金贼再犯,未尝命一将、出一师、厉一兵、秣一马,曰征曰战;但闻奸邪之臣,朝进一言以告和,暮入一说以乞盟,惟辞之卑,惟礼之厚,惟敌言是听,惟敌求是应……臣每念是祸,正宜天下臣子弗与贼虏俱生之日也……今四十余日矣,未闻有所号令,作新斯民……兹非新人耳目也,是欲蹈西晋东迁既覆之辙耳,是欲裂王者大一统之绪为偏霸耳……是贼其民者也"。这种抗金之论虽不为南宋最高统治者所接受,但却代表了当时一些士大夫言事论政的特点,语虽切直而忠心可悯,计终不用而其情可叹。高宗即位后,不图恢复,只想苟且偏安,继续了钦宗时割地求和的投降政策,连即位大赦天下的诏书也不敢向钦宗割让给金人的河东、河西和蒲州、解州发布,这实际上是不敢承认以上土地为宋朝所有,对高宗上台伊始的软弱作法,宗泽极为痛心疾首,"陛下为天眷佑,为民推戴,入绍大统,固当兢兢业业,思传之亿万世,奈何遽议割河之东,又议割河之西,又议割陕之蒲、解乎?奈何轻听奸邪附敌张皇者之言,而遂自分裂乎?"语气之激烈,辞意之恳切,实在是大义凛然,可惜这一番说论,在高宗那里只能是忠言逆耳。"臣意陛下即位,必赫然震怒,旋乾转坤,大明黜陟,以赏善罚恶,以进贤退不肖,以再造我王室,以中兴我大宋基业。今四十日矣,未闻有所号令,作新斯民;但见刑部指挥,有不得誊播赦文于河东、河西、陕之蒲、解。兹非新人耳目也,是欲蹈西晋东迁即覆之辙耳,是欲裂王者大一统之绪为偏霸耳。为是说者,不忠不孝之甚也!既自不忠不孝,又坏天下忠义之心,褫天下忠义之气,俾河之东、西、陕之蒲、解,皆无路为忠为义,是贼其民者也。"宗泽为此疏时已年近古稀,尚且为此"不胜感愤激切"之辞,的确是两宋之交时,主战派心声的最强呼声,可惜,话不投机半句多,高宗是断断不肯,也不敢与金人开战的,宗泽也只有抱恨而终了。

正大明白李伯纪

李纲(1083—1140),字伯纪,邵武(今属福建)人。政和二年(1112)进士。是南、北宋之际的抗金名相。曾任监察御史,为官敢言,触怒权贵。宣和元年(1119),因上《论水灾疏》而遭贬。靖康初为兵部侍郎,在金人南侵,攻抵汴京城下时,他坚决反对钦宗弃城逃跑,极力主张抵抗,临危受命,任京城四壁守御使,与老将军种师道同心协力,主持了京城保卫战,并赢得了的胜利,金兵退后,却因受主和派李邦彦等人的排挤,反遭钦宗贬斥;不久,金兵卷土重犯,钦宗无奈复召李纲还朝,未果,汴京终于沦陷。金兵掳徽、钦二帝北去。高宗即位,为了取得主战派和民众的支持,稳定时局,也一度起用李纲担任宰相。但赵构本人畏金如虎,一心南逃,信任黄潜善、汪伯彦等主和派,对内压榨,对外求和,不思进取,偏安苟且。因此,战局危难时用李纲抗敌,时局稍缓就打入冷宫。所以李纲拜相仅七十五天便被迫引退,因而他的抗敌主张也根本来不及实施。自其离职之后,"两河郡县相继沦陷,凡纲所规划军民之政,一切废罢"。《宋史》卷一百十七、一百十八有传。

李纲的政论与宗泽颇为相似,无不剀切陈词,直中时弊。李纲在建炎元年六月宰相任上,连续给高宗上了十篇奏议,因为每篇都冠以"议"字,后世故有《十议》之称,李纲坚决反对妥协求和,主张积极备战,积蓄力量,以图光复。这十篇奏议充分反映了当时广大人民的心声。其中第一篇就是《议国是》,对于和、守、战三者之间的关系的精辟论述,既总结了历史的经验教训,更驳斥了主和派的谬论,其文曰:"臣窃以和、战、守,三者一理也。虽有高城深池,弗能守也,则何以战?虽有坚甲利兵,弗能战也,则何以和?以守则固,以战则胜,然后其和可保。不务战守之计,唯信讲和之说,则国势益卑,制命于敌,无以自立矣。"这一段对战、守、和内在关系分析得极为透彻。那么,在当时宋金对峙的情形下,又该何去何从呢?"然以今日国势揆之靖康之初,其不相若远甚。则朝廷所以捍患御侮,敉宁万邦者,于和、战、守当何所从而可也?"这确实是摆在南宋小朝廷面前的首要难题。《议国是》先论绝无可和之理,明言对贪得无厌的敌人绝不可卑躬屈膝,一味求和。"以和议为信然,彼必曰割某地以遗我,得金币若干则可,不然,二圣之祸,且将不测。不予之,是陛下之忘父兄也;予之,则所求无厌。虽日割天下之山河,竭取天下之财用,山河财用有尽,而金人之欲无穷,少有衅端,前所与者,其功尽废,遂当拱手以听命而已……而朝廷犹以和议为然,是将以天下畀之敌国而后已!臣愚,窃以为过矣";再提以守为先,继之以战的复国方略,"为今之计,莫若一切罢和议,专务自守之策,而战议则姑俟于可为之时……三数年间,生养休息,军政益修,士气渐振,将帅得人,车甲备具,然后可议大举,振天声以讨之,以报不共戴天之仇,以雪振古所无之耻……至于金国,我不加兵,而待其来寇,则严守御以备之,练兵选将,一新军律。俟我国势既强,然后可以兴师邀请。有此武功,以俟将来,此最今日之上策也。"(李纲《论国是》,见《梁溪集》卷五十八)此文所论,绝不是盲目求战,不顾后果地逞一时之快,而是审时度势,从宋金两国的战略态势入手,以守为先,继之以战,而体面的和议自然也就水到渠成了。此篇上书不但简明扼要,所言皆切实可行,"夫国是定,然后设施注措,以次推行……伏愿陛下断自渊衷,以天下为度,而定国是,则中兴之功可期矣!"全文义正词严,有极强的逻辑性和说服力,确"非寻常文士所及"(《四库全书总目》)。可惜再好的主战言论,到了高宗赵构那里,也是对牛弹琴,无法奏效。而李纲本人也只好匆匆去职,报国无门,郁郁而终了。《四库全书总目》谓李纲诗文,有"雄深雅健,磊落光明,非寻常文士所及"之语,观此文虑事周全,有的放矢,《总目》所赞,确非溢美矣。

剀切愤激胡铨文①

胡铨(1102—1180),字邦衡,庐陵(今江西吉安)人,建炎二年(1128)高宗策士淮海,铨因题问"治道本天,天道本民"而答云"汤武听民而兴,桀纣听天而亡。今陛下起干戈锋镝间,而策臣数十条,皆质之天,不听于民",洋洋数万言,遂登进士第。绍兴七年(1137),徽宗客死漠北,死讯传来,秦桧决策主和,派王伦使金去迎还灵柩,王伦回报称,金人许还灵柩及高宗生母韦氏,次年,高宗再派王伦去"申问",然而申问未果,他却陪着金国的"诏谕江南使"南下,而高宗安于苟且,不顾广大人民的强烈反对,准备接受金人提出的丧权辱国的议和条件,消息传出,朝野震动。时任枢密院编修官的胡铨忍无可忍,愤然上书,乞斩王伦、秦桧、孙近三人以谢大下,并指责高宗。即万众传诵的《戊午上高宗封事》(绍兴八年岁次戊午),秦桧大怒,以"狂妄凶悖"论罪,下诏除名,编管昭州。朝臣纷纷上疏论救,秦桧迫于舆论,不得已改监广州盐仓。后又连贬新州、吉阳军,直到秦桧死后,才量移衡州。孝宗即位,官复奉议郎。仍然坚持反对与金人议和,然张浚符离战败,主和派复占上风,胡铨引疾辞职,谥忠简,《宋史》卷三百七十四有传,著有《澹庵集》。

《戊午上高宗封事》之作,直言无隐,辞旨激切,痛斥奸佞,无以复加,指名道姓,毫不留情。一骂王伦,"本一狎邪小人,市井无赖,顷缘宰相无识,遂举以使虏。专务诈诞,欺罔天听,骤得美官,天下之人切齿唾骂";二斥秦桧,"虽然,伦不足道也,秦桧以腹心大臣,而亦为之……秦桧,大国之相也,反驱衣冠之俗归左衽之乡。则桧也,不惟陛下之罪人,实管仲之罪人矣";这还不算,胡铨甚至在封事中对高宗的软弱也毫不隐讳,直言其失:"夫天下者,祖宗之天下也、陛下所居之位,祖宗之位也。奈何以祖宗之天下为犬戎之天下,以祖宗之位为犬戎藩臣之位?陛下一屈膝,则祖宗庙社之灵,尽污夷狄;祖宗数百年之赤子,尽为左衽;朝廷宰执,尽为陪臣;天下之士大夫,皆当裂冠毁冕,变为胡服。堂堂天朝,相率而拜犬豕,曾童

---

① 语出清代赵翼《廿二史札记》,"其议论既剀切动人,其文字又愤激作气"。

稚之所羞,而陛下忍为之耶……而陛下尚不觉悟,竭民膏血而不邮,忘国大仇而不报,含垢忍耻,举天下而臣之,甘心焉。就令虏决可和,尽如伦议,天下后世谓陛下何如主？况丑虏变诈百出,而伦又以奸邪济之,梓宫决不可还,太后决不可复,渊圣决不可归,中原决不可得。而此膝一屈,不可复伸;国势陵夷,不可复振;可为痛哭流涕长太息也!"连用四个"决不可",斩钉截铁,力透纸背。最后,对朝中的投降派,上至宰相副宰相秦桧、孙近,下至王伦,口诛笔伐,必欲斩尽杀绝而后快,"臣备员枢属,义不与桧等共戴天。区区之心,愿斩三人头（秦、孙、王）,竿之藁街,然后羁留敌使,责以无礼,徐兴问罪之师,则三军之士,不战而气自倍。不然,臣有赴东海而死,宁能处小朝廷求活耶!"语气之强烈,态度之坚决,在两宋臣子奏议中无出其右者,实属弥足珍贵。疏中两用典故,均极精彩。一是将贾谊《陈政事疏》中的名言"臣窃惟事势,可为痛哭者一,可为流涕者二,可为长太息者六",并为一长句"可为痛哭流涕长太息也";一是引鲁仲连宁肯蹈荡东海而死义不帝秦的誓言,为全文更添风采。这真是一篇震烁古今的上疏,如此大胆直言不讳,实为汉唐以来所罕见。因此文直中秦桧的要害,所以秦桧斥其为"狂妄凶悖",又指出的高宗的弱点,故被下诏除名,编管昭州。然此文一出,立即轰动朝野,一时争相传抄,杭州为之纸贵,连金人亦不敢小觑,以千金求募其书。这篇作者冒着流放、坐牢,甚至杀头也"不能自已"而写出的鸿文,是胡铨,也是南宋最为人称道的抗金鸿论。它是南宋初年饱受金人侵掠之苦的广大人民痛恨投降、坚决救亡图存的高涨情绪的直接体现,它的战斗性、正义性极大地鼓舞了南宋军民,打击了求和派的气焰,对当时和后世都有重要影响。

　　胡铨论文,取三苏之说而有发展,特别强调"凡文皆生于不得已"（胡铨《灞陵文集序》）。在《答谭思顺》中又指出"水大而物之浮者大小毕浮,德盛则其言也旨必远,理也",把韩愈的"气盛言宜"与苏洵、苏轼父子的"风水说"结合起来而强调平日里的主观积蓄。这个观点后经楼钥的进一步发展,成为影响南宋文坛的主流理论。胡铨一生抗金最为坚决,与主和派顽强抗争,百折不挠,在当时产生了极大的影响。

矢志抗金虞允文

虞允文(1110—1174),字彬甫,隆州仁寿(今属四川)人,绍兴二十三年(1153)进士,官至左丞相兼枢密使,也是南宋赫赫有名的抗金英雄。他一生最辉煌的业绩是在绍兴三十一年(1161),采石一战,力挽狂澜,以弱胜强,扭转败局,从而安定了南宋偏安江南的局势。当时金主完颜亮亲率金兵,号称百万,再次大举南侵,毡帐相望,钲鼓之声不绝,攻破两淮,朝廷震恐,惊惶失措。高宗及大部分朝臣一方面主张请罪求饶,一方面欲渡海逃跑。虞允文在两淮已失,金兵长驱直入,直逼瓜州,准备渡江的千钧一发之际,临危不惧,受命到前线犒师,行至采石,只见敌骑充斥,宋军群龙无首,三五星散,解鞍束甲坐道旁,允文遂立招诸将,勉以忠义,曰:"金帛、告命皆在此,待有功。"众曰:"今既有主,请与金兵决一死战。"有人劝虞曰:"公受命犒师,不受命督战,万一失利,公任其咎乎?"允文叱之曰:"危及社稷,吾将安避?"他大义凛然,调度有方,顽强抵抗,连战皆捷,并在各路人民义军的积极配合下,乘胜作战,终使金兵内乱,完颜亮被部下所杀,金军仓皇败去。南宋这才扭转了败局,转危为安。《宋史》卷一百四十二有传。

绍兴三十二年,宋孝宗赵昚即位后,仍然执迷不悟,重用秦桧余党史浩、汤思退等辈,继续与金议和,虞允文积极备战的建议不但被全盘否定,而且还将他调任地方官职,远离决策中枢,卒于四川宣抚使任上。在孝宗即位之初,允文借金兵新败,南宋统治集团内部主战势力抬头之际,上《论今日可战之机有九疏》(明代黄淮、杨士奇等奉敕编《历代名臣奏议》卷二百三十四)言战。作者结合了自己在前线与金兵交战的实际经验,从全局出发,并概括了当时的"群士夫之言",对敌、我形势进行了精辟的分析和比较,认为:复仇雪耻的时机已经成熟,绝不能再事因循,应该早下决断,尽力备战,否则,一味姑息养奸,将后患无穷。这些真知灼见与投降派弃地求和的言论针锋相对,符合当时广大人民群众的愿望。在上疏一开始,虞允文并没有从具体分析入手,而是从人心所向,大势所趋开笔:"我今与虏,又非特古所谓中国与四夷有内外首足之辨而已也,女真与我乃真不共戴天之仇,其当必报,乃天地之大经,《春秋》之大义。自建炎以来,四十年间,天下之人有口者,类能言之!不待臣复缕析而索言之矣",这一段议论高屋建瓴,一泻千里,言之者痛快淋漓,听之者震撼感愤。以下一一列出可战之机,如"虏酋昏庸,权移于臣下"、"逆虏篡弑之祸相接,天命不贰"、"逆虏众叛亲离,有夷狄相攻之祸"、"去岁久旱,蝗飞蔽野";而"吾四封之内,无盗贼啸聚之忧"、"中原百姓,咸思祖宗德泽,身在虏境,心在本朝"、"中原豪杰率众内附"、"收复陕西三路,得兵、得马、得粮、得形势之地"、"国家宿将,尚有可用之人"、"蝗不入境,岁事大熟"等等,均条分缕析,有理有节。言之有据,令人信服。虽然也有个别于事无补的,如"陛下英武沈毅,料敌如神,出于天授"、"二圣禅授之德升闻",以及有失偏颇的,如"虏中管军酋领,绝不知兵,所至浪战"等,但从总体而言,虞允文此篇《今日可战之机有九疏》,无论从当时宋金两国盛衰转换,适逢其时,还是就其出自抗金英雄之口来说,都是一篇极有分量的抗金宣言,"臣观天人之会,诚有可战之机,但朝廷规摹未定,议论未一,措置未当,未有可战之实尔。如张空拳以战,则后日之祸,将有不可胜言者。伏愿陛下与二三大臣,熟议而深思之,尽力于战备,无为因循之计,而后可以万全。"可惜的是,孝宗皇帝不思进取,畏金如虎,虞允文苦口婆心肯綮再三,最终仍被不思进取的南宋当局所否定,虞允文也只能在四川宣抚使任上,无所作为,最终与前朝的李纲一样,落得个空怀壮志,抱恨而终结局。

笔势浩荡辛稼轩①

辛弃疾(1140—1207),字幼安,号稼轩,济南历城(今山东济南)人。绍兴三十一年(1161),金主完颜亮大举南侵,后方人民纷纷起义,济南人耿京自号"天平军节度使",聚众数十万,声势极大,辛弃疾亦率部两千余人,归附耿京,被任为掌书记。完颜亮败于采石,被部下所杀,辛弃疾趁机劝耿京归顺南宋,并亲自南下谒见宋高宗,不料耿京军中张安国叛变,杀死耿京投降金人,辛弃疾怒不可遏,率五十骑北上,突入金营,缚张安国归

---

① 语出刘后村《辛稼轩集序》,"笔势浩荡,智略辐辏,有《权书》、《衡论》之风"。

宋,斩之于市,民心大振,时年仅二十三岁,正如后来他在词中所言,"壮岁旌旗拥万夫,锦襜突骑渡江初。燕兵夜娖银胡䩮,汉兵朝飞金仆姑"(辛弃疾词《鹧鸪天》)。可惜高宗、孝宗均无意恢复北方,辛弃疾遂不被重用。隆兴元年(1163),张浚北伐失利,败于符离,与金人议和,在"隆兴和议"之后,朝廷中主和派又占上风,只有辛弃疾坚持抗金,乾道元年(1165)写下《美芹十论》(明代黄淮、杨士奇等奉敕编《历代名臣奏议·经国》卷九十四),献于孝宗,对宋、金对立的形势,战争发展的走向,作了详细剖析,论述当时抗金策略和战术,希望唤起南宋君臣恢复失地的决心,后来主战的虞允文当政,又献《九议》,提出加强战备、激励士气、恢复中原,从《十论》到《九议》可以说是一脉相承,并有发展的,可惜他们的建议不但未被南宋朝廷所采用,而且一再因此而受到排挤打击,只是派辛弃疾去平盗,诸如剿灭茶商军、讨平湖湘诸盗,殊非其抗金复国之本心,空怀壮志,报国无门,南归四十余年,竟有一半时间闲居于江西上饶之带湖和铅山瓢泉。辛弃疾虽然一生志在恢复,而主要业绩,只能舞文弄墨,难怪他要在词中大放厥词,"了却君王天下事,赢得生前身后名,可怜白发生"!(辛弃疾词《破阵子》)

他的《美芹十论》是一篇鸿文,甚至可以说是一部专著,首先向孝宗陈述了自家的身世遭遇和平生志向,"负抱愚忠,填郁肠肺",而"忠愤所激,不能自已",十论当中,"其三言虏人之弊,其七言朝廷之所当行"。

第一部分《审势》详述对于时局的判断与估计,充分表现了作者运筹帷幄的军事才能,"用兵之道,形与势二",两者缺一不可,形是小大,势是虚实,就形来说,为"土地之广、财赋之多,士马之众",但这些只"可举以示威,不可用以必胜"。而"若夫势则不然,有器必可用,有用必可济"。在他看来,金人只有"可畏之形",而断无"可用之势",以下据实立论,侃侃而谈,"虏人之地非不广"、"虏人之财非不多"、"其兵又可谓之众",然而,"臣独以为不足恤者,盖虏人之地,虽名为广,其实易分,一有惊扰,则忿怒纷争,割据蜂起"。并举金人辛巳之变为例,"是一不足虑也";"虏人之财,虽名为多,其实难恃,得吾岁币,惟金与帛,可以备赏而不可以养士,是二不足虑也";"若其为兵,名之曰多,又实难调而易溃。"因为金人中原之兵,

"皆其父祖残于蹂践之余,田宅罄于搥剥之酷,怨愤所积,其心不一",与金人自是离心离德,而沙漠之兵"越在万里之外,而道里辽绝,资粮器甲一切取办于民,赋输调发,非一岁而不可至"。此为"三不足虑也"。辛弃疾认为可以一战的主张是站在具体分析了金人徒有"可畏之形",而"无可用之势"的基础之上的。《审势》一文透过现象看本质,一针见血地指出金人不过是在虚张声势,"特以威而疑我也",其实"我有三不足虑,彼有三无能为,而重之以有腹心之疾,是殆自保之暇,何以谋人!"在"形与势异"的大有为之际,"惟陛下实深察之!"

由此可见,辛弃疾所论,确实与前人论兵颇为不同,如苏洵说自己,"洵著书无他长,及言兵事,论古今形势,至自比贾谊。所献《权书》,虽古人已往成败之迹,苟深晓其义,施之于今,无所不可"(苏洵《上韩枢密书》,见《嘉祐集》卷十一),其实不过是从书本中来,援古证今而已,而辛弃疾所论,全从实际目光中来,加上他又有"年少万兜鍪"的军旅经历,所以其所能达到的深度远非纸上谈兵的苏洵所能比拟。可惜的是这些呕心沥血之作,到头来却难免"却将万字平戎策,换得东家种树书"(辛弃疾词《鹧鸪天》)的无奈结果。这不光是辛弃疾本人的悲剧,也是南宋的悲剧,历史的悲剧。

议论慷慨刘声伯

刘黻(1217?—1276),字声伯,号质翁,乐清(今属浙江)人,宋理宗淳祐年间太学生,度宗咸淳中官吏部尚书。常攻伐权奸,指摘时弊,痛恨腐朽政治,饱含爱国激情。元军攻下临安后,随益王(赵昰)、卫王(赵昺)航海,至广东罗浮,不幸病故。所著亦多亡佚,仅存《蒙川遗稿》,传在《宋史》卷四百五。

有宋一朝,太学生用上书的方式干预朝政,不但在很大程度上反映了社会中下层的意愿,而且也代表了太学生这个群体中以天下为己任的责任感。正如刘黻在《率太学诸生上书》(明代黄淮、杨士奇等奉敕编《历代名臣奏议》卷一五八)的开篇时所申明的那样,"黻等蒙被教养,视国家休戚利害,若己痛痒。朝廷进一君子,台谏发一公论,则弹冠相庆,喜溢肺膺;至若君子郁而不获用,公论沮而不克伸,则忧愤忡结,寝食俱废"。北宋时的陈东上书就曾轰动朝野,反响极大。而刘黻的上书,是因为宋理宗淳祐年间朝廷遣散临安府学的外地游学者,当时的权刑部尚书程公许上疏反对,宰相郑清之便授意殿中侍御史陈垓弹劾程公许,从而触发公怒,"太学生刘黻等百余人,布衣方和卿伏阙上书论垓"(事详《宋史》卷四百十五《程公许传》),力挺程公许,斥陈垓等为奸党。上书以"君子、公论"立足,层层展开,脉络井然。"臣闻扶植宗社在君子,扶植君子在公论"、"祖宗建置台谏,本以伸君子而折小人,昌公论而杜私说"、"陛下非不识拔群贤,彼(小人)则忍于空君子之党;陛下非不容受直言,彼(小人)则勇于倒公论之戈"、"一公许去,若未害也;臣恐草野诸贤,见几深遁,而君子之脉自此绝矣。一之纯去,若未害也;臣恐道路以目,欲言辄沮,而公论之脉自此绝矣"、"矧今国翩未正,事会方殷;民生膏血,朘削殆尽。所赖以祈天命,系人心,惟君子与公论一脉耳"、"自昔天下之患,莫大于举朝无公论,空国无君子"、"无君子,无公论,脱有缓急,彼一二憸人者,陛下独可依仗乎"。书中致意再三,词旨恳切,直至最后仍然反复陈说,以求理宗能够采纳,"正陛下明察事机之时。若公论不明,正人引去,则迟回展转,钧衡重寄,必归于章惇等乃止。今日之天下,乃祖宗艰难积累之天下,岂堪此辈再坏耶?"其实,在今天看来,所谓程、郑的两派之争不过是统治阶级内部矛盾的反映而已,但上书却能从国计民生上立论,揭露官僚机构的腐朽和统治集团内部的重重矛盾,在一定程度上反映了南宋王朝末世的政治面貌,笔锋犀利,议论慷慨,颇有太学生上疏的虎虎生气,值得一读。

与宋同亡陆秀夫

陆秀夫(1236—1279),字君实,楚州盐城(今属江苏)人,宋理宗景定元年(1260)进士。宋亡后,扶持赵昰、赵昺二王,苦撑危局,力图恢复,外筹军旅,内调工役,而朝中述作,也尽出其手。祥兴二年(1279),元兵攻破厓山(今广东新会南),他见大势已去,回天乏力,仗剑驱妻子入海,然后背着小皇帝赵昺投海而死,时年四十四岁。宋朝也就此灭亡。

1275年,元兵逼迫临安,第二年,宋降元,在临安告急时,宋度宗的儿子赵㬎、赵昺逃到了浙江温州,宋降后,陆秀夫、张世杰、文天祥等拥立了赵昰为帝。1278年,赵昰死于硇洲(今广东吴川县南的海岛)。陆秀夫为赵昰代写了《拟景炎皇帝遗诏》(清代姚莹辑《乾坤正气集》卷九十七),以四六骈文写就,辞意恳切,读之使人泪下。遗诏先宣示了自己何以当的皇帝:"朕以冲幼之资,当艰危之会。方太皇命之南服,黾勉于行;及三宫胥而北迁,悲忧欲死。卧薪之愤,饭麦不忘;奈何乎人,犹托于我?涉瓯而肇霸府,次闽而拟行都,吾无乐乎为君,天未释于有宋。强膺推戴,深抱惧惭!"仔细体味文中之意,可知这个皇帝实在是不那么好当的,间关游离,凄苦备尝。所谓"海桴浮避,澳岸栖存",所以文中的"吾无乐乎为君"到是实情,而"天未释于有宋"其实不过是陆秀夫辈所坚持的"知其不可而为之"了。其至死不悔的执著也的确叫人感动,"虽国步之如斯,意时机之有待",可惜,一场不期而至的飓风,掀翻了小朝廷的海船,连皇帝本人都落水受了惊吓,乃至一病不起。一个皇帝,一个朝廷到了如此狼狈的地步,也实在是"事而至此,夫复何言"了。最后传位其弟,丧事从俭,临终之际,嘱咐再三,"呜呼!穷山极川,古所未尝之患难;凉德薄祚,我乃有负于臣民。"真是鸟之将死,其鸣也哀,人之将死,其言也善呀。此诏过后的第二年,宋代即被元亡,有宋一代的和战之议也就此画上了悲惨的句号。但抚今追思,犹不能不令人扼腕,志士仁人的壮怀激烈,慷慨陈词,令人高山仰止,知其不可而为之,其高风亮节,令人肃然起敬,而投降屈膝者的苟且偷安,委曲求全,千载之下,仍为国人所不齿。

当然,南宋一朝,除了和战之议外,朝臣们也就各项家国大政上了各具特色的奏章,林林总总,不一而足。下以叶适为例,可见一斑。

审而后发叶水心

叶适(1150—1223),字正则,人称水心先生。南宋著名思想家、文学家、政论家。其所代表的永嘉学派,与当时朱熹的道学派、陆九渊的心学派,并列为南宋时期三大学派,对后世影响深远。南宋淳熙五年(1178)以进士第二名(榜眼)及第,历任吏部员外郎、国子司业、吏部侍郎、江东安抚使兼沿江制置使等职,官至宝文阁学士、光禄大夫(从二品)。居官清正,著作众多,有《水心文集》等传世。《宋史·儒林》立传。据本传记载,叶适志意慷慨,雅以经济自负,为文藻思英发。凡所议论,均求实用,与一味"格物致知"的道学有所不同,如写于淳熙十四年的《上孝宗皇帝札子》(《水心集》卷一)即开门见山:"臣以今日人臣之义,所当为陛下建明者,一大事而已:二陵之仇未报,故疆之半未复。此一大事者,天下之公愤,臣子之深责也。或不知所言,或言而不尽,皆非人臣之义也。"其中提到孝宗即位二十六年来,"终未能发明诏有所举动者……盖其难有四,其不可有五,臣请得为陛下条陈之"。其中不可之五专论用人之道,其言曰:"法虽用矣,人虽废矣,然人材之定品,孰堪为某官,孰不堪为某官,孰宜为小,孰宜为大,其可用之实犹在也。今也任职则以人为可废,择官则为人之饵学,科举挂名,阴计级而取,循塗而进,无不可为者。何贤何不肖,何君子何小人之有哉!廉耻日缺,名实日丧,风俗大坏而不可救。盖不任人而任法之弊,遂至于不用贤能而用资格。"对于官场的论资排辈,叶适在不少奏议中曾一而再、再而三地论及其非:"请言资格为用人之害。以贤举人,以德命官。贤有小大,德有小大,而官爵从之,一定而不易,此尧舜以来之常道也。无有所谓自贱而历贵,循小官之次而后至于卿相,如远世之所谓资格者。然尧舜以来远矣,未可遽复。则资格用人未可遽废。至于不能得资格之利,而受资格之害。资格之害深,则人皆弃贤而为愚,治道日坏而不自知。此不得不因今之法而少变之也。夫计日月,累资考,虽尧舜三代,则亦有然者,而不以是待天下之贤才,有德之人。何者贤才有德之人,以此官而称此人可也。岂可疑其资格未至,而姑迟之哉。"可惜的是,晚年的孝宗已非当初的孝宗了,其目已昏,其志已泯,读其札只能"惨然久之",时势移异,叶适这些激切之言,恰如空文,故叶适晚年奉祠十余年,不复议论朝政,正如辛弃疾所言,"却将万字平戎策,换得东家种树书"了。

第三章　宋代书序文

宋代优秀的序文,往往具有抒情的色彩。以议论为主的有名序文,首推欧阳修的《五代史伶官传序》,既具识见,又含深情。以记叙为主的有名序文,则非李清照的《金石录后序》莫属,记叙了李清照和丈夫赵明诚一生以搜集、整理古代金石为缘的前喜后悲的生活遭际,伤痛思念之情溢于言表。文天祥的《指南录后序》记叙了他使元的经历,及多次面临的险境,字里行间表达了作者置生死于度外的崇高爱国情操,也是不可不读的名篇。一般说来,这类以所序之书为中心、记写自家的生活遭遇的序文,都是沿袭《太史公自序》而来,多是作者的自序。

一般而言,跋文较序文为短,主要起说明的作用;也有长于记叙的,如陆游的《跋李庄简公家书》,即为一篇优美、生动的记叙文。

第一节　北宋书序文

书信与序文,虽然一般篇幅不长,但多是有感而发,所以也有许多名篇传世。像王安石的《答司马谏议书》、欧阳修的《五代史伶官传序》等,或唇枪舌剑,或夹叙夹议,无不精彩纷呈、发人深省,将这种文体的作用发挥到了极致。

独为古文穆伯长

穆修(979—1032),字伯长,郓州(今属山东)人,大中祥符二年(1009)进士,初授泰州司理参军,故世称"穆参军"。但因其性情耿介,负才被黜,坎坷一生。得《韩愈集》爱若生命,行以自随,穷且老,又得《柳宗元集》。当时声偶之文风行天下,而修独好古文,并对韩、柳文集进行了认真的整理和深入的研究,大力提倡韩、柳文风。《宋史》卷四百四十二有传。《四库全书总目》对穆修在宋初古文运动中的地位作出了较为准确的评价:"其文章则莫考所师承","盖天姿高迈,沿溯于韩柳而自得之。宋之古文,实柳开与修为倡,然开之学,及身而止,修则一传为尹洙,再传为欧阳修,而宋之文章于斯极盛。则其功亦不尠矣。"林纾也说:"穆参军修为宋文开山鼻祖,一力崇昌黎柳州,取径之正,信古之笃,用心之精,实在柳开之上。"(林纾《春觉斋论文》)可见同为宋初大力提倡古文之人,而穆修的影响所及实在柳开之上。

穆修有一篇《唐柳先生文集后序》(见《宋文鉴》卷八十五)引起了后人的广泛关注,这是穆修为刊行重新发现的柳宗元文集而专门撰写的,因卷首前有编纂柳集的刘禹锡所作的序,故穆修把自己的序文放在卷末。在序中穆修如数家珍地备述了韩柳散文的成就,以及整理二人文集时苦心孤诣的艰辛过程:"唐之文章,初未去周、隋、五代之气……至韩、柳氏起,然后能大吐古人之文,其言与仁义相华实而不杂……皆辞严义伟,制述如'经',能崒然耸唐德于盛汉之表,蔑愧让者,非二先生之文则谁与?予少嗜观二家之文,常病《柳》不全见于世,出人间者,残落才百余篇。《韩》则虽目其全,至所缺坠,亡字失句,独于集家为甚。志欲补得其正而传之,多从好事者访善本,前后累数十,得所长,辄加注窜。遇行四方远道,或他书不暇持,独赍《韩》以自随。幸会人所宝有,就假取正。凡用力于斯,已蹈二纪外,文始几定。而惟柳之道,疑其未克光明于时,何故伏其文而不大耀也。求索之莫获,则既已矣于怀。不图晚节,遂见其书,联为八、九大编。夔州(指刘禹锡,因他在夔州刺史任上编成柳集,并作序于集端)前序其首,以卷别者凡四十有五,真配《韩》之巨文与!"字里行间流露出踏破铁鞋无觅处,得来全不费工夫的欣喜之情,自然就格外珍惜,"书字甚朴,不类今迹,盖往昔之藏书也。从考览之,或卒卷莫迎其误。脱有一二废字,由其陈故劚灭,读无甚害,更资研证就真耳。因按其旧,录为别本,与陇西李之才参读累月,详而后止。"文末,于欣喜交加之际,又语重心长地谈及了刊行柳集的重要意义,"呜呼!天厚予者多矣,始而餍我以《韩》,既而饫我以《柳》,谓天不吾厚,岂不诬也哉!世之学者,如不志于古则已,苟志于古,求践立言之域,舍二先生而不由,虽曰能之,非予所敢知也。"此序写于天圣九年,距穆修去世仅有一年,而序中因为自己能够有幸整理了韩、柳古文而对命运充满了感激之情,而于十年前在《送李秀才归泉南序》中表露出的那种"知他日之相视,复不如今辰之视昔时也必矣"的衰飒之气,却荡然无存,其不顾个人穷通,大力提倡古文之精神,确实令人肃然起敬。难怪后来苏舜钦、欧阳修等都一致肯定他开创宋代古文运动以救时弊之功。《宋史》本传云:"自五代文敝,国初,柳开始为古文。其后杨亿、刘筠尚声偶之辞,天下学者靡然从之;修于是独以古文称,苏舜钦兄弟多从之游,修虽穷死,然一时士大夫称能文章者必曰穆参军。"穆修仕途与文坛的不同遭际,孰幸孰不幸,岂不发人深省?

欧阳修《五代史伶官传序》

北宋时最优秀的序文首推欧公的《五代史伶官传序》(《宋文鉴》卷八十五)。正如前文所言,宋人倡导古文,并不自欧阳修始,但宋代文章的发展变迁,他的贡献却是最大的。欧阳修经过近二十年的努力,在北宋仁宗皇祐五年(1053),完成了《新五代史》的编撰,五代是战乱时代,欧阳修感于当时内有起义、外有边患,危机四伏的国势,担心五代悲剧的重演,同时又不满于薛居正"繁猥失实"的《旧五代史》,于是重写了这部《新五代史》,历来受史学家的推崇,以为在"二十四史"中仅次于前四史(《史记》、《汉书》、《后汉书》、《三国志》),清人赵翼在《二十四史札记》中评此书"不惟文笔洁净,直追《史记》,而以《春秋》笔法,寓褒贬于传记之中,则虽《史记》亦不及也。"《伶官传》是依《史记·滑稽列传》体例所写的五代唐庄宗李存勖时有关伶人的传记,此文则是传记前的序文。以"世事盛衰成败,在于人事而非天命"的进步史观立论,以李存勖一生先盛后衰的悲剧命运为论据,有力地论证了"忧劳可以兴国,逸豫可以亡身"的深刻历史教训,是一篇具有浓厚抒情色彩的议论文。文章开头便起手不凡,感叹发篇:"呜呼!盛衰之理,虽曰天命,岂非人事哉!"篇首之"呜呼"二字,寓意颇深,因为欧阳修这部《新五代史》的发论均以此"呜呼"二字发端,王安石对欧公的用意也是心领神会的,"但见每篇首曰'呜呼',则事事皆可叹也。"紧接的感叹句实际上就是本序的中心论点,甚至是整个《伶官传》的写作目的,即国家的盛衰,归根结底是由人事来决定的。文章的中间部分精彩纷呈,欧公笔走龙蛇,分述庄宗的盛衰得失,先着意渲染他得天下之盛:

> 世言晋王之将终也,以三矢赐庄宗而告之曰:"梁,吾仇也,燕王,吾所立,契丹,与吾约为兄弟,而皆背晋以归梁。此三者吾遗恨也。与尔三矢,尔其无忘乃父之志!"庄宗受而藏之于庙。其后用兵,则遣从事以一少牢告庙,请其矢,盛以锦囊,负而前驱,及凯旋而纳之。方其系燕父子以组,函梁君臣之首,入于太庙,还矢先王,而告以成功,其意气之盛,可谓壮哉!

李克用(晋王)那咬牙切齿,死不瞑目的神态,及李存勖那忍辱负重,必报父仇的举动,无不栩栩如生,跃然纸上。而当李存勖"还矢先王,告以成功,其意气之盛,可谓壮哉"时,他的确达到了一生业绩最光辉的顶点,而文章的气势也与之同步,恰到好处地达到了最高潮,然后文章开始交代李存勖失天下之衰:

> 及仇雠已灭,天下已定,一夫夜呼,乱者四应;仓皇东出,未及见贼而士卒离散,君臣相顾,不知所归;至于誓天断发,泣下沾襟,何其衰也!

这段文字,虽然也有叙述、议论及感慨,但却远不及上文写他兴盛时的具体、火爆,从前抑后扬的行文对比中,作者的倾向性已经明白无误地传达给细心的读者了。一俟盛衰分述完毕,文章毫不拖泥带水,及时转入说理,以两句无须回答的设问"岂得之难而失之易欤?抑本其成败之迹而皆自于人欤?"作为过渡,且与前后文形成有力的呼应对照。后文的议论更是紧扣前文的叙述,"满招损、谦受益"、"忧劳可以兴国,逸豫可以亡身"、"祸患常积于忽微,而智勇多困于所溺"等抽象的道理,完全是从李存勖"方其盛也,举天下豪杰莫能与之争;及其衰也,数十伶人困之,而身死国灭,为天下笑"这一活生生的历史教训中顺理成章地归纳出来的。本来,道理阐发清楚,文章便可止笔了,但欧公不仅是为了交代写《伶官传》的意图才写此序的,甚至也不仅仅是为了阐明盛衰由人这个一般人都懂得的道理才拿庄宗和他手下的伶人当靶子的,用他自己的一句话便是"醉翁之意不在酒,在乎山水之间耳",来比喻此序恐怕是再合适不过的了,文末一句"岂独伶人也哉!作《伶官传》"。正是欧公用意之所在,从"祸患常积于忽微"这一普遍规律来看,足以沉溺智勇者的绝不仅仅是伶人而已,欧阳修是热切地希望世人,尤其是当朝者能够认真从庄宗的覆辙中汲取"殷鉴不远,在夏后之世"的深刻历史教训,采取切实的措施以保证大宋江山的长治久安。所以开头的"呜呼"与篇尾的"作《伶官传》"分别有画龙点睛与图穷匕见之效,欧公"遇感慨处便精神"的"六一风神"(李涂《文章精义》)在此篇序文中,从头至尾都得到了完美的体现。自司马迁后,史家之文极少能像欧公这般于字里行间充满感慨精神。

宋仁宗景祐三年(1036),范仲淹因论事触犯了宰相吕夷简,被贬知饶州。朝中正直之士,包括秘书丞余靖、太子中允尹洙等连章上疏论救,结果皆坐落职,而时任左司谏的高若讷却谄媚权贵,不但不为范辩护,反而见风使舵,迎合宰相旨意,落井下石,大肆诽谤,以为范实该贬,欧阳修气愤不过，甘冒越职言事的风险，乃作《与高司谏书》，(《文忠集》卷六十七)对其进行了严厉的指责，责其"不复知人间有羞耻事"，高若讷大怒，上其书于朝，欧阳修坐贬夷陵令。此书是激于义愤而作，理直气盛，于曲折条畅的行文中，包含了揭露、谴责和讽刺，表现作者年青时鲜明的正义感和坚定的斗争性。这是一篇"气尽语极，争言竭论，而容与闲易，无艰难劳苦之态"(苏洵《上欧阳内翰第一书》)的妙文。其开头引而不发，极尽"容与闲易"之事："修顿首再拜白司谏足下，某年十七时，家随州，见天圣二年进士及第榜，始识足下姓名。是时予年少，未与人接，又居远方，但闻今宋舍人兄弟(指宋庠、宋祁)与叶道卿、郑天休数人者，以文学大有名，号称得人。而足下厕其间，独无卓卓可道说者，予固疑足下，不知何如人也。"这是公元1024年的事，"其后更十一年，予再至京师，足下已为御史里行，然犹未暇一识足下之面。但时时于予友尹师鲁问足下之贤否，而师鲁曰：'足下正直有学问，君子人也。'予犹疑之。"这时欧阳修已近而立之年了，"自足下为谏官来，始得相识，侃然正色，论前世事，历历可听，褒贬是非，无一谬说。噫！持此辩以示人，孰不爱之，虽予亦疑足下真君子也。是予自闻足下之名及相识，凡十有四年而三疑之。"在经过这番一波三折的过渡后，文章波澜陡起，忽下断言，"今者推其实迹而较之，然后决知足下非君子也。"原来在范仲淹被贬后，高若讷终于露出了真面目，"足下既不能为辨其非辜，又畏有识者之责己，遂随而诋之，以为当黜，是可怪也"，以下欧公便口诛笔伐，直斥其非了，"夫人之性，刚果懦软，禀之于天，不可勉强，虽圣人亦不以不能责人之必能。今足下家有老母，身惜官位，惧饥寒而顾利禄，不敢一忤宰相以近刑祸，此乃庸人之常情，不过作一不才谏官尔。虽朝廷君子，亦将悯足下之不能，而不责以必能也。今乃不然，反昂然自得，了无愧畏，便毁其贤以为当黜，庶乎饰己不言之过。夫力所不敢为，乃愚者之不逮；以智文其过，此君子之贼也。"在这一段中直言高氏"惜官位"、"顾利禄"、"智文其过"、"不才谏官"、"君子之贼也"，但话虽至此，意犹未尽，种种批驳，连篇累牍，"今足下又欲欺今人，而不惧后世之不可欺邪？况今之人未可欺也"、"足下在其位而不言，便当去之，无妨他人之堪其任者也"、"是足下不复知人间有羞耻事尔"，到了这种地步，欧阳修也知与高司谏势成水火,但却无所畏惧,"愿足下直携此书于朝,使正予罪而诛之。使天下人皆释然知希文(范仲淹,字希文)之当逐,亦谏臣之一效也!"口气之激烈,在欧阳修的文章中实属罕见,真可谓一无顾忌,折冲万里。虽然终因此信受到降职夷陵县令的处分,但也充分显示了将届而立之年的欧阳修,在大是大非问题上的坚定立场和过人的勇锐之气。八年之后,欧阳修回到朝中后又写过一篇《朋党论》,仍然是疾恶如仇,怒斥群小,毫不顾及个人得失,其忠诚正直之心,令人赞叹。

欧阳修还给吴充写过一封回信,《答吴充秀才书》(《文忠集》卷四十七)。吴充比他小十三岁,曾向欧公写信求教,并附了自己的文章,欧公历来是以提携后进为己任的,而这封回信尤其写得语重心长,一开头就极尽"纡余委备"之能事:

> 前辱示书及文三篇,发而读之,浩乎若千万言之多也,及少定而视焉,才数百言尔。非夫辞丰意雄,霈然有不可御之势,何以至此?然犹自患怅怅莫有开之使前者,此好学之谦也。

下面的文字语意更加曲折,词意愈发委婉:

> 修才不足用于时,仕不足荣于世,其毁誉不足轻重,气力不足动人。世之欲假誉以为重,借力而后进者,奚取于修焉?先辈学精文雄,其施于时,又非待修誉而为重,力而后进者也。然而惠然见临,若有所求,得非急于谋道,不择其人而问焉者欤?

行文至此,方拈出本文所论之主旨"道"字,而以上所言,只一再赞吴文"辞丰意雄"、"学精文雄",其实就是委婉地指出了其在"道"上仍有欠缺,"夫学者未始不为道,而至者鲜焉。非道至于人远也,学者有所溺焉尔。盖文之为言,难工而可喜,易悦而自足。世之学者往往溺之。一有工焉,则曰:'吾学足矣。'甚者至弃百事不关于心,曰:'吾文士也,职于文而已。'此其所以至之鲜也。"以下以孔子为例,提出"圣人之文,虽不可及,然大抵道胜者,文不难而自至也。""后之惑者,徒见前世之文传,以为学者文而已,故愈力愈勤而愈不至。"这正是道中了吴文的要害,即不足之处,因为吴充也说自己"终日不出轩序,不能纵横高下皆如意",原因其实是"道不足也,若道之充焉,虽行乎天下,入于渊泉,无不至也。"全文娓娓道来,既肯定了吴文"辞丰意雄,霈然有不可御之势"的优点,又中肯地指出了吴文的不足及其产生的原因,提出了"重道以充文",即"文道统一"的观点,这种主张宗法韩愈,而进一步提出现实生活中的"百事"是道的具体内容,这样一来,不仅是论述了文与道的传统话题,而且触及了文学与现实的深层内容,因此这封私人信件就在文学批评史上占据了重要的地位,而且在宋代"古文运动"中也有实际的指导作用。这一点恐怕就连欧公本人提笔回信时,也不会想到吧。

简奥不晦曾子固①

曾巩(1019—1083),字子固,建昌南丰(今属江西)人。嘉祐二年(1057)进士。曾召编校史馆书籍,迁馆阁校勘,集贤校理,官至中书舍人,著有《元丰类稿》五十卷。《宋史》卷三百十九有传。

曾巩为文含蓄典重,雍容平易,甚为欧阳修所推许,曾对他说"过吾门者百千人,独于得生为喜"。本传说"巩一出其力为文章,上下驰骤,愈出而愈工,本原'六经',斟酌司马迁、韩愈,一时工作文辞者,鲜能过也"。为唐宋八大家之一,创作成就虽不及韩、柳、欧、苏等家,但也有相当影响。在史馆任职期间,整理校勘图书,对历代图书聚散及其学术源流多有论述,一些叙录写得很有分量,如《战国策目录序》、《新序目录序》、《列女传目录序》等。《战国策》一书,是先秦策士纵横游说活动的记录,未详作者,卷帙紊乱,书名不一,后经汉刘向整理、校订,定为三十三篇,确立今名。但流传到北宋时,又有散佚,曾巩"访之士大夫家,始尽得其书,正其误谬,而疑其不可考者,然后《战国策》三十三篇复完"(曾巩《战国策目录序》,见

---

① 语出《宋史》本传,"曾巩立言于欧阳修、王安石间,纡徐而不烦,简奥而不晦,卓然自成一家,可谓难矣"。

《元丰类稿》卷十一)。成为今本《战国策》。

曾巩在《战国策目录序》首先对刘向的看法进行了一分为二的分析："向叙此书,言周之先,明教化,修法度,所以大治。及其后,谋诈用而仁义之路塞,所以大乱。其说既美矣。卒以谓此书,战国之谋士,度时君之所能行,不得不然,则可谓惑于流俗而不笃于自信者也。"对刘向认为西周因仁义、教化而天下大治,后世因谋诈用而仁义之路塞,导致天下大乱的历史观予以肯定,但却对他以为战国策士翻手云、复手雨的纵横捭阖之术是"度时君之所能行,不得不然"的说法很不赞成,是惑于流俗未能将自己的正确观点坚持到底。在整理《战国策》这部书时不仅仅着眼于文本的校勘、修订,而能对书中的倾向甚至是前人对此书的看法高屋建瓴地提出自己独到的见解,有所褒贬,观点鲜明。是曾巩学养深厚的表现。接下来,曾巩又对孔孟之儒与纵横家有精到的阐述:

> 夫孔、孟之时,去周之初,已数百岁,其旧法已亡,其旧俗已熄久矣。二子乃独明先王之道,以谓不可改者,岂将强天下之主以后世之所不可为哉?亦将因其所遇之时、所遭之变,而为当世之法,使不失乎先王之意而已也。二帝三王之治,其变固殊,其法固异,而其为国家天下之意,本末先后未尝不同也。二子之道,如是而已。盖法者所以适变也,不必尽同;道者所以立本也,不可不一:此理之不易者也。故二子者守此,岂好为异论哉?能勿苟而已矣。可谓不惑于流俗而笃于自信者也。
>
> 战国之游士则不然,不知道之可信、而乐于说之易合;其设心注意,偷为一切之计而已。故论诈之便而讳其败,言战之善而蔽其患。其相率而为之者,莫不有利焉而不胜其害也,有得焉而不胜其失也。卒至苏秦、商鞅、孙膑、吴起、李斯之徒以亡其身,而诸侯及秦用之者,亦灭其国,其为世之大祸明矣,而俗犹莫之悟也。
>
> 惟先王之道,因时适变,为法不同而考之无疵,用之无弊。故古之圣贤,未有以此而易彼也。

曾巩的可贵之处就在于,尽管他对《战国策》书中所大力宣扬的哲学并不赞同,却并不对此书采取一棍子打死的作法,"至于此书之作,上继《春秋》,下至楚、汉之起,二百四五十年之间,载其行事,固不可得而废也。"对其书的史料价值给予了充分的肯定。当然,曾巩悉心整理此书,绝不仅仅着眼于其所具有的史料价值,他还有着更过人的眼光:"或曰:'邪说之害正也,宜放而绝之,则此书之不泯其可乎?'对曰:'君子之禁邪说也,固将明其说于天下,使当世之人,皆知其说之不可从,然后以禁则齐;使后世之人,皆知其说之不可为,然后以戒则明。岂必灭其籍哉!放而绝之,莫善于是。"这种对待"邪说"的态度与胆识,在当时的确是极为罕见的,这也正是"一时工作文辞者,鲜能过也",不及曾巩的原因所在。哪怕就是在今日,这种观点恐怕也是值得称道的吧。

庆历六年(1046),欧阳修应曾巩的请求,为曾巩的祖父曾致尧写了一通墓碑铭,第二年,曾巩专门写了一封信向欧阳修道谢,即《寄欧阳舍人书》(曾巩《元丰类稿》卷十六)。虽是人之常情的致谢,却也写得不同凡响,既没有寻常的客套,也不限于通常的感激,而是借此机会阐发了"文以贯道"的观点,所以说,《寄欧阳舍人书》又是一篇很有影响的文论,特别对碑铭的文体更有独到的见解。文章开头便娓娓而谈,好像离题很远,"夫铭志之著于世,义近于史,而亦有与史异者。"与史相同处在于"古之人有功德才行志义之美者,惧后世之不知,则必铭而见之,或纳于庙,或存于墓";而不同之处在于"苟其人之恶,则于铭乎何有?"故铭之作,"所以使死者无有所憾,生者得致其严。而善人喜于见传,则勇于自立,恶人无有所纪,则以愧而惧。至于通才达识,义烈节士,嘉言善状,皆见于篇,则足为后法。警劝之道,非近乎史,其将安近?"可见碑铭之有关乎世风教化者已不言而喻也。由此看来,作铭之人可谓是责任重大,"后之作铭者,常观其人,苟托之非人,则书之非公与是,则不足以行世而传后。"那么什么样的人才有资格写碑铭,使其大行于世而传之于后呢,下文方渐说渐近,"非蓄道德而能文章者,无以为也"。否则,道德不足,"恶能辨之不惑,议之不徇?不惑不徇,则公且是也";然而如果非能文章,则"其辞之不工,则世犹不传,于是又在其文章兼胜焉。"可见在曾巩看来,碑铭一道同样是非大家不能胜任的,直写到此处,方水到渠成地点出欧阳修来,"然蓄道德而能文章者,虽或并世而有,亦或数十年或一二百年而有之,其传之难如此,其遇之难又如此。若先生之道德文章,固所谓数百年而有者也。"至此,文章一改不动声色之前态,其感激涕零之意,焕然跃出,"先祖之言行卓卓,幸遇而得铭,其公与是,其传世行后无疑。而世之学者,每观传记所书古人之事,至其所可感,则往往蠢然不知涕之流落也。况其子孙也哉!况巩也哉!其追晞祖德,而思所以传之之由,则知先生推一赐于巩,而及其三世,其感与报,宜若何而图之?"全文语势由舒缓起笔,雍容不迫,而至感激涕零,跌宕鼓舞,令人过目难忘,而布局之完整,结构之严谨,也充分体现了曾巩古雅纡徐的文风。

苏洵《上欧阳内翰第一书》

苏洵也有一封写给欧阳修的信,《上欧阳内翰第一书》(苏洵《嘉祐集》卷十二),写于嘉祐元年(1056),苏洵于此年与苏轼、苏辙兄弟重游京师,携带着张方平的推荐书,并以此信自通于欧阳修,希望得到引荐,以便在仕途上有所作为。信分为三段,一段历叙诸君子离合,夹叙自己道之成与未成,错落有致,感慨颇深:

> 往者天子(仁宗)方有意于治,而范公(仲淹)在相府,富公(富弼)为枢密副使,执事(欧公)与余公(靖)、蔡公(襄)为谏官,尹公(洙)驰骋上下……方是之时,天下之人,毛发丝粟之才,纷纷而起,合而为一。而洵也自度其愚鲁无用之身,不足以自奋于其间,退而养其心,幸其道将成,而可以复见于当世之贤人君子。

这是六君子在朝,而自身因道之未成,未能遇之,一折。

> 不幸道未成,而范公西、富公北,执事与余公、蔡公分散四出,而尹公亦失势……洵时在京师,亲见其事,忽忽仰天叹息,以为斯人之去,而道虽成,不复足以为荣也。

这是六君子离散,自身一无所托,只有"姑养其心,使其道大有成而待之",再一折。

> 退而处十年,虽未敢自谓其道有成,然浩浩乎其胸中若与曩者异。而余公适亦有功于南方,执事与蔡公复相继登于朝,富公复自外入为宰相。喜且自贺,以为道既已粗成,而果将有以发之也……其向之所慕望爱悦之而不得见之者,盖有六人焉,今将往见之矣。而六人者,已有范公、尹公二人亡焉……而富公又为天子之宰相,远方寒士,未可遽以言通于其前,余公、蔡公,远者又在万里外,独执事在朝廷间,而其位差不甚贵,可以叫呼扳援而闻之以言。

至此方徐徐引出欲见、可见欧公之意,可谓一波数折,再三致意焉。不过,为了能引起欧公的注意,苏洵着重强调了自己的与众不同,即他对欧公的了解比别人更深入,"执事之文章,天下之人莫不知之;然窃以为洵之知特深,愈于天下之人"!以下为称赞欧阳修的文章而论及孟子、韩愈、李翱、陆贽等前辈的文章,论述也十分公允精到,常为后世所引用,特别是说欧公的一段,"执事之文,纡余委备,往复百折,而条达疏畅,无所间断,气尽语极,急言竭论,而容与闲易,无艰难劳苦之态",更成为定论,而且苏洵认为自己这样做并非"誉人以求其悦己,洵不为也;而其所以道执事光明盛大之德,而不知止者,亦欲执事之知其知我也",话说得实在是推心置腹,至诚至恳,难怪欧公会因此一书而与之定交,并有《荐布衣苏洵状》,极力向朝廷推荐苏洵。全文婉曲周折,波澜起伏,是苏洵着意用力的代表书信。

王安石《答司马谏议书》

王安石为文的主张是非常明确的,他早年有一篇《上人书》(王安石《临川文集》卷七十七),虽然具体写作年代已无从知晓,但从信中所言"试于事者则有待矣"、"书杂文十篇献左右愿赐之教"等语来看,系早年所作无疑。在这篇简短的书信里,年青的王安石鲜明地阐明了他对文学的见解和主张。他先就孔子的名言"言之不文,行之不远"及其后世对此的不同看法表明自己的观点,值得仔细体味,"尝谓文者,礼教治政云尔。其书诸策而传之人,大体归然而已。而曰'言之不文,行之不远'云者,徒谓'辞之不可以已也'非圣人作文之本意也。"也就是说,在王安石看来,文就是为了"礼教政治"服务的,对此,王安石一直是坚定不移的,在《与祖择之书》(《临川文集》卷七十七)中他也强调"治教政令,圣人之所谓文也",比较明显地忽视了文本身的作用。所以他以为孔子所说的"言之不文,行之不远",只是说文辞是不可以不讲求的而已,但文辞绝不是"圣人作文之本意也"。从这个观点出发,他对韩、柳的古文都颇有微词,"疑二子者(指韩、柳)徒语人以其辞耳,作文之本意,不如是其已也。"这种批评显然是有失偏激的,"且所谓文者,务为有补于世而已矣。所谓辞者,犹器之有刻镂绘画也。诚使巧且华,不必适用;诚使适用,亦不必巧且华。要之以适用为本,以刻镂绘画为之容而已。不适用,非所以为器也。不为之容,其亦若是乎?否也。然容亦未可已也,勿先之,其可也。"文章要"有补于世"、要"适用为本"是王安石论文的核心,他一生所作的许多诗文,便都是直接为自己变法的政治主张服务的。所以,他的文章,固然写得瘦硬通神,笔力简健,但略逊文采,风韵不足,乃至发展到好求人同,千人一面,真理过头一步即是谬误,后来当王安石这套重理轻文的观点大行其道时,就难免弊端百出了,苏轼在《答张文潜书》(《东坡全集》卷七十四)中就指出:"文字之衰未有如今日者也,其源实出于王氏。王氏之文未必不善也,而患在好使人同已。自孔子不能使人同,颜渊之仁,子路之勇,不能以相移;而王氏欲以其学同天下。地之美者,同于生物,不同于所生。惟荒瘠斥卤之地,弥望皆黄茅白苇,此则王氏之同也。"而苏门四公子,黄庭坚、秦观、张耒、晁补之虽皆出自苏轼之门,却文风各异,绝不与苏轼雷同,都成为有宋一代有名的文人,而同样是北宋文章写得最好的王安石门下,却没有带出一个像样的弟子来,也是不争的事实。

　　王安石最著名的书信是在变法斗争最激烈的时候,为驳斥反对派代表人物司马光的指责而写的回信,《答司马谏议书》(《临川文集》卷七十三),此信文笔犀利,立场坚定,但是措辞委婉,实属难得的书信体驳论文。时任谏议大夫的司马光是反对变法的中坚力量,自王安石于神宗熙宁二年开始大张旗鼓地变法之后,司马光接二连三地写信给王安石,攻击新法有"侵官"、"生事"、"征利"、"拒谏"等诸多弊端,从而理所当然地引起"天下怨谤",要求王安石立即停止变法,王安石在信中就司马光所言的四大弊端,理直气壮地加以逐一驳斥:

> 某则以谓受命于人主,议法度而修之于朝廷,以授之于有司,不为"侵官";举先王之政,以兴利除弊,不为"生事";为天下理财,不为"征利";辟邪说,难壬人,不为"拒谏"。至于怨谤之多,则固前知其如此也。人习于苟且非一日,士大夫多以不恤国事,同俗自媚于众为善。上乃欲变此,而某不量敌之众寡,欲出力助上以抗之,则众何为而不汹汹?

然后笔锋陡转,反戈一击,以攻为守,对司马光说,如果对方责备自己"未能助上大有为",即变法力度不够大,"则某知罪矣";如果说要让我墨守成规,无所作为,那就实在是"非某之所敢知"了。字里行间充满了对保守派绝不妥协的斗争精神,同时也充分体现了王安石作为改革家的坚定信念,更为难能可贵的是,在坚持原则,绝不让步的情况下,仍能对司马光这位在政坛上德高望重的前辈表示了足够的尊重和敬仰之情。从而更加表明自己所以坚持变法完全是出于公心,以国家为重立场。王安石的《答司马谏议书》和欧阳修的《与高司谏书》都是北宋前后两次变法斗争中产生的著名书信,而且均出自变法派之手。其斗争之激烈,涉及之深入,以管窥豹,可见一斑。

苏轼《答谢民师推官书》

苏轼的书序写得极多,也极有特色。《答谢民师推官书》(《东坡全集》卷七五)是他晚年所写的,元符三年(1100)五月,苏轼从儋州(今海南省儋县)内调,九月底时路过广州,谢民师因以所作诗文求教于苏,并屡次到苏轼的寓所拜访，两人相处的时间虽短，但情义却很深厚，《答谢民师推官书》是他在离开广州后回的第二封信，在信中谈到了两人之间难得的相处与情谊，说自己"受性刚简，学迂材下，坐废累年，不敢复齿缙绅。自还海北，见平生亲旧，惘然如隔世人，况与左右无一日之雅，而敢求交乎？数赐见临，倾盖如故，幸甚过望，不可言也。"苏轼从绍圣元年（1094）被放逐惠州，绍圣四年又改谪儋州，至此已长达七年之久，渡海北还，恍如隔世，而谢民师与之素昧平生，却能一见如故，苏轼心中自然是感触颇深的。写此信时，苏轼已经离开广州，"今日至峡山寺（在广东清远县），少留即去，愈远"，从此天各一方，后会无期，故在信尾嘱咐"惟万万以时自爱，不宣。"殷殷之情，跃然纸上。除此之外，信中还着重与对方交流了苏轼自己对写作的精到见解，而这些见解恰恰是极为后人所关注的，所以这封短信也就流传开来了。其中最为大家熟悉的是"大略如行云流水，初无定质，但常行于所当行，常止于所不可不止。文理自然，姿态横生。"其中"常行于所当行，常止于所不可不止"的意思苏轼在不同场合讲过多次，"吾文如万斛泉源，不择地而出，在平地滔滔汩汩，虽一日千里无难；及其与山石曲折，随物赋形，而不可知也。所可知者，常行于所当行，常止于所不可不止"（苏轼《论文》，见《东坡全集》卷一百）、"非能为之为工，乃不能不为之为工"、（苏轼《江行唱和集序》，宋代邵博《闻见后录》卷十四）"未尝敢有作文之志"，而"文理自然，姿态横生"正是苏轼自身作文的绝妙写照。而对孔子"辞达而已矣"的著名论断苏轼也作出自己的解释，"夫言止于达意，即疑若不文，是大不然。求物之妙，如系风捕影；能使物了然于心者，盖千万人而不一遇也。而况能使了然于口与手者乎？是之谓'辞达'，辞至于能达，则文不可胜用矣。"在《答王庠书》（《东坡全集》卷七十六）中，他也说过"辞，至于达，至矣"的话。先"了然于心"，再"了然于口与手"，是苏轼一再强调的观点，信中又以屈原和杨雄作为正反两方面的例子，给屈原以极高的评价，"屈原作《离骚经》，盖《风》、《雅》之再变者，虽与日月争光可也"，并批评了扬雄"好为艰深之辞，以文浅易之说"的文风，并对扬雄把贾谊与司马相如等而视之表示了极大的不满，"使贾谊见孔子，升堂有余矣，而乃以赋鄙之，至与司马相如同科。雄之陋，如此比者甚众。可与知者道，难为俗人言也。"至于借欧阳修之口,再次重申"文章如精金美玉,市有定价,非人所能以口舌定贵贱也",也是苏公的一贯主张。由于苏轼第二年就逝世了,所以这篇文艺书简实际上是这位大文豪一生创作经验的宝贵总结。

苏轼的《上荆公书》(《东坡全集》卷七十五)是一篇极不寻常的书信。大家都知道,苏轼是坚决反对王安石变法的,他在开封任职时出的考题就是有意向新法发难,连章上书反对变法,由于未被采纳,道不同不相与谋,而干脆自请外调,眼不见心不烦,到杭州修苏堤去了;还知道他因不满新法,对其弊端"不敢漠视",经常"缘诗人之义,托事以讽"(苏辙《亡兄子瞻端明墓志铭》,见《栾城集·后集》卷二十二),而被新党视为眼中钉,肉中刺,必欲置之死地而后快,深文周纳,弹劾苏轼以诗讪谤,终于元丰二年(1079)从湖州太守任上将苏轼逮捕下狱,成为北宋官场上颇有声色的"乌台诗案"的主角,最后被贬为黄州团练副使,不得签署公事,不得擅离安置所,可是就是这样一位在政治下与王安石水火不相容的苏轼,却在私交上与政敌屡有往来,这的确是一件多少让人感到意外的事,元丰七年(1084),苏轼终于量移汝州,离开了谪居长达五年之久的黄州。可令人万万没想到的是,他竟然顺路去金陵拜访了已经退居钟山的王安石。《上荆公书》这封信便是两人分别后,主动写给王安石的。在信中先是深情地回顾了两人见面时的情景,"近者经由,屡获请见;存抚教诲,恩意甚厚,别来切计台候万福。"并向他透露了自己日后的打算,"轼始欲买田金陵,庶几得陪杖屦,老于钟山之下,既已不遂,今来仪真,又二十余日,日以求田为事,然成否未可知也。若幸而成,扁舟往来,见公不难也。"这哪里像是当年政坛上你死我活的政敌,完全是一付惺惺相惜的热肠。然后又郑重地向他推荐了秦观,希望王安石能够利用自己的声望,给年青人以扶持,"向屡言高邮进士秦观太虚,公亦粗知其人。今得其诗文数十首,拜呈。词格高下,固已无逃于左右,独其行义修饰,才敏过人,有志于忠义者,某请以身任之。此外,博综史传,通晓佛书,讲习医药,明练法律,若此类,未易一二数也。才难之叹,古今共之;如观等辈,实不易得。愿公少借齿牙,便增重于世",可见东坡与介公,虽然政见迥异,但在私交上却对王安石的为人十分敬重和信赖,认为他肯定会对秦观出以公心,否则,苏轼也不会开这个口。同时也显示了苏轼爱才如渴的急切心情。信函虽短,其中所流露的苏轼那种"君子坦荡荡"的宽广心胸,却着实让人叹为观止,欷歔再三。

苏辙《上枢密韩太尉书》

苏辙在十九岁时就写过非常有名的《上枢密韩太尉书》(《栾城集》卷二十二),韩琦时任枢密使,掌管全国军事,颇似秦汉时的太尉,故此信称其为太尉。信中讲自己初到京师,"非有求于斗升之禄","偶然得之,非其所乐";而所愿者,只是"一睹贤人之光耀,闻一言以自壮",本意是希望得到韩琦的赏识,但却写得与一般的"干谒"文字截然不同,上下古今,高谈阔论,实际上可视为一篇内容丰富的文学论文。首先,苏辙谈出了自己对孟子所倡"养气说"的思考,"辙生好为文,思之至深。以为文者,气之所形。然文不可以学而能,气可以养而致。孟子曰:'我善养吾浩然之气。'今观其文章,宽厚宏博,充乎天地之间,称其气之小大。太史公行天下,周览四海名山大川,与燕赵间豪俊交游,故其文疏荡,颇有奇气。"可见,在苏辙看来,内心的修养,一方面在于自身的修养,如孟子;另一方面也要靠客观的阅历,如司马迁。正是基于这种思考,苏辙才不远万里,来到京师。他说自己"生十有九年矣,其居家所与游者,不过其邻里乡党之人;所见不过数百里之间,无高山大野可登览以自广;百氏之书,虽无所不读,然皆古人之陈迹,不足以激发其志气。恐遂汨没,故决然舍去,求天下奇闻壮观,以知天地之广大。过秦、汉之故都,恣观终南、嵩、华之高,北顾黄河之奔流,慨然想见古之豪杰;至京师,仰观天子宫阙之壮,与仓廪府库城池苑囿之富且大也,而后知天下巨丽;见翰林欧阳公,听其议论之宏辩,观其容貌之秀伟,与其门人贤士大夫交游,而后知天下之文章聚乎此也。"这正是结合了内心的修养与客观的游历之后才能达到的境界。而唯一的遗憾便是未能尽睹天下之奇观也,"于山,见终南、嵩、华之高;于水,见黄河之大且深;于人,见欧阳公,而犹以为未见太尉也。"所以"太尉苟以为可教而辱教之,又幸矣!"文章写得既流畅宛转,又蹈厉风发,《古文观止》对此信之评可谓妙极,"意只是欲求见太尉,以尽天下之大观,以激发其志气,却以得见欧阳公,引起求见太尉;以历见名山大川京华人物,引起得见欧阳公;以作文养气,引起历见名山大川京华人物,注意在此,而立言在彼,绝妙奇文。"

超轶绝尘黄鲁直①

黄庭坚(1045—1105),字鲁直,洪州分宁(今江西修水)人。治平四年(1067)进士。熙宁间教授北京国子监,苏轼见其诗文,以为"超轶绝尘,独立万物之表",因此声名大噪。元丰三年,自汴京归江南,游山谷寺,因自号山谷道人,又号涪翁,谥文节。著有《豫章先生文集》,本传在《宋史》卷四百四十四。二十三岁时登进士第,与秦观、张耒、晁补之齐名,人称"苏门四学士",而庭坚名冠首位。苏轼为侍从时,甚至举以自代,称其"瑰伟之文,妙绝当世"。宋代文章发展到苏轼,已达极致,此后诸子,均难望其项背,但在苏门诸子中,黄庭坚的文章的确还是较有成就的,特别是序、记之作。他在晚年与王观复有几封书信往还。王观复曾几次写信向他请教,黄庭坚也曾为他的文章作过题记。在《与王观复书第一书中》(黄庭坚《山谷集》卷十九),庭坚明确指出了王诗的不足,"所送新诗,皆兴寄高远,但语生硬不谐律吕,或词气不逮初造意时";并指出病根所在,"亦只是读书未精博耳,长袖善舞,多钱善贾,不虚语也。南阳刘勰尝论文章之难云:意翻空而易奇,文征实而难工。此语亦是沈谢辈为儒林宗主时,好作奇语,故后生立论如此。好作奇语,自是文章病";还告诉他纠正的方法,"但当以理主,理得而辞顺,文章自然出群拔萃。观杜子美到夔州后诗,韩退之自潮州还朝后文章,皆不烦绳削而自合矣。往年尝请问东坡先生作文章之法。东坡云,但熟读《礼记》、《檀弓》当得之。既而取《檀弓》二篇读数百过,然后知后世作文章不及古人之病如观日月也。文章盖自建安以来,好作奇语,故其气象衰。其病至今犹在,唯陈伯玉、韩退之、李习之、近世欧阳永叔、王介甫、苏子瞻、秦少游乃无此病耳。"

在《与王观复第二书》(《山谷集》卷十九)中,又循循善诱,再三致意,"所寄诗多佳句。犹恨雕功多耳。但熟观杜子美到夔州后古、律诗,便得

---

① 语出苏轼《答黄鲁直书》,"超轶绝尘,独立万物之表",《东坡集》卷七三。

句法简易而大巧出焉,平淡而山高水深似欲不可企及。文章成就更无斧凿痕,乃为佳作耳。"这两封书信充分表明了黄庭坚作为文坛宗师,其为江西诗派"一祖三宗"之一,对求教于他的后学的谆谆教诲,而绝不倚老卖老,他还亲手抄录了柳宗元的诗歌寄给王观复,有《跋书柳子厚诗》(《山谷集》卷二十六)存世:"予友生王观复,作诗有古人态度,虽气格已超俗,但未能从容中玉佩之音,左准绳,右规矩尔。意者,读书未破万卷,观古人之文章未能尽得其规摹及所总览笼络,但知玩其山龙黼黻成章耶?故手书柳子厚诗数篇遗之。欲知子厚如此学陶渊明,乃为能近之耳。如白乐天自云效陶渊明数十篇,终不近也。"可惜的是今天已经不知道他所选的柳诗是哪几篇了。不过,他这种诲人不倦的大家风范确实是难能可贵的。

他还有不少题跋,或自诩、或道人,都是三言两语,妙趣横生,耐人反复玩味咀嚼不已的。

> 崇宁三年十一月,余谪处宜州半岁矣。官司谓余不当居关城中,乃以是月甲戌,抱被入宿子城南予所僦舍喧寂斋,虽上雨傍风无有盖障,市声喧愦,人以为不堪其忧,余以为家本农耕,使不从进士,则田中庐舍如是,又何不堪其忧邪。既设卧榻,焚香而坐,与西邻屠牛之机,相直为资深。书此卷实用三钱,买鸡毛笔书。(《题自书卷后》,《山谷集》卷二十五)

> 东坡平生好道术,闻辄行之,但不能久,又弃去。谈道之篇,传世欲数百千字,皆能书其人所欲言,文章皆雄奇卓越,非人间语。尝有海上道人评东坡,真蓬莱、瀛洲、方丈谪仙人也。流俗方以造次颠沛,秋毫得失,欲轩轾困顿之。亦疏矣哉。(《题东坡书道术后》,《山谷集》卷二十五)

> 余评李白诗,如黄帝张乐于洞庭之野,无首无尾,不主故常。非墨工槧人所可拟议。吾友黄介读《李杜优劣论》曰,"论文正不当如此。"余以为知言。及观其稿书,大类其诗,弥使人远想。然

白在开元、至德间,不以能书传。今其行草,殊不减古人,盖所谓不烦绳削,而自合者欤。(《题李白诗草后》,《山谷集》卷二十五)

刘梦得竹枝九章,词意高妙,元和间诚可以独步。道风俗而不俚,追古昔而不愧。比之杜子美《夔州歌》,所谓同工而异曲也。昔东坡尝闻余咏第一篇,叹曰:"此奔轶绝尘,不可追也。"(《跋刘梦得竹枝歌》,《山谷集》卷二十五)

说自己不以困穷而气馁,以三钱买鸡毛笔作书,而怡然自得;评东坡先生"好道术行之而不能久";赞李太白诗歌及书法"无首无尾,不主故常"、"不烦绳削而自合者";称刘禹锡《竹枝词》"道风俗而不俚,追古昔而不愧"者,皆提纲挈领,远非今人所谓能言之士所能及。

文丽思深秦少游

秦观(1049—1100),字少游,扬州高邮人,少时豪隽慷慨,然举进士不第,元祐初,苏轼以贤良方正荐于朝,应制科,为太学博士,兼国史院编修官。绍圣初,章惇当权,被斥为"元祐党人",出为杭州通判,后更削籍徙郴州,编管横州、雷州。徽宗立,放还,死于滕州。《宋史》卷四百四十四有传。秦观的文学成就,虽然在词而不在文章,但在当时,秦观之文还是有相当影响的,故本传有"长于议论,文丽而思深"之评。《淮海集后集》卷六有一篇《精骑集序》是秦观所为自己的《精骑集》所作的序。惜此书今已亡佚,不过当时影响不小,吕东莱教学者作文之法,令先看《精骑集》,次看《春秋权衡》,自然笔力雄朴,格致老成,每每出人一头地。(见宋俞成《萤雪丛说》)

予少时读书一见辄能诵,暗疏之亦不甚失。然负此自放,喜从滑稽饮酒者游。旬朔之间,把卷无几日,故虽有强记之力,而常废于不勤。比数年来,颇发愤自惩艾。悔前所为,而聪明衰耗。殆不如曩时十一二。每阅一事,必寻绎数,终掩卷茫然。辄复不省。故虽然有勤苦之劳,而常废于善忘。嗟夫,败吾业者常此二物也。比读《齐史》,见孙搴答邢词云"我精骑三千,足敌君赢卒数万",心善其说,因取经、传、子、史事之可为文用者,得若干条,勒为若干卷,题曰《精骑集》云。噫!少而不勤,无如之何矣!长而善忘,庶几以此补之。(《精骑集序》,秦观《淮海集·后集》卷六)

在序文中,秦观现身说法地谈到了自己年轻时求学的得失,"予少时读书,一见辄能诵",然而"虽有强记之力,而常废于不勤",是为失之,"比数年来,颇发愤自惩艾,悔前所为",是为得之。但是已"聪明衰耗,殆不如曩时十一二……故虽然有勤苦之劳,而常废于善忘。"继而感叹,"噫,少而不勤,无如之何矣,长而善忘,庶几以此补之。"大凡名家这种难得的娓娓道来的经验之谈,的确是值得晚学后辈引以为戒的。

汪洋澹泊张文潜

张耒(1054—1114),字文潜,楚州淮阴(今江苏淮阴)人。少有文名,十七岁作《函关赋》已传诵人口,二十岁登进士第。受知于苏轼、苏辙兄弟,为"苏门四学士"之一,著有《张右史集》,《宋史》卷四百四十四有传。

徽宗政和年间,苏轼兄弟及黄庭坚、晁补之辈相继辞世,而秦观更死在苏轼之前,张耒是苏门诸子中之硕果仅存者,《本传》称"士人就学者众,分日载酒肴饮食之",可见其当时文坛上确有一定影响,再加上他自称"与人游,又喜论文字"(《答李推官书》,张耒《柯山集》卷四十六),晚年三贬黄州时,曾有一篇《答李推官书》,比较集中地谈到了他的为文主张,其中精彩部分被《宋史》本传载入:"夫文何为而设也?知理者不能言,世之能言者多矣,而文者独传。岂独传哉!因其能文也而言益工,因其言工而理益明,是以圣人贵之。自六经以下,至于诸子百氏骚人辩士论述,大抵皆将以为寓理之具也。是故理胜者,文不期工而工。理诎者,巧为粉泽而隙间百出……故学文之端,急于明理。夫不知为文者,无所复道。如知文而不务理,求文之工,世未尝有是也。夫决水于江河淮海也,水顺道而行,滔滔汩汩,日夜不止,冲砥柱,绝吕梁,放于江湖而纳之海,其舒为沦涟,鼓为涛波,激之为风飚,怒之为雷霆,蛟龙鱼鼋,喷薄出没,是水之奇变也。而初岂如此哉?是顺道而决之,因其所遇,而变生焉。沟渎东决而西竭,下满而上虚,日夜激之,欲见其奇,彼其所至者,蛙蛭之玩耳!江河淮海之水,理达之文,不求奇而奇至矣。激沟渎而求水之奇,此无见之理,而欲以言语句读为奇之文也";"《六经》之文,莫奇于易,莫简于《春秋》,夫岂以奇与简为务哉!势自然耳。《传》曰:'吉人之辞寡。'彼岂恶繁而好寡哉?虽欲为繁,不可得也。"从文中可以看出,张耒论文受三苏影响不浅,以"江河淮海"之水比喻"理达"之文远出苏洵"物之相使而文出于其间"说(苏洵《仲兄字文甫说》,《嘉祐集》卷一五),近承苏轼所谓"吾文如万斛泉源,不择地皆可出,在平地滔滔汩汩,虽一日千里无难,及其与山石曲折,随物赋形,而不可知也"(《东坡题跋》卷一《自评文》)。张耒所写长篇"明理"文章数量不少,如《论法》上下、《本治论》上下、《悯刑论》上下、《礼论》一至四,还有从汉文帝、景帝、司马相如、司马迁、到唐代宗、德宗,以及《唐论》上中下等,确是"明理"之文,而非"求奇"之作也。

第二节　南宋书序文

南宋的书序也很有特色。李清照为其丈夫所著《金石录》写的《后序》几乎可以成为中国散文史上独一无二的珍品，不仅因为这是女性所作，而且更在于其间流露出深切的家国之痛、夫妻之情。朱熹的《诗集传序》和《楚辞集注序》则已成为文艺批评的权威论述。其他如孟元老的《东京梦华录序》、晁公武的《郡斋读书志序》、计有功的《唐诗纪事序》等，涉及的领域极为广泛，视角也各有千秋，从中不难领略当时的历史风貌与士人情怀。宋元之际，以身殉国且甚负文名的有文天祥和谢枋得。作为深受南宋儒学影响的一代文人，当国破家亡之时，他们都在抗战救亡中不屈而死，所存文章最有这一特定时期的时代气息。文天祥《指南录后序》是宋代最有名的序文之一。

不让须眉李易安

李清照(1084—1155?)，号易安居士，济南人。李格非之女，赵明诚之妻。她的词、诗和散文都有极高的成就，兼工书、画，可以说是我国宋代乃至历朝历代最杰出的巾帼不让须眉的女作家。李清照出身于士大夫家庭，酷爱文学艺术，有着广阔的生活领域和精神追求，她的《渔家傲》（"天接云涛"）和《绝句》"生当作人杰"均是其不同凡响的内心世界的艺术写照。靖康元年(1126)，金兵攻陷京师，李清照与丈夫也随流民仓皇南迁，建炎三年(1129)，赵明诚意外病故，李清照从此生活无着，流落金华等地，晚景凄凉，不知所终。她的散文存世虽然不多，只有五篇，包括一篇赋，却写得文笔简洁，语浅情深，而《金石录后序》（见李清照《漱玉词》附）更是宋代序文中极为不凡的佳构，不可不读。《金石录》三十卷是李清照的丈夫赵明诚所著，全书记叙、考订了他们夫妇俩共同收藏、闻见的古代青铜器(金)、石刻(石)的事迹和文字谬误等，卷首有赵明诚的《自序》，记其撰著的目的、经过。绍兴二年(1132)李清照在丈夫亡后，重读《金石录》，情动于中，不能自已，遂写下了这篇《后序》，极为详细而真切地记叙了《金石录》编撰的由来和夫妇二人早年的生活、志趣以及所藏金、石、书画聚散的经过。文章通过悼念亡者,追思旧物,从侧面反映了在宋、金连年战争中,人民的颠沛流离和珍贵文物的巨大损失。文笔曲折周详,细节生动感人。文章前半叙述北宋灭亡前的安居之乐,后半叙述靖康之变后的流离之苦,两相对照,不泣自悲,具有浓厚的时代气息。为人所津津乐道的首先是李清照婚后夫唱妇随的美满生活:

> 余建中辛巳,始归赵氏。时先君作礼部员外郎,丞相时作吏部侍郎,侯年二十一,在太学作学生。赵李族寒,素贫俭,每朔望谒告出,质衣取半千钱,步入相国寺,市碑文果实归,相对展玩咀嚼,自谓葛天氏之民也……后屏居乡里十年,仰取俯拾,衣食有余,连守两郡,竭其俸入,以事铅椠。每获一书,即共同校勘,整集签题;得书画彝鼎,亦摩玩舒卷,指摘疵病。夜尽一烛为率……余性偶强记,每饭罢,坐归来堂,烹茶,指堆积书史,言某事在某书某卷第几页第几行,以中否角胜负,为饮茶先后。中即举杯大笑,至茶倾覆怀中,反不得饮而起,甘心老是乡矣。

而令人不忍卒读的是丈夫的突然去世和所藏文物的丧失殆尽:

> 六月十三日,始负担舍舟,坐岸上,葛衣岸巾,精神如虎,目光烂烂射人,望舟中告别……八月十八日,遂不起。取笔作诗,绝笔而终,殊无分香卖履之意。

两个月零五天,李清照与恩爱夫妻经历了生离死别的痛苦,特别是随后一句"葬毕,余无所之",更是催人泪下。令人痛心疾首的是,几十年来和丈夫"饭蔬衣练,穷遐方绝域,尽天下古文奇字之志"、"食去重肉,衣去重彩,首无明珠翡翠之饰,室无涂金刺绣之具",而那些"纸札精致,字画完整,冠诸收书家"的金石文物,到头来却无力守护,最后竟只剩下"一二残零不成部帙书册,三数种平平书帖"!难怪李清照在序文最后会发出"何得之艰而失之易也"!这篇回肠荡气的闺媛之作,后人评赞极多,明人毛晋认为"略见易安居士文妙,非止雄于一代才媛,直洗南渡后诸儒气,上返魏晋矣"。

朱熹《诗集传序》

朱熹所作序跋极多,但影响最大的当属他为自己的《诗集传》和《楚辞集注》所写的自序。《诗集传序》(《晦庵集》卷七十六)写于淳熙四年,全文如下:

> 或有问予曰:"诗何为而作也。"予应之曰:"人生而静,天之性也。感于物而动,性之欲也。夫既有欲矣,则不能无思;既有思矣,则不能无言;既有言矣;则言之所不能尽尔,发于咨嗟咏叹之余者,必有自然之音响节族而不能已焉。此诗之所以作也。"曰:"然则其所以教者何也?"曰:"诗者,人心之感物而形于言之余也。心之所感有邪正,故言之所形有是非。惟圣人在上,则其所感者无不正,而其言皆足以为教。其或感之之杂,而所发不能无可择者,则上之人必思所以自反,而因有以劝惩之,是亦所以为教也。昔周盛之时,上自郊庙朝廷而下达于乡党闾巷,其言粹然无不出于正者,圣人固已协之声律,而用之乡人、用之邦国、以化天下。至于列国之诗,则天子巡狩,亦必陈而观之,以行黜陟之典。降自昭穆而后,浸以陵夷。至于东迁,而遂废不讲矣。孔子生于其时,既不得位,无以行劝黜陟之政,于是特举其籍而讨论之,去其重复,正其纷乱,而其善之不足以为法,恶之不足以为戒者,则亦刊而去之。以从简约、示久远,使夫学者即是而有以考其得失。善者师之而恶者改焉。是以其政虽不足以行于一时,而其教实被于万世。是则诗之所以为教者然也。"曰:"然则国风雅颂之体,其不同若是,何也?"曰:"吾闻之,凡诗之所谓风者,多出于里巷歌谣之作,所谓男女相与咏歌,各言其情者也。惟《周南》、《召南》,亲被文王之化以成德,而人皆有以得其性情

之正,故其发于言者,乐而不过于淫,哀而不及于伤。是以二篇独为风诗之正经。自邶而下,则其国之治乱不同,人之贤否亦异,其所感而发者,有邪正是非之不齐,而所谓先王之风者,于此焉变矣。若夫《雅》《颂》之篇,则皆成、周之世,朝廷郊庙乐歌之辞,其语和而庄,其义宽而密,其作者往往圣人之徒,固所以为万师法程而不可易者也。至于雅之变者,亦皆一时贤人君子,悯时病俗之所为,而圣人取之,其忠厚恻怛之心、陈善之意,尤非后世能言之士所能及之。此诗之为经,所以人事浃于天下,天道备于上,而无一理之不具也。"曰:"然则其学之也当奈何?"曰:"本之'二南'以求其端,参之列国以尽其变,正之于《雅》以大其规,和之于《颂》以要其止。此学诗之大旨也。于是乎章句以纲之,训诂以纪之,讽咏以昌之,涵濡以体之。察之性情隐微之间,审之言行枢机之始,则修身及家平均天下之道,亦不待他求而得之于此矣。"问者唯唯而退、余时方辑《诗传》,因悉次是语以冠其篇云。

这篇采用对话形式的序文一出,有关《诗经》的言论几乎被它一锤定音,所谓孔子删定诗篇;所谓"诗之所以为教"云云,及"乐而不淫,哀而不伤"与"变风变雅"和《诗经》与"修身齐家治国平天下"的关系等观点,从此不胫而走,举世无疑矣。

而《楚辞集注》成书于庆元五年(1199),其序大略曰:

盖自屈原赋《离骚》而南国宗之,名章继作,通号"楚辞"。大抵皆祖原意,而《离骚》深远矣。窃尝论之,原之为人,其志行虽或过于中庸而不可以为法,然皆出于忠君爱国之诚心。原之为书,其辞旨虽或流于跌宕怪神,怨怼激发而不可以为训,然皆生于缱绻恻怛不能自已之至。意虽其不知学于北方,以求周公、仲尼之道,而独驰骋于"变风"、"变雅"之末流,以故醇儒庄士,或羞称之。然使世之放臣、屏子、怨妻、去妇,抆泪讴吟于下,而所天者幸而听之,则于彼此之间,天性民彝之善,岂不足以交有所发,而增夫三纲五典之重。此予之所以每有味于其言,而不敢直以词人之赋视之也。然自原著此词,至汉未久而说者已失其趣。如太史公,盖未能免,而刘安、班固、贾逵之书,世复不传,及隋唐间为训解者,尚五六家,又有僧道骞者,能为楚声之读,今亦漫不复存,无以验其说之得失,而独东京王逸《章句》,与近世洪兴祖《补注》并行于世,其于训诂名物之间,则已详矣。顾王书之所取舍,与其题号,离合之间,多可议者;而洪皆不能有所是正,至其大义,则又皆未尝沉潜反复嗟叹咏歌,以寻其文词指意之所出,而遽欲取喻立说,旁引曲证,以强附于其事之已然。是以或以迂滞而远于性情,或以迫切而害于义理,使原之所为抑郁,而不得伸于当年者,又晦昧而不见白于后世。予于是益有感焉,疾病呻吟之暇,聊据旧编,粗加櫽括,定为集注八卷。庶几读者得以见古人于千载之上,而死者可作,又足以知千载之下,有知我者而不恨于来者之不闻也。呜呼悕矣,是岂易与俗人言哉。(《楚辞集注》卷一)

此序与《诗集传序》可视为姐妹篇,虽然道学腔调十足,但仍然看到屈原的作品其心"皆出于忠君爱国之诚心";其情"皆生于缱绻恻怛不能自已之至",故没有把屈原的作品单单看做是一般文人的言情之作,"而不敢直以词人之赋视之也",均为公道无欺之言。从序文中也可以看出,朱熹本人对自己对楚辞的整理工作是相当自负的,"庶几读者得以见古人于千载之上,而死者可作,又足以知千载之下,有知我者而不恨于来者之不闻也。"不过,他也预见到自己的一家之言,难免会遭人讥评,故而又说"呜呼悕矣,是岂易与俗人言哉!"

他的《大学章句序》和《中庸章句序》也同样是朱子理学的重要组成部分,对后世产生了极其重要的影响,值得注意。

词翰俱美张安国

张孝祥(1132—1170),字安国,号于湖居士,历阳乌江(今安徽和县)人。绍兴二十四年(1154)参加科举考试,因廷试第一,居秦桧孙秦埙之上,登第后即上书为岳飞叫屈,秦桧指使党羽诬告张孝祥谋反,将其父子投入监狱,秦桧死后获释。《宋史》有传,有《于湖集》四十卷传世。作为南宋一代名家,所著甚丰,其序跋之篇,涉猎颇广,时有佳作,蔚为可观,如《跋山谷帖》(张孝祥《于湖集》卷二十八):

字学至唐最胜,虽经生亦可观.其传者以人不以书也.褚、薛、欧、虞,皆唐之名臣。鲁公之忠义,诚悬之笔谏。虽不能书,若人何如哉。豫章先生,孝友文章,师表一世,欬唾之余,闻者兴起。况其书又入神品,宜其传宝百世。恭闻徽宗皇帝评公之书,谓如"抱道足学之士,坐高车驷马之上,横斜高下,无不如意。"圣人之言,经也。晚学小生尚安所云。

虽云不言,见己述而不作之意,但引经据典,颇见功力。其论黄庭坚为人,则"孝友文章,师表一世",其评黄庭坚书法,则援书坛巨擘宋徽宗之"横斜高下,无不如意"语,言简意赅,令人叹服。

孟元老《东京梦华录序》

孟元老,自署幽兰居士,生平无考。清人常茂徕认定是宋徽宗时督造艮岳的户部侍郎孟揆,此说虽无确证,然从《梦华录》书中所记宫廷生活之详谙来看,当属孟揆者流。

《梦华录序》是幽兰居士孟元老在绍兴十七年(1147)完成《东京梦华录》这部书时,写于卷首的序文。《梦华录》一书"追述往事,兼及国家祀典,里巷风俗"(陈振孙《直斋书录解题》),详细地记载了北宋时期都城东京(今河南开封市)的城郭、河道、街坊、市容、商贸以及宫廷生活、民间习俗等状况,突出地展示了当初京城中商品经济的繁盛景象,对于后世了解北宋大都会中市民的物质和文化生活,具有重要的认识价值。在序文中,作者特别提到"古人有梦游华胥之国,其乐无涯者。仆今追念,回首怅然,岂非华胥之梦觉哉!目之曰《梦华录》",黄帝梦华胥,怡然自得,作者反用其意,怅然回首,可见在写作此书时,是满怀着一腔对故国的沉痛怀念的,所以明人毛晋说"幽兰居士华胥一梦,直以当'麦秀'、'黍离'之歌"。作者在徽宗"崇宁癸未到京师,卜居于州西金梁桥西夹道之南。渐次长立,正当辇毂之下,太平日久,人物繁阜,垂髫之童,但习鼓舞,班白之老,不识干戈"。作为亲历北宋太平盛世的孟元老,将耳闻目睹记入笔端:

> 时节相次,各有观赏:灯宵月夕,雪际花时,乞巧登高,教池游苑。举目则青楼画阁,绣户珠帘。雕车竞驻于天街,宝马争驰于御路。金翠耀目,罗绮飘香。新声巧笑于柳陌花衢,按管调弦于茶坊酒肆。八荒争凑,万国咸通。集四海之珍奇,皆归市易,会寰区之异味,悉在庖厨。花光满路,何限春游;箫鼓喧空,几家夜宴。伎巧则惊人耳目,侈奢则长人精神。

作者之所以要将这些不厌其详地一一记载下来,是因为所有这些,已是繁华不再,盛事难寻,随着靖康年间的一场浩劫,统统化为往日云烟,飘散殆尽了。在二十年后,作者力图将当初的京城再现于笔端时,其心情又是何等复杂!"一旦兵火,靖康丙午之明年,出京南来,避地江左,情绪牢落,渐入桑榆,暗想当年,节物风流,人情和美,但成怅恨。近与亲戚会面,谈及曩昔,后生往往妄生不然。仆恐浸久,论其风俗者,失于事实,诚为可惜。谨省记编次成集,庶几开卷得睹当时之盛。"此序前半的观赏盛事与后半的追念怅惘,形成了强烈的对比,孟元老的《东京梦华录》可以说在当时有一定的代表性,它既记载了北宋往日的繁华,更寄托了遗老遗少对故国的哀思。读罢掩卷而思,千载之下,仍令人不禁感慨系之。

晁公武《郡斋读书志序》

晁公武,生卒年不详,字子止,济州钜野(今属山东)人,父亲晁冲之,是江西诗派的重要成员。他的《郡斋读书志序》先列举古人存书之多,常识之富者如三国王粲,本朝宋绶、宋敏求父子为例,说明"夫世之书多矣,顾非一人之力所能聚"的道理,"设令笃好而能聚之,亦老将至而耄且及,岂暇读哉!"而王粲所以"能博物多识,问无不对",而宋敏求能"以赡博闻于世",皆是因为"盖自少时已得先达所藏(书)故也"。然后再叙自家"自文元公来,以翰墨显者七世,故家多书。至于是正之功,世无与让"。可惜的是"自中原无事时,已有火厄;及兵戈之后,尺素不存也"。天灾国难,实为可惜,实为无奈!可没有想到后来竟结识了一位爱书如命,搜书成癖的奇人,南阳人井公(名度),"天资好书,自知兴元府领四川转运使,常以俸之半传录。时巴蜀独不被兵,人间多有异本,闻之未尝不力求,必得而后已。历十余年,所有甚富。既罢,载以舟,即庐山之下居焉"。而更没有想到的是这位爱书的奇人竟会把积一生心血的藏书约一千五百多部,共二万七千多卷全部无偿赠送给了他!"一日贻余书曰:'度老且死,有平生所藏书,甚秘惜之,顾子孙稚弱,不自树立……恐不能保也,今举以付子,他日,其间有好学者而后归焉。不然,则子自取之。'"这对晁公武来说,简直是喜从天降,想不到自己竟也像王粲、宋敏求一样的幸运,所以他分外珍惜这来之不易的读书机遇,在公事之余"日夕以朱黄,雠校舛误;每终篇辄撮其大指论之。岂敢效王、宋之博!所期者,家声是继而已。其书,则固自若也。倘遇井氏之贤,当如约"。晁公武在得到井度的赠书后,亲自校点,以"经"、"史"、"子"、"集"四部分别著录,每部前有概括的总序,每书后有简短的解题,在宋代是极有价值的目录书。遗憾的是,晁氏后来并没有把书还给井氏后人,世人对此也颇有非议,叶昌炽《藏书纪事诗》就写道:"井公未必无贤裔,自壤(誓约)何缘竟食言。"不过这都是后话了。

杨万里《欧阳伯威脞辞集序》

杨万里不但自己以诚心正意之学为本,而且对友人亦以此勉之,他的《欧阳伯威脞辞集序》是写给年青时的故人的。两人相识之初,万里"见其扬眉吐气,抵掌论文,落笔成诗,屈其座人,余敬之慕之,私窃自愧不如也……方吾二人相识时,皆年少气锐,岂信天下有老哉!予既涉患难,须发之白者十二,而风霜凋剥之余,落然无复故吾矣!伯威之气凛凛焉不减于昔,独其贫增耳!不以增贫而减于气,如伯威者憗乎哉!"序文的开头强调自家的"风霜凋剥"、"落然无复故吾矣",愈发反衬出欧阳伯威"不以增贫而减于气"的难能可贵。进而从"诗穷而工"引出欧阳伯威请他"观其诗而疗其穷",于是杨万里"退而观之:其得句往往出象外,而其力不遗余也。高者清厉秀邃,其下者犹足以供耳目之笙磬卉木也。盖自杜少陵至江西诸老之门户,窥阇殆遍矣。"在盛赞欧阳氏其人其诗之后,文章方款款引出本意,"'穷之可疗与否,吾且不吾及,吾庸子及哉?吾有一说焉:杜子美、李林甫、谢无逸、蔡太师四人者,子以为孰贤?'伯威怒曰:'子则戏论也,然人物当如是论之也哉?'予曰:'人物何不当如是论也?当李与蔡之盛时,天下肯以易杜与谢哉?今乃不然耳。然则子之穷姑勿疗焉可也。虽然,穷之瘳,如李焉、如蔡焉,不既震曜矣哉?杜与谢之穷,至今未瘳也;子之穷,疗焉亦可也。杜与谢之穷,则至今未瘳矣!使二子而存,肯以此而易彼乎?子之穷,勿疗焉亦可也。'"文章一而再,再而三地明言"穷不必疗",不但含有劝勉欧阳伯威的苦心,同时也充分表现了作者对当时黑暗政治的强烈不满。

文辞超迈陆放翁

陆游(1125—1210),字务观,号放翁,越州山阴(今浙江绍兴)人。陆游三岁,值靖康之变,在战乱年代,随父避难他乡,深受父兄师长爱国思想熏陶,立下"上马击狂胡,下马草军书"(陆游《观大散关图有感》)的志向。绍兴二十三年(1153),二十九岁赴临安省试,擢为第一,次年应礼部试,主司复置前列,但被秦桧所黜。孝宗即位,被召,以为"力学有闻,言论剀切",赐进士出身。授枢密院编修,因支持张浚北伐而以"交结台谏,鼓唱是非,力说张浚用兵"之罪被免。中年入蜀,先后参加王炎、范成大幕府,在四川、陕南一带投身军旅,因为有过"铁马秋风大散关"的亲身抗金经历,更增加了他抗击金人,一统河山的信念,但是由于南宋朝廷不思进取,苟且偷安,陆游非但报国无门,而且多次遭受打击,他的政治理想最终成为泡影,晚年退居家乡,常常痛感壮志未酬,但始终热切地关怀着国家的命运与前途,直至生命的最后一课,还念念不忘收复中原的大好河山,留下了"王师北定中原日,家祭无忘告乃翁"的绝笔。《宋史》卷三百九十五有传。

陆游是南宋文坛的巨匠,具有多方面的艺术才能,于诗、词、文均很擅长,著有《剑南诗稿》、《渭南文集》、《南唐书》、《老学庵笔记》等。他的散文内容充实,语言精练,笔意蕴藉,宋人说他:所作"志铭记序之文皆深造三昧"(《会稽续志》卷五,张淏语)。

虽说陆游的文学成就,在诗词而不在文章,但他的一些序跋,也颇耐人寻味。如《跋李庄简公家书》语言精练准确,笔意含蓄蕴藉,表现了鲜明的爱憎,给人以强烈的感染力。庄简公李光在高宗朝曾任参知政事,因为当面指斥秦桧,反对向金称臣纳贡而被罢官,贬居海南琼山,死谥庄简。《家书》为其贬琼州时所写,李光是陆游父亲陆宰的朋友,此跋回忆李光罢归后的言行,全文不过百余字。

> 李丈参政罢归乡里时,某年二十矣。时时来访先君,剧谈终日。每言秦氏,必曰"咸阳"。愤切慨慷,形于色辞。一日,平旦来,共饭。谓先君曰:"闻赵相过岭,悲忧出涕。仆不然,谪命下,青鞵布袜行矣,岂能作儿女态耶?"方此言时,目如炬,声如钟,其英伟刚毅之气,使人兴起。后四十年,偶读公家书,虽徙海表,气不少衰;丁宁训戒之语,皆足以垂范百世。犹想见其道"青鞵布袜"时也。(陆游《渭南文集》卷二十七)

文中有两个细节,一慨慷骂贼,形于辞色;一不计穷通,英伟刚毅。寥寥数笔,便生动具体地刻画出李光不畏强暴,傲岸不屈的一代名臣风骨,给人留下鲜明的印象。

陆游的《跋傅给事帖》也是一篇百余字的短文,然壮怀激烈之情同样溢于言表。

> 绍兴初,某甫成童,亲见当时士大夫相与言及国事,或裂眦

嚼齿,或流涕痛哭。人人自期以杀身翊戴王室,虽丑裔方张,视之蔑如也。卒能使虏消沮退缩,自遣行人请盟。会秦丞相用事,掠以为功,变恢复为和戎,非复诸公初意矣。志士仁人,抱愤入地者,可胜数哉!今观傅给事与吕尚书遗帖,死者可作,吾谁与归!嘉定二年七月癸丑,陆某谨识。(《渭南文集》卷三十一)

傅给事在宋室南渡之初,曾强烈建议以建康为反攻复国的基地,其为人"不少屈于权贵,不附时论以苟登用,每言虏,言叛臣,必愤然扼腕裂眥,有不与俱生之意。士大夫稍有退缩者,辄正色责之若仇。一时士气,为之振起。"(陆游《傅给事外制集序》)这篇跋文不但从侧面反映了南宋初年的民族矛盾和政治斗争,也反映了作者从小就深受这种社会舆论的耳濡墨染,从而具备了终其一生的忧患意识与抗金情结。

叶适《播芳集序》

出于唯物主义的观点,叶适反对"理在气先"的唯心论调而强调文章的社会作用,主张为文必须有"关教事",反对脱离现实,在文学评论方面也比一般的文人或学者来得更为全面客观,他曾"取近世名公之文,择其意趣之高远,词藻之佳丽者而集之,名之曰《播芳》。命工刊墨,以广其传。"他在此集的序中提出了自己对文坛的看法,很有见地。

> 昔人谓:苏明允不工于诗,欧阳永叔不工于赋,曾子固短于韵语,黄鲁直短于散句,苏子瞻词如诗,秦少游诗如词。此数公者,皆以文字显名于世,而人犹得以非之,信矣,作文之难也!
>
> 夫作文之难,固本于人才之不能纯美,然亦在夫纂集者之不能去取决择,兼收备载,所以致议者之纷纷也。向使略所短而取所长,则数公之文,当不容议矣。
>
> 近世文学,视古为最盛,而议论,于今犹未平。良金美玉,自有定价。岂曰惧天下之议,而使之无传哉!若曰聚天下之文必备载而无遗,则泛然而无统;若曰各因其人而为之去取,则尺有

所短,寸有所长,尤不可以列论。

这篇短序,要言不烦,明确反对求全责备,不切实际的形而上学观点,同时也不赞成一概而论,不加汰择的绝对态度。因为他清醒地看到,一方面"人才之不能纯美",另一方面"亦在夫纂集者之不能去取决择,兼收备载",所以他才要取近世名公之文,择以意趣高远之作,集以词藻佳丽之篇,编纂了一部《播芳集》,目的就是"盖将使天下后世皆得以玩赏,而不容瑕疵云"。叶适尝自言"譬如人家觞客,虽或金银器照座,然不免出于假借,惟自家罗列者,即仅甓瓦,然都是自家物色,其命意如此,故能脱化町畦,独远机杼。韩愈所谓文必己出者,殆于无忝"(《四库全书总目》卷一百六十),而《播芳集》的编纂及《播芳集序》的成文,正是体现了叶适不同流俗,自出蹊径的治学态度。这是因为他在认识论上自觉地具有从客观实际出发的唯物主义倾向。他认为,"观众器者为良匠,观众病者为良医,尽观而后自为之,故无泥古之失,而有合道之功"(叶适《法度总论一》,《水心集》卷三)。

姜夔《白石道人诗集自序》

姜夔(1155—1221),字尧章,饶州鄱阳(今属江西)人,自幼随父宦居汉阳,成年后曾出游扬州,旅食江淮,来往湘、鄂等地。直到而立之年后,才在长沙结识了诗人萧德藻,萧氏很赏识姜夔的文才,便把侄女嫁给了他。随后姜夔依萧德藻寓居湖州(今属浙江),卜居弁山白石洞下。人称白石道人。经萧德藻介绍,姜夔袖诗谒见杨万里,杨称其"于文无所不工",并介绍他拜会范成大。姜夔自此同不少名重当时的诗人结成翰墨交谊。他虽怀有用世之志,但因困踬场屋,不能一展其才。姜夔多才多艺,擅词工诗,著有《白石道人诗集》、《白石道人歌曲》、《白石诗说》等。

他的《白石道人诗集自序》是一篇非常有影响的文人诗集自序,颇受后人称许。

> 作诗求与古人合,不若求与古人异;求与古人异,不若不求

与古人合而不能不合，不求与古人异而不能不异。彼惟有见乎诗也，故向也求与古人合，今也求与古人异。及其无见乎诗已，故不求与古人合而不能不合，不求与古人异而不能不异。其来如风，其止如雨，如印印泥，如水在器，其苏子所谓不能不为者乎？

姜夔写诗初学江西诗派，后又受唐诗的影响而自出机杼，这篇自序实际上正是姜夔对自己诗歌创作道路的悉心总结，他把学诗的过程归纳为求与古人诗歌合、异的三个过程，先"求与古人合"，这是初级阶段，再"求与古人异"，这是渐进阶段，最后达到"不求与古人合而不能不合，不求与古人异而不能不异"的成熟阶段，实际上就是自有所得，自成一家了。

真德秀《东坡书归去来辞》

真德秀(1178—1235)，字景元，建宁浦城(今属福建)人，庆元五年(1199)进士，官至户部尚书、参知政事，对政务励精图治，是南宋著名的政治家、理学家，被称为"小朱子"。他为官清廉正直，爱国勤政，作为朱熹的私淑弟子，不但大力提倡朱理学，而且著述十分丰富，主要有《四书集锦》、《清源文集》、《西山文集》、《大学衍义》等，是正统的有代表性的福建朱子学者，对后世影响较大。所论多在政事、文章，不过，也有较为鲜活自在的题跋，如作于庆元元年(1195)的《跋东坡书归去来辞》："东坡谪岭南，故旧少通问者。在蜀惟巢元修，在吴则僧契顺，皆徒步万里，访之于荒陬绝徼之外。元修以是登名青史，号称卓行；契顺亦托此以传。眞可敬哉！契顺之言曰：惟无所求，故来惠州，盖有求则有欲，有欲则失其本心，是非颠倒，有不自知者。世之小人疾视君子，至欲挤之死者，岂皆其本心正坐有欲故尔。赵公珍藏此帖，间出以示人，所补多矣，己卯岁除前十日书于南昌郡斋。"在正文以下，真德秀又附上一段，读来颇见文章大家图穷匕见的老辣："近岁有尝登大儒先生之门者，既而党论起，其人畏祸，匿迹过门不敢见，则以书谢曰：非不愿见也，惧为先生累耳。先生答曰：予比得一疾，奇甚，相见则能染人，不来甚善。闻者代为汗下。吁，之人也，盖以通经学古自名,而其行义,顾出一浮屠下。昌黎墨名儒行之说,渠不信然!因戏书于后,以发千古一笑。"此文本是为苏东坡所写陶渊明的《归去来兮辞》而发,但在文尾却节外生枝,议论横发,虽说是"戏书"、"发笑",恐怕还是如鲠在喉,不吐不快吧。

魏了翁《费元甫陶靖节诗序》

魏了翁(1178—1237),字华父,邛州蒲江(今属四川)人,与真德秀同年出生,同年考中进士。理宗亲政后,又与真氏同期入朝,两人志同道合,同为季世之儒,黄百家曾形象地说:"西山、鹤山,如鸟之双翼,车之两轮,不独举也。"(语出《宋元学案·西山真氏学案》。真德秀号西山;魏了翁号鹤山)他为费元甫的陶诗选本所作的序正与真氏的《跋东坡书归去来辞》有异曲同工之妙,皆属借他人酒杯,而浇自家块垒之作。

> 世之辩证陶氏者曰,前得名字之互变也,死生岁月之不同也,彭泽退休之年史与集所载之各异也。然是所当考,而非其要也。其称美陶公者,曰荣利不足以易其守也,声味不足以累其真也,文词不足以溺其志也。然是亦近之,而公之所以悠然自得之趣,则未之深识也。风雅以降,诗人之词,乐而不淫,哀而不伤,以物观物,而不牵于物;吟咏情性而不累于情;孰有能如公者乎?有谢康乐之忠而勇退过之;有阮嗣宗之达而不至于放;有元次山之漫而不着其迹;此岂小小进退所能窥其际邪。先儒所谓经道之余,因闲观时,因静照物,因时起志,因物寓言,因志发咏,因言成诗,因咏成声,因诗成音者,陶公有焉。同郡费君元甫嗜公之诗,为之训诂,微词奥义,毫分缕析。余昔过郡,未尝不得见焉。今成书而属余冠篇,乃以所闻于师友者复之。费君出入是诗久矣,其亦以余言为然乎。

此序从大处着眼,以为于陶公而言,考辨其姓名、生卒及诗文版本异同,比起陶公一生的"荣利不足以易其守,声味不足以累其真,文词不足以溺其志"来说,不过是细枝末节而已。然而这还不够,还应看到陶公不同于一般文人的"悠然自得之趣"乃是"以物观物,而不牵于物;吟咏情性而不累于情",以及"有谢康乐之忠而勇退过之;有阮嗣宗之达而不至于放,有元次山之漫而不着其迹",这些议论确非一般论家所能道,后人称其写了不少卫道之文,其实,即使是一篇小文,也都能一以道学为本,观此序者,可见一斑。

计有功《唐诗纪事序》

计有功(生卒年不详),字敏夫,号灌园居士,临邛(今四川邛崃县)人。宋徽宗宣和三年(1121)进士。高宗朝做过右承议郎、直秘阁、提举两浙西路常平茶盐公事,历任简州、眉州、嘉州等地知州。计有功博通经史,尤爱诗歌,但其最主要的业绩却是编撰了《唐诗纪事》,对唐代诗人,或录名篇,或举本事,或记品评之语,其中不少作者的诗歌赖此书得以保存,也是一件功德无量的事。《唐诗纪事序》是计有功编成《唐诗纪事》八十一卷后写的序言:

> 唐人以诗名家,姓氏著于后世,殆不满百;其余仅有闻焉。一时名辈,灭没失传,盖不可胜数。敏夫闲居,寻访三百年间文集、杂说、传记、遗史、碑志、石刻;下至一联一句,传诵口耳,悉搜采缮录。间捧宦牒,周游四方,名山胜地,残篇遗墨,未尝弃去。
>
> 老矣!无所用心。取自唐初,首尾编次,姓氏可纪近一千一百五十家。篇什之外,其人可考,即略纪大节。庶读其诗,知其人。所恨家贫、缺简籍;地僻,罕闻见。聊据所得,先成八十一卷,目曰《唐诗纪事》云。灌园居士临邛计敏夫有功叙。

全文历述其著书的目的和成书经过,他能够在年老体衰,家贫地僻、缺乏第一手资料的困难情况下,不遗余力地完成此书,确实值得肯定,而他重视作家的生平际遇、重视诗歌的创作背景,以及纠正读其诗而不及于事,玩其意而不求其实的知人论世的认真态度,于后世对唐诗的深入研究起到了很好的影响。至于序中所说的"老矣！无所用心",实在是过谦之词,其实他无所用心的是仕途经济,而其编著《唐诗纪事》的这番用心真可谓良苦呀。

黄震《跋宗忠简行实后》

黄震(1213—1281),字东发,庆元府慈谿(今浙江慈溪)人。宋理宗宝祐四年(1256)进士。性刚直,不畏权暴,为官有清名,并以直言果敢著称于世。曾预修宁宗、理宗两朝《国史》、《实录》,因论当时弊政,建议停办僧道度牒,触怒度宗,连降三级。著有《古今纪要》、《黄氏日钞》等,《宋史》卷四百三十八有传。他有一篇《跋宗忠简行实后》(黄震《黄氏日钞》卷九十一),"行实"是一种记叙死者生平大事的文体,抗金名臣宗泽谥宗简。其文略曰:"呜呼,我读公行实,不能不为天地之纲常哭之恸也。"原因有二:"方金虏围京城不下而以和绐我也,四方勤王之师坐视不得进。公独曰'既曰通和,请亟退师。设有诡谋,吾兵已在城下。'遂发兵大名,至东平、至济州、至卫南,直入贼区,据韦城而徙南华,转战无前矣。斯时也,使赵野、范讷协其谋,则二圣可以不北狩",如果当时宗泽的行动能够得到朝廷的积极支持,是完全可以扭转被动的战局的。还有"方金虏拥吾二圣而北,天下尚皆我有也,四方之勤王而不得遂者,纷纷无所向。公既尹京,寻兼留守……以兵附者,百八十万……已二十五表,疏请回銮京师矣。斯时也,使黄潜善、汪伯彦不从中沮其谋,则中原固金瓯无缺之天下。"所以,在他看来"二圣本不至北狩而终北狩者,公之谋不遂也;中原本未尝沦没而终不免沦没者,公之请不行也。"所以,他要为之恸哭也。"呜呼惜哉！自时厥后,虽有英雄百战,皆不过救败扶伤,况偏安日久乎！故我宋中兴与否,特系公用舍间,他尚何言！虽然,非公守磁,我高宗已先入虏庭,虽江南谁与保？公虽身不及用,尚能为我宋得一岳飞！"此跋扼要分析两宋之交的敌我形势,言简意赅地说明了宗泽主张的正确性,语言也十分峭拔,与其观点相得益彰。

高迈奇绝谢枋得①

谢枋得(1226—1289),字君直,号叠山,信州弋阳(今属江西)人,宝祐四年(1256)进士。生当宋朝崩溃之世,临安陷落后,在弋阳起义,宋亡后,弃家入闽,最后被权奸魏天佑押至大都,终不肯降元,绝食而死。《宋史》卷四百二十五有传。编有《文章轨范》,谢氏于文也有自家看法,在《与杨石溪书》中说"宋朝盛时,文章家非一人,欧、苏起遐方僻壤,以古道自任,发为辞华,经天纬地,天下学者皆知所宗。隐然挈宋治于两汉之上。"对北宋文章,特别是欧、苏两家推崇备至,而对南宋之文却颇有微词,"七十年来,文体卑陋极矣。"他有一封写给友人的信,《与李养吾书》,在肯定养吾"洁身全节"的同时,也表明了自己在乱世中保持气节的赤子心胸。

> 宇宙大变,一世无完人,饶、信持文之士,勇为乱臣贼子者尤众……养吾洁身全节于深山密林间,屹然如黄河之有砥柱。先儒谓世有非常之变,天必预出非常之人以拟之,吾于是有望矣。艺祖皇帝(赵匡胤)最重读书之人。天地折缺之余,正望其整顿;人极倾颠之际,正望其扶持。在天之灵,想亦不能忘情也。子房不能存韩而归汉,孔明不能兴汉而保蜀,君子怜之。今日之事,视二子尤难……天地间大事,决非天地间常人所能办,使常人能办大事,天亦不必产英雄矣……人力终有穷,天道终有定,壮老坚一节,终始持一心……某尝有言:人可回天地之心,天地不能夺人之心。大丈夫行事,论是非不论利害,论逆顺不论成败,论万世不论一生。志之所在,气亦随之;气之所在,天地鬼神亦随之。愿养吾益自珍重。儒者常谈,所谓"为天地立心,为生民立极,为往圣继绝学,为万世开太平",正在我辈人承当,不可使天下后世谓程文之士,皆大言无当也。(谢枋得《叠山集》卷二)

---

① 语出《叠山先生行实》,"为文章高迈奇绝,汪洋演迤,自成一家"。

此信反映了谢枋得不屈的斗志和无畏的勇气。他不但劝人以"洁身全节",而且自己也身体力行。在元至元二十三年(1286),程元海推荐宋臣二十二人,以枋得为首,但他坚辞不出,曾有《上丞相留忠斋书》,(《叠山集》卷二)剖白心迹,其辞曰:"某江南一愚儒耳,自景定甲子(1264)以虚言贾实祸,天下号为风汉,先生所知也。昔岁程御史将旨招贤亦在物色中,既披肝沥胆以谢之矣。朋友自大都来,乃谓先生以贱姓名荐,朝廷过听,遂烦旌召。某乃丙辰(1256)礼闱一老门生也,先生误以忠实二字褒之。入仕二十一年,居官不满八月,断不敢枉道随人,以辱君子知人之明。今年六十三矣,学辟谷养气已二十载,所欠唯一死耳。"自称"愚儒",实为烈士,宁死不屈,令人感愤。

浩然正气文文山

文天祥(1236—1283)字宋瑞,又字履善,号文山。吉州吉水(今江西吉安)人。年二十,举进士。理宗宝祐四年(1256)对策集英殿,擢为第一。考官王应麟奏曰:"是卷古谊若龟鉴,忠肝如铁石,臣敢为得人贺。"德祐元年(1275),元兵大举南侵,恭帝诏天下勤王,文天祥在知赣州任上起兵入卫,第二年正月,除右丞相兼枢密使,都督诸路兵马。元兵进逼临安,文天祥奉命赴元军议和被扣,乘间得脱,至福州,组织兵力奋力抗击元军,但终因寡不敌众,屡战屡败,景炎三年(1278)十二月,在海丰兵败被捕,被押往大都,拘禁三年,坚贞不屈,从容就义。《宋史》卷四百十八有传。

他的《指南录后序》(文天祥《文山集》卷十八)写于景炎元年(1276),"时北兵已迫修(都)门外,战、守、迁皆不及施",南宋政权事实上已是日薄西山,气息奄奄,文天祥从元营得间逃脱,"在患难中,间以诗记所遭,不忍废,道中手自抄录……将藏之于家,使来者读之,悲予志焉",由《后序》之言可知《指南录》为文天祥的诗集,是作者记叙他赴阙、出使和脱险后的经过及九死一生的遭遇,故其发而为序,沉痛无比。这篇《后序》历述苦难艰辛之状,表现了作者坚贞不屈,百折不挠的民族气节和穷且益坚的青云之志。

呜呼!予之及于死者不知其几矣!诋大酋当死;骂逆贼

当死;与贵酋处二十日,争曲直,屡当死;去京口,挟匕首以备不测,几自到死;经北航十余里,为巡船所物色,几从鱼腹死。真州逐之城门外,几傍徨死;如扬州,过瓜洲扬子桥,竟使遇哨,无不死;扬州城下,进退不由,殆例送死。坐桂公塘土围中,骑数千过其门,几落贼手死;贾家庄几为巡徼所陵迫死。夜趋高邮,迷失道,几陷死;质明,避哨竹林中,逻者数十骑,几无所逃死。至高邮,制府檄下,几以捕系死;行城子河,出入乱尸中,舟与哨相后先,几邂逅死;至海陵,如高沙,常恐无辜死;道海安、如皋,凡三百里,北与寇往来其间,无日而非可死;至通州,几以不纳死;以小舟涉鲸波,出无可奈何,而死固付之度外矣。呜呼! 死生,昼夜事也。死而死矣,而境界危恶,层见错出,非人世所堪;痛定思痛,痛何如哉!

此一段中竟有二十余个"死"字,天祥万死不辞,只是为了回归南方,再起义兵抗元,真可谓"视死如归",乃古今所无有之大文章矣。"生无以救国难,死犹为厉鬼以击贼,义也;赖天之灵,修我戈矛,从王于师,以为前驱。雪九庙之耻,复高祖之业,所谓'誓不与贼俱生',所谓'鞠躬尽力,死而后已',亦义也。嗟夫! 若予者,将无往而不得死矣⋯⋯诚不自意,返吾衣冠,重见日月,使旦夕得正丘首,复何憾哉! 复何憾哉!"读此文罢,令人血脉贲张,扼腕而起,一位大义凛然、九死不悔的爱国志士形象跃然纸上,千载之下,如闻其声,如见其志。

文天祥诗《正气歌》的小序《正气歌序》(文天祥《文山集》卷十八),也是极难得的好文章。相比之下,其诗到反而不及此序有名了。文天祥于祥兴元年(1278)被元军所俘,次年十月被押送大都,元世祖忽必烈劝其投降,不为所动,被囚于兵马司狱中,在囚禁期间,他写了不少诗文,《正气歌》便是其中最著名的一首。在这篇诗序中他对自己被囚所处的"土室"有细致的描绘:"予囚北庭,坐一土室,室广八尺,深可四寻,单扉低小,白间短窄,污下而幽暗。当此夏日,诸气萃然。雨潦四集,浮动床几,时则为水气;涂泥半朝,蒸沤历澜,时则为土气;乍晴暴热,风道四塞,时则为日气;檐阴薪爨,助长炎虐,时则为火气;仓腐寄顿,陈陈逼人,时则为米气;骈肩杂遝,腥臊汗垢,时则为人气;或圊溷、或毁尸、或腐鼠,恶气杂出,时则为秽气。叠是数气,为之者鲜不为厉,而余以孱弱俯仰其间,于兹二年矣。无恙,是殆有养致然。"那么究竟是什么原因使得一介囚徒身处其间而安之若素,诸多恶气奈何他不得呢,文天祥在序中骄傲地告诉世人:"然尔亦安知所养何哉?孟子曰:'我善养吾浩然之气。'彼气有七,吾气有一,以一敌七,吾何患焉!况浩然者乃天地之正气也。作《正气歌》一首。"斩钉截铁,掷地有声,充分显示了中华儿女"贫贱不能移,富贵不能淫,威武不能屈"的英雄本色。

《指南录后序》和《正气歌序》不但是文天祥的传世之文,也是南宋殉国志士的代表作,慷慨陈言,直抒胸臆,惶恐伶仃,感人肺腑。

郑思肖《心史总后叙》

郑思肖(1241—1318),福州连江(今属福建)人。原名不详,宋亡后改名,思肖之"肖"即繁体"趙",字忆翁,以示不忘故国。善画兰,但不着泥土,意谓大宋土地已被金人夺去。著有《心史》,原用铁函固封放在苏州承天寺井里,明崇祯十一年(1638)冬,久旱淘井,才被后人发现,流传于世。其篇目略见《心史总后叙》。内容贯穿着抗元复国的执著愿望。在叙中他沉痛地写到:

> 夫天下治,史在朝廷;天下乱,史寄匹夫。史也者,所以载治乱,辨得失,明正朔,定纲常也。不如是,公论卒不定,亦不得当史之名。史而匹夫,天下事大不幸矣!
>
> 我罹大变,心痰骨寒。力未昭于事功,笔已断其忠逆。所谓诗、所谓文,实国事、世事、家事、身事、心事系焉。大事未定,兵革方殷。凡闻语正大事,必疾走而去,不肯终听,畏祸相及,况此书耶?则其存不存,诚非可计,纸上语可废坏,心中誓不可磨灭。若剐、若斩、若碓、若锯等事,数尝熟思冥想——至苦至痛,庸试此心,卒不能以毫发紊我一定不易之天。熟知心之所以为心者,

万万乎生死祸福亦莫能及之;盖实无所变,实无所坏,本然至善纯正虚莹之天也。以是,敢誓曰《心史》。且天地万化,悉自此心出。纵大于天地,亦不能违乎此心;既秉誓不变,决当有成,必然之理。我断断为大宋办中兴事,即所以报我父母大德,天理一本而已矣。敬沥血为语,发明《心史》之义,荐序于后云。维大宋德祐辛巳岁季冬十有八日,思肖后叙。

此序是《心史》全书的总结,作者既慨叹于天下大乱,国史无着;又担心自己所记的国事、世事、家事、身事、心事,能不能保存下来,实难预料。但他坚信,"纸上语可废坏",自己的身家性命亦可剐、可斩、可碓、可锯,但"心中誓不可磨灭"!故名其书为《心史》,置其书于井底,然精诚所至,苍天有眼,三百年后,其书复见天日,而郑思肖的义薄云天的民族气节,亦终大白于天下。

第四章　宋代杂论及试策文

杂论的范围很广,试策的范围则较窄。宋承唐以策取士,士人平时就非常重视练习"对策"的写作,故宋人的杂论及试策文不乏佳作,如苏洵的《几策》、秦观的《进策》,都是针对某些社会问题、政治措施而提出自己的看法并发表议论。

第一节 北宋杂论及试策文

杂论中的寓言一体,是宋人很擅长的。作为一种与时俱进的文体,会在不同时代显示不同的内涵,特别是在关乎国计民生方面,这一点在柳宗元的《捕蛇者说》和《种树郭橐驼传》中表现的十分明显,而在宋代也有类似的情况。比如宋祁的《录田父语》与柳宗元的寓言可说是无独有偶,如出一辙。

宋祁(998—1063),字子京,仁宗时,官至翰林学士,谥景文。博学能文,善发议论,是北宋早期的古文名家,与欧阳修共修《新唐书》,列传部分,出自其手。有《景文集》传世,传附《宋史·宋庠传》。

宋祁的《景文集拾遗》卷十五有一段耐人寻味的《录田父语》,通过作者与田父的对话,深刻地揭示出丰收年成是经过农民长年累月的辛勤劳动才获得的,具有相当的历史真实性。文章开头用欣喜的笔触,描写了大丰收的喜人景象:"岁维孟冬,京县大穰;户既还定,乡无捐瘠;室家溱溱,厥声载路……汁者满篝,秱者如茨,馌者弗仇饷,钼者无德色,枲不闭邻,输不争承,欣欣然以尽四友之敏。"作者忍不住对田父大发感慨,"丈人甚苦暴露,勤且至矣!虽然,有秋之时,少则百囷,大则万箱。或者其天幸然!其帝力然!"在这里,作者采取了欲擒故纵的方法,故意说,所以能有这样的好收成,是上天的保佑呀,是皇帝的恩赐呀!而田父的态度也是颇有风度的。

> 田父俯而笑,仰而应,曰:"何言之鄙也!子未知农事矣。夫春膏之烝,夏阳之暴,我且踦跂竭作,扬芟捽中,以趋天泽;秋气含收,冬物盖藏,我又州处不迁,亟屋除田,以复地力;今日之获,自我得之,胡'幸'而'天'也?且我俯有拾,仰有取,合锄以时,衰征以期,阜乎财求,明乎实利,吏不能夺吾时,官不能暴吾余。今日乐之,自我享之,胡'力'而'帝'也?吾春秋高,阅天下事多矣!未始见不昏作而邀天幸,不强勉以希帝力也。"

说完便"遂去不顾"。田父的一番大实话把所谓的冠冕堂皇的大道理驳得体无完肤,虽然作者心中有所顾忌,在文末还掩饰了一番,说什么"浅丈夫悻悻然,盗天功以私己力,乃自记之矣。奚独父之诛焉!"但其为民倡言的目的已经完全达到了。不过此文也反映了宋祁为文的特点,有些语句不免失之晦涩,甚至还有一二处只学陶渊明"不求甚解"了。这个毛病在当时就曾被欧阳修批评,其实上文所引的四言句式其实是沿用《诗经》,以显其所作与古人同意,希望能被采诗者所关注,只不过其良苦的用心,对于今天一般的读者很难体会罢了。

清言,古代专为修身养性所著之书,也为杂论之属。宋代陈直撰有一本《寿亲养老新书》。从《饮食调治》起,至《简妙老人备急方》止,共分为十五篇二百三十三条。《四库存全书总目》提要称其书"节宣之法甚备,而明代的清言小品实亦滥觞于此。然征引方药,类多奇秘,于高年颐养之法,不无小补。固为人子者所宜究心也"。其"贫富祸福"条没有从孝敬老人的尽力入手,而将注意力集中在尽心上,可说见地独到,耐人玩味。

《经》曰:自天子至于庶人,孝无终始而患不及者未之有也。人子以纯孝之心,竭力事亲,无终始不及之理。惟供养之有厚薄,由贫富之有分限。人居富贵,有奉于己而薄于亲者,人所不录,天所不容,虽处富贵而即贫贱也。人虽居贫贱,能约于己而丰于亲者,人所推仰,天所助与,虽处贫贱而即富贵也。作善降之百祥,作不善降之百殃。善莫大于孝,孝感于天。故天与之福,所以虽贫贱而即富贵也。罪莫大于不孝,不孝感于天,故天与之祸,所以虽富贵而即贫贱也。善恶之报,其犹影响。为人子者,可不信乎!奉亲之道,亦不在日用三牲,但能承顺父母颜色,尽其孝心,随其所有,此顺天之理也。其温厚之家,不可慢于老者,尽依养老之方,励力行之;其贫下缺乏之家,养老之法,虽有奉行之心,而无奉行之力者,但随家丰俭,竭力于亲,约礼设具,使老者知其馨力事奉而止,将见孝心感格阴灵,默佑如姜诗之跃鲤,孟宗之泣笋,无非孝感所致,此行孝之明验也。虑孝子顺孙有窘乏不能依此法者,意有不足,故立此贫富祸福之说以齐之。

(《寿亲养老新书》卷一)

的确,人有通达之分,家有贫贱之别,但是孝敬老人,却无二致。不论贫贱,只要"以纯孝之心,竭力事亲",便"无终始不及之理",富而薄亲,天地难容;贫而厚亲,人所推仰。"但能承顺父母颜色,尽其孝心,随其所有","便孝感于天,天与之福"这类文章,虽然不属名篇,但无论对于了解古代社会的风俗,或是一般实用文体的格调,都不无补裨。

判词,顾名思义,就是古代判案时的断词,所以出于文章大家的实在不多,而作于干练名臣的却不在少数。下面余靖这篇即是一例。

余靖(1000—1064),字安道,号武溪。曲江(今属广东)人。出身仕宦。曾师从林和靖先生。天圣二年(1024)进士,为北宋中期重臣之一。景祐三年(1036),因上疏为范仲淹辩护,与尹洙、欧阳修同被贬,降职为监筠州酒税。余为官正直敢谏,多次为除酷吏,抚疲民抗声力争,以致唾液飞溅至皇帝的"龙颜"上仍意犹未尽,实属难得。与欧阳修、王素、蔡襄,同被誉为朝廷敢于进谏的"四谏"。庆历四年(1044),受命为出使契丹的使者。他巧妙地运用外交手段折服了雄踞一方的辽主,从而适时的在复杂的宋辽夏三角关系中维护了宋朝的利益。著有《武溪集》二十卷。

他的判词《壬盗乙马归而产驹法司断并驹还主盗以驹非正赃不伏》所涉是一件非常有意思的案例,盗贼偷了人家的马生了驹,案发后,却不想把马驹还给事主。余靖对此案的判词如下:

盗肆夺攘,虽祈苟得,物有蕃庶,诚宜复归。俾惩败类之心,式叶防淫之典壬也。莋蒲命侣,溪壑凝怀。秀禀房精,既攘秦穆之骏,价传龙种,遽产渥洼之驹。初欣执勒之奇,俄败穿窬之迹。永言司宪,式举成规,代劳方忝于君轩,必复其始,游牝纵生于尔室,亦又何求。既尽意于邦经,尚见非于寇党。徒烦亟请,难改前言。且贸易之赀,他类犹闻于归主,矧阜蕃之畜,见赃安得而惠奸。无差伏枥之谋,当从共阜之本。宜详治体,奚取盗言。献

美乘于虞公,终为晋府;返名驹于北叟,式叶庄篇。勿轻辕下之赇,必采受中之法。(《武溪集》卷十三)

此判词先下断语"盗肆夺攘,虽祈苟得,物有蕃庶,诚宜复归",然后引经据典,条分缕析,论列周详,逻辑严密,间不容发。判文虽短,却可以管窥豹,既见余靖作为一名练臣,秉公办案,依法办案的风采,又可知宋代法律文书的格式为四六骈体。

制义,在古代是极重要的文体,即考试的标准文体,当然会有明确的规范,具体如《皇朝文献通考》明确指出:"场屋制义屡以清真雅正为训,前命方苞选录四书文颁行,皆取典重正大,足为时文程序。士子咸当知所宗尚矣。"每一个想进入官场的士人都必须精于此道。而苏轼应制科考试所上的《策论》就成为后代应举者的必修课,因为苏轼在嘉祐六年(1061),应中制科考试,入第三等,为"百年第一"。制举不同于三年举行一次的"进士"、"明经"一类的"常科",它是由皇帝特别下诏并亲自主持、为选拔非常人才而特设的一种考试制度,倘若被录取,就可以获得较快的擢拔提升。参加制举考试的考生必须由朝中大臣推荐,然后由六名考官先行考核,及格者才能参加皇帝主持的考试。制举开设次数极少,两宋三百年历史中,只举行过二十二次制举考试;资格审查也极为严格,能够参加考试的人很少,能够考中的就更少,考中而成绩优异者则少之又少。宋朝三百年中考中制举的才有四十人左右,而考中进士的则有将近四万人,相差近千倍。苏轼所应考的是"贤良方正能直言极谏科"。"贤良方正"是说文学出众道德端正,"能直言极谏"是指善于策论,勇于给皇帝提意见。宋仁宗嘉祐六年(1061)八月,苏轼以所作五十篇策、论通过制举考试。显然,苏轼应考制举的策论文章再一次得到了主考官的赏识,不过这次赏识他的还有当朝皇帝宋仁宗。仁宗皇帝与司马光等考官将苏轼点为制举第三等,这是极高的荣誉。按照宋代制举等级的惯例,一、二等都是虚设,实际最高等级为第三等,其次为第三次等、第四等、第四次等,第五等算是不及格。自从北宋开设制举以来,只有吴育以"才识兼茂明于体用科"通过第三次等,其他人都在四等以下。因此,苏轼得第三等是破天荒的大事。这一年苏轼才二十六岁。所以后世民间有"苏文熟,吃羊肉,苏文生,喝菜羹"的传说。

苏轼的《决壅蔽》(《东城全集》卷四十七)是《策别》中的第三篇,也是苏轼所著制义中较有名的一篇:

> 策别其三曰决壅蔽。所贵乎朝廷清明而天下治平者何也?天下不诉而无冤,不谒而得其所欲,此尧舜之盛也。其次不能无诉,诉而必见察,不能无谒,谒而必见省。使远方之贱吏不知朝廷之高,而一介之小民不识官府之难,而后天下治。今夫一人之身有一心两手而已,疾痛疴痒动于百体之中,虽其甚微不足以为患,而手随至。夫手之至岂其一一而听之心哉?心之所以素爱其身者深,而手之所以素听于心者熟。是故不待使令而卒然以自至。圣人之治天下亦如此而已。百官之众,四海之广,使其关节脉理相通为一,叩之而必闻,触之而必应。夫是以天下可使为一身,天子之贵,士民之贱,可使相爱,忧患可使同,缓急可使救。今也不然,天下有不幸而诉其冤,如诉之于天,有不得已而谒其所欲,如谒之于鬼神。公卿大臣不能究其详悉而付之于胥吏,故凡贿赂先至者,朝请而夕得,徒手而来者,终年而不获。至于故常之事,人之所当得而无疑者,莫不务为留滞,以待请属。举天下一毫之事,非金钱无以行之。昔者汉唐之弊,患法不明,而用之不密。使吏得以空虚无据之法以绳天下。故小人得以无法为奸。今也法令明具而用之至密。举天下惟法之知。所欲排者,有小不如法而可指以为瑕;所欲与者,虽有所乖戾而可借法以为解。故小人以法为奸。今天下所为多事者,岂事之诚多耶?吏欲有所鬻而未得,则新故相仍,纷然而不决。此王化之所以壅遏而不行也。昔桓文之霸,百官承职不待教令而办,四方之宾至不求有司。王猛之治秦,事至纤悉,莫不尽举,而人不以为烦。盖史之所记麻思还冀州请于猛,猛曰速装行矣。至暮而符下,及出关,郡县皆已被符。其令行禁止而无留事者,至于纤悉莫不皆

然。苻坚以戎狄之种,至为霸王,兵强国富,垂及升平者,猛之所为固宜其然也。今天下治安,大吏奉法,不敢顾私。而府史之属,招权鬻法,长吏心知而不问,以为当然。此其弊有二而已。事繁而官不勤,故权在胥吏,欲去其弊也,莫如省事而厉精。省事莫如任人,厉精莫如自上率之。今之所谓至繁,天下之事,关于其中。诉者之多而谒者之众,莫如中书与三司。天下之事,分于百官而中书听其治要;郡县钱币制于转运使,而三司受其会计。此宜若不至于繁多。然中书不待奏课以定其黜陟,而关预其事,则是不任有司也。三司之吏推析赢虚至于毫毛以绳郡县,则是不任转运使也。故曰省事莫如任人。古之圣王爱日以求治,辨色而视朝。苟少安焉,而至于日出,则终日为之不给。以少而言之,一日而废一事,一月则可知也,一岁则事之积者不可胜数矣。欲事之无繁,则必劳于始而逸于终,晨兴而晏罢。天子未退,则宰相不敢归安于私第,宰相日昃而不退,则百官莫不震悚尽力于王事而不敢宴游。如此则纤悉隐微莫不举矣。天子求治之勤,过于先王,而议者不称王季之晏朝,而称舜之无为。不论文王之日昃,而论始皇之量书。此何以率天下之怠耶? 臣故曰:厉精,莫如自上率之,则壅蔽决矣。

这是苏轼应制科考试所进的《策论》之一,主旨是劝最高统治者"厉精庶政,督察百官",使得官场上下互通声气。解决的办法一是"省事",二是"厉精"。省事就要信任臣下,厉精,就得以身作则。通篇文笔流畅,层次分明,有议论,有分析,亦不乏譬喻和例证,所有这些,本就是苏文的本色,而在此文中表现尤其鲜明,所以苏轼能够高中,也就在情理之中了,另外,由于具备了古代应试文的所必须具备的写作规范,苏轼的应试文在后代产生巨大影响也是顺理成章的了。

第二节　南宋杂论及试策文

南宋杂论,首推朱熹。他的《朱子语类》是与弟子问答的语录汇编,所涉内容极广,首论理气、性理、鬼神等世界本原问题,以太极、理为天地之始;次释心性情意、仁义礼智等伦理道德及人物性命之原;再论知行、力行、读书、为学之方等认识方法,析理精密,语言亦极富个性化,对后世影响极大。

  人须是有廉耻。孟子曰耻之于人大矣。耻便是羞恶之心,人有耻则能有所不为。今有一样人,不能安贫,其气销屈,以至立脚不住,不知廉耻,亦何所不至？因举吕舍人诗云:逢人即有求,所以百事非。
  学者当常以志士不忘在沟壑为念,则道义重而计较死生之心轻矣。况衣食至微末事,不得未必死,亦何用犯义犯分,役心役志,营营以求之耶？某观今人因不能咬菜根而至于违其本心者众矣,可不戒哉！困陑有轻重,力量有小大。若能一日十二辰点检自己念虑动作都是合宜,仰不愧俯不怍,如此而不幸填沟壑,丧躯殒命有不暇恤。只得成就一个是处。如此则方寸之间,全是天理,虽遇大困厄,有致命遂志而已。亦不知有人之是非向背,惟其是而已。
  天下事不可顾利害,凡人做事多要趋利避害,不知才有利必有害。吾虽处得十分利,有害随在背后。不如且就理上求之。孟子曰:如以利则枉寻直尺,而利亦可为与？且如临难致死义也。若不明其理而顾利害,则见危致命者反不如偷生苟免之人。可怜石头城宁为袁粲死不作褚渊生。民之秉彝不可磨灭如此,做事若顾利害,其终未有不陷于害者。
  将天下正大底道理去处置事便公,以自家私意去处之便私。为气血所使者,只是客气,惟于性理说话涵泳,自然临事有别处。

悔字难说,既不可常存在胸中以为悔,又不可不悔。若只说不悔,则今番做错且休,明番做错又休不成。说话问,如何是着中底道理。曰不得不悔,但不可留滞。既做错此事,他时更遇此事,或与此事相类,便须惩戒,不可再做错了。(《朱子全书》)

以上诸条,均出《朱子全书》卷四"杂论立心处事"部分。三言两语,看似就事论事,其实处处从大处着眼,将理学家的大道理,于为人处世中一一道来,看得见摸得着,对后学来说,简单明了,方便易行。行文中,也绝不费心雕琢,心口如一,反倒显出大家风范。

第五章　宋代传状文

　　宋代,由于纯文学作品的日益增多,官修的史书已经被文坛排除在正统文学范围之外了;而散文家个人撰写的自传、小传、别传、逸事等史外传记,以其清新别致的笔法和各具特色的切入角度,赢得了广泛的市场,在传记文学中逐渐脱颖而出。

第一节　北宋传状文

宋代以后,史外传记文在文坛上对后人的影响大大超过了正史中的纪传,有的是写不入史传的小人物,如王禹偁的《唐河店妪传》。宋代古文六大家都写有不少出色的传状,虽然多不是大人物,却给人耳目一新的感觉。

英伟可观王禹偁①

王禹偁(954—1001),字元之,济州巨野人。宋初第一个大力推行古文创作的固然是柳开,但是,筚路蓝缕,柳开的创作成就并不高。与柳开同时而稍后一并倡导古文而且在创作上更有建树的是王禹偁。王禹偁出身清寒,于而立之年,即宋太宗太平兴国八年(983)考中进士,历任左司谏(989)、翰林学士、知制诰等职。遇事敢言,多所规讽,故"八年三黜"。宋真宗咸平初,被贬为黄州知州时,曾作《三黜赋》以见己志,"屈于身而不屈于道兮,虽百谪而何亏"(王禹偁《小畜集》卷一)。作为北宋初期文坛重要的革新人物和古文运动的最早倡导者之一,王禹偁在文学创作上,提倡宗经复古,取法韩愈、柳宗元,主张写"传道明心"的古文。而且特别强调"不得已而言",因此他的代表作都写得"句易道,义易晓",继承的是韩愈散文"文从字顺"的一面,如《待漏院记》、《唐河店妪传》等都是其创作主张的成功实践。著有《小畜集》、《小畜外集》,《宋史》卷二百九十三有传。《四库全书总目》说他"屡以事谪守郡,终于知蕲州",又说"宋承五代之后,文体纤俪,禹偁始为古雅简淡之作。其奏疏尤极剀切,《宋史》采入本传者,议论皆英伟可观。在词垣时所为应制、骈偶之文,亦多宏丽典赡,不愧一时作手"。宋代名家对他的文章也多有称许,如欧阳修"想公风采常如在,顾我文章不足论"(《书王元之画像侧》,见《文忠集》卷十一),苏轼"以雄文直道独立当世……愿为执鞭不可得"(《王元之画像赞并序》,见《东坡全集》

---

① 语出《四库全书总目》,"其奏疏尤极剀切,《宋史》采入本传者,议论皆英伟可观"。

卷九十四)。

王禹偁的《唐河店妪传》(《小畜集》卷十四)约作于宋太宗端拱二年(989)或稍后,是针对防备契丹对边地的侵扰而写的。当时辽军经常蹂躏河北、山西等地,而边地的民众积极参与地方部队的抵抗行动,但是宋军中的一些高级将领对此却不以为然,甚至想方设法削弱这些力量。本文记述了边地一位老妇机智勇敢的杀敌事迹,显示了当时保家卫国的大众民心,无形地谴责了当权文武大臣举措的失当。文章首先简明地记述了唐河店老妪近似传奇的杀敌故事,"端拱中,有妪独止店上,一虏至,系马于门,持弓矢坐定,呵妪汲水。妪持缏缶趋井,悬而复止。因胡语呼虏为王;且告虏曰:'缏短不能及也,妪老力惫,王可自取之。'虏因系缏弓杪,俯而汲焉。妪自后推虏堕井",看到这里,读者自然不能不佩服老妪的胆量与智谋,但是作者意犹未尽,再加点睛之笔,"(老妪随后)跨马诣郡,马之介甲具焉,鞍之后复悬一彘首。常山民吏观而壮之,噫!国之备塞,多用边兵,盖有以也:以其习战斗而不畏懦矣。一妪尚尔,其人可知也。"风采如此,不但"常山民吏观而壮之",千载之后,现代读者恐怕也无不读而壮之,为其倾倒。然而,王禹偁此文并不是就事论事,而是有为而发,所以接下来方笔锋一转,引出议论,从容转入正题,"噫!国之备塞,多用边兵,盖有以也:以其习战斗而不畏懦矣。一妪尚尔,其人可知也",强调要用边兵以备塞,这才是王禹偁写作此文的动机,以下举一反三,历数边兵之可用。从一老妪引出"习干戈战斗而不畏懦"的边民,"近世边郡骑兵之勇者:在上谷曰'静塞',在雄州曰'骁捷',在常山曰'厅子',是皆习干戈战斗而不畏懦者也。闻虏之至,或父母辔马,妻子取弓矢,至有不俟甲胄而进者。顷年胡马南下,不过上谷者久之,以'静塞'骑兵之勇也。"有如此边兵,边境何以不宁,原来,"边将取静塞马分隶帐下以自卫,故上谷不守",更有甚者,朝廷对这支力量的使用也极为不当,将其"选归上都",不但使其背井离乡,而且"月给微薄,或不能充;所赐介胄鞍马,皆脆弱羸瘠,不足御胡,其坚利壮健者,悉为上军(此指朝廷禁军)所取,及其赴敌,则此辈身先,宜其不乐为也。"有兵而不知用,使王禹偁痛心疾首,在文中向"有位者"提出了自己的见解"诚能定其军,使有乡土之恋;厚其给,使得衣食之足;复赐以坚甲健马,则何敌不破!如果得边兵一万,可敌客军(指从他处调到边境的军队)五万矣。谋人之国者,不于此而留心,吾未见其忠也。"

这篇传记由一老妪杀敌为机,引出边兵,再由边兵所用不当论及边备失误,由点及面,举一反三,文不虚作,论事恳切,可说是一篇切中军国要害的警世之作,而其忧国忧民之心,更是跃然纸上,令人感怀。描写也颇生动,体现了王禹偁"不得已而言"的严肃创作态度。

欧阳修《六一居士传》

欧阳修的《六一居士传》(《文忠集》卷四十四)以主客问答的形式写出自己晚年的心态,惟妙惟肖。开篇明义:

> 六一居士,初谪滁山,自号醉翁。既老而衰且病,将退休于颍水之上,则又号六一居士。当初被贬,自号"醉翁",如今老去,又号"六一",风流倜傥,谁人能及? 客问:"六一何谓也?"欧公答曰:"吾家藏书一万卷,集录三代以来金石遗文一千卷,有琴一张,有棋一局,而常置酒一壶。"客问:"是为五一尔,奈何?"欧公答曰:"以吾一翁,老于此五物之间,是岂不为六一乎?"

欧公徜徉在这书、文、琴、棋、酒五物之间,其乐无穷:

> 吾之乐可胜道哉! 方其得意于五物也,太山在前而不见,疾雷破柱而不惊;虽响九奏于洞庭之野,阅大战于涿鹿之原,未足喻其乐且适也。客问:"子知轩裳珪组之累形,而不知五物之累其心乎?"欧公答曰:"不然。累于彼者已劳矣,又多忧;累于此者既佚矣,幸无患。吾其何择哉?"于是与客俱起,握手大笑,曰:"置之,区区不足较也。"

这篇自传写于欧公去世前两年,其摇曳生姿,余味无穷,自是欧文本色,而虚构的"客问",未必不是欧公心中的矛盾之处,但最终他自己说服了自己,决意林下,不问政事,这当然是因为他与王安石的新法水火不能相容,只是不想在这篇小传中有过多的牵涉,所以最后他斩钉截铁地说"虽无五物,其去宜矣,复何道!"值得注意的是,这种将内心的矛盾以"客"的形式出之,后来苏轼那篇有名的《赤壁赋》,虽然体裁各异,但其手法与恩师此传却是如出一辙的。

至于各类史传文,欧公自是大家,与宋祁同修《新唐书》,独修《新五代史》,有宋一代,无人可及。然除正史以外,欧公亦多所涉及,如他所撰的《归田录》二卷。《四库全书总目》谓:多记朝廷轶事及士大夫谈谐之言,自序谓以唐李肇《国史补》为法,而小异于肇者,不书人之过恶……可资考据,亦《国史补》之亚也。由此可知,此书虽非正史,却可为其拾遗补缺,且生动有趣,有正史非能望其项背者。仅略摘有关宋太祖轶事数则,便可知欧公眼力独具,非同小可。

太祖时,郭进为西山巡检,有告其阴通河东刘继元,将有异志者。太祖大怒,以其诬害忠臣,命缚其人予进,使自处置。进得而不杀,谓曰:尔能为我取继元一城一寨,不止赎尔死,当请赏尔一官。岁余,其人诱其一城来降,进具其事,送之于朝,请赏以官。太祖曰:尔诬害我忠良,此才可赎死耳。赏不可得也。命以其人还进,进复请曰:使臣失信,则不能用人矣。太祖于是赏以一官。君臣之间盖如此。

太祖建隆六年,将议改元,语宰相勿用前世旧号。于是改元乾德。其后因于禁中见内人镜背有乾德之号,以问学士陶谷,谷曰:此伪蜀时年号也。因问内人,乃是故蜀王时人。太祖由是益重儒士,而叹宰相寡闻也。

陶尚书为学士,尝晚召对。太祖御便殿,陶至,望见上将前而复却者数四。左右催宣甚急。谷终彷徨不进,太祖笑曰:此措大索事。分顾左右,取袍带来。上已束,带谷遽趋入。

太祖时以李汉超为关南巡检使,扞北敌。与兵三千而已。然其齐州赋税最多,乃以为齐州防御使,悉与一州之赋,俾之养士。而汉超武人，所为多不法。久之，关南百姓，诣阙讼汉超。贷民钱不还，及掠其女以为妾。太祖召百姓入见便殿，赐以酒食，慰劳之。徐问曰：自汉超在关南，契丹南侵者几？百姓曰：无也。太祖曰：往时契丹南侵，边将不能御，河北之民，岁遭劫虏。汝于此时，能保全其赀财、妇女乎？今汉超所取，孰与契丹之多？又问讼女者曰：汝家几女？所嫁何人？百姓具以对。太祖曰：然则所嫁皆村夫也。若汉超者，吾之贵臣也。以爱汝女则取之，得之必不使失所。与其嫁村夫，孰若处汉超家富贵？于是百姓皆感悦而去。太祖使人语汉超曰：汝须钱，何不告我，而取于民乎？乃赐以银数百两。曰：汝自还之，使其感汝也。汉超感泣，誓以死报。

这些记载，均为正史所无，然对于了解宋太祖时君臣际会，却是不可多得的珍贵史料。

苏轼《方山子传》

作为写传的行家里手，苏轼不论是传文的长短，还是传主身份的高低，一概写得有声有色，而最具神韵的却非篇幅不长的《方山子传》莫属了。《方山子传》写于元丰四年（1081）十二月，传主陈慥是一位遁世奇人，陈慥本为苏轼好友，两人近二十年不见，突然在苏轼被贬官的黄州不期而遇，而此陈慥亦非彼陈慥了，他从一个雄心勃勃，意欲驰骋当世的伟丈夫，一变而为隐姓埋名，佯狂山中的奇隐士，而此时的苏轼与当年初入仕途的彼苏轼相比，也是不可同日而语了。苏轼遂以老到的文笔，仅用四百余字就将陈慥这一耐人寻味的变化写得形神毕现而又意趣无穷。将眼前的山中异人与当初一世豪士作比，苏轼由衷地对其不慕富贵，鄙夷仕途，不肯与世俗同流合污的情操表示了钦佩。而这一切由原本也是豪情万丈现而今谪居山野，却又无法了却俗尘的苏轼写来，自然是一往情深，感慨系之了。但从字里行间所流泻出的同病相怜，惺惺相惜之情，在不经磨难的后人读来，恐是不易体会的。因陈慥在世人眼里是一位不可理喻的旷世奇人,所以这篇传文也写得匠心独运,不落俗套。开篇欲擒故纵,先细叙其"庵居蔬食,不与世相闻。弃车马,毁冠服,徒步往来山中,人莫识也"、"其家环堵萧然,而妻子奴婢皆有自得之意"的骇世举止,再于篇末图穷匕见,交代其"世有勋阀,当得官;使从事于其间,今已显闻。而其家在洛阳,园宅壮丽与公侯等;河北有田,岁得帛千匹,亦足以富乐。皆弃不取,独往来穷山中,此岂无得而然哉"的难能可贵。前后两相对照,"方山子"这一遁世奇人的形象自然是呼之欲出,过目难忘了。文中又穿插着"方山子"称呼的由来,"见其所着帽,方屋而高,曰:'此岂古方山冠之遗像乎?'因谓之方山子";以及两人当初的过从交往,"独念方山子少时,使酒好剑,用财如粪土。前十九年,余在岐山下,见方山子从两骑,挟两矢,游西山,鹊起于前,使骑逐而射之,不获,方山子怒马独出,一发得之。因与余马上论用兵及古今成败,自谓一世豪士。今几日耳,精悍之色,犹见于眉间,而岂山中之人哉"等生花妙笔,相互映照,更使全传一波三折,兴味盎然。而此传对人物情态细节的描写更是入木三分,尤为成功,当苏轼向久别重逢的方山子讲述了自己被谪至此的各种遭遇后,方山子"俯而不答,仰而笑",寥寥七字,画龙点睛地展示了方山子的脱俗见地和两人相知之深。正因为与对方神交已久,相逢甚深,苏轼才能写出这篇令人叹为观止的精彩传文。

其实,苏轼与陈慥之交谊渊源不浅,他还为陈慥父亲陈公弼写过一篇传,为父子二人同时作传,而且苏轼在《陈公弼传》(《东坡全集》卷三十九)中,曾直言不讳地说:"轼平生不为行状墓碑而独为此文",要知道在苏轼全集中,只收了十篇传文,而陈氏父子就占了两篇,这肯定是不同寻常的。陈氏先祖亦是眉山人,与苏轼有同乡之谊,而苏轼于嘉祐六年,释褐便出任凤翔签判,陈公弼是他的顶头上司,初入仕途的苏轼虽然只有二十六岁,却已经名满天下,所以难免年轻气盛,与陈公弼发生矛盾也就在所难免,苏轼在传中说:"公于轼之先君子,为丈人行。而轼官于凤翔,实从公二年。方是时,年少气盛,愚不更事。屡与公争议,至形于言色,已而悔之。窃尝以为古之遗直。而恨其不甚用,无大功名。独当时士大夫,能言其所为。公没十有四年,故人长老,日以衰少,恐遂就湮没。欲私记其行事,而恨不能详。得范景仁所为公墓志,又以所闻见补之,为公传。轼平生不为墓碑,而独为此文。后有君子得以考览焉。"可见苏轼在陈公弼逝世十四年之后,而为此传,确实是有所感而不得不发的。其传略曰:

> 移知凤翔,仓粟支十二年。主者以腐败为忧,岁饥,公发十二万石以贷,有司忧恐,公以身任之。是岁大熟,以新易陈,官民皆便之。于阗使者入朝,过秦州,经略使以客礼享之。使者骄甚,留月余,坏传舍什物无数。其徒入市,掠饮食,人户昼闭。公闻之谓其僚曰:吾尝主契丹使,得其情。其人初不敢暴横,皆译者教之。吾痛绳以法,译者惧则自不敢动矣。况此小国乎!乃使教练使持符告译者曰:入吾境,有秋毫不如法,吾且斩若,取军令状以还。使者亦素闻公威名,至则罗拜庭下,公命坐两廊,饮食之,护出诸境,无一人哗者……为人清劲寡欲,长不逾中人,面瘦黑,目光如冰。平生不假人以色,自王公贵人皆严惮之。见义勇发,不计祸福,必极其志而后已。所至奸民猾吏,易心改行。不改者必诛。然实出于仁恕,故严而不残,以教学养士为急。轻财好施,笃于恩义。少与蜀人宋辅游,辅卒于京师。母老子少,公养其母终身,而以女妻其孤。端平使与诸子游学,卒与忱(陈公长子)同登进士第,当荫补子弟,辄先其族人,卒不及其子慥。赞曰:闻之诸公,长者陈公弼,面目严冷,语言确切。好面折人。士大夫相与燕游,闻公弼至,则语笑寡味,饮酒不乐。坐人稍稍引去,其天资如此。然所立有绝人者,谏大夫郑昌有言:山有猛兽,藜藿为之不采。淮南王谋反,论公孙丞相若发蒙耳。所惮独汲黯。使公弼端委立于朝,其威折冲于千里之外矣。

传文对陈公弼的处事、胆略、为人都有画龙点睛的刻画,今人往往对苏轼的《方山子传》赞不绝口,不过是人云亦云罢了。如能结合苏氏为其父所传一并分析,不但能更好地了解陈氏父子,而且对大家文不虚发,言必有中的选题会有较深的体会。

苏轼一再说自己平生不为人写行状及墓碑铭文,然亦有例外,所撰

《司马温公行状》(《东坡全集》卷九十)洋洋洒洒近万言,依行状体例,先序世系、籍贯:

> 曾祖政,赠太子太保;曾祖母薛氏,赠温国太夫人;祖炫,试秘书省校书郎、知耀州富平县事、赠太子太傅;祖母皇甫氏,赠温国太夫人;父池,尚书吏部郎中、充天章阁待制、赠太师、追封温国公;母聂氏,赠温国太夫人;公讳光,字君实。其先河内人,晋安平献王孚之后。王之裔孙,征东大将军阳,始葬今陕州夏县涑水乡,子孙因家焉。

行状历来为后代修史所本,如行状中言:"公自儿童凛然如成人,七岁闻讲《左氏春秋》大爱之,退为家人讲,即了其大义。自是手不释书,至不知饥渴、寒暑。"《宋史》本传曰:"光生七岁凛然如成人,闻讲《左氏春秋》爱之,退为家人讲,即了其大指。自是手不释书,至不知饥渴、寒暑。"又行状中言:神宗即位,首擢公为翰林学士。公力辞不许。上面谕公:古之君子,或学而不文,或文而不学。惟董仲舒、扬雄兼之。卿有文学何辞为?公曰:臣不能为四六。上曰:如两汉制诏可也。公曰:本朝故事不可。上曰:卿能举进士取高等,而云不能四六何也?公趋出,上遣内臣至阁门强公受告。拜而不受,趣公入谢曰:上坐以待公。公入至廷中以告置公怀中。不得已乃受。《宋史本传》曰:神宗即位,擢为翰林学士,光力辞。帝曰:古之君子,或学而不文,或文而不学。惟董仲舒、扬雄兼之。卿有文学何辞为?对曰:臣不能为四六。帝曰:如两汉制诏可也。且卿能进士取高第,而云不能四六何邪?竟不获辞。两相比较,可知古时行状一体,对后世修史关系极大,苏轼所记皆温公生平大事,至于《本传》所载的"司马光砸大缸救人"的之故事则付阙如。正如苏轼在行状结尾时所表白的,"轼从公游二十年,知公平生为详。故录其大者为行状。其余非天下所以治乱安危者皆不载。谨状。"可见苏轼不是不写行状,而是不轻易写,但他的行状写得确实非同一般,后来请他写墓碑行状的,不论是朝廷还是故旧,都被他婉词回绝,态度可谓坚决。

> 元祐六年七月日，翰林学士、承旨左朝奉郎、知制诰兼侍读苏轼状奏准，勅差撰故中散大夫、同知枢密院赵瞻神道碑并书者右。臣平生不为人撰行状、埋铭墓碑，士大夫所共知。近日撰司马光行状，盖为光曾为亡母程氏撰埋铭；又为范镇撰墓志，盖为镇与先臣洵平生交契至深，不可不撰。及奉诏撰司马光、富弼等墓碑，不敢固辞。然终非本意，况臣危病废学，文辞鄙陋，不称人子所以欲显扬其亲之意，伏望圣慈，别择能者。特许辞免，谨录奏闻，伏候勅旨。(《辞免撰赵瞻神道碑状》,《东坡全集》卷六十)

> 叠辱手教，愧荷不已。雪寒起居佳胜。示谕固识孝心深至。然某从来不独不作不书铭志。但缘子孙欲追述祖考，而作者皆未尝措手也。近日与温公作行状书墓志者，独以公尝为先妣墓铭，不可不报耳。其它决不为。所辞者众矣，不可独应命。想必获罪左右，然公度某无他意，意尽于此矣。悚息悚息。(《答李方叔三首》其一,《东坡全集》卷六十)

相比之下，这篇《司马温公行状》就愈发显得难得了。

苏辙《孟德传》

此传写了一个神奇的军人，退居山林，情节非常生动曲折，读来十分引人入胜：

> 孟德者，神勇之退卒也。少而好山林，既为兵，不获如志。嘉祐中，戍秦州。秦中多名山，德出其妻，以其子与人，而逃至华山下。以其衣易一刀十饼，携以入山。自念吾禁军也，今至此，擒亦死，无食亦死，遇虎狼毒蛇亦死，此三死者，吾不复恤矣，惟山之深者往焉。食其饼既尽，取草根木实食之。一日十病十愈，吐痢胀懑，无所不至。既数月安之，如食五谷。以此入山二年而

不饥。然遇猛兽者数矣,亦辄不死。德之言曰,凡猛兽类,能识人气,未至百步,辄伏而号。其声震山谷。德以不顾死,未尝为动。须臾奋跃如将抟焉。不至十数步,则止而坐,逡巡弭耳而去。试之前后如一。后至商州,不知其商州也。为候者所执。德自分死矣。知商州宋孝孙谓之曰:吾视汝非恶人也,类有道者。德且道本末,乃使为自告者。置之秦州,张公安道适知秦州,德称病得除兵籍为民,至今往来诸山中。亦无他异。能夫孟德,可谓有道者也。世之君子,皆有所顾,故有所慕,有所畏,慕与畏交于胸中,未必用也,而其色见于面颜,人望而知之。故弱者见侮,强者见笑,未有特立于世者也。今孟德其中无所顾,其浩然之气,发越于外,不自见而物见之矣。推此道也,虽列于天地可也,曾何猛兽之足道哉!

其实,苏辙写《孟德传》并非为了讲一个人隐居山林的传奇故事,而是为了突出那股孟德不怕死的劲头,所谓"其中无所顾,其浩然之气,发越于外,不自见而物见之矣。推此道也,虽列于天地可也,曾何猛兽之足道哉!"更难得的是其兄苏轼还专为此传加了一段跋:

子由书孟德事见寄,余既闻而异之。以为虎畏不惧己者,其理似可信,然世未有见虎而不惧者,则斯言之有无终无所试之。然曩余闻忠万云安多虎,有妇人置二小儿沙上,而浣衣于水上者。有虎自山上驰下,妇人仓惶沉水避之。二小儿戏沙上自若,虎熟视久之,至以首抵触,庶几其一惧,而儿痴竟不知怪。意虎之食人必先被之以威,而不惧之人,威无所施欤。世言虎不食醉人,必坐守之,以俟其醒,非俟其醒,俟其惧也。有人夜自外归,见有物蹲其门,以为猪狗类也,以杖击之,即逸去。至山下月明处,则虎也。是人非有以胜虎,其气已盖之矣。使人之不惧,皆如婴儿、醉人与其未及知之时,则虎不敢食,无足怪者。故书其末以信子由之说。

此跋欲擒故纵、先疑后信,作者阐发的内容与其弟的传文相映成趣,可谓兄弟二人心有灵犀。

第二节 南宋传状文

南宋传状也一如北宋,多记小人物,小事情,以小见大。不过,因为国运所迫,往日文人的闲情逸致,风流偶傥更多地让为位于在对敌斗争中各色人物的表现。不论名人,还是百姓,概莫能外。

朱熹《记孙觌事》

朱熹有一篇很短的史传文《记孙觌事》(《晦庵集》卷四十一)。孙觌(1081—1169)在宋钦宗时,官至翰林学士,善写"四六",他的《莫开墓志铭》,主张向金人求和;作《韩忠武墓志铭》,诽谤岳飞是跋扈的武将;作《万俟卨墓志铭》甚至冒天下之大不韪,赞扬其杀害岳飞的"功劳",可见孙某是一个彻头彻尾的卖国投降,颠倒是非的家伙。1127年,金兵入寇,要钦宗递降表,孙觌奉命立就,中有"背恩致讨,远烦汗马之劳;请命求哀,敢废牵羊之礼"云云,辞极卑下,海内切齿。这种卖国求荣的无行文人,自然被南宋有正义感的士大夫所不齿与鄙视,连《宋史》都没有他的传。那为什么道学先生朱熹要写这一篇《记孙觌事》呢?本文写于宋孝宗淳熙十二年(1185),为的是使民族败类孙觌以给金人写降表为荣的丑行遗臭万年。因孙觌在南宋时是一个劣迹昭彰,恶名远扬的家伙,对他不必多加介绍,所以作者一上来就单刀直入,记录下他写降表时的秽言丑行。钦宗被俘后,金人一再要他写降表,钦宗被逼无奈,只得假诏让随行的孙觌起草,其意本希望孙觌义不奉诏,以图搪塞过关,没想到孙觌竟满口答应,文不加点,一挥而就,十足一幅奴才相。金主为表彰他的降顺,把掳来的妇女赏赐给他,孙觌竟也厚颜无耻地接受了。事后还到处宣扬顺天者昌,逆天者亡,为自己的卖国行径制造舆论。全文仅二百余字,却简捷明了地将这个可耻的卖国贼的丑恶嘴脸暴露在光天化日之下,使其永远钉在历史的耻辱柱上。

> 靖康之难,钦宗幸虏营。虏人欲行某文(某文指降表,朱熹追述本朝皇帝投降的事,不愿直说,故云"某文"),钦宗不得已,

为诏从臣孙觌为之,阴冀觌不奉诏,得以为解。而觌不复辞,一挥而就;过为贬损,以媚房人,而词甚精丽,如宿成者。房人大喜,至以大宗城卤获妇饷之。觌亦不辞。其后每语人曰:"人不胜天久矣,古今祸乱,莫非天之所为。而一时之士,欲以人力胜之;是以多败事而少成功,而身以不免焉。孟子所谓'顺天者存,逆天者亡'者,盖谓此也。"或戏之曰:"然则子之在房营也,顺天为已甚矣,其寿而康也宜哉!"觌惭无以应。闻者快之。

朱熹还有一篇极长的史传文,即著名的《张魏公行状》(《晦庵集》卷九十五),在《晦庵集》竟占了整整一卷。篇幅之长,在两宋行状中实属罕见。张浚为南宋朝重臣,高宗、孝宗两朝宰相,封魏国公,而作为主战派,因符离之败在历史上褒贬不一。朱熹作为理学家,除了张浚一生大事外,对他在修身齐家方面多有涉及:

> 平生四被谪命,处炎方几二纪。拳拳念君之心,远而弥笃。见朝廷一举措之善,则喜溢词色;一事不厌,则忧思终夕不寐。尝曰:事君者,必此心纯一而后能有感格。盖其忠义,自壮至老,或用或舍,未尝有须臾之间也。事太夫人,先意承志,婉愉顺适,曲尽其心,奉养恭恪,寒暑不渝。家人妇子见公身率,莫敢不敬。或时远去侍侧,每觉意绪不佳,则曰,太夫人得无有疾乎?遣人候问。则其日果太夫人服药也。太夫人方严,或颜色不和,则公拱立左右,踧踖若无所容。俟太夫人意纾,乃敢安。盖自膝下至白首如一日。太夫人既没,见素所服用之物,未尝不泣下,起敬起孝。孝诚笃至,上自宫禁,下至间阎,无不咨嗟叹息。搢绅军民,闻风而兴起慕用,与夫愧悔改行者,不可胜计也。于兄徽猷公,友弟笃至。教养其子与己子不少异。置义庄,以赡宗族之贫者。以至母族丧葬婚嫁,亦皆取给焉。岁时祭祀,必预戒小大,使各严恪,涤牲治具,必亲莅焉。及祭肃乎如祖考临之,时节尝新,必先荐于庙而后敢食。器皿择精洁者,备荐享不以他用。素

能饮酒至斗余,及贬连山,太夫人曰:南方地热,宜省酒。即不敢饮,及再见太夫人,命之饮乃饮。遂终身不逾三酌。于器用取,具不问美恶。平生无玩好,视天下之物,泊然无足以动其心者。燕处饮食,皆有常度,虽在闺门无戏语、无惰容。未尝偏倚而坐,未尝疾呼遽行。言必有教,动必有法。盛德日新,至老无息。及在余干,未寝疾间,温恭朝夕,无丝毫倦怠意。绝笔二铭,于今读之,犹能使人悚然起敬。则公之心虽未易以言语形容,然于此亦可以少见其几矣。盖其天资粹美,涵养深厚,以至于德成而行尊,非勉强所能及也。公之学一本天理,尤深于《易》、《春秋》。

每训诸子及门人曰:学以礼为本,礼以敬为先。又曰:学者当清明其心,默存圣贤气象。久久自有见处。见人有一善为之喜见辞色。子侄辈言动小不中理,则对之愀然不乐。人自感动。

在行状的最后,依例介绍他的婚姻及其子孙与著述:

公初娶杨国夫人乐氏,旬日被命召即造朝,及为侍从。或以公盛年,劝买妾。公曰:国事如此,太夫人在远,吾何心及此。遂终身不置妾。再娶蜀国夫人宇文氏,贤明淑慎,与公同志。生子男二人……

状末又云:"惟公忠贯日月,孝通神明,盛德邻于,生禀奥学,妙于心通,勋存王室,泽在生民,威震四夷,名垂永世。平生言行,非编录可纪。谨撮其大略以备。献于君父,下之史官,传之无穷,且将以求当世立言之君子述焉……左迪功郎特差监潭州南岳庙朱熹状。"

杨万里也有一篇《张魏公传》(《诚斋集》卷一百十六),同样对其一生行事推崇备至:"大抵浚之用心以致君尧舜之道为己任,以春秋复仇之义为己责,以未恢复祖宗之境土为己忧。议者谓其论谏本仁似陆贽,其荐进人才似邓禹,其奋不顾身敢任大事似寇准,其志在灭敌死而后已似诸葛亮……"

无名氏《容斋逸史》

此未详何人所作,洪迈虽别号容斋,著有《容斋五笔》,洪迈曾任史官,熟知本朝故事,并于淳熙十四年(1187),在方腊占领过的婺州任知州,故对方腊起义始末原委,知之甚详。然未见其自称"容斋逸史"。

无名氏《青溪寇轨》辑录了四则有关方腊的材料,其中第一、二两则出自方勺的《泊宅编》,第三则称"容斋逸史曰"。据其文所载,容斋逸史是因为读了《泊宅编》之后,认为方勺的《泊宅编》颇有曲笔,于史实不尽相符,对其为蔡京、童贯等人的罪行多所掩饰,尤为不满。因而补记了方腊举事时的重要史料,特别是详细采录了方腊在誓师时对民众的长篇演讲,实属难得,也从而揭示出方腊起义的根本原因在于统治阶级的穷奢极侈,巧取豪夺;而"花石纲"之祸,更是"官逼民反",当然对农民起义也难免有所歪曲与攻击。

> 迨徽宗继统,蔡京父子欲固其位,乃倡"丰亨豫大"之说,以恣蛊惑;童贯遂开造作局于苏杭以制御器;又引吴人朱勔进花石媚上。上心既侈,岁加增焉。舳舻相衔于淮、汴,号"花石纲"。至截诸道粮饷纲,旁罗商舟,揭所贡暴其上。篙师柂工,倚势贪横,凌轹州县,道路以目。其尤重者,漕河匆能运,则取道于海,每遇风涛,则人船皆没,枉死无算。江南数十郡,深山幽谷,搜剔殆遍。或有奇石,在江湖不测之渊,百计取之,必得乃止。程限惨刻,无间寒暑。士庶之家,一石一木稍堪玩者,即领健卒直入其家,用黄帊覆之,指为异物,又不即取,因使护视,微不谨,则重谴随之;及启行,必发屋彻墙以出。由是人有一物小异,共指为不祥,惟恐芟夷之不速。民预是役者,多鬻田宅、子女,以供其须。思乱者益众。

此段材料,为后世史书多所采纳,可见其所言极是。

腊有漆园,造作局屡酷取之,腊怨而未敢。会花石纲之扰,遂因民不忍,阴取贫乏游手之徒,赈恤结纳之。众心既归,乃椎牛酾酒,召恶少之尤者百余人会饮。酒数行,腊起曰:"天下国家,本同一理。今有子弟耕织,终岁劳苦,少有粟帛,父兄悉取而靡荡之;稍不如意,则鞭笞酷虐,至死弗恤,于汝甘乎?"皆曰不能。曰:"靡荡之余,又悉举而奉之仇雠;仇雠赖我之资,益以富实,反见侵侮,则使子弟应之;子弟弗能支,则谴责无所不至。然岁奉仇雠之物,初不以侵侮废也。于汝安乎?"皆曰:"安有此理!"腊涕泣曰:"今赋役繁重,官吏侵渔,农桑不足以供应。吾侪所赖为命者,漆、楮、竹、木耳,又悉科取无锱铢遗。夫天生蒸民,树之司牧,本以养民也;乃暴虐如是,天人之心能无愠乎?且声色狗马、土木、祷祠、甲兵、花石,靡费之外,岁赂西北二虏银绢以百万计,皆吾东南赤子膏血也。二虏得此,益轻中国,岁岁侵扰不已。朝廷奉之不敢废,宰相以为安边之长策也。独吾民终岁勤动,妻子冻馁,求一日饱食不可得。诸君以为何如?"皆愤愤曰:"惟命。"……

腊曰:"三十年来,元老旧臣贬死殆尽;当轴者皆龌龊之徒,但知以声色、土木、淫蛊上心耳,朝廷大政事,一切弗恤也;在外监司、牧守,亦皆贪鄙成风,不以地方为意。东南之民,苦于剥削久矣!近岁花石之扰,尤所弗堪。诸君若能仗义而起,四方必闻风响应,旬日之间,万众可集。守臣闻之,固将招徕商议,未便申奏;我以计縻之,延滞一两月,江南列郡可一鼓下也。朝廷得报,亦未能决策发兵。计其迁延集议,亦须月余;调集兵食,非半年不可。是我起兵已首尾期月矣,此时当已大定,无足虑也。况西北二虏,岁币百万,朝廷军国经费千万,多出东南。我既据有江表,必将酷取于中原;中原不堪,必生内变。二虏闻之,亦将乘机而入,腹背受敌,虽有伊、吕不能为之谋也。我但画江而守,轻徭薄赋,以宽民力,四方孰不敛衽来朝?十年之间,终当混一矣。不然,徒死于贪吏耳!诸君其筹之!"皆曰:"善!"

遂部署其众千余人,以诛朱勔为名,见官吏公使人皆杀之。民方苦于侵渔,果所在响应。数日,有众十万。遂连陷郡县数十,众殆百万,四方大震。

　　噫,腊之耗乱可哀也已! 然所以致是者谁欤? 泊宅翁之志"寇轨"也……且时宰犹多在朝,腊党阴谋语多忌讳,亦削不载,吾故表而出之,以戒后世司民者。(明代陆楫编《古今说海·说纂三·青溪寇轨》卷一百十九)

而此段史料,几乎别无旁载,更见其弥足珍贵。好一个"吾故表而出之"! 好一个"以戒后世司民者"! 此文所表而出之的方腊在起义前的鼓动演讲,确实在相当程度上还原了官逼民反,而非犯上作乱的历史真实,确实能在一定程度上起到告诫后世司民者的作用。

徐梦莘《三朝北盟会编》

徐梦莘(1124—1205),字商老,临江(今江西清江)人。自幼好学,对史书极感兴趣。绍兴二十四年(1154)进士。史称其"恬于荣进,每念生于靖康之乱,四岁而江西阻讧,母襁负亡去,得免。思究见颠末,乃网罗旧闻,会萃同异,为《三朝北盟会编》二百五十卷……帝闻而嘉之,擢直秘阁"(《本传》,《宋史》卷四百三十八)。卒于开禧元年,享年八十二岁。《宋史》卷四三八有传。《三朝北盟会编》所记起自北宋政和七年(1117)的海上之盟,终于南宋绍兴三十一年(1161)金主完颜亮之死,所录皆为半个多世纪间的宋金和战之事,甚为详备。

自从秦桧专权以后,大兴私史之禁,致使野史纪实之作减少。但留心史实,专注旧闻者,仍不乏其人。徐梦莘的《三朝北盟会编》即是其中的翘楚者。此书的序文本身就是一篇绝好的文章,"呜呼! 靖康之祸,古未有也。夷狄为中国患久矣。昔在虞周,犹不免有苗獯狁之征。汉唐以来,如冒顿之围平城,佛狸之临瓜步,颉利之盟渭上……是皆乘草昧凌迟之时,未闻以全治盛际遭此其易且酷也。揆厥造端,误国首恶,罪有在矣。追至临难,无不恨焉。当其两河长驱而来,使有以死捍敌;青城变议之日,使有以死拒命，尚可挫其凶焰而折其奸锋。惜乎仗节死义之士，仅有一二，而偷生嗜利之徒，虽近臣名士，俯首承顺，惟恐其后。文吏武将，望风降走，比比皆是。使彼公肆凌籍，知无人焉故也。尚忍言之哉！"

> 缙绅草茅，伤时感事，忠愤所激，所所闻见，笔而为记录者，无虑数百家。然各有所同异，事有疑信。深惧日月寝久，是非混淆，臣子大节，邪正莫辨，一介忠款，湮没不传。于是取诸家所说，及诏敕制诰书疏奏议记传行实碑志文集杂著事涉北盟者，悉取诠次……使忠臣义士乱臣贼子善恶之迹，万世之下不得而淹没也。

这篇序言至少传达了以下五条重要信息：靖康之祸，亘古未有；造端误国，首恶有在；仗节死义，仅有一二；望风降走，比比皆是；缙绅草茅，伤时感事。

在两宋之交的抗金武装中，王彦及其他领导的"八字军"在后世有很高知名度，在《三朝北盟会编》中，对这支抗金武装的由来以及从弱到强的传奇历程有着生动详细的记载。"（彦）常虑变生不测，夜则徙其寝所。其部曲曰：'我曹所以弃妻子，冒万死以从公者，感公之忠愤，期雪国家之耻耳！今使公寝不安席，乃反相疑耶？我则非人矣！'遂皆面刺'赤心报国，誓杀金贼'八字，以示其诚。彦益自感励，大布威信。与士卒同甘苦。未几，两河响应，招集忠义民兵首领如傅选、孟德、刘泽、焦文通等一十九寨，十余万众，绵亘数百里，金鼓之声相闻，自并、汾、相、卫、怀、泽间倡义讨贼者，皆受彦约束。禀朝廷正朔，威震燕代。金人患之，列戍相望。"（《三朝北盟会编》卷一百十三）"金人时锐意中原，特以彦在河朔，兵势张甚，未暇南侵。一日，虏帅召其众酋领，俾以大兵再攻彦垒，酋领跪而泣曰：'王都统寨坚如铁石，未易图也！必欲使某将者，愿请死，不敢行。'其为虏所畏如此。"（《三朝北盟会编》卷一百十四）

在绍兴元年三月二十五日条下，徐梦莘还记录了梁山泊义军张荣以少胜多的缩头湖之战，"挞懒（金将）在泰州，谋再渡江，欲先破荣水寨。尽载兵于舟，直犯水寨。时荣亦出数十舟载兵，与金人船相遇。金人有战舰在前,不可近。荣遑遽,欲退不可。荣望金人舟,徐顾其众曰:'无虑也。金人止有战舰数只在前,余皆小舟,方水退,隔泥淖,不能触岸。我舍舟而陆,杀棺材中人耳。'遂皆弃舟登岸,大呼而杀之。金人不能骋,舟中自乱,溺水而死或陷于泥淖者不可计。挞懒收余众约二千人,奔还楚州。泥淖中金人,犹有未死者,凡两三日诛戮殆尽。"(《三朝北盟会编》卷一百四十五)

此文写得细致生动,绘声绘色,从特定的角度反映了北宋末年起来抗金的主要力量并不是朝廷的官兵,而是广大的人民群众,而此类史料,在正史中,殊少记载,所以,其珍贵性更是不容忽视的。

陆游《姚平仲小传》

这篇小传写的是一位北宋末年很有作为的青年将领,在抗金战场上,屡建奇功,誉满人口,但由于朝廷上下的昏庸腐朽,使得他备受排挤,郁郁而终。陆游因为自己曲折的遭际,自然对姚平仲这样一个富有传奇色彩的英雄人物,情有独钟,在四川做官时,他就为姚写过一首诗:"造物困豪杰,意将使有为。功名未足言,或作出世资。姚公勇冠军,百战起西陲。天方覆中原,殆非一木支。脱身五十年,世人识公谁。但惊山泽间,有此熊豹姿。我亦志方外,白头未逢师。年来幸废放,傥遂与世辞。从公游五岳,稽首餐灵芝。金骨换绿髓,歘然松杪飞。"(陆游《剑南诗稿》卷七)而其小传同样以饱蘸感情的笔触,记叙了姚平仲平生出处大节,在看似不经意的客观实录中,却贯注了作者本人怀才不遇,报国无门的愤慨。

> 年十八,与夏人战臧底河,斩获甚众,贼莫能枝梧。宣抚使童贯召与语,平仲负气不少屈,贯不悦,抑其赏,然关中豪杰皆推之,号"小太尉"。睦州盗起,徽宗遣贯讨贼,贯虽恶平仲,心服其沉勇,复取以行。及贼平,平仲功冠军,乃见贯曰:"平仲不愿得赏,愿一见上。"贯愈忌之。他将王渊、刘光世皆得召见,平仲独不与。钦宗在东宫知其名,及即位,金人入寇,都城受围,平仲适在京师,得召对福宁殿,厚赐金帛,许以殊赏;于是平仲请出死士斫营擒虏帅以献。及出,连破两寨,而虏已夜徙去。平仲功不

成,遂乘青骡亡命,一昼夜驰七百五十里,抵邓州,始得食。入武关,至长安,欲隐华山,顾以为浅,奔蜀,至青城山上清宫,人莫识也。留一日,复入大面山,行二百七十余里,度采药者莫能至,乃解纵所乘骡,得石穴以居。朝廷数下诏物色求之,弗得也。乾道、淳熙之间,始出,至丈人观道院,自言如此。时年八十余,紫髯郁然,长数尺,面奕奕有光,行不择崖堑、荆棘,其速若奔马。亦时为人作草书,颇奇伟,然秘不言得道之由云。(《渭南文集》卷二十三)

此传文字简洁,立意含蓄,而形象鲜明,神采飞扬,是一篇内容与技巧都十分出色的人物特写。

楼钥《北行日录》

楼钥(1137—1213),字大防,明州鄞县(今浙江奉化)人,号攻媿主人。隆兴元年(1163)年进士。考官胡铨夸其为"翰林之才"。光宗时为起居郎兼中书舍人,敢于直谏,奏议无所回避。连光宗都说:"楼舍人朕亦惮之。"因与韩侂胄政见不同,辞官。韩侂胄被诛后,楼钥复起用,官至参知政事。贯通经史,文辞精博,著有《攻媿集》,《宋史》卷三百九十五有传。他的《北行日录》写于宋孝宗乾道五、六年间,楼氏适时随其舅父汪大猷使金(为贺正使贺正月元旦),这部沿途所写的日记,记录了出使北国的所见所闻,反映了广大北方人民在女真族统治下的生活状况,爱国热情以及女真统治者的残酷凶暴,是不可多得的第一手重要史料。

驾车人自言姓赵,云:"向来不许人看南使,近年方得纵观。我乡里人善,见南家有人被掳过来,都为藏了。有被军子搜得,必致破家,然所甘心也。"(十二月八日)

承应人有及见承平者,多能言旧事;后生者亦云见父母备说。有言其父嘱之曰:"我已矣!汝辈当见快活时。""岂知担阁三四十年,犹未得见?"又言旧日衣冠之家,陷于此者,皆毁抹旧告,为戎酋驱役,号"闲粮官",不复有俸,仰其子弟就末作以自给……日供重役,不堪其劳,语及旧事,泫然不能已……又金人浚民膏以实巢穴,府库多在上京诸处,故河南之民贫甚,钱亦益少。涂中曾遇蒲篓数杠,导之以旗,殿以二骑,或云其中皆交子也。(十二月十日)

有张千户者,向来率其人战。符离一败,止存数十人。至此除籍为民。又言签军遇王师皆不甚尽力,往往一战而散,迫于严诛耳。若一一与之尽力,非南人所能敌。符离之战,东京无备,先声已自摇动,指日以望南兵之来。何为遽去?中原思汉之心虽甚切,然河南之地,极目荒芜,荡然无可守之地,得之亦难于坚凝也。(十二月十二日)

又行七十里,宿真定府,道傍老妪三四辈指曰:"此我大宋人也。我辈只见得这一次,在死也甘心!"因相与泣下。(次年正月十日)(均见楼钥《攻愧集·北行日录下》卷一百十二)

文中所记的沦陷区对被金人俘虏的南宋军人的保护和父老乡亲们对宋朝的眷恋,都写得真实亲切,感人至深,而北宋遗民沦为亡国奴后生活的困窘与无奈,更显得沉痛哀婉,不忍卒读。而"十二月一日"条所记尤为发人深省,张千户所言签军(签军:金元间凡遇战事,签发汉人丁壮当兵,谓之签军)与南宋军队作战,均无心恋战,"往往一战而散",而符离战后,"指日以望南兵之来,何为遽去?"面对沦陷区的父老乡亲的提问,楼钥想必是扪心自问,难以言对的。

罗大经《鹤林玉露》

罗大经(1196—1242),字景纶,号儒林,又号鹤林,庐陵(今江西吉安)人。宝庆二年(1226)进士,在抚州时,因涉官场纠纷,被劾罢官。此后再未重返仕途,闭门读书,博览群书,专事著作。大经有经邦济世之志,对先秦、两汉、六朝、唐、宋文学评论有精辟的见解。著《易解》十卷。取杜甫《赠虞十五司马》诗"爽气金无豁,精谈玉露繁"之意写成笔记《鹤林玉露》十八卷,分甲、乙、丙三编,体例在诗话、语录之间,详于议论而略于考证。此书对南宋偏安江左深为不满,对百姓疾苦表示同情,对秦桧乞和误国也多有抨击。

如《格天阁》(《鹤林玉露》卷十五)一则。格天阁为一代奸臣秦桧所建,是"一德格天之阁"的简称,用以吹嘘标榜自己辅佐宋高宗,建立了像成汤、伊尹、管仲一样的盖世之功,实在是欺世盗名,不知天下有羞耻二字。罗大经出于义愤,写文以揭露其卖国求荣的丑恶嘴脸。但文章并没有一味抨击,而是从反面入笔写来,颇出人意料,当时汴梁已陷落,而秦桧却能慷慨陈词,仗义执言。"金人陷京师,议立张邦昌。桧陈《议状》,大略谓:'赵氏传绪百七十年,号令一统,绵地万里;子孙蕃衍,布在四海;德泽深长,百姓归心。只缘奸臣误国,遂至丧师失守,岂可以一城而决废立哉?若必欲舍赵氏而立邦昌,则京师之民可服,而天下之民不可服;京师之宗子可灭,而天下之宗子不可灭。望稽古揆今,复君之位,以安天下。'虏虽不从,心嘉其忠,与之俱归。"能够不因人废言也罢,抑或是看出秦桧的狡诈用心也罢,这一段插曲的确给人耳目一新的感觉。不过接下来,罗大经就转入正题了,将秦桧后来与金人勾结、逃归、主和的狐狸尾巴暴露无遗:"桧天资狡险,始陈此议,特激于一朝之谅;既至虏廷,情态遂变,谄事挞辣,倾心为之用。兀术用事……知南兵日强,惧不可当,乃阴与桧约,纵之南归,使主和议","桧至行都,绐言杀虏之监己者,奔舟得脱。见高宗,首进'南自南,北自北'之说。时上颇厌兵,入其言……乘间密奏,以为诸军但知有将军,不知有天子,跋扈有萌,不可不虑。上为之动,遂决意和戎,而桧专执国命矣。"而"虏之以七事邀我,有'毋易首相'之说"一句,更是一针见血,将秦桧与金人狼狈为奸的卖主求荣的嘴脸昭然于天下。此后,文章又记述了秦桧欲盖弥彰,可笑复可卑的手段:有朝士贺其建"一德格天之阁",说什么"我闻在昔,惟伊尹格于皇天;民到于今,微管仲吾其左衽",肉麻地将其与伊尹、管仲相提并论,秦桧恬不知耻地闻言"大喜,超擢之(破格提拔)",有待业官吏赞其励精图治,"桧益喜,与改秩(升迁官品)","盖其胸中有歉,故特喜此谀词以为掩覆之计,真猾夏之贼也。"此评价,画龙点睛,入木三分,盖棺论定,堪称妙笔。

《鹤林玉露》更为重要的是书中对前代及宋代诗文、宋代文人轶事,多

有记述,对文学流派,文艺思想,作品风格,也不乏中肯的评论。如卷二论及柳永名篇《望海潮》云:

孙何帅钱塘,柳耆卿作《望江潮》词赠之:(原词略)此词流播,金主亮闻歌欣然有慕于三秋桂子、十里荷花。遂起投鞭渡江之志。近时谢处厚诗云:谁把杭州曲子讴,荷花十里桂三秋。哪知卉木无情物,牵动长江万里愁。余谓此词虽牵动长江之愁,然卒为海陵被杀之媒,未足恨也。至于荷艳桂香,妆点湖山之清丽,使士夫流连于歌舞嬉游之乐,遂忘中原,是则深可恨耳。因和其诗云:须知快剑是清讴,牛渚依然一片秋。却恨荷花留玉辇,竟忘烟柳汴宫愁。(《鹤林玉露》卷二)

再如:

杨东山尝谓余曰:文章各有体,欧阳公所以为一代文章冠冕者,固以其温纯雅正,蔼然为仁人之言,粹然为治世之音。然亦以其事事合体故也。如作诗便几及李杜;作碑铭记序便不减韩退之;作五代史记便与司马子长并驾;作四六便一洗昆体,圆活有理致;作诗本义便能发明毛郑之所未到;作奏议便庶几陆宣公;虽游戏作小词,亦无愧唐人《花间集》,盖得文章之全者也。其次莫如东坡。然其诗如武库,矛戟已不无利钝。且未尝作史藉,令作史,其渊然之光,苍然之色,亦未必能及欧公也。曾子固之古雅、苏老泉之雄健、固亦文章之杰,然皆不能作诗。山谷诗骚妙天下,而散文颇觉琐碎局促。渡江以来,汪、孙、洪、周,四六皆工,然皆不能作诗。其碑铭等文,亦只是词科程文手段,终乏古意。近时真景元亦然,但长于作奏疏,魏华甫奏疏亦佳,至作碑记,虽雄丽典实,大概似一篇好策耳。又云:欧公文非特事事合体,且是和平深厚,得文章正气。盖读他人好文章,如吃饭,八珍虽美而易厌,至于饭,一日不可无,一生吃不厌。盖八珍乃奇

味,饭乃正味也。(《鹤林玉露》卷二)

这段话虽是借他人之口转述成篇,却说的头头是道,哪怕是苏轼再生,也会心服口服。特别是最后的八珍与饭的比喻,更是贴切,令人过目难忘。

第六章　宋代杂记文

宋代的杂记文,有的记人、有的记事、有的记物、有的记山水风景;有重叙述的,有重议论的,有重抒情的,有重描写的,千姿百态,不一而足。似可分为山水游记、台阁名胜记、书画记、斋记和人事闻见记等。

宋代的游记则偏重于从中表现出某种精神和理趣。这多少是受了当时好发议论的时代风尚的影响,往往是在记叙行程和描绘景物之后,发出一篇议论,宋代游记的作者的兴趣不仅在表现自然之美,而是更热衷于阐发某种自己从自然中发现或引申出来的深邃的道理。王安石的《游褒禅山记》和苏轼的《石钟山记》可视为代表作。到南宋还出现了大部头的日记体游记,如陆游的《入蜀记》和范成大的《吴船录》。这种日记体游记是因作者长途出行,所以随行随录,将一路风光按日程依次写出,游程长,景致多,并且往往穿插了对若干古迹、民俗的考察,平添了一种山水景物与风俗长卷的气象,既有文学性,又具史料价值,但终因为平均使用笔墨,描写重点也不够突出,写法又容易流于单一,除了个别精彩章节,而就整部作品来说,其可读性倒反不如单篇游记。

随着各类游记的层出不穷,其衍生文体台阁记也应运而生,与山水游记并行于世,但势头和影响终逊山水游记一筹。古人在修筑亭台楼阁以及观览名胜古迹时,往往要撰文记叙修葺的缘由、历史的沿革,再发一通伤今悼古的感慨。在写法上也没有一定之规,发议论、抒怀抱、写景物,写得好的自然情趣盎然,姿态横生,实际上可当做文学小品看。宋代文人对这类文章十分偏爱,产生了不少名文佳构,北宋初王禹偁《黄州新建小竹楼记》和范仲淹的《岳阳楼记》都是不可不读的至文,而六大家手中,亭台记更是名篇迭出。像欧阳修的《醉翁亭记》、曾巩的《墨池记》、苏轼的《超然台记》、苏辙的《黄州快哉亭记》等。

自古谈论、记述评价书画之文甚多，一般是记述该书画的内容、物件的形制及艺术特点及得失情况。大致可分两类，一类将书画的内容用文字加以表述，传之久远；一类更将书画的作者，画中人物、技法及创作缘由等相关事宜记载下来，以寄托某种情思。最有名的当属苏轼的《筼筜谷偃竹记》。有的画记也不以"记"为名，如苏轼的《书蒲永升画后》也是相当有名的画记。

斋记是记叙古时文人苦读进学与修身养性的书斋的，自然对其感情浓厚，也是作者最熟悉的题材了，其内容不外书斋的环境、位置、风景、陈设、修造始末及斋主的志趣、襟怀，有自己亲笔写的，也有请他人写的。如欧阳修的《画舫斋记》、张耒的《进学斋记》和朱熹的《婺源书阁记》等。

历代都有很多记录社会见闻的作品，古人喜欢把自己耳闻目睹的一些有趣的事情，记载下来，并表明自家对其的看法，以期起到一点或惊世骇俗，或裨补时弊的作用。如北宋王安石的《伤仲永》、南宋朱熹的《记孙觌事》。

还有一种数量不多的器物记，记古器物者，多属于金石题跋一类，另外，还有题写或铭刻在器物上的铭文。古代的彝器，多做宗庙祭祀之用，多加铭文，大半是既可作历史纪念又寓有人生大义的格言和训词。故此种文体可说来源已久。宋代刘敞有一篇《先秦古器记》，是为一批"制作精巧"的先秦古器作的记文，文中说，这些器物上有款识，但用古文字写成，连治古学的人也"莫能尽通"。于是"使工模其文刻于石，又并图象，以俟好古博雅君子焉"，前人高步瀛评价此文写得"文字简古，而神气极远，颇近欧公(欧阳修)《集古录跋尾之文》"。

到南宋以后，杂记文数量增多，而且出现了新的拓展，即于记事之中，兼抒胸次、怀抱；鞭挞社会，寄寓感慨，内涵加深，情感丰富，如谢翱的《登西台恸哭记》等文。

总之，杂记一体，内容和写法都是十分多样的，往往由于所这写内容与作者的写作习惯，而与其他文体产生交叉或相似的关系。所以孙梅在

《四六丛话》中总结出"窃原记之为体,似赋而不侈,如论而不断,拟序则不事揄扬,比碑则初无诵美",以此说明记体文与其他文体相近而又不同的特殊性。

第一节　北宋杂记文

我国古代的游记类散文,是在吸收山水诗赋,甚至是山水画的艺术技巧的基础上发展起来的,所以具有很强的文学艺术性,而唐宋两代的游记在我国散文史上占有很重要的地位。正如前文所述,唐代游记着重表现作者的心绪和情趣,而宋代游记则偏重于从中表现出某种精神和理趣。不过,北宋时游记以单篇取胜,如王安石的《游褒禅山记》和苏轼的《石钟山记》。

宋代还有数量不少的厅壁记或厅壁题名记,厅壁是指官府的墙壁,其内容不外是记述历任官员的姓名、经历、政绩,以为纪念并供后任者或借鉴、或警示,有一定的劝谏参考作用。封演《封氏闻见记》卷五云:"朝廷百司诸厅,皆有壁记,叙官秩创置及迁授始末,原其作意,盖欲著前政履历而发将来健羡焉。故为记之体,贵其说事详雅,不为苟饰。"一般来说,这类文章容易写成官腔官调,了无生气,但出自名家之手的一些厅壁记却写得有声有色,不落俗套。王安石的《度支副使厅壁题名记》就是佳作。

王禹偁《黄州新建小竹楼记》《待漏院记》

王禹偁为官敢言,屡遭贬谪,宋真宗咸平元年(998),他被贬到黄冈(今属湖北),后来,他利用当地的竹材,修建了一所竹楼,并撰写了一篇《黄州新建小竹楼记》。此文别具一格,自己造亭,自己作记,作亭以适性,作文以寄慨,不求别人观览,只宽个人襟怀,所记所议自然带有强烈的感情色彩。

《黄州新建小竹楼记》所记虽为新建的小竹楼,实际在述志趣,寄愤懑,文笔萧疏自然,情致深细,风格淡远,是一篇优秀的文学小品。此文写于咸平二年(999),即王禹偁逝世前两年,作为晚年的作品,其内涵和表达都已达到了炉火纯青的地步。文章先叙竹楼之兴建,后写谪居之胜概。王禹偁的这篇《小竹楼记》一如柳宗元的永州八记、苏舜钦的《沧浪亭记》、欧阳修的《醉翁亭记》,都是谪居之时,无所聊赖,而用以排遣的文章。但旨趣各有不同,柳文近于楚骚,苏文痛定思痛,欧文较为旷放,而此文自是上追柳文,但在一起一结上,却格外摇曳生情,更觉蕴藉。全篇以黄冈之竹的物美价廉起笔:黄冈之地多竹,竹工破之,刳去其节,用代陶瓦,比屋皆然。以其价廉而工省也。于是,王禹偁也在"城西北隅""作小楼二间";再以竹不耐久为结:

> 吾闻竹工云,竹之为瓦,仅十稔,若重覆之,得二十稔。噫!吾以至道乙未岁,自翰林出滁上,丙申,移广陵,丁酉,又入西掖,戊戌岁除日,有齐安之命。已亥闰三月到郡。四年之间,奔走不暇,未知明年又在何处,岂惧竹楼之易朽乎?(王禹偁《小畜集》卷十七)

将"竹楼之易朽"与自己"四年之间,奔走不暇"加以对比,其中之牢骚自不待言,真是不著一字,尽得风流呀。不过此记字里行间虽有愤懑之情,但对简陋的竹楼却进行了诗意化的描写,排比渲染,富于韵律,堪称一绝:"远吞山光、平挹江濑,幽阒辽敻,不可具状。夏宜急雨,有瀑布声;冬宜密雪,有碎玉声;宜鼓琴,琴调虚畅;宜咏诗,诗韵清绝;宜围棋,子声丁丁然;宜投壶,矢声铮铮然,皆竹楼之所助也。"以上远观近居,无所不宜,乃是竹楼之无尽妙处;"公退之暇,披鹤氅,戴华阳巾,手执《周易》一卷,焚香默坐,消遣世虑,江山之外,第见风帆沙鸟、烟云竹树而已。待其酒力醒,茶烟散,送夕阳,迎素月,亦谪居之胜概也。"以上修身养性,乃是谪居之胜概,此番享受绝非竹楼之所能赋予,实乃居竹楼之人之心境所生,不得不为美矣。读此记不由不让人想起朱熹《春日》诗中的名句,"等闲识得东风面,万紫千红总是春。"因为正如此记中所言,王禹偁在黄州造的小竹楼很快就朽了,至今肯定荡然无存,而他在黄州写的《小竹楼记》却一直流传至今,给每一个读者留下深刻的印象。

《待漏院记》是一篇很有时代特色的文章,全文用骈体写成。有宋一代,宰相的权力极大,"是知一国之政,万人之命,悬于宰相,可不慎欤!"待漏院是宋朝专为宰相等候上朝而修建的,故此记属于"厅壁记",不过对建筑规制竟无一语提及，可见其用心并不在"待漏院"而在"待漏之人"—宰相。文中描写了三类宰相，并通过揭示他们所思及所求，勾画出他们各自的面孔和灵魂：

> 待漏之际，相君其有思乎？其或兆民未安，思所泰之；四夷未附，思所来之；兵革未息，何以弭之；田畴多芜，何以辟之；贤人在野，我将进之；佞臣立朝，我将斥之……忧心忡忡，待旦而入。九门既启，四聪甚迩。相君言焉，时君纳焉。皇风于是乎清夷，苍生以之而富庶。若然，则总百官，食万钱，非幸也，宜也。
>
> 其或私仇未复，思所逐之；旧恩未报，思所荣之；子女玉帛，何以致之；车马玩器，何以取之；奸人附势，我将陟之；直士抗言，我将黜之……私心慆慆，假寐而坐。九门既开，重瞳屡回。相君言焉，时君惑焉。政柄于是乎隳哉，帝位以之而危矣。若然，则死下狱，投远方，非不幸也，亦宜也。
>
> 复有无毁无誉，旅进旅退，窃位而苟禄，备员而全身者，亦无所取焉。（《小畜集》卷十六）

文中用形象而略带夸张的笔触，将古往今来贤相奸臣的心事，和盘托出，义正词严，令人深省。王禹偁在北宋朝政改革前夕，不顾人微言轻，其自题曰："棘寺小吏"，敢于大胆建言，其忧国忧民之心，诚可赞叹。半个世纪后，范仲淹写了一篇更加有名的文章：《岳阳楼记》，其中"先天下之忧而忧，后天下之乐而乐"的警句，千百年来为人传诵，而它把一人之心系于天下的精神，上与王禹偁此文息息相通。而且，《岳阳楼记》一文的布局和构思，是与《待漏院记》一脉相承而无疑的。不过，乾隆皇帝在审阅《四库全书》时，特于王禹偁的《待漏院记》卷首题词，亦属难得，特录于下，以资参考：

> 《待漏院记》理正言明，脍炙千古。无可雌黄，然彼在臣，言臣知一而未知二，故题之辞。记中历箴相臣，贤者一；邪者一；庸者一；列为三等。亦既彰往者规将来，可以为执政者之龟鉴矣。

但所谓一国之政,万人之命,悬于宰相,则吾不能无疑焉。夫此三等之人,岂能自用?用之者,君也。若为君者不能自用其臣,而或资于人焉,则贤者不成其为贤;邪者益肆其为邪;而庸者且将自喜其为庸矣。是则一国之政,万人之命,不悬于宰相而悬于为君者明矣。然而,识此三等之人,岂易易乎?必存于心者,克己而复礼,接于物者,大公而至明。苟不如斯,三等之人,纷陈于前而无所生张去取,天下之政,将日坏而不可收拾。非相臣之罪,乃为君者之罪也。禹偁所云,君逸于上,臣劳于下,当与王褒所云,"为人君者,勤于求贤,而逸于得人"之语并观之。然亦终无可逸之时,则其义见于周公《无逸》之篇,兹故申绎其义而题之辞,以戒后之为君者,且以自戒也。(见于《四库全书》本《小畜集》卷首)

范仲淹的《岳阳楼记》《严先生祠堂记》

范仲淹对宋代文章的贡献,不在于理念的提出,而在于创作的成就,有《严先生祠堂记》、《岳阳楼记》等作品传世。《岳阳楼记》更是使他的名满天下,家喻户晓。既因为他所描绘的是天下第一奇观;也因为他所抒发的是天下第一怀抱,而更难得的是这第一怀抱并不是从第一奇观上直接生发出来的,因为他根本就没见过新建好的岳阳楼,所以文章也就越出了触景生情的老套,而真正进入了一种"不以物喜,不以己悲"的地步,从而进一步产生了"先天下之忧而忧,后天下之乐而乐"的至高境界。此文的成功也正在于这情与景的高度熔炼与升华之中。文章作于庆历失败以后,记中所言,充满了忧国忧民,而独不忧己的博大胸怀,千古以来,为人称道。虽为记楼,但只对岳阳楼面对的洞庭湖有所涉及,"予观夫巴陵胜状,在洞庭一湖,衔远山,吞长江,浩浩荡荡,横无际涯。朝晖夕阴,气象万千。此则岳阳楼之大观也,前人之述备矣。"正因为"前人之述备矣",所以作者只是虚晃一枪,点到为止,并不对岳阳楼进行正面描写,而是以虚代实,把全文的重心放到了登楼者因人而异的心态上,这既是由于新修的岳阳楼范仲淹并未见过,自然不好写,更何况"前人之述备矣",而登楼人的

心态却无人道及,而范氏心中自有块垒,正好借此题而加以发挥:

若夫霪雨霏霏,连月不开。阴风怒号,浊浪排空。日星隐耀,商旅不行,樯倾楫摧,薄暮冥冥,虎啸猿啼。登斯楼也,则有去国怀乡,忧谗畏讥,满目萧然,感极而悲者矣。

至若春和景明,波澜不惊,上下天光,一碧万顷,沙鸥翔集,锦鳞游泳,岸芷汀兰,郁郁青青。而或长烟一空,皓月千里,浮光跃金,静影沉璧,渔歌互答,此乐何极。登斯楼也,则有心旷神怡,宠辱偕忘,把酒临风,其喜洋洋者矣。(范仲淹《范文正集》卷七)

此两段美文,多用四言,杂以排偶,铺叙藻饰,颇有诗意。以赋为文,实为宋人所喜用,此篇是一典范。不过正如后人所言,此记的精彩之处,不在体物,而在抒怀。《古文观止》评曰"岳阳楼大观,已被前人写尽。先生更不赘述,止将登楼者览物之情,写出悲喜二意。只是翻出后文忧乐一段正论。以圣贤忧国忧民心地,发而为文章,非先生其孰能之。"本文所以不朽,正在于"写出悲喜二意"之后,"翻出后文忧乐一段正论",而这段正论是以"嗟夫"二字领起的:

嗟夫! 予尝求古仁人之心,或异二者之为,何哉? 不以物喜,不以己悲。居庙堂之高,则忧其民;处江湖之远,则忧其君。是进亦忧,退亦忧。然则何时而乐耶? 其必曰:先天下之忧而忧,后天下之乐而乐乎!

从此以后,"先天下之忧而忧,后天下之乐而乐"便成为中华民族无数志士仁人的共同心声了。有了这些志同道合的共鸣,范文最后的感慨"噫! 微斯人,吾谁与归",似乎也就成了不必要的担心了。

范仲淹虽然一生以天下以己任,但是,他对古代那些隐士的高风亮节也是十分敬佩的,他的《严先生祠堂记》(《桐庐郡严先生祠堂记》,见《范文正集》卷七)写的是不肯出仕的东汉隐士严子陵。他写隐士也与他人绝不雷同,而是将隐士与皇帝相提并论,"先生,光武之故人也。"对皇帝,"先生以节高之",对隐士,"光武以礼卜之"。所以"先生之心,出乎日月之上,光武之量,包乎天地之外。微先生不能成光武之大,微光武岂能遂先生之高哉!"不单纯为了写隐士而写隐士,而最终归结到"使贪夫廉、懦夫立,是大有功于名教也",原来他仍然是怀了一颗忧天下苍生的赤子之心来写隐士的。在此记的末尾,他又别出心裁,以歌作结,"云山苍苍,江水泱泱。先生之风,山高水长",更使全篇生动婉转,曲尽其妙。

欧阳修《相州昼锦堂记》《醉翁亭记》

作为大家,欧阳修当然是写记的高手,他的记文题材多样,出手不凡,传世的有《相州昼锦堂记》、《醉翁亭记》、《丰乐亭记》等。

《相州昼锦堂记》(《文忠集》卷四十)一文是为宋代名臣魏国公韩琦所建之昼锦堂而写的,行文立意非同一般,作者本人并未去过昼锦堂,所以文中也根本就没有对昼锦堂的具体描绘,只着重记述了堂主本人以"衣锦昼行,夸耀乡里"为戒的品行。韩琦本是相州人,"世有令德,为时名卿","所谓将相而富贵"者也,他在仁宗至和年间,以"武康之节,来治于相,乃作昼锦堂于后圃"。古人以为在本乡做官就好比穿了锦绣衣服在白天行走,可以借此夸耀乡里,此说出于《史记·项羽本纪》,项羽灭秦之后,自封西楚霸王,曾说"富贵不归故乡,如衣绣夜行,谁知之者"。其实"仕宦而至将相,富贵而归故乡,此人情之所荣,而今昔之所同也",这本无可厚非。因为"盖士方穷时,困厄闾里,庸人孺子,皆得易而侮之。若季子(苏秦)不礼于其嫂,(朱)买臣见弃于其妻,一旦高车驷马,旗旄导前,而骑卒拥后,夹道之人相与骈肩累迹,瞻望咨嗟,而所谓庸夫愚妇者,奔走骇汗,羞愧俯伏,以自悔罪于车尘马足之间。此一介之士,得志于当时,而意气之盛,昔人比之衣锦之荣者也"。然而,难能可贵的是位高权重的韩琦对此却颇不以为然,记中有言:"然则高牙大纛,不足为公荣;桓圭衮裳,不足为公贵。惟德被生民,而功施社稷,勒之金石,播之声诗,以耀后世而垂无穷,此公之志,而士亦以此望于公也,岂止夸一时而荣一乡哉!"韩琦回乡作了父母官后,不但"作昼锦堂于后圃,既又刻诗于石,以遗相人。其言以快恩仇、矜名誉为可薄,盖不以昔人所夸者为荣,而以为戒"。对韩琦的这种高风亮节,欧阳修在下文中表示出心悦诚服的赞赏,"于此见公之视富贵为何如,而其志岂易量哉!故能出入将相,勤劳王家,而夷险一节,至于临大事,决大议,重绅正笏,不动声色,而措天下于泰山之安,可谓社稷之臣矣。其丰功盛烈,所以铭彝鼎而被弦歌者,乃邦家之光,非闾里之荣也。余虽不获登公之堂,幸尝窃诵公之诗,乐公之志有成,而喜为天下道也,于是乎书。"全文不但立意醒豁,发人深省,而且写得平易流畅,清人梁章钜曾说:"百工治器,必几经转换而后器成。我辈作文,亦必几经删润而后文成。其理一也。闻欧阳文忠作《昼锦堂记》,原稿首两句是'仕宦至将相,富贵归故乡',再三改订,最后添两'而'字。"(《退庵论文》)加上两个连词,"而"将"仕宦"和"至将相";"富贵"和"归故乡"紧密相连,使语义更显豁,而语气更委婉,读起来便愈发朗朗上口了。

最能代表欧阳修风格的当属被称为一代奇文的《醉翁亭记》(《文忠集》卷三九),全文对于亭的修建、景致竟无一字提及,而着意描绘自己与州民在亭前所享受的那种如痴如醉、尽欢尽兴的动人场景与心态。《古文观止》的编者对此文有极高的评价,"通篇有二十个'也'字,逐层脱卸,逐步顿跌,句句是记山水,却句句是记亭,句句是记太守,似散非散,似排非排,文家之创调也。"的确,这是一篇不同凡响的记文,虽是记滁州西南琅琊山中之醉翁亭,也是记亭中之醉翁,即作者自己,既是记作者之游亭,更是记作者之胸怀。开头采取移步换形,渐次深入的手法,将读者从喧嚣的市井引到绝尘的亭中:"环滁皆山也,其西南诸峰,林壑尤美",是一引;"望之蔚然而深秀者,琅琊也",是二引;"山行六七里,渐闻水声潺潺,而泻出于两峰之间者,酿泉也",是三引;"峰回路转,有亭翼然,临于泉上者,醉翁亭也",是四引;"作亭者谁?山之僧智仙也",是五引;"名之者谁,太守自谓也",是六引。作者一连用了六个"也"字,周详曲备地交代了其地、其山、其峰、其泉、其亭、其人,真是摇曳百态,令人应接不暇。以下又细说了亭名的由来,"太守与客来饮于此,饮少辄醉,而年又最高,故自号醉翁也。"他说自己来此并不为喝酒,"醉翁之意不在酒,在乎山水之间也"。由于山间之"朝暮"、"四时"各有不同,故"乐亦无穷也。"再加上"负者歌于涂,行者休于树,前者呼,后者应,伛偻提携,往来而不绝者"的"滁人游";"临溪而渔,溪深而鱼肥。酿泉为酒,泉香而酒洌,山肴野蔌,杂然而前陈者"的"太守宴";这简直就是一幅以秀丽景色为背景的太平盛世山中乐游图。而此记所要告诉世人的正是太守与民同乐而不在山水之间的情怀,对此欧阳修在文中的确是津津乐道而不知疲的:"夕阳在山,人影散乱,太守归而宾客从也,树林阴翳,鸣声上下,游人去而禽鸟乐也。然而,禽鸟知山林之乐,而不知人之乐。人知从太守游而乐,而不知太守之乐其乐也。"或许滁州之人并不都如记中所写的那样安居乐业,但欧阳修这番乐见其乐的用心,以及文章错落有致,似骈似散的风格,却是一直被后人所称道不已的。

苏舜钦《沧浪亭记》

苏舜钦(1008—1084),字子美,生于开封,少年时即慷慨有大志,二十七岁中进士。在政治上拥护范仲淹的改革,"位虽卑,数上疏论朝廷大事,敢道人之所难言"(欧阳修《湖州长史苏君墓志铭》)。故而为权贵所忌。苏舜钦早年与其兄舜元及穆修等辈提倡古文,反对当时文坛上以"西昆体"为代表的形式主义文风,在政治上遭受打击后,"携妻子,居苏州,买木石,作沧浪亭"。著有《苏学士文集》,《宋史》卷四百四十二有传。作为北宋初期诗文革新运动中的重要作家之一,苏舜钦以诗名世,而古文与穆修并称。他的传世之作《沧浪亭记》(《苏学士集》卷十三),作于庆历五年(1045)在政治上受到打击,流寓苏州,筑沧浪亭后所作,"沧浪"之名,取意于古代民歌"沧浪之水清兮,可以濯我缨,沧浪之水浊兮,可以濯我足",带有明显的隐退闲居之意。庆历年间,范仲淹与富弼、杜衍等人锐意改革朝政,御史中丞王拱辰颇为不满,因为舜钦为杜衍女婿,于是借故构陷,将其削职为民。于是他"携妻子,居苏州,买木石,作沧浪亭,日益读书,大涵肆于'六经',而时发其愤闷于歌诗"。此记从被贬后的抑郁苦闷说起:"予以罪废,无所归。扁舟南游,旅于吴中,始僦舍以处。时盛夏蒸燠,土居皆褊狭,不能出气,思得高爽虚辟之地,以舒所怀,不可得也。"又写了在沧浪亭优美的自然环境中所感到乐趣:"构亭北碕,号'沧浪'焉。前竹后水,水之

阳又竹无穷极。澄川翠干,光影会合于轩户之间,尤与风月为相宜。"在写买地构亭之后,又有如下感慨:

> 予时榜小舟,幅巾以往。至则洒然忘其归。箕而浩歌,踞而仰啸。野老不至,鱼鸟共乐,形骸既适则神不烦,观听无邪则道以明。返思向之汩汩荣辱之场,日与锱铢利害相靡戛,隔此真趣,不亦鄙哉!

这一番话,与其看作悟道之言,不如视为愤激之语。苏舜钦本为"慷慨有大志"、"以无闻为耻"之人,废放之后,反思如此,其于人情冷暖,世态炎凉,非深有所感,是不能出此啸傲之语的。全文借两种不同生活体验的对比,表现了对仕途险恶的"愤闷"和对官场倾轧的鄙弃,希望通过融合于与世无争的自然中而求得解脱。此文有意学习柳宗元永州游记的格调,把写景、叙事、言情融合为一,将复杂的感触和内心的活动通过凝练简洁的语言委婉地表现出来,是北宋记文中的上佳之选。

钱公辅《义田记》

钱公辅(1009—1059),字君倚,常州武进人。年轻时曾跟随吴中大儒胡瑗游学。进士出身。钱公辅为官清廉公正,忠君体国,流惠下民,却因其一生耿介,不随流俗,故仕途坎坷,但他对自身的一再遭到贬谪不为所动。苏东坡称他"带规矩而蹈绳墨,佩芝兰而服明月",实非过誉。可惜传世的文章仅存《广德军谢上表》、《义田记》二篇。他的《义田记》(《宋文鉴》卷八十)所记的是范仲淹"平生好施","显贵时,置负郭常稔之田千亩,号曰义田,以养济群族之人"的事。

> 日有食,岁有衣,嫁娶凶葬皆有赡。择族之长而贤者主其计,而时共出纳焉。日食,人一升;岁衣,人一缣。嫁女者五十千,再嫁者三十千。娶妇者三十千,再娶者十五千。葬者如再嫁之数,葬幼者十千。族之聚者九十口,岁入给稻八百斛,以其所

入,给其所聚,沛然有余而无穷。

读到这里,不禁让人想起范公那"先天下之忧而忧,后天下之乐而乐"的名言,不禁让人想起范公早年的贫寒经历。作者也是如此下文的,"公之未显也,尝有志于是矣,而力未逮者二十年。既而为西帅,及参大政,于是始有禄赐之入,而终其志。公既殁,后世子孙修其业,承其志,如公之存也。"不但范公生前了却当年的夙愿,而且在死后,其孝子贤孙能够不忘父志,实在是难能可贵,让人颇感欣慰。行文至此又生一折,"公虽位充禄厚,而贫终其身,殁之日,身无以为敛,子无以为丧。惟以施贫活族之义,遗其子而已。"做人如此,自然令人敬佩。但文章并没就仅限于此一人一事而止,而是就范公克己以立义田之事大发感慨,"呜呼,世之都三公位,享万钟禄,其邸第之雄,车舆之饰,声色之多,妻孥之富,止乎一己而已。而族之人不得其门者,岂少也哉,况于施贤乎! 其下为卿、为大夫、为士,廪稍之充,奉食之厚,止乎一己而已,而族之人操壶瓢为沟中瘠者,又岂少哉! 况于它人乎。"两相对比,范公之无私于天下,无愧于己言,自不待多言! 此文因小见大,正如钱氏在文末所言,"公之忠义满朝廷,事业满边隅,功名满天下,后世必有史官书之者,予可无录也。独高其义,因以遗其世云。"钱氏这篇《义田记》不人云亦云,却能撷取范公生平不为人知的闪光感人处,录以记之,不但能补史家所阙,而且如果作为范公《岳阳楼记》的一篇附记来读,对于全面了解范仲淹的为人与情操显然是十分有帮助的。而《古文观止》的编者以为钱氏之作此记还有更深的用心,"常见世之贵显者,徒自肥而已,视亲族不异路人。如公(指范仲淹)之义,不独难以望之晚近,即求之千古以上,亦不可多得。作是记者,非特以之高公之义,亦以望后世之相感而效公也。"看到后人能够明白其"非特以之高公之义,亦以望后世之相感而效公也"的苦心,钱氏千载之下,必能含笑于九泉了。

李觏《袁州州学记》

李觏(1009—1059),字泰伯,建昌军南城(今江西南城)人。初在乡里讲学,颇有声名,后因范仲淹推荐,任太学助教,官至太学说书。同情

"耕不免饥"的农民,极言他们没有土地的痛苦,反对佛教徒不事生产并剥夺人们合理的婚姻生活等,都具有一定的进步意义。所以他虽著有《礼论》、《周礼致太平论》等儒教讲章,但和一般迂腐泥古的儒者有所不同,著有《直讲李先生文集》。《宋史》卷四百三十二有传。

他的《袁州州学记》(《旴江集》卷二十三)写作很有特点,所记为袁州太守祖无择到任后,重修州学之事,但对于新建州学的建制、规模并无多少笔墨涉及,只有寥寥几笔,"殿堂门庑,黝垩丹漆,生师有舍、庖廪有次",显然其意并不在此。凡作学记,如果只知申明所谓先王教化一类,便是俗文,所以李觏在此也将其一笔带过,"惟四代之学,考诸经可见已",却以秦汉两朝衰亡久暂为正反之例,说明教与不教之功效,"秦以山西鏖六国,欲帝万世,刘氏一呼,而关门不守,武夫健将,卖降恐后,何耶?诗书之道废,人惟见利而不闻义焉耳。孝武乘丰富、世祖出戎行,皆孳孳学术,俗化之厚,延于灵、献,草茅危言者,折首而不悔;功烈震主者,闻命而释兵。群雄相视,不敢去臣位,尚数十年。教道之结人心如此。"立学之事虽小,却关乎国运大局,立论可谓高屋建瓴,在文末,又勾画出一幅令人心动的愿景,"今代遭圣神,尔袁得圣君(仁宗),俾尔由庠序,践古人之迹。天下治,则礼乐以陶吾民,一有不幸,尤当仗大节,为臣死忠,为子死孝,使人有所赖,且有所法,是惟朝家教学之意。"而最末一笔,又宕开一步,"若其弄笔墨以徼利达而已,岂徒二三子之羞,抑亦为国者之忧",反义做收,语尽意长,读之令忠孝之心,油然而生。

文同《捕鱼图记》

文同(1018—1079),字与可,梓州永太(今四川盐亭)人,见知于文彦博、司马光,是苏轼的从表兄,二人情谊极深,常以诗文相和,善诗、文、篆、隶、行、草、飞白,尤精于画竹,作为一代画坛巨匠,文与可对开创文人画派的唐人王维的画自然有其独到的体会,他有一篇画记《捕鱼图记》,就由衷地表达了对这位前辈的仰慕之情。此记文笔简练,条清理畅,深受韩愈《画记》的影响。王维的原作"在今刘宁州家,宁州善自画,又世为显官,故多蓄古之名迹。尝为余言:'此图立意取景,他人不能到,于所藏中,此最为绝出。'余念其品题之高,但未得一见以厌所闻。长安崔伯宪得其摹本,因借而熟视之。"开篇之言,虽然只有寥寥几笔,而对王维捕鱼图的向往之情已经溢于言表。再一一细述其画中的岛、洲、树、船、人物,如数家珍,如记人所言"人凡二十(与下文分述人数不合,恐有一误),而少二,妇女一;男子三,转轴者八,持竿者三、附火者一,背而炊者一,侧而汲者一,倚而若窥者一,执而若鮪者一,钓而偻者一,拖而摇者一。然而用笔使墨,穷精极巧,无一事可指以为不当于是处,亦奇工也。噫!此传为者尚若此,不知藏于宁州者,其谲诡佳妙,又何如尔。"再次感叹仿作已达如此境界,爱屋及乌,不能自已,所以又请来一位善拓写的高手,豳州郭焕,为其复制,"(郭)为余为此,尤尽其所学,其树、石、则出于余之手也。"不但复制,而且自己也手痒难耐,忍不住也要在画上添上几笔,惺惺相惜之情,令人感动,只有是造诣颇深的画坛名家方能对另一位画坛名家的作品写出如此的心思神往的画记。

司马光《谏院题名记》

这篇记与《待漏院记》、《岳阳楼记》有相同之处,都是强调做官要"专利国家而不为身谋"的,但写法各有千秋。本文首论谏官之重要,"古者无谏官,自公卿大夫至于工商,无不得谏者。汉兴以来,始置官。夫以天下之政,四海之众,得失利病,萃于一官使言之,其为任亦重矣",再议如何方为称职之谏官,"居是官者,常志其大,舍其细。先其急,后其缓。专利国家而不为身谋。彼汲汲于名者,犹汲汲于利也。其间相去何远哉!"然后历数宋代谏院沿革,"天禧初,真宗诏置谏官六员,责其职事。庆历中,钱君始书其名于版。"最后讲出自己写作此记的用心,"光恐久而漫灭,嘉祐八年,刻著于石。后之人将历指其名而议之曰:'某也忠、某也诈、某也直、某也曲。'呜呼,可不惧哉!"全文仅百余字,却能将所欲言之意包罗无遗,语寄《春秋》笔法,而记末发一"惧"字,真乃下笔千钧,有关世道,温公可谓不虚为文矣。全文如下:

古者谏无官,自公卿大夫至于工商,无不得谏者。汉兴以来始置官。夫以天下之政，四海之众，得失利病萃于一官使言之，其为任亦重矣。居是官者，当志其大，舍其细，先其急，后其缓。专利国家而不为身谋。彼汲汲于名者，犹汲汲于利也。其间相去何远哉。天禧初，真宗诏置谏官六员，责其职事。庆历中，钱君始书其名于版。光恐久而漫灭，嘉祐八年刻著于石，后之人将历指其名而议之曰，某也忠，某也诈，某也直，某也曲。呜呼！可不惧哉！

苏洵《张益州画像记》

此记也颇值得关注，在记文的前半部叙事古劲，后半部议论回旋，而在记像时竟说"不必有像，而亦不可无像"，出尔反尔，殊为高论。文末更以诗作结，将文中内容反复申说，尤有一唱三叹之风。《张益州画像记》所记述的是张方平奉朝廷之命，前往益州平乱安民的前后经过，塑造了张方平"为天子牧小民不倦"的清官形象，可谓上忠于君，下爱于民。记中先交代了张方平的临危受命，至和元年（1054）秋天，益州发生动乱，"有寇至边，边军夜呼，野无居人。妖言流闻，京师震惊。"然而受命于危难之际的张方平到蜀之后，却能处乱不惊，举重若轻，迅速稳定了局势，"冬，十一月，至蜀。至之日，归屯军，撤守备，使谓郡县：'寇来在吾，无尔劳苦。'明年正月，朔旦，蜀人相庆如他日，遂以无事。又明年，正月，相告留公像于净众寺，公不能禁。"对于张方平这种近乎传奇的平乱举措及理所当然地赢得的蜀人的拥戴之情，作者的赞许钦佩之情，溢于言表，"眉阳苏洵言于众曰：'未乱易治也，既乱易治也。有乱之萌，无乱之形，是谓将乱。将乱难治，不可以有乱急，亦不可以无乱弛。唯是元年之秋，如器之敧，未坠于地。惟尔张公，安坐于其旁，颜色不变，徐起而正之。既正，油然而退，无矜容。为天子牧小民不倦，惟尔张公。'"文中可贵之处并没有就事记事，而是记录了张方平对作者亲口讲述的这次平乱的始末，尤显得珍贵，"民无常性，惟上所待，人皆曰，蜀人多变。于是待之以待盗贼之意，而绳之以绳盗贼之法……于是民始忍以其父母妻子之所仰赖之身，而弃之于盗贼，故每每大乱。夫约之以礼，驱之以法，惟蜀人为易。至于急之而生变，虽齐鲁亦然。吾以齐鲁待蜀人,而蜀人亦自以齐鲁之人待其身。若夫肆意于法律之外,以威动齐民,吾不忍为也。"这一不忍为,实为大慈大悲之举,苏洵因而叹道:"呜呼,爱蜀人之深,待蜀人之厚,自公而前,吾未始见也。"他以为,张方平对蜀人的恩德是不可言传的,"公之恩在尔心,尔死,在尔子孙,其在史官",所以就这一点来说,是"无以像为也",张公之像似乎不必立,而且"公意不欲,如何";然而,张公虽不愿立像,"公则何事于斯",但受其恩惠的百姓却心不能已,"虽然,于我心有不释焉。今夫平居闻一善,必问其人之姓名与邻里之所在,以至于其长短小大美恶之状。甚者,或诘其平生所嗜好,以想见其为人。而史官亦书之于其传。意使天下之人,思之于心,则存之于目。存之于目,故其思之于心也固。由引观之,像亦不为无助。"这一段就人之常情上,曲折周详地写出蜀人立像之本意,其实立像之蜀地百姓未必有此深意,苏洵在文中代其款款而言,其所用心,实有良苦。

曾巩《越州赵公救灾记》《墨池记》

曾巩为文,温醇典重,舒缓不迫,而又严谨明晰,透辟穷理。他的《越州赵公救灾记》(《唐宋八大家文钞》卷一百四十)写救灾,苏洵的《益州张公画像记》写平乱,两文参看,可见唐宋八大家之记的关心国事,体谅民情的特色。这篇文章记载了宋神宗时,地方官赵抃在越州(今浙江绍兴)救灾的经过。熙宁八年(1075)夏天,吴越(今江、浙一带)大旱,赵抃关心民瘼,在百姓还未遭饥之前,他就下令调查所属各县的受灾情况和存粮,以及可以采取的救灾措施:

> 前民之未饥,为书问属县:灾所被者几乡?民能自食者有几?当廪于官者几人?沟防构筑,可僦民使治之者几所?库钱仓粟,可发者几何?富人可募出粟者几家?僧道士食之羡粟(吃剩有余的米粮)书于籍(账册)者,其几具存?使各书以对,而谨其备。

下文即周详备述地记载了赵抃在饥民遍野时所采取的各项有力措施,如征富人、僧道的余粮,以"佐其费";多设赈灾"给粟之所",以防百姓拥挤、流亡;禁止富人囤积粮食抬高米价;又募民工修城,以工代赈。灾后第二年,又发生了严重的瘟疫,于是又设"病坊"、筹医药,为无家可归的流民治病,并派人安葬死者等等。文章是按照灾情发生的情况和经过,一一交代了赵抃的各项措施而不厌其烦。如放粮一事,"使自十月朔,人受粟一升,幼小减半。忧其众相蹂也,使受粟者男女异日,而人受二日之食。忧其且流亡也,于城市郊野为给粟之所五十有七,使各以便受之,而告以去其家者勿给。"事无巨细,娓娓道来,素以文笔简洁的曾巩之所以一改惜墨如金的写法,是因为他感到"其事虽行于一时,其法足以传后……予故采于越,得公所推行,乐为之识其详"。这不愧是一篇客观翔实,言之有物,有为而发的记事文章,全文条分缕析地记事,层次分明,不枝不蔓。以平易朴实的文笔,记事实,谈经验,在字里行间中,自然而然地流露出对赵抃政绩的由衷钦佩。

曾巩的《墨池记》(《唐宋八大家文钞》卷一百四十)是一篇短文,所记也只一件细小的传闻,"临川之城东……有池洼然而方以长,曰王羲之之墨池者……羲之尝慕张芝临池学书,池水尽黑,此为其故迹,岂信然邪"。由这洼小小的墨池,作者想到"羲之之书晚乃善,则其所能,盖亦以精力自致者,非天成也",所以强调"精力自致"、"非天成也"是为了告诫"后世未能及者,岂其学不如彼邪?则学固岂可以少哉,况欲深造道德者邪?"全文即事生情,反复申说,最后以"仁人庄士之遗风余思被于来世"作结,宛转矫劲,饶多余味。

王安石《游褒禅山记》《度支副使厅壁题名记》

宋仁宗至和元年(1054),王安石任舒州通判时,曾偕同亲友同游褒禅山,撰有《游褒禅山记》(《临川文集》卷八十三)一文,作为一篇脍炙人口的游记,其重点不在记游记山,而在由游山的感想而发出的议论,论说与记游结合得天衣无缝,所以视其为一篇别致的议论文亦未为不可。作者以游山为喻,说明治学或创业,都必须深入探索,百折不回,绝不可浅尝辄止,半途而废。可说是文如其人,王安石本人即是有宋第一志大才高,有见识、有魄力者,无论治学还是从政,都要求"尽吾志",必达登峰极造而止。此文写于三十四岁,十七年后,拜相变法,学术上也达到他人难以望其项背的境界,所以说这篇年青时的游记,正是他壮志未酬,雄心不已的真实表达。虽然说是游山,其实只是探洞,"有穴窈然,入之甚寒,问其深,则其好游者不能穷也",此是先行铺垫其洞之深邃,无人能至洞底。"予与四人拥火以入,入之愈深,其进愈难,而其见愈奇",此是埋下伏笔,以为后文议论之本,"有怠而欲出者,曰:'不出火且尽',遂与之俱出"。结果王氏此游与常人无异,皆半途而废,本一无可记者,因为"盖予所至,比好游者尚不能十一。然视其左右,来而记之者已少,盖其又深,则其至又加少矣",不过此文的过人之处,恰在能够于无可记之游,突发高见,"方是时,予之力尚足以入,火尚足以明也。既其出,则或咎其欲出者,而予亦悔其随之,而不得极乎游之乐也。"此记妙处正在于举一反三,妙论频出,"于是予有叹焉。古人之观于天地山川、草木虫鱼鸟兽,往往有得,以其求思之深,而无不在也。夫夷以近,则游者众,险以远,则至者少。而世之奇伟瑰怪非常之观,常在于险远,而人之所罕至焉,故非有志者不能至也",此为一叹,精辟之见;"有志矣,不随以止也,然力不足者,亦不能至也",此为二叹,言之有理;"有志与力,而又不随以怠,至于幽暗昏惑,而无物以相之,亦不能至也",此为三叹,扼腕感慨;"然力足以至焉,于人为可讥,而在己为有悔,尽吾志也,而不能至者,可以无悔矣。"此为四叹,令人叫绝。以一有憾之游而发此四叹,此游所见虽无几,然所获却颇多矣。其结论便是——"此所以学者不可以不深思而慎取之也"。另外,他还从在山道上所见到的一块扑倒的残碑想到,人们治学往往不能深察,以至于人云亦云,讹误相传成许多错误,碑文记褒禅山亦名"花山",而后人谬传为"华山",可知治学之道贵乎"深思而慎取",绝不可轻率、盲从。这篇游记不以写景、抒情为主,而是因事见理,以发人之深思取胜,实属游记中别开生面的创意之作。

王安石还有一篇《度支副使厅壁题名记》(《临川文集》卷八十二),写于宋仁宗嘉祐五年(1060),度支副使是宋代掌管财政的官吏。是时,吕冲之以尚书户部员外郎的身份任度支副使,"稽之众史,而自李紘已上到查道,得其名,自杨偕已上,得其官,自郭劝已下,又得其在事之岁时,于是书石镌之东壁"。王安石当时正在度支判官任上,在前几任长官的题名旁写了这篇题壁记。

文章短小精悍,借题发挥,直抒己见,论述了"理财"和"用人"的重要性,为后来的变法制造舆论。其论"理财"则曰:"合天下之众者财,理天下之财者法,守天下之法者吏也。吏不良,则有法而莫守;法不善,则有财而莫理。有财而莫理,则阡陌闾巷之贱人,皆能私取予之势,擅万物之利,以与人主争黔首,而放其无穷之欲,非必贵强桀大而后能。如是而天子犹为不失其民者,盖特号而已耳。虽欲食蔬衣敝,憔悴其身,愁思其心,以幸天下之给足而安吾政,吾知其犹不得也。然则善吾法,而择吏以守之,以理天下之财,虽上古尧、舜犹不能毋以此为先急,而况于后世之纷纷乎";其论"用人"则曰:"三司副使,方今之大吏,朝廷所以尊宠之甚备。盖今理财之法,有不善者,其势皆得以议于上而改为之。非特当守成法,吝出入,以从有司之事而已。其职事如此,则其人之贤不肖,利害施于天下如何也!观其人,以其在事之岁时,以求其政事之见于今者,而考其所以佐上理财之方,则其人之贤不肖,与世之治否,吾可以坐而得矣。"

文中之肯定"善法"、"择吏"以"理天下之财",否定"守成法,吝出入,以从有司之事而已"的观点正是王安石以后在变法革新中所大刀阔斧,极力推行的。记文的最后点明厅壁题名刻石,可以让后人鉴定副使官员的好坏以为借鉴。由此可见,这篇厅壁记,也是一篇论述国家经济问题的政治论文。

从上文提到的王禹偁的《待漏院记》、司马光的《谏院题名记》等几篇北宋的官厅题壁记来看,北宋官场中,确实有一种关心国计民生,竭心尽力,为国为君的风气,不但形诸笔端,而且身体力行,可以说是北宋政坛与文坛的时代特色之一吧,而王安石此记说理周详,议论风发,近人吴闿生称之为"笔力豪悍,有崩山决泽之观";但又不失于厅壁记文的体制,所以后世都推其为厅壁记文的典范。

苏轼《喜雨亭记》《筼筜谷偃竹记》《石钟山记》

大文豪苏轼写起记来自然是大家手笔,名篇众多,层出不穷,令人有叹为观止之感。《喜雨亭记》、《凌虚台记》、《超然台记》、《放鹤亭记》、《石钟山记》等作风采各异,而同为佳构。

《喜雨亭记》(《唐宋八大家文钞》卷一百四十一)是一篇记亭之作,文中写作者任凤翔府判官时,曾在官舍旁引水种树,并造亭以为休息之所。在亭落成之时,正值当地久旱逢雨之日,于是作者欣然把新亭命名为"喜雨亭",说"亭以雨名,志喜也"。起手便将"喜雨亭"三字,拆开点出,以显一篇"喜雨"之旨。古时"周公得禾"、"汉武得鼎"、"叔孙胜敌",或以名书、或以改元,或以名其子,"其喜之大小不齐,其示不忘一也"。那么苏轼本人所念念不忘的又是什么呢?此记作于嘉祐七年(1062),二十五岁的苏轼在凤翔府任判官,正是入仕之初,心系民生疾苦,"余至扶风之明年,始治官舍,为亭于堂之北,而凿池其南,引流种树,以为休息之所。是岁之春,雨麦于岐山之阳,其占为有年。既而弥月不雨,民方以为忧。越三月乙卯乃雨,甲子又雨,民以为未足,丁卯大雨,三日乃止。官吏相与庆于庭,商贾相与歌于市,农夫相与抃于野,忧者以乐,病者以愈,而吾亭适成。"苏轼因丰收有望而欣喜异常,"举酒于亭上以属客,'今天不遗斯民,始旱而赐之以雨,使吾与二三子,得相与优游而乐于此亭者,皆雨之赐也。其又可忘耶?'既以名亭,又从而歌之曰:'使天而雨珠,寒者不得以为襦;使天而雨玉,饥者不得以为粟。一雨三日,繄谁之力?'民曰:'太守。'太守不有。归之天子,天子曰:'不然,归之造物。'造物不自以为功,归之太空。太空冥冥,不可得而名,吾以名吾亭!"全文着眼于降雨与民生的关系,表现了苏轼与农民休戚与共的感情,全文就"喜雨"之意,分写、合写、倒写、顺写、虚写、实写,以小见大,无中生有,意态变幻,文笔酣畅。元人虞集称此文"题小而语大,议论干涉国政民生大体,无一点尘俗气"。能够在亭台记中写出劳动人民苦旱盼雨的焦虑和终逢甘霖的喜悦,以及作者自身与人民同忧同喜的心情,此文可说是思想性极强的艺术精品,在以闲适优雅的众多台阁名胜记中,苏轼的《喜雨亭记》显得尤其可贵。

《筼筜谷偃竹记》(《东坡全集》卷三十六)是一篇悼亡之作,元丰二年(1079)夏天,当代画坛巨匠文与可病逝于赴任湖州的途中,同年秋天,继任者苏轼在曝晒书画时看到了与可赠给自己的这幅《筼筜谷偃竹记》,睹物思人,情不自禁地追忆起与自己过从甚密的老朋友,在文中如数家珍地把文与可平日里与自己的交往和传授给自家的绘画经验一一和盘托出,以寄托对其的深切怀念。但在行文中却没有按照事态的发展顺序展开,而是先从画竹的经验之谈落笔,"竹之始生,一寸之萌耳,而节叶具焉;自蜩蝮蛇蚹以至于剑拔十寻者,生而有之也。今画者乃节节而为之,叶叶而累之,岂复有竹乎!故画竹必先得成竹于胸中,执笔熟视,乃见其所欲画者,急起从之,振笔直遂,以追其所见,如兔起鹘落,少纵,则逝矣",再由"胸有成竹"的经验之谈引出传授这一不二法门的画竹名家文与可,"与可之教予如此,予不能然也,而心识其所以然。大概心识其所以然而不能然者,内外不一,心手不相应,不学之过也。故凡有见于中而操之不熟者,平居自视了然,而临事忽焉丧之,岂独竹乎!"直到这一番鞭辟入里的引述及自身的阐发之后,才转入文章正题,详述平日里两人的交往:

> 因以所画筼筜谷偃竹遗予曰:"此竹数尺耳,而有万尺之势。"筼筜谷在洋州,与可尝令予作《洋州三十咏》,筼筜谷其一也。余诗云:"汉川修竹贱如蓬,斤斧何曾赦箨龙(竹笋)。料得清贫馋太守,渭滨千亩在胸中。"与可是日与其妻游谷中,烧笋晚食,发函得诗,失笑喷饭满案。

记文最后才交代了老友已经去世,以及写作此文的缘由:

> 元丰二年五月二十五日,与可没于陈州。是岁七月七日,予在湖州曝书画,见此竹,废卷而哭失声。昔曹孟德祭桥公文,有车过腹痛之语。而予亦载畴昔戏笑之言者,以见与可于予亲厚无间如此也。

以"失笑喷饭满案"对"废卷而哭失声",悲喜交织,前后呼应,行云流水,感人至深。全文对于《筼筜谷偃竹》画作的优劣,通篇未置一词,却概括出"成竹在胸"的绘画理论,见字如面地描绘了挚友文与可的音容笑貌,既似文艺随笔,又似悼念文章,言理理深,抒情情切,在众多画记中,别具风采,实属难得。

苏轼的《石钟山记》(《东坡全集》卷三十七)虽说是游记名篇,但严格地说来其实是一篇探寻石钟山得名由来的实地考察记,作者于元丰七年(1084)六月,由齐安,即黄州,到临汝,其长子苏迈也要赴德兴尉,于是就顺道送子到湖口,父子遂同游石钟山,并写下这篇记文。文中叙写了自己探访石钟山的经过,重点写由于自己亲历其境,在耳闻目睹了石钟山的匪夷所思的各种奇观后,才切实辨明了石钟山命名的缘由,从而想到凡事必须经过调查,绝不可主观臆断,这是一篇既记了游,又说了理的游记,与王安石的《褒禅山记》有异曲同工之妙。记游的过程也是说理的过程,山游完了,理也说尽了,文章便收笔了。正如他对自己文章的总结"常行于所当行,常止于不得不止"。理说得透彻,游记得生动,如其写乘舟夜游的段落:

至莫(暮)夜月明,独与迈乘小舟至绝壁下。大石侧立千尺,如猛兽奇鬼,森然欲搏人;而山上栖鹘,闻人声亦惊起,磔磔云霄间;又有若老人咳且笑于山谷中者,或曰此鹳鹤也。余方心动欲还,而大声发于水上,噌吰如钟鼓不绝。舟人大恐,徐而察之,则山下皆石穴罅,不知其深浅,微波入焉,涵澹澎湃而为此也。

通过这种绘声绘色描写,勾画出一派阴森骇人的氛围,如实地给人一种深夜泛舟于绝壁之下,水深石怪,涛声震耳,令人不胜惊悸之感。而且接着下面,作者从水击山石如钟鼓声,联系到石钟山命名的真正由来,而发表了凡事必须重调查,重实践的道理,把写景与说理巧妙地结合在一起,反对"事不目见耳闻而臆断其有无"的作法,文章层次清楚,丝丝入扣,结构严谨,使这篇游记独具特色,成为传诵的名篇。

苏辙《武昌九曲亭记》《黄州快哉亭记》

《武昌九曲亭记》(《栾城集》卷二十四)写于元丰五年(1082),时苏轼已谪居黄州三年,苏辙去探望哥哥,兄弟二人同游武昌西山,各自都留下了记游的诗文,当属此记最为有名,亦是文坛一桩雅闻趣事。由于为兄在谪居之中,所以为弟在文中多有释忧宽慰之语,写得情景交融,委婉动人。先写其兄谪居三年,而西山为其平添无穷乐趣:

> 依山临壑,隐蔽松枥,萧然绝俗,车马之迹不至。每风止日出,江水伏息,子瞻杖策载酒,乘渔舟乱流而南。山中二三子,好客而喜游,闻子瞻至,幅巾迎笑,相携徜徉而上。穷山之深,力极而息,扫叶席草,酌酒相劳,意适忘返,往往留宿山上。以此居齐安三年,不知其久也。

这段文字摇曳多姿,然不过是九曲亭的伏笔而已,以下再娓娓说去,款款道来:

> 然将适西山,行于松柏之间,羊肠九曲而获少平,游者至此必息。倚怪石,荫茂木,俯视大江,仰瞻陵阜,旁瞩溪谷,风云变化,林麓向背,皆效于左右。有废亭焉,其遗址甚狭,不足以席众客。

至此,才引出苏轼因地制宜的建亭之举,"其旁古木数十,其大皆百围千尺,不可以加斧斤。子瞻每至其下,辄睥睨终日,一旦大风雷雨,拔去其一,斥其所据,亭得以广。子瞻与客入山视之,笑曰:'兹欲以成吾亭耶?'遂相与营之。亭成而西山之胜始具,子瞻于是最乐。"如果说西山不过给苏轼带来流连忘返之乐的话,此九曲之亭便给苏轼以成功与满足之乐。然这仍不是苏辙此文的主旨,下面才是画龙点睛之处:

> 昔余少年,从子瞻游,有山可登,有水可浮,子瞻未始不褰裳先之。有不得至,为之怅然移日。至其翩然独往,逍遥泉石,撷

林卉,拾涧实,酌水而饮之,见者以为仙也。盖天下之乐无穷,而以适意为悦。方其得意,万物无以易之;及其既厌,未有不洒然自笑者也。譬之饮食,杂陈于前,要之一饱,而同委于臭腐,夫孰知得失之所在?惟其无愧于中,无责于外,而姑寓焉。此子瞻之所以有乐于是也。

"天下之乐无穷,而以适意为悦","惟其无愧于中,无责于外",借九曲之亭来浇其兄的胸中块垒,苏辙此文的用心可谓良苦,世人唯知苏东坡胸襟旷达,却不知其弟手足情深,多为宽慰。此记一字一句,均出肺腑而体贴委婉,善解人意而周详备至。

苏辙的《黄州快哉亭记》(《栾城集》卷二十四)是《武昌九曲亭记》的姊妹篇,是为了宽慰张梦得的,张氏即张怀民,是二苏共同的朋友,当时也贬居黄州,苏轼曾写过一篇著名的《记承天寺夜游》。全文分为三段,一段写快哉亭的建造和命名,"清河张君梦得谪居齐安,即其庐之西南为亭,以览观江流之胜,而余兄子瞻名之曰:'快哉'";二段写命名原因,是文章的华彩乐章,"盖亭之所见,南北百里,东西一舍。涛澜汹涌,风云开阖。昼则舟楫出没于其前,夜则鱼龙悲啸于其下。变化倏忽,动心骇目,不可久视。今乃得玩于几席之上,举目而足,渔夫樵父之舍,皆可指数:此其所以为快哉者也。至于长洲之滨,故城之墟,曹孟德、孙仲谋之所睥睨,周瑜、陆逊之所骋骛,其流风遗迹,亦足以称快世俗";这一段上下古今,纵横捭阖,赋以快哉亭极丰厚的时空感;三段承上发论,表现作者"无往而不快"的旷达胸怀,以此为苏与张排忧解愁,"昔楚襄王从宋玉,景差于兰台之宫,有风飒然至者,王披襟当之,曰:'快哉此风,寡人所与庶人共者耶?'宋玉曰:'此独大王之雄风耳,庶人安得共之!'……士生于世,使其中不自得,将何往而非病?使其中坦然,不以物伤性,将何适而非快?今张君不以谪为患,窃会计之余功,而自放山水之间,此其中宜有以过人者。将蓬户瓮牖,无所不快;而况乎濯长江之清流,揖西山之白云,穷耳目之胜以自适也哉!不然,连山绝壑,长林古木,振之以清风,照之以明月,此皆骚人思士之所以悲伤憔悴而不能胜者,乌睹其为快也哉!"这一段引经据典,因"快哉"二字,若断若续,旁敲侧击,宽慰张梦得,曲折委婉,烟波无限。文章的结构严谨,条理清晰,由写景叙事入手,转入议论,过渡自然,读之使人心胸为之旷达,宠辱皆忘。充分体现了作者纡徐条畅、汪洋澹泊的文风。此文作于元丰六年十一月初一,而乃兄之《记承天寺夜游》作于是年十月十二日,虽不知苏辙写此记时,有否读到其兄之文。弟弟勉励怀民"不以谪为患,而自放山水之间",哥哥则与怀民"相与步于庭中,何夜无月,何夜无竹柏,但少闲人如吾两人耳",难得兄弟二人身处两地,心照不宣,其胸襟同样光风霁月,一般朗照千秋。

晁补之《新城游北山记》

晁补之(1053—1110),字无咎,济州钜野(今山东巨野)人,年十七,随父到杭州,曾把杭州山川风物写成《七述》,受到苏轼的称许,后为苏门四学士之一。《宋史》卷四百四十四有传。《新城游北山记》(晁补之《鸡肋集》卷三十一)写了游北山时一昼夜的闻见,记中这些幽深奇特的景物,深藏于山中,不是都市园林等人造景观所能比拟的。作者在文中极力摹写,状难见之景于笔下,使人如见其面,颇为难得。

其山石草木松泉无不独特:山路"犹骑行石齿间";山泉在"松下草间,沮洳伏见;堕石井,锵然而鸣";山藤"数十尺,蜿蜒如大蚓";山鸟"黑如鸲鹆,赤冠长喙,俯而啄,磔然有声";山竹"篁篠仰不见日,如四五里,乃闻鸡声";山僧"布袍蹑履来迎,与之语,愕而顾,如麋鹿不可接";山居"顶有屋数十间,曲折依崖壁为栏楯,如蜗鼠缭绕乃得出,门牖相值";山风"飒然而至,堂殿铃铎皆鸣。二三子相顾而惊,不知身之在何境也",是为日游。至夜更加奇绝,"于时九月,天高露清,山空月明,仰视星斗皆光大,如适在人上。窗间竹数十竿相摩戛,声切切不已。竹间梅棕,森然如鬼魅离立突鬓之状。二三子又相顾魄动而不得寐,迟明,皆去。"如此惊心动魄之景,自然印象深刻,欲忘不能了。"既还家数日,犹恍恍若有遇,因追记之。后不复到,然往往想见其事也。"这是一篇纯游记,既不像《醉翁亭记》之意不在酒,与民同乐;也不如《褒禅山记》之高谈阔论,举一反三,但却传达出大自然的造化无穷、鬼斧神工,使人过目不忘,欷歔再三。

第二节　南宋杂记文

南宋出现了大部头的日记体游记,以陆游的《入蜀记》和范成大的《吴船录》为代表。随行随录,按日写出,游程长,景致多,穿插了对古迹、民俗的考察,平添了一种山水景物与风俗长卷的气象,既有文学性,又具史料价值,但就整部作品来说,其可读性反倒不如单篇游记。而各体杂记,与北宋比起来却是旗鼓相当,成绩喜人的。

汪藻《永州柳先生祠堂记》

汪藻(1079—1154),字彦章,德兴(今属江西)人。北宋末、南宋初文章大家。崇宁二年(1103)进士。汪藻学问渊博,绍圣、元符年间有声誉于太学。擅长写"四六"文,南渡初诏令制诰均由他撰写。行文洞达激发,多为时人传诵,被比作陆贽。《皇太后告天下手书》、《建炎三年十一月三日德音》是其代表作。孙觌序其集时推重他为大手笔,说他"闳丽精深,杰然视天下"。一生撰著虽丰,但散佚也多。或是因他对金主张退让苟安,并要求逐渐削弱抗金将领的兵力,曾对李纲进行诋毁的原因。为其作序的孙觌曾在汴京沦陷后,收受金人所赂女乐,为宋钦宗草制降表,而为时人所不齿。朱熹曾写过一篇《记孙觌事》,揭露了孙觌卖国求荣的丑恶嘴脸(详见本书"南宋传状"一节)。今传《浮溪集》三十六卷,是四库馆臣自《永乐大典》中辑出的。但平心而论,汪藻不失为两宋之际的文坛显要,所作亦不乏精彩之处,是不该因人废言的。如他的《永州柳先生祠堂记》(汪藻《浮溪集》卷十九):

先生以永贞元年冬,自尚书郎出为邵州刺史,道贬永州司马。至元和九年十二月,诏追赴都,复出为柳州刺史。盖先生居零陵者将十年。至今言先生者必曰零陵,言零陵者亦必曰先生。零陵去长安四千余里,极穷陋之区也,而先生辱居之。零陵徒以先生居之之故,遂名闻天下。在先生谓不幸可也,而零陵独非幸欤。先生始居龙兴寺西序之下，间坐法华西亭，见西山爱之。命仆夫过潇水，剪薙榛芜，搜奇选胜，自放于山水之间。入冉溪二三里，得尤绝者家焉。因结茅树蔬，为沼沚台榭。目曰愚溪。而刻八愚诗于溪石之上，其谓之钴鉧潭、西小丘、小石潭者，循愚溪而出也；其谓之南涧、朝阳岩、袁家渴、芜江、百家濑者，溯潇水而上也。皆在愚溪数里间。为先生杖履徜徉之地……绍兴十四年，予来零陵，距先生三百余年，求先生遗迹，如愚溪、钴鉧潭、南涧、朝阳岩之类皆在，独龙兴寺并先生故居曰愚堂、愚亭者，已湮芜不可复识。八愚诗石，亦访之无有。黄溪则为峒獠侵耕，磴危径塞，无自而入。郡人指高山寺曰，此法华亭故处。而龙兴者，今太平寺西瞰大江者是也，其果然欤。周衰，言文章之盛者，莫如汉唐。贾谊驰骋于孝文之初，时汉兴才三十余年耳。其谈治道，述骚辞，已追还三代之风如此。自是踵相蹑有之。末而至于刘向、扬雄，益精深不可及。去古未远故也。唐承贞观、开元，习治之余，以文章显者，如陈子昂、萧颖士、李邕、燕许之徒，固不为无人。东汉以来猥并之气未除也。至元和始粹然，一返于正。其所以臻此者，非先生及昌黎韩公之力欤！故以唐三百年，世所推尊者，曰韩柳而已。岂非盛哉！先生虽坐贞元党，与刘梦得同。梦得会昌时，犹尊显于朝。先生未及为时君所省，而遽没于元和之世。事业遂不大见于时，可深惜哉！然零陵一泉石、一草木，经先生品题者，莫不为后世所慕，想见其风流。而先生之文载集中，凡瑰奇绝特者，皆居零陵时所作。则予所谓幸不幸者，岂不然哉！零陵之祠先生于学于愚溪之上。更郡守不知其几，而莫之敢废。顾未有求其遗迹而纪之者。余于是采先生之集，与刘梦得之诗可见者，书而置之祠中。附零陵图志之末。庶几来者有考焉。

此记作于晚年因被言官论其尝为蔡京、王黼之客，夺职居永州，累赦不宥之时，故对柳宗元惺惺相惜，婉婉道来，其中如"零陵去长安四千余里,极穷陋之区也,而先生辱居之。零陵徒以先生居之之故,遂名闻天下"、"(唐代文章)至元和始粹然,一返于止。其所以臻此者,非先生及昌黎韩公之力欤! 故以唐三百年,世所推尊者,曰韩柳而已。岂非盛哉"、"零陵一泉石、一草木,经先生品题者,莫不为后世所慕,想见其风流。而先生之文载集中,凡瓌奇绝特者,皆居零陵时所作。则予所谓幸不幸者,岂不然哉"等评价对于我们今天更好地了解柳宗元是很有帮助的。他还亲自实地考察了柳宗元在永州的居所,探访了八记中的钴鉧潭等地,所以才能有感而发,言一般文人所不能言。汪藻不愧是一代词臣,史称其虽通显三十年,却无屋庐以居,博极群书,老不释卷,工俪语,多著述,所为制词,人多传诵。

邓肃《具瞻堂记》

邓肃(1091—1132),字志宏,南剑州沙县(今福建沙县)人。少时能文善论,受李纲器重,结为忘年交。入太学,时东南贡花石纲,赋诗言守令搜求扰民,被斥退。钦宗即位,召补承务郎。张邦昌傀儡政权建立,他不肯屈服,奔赴南京(今河南商丘),高宗用为左正言,为官敢言直谏,在职三个多月,上疏二十道,多被采纳。后因为李纲申辩,为执政所恶,罢职还家。《宋史》卷三百七十五有传。

他的《具瞻堂记》是为吕之望的"具瞻堂"所写的。吕氏初登仕途,恰"袭公(李纲)筦库之职,一日,居其堂而四顾曰:'此非大丞相李公之所憩乎? 平日仰公如太山北斗,今以职事继公后尘,其瞻仰之诚,参前倚衡,如见公于上,虽食息罄欬之顷,不敢辄忘。'于是,请新其堂,而榜之'具瞻',所以致仆拳拳之诚,且与后来有知者共之。""具瞻"一语出于《诗经·小雅·节南山》"赫赫师尹,民具尔瞻"之句,意谓李纲的高风亮节,为世人所瞻仰。文章先以史家之笔,略述李纲一生大略,"大丞相李公,宣和初,以左史论时事之失,谪监沙邑筦库,期年而罢。宣和末,以奉常还朝,与决大计,遂参左辖。虏骑迫城,公以身蔽之。虏退,迁元枢,未几而出。虏骑再至,则汴都不守矣",此为北宋末;"今上即位之初,走使如公,再迁为左仆射。纪律稍正,群盗稍息,而公又逐。不数月间,翠华有维扬之幸",此为南宋初。李纲之任用与否,和宋朝政权的安危有着极为密切的关系,"故天下识与不识,皆谓公之出入,系朝廷轻重,非近世名臣所可比拟也。"这一议论,既是为李纲鸣冤树碑,也是为国运感慨系之。以下欲擒故纵,明为劝阻,实是赞扬,"虽喜吕子趋向不凡,且为吕子危之。李公直气充塞天壤,不能一日安其身于朝廷之上,当时愿留之者,殆以万计,几坑于奸佞之手,有抗章以挽之者,皆斥窜流离,去朝廷数千里者,至于枭道通衢以竦天下。吕子何恃而敢如此?余窃为吕子危之。"然而,吕之望并没有被作者的这一番苦口婆心所打动,大言曰:"坐此获罪,芬芳多矣!请俟之!"全文行文慷慨,有为而发。对具瞻堂形制并无一语提及,然李公与吕氏虽地位相去甚远,而其临危不惧,公而忘私之高风亮节却同样令人敬佩。

岳飞《五岳祠盟记》

《五岳祠盟记》值得后人关注,这不仅因为作者是南宋著名的抗金将领,而且此记是他写在带兵抗击侵略者的血雨腥风之中,所以就更加具有珍贵的史料价值。建炎四年(1130),金兵再犯常州,岳家军在岳飞的率领下,四战皆捷,乘胜追击于镇江东,又捷,战于清水亭,再捷,金兵统帅兀术向建康(今江苏南京)逃窜,岳飞在牛头山设下埋伏,大破之。随即收复建康。此记便写于收复建康后,是题在五岳祠壁间的誓词。作者生于民族矛盾极其尖锐的时代,母亲从小就在他的背上刺下"精忠报国",他也曾留下《满江红》的千古绝唱。广大人民的爱国激情,必胜的信念始终是岳飞诗文的主旋律。

> 自中原板荡,夷狄交侵,余发愤河朔,起自相台,总发从军,历二百余战。虽未能远入荒夷,洗荡巢穴,亦且快国仇之万一。今又提一旅孤军,振起宜兴。建康之城,一鼓败虏,恨未能使匹马不回耳!

收复建康重镇,本是大快人心的胜利,便岳飞却仍不满足,遗憾的是未能将进犯之敌一网打尽,拳拳忠心,天日昭昭。

  故且养兵休卒,蓄锐待敌。嗣当激励士卒,功期再战,北逾沙漠,蹀血虏廷,尽屠夷种。迎二圣归京阙,取故地上版图,朝廷无虞,主上莫枕:余之愿也。

  河朔岳飞题。

  将自己与敌人势不两立,必灭此而朝食的忠诚公之于众,题于壁间,其炽热的爱国精神和恢复中原的坚定决心,极大地鼓舞了当时抗战军民斗志,在以后华夏民族抵御外侮的斗争中也起到了不可忽视的激励作用。然而令人扼腕的是,这位从二十岁起便投军杀敌,身经百战的抗金英雄,没有倒在疆场,马革裹尸,却死于奸人之手,含冤九泉。

洪迈《稼轩记》

  洪迈(1123—1202),字景卢,别号容斋,饶州鄱阳(今属江西)人,宋高宗时出使金国,不为敌势所屈,而受到朝野的好评。博学好文,著有《容斋随笔》、《夷坚志》等,《宋史》卷三百七十三有传。他于淳熙八年(1181)为辛弃疾在信州城北灵山下的带湖新居落成写了一篇《稼轩记》,记述了这座园宅的来历,形制和主人建园的用意,"郡治之北可里所,故有旷土存,三面傅城,前枕澄湖如宝带,其纵千有二百三十尺,其衡八百有三十尺,截然砥平,可庐以居……济南辛侯幼安最后至,一旦独得之。既筑室百楹,才占地什四;乃荒左偏以立圃,稻田泱泱,居然衍十弓。意他日释位得归,必躬耕于是,故凭高作屋下临之,是为'稼轩'"。记中着重赞扬了辛弃疾恢复中原,统一祖国的志向和过人的胆略与才干,"余谓侯本以中州隽人,抱忠仗义,章显闻于南邦。齐虏巧负国,赤手领五十骑缚于五万众中,如挟毚兔,束马衔枚,间关西奏淮,至通昼夜不粒食,壮声英概,儒士为之兴起! 圣天子一见三叹息,用是简深知,入登九卿,出节使二道,四立连率幕府。"但对他"此志未偿"而企图退隐躬耕的打算却不以为然,"使遭事会之来,挈中原还职方氏,彼周公瑾、谢安石事业,侯固饶为之。此志未偿,因自诡放浪林泉,从老农学稼,无亦大不可欤?"虽然在主观上,是希望他不要屈服于投降派的排斥,继续奋发有为,为国效力,但当时朝廷上下,苟且偷安,实不容抗金派如辛弃疾、陆游辈有所作为。

张孝祥《乐斋记》

作为南宋主战派的代表人物,张孝祥所作诗文的抗战情结十分明显。他的《乐斋记》即是一例:赵再可于隆兴元年秋天,即文中所提的癸未之秋,前往边境钟离县任主簿职,钟离在今安徽凤阳,紧靠宋金分界的淮河,南宋历来是视金如虎的,所以基本上是守江不守淮的。在金兵正大举集结,对南宋虎视眈眈的关头,"居江之北者,盖皆徙而南",赵再可却不顾亲戚朋友的劝阻,"独驱车以北",这种豪情深深地打动了张孝祥,他忍不住奋笔写下此序,并无中生有地为赵再可将要在任地所居之舍命名为"乐斋",实在有些出乎常人意料。

> 赵再可于癸未之秋,往主濠之锺离簿事。过别予于吴门。时虏方聚兵汴,居江之北者,盖皆徙而南。再可独驱车以北。与再可戚而爱之者,交谏止之。再可慨然无难色。谓予曰:"吾闻濠,自更辛巳之兵,府寺荡焉。而吾簿之于职,又废而复存者。今吾往寓,直之无所,将营一椽之屋,以庇风雨。而将名之,孰可谋之子。"予名之曰:乐斋。夫濠上之乐,孰知之。使吾于濠,官守得其职,固乐!不幸而不得其职,而不害其为赵再可者,再可亦乐也!又不幸而虏入塞,再可与民以心为城,择险而守,再可之志如此,再可亦乐!又重不幸,再可力不支而见得于虏,再可以得死所为幸,再可弥乐!夫无往而再可莫不有以自乐,再可兹行,其策得矣。彼纡朱怀金、驾高车、从卒吏,号称大官,平时冒爵位,取富贵。一旦赤白囊(赤白囊:古代递送紧急情报的文书袋)至,股栗心悸,谋自窜之不暇。闻再可之乐,可愧死矣!八月二十六日,张某记。

文中一共列了四乐,官守得其职,是为固乐;不得职也不害其为赵再可,是为亦乐;择险而守城抗金,是为亦乐;如果被俘,死得其所,是为弥乐。其赞扬激励之情,溢于言表,而在文末,史把赵再可这种一往无前的气概与那些闻敌丧胆的高官厚禄者的丑恶嘴脸作了鲜明的对比。其文虽短小,其意则深长矣。

朱熹《高士轩记》

张孝祥是为一位县主簿的官舍作记,无独有偶,朱熹也有一篇相同题材的记文《高士轩记》,只不过张孝祥是为他人作记,而朱熹却是为自家作记。朱熹在二十三岁时,任同安县主簿,官职虽然卑微,但朱熹对自己的要求却甚高,把自己的官廨起名叫高士轩,还专门写了一篇《高士轩记》(《晦庵集》卷七十七):

> 同安主簿廨,皆老屋支拄,殆不可居。独西北隅一轩,为亢爽可喜。意前人为之,以待夫治簿书之暇日而燕休焉。然视其所以名,则若有不屑居之之意。予以为君子当无入而不自得,名此非是。因更以为高士轩。而客或难予曰:汉世高士不为主簿者,实御史,属汉官御史府,典制度文章……今子仆仆焉在尘埃之中,左右朱墨,蒙犯棰楚,以主县簿于此,而以高士名其居,不亦戾乎?予曰:固也,是其言也。岂不亦曰,士安得独自高其不遭,则可亡不为已乎?予于其言盖尝窃有感焉。然亦未尝不病其言之未尽也。盖谓士之不遭可无不为。古之乘田委吏、(乘田,春秋时鲁国主管畜牧的小吏。《孟子·万章下》:"(孔子)尝为乘田矣。"赵岐注:"乘田,苑囿之吏也,主六畜之刍牧者也。"后用以指小吏。委吏:古代管理粮仓的小官。《孟子·万章下》:"孔子尝为委吏矣,曰:'会计当而已矣。'"赵岐注:"委吏,主委积仓廪之吏也。"可见乘田委吏均泛指小吏。王充《论衡·自纪》:"为乘田委吏,无於邑之心;为司空相国,无说豫之色。")抱关击柝者(抱关击柝:守门打更的小吏。《荀子·荣辱》:"故或禄天下而不自以为多,或监门御旅,抱关击柝,而不以为寡。"杨倞注:

"抱关,门卒也,击柝,击木所以警夜者。")焉可也谓士不能独自高,则若彼者乃以未睹夫高也夫。士诚非有意于自高,然其所以超然独立乎万物之表者,亦岂有待于外而后高耶?知此则知主县簿者,虽甚卑,果不足以害其高,而此轩虽陋,高士者亦或有时而来也。顾予不足以当之,其有待于后之君子云尔。客唯唯而退,因书之壁以为记。

朱熹不但不以主簿官小而枉自菲薄,反而给自己提出了"超然独立乎万物之表"的自我约束并且身体力行,不为空言,据《宋名臣言行录》载:七月之同安,莅职勤敏,纤悉必亲。廨有燕坐之室,更名曰"高士轩",而以令甲凡簿所当为者,大书揭之楣间。职兼学事,身率诸生,厉以诚敬,开以义理。皆竦慕而师尊之。

可惜的是,我们今天已经无从知晓,高士轩在朱熹改名前的那个"视其所以名,则若有不屑居之之意"的轩名是什么了。但朱熹那种修身齐家治国平天下的操守,却通过他早年的这篇记文得到很好的印证。

朱熹作为道学名家,文章最长于说理,是语录体的大家,但其写景之作,亦清新可读。理学家对自然界的体会自然与常人不同,"等闲识得东风面,万紫千红总是春"。他的《百丈山记》(《晦庵集》卷七十八)就是一篇优美的游记,百丈山在福建建阳县东北,他认为此山"最可观者:石磴、小涧、山门、石台、西阁、瀑布",这些景物似乎一般山中亦寻常可见,但在朱熹眼里,百丈山的景致却一一皆有独到之处:

石磴:"登百丈山三里许,右俯绝壑,左控垂崖,叠石为磴,十余级乃得度。山之胜盖自此始。"

小涧:"循磴而东,即得小涧,石梁跨于其上。皆苍藤古木,虽盛夏亭午无暑气;水皆清澈,自高淙下,其声溅溅然。"

山门:"度石梁,循两崖,曲折而上,得山门,小屋三间,不能容十许人。然前瞰涧水,后临石池,风来两峡间,终日不绝。"

西阁:"庵才老屋数间,无足观,独其西阁为胜。水自西谷中循石罅奔射出阁下,南与东谷水并注池中。自池而出,乃为前所谓小涧者。阁据其上流,当水石峻激相搏处,最为可玩……独夜卧其上,则枕席之下,终夕潺潺,久而益悲,为可爱耳。"

瀑布:"于林薄间东南望,见瀑布自前岩穴潢涌而出,投空下数十尺。其沫乃如散珠喷雾,日光烛之,璀璨夺目,不可正视。"

一座在常人眼中也许平常的山,但只要用心体察,就能发现其中的不同凡响与独到之处,这或许就是朱熹此篇短小的游记除了文字以外给后人留下的有益启示。

陆游《入蜀记》、《烟艇记》

陆游生活在国难深重,民族矛盾和阶级矛盾极其尖锐的年代,自幼深受父兄师长爱国思想的熏陶,早早就立下了"上马击狂胡,下马草军书"(陆游《观大散关图有感》)的志向。

他的《烟艇记》(《渭南文集》卷十七)是三十七岁时,从敕令所删定官调升为大理寺司直后写的。应该说,这正是他年富力强,报效国家之时际。当时他在临安朝中下层官员的居所"百官宅"中有两间小屋。本文就是通过对这两间小屋的命名,表明作者宏大的志向和积极奋发的心迹。文章从设问入手,"陆子寓居,得屋二楹,甚隘而深,若小舟然,名之曰:'烟艇。'客曰:'异哉!屋之非舟,犹舟之非屋也……遂谓之屋,可不可耶?'"从而引出对"江湖之思"的形象描绘,极力抒写其对"一叶之舟"的向往。

> 意诚所好而不得焉,粗得其似,则名之矣。因名以课实,子则过矣,而予何罪?予少而多病,自计不能效尺寸之用于斯世,盖尝慨然有江湖之思;而饥寒妻子之累,劫而留之,则寄其趣于烟波洲岛苍茫杳霭之间,未尝一日忘也。使加数年,男胜钼犁,女任纺绩,衣食粗具,然后得一叶之舟,伐荻钓鱼而卖芰芡,入松陵,上严濑,历石门、沃洲而还,泊于玉笥之下,醉则散发扣舷为吴歌,顾不乐哉!

其实,陆游心里很明白,为官的"万钟之禄"与归隐的"一叶之舟","穷达异矣,而皆外物",他出仕并非为万钟禄,而是为了"能效尺寸之用于斯世",为国效力,而之所以"不能不眷眷于"所谓的"一叶之舟"者,是想功成身退,放浪江湖而后快,故将两楹陋室命之以"烟艇"。作者在文末,以峭拔之笔宣称,"使吾胸中,浩然廓然,纳烟云日月之伟观,揽雷霆风雨之奇变,虽坐容膝之室,而常若顺流放棹,瞬息千里者,则安知此室果非烟艇也哉!"此一段议论,意气风发,神采飞扬,壮年陆游之壮志,跃然纸上,非徒虚文也。

此后八年,乾道五年(1169)十二月,陆游被任为夔州通判,因病未能及时赴任,直到第二年闰五月才由家乡起身入蜀赴任,沿途观赏山川,体察民情,一路走一路写,总成一编,题为《入蜀记》,如六月二十一日记石门关一则:

> 舟中望石门关,仅通一人行,天下至险也……谒寇莱公祠堂。登秋风亭,下临江山。是日重阴,微雪,天气飂飘。复观亭名,使人怅然,始有流落天涯之叹。遂登双柏白云亭。堂下有莱公所植柏,今已槁死。然南山重复,秀丽可爱。白云亭则天下幽奇绝境,群山环拥,层出间见,古木森然,往往二三百年物。栏外双瀑,泻石洞中,跳珠溅玉,冷入人骨。(《入蜀记》卷四)

六月二十三日记神女峰一则:

> 过巫山凝真观,谒妙用真人祠。真人,即世所谓巫山神女也。祠正对巫山,峰峦上入霄汉,山脚直插江中。议者谓太华、衡、庐皆无此奇。然十二峰者,不可悉见。所见八峰,惟神女峰最为纤丽奇峭,宜为仙真所托。祝史云:每八月十五夜月明时,有丝竹之音,往来峰顶,山猿皆鸣,达旦方渐止……是日,天宇晴霁,四顾无纤翳,惟神女峰上有白云数片,如鸾鹤翔舞,裴徊久之不散,亦可异也。(《入蜀记》卷四)

两则日记,一阴一晴,阴则怅然,晴则旷怡,一自然奇绝,一传说缥缈,描写如画,思绪千古,充分显示了作者过人的文字表达能力与胸中乾坤,不愧为大家手笔,三言两语,便出手不凡。

楼钥《广德军范文正公祠记》

各种记文题材广泛,数量极其可观,而在古代文人的著述中,也占了相当大的比例。不过,要想写得好,就得下工夫,泛泛而论是不行的。比如,有宋一代,有关范仲淹的记文可谓不可胜数,而楼钥的应从弟之请作《广德军范文正公祠记》却有相当难度,因为范仲淹任广德军司理参军是为政之初,尚无可圈可点的"业绩"可言。且在此之前,汪藻已在绍兴九年(1139),也就是楼钥两岁时,就已经为广德军的范仲淹祠堂写过一篇《范文正公祠堂记》。如何因难见巧,写出新意,对于已经年迈的楼钥来说确实不是一件容易的事。

> 文正范公,勋业在国史,其祠于广德则已具见于内相浮溪汪公之记。兹以祠宇久圮不修,从弟镛以嘉定二年为郡博士。撤而新之,求记于钥。语之曰:文正公盛德绝识,才兼文武。非赞扬所能尽。然大要在立志不苟而已耳。方在贫约,则朝暮甘䪢粟之味;既已富贵,则子弟均布帐之清。在海陵为一仓官,而筑海堤数百里。在桐川为一狱掾,而所立已卓然如此。一马微矣,(桐乡,宋太平兴国四年置广德军,治广德县。端拱元年析广德西北桐乡、昭德、临湖、原通、妙泉五乡置建平县,隶广德军)居则鬻以养士,去又鬻之徒步而归。其跋乞米帖云:颜鲁公唐朝第一等人,而饘粥不继,非所谓君子固穷者欤。又有家书云:老夫平生屡经风波,惟能忍穷,故得免祸。公之所存类如此。此其所以大过人者。故曰:志士不忘在沟壑,勇士不忘丧其元。公之自处直欲追古人而友之。故其见于行事,亦非今人所能及也。学既奉公之祠,则为士者无徒慕公之名位,当求其所以致此者。钥既为推公之所以致此者,而为之记,又因以勉吾弟与吾党之士。钥

虽老尚当相与思古人与稽之义云。

对于汪藻所记,楼氏虽然表面上用"其祠于广德则已具见于内相浮溪汪公之记"一笔带过,其实不然,汪藻记曰:"(范公)筮仕之初,有卓然大过人者。国史失其传,故不得而不纪也。公以进士释褐为广德军司理参军,日抱狱具与太守争是非。守数以盛怒临公,公未尝少挠。归必记其往复辨论之语于屏上。比去,至字无所容。贫止一马,鬻马徒步而归。非明于所养者,能如是乎?"两相对照,可知楼氏正是就范公在广德军任上廉洁奉公,离任时,穷到只能把仅有的一匹马卖了,徒步而归的地步的事,在"君子固穷"上大做文章,"此其所以大过人者"、"故其见于行事,亦非今人所能及也。"而又因为范公祠堂为学宫所建,故又在文末再三致意焉,"学既奉公之祠,则为士者无徒慕公之名位,当求其所以致此者"、"又因以勉吾弟与吾党之士"、"钥虽老,尚当相与思古人与稽之义云"。如此作记,既不掩前人之美,又自辟蹊径,可谓不为虚文矣。《四库全书总目·攻媿集》中对南宋文章多所指摘,然于楼钥之文似乎网开一面:"盖宋自南渡而后,士大夫多求胜于空言,而不甚究心于实学。钥独综贯今古,折衷考较,凡所论辨,悉能洞澈源流。可谓有本之文,不同浮议。"这个评价,对楼钥的所有文章来说,似嫌过誉,但就此篇记文来说,实在无愧于一篇"综贯今古,折衷考较,凡所论辨,悉能洞澈源流"而"不同浮议"的"有本之文"。

陈傅良《重修潭州岳麓书院记》

陈傅良(1137—1203),字君举,号止斋,温州瑞安(今属浙江)人。少年即有文名,乾道八年(1172)进士,与张栻、吕祖谦友善。《宋史》卷四百三十四有传,著有《春秋后传》、《历代兵制》、《八面锋》、《止斋集》等。虽是道学者流,但所做文章又有不同,《四库全书总目·止斋集》对其评价甚高:"傅良虽与讲学者游而不涉植党之私,曲相附和亦不涉争名之见。显立异同,在宋儒之中可称笃实。故集中多切于实用之文,而密栗坚峭,自然高雅,亦无南渡末流冗沓腐滥之气。盖有本之言,固迥不同矣。"

他的《重修潭州岳麓书院记》(陈傅良《止斋集》卷三十九)着重介绍这

座名列四大书院之首的著名学府在宋初的兴建沿革、历代山长,以及朝廷对其的重视:

> 自唐季至于五代,用兵而教事阙。圣人作,四方次第平。以俎豆胜干戈,而天下靡然,日趋于文。盖宋受命四年,遂平荆湖,又十有一年,尚书朱洞来守长沙,作书院岳麓山下。朱在国史其行事不甚较著。足以考见上意所向,为吏者皆承休德,知所先后如此。岂不盛哉。而其风动抑何速也。五六十载之间,教化大洽,学者皆振振雅驯,行艺修好,庶几于古。当是时,州县犹未尽立学,所谓十九教授,未有显者。而四书院之名,独闻天下。
>
> 方大中祥符间天子使使召见山长周氏式,拜国子主簿。诏留讲诸王宫。式固谢不应诏,卒还山肄习如初。至赐对衣鞍马内府书。而宋有戚氏、吴有胡氏、鲁有孙石二氏,各以道德为人师。不苟合于世著名。余以是益叹国初士风之厚,本之师道尊,而书院为不可废。

最后由衷表达了自己对各位道学前辈的敬佩向往之情:"教授兼山长顾杞堂长吴猎以讫役属为之记。(指这次重修岳麓书院的工程)某尝获诵侍讲张先生所为记,(指张栻所做《重修潭州岳麓书院记》,见《南轩集》卷十)及于治心修身之要。湖湘之俊,亦既知所指归。近岁以其论述,由大学礼部奏名及对大廷连为天下第一,他未试可略睹矣。虽欲有言,无以出讲闻之外者。而公于今卿大夫为先进,年益高,闻望益尊重。人人能道之,又何待余言者。故但次书院所从废兴之故,系以岁月而强附名焉。是岁淳熙十有五年。"

这种关于各大书院的记文除了留下有关书院本身的宝贵史料以外,对于书院在宋代的废兴及与道学兴衰的关系,都是极珍贵的第一手资料。下面吕祖谦的《白鹿洞书院记》,也是如此。

吕祖谦《白鹿洞书院记》

吕祖谦(1139—1181),字伯恭,婺州(今浙江金华)人。隆兴元年(1163)年进士。《宋史》卷四百三十四有传。与张栻、朱熹齐名,号称"东南三友",但因除他曾受诏编选《皇朝文鉴》外,还编有《古文关键》,以道学家而注重作文之法,而受到朱熹的一再指责。朱子尝"病其学太杂"、"病其不能守约",又尝谓"伯恭是宽厚底人,不知如何做得文字。却是轻儇底人","馆职策亦说得漫不分晓,后面全无紧要"等等,几乎一无是处(详见《四库全书总目·东莱集》)。不过,虽然朱熹的批评可谓不讲情面,但吕祖谦却真正是个"宽厚的人",他在淳熙六年(1179),也就是他去世前两年应朱熹之请,作《白鹿洞书院记》(吕祖谦《东莱集》卷六),并对朱熹重修白鹿洞书院的作法大加赞扬。

> 淳熙六年,南康军秋雨不时,高卬之田告病。郡守新安朱侯熹行视陂塘并庐山而东,得白鹿洞书院废址。慨然顾其僚曰"是盖唐李渤之隐居而太宗皇帝驿送九经,俾生徒肄业之地也"。书院创于南唐,其事至鲜浅。太宗于汛扫区宇,日不暇给之际,奖劝封殖,如恐弗及,规摹远矣。中兴五十年,释老之宫,圮于寇戎者,斧斤之声相闻,各复其初。独此地委于榛莽,过者太息。庸非吾徒之耻哉!郡虽贫薄,顾不能筑屋数楹,上以宣布本朝崇建人文之大指,下以续先贤之风声于方来乎!乃属军学教授扬君大法、星子县令王君仲杰董其事。又以书命某记其成。

记中历数宋初以来,道学源流及书院始末,语多感慨,如"国初学者尚寡,儒先往往依山林即间旷以讲授,大师多至数十百人"、"嵩阳、岳麓、睢阳及是洞为尤著。天下所谓四书院者也"。谈到"庆历、嘉祐之间,豪杰并出,讲治益精。至于河南程氏、横渠张氏,相与倡明正学。然后三代孔孟之教,始终条理于是乎可。考熙宁初,明道先生在朝,建白学制,教养考察宾兴之法,纲条甚悉",叹息"不幸王氏之学方兴,其议遂格。有志之士未尝不叹息于斯也",可喜"建炎再造,典刑文宪。浸还旧观。关洛绪言,稍出于毁弃剪灭之余",清晰地勾勒了宋代道学的演变脉络,并旗帜鲜明地表明了自己的态度。但是"晚进小生,骤闻其语,不知亲师取友以讲求用力之实;躐等陵节,忽近慕远,未能窥程张之门庭。而先有王氏高自贤圣之病。如是洞之所传习道之者,或鲜矣"。所以"书院之复,岂苟云哉!"然而毕竟财力有限,又值灾年,"侯于是役,重民之劳,赋功已狭,率损其旧十七八,力不足而意则有余矣。"

谢翱《登西台恸哭记》

谢翱(1249—1295),字皋羽,福州长溪(今福建霞浦县南)人。十九岁时赴临安应进士试,落第,景炎元年(1276),临安被元兵攻破,文天祥七月间以枢密使同都督诸路军马的名义到南剑州(今福建南平县)聚兵抗敌,谢翱以布衣身份,率乡兵投效,任参军。文天祥兵败被俘殉国后,谢翱流匿民间,不肯入元做官,只与宋朝反元的遗老来往,漫游两浙山水而终。他平生最为悲愤的是文天祥之死,多次登高哭祭,作诗文寄托哀思,字里行间充满了沉郁悲愤之情。《登西台恸哭记》(谢翱《晞发集》卷十)是他记叙登临西台哭吊文天祥的经过的。文中的西台在浙江省桐庐县西富春江畔,与东台相对,据传是汉代著名隐士严光游钓之处。文中写到他缅怀死者而梦中相忆的情景,"余恨死无以藉手见公,而独记别时语,每一动念,即于梦中寻之。或山水池榭,云岚草木,与所别之处及其时适相类,则徘徊顾盼,悲不敢泣。"

> 又后三年,过姑苏;姑苏,公初开府旧治也,望夫差之台而始哭公焉。又后四年而哭之于越台。又后五年及今而哭于子陵之台。先是一日,与友人甲、乙若丙(因为要避免元人的迫害,不能直书朋友之名,故用代词,据黄宗羲考证,甲为吴思齐,流寓桐庐,故下文云"别甲于江";乙为严侣,家在江岸,故下文云"登岸宿乙家";丙为冯桂芳,桂芳家睦,故下文云"与丙独归")约,越宿而集,午,雨未止,买榜(雇船)江涘,登岸,谒子陵祠,憩祠旁僧

舍,毁垣枯瓮,如入墟墓。还,与榜人治祭具。须臾,雨止。登西台,设主(文天祥牌位)于荒亭隅,再拜,跪伏;祝毕,号而恸者三,复再拜,起。又念余弱冠时,往来必谒拜祠下。其始至也,侍先君(死去的父亲)焉。今余且老,江山人物,睠焉若失,复东望,泣拜不已。有云从南来,浡浡淳郁,气薄林木,若相助以悲者。乃以竹如意击石,作楚歌招之曰:"魂朝往兮,何极?暮归来兮,关塞黑。化为朱鸟兮,有咪焉食?"歌阕,竹石俱碎。于是相向感唶,复登东台,抚苍石,还憩息于榜中。

此篇记文叙写爱国志士缅怀英烈的祭吊活动,情深思切,慷慨悲歌,句句动心,文多短句,意味绵长而催人泪下。文章写于国破家亡之后,在元代蒙古贵族残暴的民族压迫和文化专制统治下,作者在动笔时不能不有所讳忌,而这反而更增加了文章低回压抑、愁肠百结的色彩和气氛,使后人对异族统治下的有志之士的境遇与内心有了更真切的体会。文章不仅充满爱国之思,而且也使记事文体向写情方面大力展拓,增强了记事文的文学性与抒情性。

总之,记文是题材极广、作品极多的一种实用文体,既有游记,也有厅壁记、寺院祠堂记等,宋代名家都可以写得千姿百态、妙趣横生。

第七章　宋代杂事文

宋代的杂事文,主要是笔记一体。笔记是随意笔录下来的记叙性文字。从其无所不包的内容来看,很像杂记,不过还是有着明显的区别,如均为随手记下,不是刻意为文,多不单篇面世,而是汇集成册流传。由于笔记的内容繁复,形式也不拘一格,所以它的叫法也是名目繁多、五花八门的,如笔谈、笔录、琐言、杂俎、丛说、野语、漫钞、语林、纪闻等,不一而足。直到北宋的宋祁才开始用"笔记"冠其书,后世遂沿用下来。宋代笔记较之前代不但盛况空前,而且面貌独特,最为繁盛的是轶事琐闻类笔记。因为宋代史学大兴,朝廷为了修史需要曾下令向民间征集史料,而宋代学者也多喜欢著书立说,而笔记一体正是最快捷、最便利的形式。

第一节 北宋杂事文

北宋的笔记类杂事文,重在记载国家大事、朝政得失的有司马光的《涑水纪闻》、欧阳修的《归田录》等;重在记录典章制度、朝廷故实的有宋敏求的《春明退朝录》、庞元英的《文昌杂录》等;专记一朝一国之事的有钱易的《南部新书》,郑文宝的《南唐近事》、《江南余载》等。有的笔记中还伴有诗文评论,亦颇多价值,如吴处厚的《青箱杂记》、赵令畤的《侯鲭录》。而大文豪苏东坡的《东坡志林》更是别有情趣,有的篇章干脆就是绝妙的小品文。北宋的考证类笔记也很多,像沈括的《梦溪笔谈》多有精详的考证,具有较高的学术价值。

郑文宝《南唐近事》

郑文宝(953—1013),字仲贤。宁化(今属福建)人,南唐时任校书郎。入宋后,举太平兴国八年(983)进士。仕途顺遂,显赫一时,但仍不忘旧情,因从小受业于南唐徐铉,所以任陕西转运使时,去见徐铉仍执弟子礼,还曾披蓑荷笠作渔者,以见李煜,惓惓念旧,实属难得。《南唐近事》体裁颇近小说,他是由南唐入宋的,目睹了南唐辛酸的国运和国史,深觉得有必要为后人留下这段真实的史事。于是,他收集整理了大量的史料,并于大中祥符三年(1010年)写成《江表志》三卷。《江表志》记叙了南唐各代的朝廷大政,以弥补徐铉、汤说《江南录》的许多缺漏,多为后人研究南唐史所采用,所以后来,马令、陆游的《南唐书》采用此书几达一半之多。而从丛谈琐事缀辑而成的《南唐近事》成书于太平兴国二年(977)年,较《江表志》早好几十年。其书类似小说体裁,也颇有史料价值,其自序曰,南唐烈祖、元宗、后主三世,共四十年。起天福丁酉之春,终开宝乙亥之冬。君臣用舍、朝廷典章,兵火之余,史籍荡尽。惜乎前事,十不存一。余匪鸿儒,颇常嗜学,耳目所及,志于缥缃。聊资抵掌之谈,敢望获麟之誉。好事君子无或陋焉。太平兴国二年,岁次丁丑夏五月一日,江表郑文宝序。从序中可知,郑文宝写作此书时,尚未入仕宋朝,他是在太平兴国八年才考

中的进士。在《南唐纪事》卷二中,他有几段专写南唐重臣韩熙载的,笔墨不多,却颇传神:

> 韩熙载放旷不羁,所得俸钱即为诸姬分去。乃着衲衣负筐,命门生舒雅,执手版于诸姬院乞食,以为笑乐。使中国作诗云,"我本江北人,去作江南客。舟到江北来,举目无相识。不如归去来,江南有人忆。"
>
> 陶榖学士奉使,恃上国势,下视江左,辞色毅然不可犯。韩熙载命妓秦弱兰诈为驿卒女,每日弊衣持帚扫地。陶悦之,与狎。因赠一词,名《风光好》云:好因缘、恶因缘。只得邮亭一夜眠。别神仙,琵琶拨尽相思调,知音少,待得鸾胶续断弦,是何年。明日后主设宴,陶辞色如前,乃命弱兰歌此词劝酒。陶大沮,即日北归。
>
> 韩熙载,北人仕江南。致位通显,不防闲婢妾,有北齐徐之才风。侍儿往往私客。客赋诗有云"最是五更留不住,向人枕畔着衣裳"之句,熙载亦不介意。

寥寥几笔,把韩熙载刻画得惟妙惟肖,令人叫绝。

钱易《南部新书》

钱易(986—1026),字希白,临安(今属浙江)人。吴越王倧之子,钱惟演从弟。淳化三年(992)考进士时,因交卷过早,被主考官以为轻率,不被承认,从而名噪一时。直到咸平二年(999)才以榜眼及第,官至翰林学士。《南部新书》是其在大中祥符年间知开封县时所作,皆记唐代故实,间及五代。所录虽多轶闻琐事,而于朝章国典,因革损益之类,亦有收录。

> 凌烟阁在西内三清殿侧,画像皆北面。阁中有中隔,隔内面北写功高宰辅,南面写功高侯王,隔外面次第功臣。(《南部新书》卷一)

> 开元御札云,朕之兄弟,唯有五人。比为方伯,岁一朝见。虽载崇藩,屏而有睽。谈笑是以辍。牧人而各守京职。每听政之后,延入宫中。申友于之志,咏棠棣之诗。邕邕怡怡,展天伦之爱也。(《南部新书》卷一)

> 开元中,诸王友爱特甚。尝谓近侍曰,思作长枕大被,与诸王同卧。(《南部新书》卷一)

> 张巡每战大呼牙齿皆碎,及败,尹子奇视之,其齿存者不过三四。初守宁陵也,使南霁云诣贺兰进明乞救兵。进明大宴,霁云不下咽,自啮一指示信。进明终不应,以至于破。(《南部新书》卷一)

所言虽短,但皆生动可信,故《南部新书》虽属小说家言,而实有裨于史学者。这类笔记也因此为后世历代所重视。

司马光《涑水记闻》

司马光的《涑水记闻》杂录北宋故事,起于宋太祖,止于宋神宗。其独到之处是每每注明述说之人,所以叫记闻,为一般小说家所不及。其中所记以国家大政为多,也间涉遗闻佚事。略举几例,以明其体。全书第一条即述"陈桥兵变"之事,甚为详备:

> 建隆元年正月辛丑朔,镇定奏契丹与北汉合势南侵。太祖时为归德军节度使、殿前都点检。受周恭帝诏将宿卫诸军御之。癸卯发师,宿陈桥。将士阴相与谋曰:"主上幼弱,未能亲政。今我辈出死力为国家破贼,谁则知之。不若先立点检为天子,然后北征未晚也。"甲辰,将士皆擐甲执兵仗,集于驿门,欢噪突入驿中。太祖尚未起,太宗时为内殿祗候供奉官都知。入白太祖。太祖惊起,出视之。诸将露刃罗立于庭。曰:"诸军无主,愿奉太

尉为天子。"太祖未及答,或以黄袍加太祖之身,众皆拜于庭下,大呼称万岁。声闻数里。太祖固拒之,众不听。扶太祖上马,拥逼南行。太祖度不能免,乃系辔驻马谓将士曰:"汝辈自贪富贵,强立我为天子。能从我命则可,不然我不能为若主也。"众皆下马听命。太祖曰:"主上及太后,我平日北面事之。公卿大臣,皆我比肩之人也。汝曹今日毋得辄加不逞。近世帝王,初举兵入京城,皆纵兵大掠,谓之夯市。汝曹今毋得夯市及犯府库。事定之日,当厚赉汝。不然当诛汝。如此可乎?"众皆曰诺。乃整饬队伍而行,入自仁和门。市里皆安堵无所惊扰。不终日而帝业成焉。(《涑水纪闻》卷一)

在这条下面有双行小注:"明道二年,先公为利州路转运使。光侍食于蜀道驿中。先公为光言太祖不夯市事,且曰国家所以能混一海内,福祚延长,内外无患,由太祖以仁义得之故也。"

太祖时,赵韩王普为宰相。车驾因出忽幸其第。时两浙王钱俶方遣使致书及海物十瓶于韩王。置左庑下,会车驾至,仓卒出迎,不及屏也。上顾见问何物,韩王以实对。上曰此海物必佳。即命启之。皆满贮瓜子金也。韩王惶恐顿首谢曰,未发书,实不知。上笑曰,但取之无虑。彼谓国家事皆由汝书生耳。因命韩王谢而受之。韩王东京宅,皆用此金所修也。(富公云)(《涑水纪闻》卷三)

曹彬攻金陵垂克,忽称疾不视事。诸将皆来问疾。彬曰,余之病,非药石所能愈。惟须诸公共发诚心自誓,以克城之日不妄杀一人,则自愈矣。诸将许诺,共焚香为誓。明日称愈。及克金陵,城中皆安堵如故。曹翰克江州,忿其久不下,屠戮无遗。彬之子孙贵盛至今不绝,翰卒未至十年,子孙有乞丐于海上者矣。(程熙云)(《涑水纪闻》卷三)

《涑水纪闻》所记之事,不但耐人寻味,可见其选材之谨慎周到,而且文笔老到简练,有极佳的可读性,堪称宋人笔记中的上乘之作。

宋敏求《春明退朝录》

宋敏求(1019—1076),字次道,赵州平棘(今河北赵县)人。赐进士第出身。宋敏求家富藏书,士大夫喜读书者,多僦居其侧,宅值至为之昂,其所著述多有所本,故为时者所重。著有《春明退朝录》三卷,记掌故时事,文献价值颇高。其书卷首有敏求原序曰:"熙宁三年(1070),予以谏议大夫奉朝请,每退食观唐人泊本朝名辈撰著,以补史遗者。因纂所闻见继之。先庐在春明里,题为《春明退朝录》云。"《四库全书总目·春明退朝录》称敏求此书"纪朝廷掌故,大都典确可据。盖宋氏为文献旧家,故所言足征。于考史者深有裨益焉"。

> 杜甫终于耒阳槁葬之。至元和中其孙始改葬于巩县。元微之为志而郑刑部文宝谪官衡州,有《经耒阳杜子美墓诗》,岂但为志而不克迁,或已迁而故冢尚存耶。(《春明退朝录》卷上)

> 上元燃灯。或云沿汉祠太一,自昏至昼。故事梁简文帝有《列灯赋》,陈后主有《光壁殿遥咏山灯诗》。唐明皇先天中东都设灯。文宗开成中建灯,迎三宫太后。是则唐以前岁不常设。本朝太宗时,三元不禁夜。上元御乾元门,中元、下元御东华门。后罢中元、下元二节。而初元游观之盛,冠于前代。(《春明退朝录》卷中)

> 近朝皇太后、皇后皆有印。篆文曰:皇太后之印、皇后之印。故事二宫立,各有宫名。长秋、长乐、长信之类是也。宜以宫名为文。至尊之位,亦不合言印。当云某宫之宝。(《春明退朝录》卷下)

> 近世之王公主制中称皇子、皇弟、皇女,疑皇字相承为例。止合云第几子、第几弟、第几女云。(《春明退朝录》卷下)

不论是记唐代故事,还是本朝规章,宋敏求的笔记文,多是实录,不像明人那样信马由缰,所以《四库全书总目》称"所言足征,于考史者深有裨益焉"。

庞元英《文昌杂录》

庞元英,生卒年不详,字懋贤。单州成武(今属山东)人,丞相庞籍之子。至和二年(1055)赐同进士出身。元丰五年(1082)入尚书省为主客郎中。供职期间,恰逢初行元丰官制,庞氏于朝章典制闻见颇多,乃著《文昌杂录》,因《通典》载尚书省为文昌天府,故以名是书。全书除记载宋代朝章典故外,亦间涉杂事杂论,王士祯称此书为说部之佼佼者。是研究宋代典章制度的重要史料。唐宋时礼部设主客郎中以掌管少数民族及外国宾客接待之事,而庞元英对此更是言之甚详:

> 主客所掌诸番,东方有四:其一曰高丽,出于夫余氏。殷道衰弱,箕子去之朝鲜,是其地也。在汉为乐浪郡。其二曰日本,倭奴国也。自以其国近日所出,故改之。其三曰渤海靺鞨,本高丽之别种。其四曰女贞,渤海之别种。西方有九:其一曰夏国,世有银、夏、绥、宥、静,五州之地。庆历中,册命为夏国。其二曰董毡。居青唐城,与回鹘、夏国、于阗相接。其三曰于阗:西带葱岭,与婆罗门接。其四曰回鹘,本匈奴别裔。唐号回纥,居甘、沙、西州。其五曰龟兹,住居延城,回鹘之别种。其国主自称师子王。其六曰天竺,旧名身毒,亦曰摩伽陀,又曰婆罗门。其七曰瓜沙门,汉敦煌故地。其八曰伊州,汉伊吾郡也。其九曰西州,本高昌国,汉车师前王之地有高昌城。取其地势高,人昌盛以为名。贞观中平其地为西州。南方十有五:其一曰交趾,本南

越之地。唐交州总管也。其二曰渤泥,在京都之西南大海中。其三曰拂菻,一名大秦,在西海之北。其四曰住輦,在广州之南,水行约四十万里方至广州。其五曰真腊,在海中。本扶南之属国也。其六曰大食,本波斯之别种,在波斯国之西。其人目深,举体皆黑。其七曰占城,在真腊北。其八曰三佛齐。盖南蛮之别种,与占城为邻。其九曰阇婆,在大食之北。其十曰丹流眉,在真腊西。其十一曰陀罗离,南荒之国也。其十二曰大理,在海南,亦接川界。其十三曰层檀,东至海,西至胡卢没国,南至霞勿檀国,北至利吉蛮国。其十四曰勿巡,舟船顺风泛海二十昼夜至层檀。其十五曰俞卢和,地在海南。又有西南五蕃:曰罗、龙、方、张、石,凡五姓。本汉牂柯郡之地。又有荆湖路溪洞,及邛部黎雅等蛮徭。北方曰契丹、匈奴也。别隶枢密院。朝廷所以待远之礼甚厚。皆着例录,付之有司。而诸蕃入贡,盖亦无虚岁焉。(《文昌杂录》卷一)

而书中所记的往事也不乏令人感慨再三者:

工部王侍郎言昔与先兄同官河内,尝借亲书刘梦得集四册。后不复见还。今尚在否?余归索于书囊中,果有刘集一部,细书小楷,末有印记克臣二字,侍郎名也。因以还之。凡四十五年,复归王氏。侍郎且言二十岁写此书。今七十年矣。不惟不能复写小字,远视,已不见。又可慨然也。(《文昌杂录》卷二)

诚如此书前文传序中所言:"……有家法,多识旧章,援证同异,穿贯今古。当时大制作、大典礼,禔盛之容,进退揖逊,罔不与从事。故其书事信,其著论确,观者如班云龙之庭而登群玉之府。"

沈括《梦溪笔谈》

沈括(1031—1095),字存中,钱塘(今浙江杭州)人,著名科学家。嘉祐八年(1063)进士。神宗朝曾参与王安石变法运动。熙宁八年(1075)出使辽国，驳斥辽的争地要求。后官至翰林学士。晚年卜居润州(今江苏镇江)，事迹附载《宋史沈遘传》中。据说沈括尝梦至一处小山，花如覆锦，乔木覆其上，梦中乐之。后守宣城，有道人无外者为言京口山川之胜，郡人有地求售，以钱三十万得之。元祐初道过京口，登所买地，即梦中所游处。遂筑室焉，名曰梦溪。晚年闲居于此，以平生见闻，撰写了笔记体巨著《梦溪笔谈》。约成书于公元1086年至1093年间，收录了沈括一生的所见所闻和见解。现存《梦溪笔谈》分为二十六卷，分故事、辩证、乐律、象数、人事、官政、权智、艺文、书画、技艺、器用、神奇、异事、谬误、讥谑、杂志、药议十七个门类共六百零九条。内容涉及天文学、数学、地理、地质、物理、生物、医学和药学、军事、文学、史学、考古及音乐等学科。《梦溪笔谈》称得上是中国科学技术史上的重要文献，百科全书式的著作。被英国科技史专家李约瑟称为"中国科技史上的里程碑"。《四库全书总目》评沈括其人其书曰"括在北宋，学问最为博洽。于当代掌故及天文算法钟律尤所究心"。而沈氏自序则曰：予退处林下，深居绝过从。思平日与客言者，时纪一事于笔。则若有所晤言。萧然移日，所与谈者，唯笔砚而已。谓之"笔谈"，圣谟国政及事近宫省，皆不敢私纪。至于系当日士大夫毁誉者，虽善亦不欲书。非止不言人恶而已。所录唯山间木荫，率意谈噱，不系人之利害者。下至闾巷之言，靡所不有，亦有得于传闻者。其间不能无阙谬，以之为言则甚卑，以予为无意于言可也。

沈括曾积极参与变法运动，并受到王安石的信任和器重，担任过管理全国财政的最高长官三司使等许多重要官职，所以书中对王安石自然亦有涉及：

　　王荆公病喘，药用紫团山人参不可得。时薛师政自河东还，适有之，赠公数两，不受。人有劝公曰："公之疾，非此药不可治。疾可忧，药不足辞。"公曰"平生无紫团参亦活到今日。"竟不受。公面黧黑，门人忧之，以问医。医曰：此垢污，非疾也。进澡豆，令公颒面。公曰：天生黑于予，澡豆其如予何？(《梦溪笔谈》

卷九)

语虽不多,亦只此一条,却颇显王安石的独特个性。

赵阅道为成都转运使,出行部内,唯携一琴一龟。坐则看龟鼓琴。尝过青城山,遇雪。舍于逆旅。逆旅之人不知其使者也,或慢狎之。公颓然鼓琴不问。(《梦溪笔谈》卷九)

淮南孔旻隐居笃行,终身不仕。美节甚高。尝有窃其园中竹,旻愍其涉水冰寒,为架一小桥渡之。推此则其爱人可知。然予闻之庄子妻死鼓盆而歌。妻死而不辍鼓可也,为其死而鼓之,则不若不鼓之愈也。犹邴原耕而得金,掷之墙外,不若管宁不视之为愈也。(《梦溪笔谈》卷九)

郭进有材略,累有战功。尝刺邢州。今邢州城乃进所筑,其厚六丈,至今坚完。铠仗精巧,以至封贮,亦有法度。进于城北治第,既成,聚族人宾客落之,下至土木之工皆与。乃设诸工之席于东庑,群子之席于西庑。人或曰:诸子安可与工徒齿?进指诸工曰:"此造宅者。"指诸子曰:"此卖宅者。固宜坐造宅者下也。"进死未几,果为他人所有。今资政殿学士陈彦升宅,乃进旧第东南一隅也。(《梦溪笔谈》卷九)

三言两语,赵阅道之风度,孔旻之恻隐,郭进之敬业与豁达,跃然纸上,言之者有味,读之者会心。当年汤修年跋赞此书"目见耳闻,皆有补于世,非他杂志之比",信非溢美矣。

吴处厚《青箱杂记》

宋吴处厚,字伯固,邵武(今属福建)人,皇佑五年(1053)进士。处厚以干进不遂,挟怨罗织蔡确,骤得迁擢,为论者所薄。此书杂记宋事,亦多诗话。处厚本工吟咏,故书中所记之事,或非公允,然其论诗往往可取,故《四库全书总目》论曰:亦不必尽以人废也。然今读其书,所记史事有关乎风化者亦不在少数,所记宋初名相形迹,颇有可观。

公(王旦)与杨文公亿为空门友,杨公谪汝州,公适当轴。每音问不及他事,唯谈论真谛而已。余尝见杨公亲笔与公云:山栗一秤,聊表村信。盖汝唯产栗而亿与王公忘形以一秤栗遗之。斯亦昔人鸡黍缟纻之意也。(《青箱杂记》卷一)

世传陈执中作相,有婿求差遣。执中曰:官职是国家的,非卧房笼箧中物,婿安得有之。竟不与。故仁宗朝谏官累言执中不学无术,非宰相器,而仁宗主意愈坚。其后谏官面论其非曰:陛下所以眷执中不替者,得非以执中尝于先朝乞立陛下为太子耶。且先帝止二子而周王已薨,立嗣非陛下而谁?执中何足贵?仁宗曰:非为是,但执中不欺朕耳。然则人臣事主宜以不欺为先。(《青箱杂记》卷二)

杜祁公衍常言父母之名耳可得闻,口不可得言。则所讳在我而已,他人何预焉。故公帅并州,视事未三日,孔目吏请公家讳,公曰:下官无所讳,惟讳取枉法赃,吏悚而退。(《青箱杂记》卷二)

可见因人废言,多不可取。至于论诗之言,颇为精当,亦有过人之处:

徐州歌风台题者甚多,惟尚书张公方平最为绝唱,曰:落魄刘郎作帝归,樽前一曲大风辞。才如信越犹菹醢,安用思他猛士为!(《青箱杂记》卷五)

临潼县华清宫朝元阁题者亦多,惟陈文惠公二韵,尤为绝

唱,曰:朝元高阁迥,秋毫无隐情。浮云忽以蔽,不见渔阳城。(《青箱杂记》卷五)

从以上情况看,吴处厚这部《青箱杂记》实事求是地讲,还是有相当多的可取之处的。

赵令畤《侯鲭录》

赵令畤(1061—1134),字景贶,苏轼为之改字德麟,自号聊复翁。太祖次子燕王德昭玄孙。元祐中签书颍州公事。时苏轼为知州,荐于朝。亦因此坐元祐党籍,被废十年。《侯鲭录》八卷,多记文坛掌故,品评诗词多有新见。记录了许多东坡的趣闻轶事,因为过从甚密,所以写来非常自然,情深意长,这就不是一般的耳食之作所能望其项背了。

> 东坡在黄州日,作雪诗云:冻合玉楼寒起栗,光摇银海眩生花。人不知其使事也。后移汝海,过金陵见王荆公论诗及此云:道家以两肩为玉楼,以目为银海。是使此事否?坡笑之。退谓叶致远曰:学荆公者,岂有此博学哉!(《侯鲭录》卷一)

> 鲁直评东坡书曰:学问文章之气,郁郁葱葱,散于笔墨之间。此所以他人终莫能及。(《侯鲭录》卷二)

> 东坡题鲁直草书《尔雅》后云:鲁直以真实心出游戏书,以平等观作敧侧字,以磊落人录细碎书。亦三反也。(《侯鲭录》卷三)

> 东坡在徐州,参寥自钱塘访之。坡席上令一妓戏求诗。参寥口占一绝云:多谢尊前窈窕娘,好将幽梦恼襄王。禅心已作沾泥絮,不逐东风上下狂。(《侯鲭录》卷三)

东坡再谪惠州日,一老举人年六十九为邻。其妻三十岁诞子,为具邀公。公欣然而往。酒酣乞诗,公戏一联云:令閤方当而立岁,贤夫已近古稀年。(《侯鲭录》卷三)

　　东坡云,王晋卿尝暴得耳疾,意不能堪,求方于仆。仆答之曰:君是将种断头穴胸,当无所惜。两耳堪作底用,割舍不得。限三日疾去,不去割取我耳。晋卿洒然而悟,三日病良已。以诗示仆云:老婆心急频相劝,性难只得三日限。我耳已较君不割,且喜两家皆平善。今定国所藏排耳图,得之晋卿。聊识此耳。(《侯鲭录》卷三)

通过东坡先生与他人的交往的琐事,款款道来,使先生潇洒的为人跃然纸上,千载之下,如在目前。而此书所以能有这种境界,多少也来自于作者本人具有的贵族气质与身世。他自号"聊复翁",用的便是《世说新语》中的典故。名士阮咸家贫,在风俗应该曝晒衣服的日子里,看见同族富家晒出华衣美服,于是也挑出自己的一条大犊鼻短裤来晾晒,说道:"未能免俗,聊复尔尔!"自我解嘲中又带着满不在乎的调侃意味。赵令畤的荒醉与滑稽,大约也是这样的心情。他的笔记小说《侯鲭录》的名字,同样是有掌故的,汉成帝时,曾同日封了五个外戚为侯爵,称为"五侯",这五侯本互无往来,而有一个名叫娄护的人,却以善于奉承周旋于五侯之间的缘故,每日都得到五侯馈赠珍馐,他将五侯所赠美食混合烩在一起食用,名为"五侯鲭"。赵令畤以此为他的笔记命名,显然有自矜门第之贵的意思。

欧阳修《归田录》

欧阳修撰的《归田录》多记朝廷轶事及士大夫谈谐之言,在自序中,他说是"以唐李肇《国史补》为法",但不同于《国史补》的是"不书人之过恶"。

　　太祖皇帝初幸相国寺,至佛像前烧香,问当拜与不拜。僧录赞宁奏曰:不拜。问其何故?对曰:见在佛不拜过去佛。赞宁者,颇知书,有口辩。其语虽类俳优,然适会上意。故微笑而领之。遂以为定制。至今行幸焚香,皆不拜也。议者以为得体。(《归田录》卷上)

仁宗圣性恭俭至和,二年春不豫,两府大臣日至寝阁问圣体。见上器服简质,用素漆唾壶盂子,素磁盏进药。御榻上衾褥皆黄绸。色已故暗,宫人遽取新衾覆其上。亦黄绸也。然外人无知者,惟两府侍疾因见之尔。(《归田录》卷上)

杨大年为学士时,草答契丹书云:邻壤交欢。进草既入,真宗自注其侧云:朽壤、鼠壤、粪壤。大年遽改为邻境。明旦引唐故事,学士作文书,有所改为不称职,当罢。因亟求解职。真宗语宰相曰:杨亿不通商量,真有气性。(《归田录》卷上)

故老能言五代时事者云:冯相(道)、和相(凝)同在中书。一日和问冯曰,公靴新买其直几何?冯举左足示和曰:九百。和性褊急。遽回顾小吏云:吾靴何得用一千八百?因诟责久之。冯徐举其右足曰:此亦九百。于是哄堂大笑。时谓宰相如此,何以镇服百僚。(《归田录》卷上)

陶尚书为学士,尝晚召对。太祖御便殿,陶至望见上,将前而复却者数四。左右催宣甚急。穀终彷徨不进。太祖笑曰:此措大索事。分顾左右,取袍带来。上已束带,穀遽趋入。(《归田录》卷上)

比起欧公那些或周详委备,或出语惊人的名篇巨制来,《归田录》的文风显得十分平实,但又不失生动,读来别有一番滋味。其自序曰"《归田录》者,朝廷之遗事,史官之所不记,与夫士大夫笑谈之余而可录者录之,以备闲居之览也。"据说欧阳公《归田录》还未完成,而序文先出。结果宋神宗要看,欧公此时已致仕在颍州,因其所记有未欲流传者,所以删去不少,又觉得篇幅太少,便又另加"笑谈之余",以充其卷帙,而原稿不复可见矣。看来这种说法有一定根据。

王辟之《渑水燕谈录》

王辟之(1031—?),字圣涂,临淄(今山东临淄)人。宋英宗治平四年(1067)进士。哲宗年间,担任河东县(今山西省永济县)知县,曾"废撤淫祠之屋,作伯夷叔齐庙",以"贵德尚贤"闻名。绍圣四年(1097),从忠州任上致仕还乡。隐居在渑水河畔,过着饮酒赋诗、悠然自得的生活。经常与友人欢宴,追古抚今,指点江山,畅谈风土人情和官场趣闻。后来他把这些听来的故事,著成了《渑水燕谈录》十卷,所记皆绍圣以前之事,"质实可信,多与史传相出入"。(《四库全书总目》卷一百四十)

> 庆历中开宝寺塔灾,国家遣人凿塔基得旧瘗舍利,迎入内庭,送本寺令士庶瞻仰。传言在内庭时颇有光怪。将复建塔,余襄公靖言彼一塔不能自卫,何福逮于民。凡腐草皆有光,水精及珠之圆者夜亦有光。乌足异也。梁武造长干塔舍利常有光,台城之败,何能致福。乞不营造,仁宗从之。(《渑水燕谈录》卷一)

> 夏竦薨,仁宗赐谥曰文正,刘原父判考功上疏言,谥者有司之事,且竦行不应法。今百司各得守其职,而陛下奈何侵之乎?疏三上。是时司马温公知礼院,上书曰:谥之美者,极于文正。竦何人可当?光书再上,遂改谥文献。知制诰王原叔曰:此禧祖皇帝谥也,封还其目,不为草诏。于是太常更谥竦文庄。(《渑水燕谈录》卷一)

> 仁宗朝,司天奏月朔日当食而阴云不见,事同不食,故事当贺。司马光曰:日食四方皆见,而京师独不见,天意若曰人君为

阴邪所蔽,天下皆知而朝廷独不知。其为灾尤甚,不当贺。诏嘉其言,后以为例。(《渑水燕谈录》卷一)

《渑水燕谈录》序言中写道:"今且老矣,仕不出乎州县,身不脱乎饥寒,不得与闻朝廷之论、史官所书;闲接贤士大夫谈议,有可取者,辄记之,久而得三百六十余事,私编之为十卷,蓄之中橐,以为南亩北窗、倚杖鼓腹之资,且用消阻志、遣余年耳。"话虽是这样轻描淡写,但从以上所录的几段来看,王辟之的取舍标准还是相当明确的,他所向往的是一种明君清官政治,对仁宗的纳谏,对余靖、刘原父、王原叔,以及司马光的直言强谏都做了肯定与褒扬,不但"质实可信",而且对绍圣以前的政治的清明,君贤臣忠的向往之情溢于言表。

苏轼《东坡志林》

苏轼此书实为作者自元丰至元符二十年间中之杂说史论,内容广泛,无所不谈。其文则长短不拘,或千百言或寥寥语,而以短小为多。皆信手写来,挥笔成趣,充分体现了作者行云流水,"常行于所当行,常止于不可不止"的大文豪风范。

> 仆尝梦见人云是杜子美,谓仆曰:世人多误解吾诗。《八阵图》诗云:江流石不转,遗恨失吞吴。人皆以为先主、武侯皆欲与关羽复仇,故恨其不能灭吴,非也。我本意谓吴蜀唇齿之国,不当相图。晋之所以能取蜀者,以蜀有吞吴之意,此为恨耳。此理甚长,然子美死凡四百年而犹不忘诗,区区自别其意,此真书生习气耶。(《东坡志林》卷一)

> 乐天为王涯所谗,谪江州司马。甘露之祸,乐天在洛,适游香山寺。有诗云:当君白首同归日,是我青山独往时。不知者以乐天为幸之,乐天岂幸人之祸者哉。盖悲之也。(《东坡志林》卷一)

旧读子美《六和寺》诗云：松桥待金鲫，竟日独迟留。初不喻此语，及倅钱塘，乃知寺后池中有此鱼，如金色。昨日复游池上，投饼饵久之，乃略出不食，复入不可复见。自子美作诗至今四百余年，已有迟留之语，则此鱼自珍贵盖久矣。苟非难进易退而不妄食，安得如此寿耶。（《东坡志林》卷一）

　　昔年过洛，见李公简，言真宗既东封，访天下隐者，得人杨朴能为诗。召对自言不能。上问临行有人作诗送卿否？朴曰：唯臣妻有一首云：更休落魄耽杯酒，且莫猖狂爱咏诗。今日捉将官里去，这回断送老头皮。上大笑，放还山。余在湖州坐作诗追赴诏狱，妻子送余出门，皆哭。无以语之，顾谓妻曰：独不能如杨处士妻作一诗送我乎？妻子不觉失笑，余乃出。（《东坡志林》卷六）

　　不同于一般的杂记之文多是闻见之事，《东坡志林》所记以亲身体验居多，作为一代文豪自然是处处都不肯轻易拾人牙慧的。所录有关唐诗数条，或是托梦、或是揣测，其实都是苏轼不同凡响的独到之见，在他人杂记中，往往得披沙捡金，而在《东坡志林》中则是随处可见。而最后一条，尤见东坡面目，将古人事，套于己，且在落难中，以不经意道出，非有大通彻是断不能出此言的，要想了解东坡先生的真面貌，这类杂文是绝不能放过的。

第二节　南宋杂事文

南宋的杂事文,既有对史实国运的沉痛记录,如《挥麈录》对南宋小朝廷仓皇渡江的回顾;也有轶文旧事的收集,如《梦粱录》中对风俗人物的描绘,虽其在文坛的地位与影响不及北宋其他重要文体,但其史料价值却是不容忽视的。

王明清《挥麈录》

王明清(1127—1202),字仲言,汝阴人。主要活动于南宋孝宗至宁宗年间,大约与陆游同时,官朝请大夫、泰州通判。《挥麈录》分为前录、后录、三录和余话四部分。前录是乾道二年(1166)奉亲会稽时所纪,多是正史中未见之事。后录为绍熙元年在杭州官舍中所纪,三录为庆元初年请外任时所纪,对高宗赴海逃避金后之事所记甚为详备。从建炎秋七月初一开始一直到第二年正月二十二日,从金陵到温州,洋洋三千言,可说是极其珍贵的史料。

> 建炎己酉秋七月车驾在金陵,初一日下诏,奉隆佑太后六官外泊六曹百司皆之南昌……八月十六日,隆佑登舟,百司辞于内东门。闰八月一日,内出御笔以固守建康、或左趋鄂岳、右驻吴越,集百官议于都堂……二十六日车驾离建康府。九月八日行在平江府……十月二日从官以下先发,初五日车驾离平江府。十三日行在越州,入居府廨,百司分寓……车驾以二十五日起行既至钱清堰宿顿……遂仓猝回銮。二十六日次越州城下,从官对于河次亭。上议趋四明,吕颐浩奏欲令从官已下各从便而去。上以为不可曰:士大夫当知义理,岂可不扈从? 若如此,则朕所至乃同寇盗耳。于是郎官以下或留越或径归者多矣……二十八日晚出门雨作。自是路中连雨泥淖,吏卒老幼暴露不胜其苦命……十二月五日车驾至四明居于府,朝廷召集海舟甚急。监察

御史林之平自春中遣诣福建召募海船至是相继而至。朝廷甚喜……邀宰相问以欲乘海舟何往……诏六曹百司官吏并于明越温台从便居住……十五日大雨,群臣欲朝至殿门有旨放散,惟宰执入对,既退车驾遂登舟至定海,宰执从行……十九日车驾至昌国县……二十六日启行,自是连日南风,舟行虽稳,而日仅行数十里云。二十九日岁除,庚戌正月一日,大风碇海中。二日北风稍劲,晚泊台州港口。三日早,至章安镇驻舟……十八日移舟离章安镇……十九日晚雷雨又作,二十日泊青澳门……二十一日泊温州港口。(《挥麈录·三录》卷一)

余话兼及诗文碑铭与前三录所未备之事。此书所记不以官方为据,不少地方被后世指为不经之谈,然这可能正是此书的可贵之处,王明清世为中原旧族,所以对北宋故闻,多所记载,较之委巷流传之小说家言,要可信得多。

李和文遗事云:仁宗尝服美玉带,侍臣皆注目。上还宫谓内侍曰:侍臣目带不已,何耶?对曰:未尝见此奇异者。上曰:当以遗敌主。左右皆曰:此天下至宝,赐外裔可惜。上曰:中国以人安为宝,此何足惜。臣下皆呼万岁。(《挥麈录·前录》卷一)

绍兴戊午,徽宗梓宫南归有日。秦丞相当国,请以永固为陵名。先人建言北齐叱奴皇后实名矣,不可犯。且叱奴外裔也,尤当避。秦大怒,几蹈不测。后数年卒易曰永佑。(《挥麈录·前录》卷一)

昔人最重契义,朋从年长则以兄事之,齿少以弟或友呼焉。父之交游敬之为丈,见之必拜,执子侄之礼甚恭。丈人行者命与其诸郎游,子又有孙,各崇辈行,略不紊乱。如分守之严。旧例书札止云启或止,稍尊之则再拜,虽行高而位崇者不过曰顿首再

拜而已。非父兄不施覆字。宰辅以上方曰台候，余不敢也。前辈名卿尺牍中可考。今俱不然，诚可太息。(《挥麈录·前录》卷四)

王明清在《挥麈录》的自序中说的很谦虚，"明清乾道丙戌冬，奉亲会稽，居多暇日。有亲朋来过，相与晤言。可纪者归考其实而笔录之，曰《挥麈录》，不忍弃去。遂名之曰《挥麈录》，非所以为书也，长至日，明清识"，但往往这种不经意为文的情况，反而可以留下有价值的文献。

岳珂《桯史》

岳珂(1183—1240)，南宋文学家。字肃之，号亦斋，又号倦翁。相州汤阴(今属河南)人。寓居嘉兴(今属浙江)。岳飞之孙。官至户部侍郎、淮东总领兼制置使。岳珂除著有《桯史》外，尚有《愧郯录》、《金陀粹编》、《玉楮集》等著作。《桯史》以辨明"公是公非"为目的，通过对南宋朝野各阶层人物的言行的记载，表现了他对主战派和投降派人物的鲜明爱憎。《桯史》中不少资料较正史更为详备，所录诗文，也多足旁资考证，《四库全书总目》认为此书在宋人说部之中亦邵博、王明清之亚也。但其何以《桯史》为名，历来众说纷纭，不可甚解。

《开禧北征》等条，可补史传之阙。其中对文人轶事的记载，诗文作品的转录，可资辑佚、校勘，也有助于文学史研究。其《金陀粹编》，收有《吁天辨诬》、《天定录》等资料，为岳飞辨冤，是研究岳飞的重要资料。

《字说》，行之天下。东坡在馆一日因见而及之曰：丞相瞆微眚穷制作，某不敢知。独恐每每牵附，学者承风，有不胜其凿者。姑以犇麤二字言之，牛之体壮于鹿，鹿之行，速于牛。今积三为字，而其义皆反之，何也？荆公无以答，迄不为变。党伐之论，于是浸闻，黄冈之贬不特坐诗祸也。(犇麤字说条，《桯史》卷二)

石湖立朝多奇节，其为西掖时，上用知阁门事枢密都承旨张说为金书,满朝哗然起争,上皆弗听。范既当制,朝士或过问,当视草与否?笑不应,独微声曰:是不可以空言较问者。不慊,又哗然。谓范党近习取显位。范亦不顾,既而廷臣不得其言有去者。范词犹未下,忽请对。上意其弗缴知其非以说事,接纳甚温。范对久将退,乃出词头纳榻前。玉色遽厉。范徐奏曰:臣有引谕,愿得以闻。今朝廷尊严,虽不可以下拟州郡。然分之有别,则略同也。阁门官,日月引班,乃今郡典谒吏耳。执政大臣,倅贰比也。陛下作福之柄,固无容议。但圣意以为有一州郡一旦骤拔客将吏为通判,职曹官顾谓何耶?官属纵俯首,吏民观听又谓何耶?上霁威沉吟曰:朕将思之。明日说罢。后月余范丐去。上曰:卿言引班事甚当。朕方听言纳谏,乃欲去耶?既而范竟不安于位,以集撰帅静江。明年春说遂申命。实乾道八年也。悟主以一言之顷,理明辞正,虽不能终格,犹足为公议立赤帜云。(言悟主条,《桯史》卷四)

辛稼轩守南徐已多病谢客……偶读余通名启而喜……时一招去,稼轩以词名,每燕必命侍妓歌其所作特,好歌《贺新郎》一词。自诵其警句曰:我见青山多妩媚,料青山见我应如是。又曰:不恨古人吾不见,恨古人不见吾狂耳。每至此辄拊髀自笑,顾问坐客何如?皆叹誉如出一口。既而又作一《永遇乐》,序北府事。首章曰:千古江山,英雄无觅孙仲谋处。又曰:寻常巷陌,人道寄奴曾住,其寓感慨者则曰:可堪回首,佛狸祠下,一片神鸦社鼓。凭谁问?廉颇老矣,尚能饭否。特置酒召数客使妓迭歌,益自击节,遍问客,必使摘其疵,逊谢不可。客或措一二辞,不契其意,又弗答然。挥羽四视不止。余时年少,勇于言,偶坐于席侧。稼轩因诵启语顾问再四。余率然对曰:待制词句脱去今古轸辙,每见集中有解道此句,真宰上诉天应,嗔耳之序,尝以为其言不诬,童子何知,而敢有议!然必欲如范文正以千金求《严陵祠记》一字之易,则晚进尚窃有疑也。稼轩喜,促膝亟使毕其说。

余曰:前篇豪视一世,独首尾二腔警语羌相似。新作微觉用事多耳。于是大喜,酌酒。而谓坐中曰:夫君实中予痼。乃咏改其语。日数十易,累月犹未竟。其刻意如此。余既以一语之合,益加厚。颇取视其帆骸,欲以家世荐之朝,会其去未果。(稼轩论词条,《桯史》卷三)

作为名人之后,武将之后,岳珂以文名世,为其祖扬名,可谓光宗耀祖矣。

陆游《老学庵笔记》

《老学庵笔记》是一部很有价值的杂事文作品。陆游不仅是一个才华横溢、作品众多的爱国大诗人,而且是个见识广博的学者。《会稽续志》说他"学问该贯,文辞超迈,酷喜为诗。其他志铭记叙之文,皆深造三昧;尤熟识先朝典故沿革,人物出处,以故声名振耀当世"。他幼年时,家中藏书很多,得以博览;又随他父亲会见过许多前辈的学者和士大夫,得聆听他们的谈吐;成年后,到临安、四川、江西、福建等处做官,阅历见闻极富。此书所记,多是他或亲历,或亲见,或亲闻之事,或读书考察的心得,以他那流畅的笔调书写出来,不但内容真实丰富,而且令人读之兴趣盎然,是宋代文丛中的佼佼者。

> 高宗在徽宗服中,用白木御椅子。钱大主入觐见之曰:此檀香椅子耶?张婕妤掩口笑曰:禁中用胭脂皂荚多,相公已有语。更敢用檀香作椅子耶?时赵鼎、张浚作相也。(《老学庵笔记》卷一)

> 绍兴辛酉与金交兵,金遁,议者谓当取寿、颍、宿三州屯重兵,然后淮可保,淮可保,然后江可固。惜其不果用也。(《老学庵笔记》卷一)

> 建炎维扬南渡时虽甚仓猝,二府犹张盖搭狭坐而出。军民

有怀砖狙击黄相者。既至临安,二府因言方艰危时,臣等当一切贬损。今张盖搭坐尚用承平故事,欲乞并权省去,事平日依旧。诏从之。实惩维扬事也。(《老学庵笔记》卷一)

予去国二十七年复来,自周丞相子充一人外,皆无复旧人,虽吏胥亦无矣。惟卖卜洞微山人亡恙,亦不甚老。话旧怆然。西湖小昭庆僧了文相别时未三十,意其尚存。因被命与奉常诸公同检视郊庙坛壝,过而访之,亦已下世。弟子出遗像,乃一老僧。使今见其人,亦不复省识矣,可以一叹。(《老学庵笔记》卷一)

靖康兵乱,宣和旧臣悉已远窜。黄安时居寿春叹曰:造祸者全家尽去岭外避地,却令我辈横尸路隅耶?安时卒死于兵可哀也。(《老学庵笔记》卷五)

高宗除丧,予以礼部郎入读。祝至几筵殿。盖帝平日所御处也。殿三楹,殊非高大,陈列几席橻枊之类,亦与常人家不甚相远。犹想见高庙之俭德也。(《老学庵笔记》卷五)

陈振孙论"(陆游)生识前辈,年及耄期。所记见闻,殊有可观",《四库全书总目》也说其"轶闻旧典,往往足备考证"。陆游的识见与文笔在南宋文人均属翘楚,其所作诗词均为大家,而文章一道,自有鸿篇巨制,而此等笔记小文也颇可读,真乃大家风范。

叶梦得《石林燕语》

叶梦得为绍圣老臣,是书成于南渡之后。徽宗时尝司纶诰,于朝章国典夙所究心,所以此书纂述旧闻,多为当时掌故,于官制科目,更为详备。与宋敏求的《春明退朝录》、徐度的《却扫编》二书可相为表里。

太祖英武大度,初取僭伪诸国皆无甚难之意。将伐蜀,命建第五百间于右掖门之前,下临汴水。曰吾闻孟昶族属多,无使有不足。昶既俘即以赐之。召李煜入朝,复命作礼贤宅于州南,略与昶等。尝亲幸视役。以煜江南嘉山水,令大作园池,导惠民河水注之。会煜称疾,钱俶先请觐,即以赐俶。二居壮丽,制度略侔宫室。(《石林燕语》卷一)

元丰末,文潞公致仕,归洛入对,时年几八十矣。神宗见其康强,问:卿摄生亦有道乎?潞公对:无他。臣但能任意自适,不以外物伤和气,不敢做过当事。酌中恰好即止。上以为名言。(《石林燕语》卷三)

江南李煜既降太祖,尝因曲燕问,闻卿在国中好作诗,因使举其得意者一联。煜沉吟久之,诵其咏扇云:揖让月在手,动摇风满怀。上曰满怀之风,却有多少。他日复燕煜,顾近臣曰:好一个翰林学士。(《石林燕语》卷四)

太祖初命曹武惠彬讨江南,潘美副之。将行赐燕于讲武殿,酒三行,彬等起跪于榻前,乞面受处分。上怀中出一实封文字,付彬曰,处分在其间,自潘美以下有罪,但开此,径斩之,不须奏禀。二臣股栗而退。迄江南平无一犯律者,比还,复赐燕讲武殿。酒三行,二臣起,跪于榻前,臣等幸无败事。昨面授文字不敢藏于家,即纳于上前。上徐自发封示之,乃白纸一张也。上神武机权如此。初特以是申命令,使果犯而发封见为白纸,则必入禀。及归而示之,又将以见初无轻斩之意。恩威两得。故虽彬等无不折服。(《石林燕语》卷五)

他在序言里提到:"宣和五年余既卜别馆于卞山之石林谷,稍远城市,不复更交世事。故人亲戚时时相过,周旋崦岩之下,无与为娱,纵谈所及,多故实旧闻,或古今嘉言善行。皆少日所传于长老名流,及出入中朝,身所践更者。下至田夫野老之言,与夫滑稽谐谑之辞。时以抵掌一笑,穷谷无事,偶遇笔札随辄书之。建炎二年避乱缙云归,兵火荡析之余,井间湮废。前日之客,死亡转徙略相半,而余亦老矣。洊罹变故,志意销铄,平日所见闻,日以废忘,因令栋更裒集为十卷,以《石林燕语》名之,其言先后本无伦次,不复更整齐。"叶梦得虽为蔡京门客,章惇姻家,但其所著,党派之见并不明显。而书是所记,也并非真如他所自嘲的,完全是"抵掌笑谈",其间有关世教及兴败之事,亦多可观。

周密《武林旧事》

周密,字公谨,号草窗。其曾祖随高宗南渡,因家湖州。《武林旧事》记宋南渡后都城杂事,流寓杭州之际,目睹耳闻最为真切。其自序曰:欲如吕荥阳《杂记》而加详,如孟元老《梦华》而近雅。有一些记载在他人书中还很少见到,如卷二的"公主下降":

> 南渡以来,公主无及嫁者。独理宗朝周汉国公主出降慈明太后侄孙杨镇,礼文颇盛。今撷梗概于此。先是择日遣天使宣召驸马至东华门引见,便殿赐玉带靴笏鞍马及红罗百匹,银器百两,衣着百匹,聘财银一万两,对御赐筵五盏,用教坊乐,俟毕谢恩讫,乘涂金御仙花鞍辔狻猊座马,执丝鞭,张三檐伞,教坊乐部五十人前引还第,谓之宣系。进财物件并照国朝会要,太常寺关报有司办造。

以下一一详列嫁妆、下嫁的仪式、程序,的确够详的。再如卷三"放春":

> 蒋苑使有小圃不满二亩,而花木匼匝,亭榭奇巧。春时,悉以所有书画玩器冠花器弄之物,罗列满前,戏效关扑。有珠翠冠,仅大如钱者。闹竿花篮之类,悉皆缕丝玉金为之,极其精妙。且立标竿射垛及秋千梭门斗鸡蹴踘诸戏事以娱游客,衣冠士女至者,招邀杯酒,往往过禁烟乃已。盖效禁苑具体而微者也。

将南宋时期的社会风尚,收入集中,确实够雅的。

张端义《贵耳集》

张端义,字正夫,自号荃翁。此书是他在韶州安置时所作。一共三卷,有意思的是,在每卷前都有序言,分别为"淳祐元年十二月大雪日"、"淳祐四年十一月八日"、"淳祐丙午(六年)闰四月四日",自序写作缘由甚详:"余从江湖游,接诸老绪余,半生钻研,仅得短长录一帙。"端平年间,应诏三上书,坐妄言,韶州安置。"无一书相随,思得此录增补近事,贻书索诸妇报云,子录非《资治通鉴》,奚益于迁臣逐客?火之久矣。余悒怏弥日,叹曰:妇人女子,但知求全于匹夫,斯文奚咎焉?大抵人生天地间,惟闲中日月最难得,使余块然一物,与世相忘,视笔砚简编为土苴,固亦可乐。幸而精力气血未衰,岂忍自叛于笔砚简编之旧?对越天地,报答日月,舍是而何为耶?因追忆旧录,记一事必一书,积至百则名之'贵耳录'耳。为人至贵,言由音入,事由言听。古人有入耳着心之训,又有贵耳贱目之说。怅前录之已灰,喜斯集之脱稿。得妇在千里外虽闻有此录,束缊之怒不及矣。"原书稿被夫人惧祸而付之一炬,仍然乐此不疲,趁夫人远在千里而成就此书,张端义可说乐此不疲矣。

> 孝宗朝尚书鹿何年四十余上章乞致其事,上惊谕宰臣问其由。何对臣无他顾,德不称位,故稍矫世之不知分者耳。以此语奏上,始遂其请。在朝者皆以诗祖之。何归遂筑堂匾曰"见一"。盖取"人人尽道休官去,林下何曾见一人"之句。(《贵耳集》卷上)

> 嵩山祖宗陵寝所,自靖康之后,所存特昌陵而已。绍兴间,榷场通货持陵寝中宝器来,思陵尝得之,为之出涕。所以孝宗日夜不遑,欲恢复故土,志在此也。端平初金人失国,蒙古许本朝遣使朝陵,使未至陵,三京之师一出,蒙古大怒,尽将陵庙犁为墟矣。七庙何其不幸耶。(《贵耳集》卷中)

《贵耳集》议论时事,角度往往比较独特,而一些史料也多资考证,其人虽然或不足为道,而其书却应给予相当的关注。

灌园耐得翁《都城纪胜》

这是一部颇为耐人寻味的书,作者大概也知道这一点,所以隐去了真名实姓,只题为"灌园耐得翁",不禁让人想起后来写《金瓶梅》的"金陵笑笑生"来。本书成于端平二年(1234),正是南宋小朝廷上下文武恬嬉,苟且宴乐之时。乾隆皇帝曾题此书曰:宋自南渡之后,半壁仅支。而君若臣溺于宴安,不以恢复为念。西湖歌舞日夕流连,岂知剩水残山已无足恃,顾有若将终焉之志,其去燕巢危幕几何矣。而耐得翁为此编,惟盛称临安之明秀,谓民物康阜过京师十倍,又谓中兴百年余,太平日久,视前又过十数倍。其昧于安危盛衰之机亦甚矣哉。然彼或窥见庙堂之上不能振作,为此以逢其所欲,抑亦知其书流传必贻笑于后世,故隐其姓名而托于子虚乌有之伦乎。所以尽管此书立意,或不可取,篇幅亦小,只有一卷。然对于后世了解当时历史面貌,还是有一定以史为鉴的裨益的。

茶坊　大茶坊张挂名人书画,在京师只熟食店挂画,所以消遣久待也。今茶坊皆然。冬天兼卖擂茶,或卖盐豉汤,暑天兼卖梅花酒。绍兴间用鼓乐吹梅花酒曲,用旋杓如酒肆间。正是论角如京师量卖。茶楼多有都人子弟占此,会聚习学乐器或唱叫之类。谓之挂牌儿。人情茶坊本非以茶汤为正,但将此为由,多下茶钱也。又有一等专是娼妓弟兄打聚处,又有一等专是诸行借工卖伎人会聚行老处,谓之市头。水茶坊乃娼家聊设桌凳,以茶为由,后生辈甘于费钱谓之干茶钱。

坊院　柳永咏钱塘词云参差一万人家。此元丰以前语也。今中兴行都已百余年,其户口蕃息,仅百万余家者。城之南西北三处,各数十里人烟生聚,市井坊陌,数日经行不尽。各可比外路一小小州郡,足见行都繁盛。而城中北关水门内有水数十里,曰白洋湖。其富家于水次起迭塌坊十数所,每所为屋千余间,小者亦数百间。以寄藏都城店铺及客旅物货。四维皆水,亦可防避风烛,又免盗贼。甚为都城富室之便。其它州郡无此,虽荆南、沙市、太平州、黄池,皆客商所聚,亦无此等坊院。

此境此景,活脱脱是"暖风熏得游人醉,直把杭州作汴州"啊。

吴自牧《梦粱录》

吴自牧,生平无考,其书自序曰:昔人卧一炊顷而平生事业扬历皆遍,及觉则依然故吾,始知其为梦也。因谓之黄粱梦。矧时异事殊,城池苑囿之富,风俗人物之盛,焉保其常如畴昔哉。缅怀往事,殆犹梦也。名曰《梦粱录》云,脱有遗阙,识者幸改正之毋哂。甲戌岁中秋日钱塘吴自牧书。甲戌是宋度宗咸淳十年,其时南宋虽未亡国,而忽必烈已建立元朝。这部书的前五卷专述岁时风俗,既有民间节日,又有朝廷庆典,于杂事一体中,实不多见。正月民俗有"正月、立春、元宵"、庆典有"元旦大朝会、车驾诣景灵宫孟飨";二月民俗有"三月三日上巳、清明节、暮春"、庆典有"诸州府得解士人赴省闱、荫补未仕官人赴铨、诸酒库迎煮、州府节制诸军春教、二十八日东岳圣帝诞辰"。所记也极其详尽,如记清明节:

清明交三月节前两日,谓之寒食。京师人从冬至后数起至一百五日,便是此日。家家以柳条插于门,名曰明眼。凡官民不论小大家,子女未冠笄者,以此日上头。寒食第三日即清明节。每岁禁中命小内侍于阁门用榆木钻火,先进者赐金碗,绢三匹。宣赐臣寮巨烛,正所谓钻燧改火者,即此时也。禁中前五日,发宫人车马往绍兴攒宫朝陵。宗室南班亦分遣诸陵行朝享礼。向者从人官给紫衫白绢三角儿青行缠。今亦遵例支给。至日亦有车马诣赤山诸攒并诸宫妃王子坟堂行享祀礼。官员士庶俱出郊省坟,以尽思时之敬。车马往来繁盛填塞都门。宴于郊者则就名园芳圃,奇花异木之处;宴于湖者则彩舟画舫,欸欸撑驾随处行乐。此日又有龙舟可观。都人不论贫富倾城而出,笙歌鼎沸,鼓吹喧天。虽东京金明池未必如此之佳。滞酒贪欢,不觉日晚。红霞映水,月挂柳梢,歌韵清圆,乐声嘹亮。此时尚犹未绝。男跨雕鞍,女乘花轿,次第入城。又使童仆挑着木鱼龙船花篮闹竿等物归家,以馈亲朋邻里。杭城风俗侈靡相尚大抵如此。(《梦粱录》卷一)

再如记暮春:

是月春光将暮,百花尽开,如牡丹、芍药、棣棠、木香、酴醾、蔷薇、金纱玉绣球、小牡丹、海棠、锦李、徘徊月季、粉团杜三月鹃、宝相千叶桃、绯桃香梅、紫笑长春、紫荆金雀儿、笑靥香兰、水仙、映山红等花,种种奇绝。卖花者以马头竹篮盛之,歌叫于市,买者纷然。当此之时,雕梁燕语,绮槛莺啼,静院明轩,溶溶泄泄。对景行乐,未易以一言尽也。(《梦粱录》卷二)

这种记载虽无关大雅,但对民间文化的传承是有一定贡献的,而这也正是看似不起眼的杂事文的重要之处。

第八章　　宋代碑志哀祭文

宋代的碑志哀祭之文,最负盛名的是苏轼的《潮州韩文公庙碑》,这是苏轼应潮州太守王涤为重建韩文公庙专门写的碑文。作者对韩愈在文章、道德、政绩等方面作了高度的评价,敬佩之情溢于言表,虽不乏过誉之词,但也全面准确地概括出韩愈的突出贡献,"文起八代之衰,道济天下之弱,忠犯人主之怒,而勇夺三军之帅"(《东坡全集》卷八十六),可说是对韩愈及其精神的高度概括,再加上挥洒自如的文笔,豪迈奔放的气势,不由得使人击节赞叹,若韩愈地下有知,也一定会为有苏轼这样的知音而感到无限欣慰的。

第一节　北宋碑志哀祭文

唐宋八大家中北宋六家,都是写作碑志的高手,传主不同,写法各异,名篇众多,各显其才。有的叙亲情,寸草春晖,如欧公的《泷冈阡表》,有的明大义,盖棺论定,如苏轼的《潮州韩文公庙碑》。而王安石《祭欧阳文忠公文》更能出以公心,突破不同政见的局限,千古之下,读其文,见其古人之情操如在目前。

欧阳修《泷冈阡表》

《泷冈阡表》是欧阳修在其父下葬六十年之后才写就的悼文,"非敢缓也,盖有待也",那么,欧阳修为什么要等待六十年之久,所等待的又是什么呢?这在文末才给出答案:"今上初郊,皇考赐爵为崇国公,太夫人进号魏国。于是小子修泣而言曰:呜呼!为善无不报,而迟速有时,此理之常也。惟我祖考积善成德,宜享其隆。虽不克有于其躬,而赐爵受封显荣褒大,实有三朝之赐命,是足以表见于后世而庇赖其子孙矣。乃列其世谱,具刻于碑,既又载我皇考崇公之遗训,太夫人之所以教而有待于修者,并揭于阡。俾知夫小子修之德薄能鲜,遭世窃位而幸全大节不辱其先者,其来有自。"(《文忠集》卷二十五)欧阳修把自己一生光宗耀祖统统归结于其父的居家廉洁、奉亲至孝、居官仁厚,与其母的含辛茹苦,深明大义,既追思父亲又褒扬母亲,相得益彰,令人感动。此文用力深,积蓄久,且文笔平实,舒徐有致,历来被视为欧文及碑志文的代表作。

苏轼《潮州韩文公庙碑》

如果说欧阳修的《泷冈阡表》以名人写凡人的直笔取胜的话,那么苏轼的《潮州韩文公庙碑》则是因以名人写名人的高论胜出的。而碑文中耳熟能详的名句几乎俯拾即是,"匹夫而为百世师,一言而为天下法。是皆有以参天地之化,关盛衰之运。其生也有自来,其逝也有所为矣……自东汉以来道丧文弊,异端并起。历唐贞观开元之盛,辅以房杜姚宋而不能救。独韩文公起布衣,谈笑而麾之。天下靡然从公,复归于正。盖三百年于此矣。文起八代之衰,而道济天下之溺。忠犯人主之怒,而勇夺三军之帅,岂非参天地关盛衰,浩然而独存者乎。盖尝论天人之辨,以谓人无所不至,惟天不容伪。智可以欺王公,不可以欺豚鱼;力可以得天下,不可以得匹夫匹妇之心。故公之精诚能开衡山之云,而不能回宪宗之惑;能驯鳄鱼之暴,而不能弭皇甫镈、李逢吉之谤。能信于南海之民庙食百世,而不能使其身一日安于朝廷之上。盖公之所能者,天也;所不能者,人也……元丰七年诏封公昌黎伯,故榜曰昌黎伯韩文公之庙。潮人请书其事于石,因作诗以遗之,使歌以祀公,其词曰:公昔骑龙白云乡,手抉云汉分天章。天孙为织云锦裳,飘然乘风来帝旁。下与浊世扫粃糠,西游咸池略扶桑。草木衣被昭回光,追逐李杜参翱翔。汗流籍湜走且僵,灭没倒景不可望。作书诋佛讥君王,要观南海窥衡湘。历舜九疑吊英皇,祝融先驱海若藏。约束蛟鳄如驱羊,钧天无人帝悲伤。讴吟下招遣巫阳,牺牲鸡卜羞我觞。于粲荔丹与蕉黄,公不少留我涕滂,翩然被发下大荒。"

其中"匹夫而为百世师,一言而为天下法"、"文起八代之衰,道济天下之济"等句几乎成为评价韩愈最权威的定论。苏轼一生仕途坎坷,累遭贬谪,与韩愈的命运颇为相似,故而在下笔行文之际,忍不住惺惺相惜,大放厥词,从而造就了这篇令人拍案叫绝的千古碑文。

王安石《祭欧阳文忠公文》

王安石与欧阳修的政见不见是有目共睹的,然而,欧阳修逝世之后,写得最好的祭文是苏轼和王安石的两篇,苏轼写的好于情于理完全可以理解,但王安石的祭文又是如何写的呢?

> 夫事有人力之可致犹不可期,况乎天理之溟漠又安可得而推。惟公生有闻于当时,死有传于后世,苟能如此足矣,而亦又何悲?如公器质之深厚,智识之高远,而辅学术之精微,故充于文章,见于议论,豪健俊伟,怪巧瑰琦,其积于中者,浩如江河之停蓄,其发于外者,烂如日星之光辉。其清音幽韵,凄如飘风急

雨之骤至;其雄辞闳辩,快如轻车骏马之奔驰。世之学者无问乎识与不识,而读其文,则其人可知。呜呼!自公仕宦四十年上下往复,感世路之崎岖,虽屯邅困踬窜斥流离而终不可掩者,以其公议之是非,既压复起,遂显于世。果敢之气,刚正之节,至晚而不衰。方仁宗皇帝临朝之末年,顾念后事,谓如公者,可寄以社稷之安危,及夫发谋决策,从容指顾,立定大计,谓千载而一时。功名成就不居而去,其出处进退又庶乎英魄灵气,不随异物腐散,而长在乎箕山之侧与颍水之湄。然天下之无贤不肖,且犹为涕泣而歔欷。而况朝士大夫,平昔游从,又予心之所向慕而瞻依。呜呼!盛衰兴废之理,自古如此,而临风想望不能忘情者,念公之不可复见,而其谁与归。(《临川文集》卷八十六)

祭文完全没有涉及两人之间政见的不同,变法的是与非,而是从大处着眼,赞扬了欧公的"器质"、"智识"、"学术"、"文章"、"议论",以及"果敢之气、刚正之节"、"安社稷、定大计、功成不居"等非常人所及的高风亮节,对欧公"生闻当时,死传后世"、"天下之无贤不肖,犹为涕泣歔欷"表示了由衷的向往,文末以"盛衰兴废之理,自古如此,而临风想望不能忘情者,念公之不可复见,而其谁与归"作结,更是哀思无限,见于言表。安石实不愧为文章大家,而其对欧公的评价,不以私交而出之公论,亦给人留下深刻的印象。

第二节　南宋碑志哀祭文

南宋的祭奠之作虽在整体质量上不及北宋,但也有可读之作,比如刘克庄为其师真德秀撰写的《祭文》、《路祭文》与《墓祭文》三篇。从中可见其情之深,其心之痛。而王炎午《望祭文丞相文》写于文天祥就义之前,劝其速死,真乃天下奇文,不可不读。

刘克庄《祭真德秀参政文》等

刘克庄为其师真德秀撰写的三篇祭文篇幅不长,并录于下。

呜呼!四科九德,自昔难并。人得一偏,公集大成。穿凿之学,畔师离经。公独纯正,南轩考亭。篆组之文,练薄缣轻。公独雄浑,眉山庐陵。早岁来仪,朝阳屡鸣。元城了翁,公之直声。中年袖手,俟时之清。君实晦叔,公之重名。白首还朝,化瑟初更。吾君前席,久不见生。吾相开阁,虚左起迎。执笔玉堂,开卷迓英。三月初吉,始毕文衡。将授以政,撰日告庭。乃于此时,谂疾予宁。一身安否,一国笑颦。帝有恩言,宽虑嚚神。众愿有廖,起而经纶。奈何苍天,夺此伟人,下孤舆望,上恻圣情。国有议论,谁为明将。民有利害,谁为罢行。吾党之士,谁为统盟,后来之俊,谁为作兴。意者世道,消长相乘。复疑天意,未欲治平。呜呼!万世之标,千载之英,今其已矣,行路嗟惊。况侍班联,久亲典刑,相率一哀,心折涕零,呜呼哀哉!(《祭真德秀参政文》,《后村集》卷三十三)

呜呼,先生属疾,闻者赍嗟。上对近臣,玉色不怡。丞相移书,千里迎医。下至闾巷,妇女童儿。皆曰哲人,必介寿祺。云何一夕,去而骑箕。在昔范公,方古禹夔。晚登政府,不至冢司。学者至今,致恨于斯。然其谟画,略已设施。先生视彼,则尤可悲。平生修为，未试刀圭。谓天无意，斯文在兹。谓天有意，一老不遗。太平之望，竟复何时？礼乐之兴，百年谁待？呜呼！昔者之来，大带深衣。都人聚观，公归何迟！今者之还，丹旐素帷。都人相吊，公去安之。矧二三子，久从吾师。要绖执绋，于礼则宜。属畀简书，仅至江涯。酒覆一觞，恸哭以辞。哀哉！（《路祭文》，《后村集》卷三十四）

呜呼！先生寝疾，萧然宾庑。户外之屦，历历可数。雪深至腰，愚不敢去。余后学者，散无宗主。北面它师，尊祢忘祖。愚抱太玄，独立寡与。及对便朝，颇进狂瞽。力量虽微，肝肺毕吐。皆昔坐隅，教诏之语。岂惟先生，上帝临汝。奏篇有稿，对语有记。死者复生，可以不愧。谓之背师，天乎无罪。梦奠以来，局面日异。引去不勇，强留无味。有愧先生，独以一事。岂无同时，及门之士。夫何绵薄，独任清议。将待之厚，故责之备。是耶非耶，莫诘所自。呜呼！幼为先生，门生弟子。晚为先生，司马长史。古人重谊，均於伦纪。筑室三年，素车千里。昨者祖祭，及郊而止。墓陵会窆，有挚其趾。谓之背师，敬知罪矣。释氏有忏，圣门贵悔。稽首新阡，自讼如此，谅之赦之，先生不死。呜呼哀哉！（《墓祭文》，《后村集》卷三十四）

此类祭奠文体，今天看来似已无多大实用价值，但在当时，却是非常普遍的实用文体，大凡名人，都是推脱不掉的。虽然有些写得的确十分精彩独到，但绝大多数还是应景之作，泛泛之论，令人无法卒读的。而像刘克庄这样，为一人连写三篇，还是不多见的。古人尊师之风气，于此可见一斑。

王炎午《望祭文丞相文》

王炎午，初名应梅，字鼎翁，宋末为太学生，以孝友节义，闻名一时。据《大明一统志》载王炎午为上舍生，会天祥举义兵，乃杖策谒见，寻以母忧家居,而天祥被执,鼎翁为《生祭文》以速其死。入元后,终身不仕。有《吾汶稿》传世,他的《生祭文丞相文》写于文天祥被捕之后,以励其为国死节,这种祭文,实属少见,故传诵一时,堪为杰作。在祭文之前,还有一篇自述,详细地交代其写作此文的缘由。

丞相见执,就义未闻,豪杰之见固难测识。因与刘尧举对床感怆共赋嗟惜之。尧举先赋曰:天留中子继孤竹,谁向西山饭伯夷?子问其下句义,则谓伯夷久而不死必有饭之者矣。予谓向字尚有忧其饥而愿人饷之之意,请改在字如何?尧举然之。予以寂寥短章不足以寄吾情,遂不复赋。盖丞相初起兵,仆尝赴公召,进狂言有曰:愿明公复毁家产,供给军饷,以倡士民助义之心。请购淮卒,参错戎行,以训江广乌合之众。他所议论狂斐尤多,慷慨憨愚,丞相嘉纳,委帅机,何见山进之幕府,授职从戎。仆以身在太学,父殁未葬,母病危殆,属以时艰,恐进难尽忠,退复亏孝。悾偬感泣,以母老控辞,丞相怜而从之奖拔之,公许养之私,丞相两尽矣。仆于国恩为已负,于丞相之德则未报。遂作《生祭丞相文》以速丞相之死,尧举读之,流涕相与誊录数十本,自赣至洪,于驿途水铺山墙店壁贴之,冀丞相经从一见,虽不自揣量,亦求不负此心耳。(《吾汶稿》卷四)

而在祭文正文中,开篇即说"谨采西山之薇,酌汨罗之水,哭祭于丞相文山先生未死之灵而言曰:呜呼!大丞相可死矣!"然后列举了四项可死的原因:"文章邹鲁科甲郊祁斯文不朽可死;丧父受公卿祖奠之荣,奉母极东南迎养之乐,为子孝可死;二十而巍科四十而将相,功名事业可死;仗义勤王,使命不辱,不负所学可死",认为文天祥人事已尽,乃至"虽举事卒无所成而大节已无所愧,所欠惟一死耳……呜呼!一节四忠,待公而六,为位其间,闻讣则哭。"(《吾汶稿》卷四)

当文天祥英勇就义时,他又情不自禁地写了一篇《望祭文丞相文》,前有小序曰:相国文公再被执时,予尝为文生祭之,已而吉水张千载弘毅自燕山持丞相发与齿归。丞相既得死矣,呜呼痛哉! 谨痛望奠,再致一言。张千载是文天祥的朋友,天祥被囚大都时,跟随入京,住在监狱附近,天祥就义后,弘毅把他的遗骸运回了南方。

> 呜呼! 扶颠持危,文山诸葛。相国虽同,而公死节。倡义举勇,文山张巡。杀身不异,而公秉钧。名相烈士,合为一传。三千年间,人不两见。事谬身执,义当勇决。祭公速公,童子易箦。何如天意,佑忠怜才。留公一死,易水金台。乘气捐躯,壮士其或。久而不易,霜雪松柏。嗟哉文山,山高水深,难回者天,不负者心。常山之发,侍中之血。日月韬光,山河改色。生为名臣,死为列星。不然劲气,为风为霆。干将莫耶,或寄良冶,出世则神,入土不化。今夕何夕,斗转河斜,中有光芒,非公也耶!(《吾汶稿》卷四)

《望祭文》热情歌颂文天祥坚贞不屈,壮烈殉国的精神与日月同辉,是三千年间不两见的英雄豪杰,语言简洁,沉痛感人。与《生祭文》两相对照,一繁一简,出人意表,此等祭文非南宋末年不能出,非王炎午不能为,非文天祥不能受,也算是两宋祭文的豹尾之作了。

第九章　宋代辞赋文

辞赋一体,作为韵文与散文的综合文体,盛行于汉魏六朝,通常用来写景叙事,也有用来抒情说理的。宋代出现了一种特殊的新赋体,文赋。确切地说,这是一种在唐宋古文运动的影响下产生和发扬光大起来的、极富生命力的新文体,这种文体突破了骈赋和律赋对用韵、对仗的严格限制,行文挥洒自如,句式灵活,亦骈亦散,打破了六朝到唐代对辞赋刻板的拘束,集写景、抒情、议论于一身,实为一种文体的继承与创新;在内容方面也多少突破了理学的规范,直抒人情。

第一节　北宋辞赋文

北宋辞赋的代表作当然首推欧阳修的《秋声赋》与苏轼的前后《赤壁赋》。它们不但代表了北宋辞赋的最高成就,在后世也是无人能及,对中国辞赋产生了深远的影响。

欧阳修《秋声赋》

《秋声赋》作于嘉祐四年(1059),欧阳修时年五十三岁,是他继《醉翁亭记》后的又一名篇。它骈散结合,铺陈渲染,词采讲究,是宋代文赋的典范。这一年的春天,欧阳修辞去开封府尹的职务,几十年宦海沉浮,饱经风霜,回首往事,禁不住以"无形"的秋声作为描写和议论的对象,采用赋的形式抒写秋感,极尽渲染铺陈之能事,谱写了一首秋声的奏鸣曲。

  欧阳子夜读书,闻有声自西南来者,悚然而听之,曰:"异哉!"初淅沥以萧飒,忽奔腾而砰湃,如波涛夜惊,风雨骤至。其触于物也,鏦鏦铮铮,金铁皆鸣。又如赴敌之兵,衔枚疾走,不闻号令,但闻人马之行声。予谓童子:"此何声也?汝出视之。"童子曰:"星月皎洁,明河在天,四无人声,声在树间。"

  余曰:"噫嘻,悲哉!此秋声也,胡为而来哉?盖夫秋之为状也;其色惨淡,烟霏云敛;其容清明,天高日晶;其气栗冽,砭人肌骨;其意萧条,山川寂寥。故其为声也,凄凄切切,呼号奋发。丰草绿缛而争茂,佳木葱茏而可悦;草拂之而色变,木遭之而叶脱。其所以摧败零落者,乃其一气之余烈。"

  "夫秋,刑官也,于时为阴;又兵象也,于行为金,是谓天地之义气,常以肃杀而为心。天之于物,春生秋实,故其在乐也,商声主西方之音,夷则为七月之律。商,伤也,物既老而悲伤;夷,戮也,物过盛而当杀。"

  "嗟乎!草木无情,有时飘零。人为动物,惟物之灵;百忧感其心,万事劳其形;有动于中,必摇其精。而况思其力之所不及,忧其智之所不能;宜其渥然丹者为槁木,黟然黑者为星星。奈何以非金石之质,欲与草木而争荣?念谁为之戕贼,亦何恨乎秋声!"

童子莫对,垂头而睡。但闻四壁虫声唧唧,如助予之叹息。(《文忠集》卷十五)

此文由"秋声"而人生,笔走龙蛇,洋洋洒洒,看似轻灵飘洒,实则深沉老到,可说是言在情理之中,意出情理之外,是非文章大家绝难企及的境界,更应注意的是《秋声赋》一文在文体上的贡献。注重骈偶铺排以及声律的赋到了宋代以后,由于内容的空泛和形式上的矫揉造作,已经走向没落。欧阳修深明其中之弊,当他的散文革新取得了成功之后,回过头来又为"赋"体打开了一条新的出路,即赋的散文化,使赋的形式活泼起来,既部分保留了骈赋、律赋的铺陈排比、骈词俪句及设为问答的形式特征,又呈现出活泼流动的散体倾向,且增加了赋体的抒情意味。这些特点也使《秋声赋》在散文发展史上具有重要的地位,对以后赋的发展与创新起到了里程碑的作用。

苏轼前后《赤壁赋》

欧公之后,苏轼的创作,特别是写于黄州的前后《赤壁赋》更为辞赋增添了夺目的光彩与后人难以望其项背的成就。元丰二年(1079)八月,苏轼因"乌台诗案"被加以诽谤朝廷的罪名,被捕入狱。在狱中一百多天,受审十余次,惨遭折磨。后经多方营救,于当年十二月释放,贬为黄州团练副使,但"不得签署公事,不得擅去安置所"。元丰三年二月,苏轼到达黄冈,直到元丰七年四月才离开。而前后《赤壁赋》写于元丰五年的七月和十月,这时,他已在到黄州度过了两个春秋。

前《赤壁赋》可能是两宋,乃至中国古代流传最广的赋了。

壬戌之秋,七月既望,苏子与客泛舟游于赤壁之下。清风徐来,水波不兴。举酒属客,诵明月之诗,歌窈窕之章。少焉,月出于东山之上,徘徊于斗牛之间。白露横江,水光接天。纵一苇之所如,凌万顷之茫然。浩浩乎如冯虚御风,而不知其所止;飘飘乎如遗世独立,羽化而登仙。

于是饮酒乐甚,扣舷而歌之。歌曰:"桂棹兮兰桨,击空明兮溯流光。渺渺兮于怀,望美人兮天一方。"客有吹洞箫者,倚歌而和之,其声呜呜然:如怨如慕,如泣如诉;余音袅袅,不绝如缕;舞幽壑之潜蛟,泣孤舟之嫠妇。

苏子愀然,正襟危坐,而问客曰:"何为其然也?"客曰:"月明星稀,乌鹊南飞,此非曹孟德之诗乎?西望夏口,东望武昌。山川相缪,郁乎苍苍;此非孟德之困于周郎者乎?方其破荆州,下江陵,顺流而东也,舳舻千里,旌旗蔽空,酾酒临江,横槊赋诗;固一世之雄也,而今安在哉?况吾与子,渔樵于江渚之上,侣鱼虾而友麋鹿,驾一叶之扁舟,举匏樽以相属;寄蜉蝣与天地,渺沧海之一粟。哀吾生之须臾,羡长江之无穷;挟飞仙以遨游,抱明月而长终;知不可乎骤得,托遗响于悲风。"

苏子曰:"客亦知夫水与月乎?逝者如斯,而未尝往也;盈虚者如彼,而卒莫消长也。盖将自其变者而观之,而天地曾不能以一瞬;自其不变者而观之,则物与我皆无尽也。而又何羡乎?且夫天地之间,物各有主。苟非吾之所有,虽一毫而莫取。惟江上之清风,与山间之明月,耳得之而为声,目遇之而成色。取之无禁,用之不竭。是造物者之无尽藏也,而吾与子之所共适。"

客喜而笑,洗盏更酌,肴核既尽,杯盘狼藉。相与枕藉乎舟中,不知东方之既白。(《东坡全集》卷三十三)

在这篇脍炙人口的赋中,苏轼设计了一位吹洞箫者,安排他发了一顿不合时宜的,似是而非的议论,这一段议论占了全文三分之一的篇幅,然后苏轼再现身说法的将其驳倒,使其心悦诚服地接受了自己的观点。其实,这个所谓的吹洞箫者所说之话,就是苏轼自家的内心独白,苏轼本身满腹经纶,名噪天下,没想到却落得黄州安置的下场,内心的苦痛非常人可以理解,不过,苏轼毕竟是苏轼,经过两年的反省,他终于从挫折中恢复过来,把自己的心路历程通过文赋这种形式艺术地表现出来,不但成就了苏轼自己的人生信念,也在后来影响了无数身处逆境的人。苏轼写完此赋后,欲罢不能,三个月后,苏轼又写了《赤壁赋》的姐妹篇,同样是天人合一的境界与常人难及的旷达。

是岁十月之望,步自雪堂,将归于临皋。二客从予过黄泥之坂。霜露既降,木叶尽脱,人影在地,仰见明月,顾而乐之,行歌相答。已而叹曰:"有客无酒,有酒无肴,月白风清,如此良夜何!"客曰:"今者薄暮,举网得鱼,巨口细鳞,状如松江之鲈。顾安所得酒乎?"归而谋诸妇。妇曰:"我有斗酒,藏之久矣,以待子不时之需。"于是携酒与鱼,复游于赤壁之下。江流有声,断岸千尺;山高月小,水落石出。曾日月之几何,而江山不可复识矣。予乃摄衣而上,履巉岩,披蒙茸,踞虎豹,登虬龙,攀栖鹘之危巢,俯冯夷之幽宫。盖二客不能从焉。划然长啸,草木震动,山鸣谷应,风起水涌。予亦悄然而悲,肃然而恐,凛乎其不可留也。反而登舟,放乎中流,听其所止而休焉。时夜将半,四顾寂寥。适有孤鹤,横江东来。翅如车轮,玄裳缟衣,戛然长鸣,掠予舟而西也。

须臾客去,予亦就睡。梦一道士,羽衣蹁跹,过临皋之下,揖予而言曰:"赤壁之游乐乎?"问其姓名,俯而不答。"呜呼!噫嘻!我知之矣。畴昔之夜,飞鸣而过我者,非子也邪?"道士顾笑,予亦惊寤。开户视之,不见其处。(《东坡全集》卷三十三)

比较前后两赋,一为秋夜放舟,意在说理,达观超脱,一为冬日登山,偏重写景,悲凉凄清。后人多对前赋交口称赞,而对后赋重视不够,其实后《赤壁赋》较前赋来说,行文更为飘逸跌宕,充分显示了苏文"常行于所当行,常止于不可不止"的风格,以问答来铺陈其事写作方式,已经不知道为多少辞赋家使用过。对此东坡当然不会满足,他在后《赤壁赋》中,苏轼超越了历来辞赋一体以问答铺陈的写作程式,自"于是携酒与鱼,复游于赤壁之下"到孤鹤"戛然长鸣,掠予舟而西也"一段全文的重心,全以白描的行文,着力刻画作者"摄衣而上"、"划然长啸"、"悄然而悲"、"适有孤鹤"等等奇特的游历,营造出诡谲氛围。而其象征手法的运用更是无以复加,所以不妨将前后《赤壁赋》视为一体,连贯把握,方可完整体悟东坡辞赋的风格,不必分割,更不该强分高下,所以无论就全面了解一个散文大家的风格,还是就把握宋代辞赋的总体风貌来说,后《赤壁赋》与前《赤壁赋》一样,均是苏轼不容忽视的代表作品。

第二节 南宋辞赋文

南宋赋坛,较之北宋,逊色不少,主要是因为南宋文坛未能出现像北宋欧阳修、苏轼那样的散文大家,大家熟知的唐宋八大家,宋代六家均在北宋。历代上有所谓的"南宋四大家"之称,系陆游、范成大、杨万里、尤袤,其精力或在散文,或在诗词,于辞赋一体,用力不勤。所以,通观南宋,并没有留下多少传诵一时的辞赋名篇。杨万里的《浯溪赋》和范成大的《馆娃宫赋》便是南宋辞赋的一时之选了。

杨万里《浯溪赋》

杨万里是南宋诗坛巨子,其诗师法自然,讲究"活法",善于捕捉稍纵即逝的情趣,幽默诙谐、平易浅近,形成独具特色的诚斋体。万里辞赋之作不多,但《浯溪赋》却成名篇。"诚斋先生杨文节公万里尝作古赋,然其天才宏纵,多欲出奇。亦间有以文为戏者。故不录,惟《浯溪赋》言唐明皇父子事体,厥论甚当。"(元代刘壎《隐居通议》卷三十一)

予自二妃祠之下,故人亭之旁。招招渔舟,薄游三湘。风与水其俱顺,未一瞬而百里。欻两峰之际天,俨离立而不倚。其一怪怪奇奇,萧然若仙客之鉴清漪也。其一謇謇谔谔,毅然若忠臣之蹈鼎镬也。怪而问焉,乃浯溪也。盖唐亭峙其南,峿台肖其北。上则危石对立而欲落,下则清潭无底而正黑。飞鸟过之不敢立迹,予初勇于好奇乃疾趋而登之。挽寒藤而坐足,照衰容而下窥。忽然心动,毛发森竖。乃迹故步,还至水浒。剥落读碑,忼慨吊古。倦而坐于钓矶之上,喟然叹曰。惟彼中唐,国已膏肓。匹马北方,仅获不亡。观其一过不父,日杀三庶。其人纪有不蠹矣乎。曲江为箧中之扇,雄狐为明堂之柱。其邦经有不蠹矣乎。水蝗税民之亩,融坚椎民之髓。其夫人之心有不去矣乎。虽微禄儿,唐独不陨厥绪哉。观马嵬之威挫,泱七萃之欲离,殪尤物以说焉,仅平达于巴西。吁不危哉。嗟乎!齐则失矣,而楚亦未为得也。灵武之履,九五何其驱也。宜忠臣之痛心,寄春秋之二三策也。虽然天下之事不易于处而不难于议也。使夫谢奉册于高邑,禀重巽于两策。违人心以图功,犯众怒而求济。天下之士果肯欣然为明皇而致死哉?盖天厌不可以复祈,人溃不可以复支。何哥舒之百万,不如李郭千百之师?榷而论之,事可知矣。且士大夫之捐躯,以从吾君之子者,亦欲附龙凤而攀日月,践台斗而盟带砺也。一复茌以耄荒,则夫一呼万旟者,又安知其不掉臂也邪。古语有之,投机之会,间不容𥻘。当是之时,退则七庙之忽诸,进则百世之扬觯。嗟肃宗处此,其实难为之,九思而未得其计也。已而舟人告行,秋日已晏,太息登舟,水驶如箭。回瞻两峰,江苍茫而不见。(杨万里《诚斋集》卷四十三)

这篇赋就艺术成就来说,并无新意,但在立论上,却秉承了万里一贯的标新立异的创作宗旨,不肯人云亦云,而努力发掘前人所未尽之意,使得这篇不长的《浯溪赋》受到了后人的关注与好评。元人刘壎指出:"诚斋此赋出意甚新,殆为肃宗分疏者。灵武轻举贻笑后代,其讥议千人一律。而此赋独能推究当时人情国势,宛转辨之,挈然当于人心,亦奇矣。结语乃步骤《后赤壁赋》'开户视之,不见其处。'亦本唐人《湘灵鼓瑟》诗,'曲终人不见,江上数峰青。'中间有曰,'观马嵬之威挫,涣七萃之欲离。殪尤物以说焉,仅平达于巴西。'此四句形容绝妙。"(元代刘壎《隐居通议》卷三十一)

范成大《馆娃宫赋》

馆娃宫乃吴王夫差专为西施所造,极尽奢华,宋时早已沦为荒馆废墟。范成大追今抚昔,有感而赋。赋前还有小序,交代写作的缘由:"灵岩山寺故吴馆娃宫也。山上下闲台别馆之迹,仿佛可考。余少长游焉,感遗事而赋之。"(范成大《石湖诗集》卷三十四)

汹西山之南奔兮,势郁崒其巉空。若大敌之在前兮,忽踞虎而跧龙。半紫崖而砥平,访馆娃之故宫。是谓逸王之旧游,有墟国之遗恫焉。嗟乎汰哉,愎贤胥之忠告,巽阴嚭之诐说。暗养虎之后患,纵处女使兔脱。迨尝胆之谋成,骇泪囊之溃裂。盖自有以贾祸,非天为之孽。方其衔哀茹痛,抆泪饮血。俨拂士于前庭,克三年而报越。讫甘心而一快,夫何初志之英发。及其见栖于姑苏,遽雌伏而大坏。援宿恩而乞怜,或赦图于臣罪。当是之时,又何其惫也。毖祸福之无门,曷今愚而昨贤。后千载之嗤点,莫不钟咎于婵娟。固尤物之移人,抑犹有可得而言。盖尝观于若人矣,好大而欲速,厌常而弃旧。狃会稽之得意,谓周鼎其唾手。闯齐楚以朵颐,睨陈蔡而骧首。道甚远而疾驱,气已馁而犹斗。外未宁而内忧,东略之而西否。阻关河以顿兵,撤墙屋而致寇。亟归视其四封,蔑一夫之能守。是犹螳螂之慕蝉,不知黄雀之议其后也。然以蕞尔之旅,衡行四方。攻靡坚郭,战无距行。事便时利,如经乎无人之乡。惜也未闻大道,宜其逸乐而志荒。次有台池,宿有嫔嫱。左携修明,右抚夷光。灿二八以前列,咸绝世而浩倡。嗟浣纱之彼姝,乃独系于兴亡。荡龙舟之水嬉,撷香径之春芳。载夕阳以俱还,秉游烛于夜长。艳金钟之千石,仿酒池于旧商。歌吴而楚舞,荐万寿于君王。怅星河之易翻,嘉来日之未央。铮铜壶之鸣悲,烂急烽之森芒。惨梧宫之生愁,践桐梦之不祥。欻高陵与深谷,委盛丽于苍茫。所谓玉槛铜沟,朱帘椒房。理镜之轩,响屧之廊。杳烟芜与露蔓,纷日暮之牛羊。况捧心之百媚,濯粉之余妆者哉!今则云雨之巅,仙圣是宅。砚沼菀浮,琴台松崛。封古藓于井甃,宿暗芳于洞穴。木鲸吼以清厉,金磬隐其萧瑟。彼方外之徒,龟藏而蠖屈者。又安知往古与来今,方枯禅而缚律。翩鸿影之拂坐,见前山之衔日。

《馆娃宫赋》的内容是怀古,这是辞赋一体最常见的题材,正如唐代李峤的《楚望赋序》所言"曰登高能赋,谓感物造端者也。夫情以物感,而心由目畅。非历览无以寄杼轴之怀,非高远无以开沉郁之绪。是以骚人发兴于临水,柱史诠妙于登台,不其然欤"(清代《御定历代赋汇》卷一百十二)。而范成大的《馆娃宫赋》所以能从众多雷同的怀古之作中脱颖而出是他并没有一味地感慨吴王夫差的成败荣辱,像世人一般简单地就事论事,指责他因贪恋女色导致误国亡身,而是深入地分析了其失败的原因,一针见血地指出,"惜也未闻大道,宜其逸乐而志荒"。在体裁与表现手法方面未能有所突破的情况下,立意就显得格外重要了。南宋以后能够给后人留下印象的辞赋,莫不如此。

第十章　宋代铭颂文

宋代由于文人名士辈出,各类铭文更是层出不穷。其篇幅虽然短小,却极具个性,能充分显示出作者的文笔和性情。铭颂等文体,不宜长篇大论,却最见性情,往往三言两语,点到即止,而这正可显示文人因难见巧、驰骋文思的本领。

第一节　北宋铭颂文

北宋文坛不论名家巨匠,还是普通文人,都有耐人玩味的铭颂文作品问世。

张载《西铭》

理学家张载有一篇只有二百多字的铭文,但其影响却极为深远。甚至成为儒家的经典文献。"箴铭类者,三代以来有其体矣。圣贤所以自名戒警之义,其辞尤质,而意尤深。若张子作《西铭》,岂独其理之美耶?其文固未易几也。"(清代姚鼐《古文辞类纂》序目)全文如下:

> 乾称父,坤称母。予兹藐焉,乃混然中处。故天地之塞吾其体,天地之帅吾其性。民吾同胞,物吾与也。大君者,吾父母宗子。其大臣,宗子之家相也。尊高年,所以长其长。慈孤弱,所以幼其幼。圣其合德,贤其秀也。凡天下疲癃残疾,惸独鳏寡,皆吾兄弟之颠连而无告者也。于时保之,子之翼也。乐且不忧,纯乎孝者也。违曰悖德,害仁曰贼,济恶者不才,其践形惟肖者也。知化则善述其事,穷神则善继其志。不愧屋漏为无忝,存心养性为匪懈。恶旨酒,崇伯子之顾养。育英才,颖封人之锡类。不弛劳而底豫,舜其功也,无所逃而待烹,申生其恭也。体其受而归全者,参乎。勇于从而顺令者,伯奇也。富贵福泽,将以厚吾之生也。贫贱忧戚,庸玉汝于成也。存,吾顺事,没,吾宁也。
>
> (张载《张子全书》卷一)

《西铭》原名《订顽》,为《正蒙·乾称篇》中的一部分,张载曾将其录于学堂双牖的右侧,将篇中的另一部分录于左侧,题为《砭愚》。后来程颐将《订顽》改称为《西铭》,《砭愚》改称为《东铭》。朱熹又将《西铭》从《正蒙·乾称篇》中分出,加以注解,成为独立的篇章,这才有了独立的篇名,此铭一向被视为张载的代表著作。杨时曾经问程颐,《西铭》言体而不及用,恐其流遂至于兼爱。程颐回答,《西铭》推理以存义,广前圣所未发,与性善养气之论同功,岂墨氏之比哉!观其文字,通篇多是对儒家经书字句的采撷,而略加阐发,这恰恰反映了宋代以及张载本人写作方式的特点。不过,这种理学家所作的铭文,在宋代毕竟曲高和寡,流行的大多还是文学家的铭文。

苏轼《六一泉铭并序》

苏轼曾为西湖边上的一眼泉题为"六一泉",而六一是欧阳修晚年给自己起的号,且欧阳修一生未到钱塘,此泉为何以公为名?

欧阳文忠公将老,自谓六一居士。予昔通守钱塘,见公于汝阴而南。公曰:"西湖僧惠勤甚文,而长于诗,吾昔为《山中乐》三章以赠之。子闲于民事,求人于湖山间而不可得,则往从勤乎?"予到官三日,访勤于孤山之下,抵掌而论人物。曰:"公,天人也。人见其暂寓人间,而不知其乘云驭风,历五岳而跨沧海也。此邦之人,以公不一来为恨。公麾斥八极,何所不至,虽江山之胜,莫适为主,而奇丽秀绝之气,常为能文者用,故吾以谓西湖盖公几案间一物耳。"勤语虽幻怪,而理有实然者。明年,公薨,予哭于勤舍。又十八年,予为钱塘守,则勤亦化去久矣。访其旧居,则弟子二仲在焉,画公与勤之像,事之如生。舍下旧无泉,予未至数月,泉出讲堂之后、孤山之趾,汪然溢流,甚白而甘。即其地凿岩架石为室。二仲谓予:"师闻公来,出泉以相劳苦,公可无言乎?"乃取勤旧语,推其本意,名之曰"六一泉",且铭之曰:

泉之出也,去公数千里,后公之没,十有八年,而名之曰"六一",不几于诞乎?曰:君子之泽,岂独五世而已,盖得其人,则可至于百传。尝试与子登孤山而望吴越,歌山中之乐而饮此水,则公之遗风余烈,亦或见于斯泉也。

这篇铭文作于元祐五年(1090)杭州太守任上。全文以真挚而浓烈的感情,怀念已故师友欧阳修与僧惠勤。对欧阳修其人其文表示了由衷的推崇。序文将记事、议论、抒情熔于一炉,写得摇曳生姿又情意绵绵,相比之下,铭文倒显得稍逊一筹了。

黄庭坚《晋州州学斋堂铭》

黄庭坚在晚年,应其外甥洪驹父做《晋州州学斋堂铭》,此铭的序文很短,仅叙缘由,而一以铭为主。其序曰:"甥洪驹父,主晋州学,作斋堂诸名,来乞铭,予老病不复能文,各作数语以劝学云。"(黄庭坚《山谷集》卷十三)

驾说堂铭:仲尼之驾说矣,兹儒将复驾其所说乎?元元本本,大道甚夷,毋以曲学诱诸子于亡羊之岐。

乐泮堂铭:思乐泮水,仁义之海。见贤思齐,闻过则改。

典学堂铭:立则参于前,坐则布于席,乐则诏于钟鼓,宴则列于饮食。谁能出不由户而不终始典于学。

见尧堂铭:立则见尧于堂,寐则见尧于梦。道其常而因物之自然,是尧之日用。

稽古斋铭:学之求于先王,我占四方。维天有斗,执先王之道,以御今之有。是谓古人不朽。

缉熙斋铭:缉者丝治,熙者火治。维心之本,光作而悠远高明。盖养之以浩然之气,学之有缉熙圣功也哉。

渴日斋铭:学未竟,日西入。明追今,终弗及。

时术斋铭:禹初抚功,洪水滔国。作十三载,民降丘宅。君子观于蚁而知学之可积。

敬业斋铭:慢游者日失一日,敬业者不速而疾。

尚友斋铭:今之君子,吾既与偕。昔者吾友,舜何人哉。

切偲斋铭:思而不学无所于觉,故谓之殆。学而不思,萑苇不治,故谓之罔。切切偲偲,相劝以两。

游艺斋铭:色荒者使人跞跞,酒荒者使人漠漠。游于六艺之林,是谓名教之乐。

　　知困斋铭:知之曰知之,不知曰不知。虽圣人亦若是,其知者有轻千里而学之,其不知者有轻千里而告之。

　　优仕斋铭:君子无一日不学也,岂惟日哉?无一时不学也。岂惟时哉?无须臾不学也。学哉身哉,身哉学哉。

　　浮筠亭铭:丰肌秀骨,先后辈出。何其孺子也。解裸乐群,不舍昼夜。何其学士也。壮节臞躬,不知岁寒,何其丈夫也。

　　黄庭坚的这组晋州州学厅堂铭,虽然照他自己的话说是"老病不能作文",但"各作数语",却写得言简意赅,意味隽永。且这种厅堂铭,全以立意取胜,既要应景,又要出新,写好是相当不易的。

　　画赞是一种以赞颂画像中的人物为主旨的一种文体,也可以用来赞美画幅本身。晋陶渊明有《扇上画赞》,宋代以来,所作极多,有为佛教人物所作,也有题赞历史名人的。

陈师道《观音菩萨画赞》

　　陈师道(1053—1102),字履常,一字无己,号后山。彭城(今江苏徐州)人。十六岁时师从曾巩。当时朝廷用王安石经义之学以取士,陈师道不以为然,不去应试。元丰四年(1081),曾巩奉命修本朝史,荐陈师道为属员,因其布衣而未果。元祐二年(1087),当时任翰林学士的苏轼与傅尧俞、孙觉等推荐他任徐州州学教授。四年,苏轼出任杭州太守,路过南京(今河南商丘),陈师道到南京送行,以擅离职守,被劾去职。不久复职,调颍州教授。当时苏轼任颍州太守,希望收他为弟子。陈师道以"向来一瓣香,敬为曾南丰",婉言推辞。但苏轼不以为忤,仍然对他加以指导。绍圣元年(1094),他被朝廷目为苏轼余党,罢职回家。他家境贫寒,但仍专力写作,欲以诗文传于后世。他虽以诗名世,在《后山集》中也有两篇观音菩萨画赞。

龙眠居士李公麟画观音像,跏趺合爪而具自在。曰世以趺坐为自在。自在在心不在相也。大通禅师刻版以施学者。陈师道稽首赞曰:德孰不仁,圣以慈称。施孰不广,圣以广名。三江九河,为一大海。非一非异,清浊何在。两目两手,而万千万。吾侪小人,左右异便。愿我众生,从闻反原。尽十方界。一观世音。(陈师道《后山集》卷十七)

观音菩萨画赞:有声则闻,我与众生。有闻无声,惟观世音。因闻而悟,悟不以闻。观自其它,与物而形。相即是妄,妄即是真。真妄妄真,百无不存。我以耳闻,不以心形。随处而用,鼻口亦听。孰为我师,犬吠驴鸣。生我与佛,普同一名。(陈师道《后山集》卷十七)

这类佛门画赞,在当时虽然颇为流行,但在今天看来,已如天书。到是一些人物画赞,还能在今天引起一些有关人物的思考。如《孔北海赞》:

世以曹操为英雄,虽孙仲谋甘出其下。而文举以犬豕视之,岂知不免而遂不屈。盖其高明下视之耳。方操微时,幸许绍之,目以为重。匈奴使来自谓不称,而代捉刀。其自处如此,至其自比刘玄德,谓袁绍不足数。特居势使然耳。玄德之死,谓孔明曰:如嗣子不肖,君自取之。其勤劳一世,盖不为汉计,岂为子孙计哉。操非其比也。操恶祢衡而畏杀士之名,故以衡予刘表。不以文举与人,卒自杀之。其不畏之亦至矣。刘毅家四壁,一掷百万,世亦以为英雄。小遇鹅炙,丐乞如奴婢,孰谓英雄而以一脔动其心哉! 此其操之类乎。子曰枨也,欲焉得刚。刚者所以制欲,非胜人也。是故自用之为英,自胜之为强。(陈师道《后山集》卷十七)

由于孔融是家喻户晓的历史人物,所以,在画赞中,作者往往会别出蹊径，以求抒发个人见解。在这类作品中，也往往会出现一些不同于正史或主流观点的见解。

第二节 南宋铭颂文

南宋的铭赞之作,虽不及北宋一般名作迭出,但这类文体本就是不拘一格、因人因事而异的。所以,沙里淘金,可圈可点的作品还是不少的。

宗泽《题珣师休牧轩颂》

一提起宗泽,总给人一种抗金名将的印象,其《乞高宗回銮疏》乃至二十四上,而高宗漠然不顾,乃至乾隆皇帝有"读其疏者,未尝不嘉其血诚,赏其卓识,叹其孤忠,欲为堕泪"之叹(《御制读宗泽忠简集》,见《宗忠简集》卷首)。其实,宗泽文章的题材也颇广泛,涉笔成趣之作,在《忠简集》中可说是俯拾即是,所在多有。

> 青居曾露一丝头,谩示人能解牧牛。究竟本来无一物,未知能使阿谁休?
> 一乘休去已忘机,恰似当初未牧时。云起云消本无迹,有为全体是无为。
> 空余短笠与轻蓑,道着休时事早多。更向中间问消息,夜深无奈月明何。

这三则《题珣师休牧轩颂》的颂文,既富理趣,又含幽默,让人看到了宗泽鲜为人知的另一面。

陈亮《上光宗皇帝鉴成箴》

此文从宋室开国写起,历述"王业艰难",重点提到了徽、钦二宗被俘。

> 靖康之难,言之汗浃!二帝北巡,狼巢熊窟。沙漠万里,风霜冽冽。胡尘扑面,惊弦惨骨。国祚若旒,谁任其责!(陈亮《龙川集》卷十)

最后，披肝沥胆地劝诫光宗"勿谓和议已成而不虑乎远图；勿谓大位已得而不恤乎小失。当效文王，日昃不食，勿效夏桀，瑶台琼室，勿效商纣，斮涉剖直。如履薄冰，深虞没溺，如驭六马，切虞奔轶。勿谓微过，当绝芽蘖。勿谓小患，当塞孔穴。左右前后，当用贤哲。王惟戒兹，民罔不悦。草茅作箴，敢告司阙"。全篇以四六骈句辅以长句写就，文气畅达，用心良苦，实在是官箴中的名篇。

陈亮的铭赞文也很有特色，为人则有为剡中任氏兄弟所作的《耘斋铭》。

> 人生而静，动则有迁。非物使之，人心则然。耳目鼻口，实动之权。圣践而圣，贤治而贤。槁木不生，死灰不然。甚活者人，鸢鱼天渊。敬而无失，奉以周旋。喜怒哀乐，又何恶焉。士之于学，农之于田。朝斯夕斯，舍是奚安。去其苗害，则心之偏。耘之又耘，嘉种易捐。不计其收，惧其不虔。不虔不力，误我丰年。功贵其久，业贵其专。凡尔君子，相与勉旃。（《龙川集》卷十）

为己则有《妥斋铭》："往则俱往，来则俱来。义苟精矣，动静必偕。心之广矣，亦可惧哉！天下虽大，吾安厥斋。"（《龙川集》卷十）

他的画像赞也写得明白痛快，一如其人。

> 体备阳刚之纯，气含喜怒之正。睟面盎背，吾不知其何乐。端居深念，吾不知其何病。置之钓台捺不住，写之云台捉不定。天下之生久矣，以听上帝之正令。（《朱晦庵画像赞》，《龙川集》卷十）

> 眼光有棱，足以照映一世之豪。背胛有负，足以荷载四国之

重。出其毫末,翻然震动。不知须鬓之既斑,庶几胆力之无恐。呼而来,麾而去。无所逃天地之间。挠弗浊,澄弗清。岂自为将相之种。故曰真鼠柱用,真虎可以不用而用也者。所以为天宠也。(《辛稼轩画像赞》,《龙川集》卷十)

这两篇画像赞,虽然篇幅短小,却各尽其妙,只有三言两语,而精神备出。赞理学大家朱熹,神龙见首不见尾,赞朋友辛弃疾,则神形兼备,活灵活现。

此类文体数量巨大,名篇不多。以下各篇,或出自名家,或体备一格。
一是陆游的《司马温公布被铭》:"公孙丞相布被,人曰诈;司马丞相亦布被,人曰俭。布被可能也,使人曰俭,不曰诈,不能也。此铭予二十岁时作,今传以为秦少游,非也。"(《渭南文集》卷二十二)语虽不多,言简意赅,发人深省。
二是魏了翁《金华邵曾习斋铭》。这是一篇为他人而作的斋铭:

邵曾名斋以习,临卭魏某为之铭曰:人而不学,自暴自弃。学而不习,不有诸已。其习维何,洒扫进退。起居饮食,夫孰非事。是在鲁论,群言之首。邵生敬兹,如酌孔取。(魏了翁《鹤山集》卷五十七)

三是真德秀的《自赞》等。真德秀一代理学大师,他的《自赞》,颇有道学风范。

莫笑颓颜鬖额,只堪短棹扁舟。明月一轮如水,问君还解传不?(《自赞》,真德秀《西山集》卷三十三)

而写给儿子志道的《楮衾铭》也出手不凡,动之以情,晓之以理:

楮君之先,滕同厥宗。麻源湛卢,岂其分封。粤有智者,创之为纸。传圣贤心,衣被万世。巧者述之,制为斯衾。覆冒生人,厥功亦深。朔风怒号,大雪如席。昼且难胜,况于永夕。岂无纤纩,衣以厚缯。拥之高眠,可当严凝。井地不行,民俗所婆。终岁之厘,弗给布絮。一衾万钱,得之曷繇。不有此君,冻者成丘。我尝评君,盖具四德。盎兮春温,皦兮雪白,廉于自鬻,乐于燠贫。谁其似之,君子之仁。我方穷时,惟子与处。岂如弁髦,而忍弃女。不歃而盟,偕之终身。且将传之,于万子孙。咨尔小子,惟素·可宝。敝缊是惭,岂曰志道。奢不可纵,欲不可穷。去华务实,前哲所同。以侈致丧,何羡乎季伦之锦障?以德见钦,何陋乎温公之布衾?忕心一开,其流曷已?兽攫狼吞,实自兹始。故曰俭者廉之本,廉者行之先。吁嗟汝曹,可不勉旃。(《楮衾铭》,真德秀《西山集》卷三十三)

四是袁甫的《立志箴》。袁甫是嘉定七年(1214)甲戌科状元,也是当时朝中主战派的代表人物,曾八次上书宋理宗,指陈时政,献策边事。

为学如射,立志为先。志在命中,铁石可穿。企彼圣哲,万夫莫前。有志竟成,古语信然。(《立志箴》,袁甫《蒙斋集》卷十六)

五是文天祥的《彭叔英砥斋铭》等。文天祥虽然同样也是状元,但使他青史留名的却是他毁家抗元的壮举。

爵禄之石,厉世磨钝。顽夫奔走,廉隅荡尽。中流之柱,障山回澜。岩岩具瞻,千古如山。嗟今之人,模棱义利。金银铜铁,搅为一器。淬去秽浊,刮出光明。他山之石,有如斯铭。(《彭叔英砥斋铭》,文天祥《文山集》卷十四)

厥体孔良,厥心孔端。资汝心匠,达我心官。(《赞沈俊之

笔》,文天祥《文山集》卷十四)

文如其人,句句见忠肝义胆,字字掷地有声。

第十一章　宋代赠序文

　　赠序文到了唐宋八大家手中,有了很大的发展和变化,除了保持叙交谊、慰离情的内容外,更有针对朋友的境遇、遭际而提出的独到或中肯的劝导,使得赠序的内容更加丰富。宋代的赠序文,多以述友情、叙交游、道珍重为主,所发多为有的放矢。而其间的优秀之作,往往表达出作者不同凡响的识见与抱负,以及师友、亲人之间互相劝勉的君子情谊,诚为夹叙夹议又兼具抒情的优美散文。

第一节　北宋赠序文

北宋的赠序文在形式上各不相同。赠序文的创作也是因人而异,如欧阳修、苏洵等人所写的赠序文都有鲜明的特色。

穆修《送李秀才归泉南序》

这是一篇极有文采,不尚骈偶之辞而声情并茂的赠序,景德四年(1007),穆修李某相识于京师,共赴考场,"于时予与李君俱少年,有壮志,操纸笔入都省,应主司之试。跃跃有矜负之色。窥科级、跂仕进,自期待者甚锐。"不过,两人均名落孙山,各奔东西。直到十一年后才重新聚首,"后会于京师,得一举酒而相欢对,一语及往事,恍焉不啻如梦。面老而心衰,则相与皆然也。予中间虽仅成一名,今又失其禄食,子则犹举子进士场中。嗟乎!予与子向之志愿,百莫从其一二,而意能度十已亡其六七。信乎人物于天地间甚易老且死耳。别十一年而一相聚,顾昨日之少壮忽已凋耗,今聚未久而复别,别聚苟又加是,知他日之相视,复不如今辰之视昔时也必矣!"文中的李秀才蹉跎科场,一无所成;而作文的穆修仕途蹇滞,壮志全消,相对悲怆,下笔颇有韩昌黎"凡物不平则鸣"之风,其文遂不忍卒读矣。

欧阳修《送徐无党南归序》

此文针对青年士子徐无党文章日进,又中高第,生怕他有骄傲之心,而自误前程,专门和他谈文人的修养问题,为的是"摧其盛气而勉其思",可谓用心良苦。他的《送杨寘序》(欧阳修《文忠集》卷四十二)又用了许多篇幅来描写琴艺及其功效,就连作者自己都承认简直就是一篇"琴说",但其真正的目的并不是为了论琴,而是为了针对杨寘"以多疾之体,有不平之心,居异宜之俗",怕他积郁成疾,于是谆谆开导他学会弹琴,"以道其湮郁,写其幽思",有利于身心的健康。

苏洵《送石昌言使北引》

三苏的赠序文也写得很精彩,似从肺腑中流出。但由于苏洵的父亲名序,所以三苏的赠序文都称"引"。《送石昌言使北引》(苏洵《嘉祐集》卷十五)是嘉祐元年(1034),苏洵为同乡长辈石昌言出使契丹写的一篇赠序。契丹是北宋初期北方最强大的劲敌,由于北宋对契丹一味委屈求和,所以出使的任务就显得艰巨异常,苏洵在文章中分析了契丹的国情,总结了历史的教训,证明契丹并不足畏,鼓励石某只要抱着"说大人则藐之"的态度,就一定能取得外交上的胜利和主动,全文写得温厚、简切、自然,情意深婉。这篇赠序的主题是送石氏出使北国,本来很严肃,可是苏洵却先提与之多年来的交往,写得极有感情,从幼时认识石某写起,表明石昌言在他心目中的地位与日俱增,"昌言举进士时,吾始数岁,未学也。忆与群儿戏先府君侧,昌言从旁取枣栗啖我;家居相近,又以亲戚故,甚狎……后十余年,昌言及第第四人……又数年,游京师,见昌言长安,相与劳苦如平生欢……今又十余年,又来京师,而昌言官两制,乃为天子出使万里外强悍不屈之虏,建大旆,从骑数百,送车千乘,出都门,意气慨然。"这一段从数岁孩童时写起,一晃过去二十多年了,真是今非昔比呀,"自思为儿时,见昌言先府君旁,安知其至此? 富贵不足怪,吾于昌言独有感也! 丈夫生不为将,得为使,折冲口舌之间足矣。"以下劝昌言千万不可被北虏的气势汹汹所吓倒,而被敌人耻笑,因为虚张声势正是一切外强中干者的惯用伎俩,"昔者奉春君使冒顿,壮士大马皆匿不见,是以有平城之役。今之匈奴,吾知其无能为也。"序末赠以孟子之言,"说大人,则藐之",更何况是夷狄呢! 于是不禁借历史上两个出使敌国的例子,希望他记取历史经验,以大无畏的斗争精神,完成出使强敌这一艰巨的使命。笔力雄健,热情满腔。前半动之以情,后半晓之以理,如此赠序,的确是不为虚言而耐人寻味了。

苏轼《太息送秦少章》

秦少章是秦少游的弟弟,少章从学于苏轼,在将要回乡之际,苏轼写了这篇赠序。序中提到了汉末名士盛孝章为世所不容,而孔融却对他大加赞赏,"孔北海与曹公论盛孝章云:孝章实丈夫之雄者也,游谈之士依以成声,今之少年喜谤前辈。或讥评孝章。孝章要为天下重名,九牧之人所共称叹。吾读至此未尝不废书太息也:曰嗟乎! 英伟奇逸之士不容于世俗也久矣。虽然自今观之孔北海、盛孝章,犹在世而向之讥评者与草木同腐久矣。"(《东坡全集》卷一百)又引出当年欧阳修对自己的器重,"昔吾举进士试于礼部,欧阳文忠公见吾文曰,此我辈人也,吾当避之。方是时士以剽裂为文,聚而见讪,且讪公者所在成市。曾未数年,忽然若潦水之归壑,无复见一人者。此岂复待后世哉! 今吾衰老废学,自视缺然。而天下士不吾弃,以为可以与于斯文者,犹以文忠公之故也。"再举他自己的一直看好的两位弟子,张耒和秦观,"张文潜、秦少游,此两人者,士之超逸绝尘者也。非独吾云尔,二三子亦自以为莫及也。士骇于所未闻,不能无异同,故纷纷之言常及吾与二子。吾策之审矣。士如良金美玉,市有定价岂可以爱憎口舌贵贱之欤!"由远及近,意在说明,"超逸绝尘"之辈,不必把"爱憎口舌贵贱"放在心上。最后笔触才落到秦观的弟弟秦少章身上,"少游之弟少章,复从吾游,不及期年而论议日新。若将施于用者。欲归省其亲,且不忍去。呜呼! 子行矣。归而求诸兄,吾何加焉! 作太息一篇以饯其行,使藏于家,三年然后出之。"此文意在鼓励秦少章,洁身自好,千万不可为流俗所累,言远意深,耐人寻味。

王安石《送孙正之序》

王安石这篇赠序与苏轼的《太息送秦少章》有异曲同工之妙,皆先引经据典以古圣前贤为例,以鼓励所送之人在道德、行为上坚持操守,不急功近利,谆谆善诱,诲人不倦。这也是一般赠序的共同之处,只是在具体写作时,各有千秋罢了。

> 时然而然众人也,已然而然君子也。已然而然非私已也,圣人之道在焉尔。夫君子有穷苦颠跌,不肯一失诎已以从时者,不以时胜道也。故其得志于君,则变时而之道若反手然。彼其术

素修,而志素定也。时乎杨墨,已不然者,孟轲氏而已。时乎释老,已不然者,韩愈氏而已。如孟、韩者,可谓术素修,而志素定也。不以时胜道也。惜也不得志于君,使真儒之效不白于当世。然其于众人也卓矣。呜呼！予观今之世,圆冠峨如,大裙襜如。坐而尧言,起而舜趋。不以孟韩之心为心者,果异众人乎？予官于扬,得友曰孙正之。正之行古之道,又善为古文。予知其能以孟韩之心为心而不已者也。夫越人之望燕为绝域也,北辕而首之,苟不已,无不至。孟韩之道去吾党,岂若越人之望燕哉？以正之之不已而不至焉,予未之信也。一日得志于吾君,而真儒之效不白于当世,予亦未之信也。正之之兄官于温,奉其亲以行,将从之,先为言以处予。予欲默安得而默也。庆历二年闰九月十一日。(《临川文集》卷八十四)

这种不人云亦云,一以道德为守的精神,不也正是王安石自身的最好写照吗？

第二节　南宋赠序文

南宋赠序文在文体上并无特别之处。但是，在篇帙浩繁的赠序中披沙捡金，令人耳目一新的可读之作还是不少。

李纲《送萧建功秀才归临江序》

李纲是有宋一代名臣。这篇赠序充分体现了他循循善诱的一片苦心。文章以比喻开篇，以榜样立论，由远及近，告诫后生不要急功近利，不要在乎爵禄，不要惧怕祸患，要专注于更历世故，才能百炼而不耗。

入芝兰之室者久而不知其芳，游鲍鱼之肆者久而不知其臭。盖其熏蒸渐渍之久，与之俱化而不自知。是以君子谨乎其所与处也。临江萧生不远千里访余于湖。外视其貌，粹然而温厚，听其言，毅然而劲正，观其文，蔚然而条畅，究其学，渊然而奥博。而又乐善好问，慊然有不自足之意。盖生尝从了翁游甚久，又与李先之雅相厚。其所与处者如此，宜其熏蒸渐渍，如芝兰之芳而不自知也。然生之质美矣，要须更历世故以锻炼之，其美乃成。精金之所以可贵者，以其百炼而不耗也。士方平时，论议未尝不有余暇，出而临事，爵禄诱乎前，祸患恐乎后，不变其所守者几希。至于祸福不足以动其心，而惟所学之为行，若金百炼而不耗者，了翁、李先之其人也。了翁平生颠沛患难几三十年，气不少挫，惟生民之为念，而国事之为忧。李先之一为小人之所陷困于州县，志不少衰，其学问至老益笃，而二公之道，卒光明于今。彼临事而变其所守者，虽偷取宠利，皆湮没而无闻，卒亦何所得哉！生行且仕矣，其亦观二公之所以处己而游世者，以为法乎？若余者，无二公之道学，而有忧患，将何以副生远来勤劬之意耶？于其归也，姑以生之所知二公之所以艰难困抑，久晦而乃光者告之，且以识别。建炎二年十月晦日武阳李某序。（李纲《梁溪集》

卷一百三十七)

恳到明白陆象山①

陆九渊(1139—1193),字子静,号象山,抚州金溪(今属江西)人。乾道八年(1172)进士,为官清廉,不尚空谈,务求实干,是理学"心学"创始人,思辨深邃,影响极大。曾在铅山鹅湖寺与朱熹论辩,又曾在象山讲学,"每天讲席,学者辐辏,户外履满,耆老扶杖观听"(见《宋史》本传),弟子遍布江西、浙江,尊其为象山先生。《宋史》卷四百三十四有传。

作为道学大师,学问之道自然与众不同,"问作文法,先生云:'读汉史、韩、柳、欧、苏、尹师鲁、李淇水文,不误后生。'所谓读书,须当明物理,揣事情,论事势。且如读史,须看他所以成、所以败,所以是、所以非处。优游涵泳,久自得力。如此读三、五卷,胜看三万卷。"(《象山集》卷三《象山语录》)他有一篇《送宜黄何尉序》(陆九渊《象山集》卷二十),本是无意为文而作不平鸣,却也充分表达了他生平的政治态度与学问心境,文笔天矫,析理精到,不愧为理学大师的独到之作。

> 民甚宜其尉,甚不宜其令;吏甚宜其令,甚不宜其尉,是令、尉之贤否不难知也。尉以是不善于其令,令以是不善于其尉,是令、尉之曲直不难知也。

此序开头颇耐人寻味,而事情的结局似乎更耐人寻味,"东阳何君坦尉宜黄,与其令臧氏之子不相善,其贤否曲直,盖不难知者。夫二人之争,至于有司,有司不置白黑于其间,遂以俱罢。"可以想象,在这种情况下,何某的内心一定是极不平衡的,所以陆九渊在下文中,且慰且劝,"臧贪而富,且自得罪于民,式遄其归;何廉而贫,无以振其行李,县之士民,哀其穷而为之裹囊以钱之,思其贤而为之歌诗以送之,何之归亦荣矣!"能得到治下百姓的衷心爱戴,在陆九渊看来已是无上的荣光,不过他并不希望何某

---

① 语出朱熹《白鹿洞书院讲义》,"恳到明白,而皆有以切中学者隐微深痼之病"。

就此为止,而有更加殷切的期待,"虽然,何君誉处若此其盛者,臧氏子实为之也。何君之志,何君之学,遽可如是而已乎?何君是举亦勇矣!试率是勇以志乎道,进乎学,必居广居,立正位,行大道,使富贵不能淫,贫贱不能移,威武不能屈,此吾所望于何君者。不然,何君固无憾,吾有憾于何君矣!"劝善之心,勉励之意,溢于言表,如此序之赠失官之人,真是字字珠玑,诚可贵也。

叶适《赠薛子长》

这篇赠序虽然短,立意却高,读书、为文、笃行、立志,都是古人的大题目,不可苟且,要接统绪、关教事、合大义、存忧世。否则全无益。而当今学子号称"知学",其实仍是肤浅,要知学之难,还要知学之蔽。这种醒世之言,对青年学子来说,确实是醍醐灌顶、字字千钧了。

> 读书不知接统绪,虽多无益也。为文不能关教事,虽工无益也。笃行而不合于大义,虽高无益也。立志不存于忧世,虽仁无益也。今世之士曰知学矣。夫知学未也,知学之难可也。知学之难犹未也,知学之所蔽可也。薛子长往芜湖将行出此纸请书于余,愧无以答之。(叶适《水心集》卷二十九)

结　语

两宋文坛名家辈出,散文取得了令人瞩目的成就,继承了唐代古文运动的优良传统,从内容上言之有物,不为空文;从形式上,体裁多样,异彩纷呈。两宋散文既为中国古代散文宝库中的瑰宝,也为后代的散文发展打下了非常坚实的基础,成为元明清散文作家不断汲取创作灵感的直接源泉。但是,对宋代散文的研究,目前还多局限于少数名家和为数不多的体裁,而对于更多的二、三流作家和其他体裁,缺乏足够的关注。我们期望通过本书的叙述可以较为全面地概括宋代散文的全貌。

下编　金元散文

绪　论

金是女真族统治者建立的国家,从金太祖完颜旻建国,到金哀宗为元所灭,历时一百多年,曾同北宋、南宋长期并存。女真族为北方游牧民族,秉性质朴刚健。建国伊始,尚武轻文,不兴文教。亡辽败宋以后,金开始接受汉法,吸收了大量汉族儒士入朝为官,"条教诏令,肃然丕振"(张金吾《金文最·阮元序》)。清代学者张金吾在《金文最自序》中对金的文学面貌做了较为清晰的概括:

> 聿稽武元开国,得辽旧人文烈继统,收宋图籍,文教由是兴焉。大定、明昌,投戈息马,治化休明。南渡以后,赵、杨诸公迭主文盟,文风蒸蒸日上。迄乎北渡,元遗山以宏衍博大之才,郁然为一代宗匠,执文坛牛耳者几三十年。

从这段文字中,我们可以大致看到金代文学的发展面貌:一、金初无文,其文章是靠"借才异代"兴起的。二、直到世宗、章宗之世,金与南宋议和,偃武修文,建学养士,金才培育出一批自己的作家。他们的创作风格不同于由宋入金的文人,属于真正的金代作家,使金代文学的发展进入了自具风格的新时期。三、金文之极盛,不在大定、明昌之间,而是在贞祐南渡前后。这时国家进入衰世,文章却进入了盛世。四、金代的著名文章家有赵秉文、杨云翼和元好问,不愧为一代文章大家。其实,金之堪称一代的作者,远不仅此三家。"至蔡珪传其父松年家学,遂开金代文章正宗。洎大定、明昌之间,赵秉文、杨云翼主文盟时,则有若梁襄、陈规、许古之劲直,党怀英、王庭筠之文采,王若虚、王滹之博洽,雷渊、李纯甫之豪爽,为金文之极盛。及其亡也,则有元好问以宏衍博大之才,足以上继唐宋而下开元明,与李俊民、麻革之徒为之后劲。迹其文章雄深挺拔,或轶南宋诸家。"(庄仲方《金文雅序》)在这些被提到的作家中,有很多在当时都是很有影响的,如王若虚、李纯甫、李俊民、党怀英等人。总的来说,金代文章"易排而散,去靡而朴"(周惠泉《金代文学发凡》),与唐宋的古文运动一脉相承,既继承了宋代文章文从字顺、长于论证、情景交融的特点,又具有北方游牧民族雄浑刚健、酣畅明快的特色。

元于公元1234年灭金,其后灭南宋,统一中国。元代散文,以元仁宗爱育黎拔力八达延祐年间(1314—1320)为界可分为前后两期。前期以郝经、戴表元、袁桷、姚燧、姚枢、任士林、吴勉、赵孟頫、杨奂、王恽、程昂夫为代表,后期以吴澄、邓文原、马祖常、元明善、虞集、吴莱、黄溍、欧阳玄、柳贯、陈旅、苏天爵、杨维祯为代表。陈基在《孟待制文序集》中说:"国朝之文凡三变。中统、至元以来,风气开辟,车书混同,搢绅作者与时更始,其文如云行雨施,雾霈万物,充然其有余也。延祐初,继体之君虚几右文,学士大夫涵煦乎平平,鼓舞乎雍熙,誓以所长与世驰骋,黼黻帝载,铺张人文,号极古今之盛,然历金石以激和平之声,肆雕琢以篆忠厚之璞,而峭刻森严,殆未易以浅近窥也。天历之际,作者中兴,上操《诗》《书》《礼》《乐》之源,下泳秦汉唐宋之澜,摆落凡近,宪章往哲,缉熙皇坟,光并日月,登歌清庙,气凌《骚》《雅》,由是和平之音大振,忠厚之朴复还。"(《全元文》卷一千五百三十四)王理在《国朝文类序》中也有类似的观点:"国初,学士大夫祖述金人、江左余风,车书大同,风气为一。至元、大德之间,庠序兴,礼乐成,迄于延祐以来,极盛矣。"(《全元文》卷一千六百四十六)

综观有元一代散文作家及其作品,我们大致可以得出以下几点印象:一、元代散文家大多是粹然大儒,所作之文多是儒者之文。但同时不可忽视的是少数民族作家参与散文创作者逐渐增多,这与以往作者民族较为单一的情况有所不同。二、元代宗唐(实际是宗韩愈)和宗宋(实际是宗欧阳修)之争不绝,同时出现超越唐代古文,直追秦汉文章的倾向。三、元代文人不少是由金或南宋入元的,他们或以遗民自居,或不得不向新主臣服,精神蒙受巨大创伤,故国之思未绝。这些心绪反映在作品中,虽然隐晦曲折,却不失为一代文人惨痛心情的写照。四、元代散文偏于经世致用,没有找到后来明代散文所具有的张扬灵性的支撑点,成就不能说很高,但它已经隐隐显示出向后者演变的轨迹。明代文章家一浪高过一浪的复古观念,实际是始于元代的。

第一章　　金元论辨文

金代学人文宗唐宋,这一点在论说类散文中体现得最为明显。吴梅在《辽金元文学史》提到:金人著述,"往往原本六经,多见道之语。其从事古文者,或宗昌黎、或学庐陵,清刚隽上,一洗南朝靡靡之习。平心而论,实足继北宋之正宗,开有元之先路云"(吴梅《辽金元文学史》)。这种说法是很有道理的。金代的论说之文虽然不像韩愈文章那样"气势磅礴",也没有苏轼文章的"浑浩流转",却也舒卷自如,兼有韩文的雄健和苏文的快利,顺畅之中见劲力,形成了自己的特色。金代文人中,祖韩学欧者固然有之,却很少有人专学一家。博采众长、转益多师是金代文人的普遍特色。

从文体上说,金代的论说文字主要有三类:论辨之文、奏仪之文和书序之文。论辨之文存世甚少,管窥蠡测,已很难见其全貌;奏仪之文中以上书言事的政论文写得最工,义正词严且宏富典丽,表现出堂堂之阵、正正之旗的文风。较论辨和奏议之文而言,金代文人的书序是写得最好的,但与唐宋诸大家的书序之文比起来,似仍逊一筹。

元之论说文,王恽撰刘祁《挽诗》云:"道从伊洛传心事,文擅韩欧振古风。"(《归潜志》卷十四)而戴良撰《夷白斋稿序》有云:"其摛辞则拟诸汉唐,说理则本诸宋氏。"(《全元文》卷一千六百二十八)所说虽止于虞、揭、柳、黄等几家盛世之文,但也是有元一代总的为文风尚。这里"摛辞则拟诸汉唐",有不同于"文擅韩欧"者,元代也确有个别作者主尊唐并进而有文宗典诰、直承秦汉的追求,但并非主流①;有元一代的总体倾向是主张唐宋古文并尊的。而"说理则本诸宋氏",就完全是"道从伊洛"了,在这一点上是有了共识的。所以说元代之文有两个最主要的特点,一是承袭了唐宋以来古文的传统,二是接受了宋儒道学的传统,即所谓"道从伊洛","文继韩欧"。深受宋儒道学影响,是元文的最大、最显著特点。鲁迅曾说:"宋曾以道学替金元治心"(《且介亭杂文二集·萧军作〈八月的乡村〉序》)。辽金之文,都受宋之道学影响,元代更不待言。元代的几辈作者如郝经、许衡、姚燧、刘因、吴澄、虞集等,都深受道学的影响。因此,元代之文多为儒者之文,讲性理、论道学之文多,即使一般的文章也深深地沾染上了道学气,尤其在论说文一类中相当明显。由于元文与理学结合得如此紧密,以致明初宋濂、王祎主修《元史》时,将传统二分之《儒林》、《文苑》合而为一,总称《儒学》。其《元史·儒学传序》中云:"前代史传,皆以儒学之士,分而为二,以经艺颛门者为儒林,以文章名家为文苑。然儒之为学一也,六经者斯道之所在,而文则所以载夫道者也。故经非文则无以发明其旨趣;而文不本于六艺,又乌足谓之文哉。由是而言,经义文章,不可分而为二也明矣。元兴百年,上自朝廷内外名宦之臣,下及山林布衣之士,以通经能文显著当世者,彬彬焉众矣。今皆不复为之分别,而采取其尤卓然成名、可以辅教传后者,合而录之,为儒学传。"(宋濂《元史》卷一百八十九)将合《儒林》、《文苑》为一的道理讲得十分清楚。宋濂、王祎都是元代著名文学家黄溍、柳贯的学生,因此《儒学传序》中表明的文道统一的观点,正是在元代占主流地位的文学观念,也正反映了元文异于前代的道文空前统一的特征。

---

① 元初姚燧和卢挚以及稍后的元明善,都在不同程度上有宗唐和返古的倾向,如姚燧曾自言学文从学韩愈文开始,他的一部分文章就有雄刚古邃之风,与韩文相似;卢挚《文章宗旨》中也说:"宋文章家尤多,老欧之雅粹,老苏之苍劲,长苏之神俊,而古作甚不多见。"他还认为,韩柳虽为大家,"然古文亦有数";元明善为文也主张"若雷霆之震惊,鬼神之灵变",《元史》记他"早以文章自豪,出入秦、汉间,晚益精诣。"但此风并未形成巨大声势,更没有起到左右文坛的作用。具体可参看中国社会科学院文学研究所总纂,邓绍基主编:《元代文学史》(北京:人民文学出版社,1991),第383页。

第一节　金代论辨文

金代的论辨之文,今存论、辨、说、原四体,但仅有数十篇而已。就内容上说,多为论道、论政之作。其论政之作,多以治乱兴亡为其主题,这一方面是宋儒崇尚议论的流风浸染的结果,另一方面也是有感于金代时世所发。金代承平日短,前期与宋争锋,后期为蒙古所迫,客观上也需要金代的儒士们献"修齐治平"之策。值得指出的是,金代文人的议论,虽不免片面,但并不像宋儒那样陈腐多忌,而是常常放言无忌,即便是对于他们所尊奉的孔子,也敢于怀疑,不为其文过饰非,故所发议论往往给人耳目一新之感,这是很难能可贵的。

金代长于论辩之文的主要有赵秉文、元好问、王若虚、刘祁、李纯甫诸家。

赵秉文《原教》《侯守论》

唐宋两代文人,都喜欢穷究物理,探求事物的本源,因此多好作"原"。如韩愈有《五原》,王安石有《原教》、《原性》等。金人作文,既以唐宋为指归,则原之一体,当有作家。然因文献阙如,今仅存赵秉文《原教》一篇。

赵秉文,字周臣,晚号闲闲老人,磁州滏阳(今河北磁县)人,大定二十五年(1185)进士,累官至翰林学士承旨知制诰,兼同修国史。自大安三年(1211),党怀英去世后,赵即成为文坛盟主。南渡后,与杨云翼迭掌文柄近二十年。赵秉文为文主张广师博采:"尽得诸人所长,然后卓然自成一家。"(《复李天英书》,《金文最》卷五十四)思想倾向则继承儒家的教化说,认为诗文"当以明王道辅教化为主。"(同前)《原教》就体现了他的这一思想。其文云:

> 夫道,何为者也。总妙体而为言者也。教者何,所以示道也。传道之谓教,教有方内有方外。道不可以内外言之也。言内外者,人情之私也。圣人有以明夫道之体,穷理尽性,语夫形

而上者也。圣人有以明夫道之用,开物成务,语夫形而下者也。是故语夫道者也,无彼无此,无小无大,备万物,通百氏。圣人不私道,道私圣人乎哉。语夫教也,有正有偏,有大有小。开百圣、通万世。圣人不外乎大中,大中外圣人乎哉。吾圣人之所独也。仁者,人此者也。义者,宜此者也。礼者,体此者也。智者,知此者也。信者,诚此者也。天下之通道五,此之谓也。五常之目,何谓也。是非孔子之言也。孟子言四端而不及信,虽兼言五者,实主仁义而言之。于时未有五常之目也。汉儒以天下之之通道,莫不大于五者,天下从而是之。杨子以身系道德仁义礼,辟老氏而言也;韩子以仁义为定名,道德为虚位,辟佛老而言也。言各有当而已矣。然自韩子言仁义而不及道德,王氏所以有道德、性命之说也。然学韩而不至,不失为儒者;学王而不至,其蔽必至于佛老,流而为申韩。何则?道德性命之说,固圣人罕言之也。求其说而不得,失之缓而不切,则督责之术行矣。此老庄之后所以有申韩也与!过于仁,佛老之教也;过于义,申韩之术也。仁义合而为孔子。孟子法先王,荀卿法后王,荀孟合而为孔子。(《金文最》卷六十)

此文与王安石《原教》同名而异旨,原"教"与论"道"并举,谓教以"传道"之义,并放言老(子)、孟(子)、杨(朱)、韩(愈)、王(安石)诸论之得失,欲以彰显自己的独立思考,而与诸说争雄竞胜之意存焉。然而考其议论,其"佛老之教过于仁,申韩之术过于义"诸语仍未出韩愈论"仁义"的藩篱。他认为:道涵盖、贯通一切,有着体与用、形而上与形而下的区别,佛老二家绝世离伦、太高难行的道可有可无。这些观点,虽然基本上不错,却也不是什么新见。而且其句式语气,皆仿照昌黎,然而气势不逮,条而不畅,较之韩文,自然是等而下之了。但赵秉文强调对道的实践,反对过分贪高慕远,以免流为佛老,在当时却是有一定的积极意义的。

赵秉文主金代文坛多年,立德立言的自觉意识很强。他既专心向韩、苏、欧等唐宋散文名家学习,也有自己的独立思考,对三位大家的观点也敢于提出自己的异议。他的《侯守论》也是推陈出新的一篇好文章。其文云:"或问建侯置守孰为得? 曰:皆是也,抑皆非也。何以言之? 曰三代封建,则守在四夷;而其弊也,有尾大不掉之患。秦罢侯置守,则制在一人;而其衰也,有天下土崩之势,此天下之所睹闻也。或者惩尾大咎,谓郡县不必稽于古;鉴土崩之失,谓封建可复行于今。二者皆有一偏之弊,未知所以救亡之术也。"(《金文最》卷五十九)开篇即语出惊人。关于封建的问题,自秦始皇时期就一直聚讼纷纭。其后最有名也最有说服力的,莫过于唐人柳宗元的《封建论》了。"昔之论封建者,曹元首、陆机、刘颂及唐太宗时魏征、李百药、颜师古,其后则刘秩、杜佑、柳宗元。宗元之论出,而诸子之论废矣。虽圣人复起,不能易也"(《论封建》,《苏轼文集》卷五),连善辩的苏东坡都心服口服,认为郡县优于分封是毋庸置疑的结论。而赵秉文竟也敢于翻新出奇,其魄力可见一斑。

接着,赵秉文以翔实的论据,旁征博引,认为"封建"在万不得已的时候可以成为救亡图存的办法,文中指出:"不得已而封建,其利有三。诸侯世擅其地,则各爱其民,爱其民则军不分,修其城郭,备其器械。则人自为战。人自为战,则我众彼寡,夷狄不能侵。一也。夷狄无外侮,则天下终为我有,二也。虽有强犷之徒,大小相维,足以长世,三也。或曰:'七国之难、八王之祸,皆封建为之也。子尚忍之言乎?'曰:吾之所言,非谓郡县不及封建也,为救弊不得已而言之也。"剥茧抽丝,条分缕析,步步为营而又汪洋恣肆,读来酣畅淋漓,如饮甘醇。元好问说他"出于义理之学,故长于辨析,极所欲言而止,不以绳墨自拘"(《赵闲闲公墓志铭》,《金文最》卷九十三)。从此文来看,实非过誉之词。而且,从赵秉文所写的一组"论"[①]来看,他是有着自己的用意的,其议古的目的是为了鉴今,探寻挽救已经走入"穷途末路"的金王朝的"救亡之术",这一点与一些为辩而辩的宋儒完全不同。

[①] 赵秉文写的"论"体文有:《总论》、《西汉论》、《东汉论》、《蜀汉正名论》、《魏晋正名论》、《唐论》、《知人论》、《迁都论》、《侯守论》、《直论》等,历数历代重大问题之得失,其用世之意非常明显。

元好问《射说》《酒甲五言说》

"说"是一种比较独特的文体,可以说明事物,也可以发表议论或记叙事物。因而这种文体可以灵活地运用说明、记叙和议论的表达方式,偏重于议论。唐宋的古文学家基本上都主张文以传道,"说"也不例外地成了它们载道说教的工具。这一点也被自觉传承唐宋义理之学的赵秉文毫无保留地继承下来。他写了《性道教说》、《中说》、《诚说》、《庸说》、《和说》五说,大概是受了韩愈"五原"的影响,颇有"为天地立心,为生民请命,为往圣继绝学,为万世开太平"的意味在其中。如他的《性道教说》:"自王氏之学兴,士大夫非道德性命不谈,而不知笃厚力行之实,其蔽至于以世教为'俗学'。而道学之蔽,亦有以中为正位,仁为种性,流为佛老而不自知,其蔽反有甚于传注之学。此又不可不知也。"(《金文最》卷六十)观点跟他在《原教》中所表达的思想殊无二致,然质而无文,虽然谈不上晦涩,却也没有什么文学性可言。金代写"说"写得最好的,当推元好问。

元好问(1190—1257)字裕之,号遗山,太原秀容人。兴定五年进士,历任镇平、内乡、南阳令。天兴(1232)初,擢尚书省掾,任左司都事,转行尚书省员外郎。金亡不仕。元好问是金元之际最负盛名的诗文家,为文长于碑志,落落大方,其他文体也写得自然而有情致。

如他的《射说》:

> 晋侯觞客于柳溪,命其子婿驰射。婿,佳少年也,跨蹑柳行中,胜气轩然舞于颜间,万首聚观,若果能命中而又搏取之者。已而乐作,一射而矢堕,再而贯马耳之左。马负痛而轶,人与弓矢俱坠。左右奔救,虽支体不废,而内若有损焉。晋侯不乐,谢客,客有自下座进者,曰:"射,技也,而有道焉,不得于心而至焉者无有也。何谓得之于心?马也,弓矢也,身也,的也,四者相为一,的虽虱之微,将若车轮焉,求为不中,不可得也。不得心则不然,身一,马一,弓矢一,而的又为一,身不暇骑,骑不暇彀,彀不暇的,以是求中于奔驶之下,其不碎首折支也幸矣,何中之望哉!

走非有得于射也,顾尝学焉。敢请外厩之下驷,以卒贤主人之欢,何如?"晋侯不许,顾谓所私曰:"一马百金,一放足百里,衔策在汝手,吾安所追汝矣。"竟罢酒。元子闻之曰:天下事可见矣!为之者所知,知之者无以为,一以之败,一以之废,是可叹也。作《射说》。(《金文最》卷六十)

本文和韩愈《马说》颇为类似,都是以极浅显的故事,来阐明"感士不遇"的主题。文章娓娓道来,似不甚经意,寓议论于轻描淡写之中。文末点题:"为之者无所知,知之者无以为"。设喻巧妙,义理深刻,四两拨动千斤,端的是大家手笔。

元好问还有一篇《酒里五言说》,也写得颇有情趣:"去古日以远,百伪无一真。独维醉乡地,中有羲黄醇。圣教难为功,乃见酒力神。谁能酿沧海,尽醉区中民。此予三十六岁时诗也。壬辰北渡,顺天毛正卿、杨德秀,与一傅生祈仙山寺中。苏晋降笔,写诗数十首。一诗有百伪无一真,中有羲黄醇之句。余诗除酒里神仙我五言外,都不成语。正卿、德秀初不知苏晋为何代人,不论此诗何人作也。而晋所批乃有此十字。晋岂予前身欤?抑尝见予诗窃以为己有者欤?将近时鬼物之不昧者记予诗以托名于晋以自神也。是皆不可知。晋既以予诗为渠所作,故予亦就酒里神仙我五言取偿于晋,作乐府一篇:绣佛长斋,半生枉伴蒲团过。酒垆横卧,一蹴虚空破。颇笑张颠自谓无人和。还知么?醉乡天大,少个神仙我。"(《金文最》卷六十)此作是一段说明文字,竟其全篇,未尝有一句议论语,纯以叙事。然而涉笔成趣,别有一番滋味。文章叙作者诗句为"仙人"苏晋窃为己有之事,行文活泼俏皮,于波澜不兴中寄幽远旷达之意。卒文为"取偿于晋",化用苏晋"酒里神仙我"一句,作乐府一篇,文辞亦清新可读。前人所谓"不使奇字,新之又新"(杜仁杰《遗山先生文集后序》,《金文最》卷四十五)之说,信不谬也。

王若虚《复之纯交说》

王若虚(1174—1243),字从之,号慵夫,又号滹南遗老,藁城人。承安二年(1197)经义进士。曾任县令、国史院编修官,出使夏国,又任州官,翰林直学士。金亡不仕。为文长于议论,出入经史,主文盟几三十年。论文主张辞达理顺,于诗反对模拟雕琢,推崇白居易、苏轼,对黄庭坚及江西诗派诸人深表不满。曾着《五经辨惑》等十余种,对汉、宋儒者解经之迂谬,及史书、古文之字句疵病,颇加批评,议论史事,则颇受儒家观点影响。

王若虚颇有政治才能,然而由于多年居于闲散的位置上,没有施展政治抱负的机会。为人滑稽多智,而能雅重自持,谋事详审。他的这篇《复之纯交说》是最能体现他的议论风格的文章之一,呈现出与赵秉文、元好问截然不同的特色。其文云:

> 狂生既以交说规慵夫已。寻以忤物获罪。杜门索居,将无意于世。慵夫因人而寄声曰:"子之病果革矣。已实行行,谓人之亢。悯我将颠,而子则先是。何其言之近似而践亦之乖欤?子之病果革矣。怨之不可媒也,祸之不可贾也。虽微子言,吾宁不知。逐逐而群,畴非吾邻。形交迹接,何者可绝。练修调适之善而吾病始兆。悟而药之,治养以方。宽中温外,茹柔吐刚。驻其明而内视,凝其聪而反听。行之期月,乃复其常。心平气和,百邪不攻。乃愈而康。子独日臻,以达膏肓。医望而走,无施其良。嗟夫殆哉,无以招之。彼孰汝尤,无以结之。彼孰汝仇,待物太狭。谋身未周,睢盱仿佛。蔑视九州岛岛,群谨以咻。凶乘祸鸠,势穷力竭,而投诸囚以伏于幽。闒氏之与居,樀伯之为游。悒悒兮而私自怜,孑孑乎其遗世而无求也。吾绝物耶,抑子绝也?山渊之峻兮将趋而过,今胡其摧汝车而沈汝舟。豺虎之毒兮将不之撄,今胡其龁汝趾而啗汝喉。出于外者,齐既然矣。伏于中者竟何如哉。顾尝忧我,今为子忧。盖将持吾所以自治者,而复以治子。岂能从我而冀其少瘳乎。"狂生闻之,不觉汗下。(《金文最》卷六十)

这篇文章以戏谑的语气对"辞气出于庄列"却"动辄得咎"、"取怒甚多"的李纯甫进行了善意的嘲讽,从对其理论和实践的矛盾的揭示中回应了李纯甫对他的批评。而此文文字之妙,即便是置于宋代古文大家之文中,也是不逊色的。其语言错落有致、痛快淋漓,而又幽默风趣。处处反讽,句句含讥,咄咄逼人之气跃然于字里行间。文末以"狂生闻之,不觉汗下"作结,形象生动,读之令人解颐。

刘祁《辨亡》

在金亡国十三年之后的元定宗二年(1247),时为藩王的忽必烈召见金朝遗老张德辉,并向他提出这样一个问题:"或云'辽以释废,金以儒亡'。有诸?"张德辉回答说:"辽事臣未周知,金季乃所亲睹。宰执中虽用一二儒臣,馀皆武弁世爵,及论军国大事,又不使预闻;大抵以儒进者三十之一,国之存亡,自有任其责者,儒何咎焉!"(《张德辉传》,《元史》卷一百六十三)这段材料反映了在元初社会中关于金代灭亡的原因存在着两种不同的观点:一种观点是金以儒亡,一种是儒不尽而亡。刘祁是后一种观点的代表人物,他的《辨亡》一文就"言之成理,持之有故"地阐明了他的观点。

刘祁(1203—1250),字京叔,号神川遁士,浑源(今属山西)人。为太学生时,其有文名。但屡试不第,金亡后,复出就试得中,选充山西东路考试官,入征南行台拈合幕,七年后去世。他工于诗文,有《神川遁士集》,不传。

《辨亡》一文布局谋篇皆仿贾谊《过秦论》,虽然文采气势远逊,却也条畅有序,详略得法。其文开篇:"或问:金国之所以亡,何哉?末帝非有桀纣之恶,害不及民。疆土虽削,士马尚强。而遽至不救,亦必有说。余曰:观金之始取天下,过于后魏、后唐、石晋、辽。然其所以不能长久者,根本不立也。"开宗明义,认为金之亡,在于根本不立。接着,他笔锋一转,论述了金代之所以兴盛的原因,在于"属文为学,崇尚儒雅",点出他所认为的"根本"。但与贾谊的篇末点题不同,刘祁用更大量的笔墨论述了所以启金之衰、乃至灭亡的原因——不是仁义不施,而是仁义不够。

然学文止于词章,不知讲明经术、为保国保民之道,以图基祚久长。又颇好浮侈,崇建宫阙。外戚小人多预政。且无志贤高躅,大臣惟知奉承,不敢逆其所好。故上下皆无维持长世之策,安乐一时。此所以启大安、贞祐之弱也……又偏私族类,疏外汉人,其机密谟谋,虽汉相不得预。人主以至公治天下,其分别如此,望群下尽力哉? 故当路者惟知迎合其意,谨守簿书而已。为将者但知奉承近侍以偷幸宠,无效死之心;幸臣贵戚,皆据要职于一时。士大夫一有敢言敢为者,皆投置散地。此所以启天兴之亡也……末帝……喜听谀言,又闇于用人。其将相止取从来贵戚,虽不杀大臣,其骄将多难制不驯。况不知大略,临大事辄退怯自沮,此所以一遇劲敌而不能振也。大抵金国之政,杂用辽宋法令,所以支持百年;然而分别汉人,且不变家政,不得士大夫心,此所以不能长久。向始大定宣孝得立,尽行中国法;明昌、承安间,复知保守整顿以防后忧;南渡之后,能内修政令,以恢复为志,则其国祚亦未必遽绝也。(《金文最》卷六十)

《辨亡》比较客观地概括了金朝发展的过程,申述了菽粟重于金玉的道理,这是可取的;但认为其为政之所以不能长久,是由于"分别汉人,且不变家政,不得士大夫心",没有"尽行中国法",则未必尽然。① 本文之所以可取者,不在其议论,在其文章。元人王恽在《追挽归潜刘先生》律诗中曾以"道从伊洛传心事,文擅韩欧振古风"(刘祁《归潜志》卷十四)的诗句称誉刘祁,从此文看来,有足征者。

李纯甫《司马温公不喜佛辨》

　　从宋代理学发展史上看,理学发展无时不伴随着好佛老与辟佛老的

---

① 关于金灭亡还有另一种观点:一、女真人的汉化彻底改变了其传统的生活方式,养成他们懒惰奢靡、耽于逸乐的生活作风,从而使这个一度生气勃勃的民族最终走向衰落;二、女真人的汉化彻底销蚀了其传统的尚武精神,使得这个昔日强大无比的马上民族在蒙古人的铁蹄下变得不堪一击。笔者以为此说更为合理。

儒士之间的激烈论辩。金代理学成就虽然不高,但它在接续了宋代理学在北方微弱血脉的同时,也接续了同样的论辩。不同的是,金代儒士大都不同程度地受到佛家思想的影响,因而不可能像韩欧那样旗帜鲜明地"抵排异端、攘斥佛老",但却也罕有为佛老张目者。敢于不顾一切、明目张胆地为佛老辩护的,首推李纯甫。

李纯甫(1177—1223),字子纯,号屏山居士。弘州襄阳人。承安二年(1197)经义进士。金章宗南征,他两次上疏,被荐入翰林。金南迁后再入翰林,知贡举。正大末,出倅坊州,未赴,改京兆府判官,卒于汴。《金史》有传。

与赵秉文、元好问等以诗名家不同,李纯甫的主要成就是散文。他为文雄奇简古,生动可读,"每酒酣,历历论天下事,或谈儒释异同,虽环而攻之,莫能屈"(刘祁《归潜志》卷一)。他曾经做过一篇《程伊川异端害教论辨》,极力为佛教辩护。文章先揭出程颢异端害教论,随后表明自己的观点,"吾读《周易》知异端之不足怪,读《庄子》知异端之皆可喜,读《维摩经》知其非异端也,读《华严经》始知无异端也。"(《金文最》卷六十)进而引经据典,逐次论列,步步推进,由异端之不足怪到异端之可喜再到否定异端的存在,最后论述三教异同,认为程颢的学术本身"出于佛书",反而攻击佛教,此乃自欺欺人的愚狂之举。其弘扬佛法,可谓不遗余力。李纯甫是个虔诚的佛教徒,他的文章存世不多,但为佛学论辩者居其半。这些文章不仅不是抽象枯燥的高头讲章,反而体现出头头是道、横竖烂漫、倾江倒河的论辩特色。最能体现这一特色的,是《司马温公不喜佛辨》:

> 苏轼作《司马光墓志》,云:"公不喜佛,曰:'其精微大抵不出于吾书,其诞吾不信。'"嗟乎,聪明之障人如此其甚耶?同则以为出于吾书,异则以为诞而不信。适足以自障其聪慧而已。圣人之道。其相通也。如有关龠。其相合也。如有符玺。相距数千里。如处一室。相继数万世。如在一席。故孔子曰:"西方有圣人焉。"庄子曰:"万世之后一遇大圣而知其解者。是旦暮遇之也。"其精微处,安得不同?列子曰:"古者神圣之人,先会鬼神魑

魅,次达八方人民,末聚禽兽虫蛾,备知万物情态,悉解异类音声。"其所教训无遗逸焉,何诞之有?孔子游方之内,故六合之外存而不论;邹衍列御寇庄周方外之士,已无所不谈矣。顾不如佛书之缕缕也。以非耳目所及,光不敢信。既非耳目所及。吾敢不信耶?郭璞,日者也。十年于晋室,若合符券,疑吾佛不能记百万之多劫耶?左慈,术士也。变形于魏都,皆同物色。疑吾佛不能示千百亿之化身耶?长房壶中之游,人信之矣,不信维摩丈室容三万座与纳须弥于芥子中之说乎?邯郸枕上之梦,人信之矣,不信多宝佛塔住五千劫耶?度僧只如弹顷指之说乎。若俱不信,不知光亦尝有梦否?瞑于一床,栩栩少时也。山川聚落,森然可状。人物器皿,何所不有。俯仰酬酢于其间。自成一世。此特凡夫第六分离识之所影现者耳。其力如是。况以如来大圆镜智菩萨之幻三昧乎?学者当自消息之。毋为虚名所劫持也。

(《金文最》卷六十)

其论证环环相扣,逻辑严密,理直气壮,骈散相间,颇有"障百川而东之,回狂澜于既倒"的气势。如果排除其宗教内涵,单就文章而言,方之于韩、苏等散文大家,也是不遑多让的了。值得指出的是,李纯甫重点在于批驳两宋理学家著作中辟佛老的言论,而不是将理学全部打倒,他对于儒释道采取的是兼容的态度。

上述文章之外,金代较知名的论辩之文还有王若虚的《论语辨惑总论》,赵秉文的《总论》、《西汉论》,王鹗《汝南遗事总论》等,其文章特点已在前面谈到,不再赘述。

第二节 元代论辨文

元代以"论"名篇者,多为纯粹理论之文,大抵申之以天理,归结于先圣遗言,而已发明之,这类文章当时虽为其人成其家立其名之作,但今天看来,已很难还有可观者。而以"说"名篇者较多也多有可观者:本之儒道,阐明性理而摒弃老庄异端者有之;为人之堂、室、厅而说者有之;名说、字说者有之。概"说"类之文,正如吴讷《文章辨体·说》类序中所论:"按:说者,释也,述也,解释义理而以己意述之也。卢学士云:'说须自出己意,横说竖说,以抑扬详赡为上。'"(吴讷《文章辨体序说》)正因为"说"大多能自出己意,故可以横说竖说,可短可长,反而比"论"类留有更多的可观可爱之作。其他如辨、解、原皆有,但数量不多,也鲜有可以比之于异代而同体之文。倒是为文极自由而不矩于规的王恽,其《东西周辨》《谤解》稍可差拟。

元代长于论辩之文的主要有许衡、郝经、王恽、戴表元、吴澄、赵孟頫、黄溍、虞集、欧阳玄、吴莱、杨维桢诸家。

许衡《辩说》《子玉请复曹卫》

许衡(1209—1281),字平仲,号鲁斋。怀州河内(今河南沁阳)人。先往来河洛之间,后居苏门,与姚枢、窦默讲习程朱之学,为北方学理之大宗。中统元年(1260),被召至京师,为国子祭酒。未几,谢病而归。至元二年(1265),复召至京师,受命议事中书省。言事献策,《时务五事》即为此时所止,皆得到嘉纳。八年,为集贤殿大学士,兼国子祭酒,创立国子学。十年,辞归。十三年,再召至京师,修《授时历》,以疾归。十八年,病卒。《元史》卷一百五十八有传。著作有《鲁斋遗书》。

元代儒学的关键人物赵复,虽传道但并不出仕,他鄙薄事功,强调修身,甚至坚持夷夏之辨。相较之下,许衡曾四至京师,再为祭酒。时进时退,并不绝意仕进。应该说,许衡之在元初,更有代表性,身为汉人,又为大儒,但与时俯仰而并不囿于夷夏之辨。许衡之在元初,号称开国大儒,又为天子所重,参与国之大政,故其为文大抵本之儒道,且多言事功。本来不借文章名世,故其文之为时所称者,也正是议事中书省时所上之疏。其中有云:"考之前代,北方之有中夏者,必行汉法乃可长久……国家之当行汉法无疑也。"(《全元文》卷六十九《时务五事》)这样的文章,正是本之儒道,而全为巩固现存的政权服务。许衡此类文章,放入奏议之类,于此不多论。

许衡也有纯论义理之文。《四库全书总目》说:"如《大学》、《中庸直解》皆课蒙之书,词求通俗,无所发明。"(《四库全书总目》卷一百六十六《鲁斋遗书提要》)证以今之所见,其《小学大义》讲"修身必本于敬也",《大学要略》说"修身在正心",《论明明德》讲"持敬之大略",观之确明白如话,但道理不过发人旧论。许衡的《辩说》一文很能代表其文章的特色。文中写道:

> 辩,欲其信也。辩而后信,未若不辩而信;辩而不信,尤未若不辩之为愈也。辩之要,在于自克,自克则喻,喻则无事于辩矣。偶或未喻,则尽其心,善其说,以恳道之,尤或未喻,不强也。幸而开悟,则归美而加敬焉;晦其痕迹,使人不知其出于己也。此辩之善也。虽然,辩出于不得已,得已而不肯已者,是易言也。易言则难信,难信则人亦不信,病其不信也,力辩之,辩之愈力而愈不信,较胜不已,至于忿争,敌日益多,力日益困,至其败也,尤悔辩之不至,此岂辩之不至?辩之已甚也……(《全元文》卷六十九)

昔孟子答公孙丑问好辩曰:"予岂好辩哉?予不得已也!"(《孟子》卷四)其后又历叙古今治乱相寻之故,洋洋洒洒,辩之也甚。许衡此文与之不同,而是本于儒者之内心修养,持正据理,发而为论,则理顺言宜,读之觉如凿凿之论。不以气盛,而以理明,这样的文章,正如《四库全书总目》所说"其文章无意修词,而自然明白醇正"(永瑢等《鲁斋遗书提要》,《四库全书总目》卷一百六十六)。

许衡还有一篇史论之文《子玉请复曹卫》也很有特点,开篇即作惊人之语：

> 论君子者必以德，论小人者必以诈。以德度德，则君子之优劣见焉；以诈较诈，则小人之胜负分焉。德也，诈也，虽有善恶之特殊，然各就其中间论之，则未始不以深造者为得也。为君子者，而不至于善之长；为小人者，而不至于奸之雄，则未有以过人者。（《全元文》卷七十二）

讲小人必以"诈"之"深造者为得"，否则"不至于奸之雄"，"则未有以过人者"，确是大胆之论。接下又说：

> 以诈力之浅者，角夫诈力之深者，是犹以瑕而攻坚，以弱而制强，吾未见乎其可也……自周襄以来，世以诈力相高，然其诈力之所以高者，亦皆有过人之才焉。识虑浅而不险者，不足以为诈，故伯比之间随也，遗其祸于数年之后。喜怒轻而不弘者，不足以为诈，故勾践之灭吴也，忍其心于屡请之时。

又具体分析城濮之战说：

> 彼文公君臣，巧谲万变，自古为诈之人，未有出其右者。

在指出彼文公君臣为自古为诈之雄，所以楚国必败之后，文章接着一转，说：

> 噫！诈力之浅者，见挫于诈力之深者，亦不足重烦吾儒之议。

并发而为论：

> 吁！可怪也。三纲倒置，人伦不明，而君子以为寒心。城濮之战，万不可胜，政使偶而或胜，则得臣他日恃功专恣之货，必有甚于丧师之惨矣。世之诋霸者，犹以尚功利为言，殊不知霸者之所为，横斜曲直，莫非祸端。先儒谓王道之外无坦途，举皆荆棘；仁义之外无功利，举皆货殃。

开端作惊人之语，似是通达，而文章最终还是归依于儒者的正统观念，得出"王道之外无坦途"，"仁义之外无功利"的感叹，儒者之文的思想也只能到此为止。

郝经《辨微论》《文弊解》《养说》

郝经长于议论，故其论辨之文皆有可观；不同于某些儒者之议的是，郝经的议论之文都写得很有词采。陶白悦《陵川集序》称郝经之文，"性理得之江汉先生赵复，法度得之遗山元好问"。可见他一方面继承了理学传统，另一方面为文也曾受到元好问的影响，一身兼得其传，也就成了元初儒者之文的代表作者。

郝经(1223—1275)，字伯常，泽州陵川(今山西晋城)人。家世业儒。居家贫穷，为守帅张柔贾辅所知，延为上客。张贾二家藏书万卷，经得以博览。值元兵南侵，经条陈方略，为忽必烈器重。忽必烈即位后，以经为翰林侍读学士，充国使使宋。时宋相贾似道曾私与蒙古言和，恐经至而事泄，乃拘经于真州，凡十六年。至元十一年(1274)始得放还。明年病卒，年五十三。谥文忠。《元史》卷一百五十七有传。著作有《陵川集》等。

《四库全书总目》对郝经的气节和学问皆很称赞："其生平大节炳耀古今，而学问文章亦具有根柢，如《太极先天诸图说》、《辨微论》数十篇，及《论学》诸书，皆深切著明，洞见阃奥。《周易》、《春秋》著传于经术尤深。故其文雅健雄深，无宋末肤廓之习。"(《四库全书总目》卷一百六十六《陵川集提要》)此皆奠定其大儒地位之文，其《论八首》论道、命、性、心、情、气、仁、教，皆本之程朱理性之学；《辨微论》论异端、礼乐、学、经史、历志、时务，其论学有一篇《辨微论·学》云：

> 大人君子之为学所以安天下；小人之为学异乎此，所以乱天下也……故学之以乱天下，不若不学之为愈也。呜呼！后世之学又异乎此矣。既不能至于大圣，又不能至于大奸，又恶其名而不能为之不学。或徇时为靡靡之文，或为人为纤巧之利，或射利而为琐末之业。既不能安天下，而亦不能乱天下，孳孳龁龁，学之而而无用，为之而无益。（《全元文》卷一百二十八）

这样有关世道人心的议论，就不仅仅纯粹是理学家的道德文章了。

在另一篇论学的文章《学难》中，郝经对世人排挤、打击有志于学之人的描述，更是触目惊心：

> 学之无难也，前代之无难也。学之难也，今日之难也。非唯其难也，而又无无学也。曷难乎？辟雍亡而乡校毁矣，公议废而纲纪坠矣，廪禄绝而廉耻缺矣……虽有特立独行不倚之士，不待文王而兴，捐饥馁，战寒暑，不由师傅，不顾流俗，不徇虚文，卓乎其不挠，确乎其不拔，轻势利，断嗜欲，斥诞幻而后横骛，弃偏驳而高蹈，欲存其所余，而保其固有者，犹嘎嘎乎其难也。而又指评以为异，谤詈以为非，排之固而挤之力，巧为之机，而毒为之中，莫有一煦湿濡沫，为接绠引手者，下石而溺灰者皆是也。又孰为之作成，孰为之训诲哉！必使其颠踣溃乱，箝其口而不言，桎其足而不动，如是而后已，则所存者几何？其亦必亡矣。故为自难也。一有学者，而琢丧之如是，故谓之无学也。（《全元文》卷一百三十六）

非有切肤之痛，不能有此深切之言。

郝经有两篇论文之作，提出了自己的文论主张。在《文弊解》他曾说"事虚文而弃实用，弊亦久矣"。故为文主张"唯实是务"，"有实则有文，未有文而无其实者也。"又说"六经无虚文，三代无文人"，而"后世文士，工于文而拙于实,衒于辞而忘于道义"(《全元文》卷一百二十九);而在《文说赠孟驾之》一文中又对"工于作文"很不赞成,提出"文可顺而不可作也",他说"物感于我,我应之以理而辞之耳,岂校其辞之工拙哉"。又说"不作不为,万理皆备,推而顺之,文在其中矣。故文作于人而穷于人,人亦作于文而穷于文。呜呼!文穷人邪?人穷文邪?"(《全元文》卷一百二十九)这自是理学家"文以载道"观的延续,郝经身为大儒,自不能免入此窠臼,而且其所论着眼于只一心讲求辞章而不论义理的"虚文";但其为文不必如此,今纵观他的文章,还是颇工于辞章、"工于作文"的。陈凤梧为《陵川集序》曾说郝经之学,"自六经诸子历代史传至天文度律,无不淹贯通达。"就是说,他的学问广而杂,不同于某些道学家。因此,他的文章也和某些道学家不同。参以郝经所长之议论文,写得很有词采,自不同于某些儒者之议。《内游》一文,即可为例。其开始一段云:

> 昔人谓汉太史迁之文,所以奇,所以深,所以雄深雅绝,超丽疏越者,非区区于文字之间而已也。迁居龙门,耕牧河山之阳,南浮江淮,上会稽,探禹穴,窥九嶷,浮于沅湘;北涉汶湘,讲齐鲁之都,过梁楚,西使巴蜀,略邛笮、昆明,还于河洛。能尽天下之大观,以助其气,然后吐而为辞,笔而为书。故尔欲学迁之文,先学其游可也。余谓不然。果如是,则迁之为迁亦下矣。勤于足迹之余,会于观览之末,激其志而益其气,仅发于文辞而不能成事业,则其游也外、而所得者小也。其游也外,故其得也小;其得也小,故其失也大。是以《史记》一书,甚多疏略,或有抵牾……
>
> 故欲学迁之游而求助于外者,曷亦内游乎?身不离于衽席之上,而游于六合之外,生乎千古之下,而游于千古之上,岂区区于足迹之余、观览之末者所能也。(《全元文》卷一百三十六)

文章强调内游,否定外游,讲"持心御气,明正精一"主张内心涵养,而否定社会实践,自是儒者偏见。但文章写得跌宕起伏,文气充足,本来无理,但在如虹的气势之中却显得似乎有理。

陈凤梧在《陵川集序》中论郝经之文又云:"故发而为文,汪洋滂沛,如大河东注,一泻千里;抑扬起伏,如太行诸峰,层见叠出。盖积之深而发之盛,理固然也。"也就是《元史》本传所说,郝文具有"丰蔚豪宕"(宋濂《元史》卷一五七)的特点。《让说》、《养说》即鲜明地体现了郝经的这种文风,其《养说》云:

> 人皆可以为大也。唯其忽之而自暴,委之而自弃,狭之而自小也,是以固滞戕贼,窘束流溺,卒不能以之大。夫人之性,天之理也。其气,则一元之气也。其形,则五行二气萃其精而结之者也。其心,则官天地,府万物,一智周知,泛应无量,如是之大也。有其大,必养之以充其大。不能养之,何以充之。故古之大圣大贤,莫不有以养之者。尊养时晦,时纯熙矣,此武王之所以养其武也;"公孙硕肤,赤舄几几",此周公之所以养其圣也;三省其身,犯而不校,此颜、曾之所以养其贤也;至大至刚,养而无害,浩然塞于天地间,此孟子之所以养其气也。由此观之,圣之所以为圣,贤之所以为贤,大之所以为大,皆养之使然也。嗟夫!吾众人者,去古之大圣大贤也远矣。古之大圣大贤,皆知所以养之者,吾众人者,乃不知所以养之,卒为小人而不能大也,卒为下愚而不能圣贤也,昭昭矣……(《全元文》卷一百二十九)

接着文章由论养气而养性、养心、养情、养体、养本、养节、养度、养智、养习、养行,这样,"虽小而可以大,虽愚而可以智,虽凡夫而可以至于圣"。但文章接着笔意来一大转折:

> 天地付吾者大,而吾自小,可乎哉?呜呼!是特不养自小之而已矣,犹无足深憾也。如蔽匿以养其奸,文饰以养其过,岩深以养其恶,掩覆以养其机,朴野以养其诈,高抗以养其傲,缔构以养其党,纵肆以养其淫,执锢以养其偏,绞切以养其毒,以是而养之,小而丧身,大而败国,又大而乱天下,不若不养之为愈也。故

> 养一也,有可者,有不可者。可者养之,不可者去之,不可不慎也。

可谓出人意表。这篇文章大量采用排比的修辞手法,气势如长江大河,一泻千里,具有极强的说服力。语言也非常精炼明快。这样的文章,谓之"不工",不可;谓之不讲"辞章",亦不可。可见,郝经虽然很不赞成"工于作文",而实际上还是"工于做文"的。

王恽《二马图说》《儒用篇》《谤解》

王恽论辨之文在元代文家中很有特色,自成一格。正如其以记名篇的游记之文,有大量山水风景的描写,这在元人之记中已是少见的特立之例。其论辨之文同样少人言亦言之通病,而多灵动之短篇小制,时有过人之见。

王恽(1227—1304),字仲谋,号秋涧,卫州汲县(今河南)人。中统元年(1260),姚枢宣抚东平,辟为详议官。又选至京师,为翰林修撰。至元五年(1268),拜监察御史。十四年,为翰林待制。又历任河南、山东、福建等地方官职。二十九年复起为翰林学士。大德五年致仕,八年卒。《元史》卷一百六十七有传。著述甚多,有《秋涧大全集》百卷。

王恽事新朝不遗余力,史称恽直到晚年,仍上万言书,"极论时政",献《守成事鉴》。在《二马图说》中王恽有如此之论:

> 呜呼!马,臣类也,食三品蒭豆,直立内仗,一鸣则黜之矣。其或猥靡为心,取媚于上,以速见知,皆非马之德也。然则马之为马,如之何而可?曰:有受策服劳,不有其力,以报蒭秣之恩,庶几或从王事,无成有终之养也。(《全元文》卷一百七十九)

将臣事君比之于马之受御,自贬若此,无非主张为人当有用于世。其《贱生于无用说》一文即云:

> 万物盈于两间,未有一物而不为世用者,况人乎?人之为

物,得气之全而灵之最者也。苟自暴自弃,不为世之所用,非惟反不及物,而贱之所由生也。彼牛溲马勃,败鼓之皮,物类之极贱者也,然一旦与用适宜,顾惟毫末可以愈奇疾;应时需,即与王札丹砂赤箭青芝并芳而同贵。贵生于有所用故也。彼衣敝缊袍并夫华簪盛服之士,贵贱故有间矣,其所以秉有灵彝物备于我者,则不殊也。故为士者乌可恶其居贫处贱、戚戚然世之不我用也?要当明德志学、思求其致用之方可也。(《全元文》卷一百七十九)

这样的文章,和唐宋先辈的同类文章相比,显然大不相同。"唐代文人,怀才不遇,曾不胜其怼。宋代文人,忧国忧民,自视甚高。对于'才高位下',都曾深致不满。"(郭预衡《中国散文史》)而王恽此文却说士之"居贫处贱",不可怨叹"世之不我用",而应反求诸己,"当明德志学、思求其致用之方"。这样的文章正反映了元代的时代特色,宋之道学的深入影响和元以异族入主两方面,造成了元代此类文章的特点。但王恽也要求当政者要知人善用,他从朝廷一面,强调要选用人才,以使人才得用。如在《儒用篇》中云:

> 国朝自中统元年以来,鸿儒硕德济之为用者多矣,如张、赵、姚、商、杨、许、三王之伦,盖尝悉处朝端,谋王体而断国论矣。固虽圣神广运于上,至于弼谐赞翼,俾之休明贞一,诸人不无效焉。今则曰"彼无所用,不足以有为也",是岂智于中统之初,愚于至元之后哉?予故曰:"士之贵贱,特系夫国之重轻,用与不用之间耳。"呜呼!国之所以为国者,有其人也。(《全元文》卷一百七十九)

但在元代士人之求用并非易事。由于科举长期废置,即使偶有实行,也是时断时续,且规模比之前代小之又小,又对汉人有种种限制。元代文人由科举而入仕很难,因此产生了两大现象,一是大批人由吏员而出职,吏在元代的政治生活中尤其重要；二是宦游之风在元代大行其道①。王恽有一篇《吏解》就指出了元代吏员出职制度的弊端：

> 今天下之人，干禄无阶，入仕无路……故三尺童子乳臭未落，群入吏舍弄笔。无几，顾而主书，重至于刑宪，细至于词讼，生死屈直，高下与夺，纷纷藉藉，悉出于乳臭孺子之手，几何不相胥而溺也？以至为县、为州、为大府，门户安荣，转而上达，莫此便且速也，人乌得不乐而趋之？（《全元文》卷一百七十九）

王恽也并不赞成为人汲汲于用，以至竟不顾廉耻，在两篇不以论明题的短章中，王恽即有感而发。其《鹡叹》曰：

> 昔有渔于河滨者，见一鹡搏一禽于沙渚间，禽逸而鹡不起。良久，渔者往视，鹡已死矣。彼念之曰："鹡之鸷，击性也。一举而坐空拳，遂愤而毙，有志士之烈焉。夫士怀才负气，求用于世，倘时不我合，人不我知，则纳履而去之。岂若小人之求之也，不以无耻为耻，专以患失为事，千思百计，阿匼取容，虽僇辱在前而不顾，期于必得，老死而后已，岂不贻伊鸷之忸哉！"余闻其说，甚有合于吾平日之所行者，遂著之篇，以见微意云。戊子岁重九后一日书。

---

① 元代科举制本身存在着不利于汉族士子的规定，如名额由四等人（蒙古、色目、汉人和南人）均分，实际上不利于人数众多的汉族士子。元代还有两举不第，恩授教授学正和山长之例，但又规定享恩授的汉人、南人的年龄限在五十以上，而蒙古、色目人只限三十以上。在这种情况下，儒士们企求越过科举、直接进入仕途，就出现了大量的游宦之士。另，元代科举未行之前，儒士通常只能由吏入仕。但科举实施之后，吏员出职制度依然保留，这是元朝仕进多途政策的体现，也有保证吏员质量的用意，实际的结果又使元代的吏比唐宋时代吏的地位显得重要。但除特殊情况，由吏可跻等官、受显爵外，一般都要经过漫长的道路，故绝大多数吏员往往一生都是沉沦下僚。而且基于历史上形成的偏见，儒士心向往于科举，往往不屑为吏。具体可参见中国社会科学院文学研究所总纂，邓绍基主编：《元代文学史》（北京：人民文学出版社，1991），第10~12页。

"志士之烈"与"阿匼取容"之"小人之求",两相比照,作者之取舍在反语之讽中不言而喻。这就大异于《贱生于无用说》中所表达的思想了。在另一篇《鱼叹》中,因看到群鱼趋火而争入网中竟不愿出,不禁感叹士之出处:

山林之士,往而不能返;朝廷之士,入而不能出。士乎士乎!冒昧行险,趋利而不知异于斯乎!

王恽另有一篇论文之短章《文辞先后》,乃颇有心得之言:

文之作,其来不一:有意先而辞后者,有辞先而意后者。意先而就辞者易;辞先而就意者难。意先辞后,辞顺而理足;辞先意后,语难而理乖。此必然理也,学者最当知之。(《全元文》卷一百七十七)

如上所举之《鹊叹》、《鱼叹》之短章,横说竖说,不拘于儒者之囿,皆正是"意先辞后"之作,故能"辞顺而理足"。

王恽还有一些或自明心志,或劝示子孙的文章,皆可谓"辞顺"而入情入理之作。如《俭训》中自念:"顾余生事,四民之业,一无所营,而终岁所耗如此,造物者斡旋供应,亦以劳矣,吾何德以堪之?复欲终日望望然致室之完美,此心断不可萌。"(《全元文》卷一百七十八)其以长者之语,谆谆教导后辈小子要勤俭,既是教人,亦以自警。又如《僮喻》中所说:"躬耕力穑,本吾家素业,税驾埌亩,固分所宜。"(《全元文》卷一百七十七)又记曰:"暮归得新麦斗余,僮奴辈既饭放啜,顿失菜色,为一快也。"其情状宛然可爱,如在目前。这样的文章所反映的思想,正如王恽在《稼斋说》中所说"然进而怀静退之心,不犹愈于退而存不已之念也欤!"(《全元文》卷一百七十九)由此可见,尽管王恽在元代初年,上书万言,"极论时政",奉献新朝,不遗余力;但通观所作,其内心矛盾,也非绝无,故有归园之念,也时有"静退之心"。究其根源,未尝不有身陷官场,有感其险恶之因。在《谤解》

一文中,就极力写了诽谤者之阴毒难防,确实是身处官场的切身体会:

> 谤之惑人深矣!公孰与制,私无以胜,其说至肆行而不少悍,以阴挤而为阳助,被之者鲜克自处,欲弭之而无术也。呜呼!世教下衰,友道日坏,私好恶者,爱之者欲其生,憎之者即其毙。口溢金兰,心包鬼蜮,谨其藏,已射其形,巫为防,已噆螫其毒矣。轻则噂沓背憎,浸润肤受,妄生事端,横造异议,忘我大德,利彼小私,倾良惠奸,伤公害义。(《全元文》卷一百七十八)

议论而以愤气出之,也可见王恽之文的另一种风格。

王恽有一些讲为人之道、论学问之途的文章,如《钝说》、《屏杂说》等,皆本之儒道,议论平稳,风格朴实。

戴表元《蔺相如列传》《范雎列传》

戴表元(1244—1310),字帅初,一字曾伯,庆元奉化(今属浙江)人。宋咸淳中登进士第,教授建康府。大德八年(1304),表元年六十余,执政者荐于朝,拜信州教授,再调婺州教授,以疾辞。表元晚年,翰林集贤以修撰、博士二职论荐,老病不能起。年六十七而卒。《元史》卷一百九十有传。著作有《剡源集》。

有元一代之史论之文,戴表元颇用力而有佳作。《元史》本传称表元"闵宋季文章气萎苶而辞骫骳,骫骳已甚,慨然以振起斯文为己任。时四明王应麟、天台舒岳祥并以文学师表一代,表元皆从而受业焉。故其学博而肆,其文清深雅洁,化腐朽为神奇。""至元大德间,东南以文章大家名重一时者,唯表元一人而已。"(《元史》卷一百九十)

表元于读春秋战国一段历史之时,概颇多感触,故发而为文,作史论十数篇。其中之《蔺相如列传》颇可见表元之见识,其文曰:

> 世言蔺相如持空言与秦争璧,璧还而终不免,赵于璧何益哉?余曰:"不然。秦吞诸侯,非皆以其能也。诈胁之所得,较于

兵取者,往往十居六七。则夫今之视赵,其意岂止于区区之璧哉！秦诚积强之国,见诸国皆有一脉之不绝者,人虽危而不即死；有一贤之可奋者,国虽败而不即亡。秦诚积强之国,见诸国皆畏,而有不畏者在焉,则其不敢易者,必其不畏者也。岂为一璧之重轻乎？吾观相如,盖战国豪俊有谋之士,近古曹沫之徒也矣。故能横躯授命,而知秦刃之不敢加；强辞；临盟,而保赵驾之必可返。不然,秦昭王之无道,叛神明,欺骨肉,何忌于赵,何爱于相如哉？盖尝考之,相如之为赵,不但外以口舌折秦,盖诸将之与赵始终而能为秦畏者,有三人焉。廉颇固相如之所逊,赵奢晚而与之同位,李牧知名进用,计当亦在相如之时。使相如但以空言为强,而无待秦之实,则秦之加于赵,必不若是恕矣。故曰相如者,战国豪俊有谋之士也。独怪赵以相如之贤,所推将适皆一时名杰,自不可为无人之国。再传之后,相如未死,已不救于长平之事。奢以子败,颇废牧诛,然后昔之所恃以待秦者皆尽,而赵亦亡。虽曰废兴使然,观国者可不为寒心乎！"（《全元文》卷四百二十二）

既对蔺相如的"豪俊有谋"大加赞赏,又对有"待秦之实"的三位大将寓以肯定,而且在字里行间充满了对强秦的不满,可谓面面俱到,说理透彻而态度鲜明。

其他,如《乐毅列传》说"战国之君臣,未有能以义始终者"（《全元文》卷四百二十二）；《范雎列传》评秦由所兴之三位功臣说"商鞅以欺,张仪以奸,范雎以仇"；《商鞅传》中对商鞅批评尤烈,更将以武力统一六国的秦称之为夷狄,未必非有所指；《田单列传》中甚至说出了这样的话"盖多杀人以立国者,其国之不可久,而又欲兼人之国乎哉？"其中的深意自不待言。但因为是评述历史,表面上不涉现实,也就形成了《四库全书总目》所说"间事摩画而隅角不露"（《四库全书总目》卷一百六十六《剡源集提要》）的特点,但"不露"并非"无隅",其中的微言大义大可体察。

吴澄《致悫亭说》《虚舟说》《陈幼实思诚字说》

吴澄(1249—1354),澄亦作澂,字幼清,晚字泊清,号草庐,抚州崇仁(今属江西)人。历史称其早年用力于圣贤之学,举进士不中。至元年间,程钜夫求贤江南,起澄至京师。未几,以母老辞归。至大年间,召为国子监丞。皇庆元年,升为司业。后亦辞归。至治年间,迁翰林学士,太中大夫。预修《英宗实录》。书成,即以老而归。天历三年卒,年八十五。《元史》卷一百七十一有传。生平事迹揭傒斯所撰《吴澄神道碑》亦记之。著作有《吴文正集》百卷。

明徐师曾《文体明辨·说》类序有曰:"要之傅于经义,而更出己见,纵横抑扬,以详赡为上而已……"(《文体明辨序说》)"傅于经义",吴澄作为一代大儒,自可当之;"更出己见",吴澄也有大可称之者。揭傒斯所撰《神道碑》云:"皇天受命,天将真儒,北有许衡,南有吴澄,所以恢宏至道,润色鸿业,有以知斯文未丧、景运方兴也。"又说"始以大臣荐,强起而用之"之时,"则年已五十余岁矣。"但又说"虽事上之日晚,而得以圣贤之学为四方学者之依归,为圣天子致明道敷教之实,故其及也深。"(《全元文》卷九百二十九)这里将许衡和吴澄相提并论,都称真儒,都是"恢宏至道,润色鸿业",指出了吴澄人品的一个特点。这样的人品,作为文章,其思想倾向,也自与许衡相似。其以理学知名,文章乃其余事,这一点也和许衡相似。今观吴澄《四书叙录》、《三礼叙录》、《孝经叙录》、《中庸纲领》、《原理》、《无极太极说》诸文,自是其立学之基,也可见其学问之根柢。在学术史上,吴澄将《仪礼》之经、传加以区分,"正经居首,逸经次之,传终焉,皆别为卷,而不相紊,此外悉以归诸戴氏之记"(《全元文》卷四百八十八《三礼叙录》),于此其功甚大。

但许衡、吴澄二人之文也不尽同。《四库全书总目》也曾以许衡、吴澄二人相提并论,说:"衡之学主于笃实以化人,澄之学主于著作以立教。""衡之文白明质朴,达意而止;澄则词华典雅,往往斐然可观。"(《四库全书总目》卷一百六十六《吴文正集提要》)就是说,吴澄较之许衡,文章更富文采。现在看来,吴澄虽与许衡同样原本道学,而其所为文章,确比许衡更

见功力。其所作《致悫亭说》即相当典雅:

> 墓焉而体魄安,庙焉而神魂聚。人子之所以孝于其亲者,二端而已。何也?人之生也,神与体合;而其死也,神与体离。以其离而二也,故于其可见而疑于无知者,谨藏之而不忍见其亡;于其不可见而疑于有知者,勤求之而如或见其存。藏之而不忍见其亡,葬之道也;求之而如或见其存,祭之到也。葬之日,送形而往于墓。葬之后,迎精而返于家。方其迎精而返于家也,一旬之内,五祭而不为数,惟恐其未聚也。及其除丧而迁于庙也,一岁之内,四祭而不敢疏,惟恐其或散也。家有庙,庙有主。祭之礼,于家不于墓也。墓也者,亲之体魄所藏,而神魂之聚不在是……近代所谓祭者,乃或隆于墓而略家……余尝适野,见车马塞道,士女盈盈于墟墓之间。少长咸集,攀号悲泣,仿佛初丧之哀,未尝不嘉其孝诚之笃,而亦不能不叹夫古礼之泯也。(《全元文》卷四百九十五)

此等说经议礼之文,求源于古之礼仪,又能有波有澜,不呆板凝滞,确可见其为文之功力。相较之下,虞集的《致悫亭记》就远不如此了。虞文以记名篇,亦说古人祭祖之前,则须登亭致思,以寄寓其不忘孝心。而作者为梁君写此亭记,亦不过是表彰梁君父子明乎礼义,使同乡之人,有所"取则",文意只能到此。

吴澄为文,一般不作枯燥的理学说教,而能将道理和词章很好地统一起来,如《虚舟说》:

> 大概庄老氏之学,以无心待物,若无主之舟然,任其汎汎于水中,虽偶触他人之舟,而人不怒,以其无主而非有心故也。待物一皆无心,倘或伤于物,物亦无憾于我,故曰人能虚己以游世,其孰能害之!虽有己,而己无心;虽有舟,而舟无主,是之谓虚。虚舟者,虚己之喻也。其远害之计高矣,而终不及吾圣人之中

道。吾圣人之舟,有主而实,非如彼之无主而虚也。然操之于节度,行之于空隙,百艘并进,狭涧相遇,其舟亦无所触。既无所触,谁其怒之？彼无主之虚舟,固为无心,而亦有时触人之舟。人虽不怒,心实不悦。吾圣人之舟,未尝有触于人。人不惟无怒于心,而其中亦无不悦之意。盖庄、老以无心待物,圣人以公心待物。其心公,虽曰有心,亦若无心。(《全元文》卷四百九十六)

尊儒而抑老,是吴澄的文章中常见的思想倾向。即使是此种议理之文,同样不是质直言理,而是巧妙设譬,精于结构,于此也可见吴澄较之许衡,文章确实更富文采。

其《说游说》一文所论乃有元一代一种严重的社会现象——宦游,由于没了科举这条晋身之阶,而由吏出职又艰且有耻,故士人游风大盛,吴澄对此大为不满:

若夫游于今之世,则异是。上之人无所资乎尔,下之人无所畏乎尔。于身既不可以骤升,于财又不可以苟得。叩富儿门,随肥马尘,悲辛于残盃冷炙之际;伺候公卿,奔走形势,侥幸于污秽刑辟之地。不过如子美、退之所云,其可哀也夫！而好游者诿曰:"吾之游,非以蕲名,非以干利,将以为学焉尔。"是大不然……如欲为学,私淑于艾于古圣遗言可也。不求之于此,而求之于游,伥伥欲何之乎……将游于四方,予劝之息游而归读祖父所收之书,作《游说》。(《全元文》卷四百九十五)

其《永愚说》之论柳宗元,也可谓有得之言:

凡自以为愚者,往往出于愤激,非由衷也。柳子厚少已崭然露头角,自恃其智,何如也？未几一斥不用,于是不胜其愤激,而假托于愚,溪、池、亭、岛,悉以愚名。此岂由衷之言乎？(《全元文》卷四百九十五)

字说之文在元代虽多,写此类文章者也不少,但佳作并不多见;而以吴澄所作为最多,亦为最佳,妙文时见之。如《陈幼实思诚字说》:

陈幼实请更其字,字之曰思诚。人之初生,已知爱其亲,此实心自幼而有者,所谓诚也。爱亲,仁也。充之而为义、为礼、为智,皆诚也,而仁之实足以该之。然幼而有是实心,长而不能有,何也?夫诚也者,与生俱生,无时不然也。其弗能有者,弗思焉尔矣。五官之主曰思。孟子有云:"思则得之。"周子亦云:"思者,圣功之本。"思于行之先,则能知其所当知;思于行之际,则能不为其所不当为,所以复其真实固有之诚也。幼实之资笃实,而不已于学,其进于是也盖不难。大哉思乎!其学诚之阶梯乎?(《全元文》卷四百九十七)

"幼"而有"实","诚"与生俱,长而不能有,弗"思"焉尔,名字中"幼"、"实"、"思"、"诚"四字皆所论,而最后归结于"思","大哉思乎!"可谓即切了字说之体,又出之以谆谆教导之心,并非敷衍应对之文。又如《陈文晖道一字说》:

陈文晖字道一,或议其名与字之不相当。袁用和与之厚善,以问于予。予曰:人之践行者为道,道非物外幽隐之事也。道之著见者为文,文非纸上工巧之言也。明乎此,则知文之炳焕而晖,即道之贯彻而一也,恶得谓之不相当也哉?世之人论文则沦于卑近,论道则骛于高远,往往离文与道而二之。失之于卑近,俗儒之词章尔;失之于高远者,异端之虚寂尔。吾圣人之所谓文所谓道不如是。散而为晖,敛而为一而已矣。显微无间,斯之谓欤?用和曰:"请书此以为字说,而遗道一,可乎?"予曰:"可。"(《全元文》卷四百九十七)

在字说中论道与文之关系,要求道与文合一,这就纯粹是借题发挥之作了。

赵孟頫《五柳先生传论》《夷斋说》

赵孟頫的论辩之文大抵皆为自写其心,故文如其人。读其文,必先知其人;知其人,才能更好地理解其文外之义。

赵孟頫(1254—1322),字子昂,号送雪道人。宋宗室秦王赵德芳的后裔。湖州(今浙江吴兴)人。年十四以父荫补官,调真州司户参军。宋亡,家居力学。至元二十三年(1286),程钜夫到江南访贤,孟頫与吴澄等同被推荐入朝。吴澄旋即辞归,而孟頫入为侍从。二十四年,授兵部郎中。二十七年,迁集贤直学士。孟頫此时颇得天子赏识,但为某些朝臣所忌,因此,请求外放,曾经出任济南、江浙等地方官职。至大三年,复召至京师,为翰林侍读学士。延祐三年,官至翰林学士承旨,甚被优遇。孟頫这时一面感恩知己,为诗颂圣(有《欣颂圣祖皇帝圣德诗》),一面"重嗟出处",请求"归休"。延祐六年(1319),得以南归。至正二年去世。谥文敏。《元史》卷一百七十二有传。著作有传本《松雪斋文集》,今本有《赵孟頫集》。

孟頫作为皇室后裔,文学教养相当全面,具有苏黄以来很多文士的特点。诗文书画,无不擅长;又通音乐,且精文物鉴赏。是个多才多艺的文人。孟頫最为世人所知者,在于书法,其书雅俗共赏,所以最有称誉。而孟頫文章特点,正与其书法相似,亦肖其为人。他有一篇《五柳先生传论》,其文有云:

> 志功名者,荣禄不足以动其心;重道义者,功名不足以易其虑。何则?纡青怀金与荷锄畎亩者殊凸,抗志青云与徼幸一时者异趣,此伯夷所以饿于首阳、仲连所以欲蹈东海者也。矧名教之乐,加乎轩冕;违己之病,甚于冻馁。此重彼轻,有由然矣。仲尼有言曰:"隐居以求其志,行义以达其道,吾闻其语,未见其人。"嗟乎,如先生近之矣。(《全元文》卷五百九十六)

虽名为"传论",实发已感。由于以宋王孙的身份仕元,孟頫备受同僚猜忌,也尽尝人情冷暖,本文也正反映了他的这种尴尬处境和矛盾心态。其称伯夷鲁连,表明志在远举;但既已出仕,则悔之已晚。"违己之病,甚于冻馁",乃是深有体会之言。同样的思想情感,在《送吴幼清南还序》和《缩轩记》中也都有所流露,一序一记,一称赞吴澄能举而复去,一对戴表元退隐山湖心向往之,仕而思退,心虽相同,而行动和缓。为人如此,发而为文,亦如其人。故其行文亦平易、和缓。但其内心并非是平坦的。不仅出仕、归隐交战于胸,而且对于人情世态,因有所感于己,也有积愤。《夷斋说》一文就表现了这一特点。夷斋本是田君润之所居之室,孟频为说,先从"夷"字引发了如下之论:

> 夷与险对者也,尝试言夫险者,则夷之义自见。今夫天下之险,无逾于水。水之险则有吕梁、滟滪,若江若河,以至于海,而水之险极矣。然舟楫既具,人力既尽,则若履平地。其或至于颠覆,盖有幸不幸存焉。若夫人心之险,又非水之能比喻也。谈笑而戈矛生,谋虑而机阱作,不饮而醉,不鸩而毒,同则刎颈胶膝,异则对面楚越。及其至也,以锱铢之利,毫厘之念,使人上下乖,骨肉离,险之祸可胜言哉!田君无是也,则名其斋曰夷,不亦宜乎?(《全元文》卷五百九十六)

田君以"夷"名斋,用意未必如此;孟频发为此说,全是借题发挥。由此来看,孟频文章和缓平易之外,有时亦有愤辞。《元史》本传说他"诗文清邃奇逸,读之使人有飘飘出尘之想"(《元史》卷一百七十二)。从其全部作品来看,有不然者。

虞集《尚志斋说》

元代进入仁宗朝后,其时距宋亡已三十余年,新一代文人可以说是完全生于大元、长于大元。而元王朝的统治也已十分巩固,社会相对安定,生产得到发展,出现了一时的繁荣局面。尤其是延祐二年终于开科取士,汉族文人的一个心病总算得到了解决。因此,从各方面来说,元朝都已经进入了"盛世"时期。而盛世之文自是有不同于已往之处。王理撰《国朝文类序》即云:"国初学士大夫,祖述金人、江左余风,车书大同,风气为一。至元、大德之间,庠序兴,礼乐成,迄于延祐以来极盛矣。"(《全元文》卷一千六百四十六)"盛世之文"在内容上表现为"羽仪斯文,黼黻治具"(宋濂《圭斋文集序》),为文风格上的特点则是纡徐雍容、涵淳茹和,一派平易正大。此一时期的著名文家,最能代表一时风气的有袁桷、虞集、揭傒斯、黄溍、柳贯、欧阳玄、苏天爵等。无论是号为"儒林四杰"(柳贯、黄溍、虞集、揭傒斯),还是称元诗"四大家"(虞集、杨载、范梈、揭傒斯),都是对这个盛世的自诩和认同。

最能代表元代盛世之文的作者是虞集。虞集(1272—1348),字伯生,号道园,世称邵庵先生。祖籍蜀郡仁寿(今属四川),宋亡,其父伋挈家移居临川崇仁(今属江西)。大德六年,虞集以荐至京师,授大都路儒学教授。泰定初,除国子司业,累迁翰林直学士,兼国子祭酒。文宗朝累迁奎章阁侍书学士,曾预修《经世大典》。时朝廷典册,多出其手。后谢病归临川,至正八年卒,谥文靖。《元史》卷一百八十一有传。生平为文多至万篇,著作有《道园学古录》等五十卷。

虞集父伋与吴澄为友,集曾受学于澄。至京师,与袁桷交友甚密,相与切磋文章。他在朝为官凡三十年,主要任职于国子监,有师长之位,经其引荐或出其门下的文士甚多,"当世文士,尝经论荐,后皆知名"(欧阳玄《虞雍公神道碑》,《全元文》卷一千一百四)。延祐初,揭傒斯入翰林国史院,即经他引荐。仁宗至文宗朝,聚集在虞集周围的知名文家,先后有揭傒斯、杨载、许有壬、黄溍、柳贯、欧阳玄、苏天爵等。在元中期,虞集是绝对的文坛宗主,影响最大,"元文之有虞集,陶铸群材,主持风气,如金之有元好问"(钱基博《中国文学史》)。

虞集生当元代一统天下的太平之世,其文颇能反映这个时代的统治思想。正如欧阳玄在《雍虞公文集序》中所说:

> 皇元混一之初,金宋旧儒,布列馆阁,然其文气,高者崛强,下者委靡,时见旧习。承平日久,四方俊彦萃于京师,笙镛相宣,

风雅迭唱,治世之音,日益以盛矣。于时雍虞公方回翔胄监容台间,吾乡有识之士见其著作,法度谨严,辞旨精赅,即以他日斯文之任归之。至治、天历,公仕显融,文亦优裕,一时宗庙朝廷之典册,公卿大夫之碑版,咸出公手,粹然自成一家之言。山林之人,逢掖之士,得其赠言,如获拱璧。公之临文,随事酬酢,造次天成,初无一毫尚人之心,亦无拘拘然步趋古人之意,机用自熟,境趣自生,左右逢源,各识其职……(《全元文》卷一千九十二)

这就是说,虞集的文章,已经不同于"金宋旧儒"之作。旧儒之作,高者不免"崛强",下者不免"委靡",这种"旧习"是元代早期文章的特点,还不是"治世之音"、盛世之文。只有"承平日久",这"治世之音"才"日益以盛"。而"公仕显融,文亦优裕"的虞集的文章,正是所谓"治世之音"的代表,因此也就成了"典册"、"碑版"的大手笔,"粹然自成一家之言"了。我们看虞集的《尚志斋说》,即是一篇典型的"治世之音"。其文曰:

亦尝观于射乎?正鹄者,射者之所志也。于是良尔弓,直尔矢,养尔气,畜尔力,正尔身,守尔法,而临之。挽必圆,视必审,发必决,求中乎正鹄而已矣。正鹄之不立,则无专一之趣向,虽有善器强力,茫茫然将安所施哉?况乎弛焉以嬉,嫚焉以发,初无定的,亦不期于必中者,其君子绝之,不与为偶,以其无志也。善为学者,苟知此说,其亦可以少警矣乎。夫学者之欲至于圣贤,犹射者之求中夫正鹄也。不以圣贤为准的而学者,是不立正鹄而射者也。志无定向,则泛滥茫洋无所底止,其不为妄人者几希,此立志之最先者也。既有定向,则求所以至之之道焉,尤非有志者不能也。是故,从师、取友、读书、穷理,皆求至之事也。于是平居无事之时,此志未尝慢也。应事接物之际,此志未尝乱也。安逸顺适,志不为丧。患难忧戚,志不为慑。必求达吾之欲至而后已,此立志始终不可渝者也。是故志苟立矣,虽至于圣人可也。昔人有言曰:"有志者事竟成。"又曰:"用志不分,乃凝于神。"此之谓也。志苟不立,虽细微之事,犹无可成之理,况为学之大乎?昔者,夫子以生知天纵之资,其始学也,犹必曰志,况吾党小子之至愚极困者乎?其不可以尚志为至要至急也,审矣。今大司寇之上士浚仪黄君之善教子也,和而有制,严而不离,尝遣济也受业于予。济也请题其斋居以自励,因为书"尚志"二字以赠之。他日暂还其乡,又来求说,援笔书所欲言,不觉其烦也。济也尚思立志乎哉!(《全元文》卷八百三十七)

用射之求"正鹄"来比喻学者之欲至于圣贤,通篇都不离"尚志"二字,正说反说,取譬设喻,都讲"尚志"的重要。遣词造句,雍容典雅,中正和平,无暇可指,无懈可击。其中没有违碍的话,也没有不合时宜的文字。像这样的文章,就是一种"治世之音",无论在内容上,还是在为文的风格上。

黄溍《说水赠蒋春卿》《贾谕》

元代盛世之文的代表作家,还有黄溍。黄溍(1277—1357),字晋卿,婺州义乌(今属浙江)人。延祐二年进士,授台州路宁海县丞,此后浮沉州县僚佐十余年。至顺二年,以马祖常荐入朝任应奉翰林学士,转国子博士,出为浙江等处儒学提举,复入为翰林直学士,升侍讲学士、知制诰、同修国史、同知经筵事。至正十年致仕,卒谥文献。与临川虞集、豫章揭傒斯、同郡柳贯齐名,号为"儒林四杰"。有《金华黄先生文集》四十三卷。

黄溍早年从学于宋遗民方凤,即有文名,及入翰林,文名日盛,而从学颇多,元明之际的著名文家宋濂、王祎等即出其门下。宋濂在《金华黄先生行状》中曾经这样记述人们争先诵读黄溍诗文的情景:"海内之士与浮屠老子之流,以文为请者日集于庭,力麾而不去。一篇之出,家传人诵。虽绝域殊邦,亦皆知所宝爱。"(《金华黄先生行状》,宋濂《文宪集》卷二十五)黄溍为文以雅正平和为主,风格极近虞集,也是盛世之文的代表。宋濂称黄之为文"一本乎六艺,而以羽翼圣道为先务,然其为体,布置谨严,援据精切,俯仰雍容,不大声色",又称其"文辞温醇,类欧阳永叔",大体点

明了他文章的风格倾向。《说水赠蒋春卿》一文,即很好地体现了黄溍文章的风格:

> 阳羡蒋君春卿嗣主安定教事于吴兴,以秩满去。友生金华黄溍送之苕溪之阳,酌之水而与之言曰:君知水之为物乎?嵌岩礨空,一掬之多;遗针堕芥,可指二取。非不冷然冰骨雪齿也,无摇焉,无溷焉,斯可耳。及其去而为湍、为硐也,暮山跨谷,历百折而弗顾,不既壮欤?然而追于风则惊,扼于石则怒矣。若夫酾为三江,锺为七泽,茫洋演溢,涵烟霏而淘日星者,漫不知其几百里。泊乎其休,汩乎其不可留。沉沉乎黄龙之所官,穹龟钜鱼之所家。蝦蛤生焉,而不以为隘也;来牛去马饮焉,而不以为耗也;凫鸥出没焉,而不以为亵也;蜿蚋投焉,而不以为污且辱也;神妖物怪居焉游焉,而不以为异也。千沤万洄,交起互灭,瀰溷尔,淳潏尔,泄之莫能害其蓄,挠之莫能乱其澄。潜渊之珍,参错朗耀,而荒查丑石、屑琐附丽之物,亦无所不容也。嗟乎!水一而已,其量之相远顾如此,非夫所处者异势耶?今君之去山谷也久矣,接天潢、度瀛海且有日,盍亦拓七泽以为襟,舒三江以为带,而无以是冰雪者沾沾自喜哉?虽然,水行天地间,其适也逾远,则其趋也愈下。孔子盖称"智者乐水",夫不激不流,非智者不足以与此。君非智者欤?持涓滴以相波澜,祇强颜耳。离歌既阕,(马风)风遽张,因次第其语,书以识别。(《全元文》卷九百四十九)

以绮丽蕴藉的文辞,丰富的联想和淋漓尽致的描绘,尽情地赞美了水的秉性。随后,笔锋一转,以水喻人,愿人们"持涓滴以相波澜",即使大材小用,也要真心诚意,为国为民贡献一份力量。这正是大多生活于盛世的人发而为文的意旨所归。但我们可以看到,黄溍为文还是比较讲究文采的,其中更有种一以贯注的气势,这在另一篇他写于入仕前的作品《贾谕》中,表现得更为明显:

盍尝观乎贾区乎？吴之盐、蜀之布、会稽之美箭、代之名马，至于漆枲卮茜、筋膠药物之众，无不丛聚区别，而贝玑丹银，重渊邃谷怪珍之产，又皆篝火腰絙，冒百死之祸，乃能夺而出诸虎豹蛟鼍之宅，亦且毕致而错陈焉。彼其役佣工，费舟车，遑遑颙颙，心计目察，笥者、闲者、在筐笪者、匮而藏者，辨之患弗良，聚之患弗丰耳。辨而良，则售易博；聚而丰，则获益厚。其货诚千金也，人且以千金至矣，求其张虚肆，负杅橐，自厕其间，而能以操奇赢者，无有也。于是日昃鼓起、囊金适市者，莫不鳞集蚁合，辨物以奠贾焉。方嚣訬烟壒之中，一旦有委千金于贩夫贩妇，而未尝少见德色者，诚将文致其利，而向之千金，非以施爱云尔也。仁义忠信，士之大宝，而爵禄车服，国家之千金矣。夫其为宝也，非必烛幽缒深，涉死地而后能有也。彼饰虚怀枵，号呼以望售者，何憧憧耶？倪人之直，而能无德色者，又几人耶！呜呼！市井之事，学士大夫所共贱鄙，而羞以污齿牙也。今之称为大人君子者，果何如哉，果何如哉？（《全元文》卷九百四十九）

文中写士以仁义忠信之宝，换国家之爵禄车服，公平交易，理所当然，表现的是作者入仕前待价而沽的心理。而文之深意，更在讥刺那些中无所有，却汲汲求售的利禄之徒，和妄加援引，而自谓有德于人的当道要员，着墨不多，点到为止，用的是汉赋和乐府诗"卒章显志"的笔法。

欧阳玄《奇峰说》

元中期文家，在朝为官而与虞集等人关系密切，文风也相近似的，还有欧阳玄。欧阳玄（1273？—1357），字原功，号圭斋。原籍庐陵，曾祖始居浏阳，遂为浏阳（今湖南）人。延祐元年（1314），朝廷设科取士，明年，赐进士出身。授岳州路平江州同知，调太平路芜湖县尹。入朝为国子博士。致和元年（1328），迁翰林待制、兼国史院编修官，预修《经世大典》。元统元年（1333），拜翰林直学士，兼国子祭酒，诏修宋、辽、金三史，为总裁官。官终翰林学士承旨。至正十七年卒。《元史》卷一百八十二有传。著作有

《圭斋文集》。

宋濂在《圭斋文集序》中说到欧阳玄的仕履、文章:"历官四十余年,在朝之日殆四之三。三任成均,而两为祭酒,六入翰林,而三拜承旨。盖当四海混一之时,文物方盛,纂修实录、大典、三史,皆大制作。两知贡举及读卷官,凡宗庙朝廷雄文大册,颁示万方制诏,多出公手……海内名山大川、释老之宫、王公墓隧之碑,得公文辞以为荣。片言只字流传人间,咸知宝爱。文学德行,卓然名世。羽仪斯文,黼黻治具,公之功为最多。"由此可知,欧阳玄在这个时期,官位甚盛,文望甚高,也是元代盛世之文的代表作者。《奇峰说》是欧阳玄很有代表性的作品,其文有曰:

> 天地间气形惟正与奇,受其正者为正,受其奇者为奇。山之有五岳,水之有四渎,正也。然五岳有泰华,峻嶒而峭拔;四渎有清济,潜泭而趵跃,是正之中有奇者焉。人亦然。端庄静重之士,偶遇事变,未尝无超迈卓绝之行也。特水之奇,以冲激而见;人之奇,以感发而见,皆因动而见奇者也。惟山之奇在峰,虽静亦奇,孤夐之姿、腾踔之势,有自然之奇,不可以言喻者。故士之静独隐居,而有奇节者,往往则之……(《全元文》卷一千九十四)

以"正"与"奇"论山、论水,曰"正之中有奇者",其意乃在于以正为常,纳奇入正。又标榜峰之奇乃"虽静亦奇",并以之喻"静独隐居"之士,将隐士也作为一种盛世气象的象征,甚至是更为出色的体现,这是大有别于前人对隐士既有意义理解的。欧阳玄在《自赞》一文中谈到自己谓"不古不怪,不清不奇"(《全元文》卷一千一百),是可与之相辅参照的。

吴莱《形释》

吴莱之文,可以说是有别于上述盛世之文的一个例外。吴莱(1297—1340),字立夫,浦阳(今浙江浦江)人,延祐间上贡举,以议论不合于礼官,退归田里,不再求仕,讲学著述于深袅山中。晚年被荐为饶州长芗乡书院山长,未任而卒,时年四十四岁。门人宋濂等私谥为渊颖先生。《元史》卷一百八十一有传。有《渊颖吴先生文集》十二卷。

吴莱是比虞集、黄溍、欧阳玄等略晚一辈的人,但他早年曾同黄溍、柳贯受业于宋遗民方凤,生平活动也大体属于所谓盛世这一时期。但吴莱与"盛世之文"的作者所具有的台阁之臣的显赫地位不同,他一生未仕,淡泊名利,以教书著文表达自己的胸襟学识为主,故没有那些依于朝章国典、颂圣希世的念头。黄溍称"吴莱之文,斩绝雄深,类秦、汉间人所作,实非今世之士也"(《黄溍传》附《吴莱传》,宋濂《元史》卷一百八十一)。宋濂则称其能"以精深玄懿之学,发沉雄奇绝之文","诸作置之司马迁、相如、刘向、王褒之间,吾知其未必有愧也"(宋濂《渊颖先生碑》,吴莱《渊颖集》附录卷十二)。这正说明吴莱的文风确与同时一般文家不同。吴莱之文,长于议论。其议论多雄富辩博,洋洋洒洒,纵横自如,有西汉文气。《论倭》、《形释》、《秦誓论》、《读韩非子》、《读战国策》、《书张良传》、《伯夷辨》等,都有此特点。如《形释》,仿西汉文,设主客问答。客问何不出而仕,主客以"穷乡曲学,曾不得以施廊庙",复又论己之不可仕:

> 盍独不观夫世之务进而不已者乎?峨高弁,曳长珮,从容而游豫,尧行而禹步;搜古文,摘奇字,穿凿以附俪,周情而孔思;屈原、宋玉、王、扬、司马,支离轮囷,绮绘艳冶。言文辞者,则或蜀而或楚,《诗》、《书》、《礼》、《乐》,雕龙炙輠,公平正大,浮淫侈诐;言道术者,则或齐而或鲁,喑呜则雷震,指顾则云聚,立谈则谷风发条,端怒则秋雨流潦,颀然而长,庬然而厚,博然其肩背,哆然其颧辅,出材于山野,升俊乎天府,穷足悯黎民,达足事圣主,犹欲发乎汪冈之封守,驱乎昭如之海滨,轺车尚有所不能载,三马尚有所不能胜。若是乎恢梧倜傥,苞容庨豁,有异于恒人者,乃足为国家之用,称天下之珍,则予之不足也知已甚矣。今夫予志气不刚,筋力不强,容貌不通于世俗,衣冠不合于康庄,空洞坋塞而无统,缪悠迂诬而不得当,处阛阓则心剿形瘵,望山林则兽骇鸟鸤,忼慨而长啸,跰蹮以自鉴,且谓夫元造肖形之过也,则客将闵宋人之苗而揠之使长乎?不然,世固有是者矣:竦肩而千枝,

攘臂而百变,挚则凌冰霜,膏车则犯雪霰,盖已前鼓金张之虚誉,后攀许史之密援,王贡弹冠而肯庆,萧朱结绶以互荐,是固先声之所及,无论乎么麼眇小,血肉之躯,而上不许之见也。(《全元文》卷一千三百六十八)

就文章形式讲,这样的散文,确于汉文多有所模拟,但其中雄廓有奇气,并不为法度所拘,而充溢于文字之中的清高自洁之志,愤世嫉俗之情,却自作者胸襟流出,因此感人。

杨维桢《人心论》《正统辨》

从元惠帝即位到元亡的近四十年,是元文的后期了。惠帝时,社会矛盾日益加剧,政治越加腐败,元之国势急剧衰落。至正十一年(1351)红巾起义爆发,其后南方的农民起义风起云涌,整个南半中国陷入一片战乱,元王朝的统治更处于风雨飘摇之中。处于这一时期的文学家,因为元王朝的迅速灭亡而大多进入了明初的"界限",有太多应该在元代散文史上留下重重一笔的作者划归了明初,如宋濂、刘基、高启等,他们的大部分的作品都写于元亡之前,我们遵照习惯,故在此不加论述。元末的文家中,杨维桢应该说是成就最大、也最有代表性的。

杨维桢(1296—1370),字廉夫,号东维子。因少时读书铁崖山中,又自号铁崖,又因善吹铁笛,故亦自称铁笛道人。会稽(今浙江绍兴)人。元泰定四年(1327)进士,署天台尹,改钱清场盐司令,狷直忤物,十年不调,欧阳玄欲荐于朝,被沮不果,后转建德路总管府推官,擢江西等处儒学提举,值农民义军起,因兵乱未到任,避地富春山,后徙居钱塘,又入吴地,与吴中文人诗酒酬唱。张士诚据平江时曾遣使屡聘之,不赴,并复书士诚,劝其降元。后移居松江。入明不仕。著有《东维子文集》三十卷。

杨维桢是元末的诗文大家,当时即享有大名。由他引导的古乐府诗创作,在东南一带影响很大,形成了蔚为壮观的"铁崖派"。他的散文成就,不仅也称得上是元人中的佼佼者,更以其独特的审美风貌标出于世。相对于元中后期已渐流于平熟的"盛世之音"的风格,杨维桢的文章豪纵有奇气,而不以淳和雅正为美,故在当时一出现即给人耳目一新的冲击力。杨维桢性格桀骜不驯,为人高洁特立,冉加上仕途不达,长期处于下层,对社会矛盾多有了解,故其文章多指斥时弊之作,对元末的社会弊端和黑暗现实也多有反映。如《人心论》一文,论人心向背,即是切中时弊之作:

> 夫人心者,天命之所系,国脉之所关也。刘文叔之中兴也,民见者曰:"不图今日复见汉官威仪!"此人心之思汉而文叔收之以中兴也。郭子仪、李光弼之匡难也,民见者曰:"不图今日复见官军!"此人心之思唐而李、郭收之以匡难也。故曰:人心者,天命之所系,国脉之所关。收人心者,要当使之如父兄子弟之亲亲,出于天情之固结,而不可一日离而去也。人心一归,天下无事不可为;人心一去,天下之事解体矣。
>
> 载论三蜀之人心在于关,江汉之人心在于城。一关失,则三蜀皆无以自存;一城破,则江汉无以自守。此无他,人心所固者,在关与城也。二广之人心在于岭,两浙之人心在于江。一夫越岭,则二广之民皆忧惶而不可禁;一舟渡江,则江左之民皆溃发而不可支。此无他,人心之所固者,在江与岭也。善用兵者,必先有以收天下之人心,又有以固天下之要害;天下之要害固,天下之人心固矣。
>
> 今日之人心,阁下所知也,其收之固之之术,阁下所行也。然有离而去者,何也?官军所之,先以花猫、金枪之党,荡覆我民舍,离拆我人心,使之荷担以待,襁负而去。吾之屋庐,皆为彼之营砦;吾之牛羊,皆为彼之脍炙;妻妾子女,皆为彼之奴婢;金宝财物,皆为彼之裹囊。城郭之民,养卒如养虎;田野之民,避军如避寇。今日人心,离而去者以此,尚能为阁下守要害乎?阁下以诛讨贼虏、恢复王土、尊奖王室为己任,则请以收人心固人心为第一义也。吾故断之曰:人心者,天命之所系,国脉之所关也。作《人心论》。(《全元文》卷一千三百二十)

这是在至正十七年(1357)张士诚降元之后,为张士诚"诛讨贼虏"出谋划策而作的一组论文中的一篇,另外几篇是《驭将论》《总制论》《求才论》《守城论》。而实际上,这些论文所表露的情绪是元王朝腐败透顶,黑暗至极,人心丧尽,已不可救药。《人心论》论人心向背关乎天下得失,似无新见,而其重点,在于"今日之人心"。"今日"之势,官兵害民,成了真正的盗匪,民养卒如养虎,避兵如避寇,"人心离而去",已无可挽回。作者于此,实际上已无谋可出,无策可献。此文与其说是在出谋献策,不如说是指出了元朝覆亡之必然。同样在《守城论》中,杨维桢亦论"人心"曰:

> 诚以恃城,不如恃民也。苟得人心,虽画一地而守,植表而限可也。不然,崇城到天,严扉重闭,我之民心内携而外叛,曾不若折柳之樊吾圃也。(《全元文》卷一千三百二十)

强调"人心"的重要,正在于其时人心已散,民心已不在朝廷。

杨维桢的大制作是《正统辨》一文,当时影响很大。元自世祖时起,即屡次议修宋、辽、金三史,但均因正统之争而不得不搁置,争论延续了有元一代,以至三史始终不能结稿。其间的主要分歧是:究竟应当独尊宋为正统呢?还是应当将宋与辽、金视为南北朝呢?这是元朝士人非常关心的一个话题,也是当时一个十分敏感的话题,因为这实际上是蒙元王朝的正统究竟是来自于宋还是来自于辽金、是承中原王朝之统还是承北族王朝之统的问题。元顺帝至正三年(1343)再次议修,以中书右丞相脱脱为都总裁官,脱脱采取行政干预加以裁定,"独断曰:'三国各与正统,各系其年号。'"(权衡《庚申外史》卷上)三史乃成。然而宋、辽、金三史的正统之争却并没有因此而平息,脱脱的这一决定遭到了朝野人士的激烈批评,其中最著名的反对派当属杨维桢。当三史刚有成书之时,杨维桢就著《正统辨》一文,进呈元顺帝,他认为,"奈三史虽云有作,而一统犹未有归","今日之修宋、辽、金三史者,宜莫严于正统与大一统之辨矣",倡言"论我元之大一统者,当在平宋,而不在平辽与金之日"(《全元文》卷一千三百三十五),这是他独尊宋统说的一个理论基础。按照他的主张,宋、辽、金三史的撰修理应以宋为正统,即"挈大宋之编年,包辽金之纪载"(同前)。《正统辨》在当时是一篇很有影响的文章,当时支持杨维桢者大有人在。身为三史总裁官的欧阳玄,在看到杨维桢《正统辨》之后说:"百年后,公论定于此矣。"(张廷玉《明史》卷二百八十五《文苑一·杨维桢传》)其真实态度于只言片语间流露无遗。陶宗仪也曾对《正统辨》一文给予高度评价:"可谓一洗天下纷纭之论,公万世而为心者也。惜三史已成,其言终不见用。后之秉史笔而续《通鉴纲目》者,必以是为本矣。"这种评价可以代表元朝相当一部分汉族士人的正统观念。但即使是在这种正大煌言的文章中,依然可以见出杨维桢的独特的个性,我们且看其中一段:

> 於乎,世隔而后其议公,事久而后其论定。故前代之史,必修于异代之君子,以其议公而论定也。晋史修于唐,唐史修于宋,则《宋史》之修宜在今日而无让矣。而今日之君子,又不以议公论定者自任,而又诿曰付公论于后之儒者,吾又不知后之儒者又何儒也?此则予为今日君子之痛惜也。今日堂堂大国,林林巨儒,议事为律,吐辞为经,而正统大笔不自竖立,又阙之以遗将来,不以贻千载纲目君子之笑为厚耻,吾又不知负儒名于我元者,何施眉目以诵孔子之遗经乎?(《全元文》卷一千三百三十五)

文中咄咄逼人的气势和不苟合于世俗的态度,正是杨维桢狂放不羁性格的表现。

第二章　金元奏议文

金元奏议文包括两种不同文体，一是奏议之文，二是诏令之文，前者为上行公文，乃臣下写给帝王的奏章，而后者为下行公文，是帝王给臣下的命令、文告。姚鼐《古文辞类纂》曰："奏议类者，盖唐虞三代圣贤陈说其君之辞，《尚书》具之矣。"又曰："周衰，列国臣子为国谋者，宜忠而辞美，皆本谟诰之遗，学者多诵之。"盖奏议乃下对上、臣对君之辞，"陈说其君"是对其文体界说，"宜忠而辞美"是对其内容要求。其名纷杂，"汉以来有表、奏、疏、议、上书、封事之异名"，而"其实一类"（姚鼐《古文辞类纂》）。奏议类文章内容多议论时政，为君王治国建言献策，陈述己见，多有可观，故本章以为重点。

各类诏令文章内容和用场既不相同，又因时以改，故也名目繁多，如诏、诰、制、册、檄文等，后世以"诏令"括之。以今日眼光看来，此类文章多冠冕堂皇之辞，内容大多空洞少物，本无足观，但诏令类文章多出于朝廷巨公、翰林雅士之手，作者本人颇重视，竭心为之，后世之人也多将此类文章收入其人集中，以见其人。故于此类文中也略可见一人为文之风格，更重要的是，一时之朝风士气，于此也可稍见。因此，本章亦不因时废文，而稍录有可观者。

第一节　金代奏议文

奏议之文在金代存世的文献中点有很大比例。据张金吾《金文最》，金代的奏仪之文共有诏、册、制、疏、表、议等六种，选文三百多篇，仅次于碑志，居全书第二。而奏议谏书，一直是历代朝臣论政的重要形式，金朝亦是如此。其中虽不无可读的政论作品，但与其师法的唐宋两朝的奏议文字，自然不可同日而语。"金承辽后，凡事欲轶辽世，故进士科目兼采唐、宋之法而增损之。其及第出身，视前代特重，而法亦密焉。若夫以策论进士取其国人，而用女直文字以为程文，斯盖就其所长以收其用，又欲行其国字，使人通习而不废耳。终金之代，科目得人为盛……金治纯驳，议者于是每有别焉。"这段话出自《金史·选举志》，其文认为金代科举虽采唐宋之制但能扬长避短，对进士出身者能予以器重，而法亦非常严密，所以金代的奏仪之文也就呈现出一些不同于前代的风貌。但从金代的现存文献来看，其诏制表奏疏议之文与前代的区别并不明显，大抵内容上仍然是选贤与能、革弊兴利，形式上采用"骈四俪六"的应制体，文风堂皇典雅，陈陈相因，并没有摆脱唐宋公文模式的笼罩，显示出别样的特点，或可略窥一代政风与文风。

金代的奏仪之文主要包括两种，一种是下行公文，是皇帝对臣下发布命令的文字，如诏、制、册等；另一种是上行公文，是臣下向皇帝陈述意见的文章，如疏、表、议等。这里分表章之文、诏令之文、制册之文、疏议之文四个方面加以论述。

诏令之文

诏令是君上对臣下的文字，故其行用范围基本上都属于重大事件，需要布告全国，咸使闻知的。所以，诏令是金代奏议类文书中较为重要的一种。金代的诏令基本继承了前代"王言"的传统，在文体方面，使用典雅的汉文文言，以骈体文为主，偶有用散文者。辞藻华丽，多用典故，以显示王朝的"文治"形象。

金代的诏令之文,由于其应用文字的切实需要,雅化的比较早。"金初未兴文学之先,诏令奏议,借才异国,文辞即斐然可观。"(吴梅:《辽金元文学史》)由于借才异代,使得金代的诏令之文从一开始就没有少数民族的剽悍之气,而具有儒雅的特点。如太宗的《下宗翰狱诏》:

> 门下。先王制赏议罚,赏所以褒有功,非溢喜也;罚所以诛有罪,非益怒也。朕惟国相粘罕,辅佐先帝,曾立边功。追先帝上仙,朕继承丕祚,眷怀元老,俾董征诛。不谓持重兵权,阴怀异议,国人皆曰可杀,朕躬匪敢徇私。奏对悖慢,理当弃磔,以彰厥过。呜呼。四皓出而复兴汉室;二叔诛而再造周基。去恶用贤,其鉴如此。布告中外,咸使闻知。(《金文最》卷三)

再如熙宗《答请定官制诏》:

> 朕闻可则循,否则革。事不惮于改为;言之易,行之难,政或讥于欲速。审于后举,示将不刊。爰自先皇,已颁明命。顺考古道,作新斯民。欲端本于朝廷,首建官于台省。岂止百司之职守,必也正名;是将一代之典章,无乎不在。能事未举,渺躬嗣承。惧坠先猷,惕增夕厉。勉图继述,申命讲求。虽曰法唐,宜后先之一揆;至于因夏,固损益之殊途。务折衷以适时,肆于今而累岁。庶同乃绎,仅至有成。掇所先行,用敷众听。作室肯构,第遵底法之良。若网在纲,庶弭有条之紊。自余条欸,继此祗陈。已革乃孚,行取四时之信。所由适治,揭为万世之常。凡在见闻,共思遵守。(《金文最》卷四)

不难看出,这两段文字,对仗工整,词语富雅,有典故,有文采,已经是比较成熟的四六文了。但鸿篇巨制却仅论及一事,太宗之诏尚且言之有物,熙宗之诏则难免空洞造作之讥。一代诏令之文,大抵如是。

在具有外交性质的重要文书中,更是刻意讲究文辞和技巧。如《招宋吴曦诏》则是精心结撰而成。吴曦于开禧二年(1206)任四川宣抚副使兼陕西河东招抚使,是位很关键的人物,只要他一投降,全蜀和整个西线战场都将属于金王朝。《招宋吴曦诏》是篇劝降的文字。文章先从其祖辈吴璘、吴玠"威略震主者身危,功盖天下者不赏"说起,感叹吴曦不识时务,在"猜疑既萌,进退维谷,君臣之义,已同路人"的情势下却"犹偃然自安",然后将吴曦与"翼赞之功,暴于南北"的岳飞相比,劝告吴曦"与其负高世之勋,见疑于人,曷若顺时因机,转祸为福,建万世不朽之业哉"。接着分析战争形势,对比双方优劣,认为宋朝必败,当时正是"豪杰分功之秋",最后许下"旌麾所指,尽以相付。天日在上,朕不食言"的允诺和保证,结尾还送上"金宝一钮"(《金文最》卷七)。该文很像一篇私人书信,处处为对方着想,晓之以情理,动之以利害,层层剖析,乍看起来,有很多忠恳坦易之言,实际上却极具机心和技巧。吴曦不久即投降,也可见出这篇文章成功的效果。

金代的诏令之文也偶有摆脱前代王朝的精致特色,内容趋于简单、质实的。如海陵王完颜亮《罢万户官诏》:

> 太祖开创,因时制宜。才堪统众,授之万户。其次千户及谋克。当时官赏未定,城郭未下。设此职许以世袭。乃权宜之制,非经久之利。今子孙相继,专揽威权。其户不下数万,与留守总管无异,而世权过之。可罢是官。若旧无千户之职者,续思增置。国初时赐以国姓,若为子孙者,皆令复旧。(《金文最》卷四)

完颜亮(1149—1161),字符功,金太祖完颜阿骨打之孙,为金朝第四代国君,也是金朝历史上以"中原天子"自任的第一人。他不仅是一位有作为的政治家,也是一位杰出的文学家,有汉高祖、魏武帝之风。"提兵百万西湖上,立马吴山第一峰"的诗句就出在他的笔下。这篇诏令未必他本人所拟,但因事遣词,不说废话,虽然尚未挣脱四六体的僵化套路,却已经把内容放在了更为重要的地位。同样的文章还有《招宋王权诏》,其文云:

> 朕提兵南渡,汝昨望风不敢相敌,已见汝具严天威。朕今至江南上,见南岸兵亦不多。但朕所创舟与南岸大小不侔,兼汝舟师进退有度,朕甚赏爱。若尽陪臣之礼,举军来降,高爵厚禄,朕所不吝。若执迷不反,朕今往瓜州渡江。(《金文最》卷四)

这篇诏令无论从哪个角度来看,都不能说是雅的了。诏文比较两军形势,先是嘲讽,继而利诱,复以威逼,可谓霸气十足。行文之中已经完全见不到四六的痕迹,而且气势雄劲,风骨道上,确实显示出一些不同于前代的特点。不过,这样的诏书在金代并不多见。

制册之文

制册之文包括制诰和册文两种文体,它和诏令令行禁止的功用有所不同,而是更为正式和规范的文字,在某种意义上代表着一个王朝文教的程度和皇家的体面,所以备受历代统治者重视。金代是少数民族政权,希望摆脱蛮荒状态的心情迫切,所以对此尤为看重。据《金史·选举志》:"(大定)二十二年,谓宰臣曰:汉进士魁,例授应奉,若行不副名,不习制诰之文者,即与外除。二十三年,谓宰臣曰:汉进士,皇统间人材殆不复见,今应奉以授状元,盖循资尔。制诰文字,各以职事铺叙,皆有定式,故易。至撰赦诏,则鲜有能者。"对不能写制诰之文的,当即予以革职,足见其对制册文字的重视程度。在统治者的大力提倡下,金代的制册文字确实写得庄重堂皇,气象恢宏。这类文章虽内容空虚,专事歌颂,无补于国政世务,但却可以博得统治者的欢欣,作者亦可因此而获益。大则培植声望,为他年翰苑词掖之储;小则可以结知当路,受到宰臣执事的荐举。金代以制册之文得享盛名的,首先是党怀英。

党怀英(1134—1211),字世杰,号竹溪,原籍冯翊(今陕西大荔),其父宦于泰安军,遂为奉符(今山东泰安)人。少年时与辛弃疾同门读书,共师亳社刘岩老。长大后,以文章知名。性乐山水,以诗酒自娱。金世宗大定十年(1170)进士,任莒州军事判官,入为国史院编修官,应奉翰林文字,官至翰林学士承旨。曾经出使南宋。工篆籀、隶书,时称第一。

党怀英的作品不尚虚饰，因事遣词，对金代文学的发展有一定影响。在金章宗明昌年间，他是当时的文坛盟主，以高文大册，主盟一时。章宗初即位，即称赞他说"近日制诰，惟党怀英最善"（脱脱《金史·列传六三》）。《金史·列传六四》中的赞语中也对他肯定有加，说他和王庭筠、元好问"自足知名异代"，可见其制册之文在当时是起到表率作用的。遗憾的是，由于制册之文一般不署名字，他的制册之文到今天并没有流传下来，所以无法领略其文采风流了。

赵秉文的制册之文也颇负盛誉，他历五朝，官六卿，朝廷中的制诰、册文、表以及与宋、夏两国的国书等多出其手，其所草拟的《开兴改元诏》曾被广为传诵。《金文最》中署他的名字的册文有三篇，制、诰各有两篇，气象恢宏，确是大手笔的制作。

金代长于制册之文的，还有元好问。所作与赵秉文相较，小异大同，皇家风范，不过代言而已。

表章之文

表是"布臣子之心，致君父之前"（张表臣《珊瑚钩诗话》）的一种文体，在唐代以前都是以散体为之的，用来陈情达事。唐宋以后，则多用四六。金人承唐宋古文运动余波，力倡古文，但朝臣表启，仍不免作对，虽赵秉文、王若虚、元好问等大儒，皆奋然为之，终金之世不废。为了培养这样的人才，金代在科举考试时，"宏词科试诏、诰、章、表、露布、檄书，则皆用四六；诫、谕、颂、箴、铭、序、记，则或依古今体，或参用四六。"（脱脱《金史·选举志》）可知金代的表章仍然以四六为主。

金代表章的作用也很广泛，或庆贺，或辞免，或进书，或贡物，或请降，根据其功用的不同，其言辞也有所差别。金代表章写得较有内容的，应属请免致仕一类的文字。如王寂的《谢带笏表》。

王寂（1128—1194），字符老，蓟州玉田（今属河北）人。天德二年（1150）进士，以中都路转运使致仕，复摄礼部尚书而终。能诗文。古文博大疏畅，为大定、明昌间一大家。所著有《拙轩集》，已散佚，清人有辑本。

其文云：

>言纶迅召,已惊不次之恩;手版俄颁,更辱非常之赐。式祇承于帝眷,果悚动于朝班。伏念臣去国五年,挈家万里。自谓永捐于沟壑,岂期再造于阙廷。重惜残年,特加异数。清谈废事,肯将拄漫吏之颐;老气未初,犹足击奸贼之齿。兹盖伏遇皇帝陛下,德以增新,人惟求旧。世宗傧国,臣长叨预于谏员;显考上仙,臣亦经营于葬事。惭无报称,猥荷恩私。臣敢不正以垂绅。
>(《金文最》卷十三)

这篇表是典型的四六体,表达自己的感恩戴德之意,与六朝词臣之笔颇为类似。这样的文字,与金代初年和末世的文字都有所不同。表中的抚躬感泣之言,"虽不同于铭功颂德,也是入时之作"(郭预衡:《中国散文史》中),带有明显的盛世之文的特点。

金人表章之作一般都很注重文采和效果,如完颜杲的《贺俘宋主表》,形容金灭北宋之功,其文字颇多夸饰:

>窃以天弃宋邦,运终赵氏;为邻数载,取怒两朝。佶则背先帝之恩,遽渝海上之约;桓则负吾皇之义,又违城下之盟。惟父子之罪同条,故神人之心共弃。既为吾忾,讵讫厥诛。王旅啴啴,往专求于首恶;虎臣矫矫,思亟奏于肤功。羽檄旁飞,神旗南指,郡县既下,城壁俱摧。全军径济于黄河,王气潜消于赤县。坚甲利兵,固资义胜。高城深垒,其如德何?(《金文最》卷十二)

用骈文的形式,历数宋帝之过,铺张金军之威风,颇有气势,似非初学者之所能及。而该文写于金初太宗时期,完颜杲又是女真族,在当时能有如此高的汉语写作水平,实在是难能可贵的。

金人的表章或谢恩、或乞罪、或致仕、或颂德,但却基本上不用来讨论政事,因此,金代文人的表章极少脍炙人口的佳作。尤其是金代中前期,表章的内容千篇一律,不是贺表就是上尊号表,以阿谀奉承为能事,致有上尊号至三表者。然而尽管其内容枯燥贫乏、语言华而不实,却散发出一种昂扬向上的气象。到了金朝末年,这种的气象就不复存在了。这在赵秉文的两篇《乞致仕表》中表现得很是明显。如他的《左参政乞致仕表》：

> 世局艰虞,必得非常之佐;运遭明圣,岂私无用之臣?辄沥危诚,仰干渊听。伏念臣性惟朴鲁,材本下中。素好道家之言,本乏时才之用……在承平犹可冒居,而多难将有何补?岂但人言之可畏,实于贤路以恐防。况从改岁以来,已及悬车之际。陈力就列,不能者止。投闲置散,乃分之宜。岂可徒恋明恩,久叨重任?伏愿皇帝陛下隆天地之施,廓日月之明。悯臣以才不逮人,固非饰让;许臣以老当致政,实不遑安。庶宽罪戾之忧,以毕始终之赐。全归为幸,得请是期。(《金文最》卷十三)

这篇表里赵秉文自称"素好道家之言",但从他直接沿用了孔子和韩愈的原话来看,他仍然是个十足的儒者。而时逢多难,世局艰虞,自己又到了悬车致仕的年纪,虽有恋栈之意,无奈力不从心,只能告老还家。日薄西山、气息奄奄的难言之隐溢于言表,当年欣欣向荣的精神气息,已经一洗无余了。

疏议之文

疏议是臣下向皇上发表政见或有所劝谏的文章。金代说疏议之文共有四体,即"奏疏"、"札子"、"议"以及部分臣子呈给皇帝的上"书"。这种文体最能够体现朝臣的政治见识,也是得到统治者赏识和重用的有利途径,所以尽管有时候会有下狱杀头的危险,仍有很多文人愿意以此为晋身之阶。历史上很多文人都是以这样的文字名垂青史的,如李斯的《谏逐客书》、贾谊的《论积贮疏》、晁错的《论贵粟疏》、魏征的《谏太宗十事疏》、苏轼的《乞校正陆贽奏议进御札子》等,他们的成功为金代的文人树立了效法的榜样,也因此留下了一些慷慨激昂的谏议文字。

金代以疏议之文显名当世的首推杨云翼。杨云翼(1170—1228),字之美。平定乐平(今山西昔阳)人。章宗明昌五年(1194)经义进士第一,辞赋亦中乙科。宣宗兴定二年(1218)拜礼部尚书,转吏部尚书,终于翰林学士,卒谥文献。练达吏事,直言敢谏。元好问在杨云翼的墓碑中对他推崇备至,称赞他"惟其视千古而不愧,是以首一代而绝出"(《金文最》卷一百一)。杨云翼主持科举三十年,南渡后与赵秉文轮流执掌文柄,门生半天下。文章亦与赵秉文齐名,世称"杨、赵"。一时高文大册,多出其手。其古文则长于论辩,说理明晰,有一气呵成之势。传诵一时的《谏南伐疏》便是他的代表作。其文云:

> 朝臣率皆谀辞,天下有治有乱,国势有弱有强,今但言治而不言乱,言强而不言弱,言胜而不言负,此议论所以偏也。臣请两言之。夫将有事于宋者,非贪其土地也,第恐西北有警而南又缀之,则我三面受敌矣,故欲我师乘势先动,以阻其进。借使宋人失淮,且不敢来,此战胜之利也。就如所料,其利犹未可必然。彼江之南其地尚广,虽无淮南岂不能集数万之众,伺我有警而出师耶。战而胜且如此,如不胜害将若何。且我以骑当彼之步,理宜万全,臣犹恐其有不敢恃者。盖今之事势与泰和不同。泰和以冬征,今我以夏往,此天时之不同也。冬则水涸而陆多,夏则水潦而涂淖,此地利之不同也。泰和举天下全力,驱飐军以为前锋,今能之乎?此人事之不同也。议者徒见泰和之易,而不知今日之难。请以夏人观之,向日弓箭手之在西边者,一遇敌则搏而战、袒而射,彼已奔北之不暇,今乃陷吾城而虏守臣,败吾军而禽主将。曩则畏我如彼,今则侮我如此。夫以夏人既非前日,奈何以宋人独如前日哉。愿陛下思其胜之之利,又思败之之害,无悦甘言,无贻后悔。(《金文最》卷十七)

文章先声夺人,一开始就指出朝臣率皆谀词,"言胜而不言败",没有正确估计双方形势。接着逐层深入,指出随着天时、地利、人事的变化,出师南宋取胜不易,而即便战胜也不可守,劝宣宗改变主意,"无贻后悔"。他力排众议、理直气壮的逆鳞之言既已令人感佩,他的雄辩又被后来的事实所证明,则此文能够流芳当时乃至后世,也就在情理之中了。杨云翼主张"学以儒为正,不纯乎儒非学也;文以理为主,不根于理非文也"(《闲闲老人滏水集序》,《金文最》卷四十一),从此文来看,倒也名实相副。

金代值得一读的疏议之文的还有高汝砺的《谏先与宋议和疏》和《请减免河南添征通宝疏》,徒单镒的《乞通上下之情疏》,梁襄的《谏北幸金莲川疏》,完颜宗翰的《狱中上熙宗疏》,完颜宗鲁的《南迁议》等。这些文字都有一个共同的特点:就是现实性、说理性都很强,作者对于民情吏情,都有所了解,因此,其言事论政,也就很少驰骋文辞,而以讲明道理为主,颇切于实际。如梁襄的《谏北幸金莲川疏》,征引史实,剖析厉害,言必有据,不为空谈,"辞虽过繁而意亦切至"(《梁襄传》,《金史》卷九十六),最终劝得世宗回心转意,罢止了金莲川之行;徒单镒的《乞通上下之情疏》言君臣之道,议论平正,虽无卓见,但观点完全以儒家仁义道德为本,叙事以明理,也是不尚虚文,言之有物的文字。

第二节　元代奏议文

　　元代奏议之文,以忽必烈时期为最盛,盖其初兵交不息,而后虽南北相一,但初混一,百业待举,此一风云际会之时,在上要纳言,于下求献策,故士人多发而为文,论政析时,奏议类文遂多而可观者亦复不少。

　　忽必烈在长兄蒙哥即位之初,即被委以重任,漠南汉地的军国庶事,都归忽必烈一总掌管,这是原属金朝统治的广大中原地区,而金朝统治者虽以异族入主中原,但其上层贵族汉化程度已很深,向来是以汉法治理国家,所以忽必烈自然也很早就遇到了如何治理汉地汉人的问题。《元史·世祖本纪》说:"帝在潜邸,思大有为于天下,延藩府旧臣及四方文学之士,问以治道。"(宋濂《元史》卷四)他深知,蒙古族"马上得天下",但是不能以"马上治之",治理汉地必须以汉人以汉法。因此,他在他的府邸所在地金莲川大开藩府,广收人才,网罗汉族知识分子以治其地,于是一大批汉族儒生从各地集中到忽必烈的帐下:姚枢、窦默、王鹗、许衡、郝经、李庭、程矩夫……而这批人后来在忽必烈继汉位之初,也即被任用为政府要员。他们在忽必烈旗下,由藩府幕僚过渡为汉人文官,具有一种连续性,故他们建言献策,以汉法治理天下的思路也一以贯之。在这些文人的心目中,以异族入主汉地,最关键的是统治者能否采取汉法,能否任用文士来治理天下。而他们的所谓"汉法",就是汉族儒生传统的一套治国之论。例如姚枢"为书数千言,首陈二帝三王之道,以治国平天下之大经,汇为八目,曰:修身、力学、尊贤、亲亲、畏天、爱民、好善、远佞。次及救时之弊,为条三十……"(《姚枢传》,《元史》卷一百五十八)许衡上疏,则以史证今,也大谈实行汉法的必要:"考之前代,北方之有中夏者,必行汉法,乃可长久。故后魏、辽、金历年最多,他不能者,皆乱亡相继……"(《许衡传》,《元史》卷一百五十八)此论行汉法之必要,既论之而后,又论如何行汉法。此时上奏议文章者多为忽必烈之重要谋士,后皆为朝中股肱,如窦默、姚枢、许衡、郝经、王恽等。

诏令之文

忽必烈时期,有两篇可谓蒙古之成为元朝的十分重要的诏令之文,这就是《建国号诏》和《兴师征南诏》。

随着忽必烈本人在蒙古贵族中的地位逐渐巩固,以及军事上对南宋战争的节节胜利,忽必烈在谋士刘秉忠等人的协助下,建"大元"国号,于至元八年(1271)颁布《建国号诏》,其文曰:

> 诞膺景命,奄四海以宅尊;必有美名,绍百王而纪统。肇从隆古,匪独我家。且唐之为言荡也,尧以之而著称;虞之为言乐也,舜因之而作号。驯至禹兴而汤造,互名夏大以殷中。世降以还,事殊非古。虽乘时而有国,不以义而制称。为秦为汉者,著从初起之地名;曰隋曰唐者,因即所封之爵邑。是皆徇百姓见闻之狃习,要一时经制之权宜,概以至公,不无少贬。我太祖圣武皇帝,握乾符而起朔土,以神武而膺帝图,四震天声,大恢土宇,舆图之广,历古所无。顷者,耆宿诣庭,奏章申请,谓既成于大业,宜早定于鸿名。在古制以当然,于朕心乎?可建国号曰"大元",盖取《易经》"乾元"之义。兹大冶流形于庶品,孰名资始之功;予一人底宁于万邦,尤切体仁之要。事从因革,道协天人。呜呼!称义而名,固匪为之溢美;孚休惟永,尚不负于投艰。嘉与敷天,共隆大号。咨尔有众,体予至怀。故兹诏示,想宜知悉。
>
> (《全元文》卷一百一)

这份诏书列举了中国历史上许多朝代的国号建立情况,这就明确地把元朝看作中国历代封建王朝的继承。并极力颂扬了自成吉思汗以来蒙古人所创下的军事征服的业绩,和历代帝王一样,把元朝的建立看成是上天的意志。同时,诏书又说明国号"元"字来源于古代经典《易经》。所有这一切,即是标志着国家已由蒙古一族的政权转变成为以中原地区为中心的封建帝国。从此,忽必烈在推行"汉法"的道路上一步步迈进。

元世祖忽必烈于至元十一年(1274)发布《兴师征南诏》,问罪于南宋,命伯颜和阿术统二十万大军,水陆并进,大举南下。其文曰:

> 爰自太祖皇帝以来,彼宋与我使介交通,殆非一次,彼此曲直之事,亦所共知,不必历举。逮我宪宗之世,朕以藩职奉命南伐,师次鄂渚。彼贾似道复遣宋京诣我,近臣博都欢、前河南路经略使赵璧,请罢兵息民,愿奉岁币于我。朕以国之大事,宗亲在上,必须入计,用报而还。即位之始,追忆是言,乃命翰林侍讲学士郝经等奉书往聘,盖为生灵之计也。古者交兵,使在其间,惟和与战,宜俟报音,其何与于使哉!而乃执之,卒不复命,至如留此一介行李,于此何损,在彼何益?以致师出连年,边境之间,死伤相藉,系累相属,皆彼宋自祸其民也。襄阳被围五年,屡拒王师,义当不贷。朕先有成命,果能出降,许以不死。是既降附之后,朕不食言,悉全其命,冀宋悔过,或启令图,而乃迷执,罔有悛心,所以问罪之师,有不能已者。今遣尔等,水陆并进,尔等当布告迩遐。夫以天下为事,爰及干戈,自古有之,无辜之民,初无与焉。若彼界军民官吏人等,去逆效顺,与众来附,或别立奇功者,验等第官资迁擢。其所附军民,宜严敕将士,毋得妄加杀掠,父母妻孥家口,毋致分散。仍加赈给,令得存济。其或固拒勿从及迎敌者,俘戮何疑,故兹诏示,想宜知悉。(《全元文》卷一百三)

文中晓谕将士不得妄杀"无辜之民",已经改变了蒙古族以前征战之时,常采取的破坏性极大的屠城政策。其后,又于至元十三年(1276)发布《归附安民诏》,目的也是为了安定临安及整个南方投降地区的社会秩序,让大家能安居乐业。为了巩固混一之初的局面,元朝对南方人民逐渐采取了较为宽容的统治政策。

而元代朝廷巨公、翰林雅士所为之诏令类文章,可以袁桷的《特命右丞相诏》为代表,它也是元代盛世文风的一种体现。

袁桷(1266—1327),字伯长,号清容居士,庆元(今浙江宁波)人。桷在词林,朝廷制册、勋臣碑铭,多出其手。有《清容居士集》五十卷。《元史》卷一百七十二有传。《四库全书总目》称:"桷少从戴表元、王应麟、舒岳祥诸遗老游,学问渊源具有所自,其在朝践历清华,再入集贤,八登翰苑,凡朝廷制册、勋臣碑版,多出其手。故其文章博硕伟丽,有盛世之音。尤练习掌故,长于考据,集中如《南郊十议》、《明堂郊天异制议》、《祭天无间岁议》、《郊不当立从祀议》、《郊非辛日议》诸篇,皆成宗初所上,其援引经训,元元本本,非空谈聚讼者所能。当时以其精博,并采用之……盖桷本旧家文献之遗,又当大德、延祐间为元治极盛之际,故其著作宏富,气象光昌,蔚为承平雅颂之声。文采风流,遂为虞、杨、范、揭等先路之导,其承前启后,称一代文章之巨公,良无愧矣。"(《四库全书总目》卷一百六十六别集类十九)其《特命右丞相诏》有曰:

> 帝王之职,在论一相。于以表正百司,纲领庶绩。朕纂承丕绪,励精求治。然而泽有所未洽,政有所未举。岂委任之道有遗缺与?今特命中书左丞相拜住,为开府仪同三司、上柱录军国重事、中书右丞相、监修国史,一新机务,使邪正异途,海宇乂康,以复中统、至元之治。所有偏民条画,具列于后。云云于戏! 朝廷既正,著端本澄源之初;风俗斯醇,广摩义渐仁之化。咨尔有众,体予至怀。(《全元文》卷一百六十六)

其中"朝廷既正,著端本澄源之初;风俗斯醇,广摩义渐仁之化"云云,确是"蔚为承平雅颂之声",所谓盛世之音,庶几于此可见矣。

制册之文

元代重要的制册之文,以吴澄的《封张蔡国公制》和姚燧的《左丞许衡赠官制》为代表,两者正大堂皇的气象,正是制册这类文体的固有特色。

吴澄的《封张蔡国公制》文曰:

> 天地间之有正大,国家恃以为元气。卿之忠荩,朕所眷知。

比因疾以祈闲,爰加恩而优老。荣禄大夫、中书平章政事张珪,彝常世阀,廊庙宗工。早总戎旃,已作礼乐诗书之帅;晚司化轴,遂称文学政事之臣。左右六朝,出入三府。夷险不易其守,鲠亮一如其初。太清罹薄蚀之昏,前期致沐浴之请。越予新服,嘉乃旧勋。谔谔之节,讵敢诡随?侃侃而言,类多裨益。黯虽谒告,奭尚勉留。俾辞鞅掌之劳,专馨格心之学。缅维先正,尝平金垒以立功;宜得后昆,复就蔡封而袭爵。所谓故国,庸建上公。思竭尔忱,广敷陈于经幄;钦承时命,永翊赞于皇猷。可封蔡国公,提调经筵事。(《全元文》卷七百八)

虽是制册之文,但醇正光大,确可称"恢宏至道,润色鸿业"之典则。

姚燧(1238—1313),字端甫,号牧庵,洛阳(今属河南)人。幼孤,育于伯父姚枢家。又从学于许衡。至元二十四年,入朝为翰林直学士。元贞元年(1295),以翰林学士诏修《世祖实录》。后累官中书大夫,江西行省参知政事。至大元年(1308),燧年七十,起为太子宾客。明年,授荣禄大夫,翰林学士承旨,知制诰,兼修国史。五年,病卒。《元史》卷一百七十四有传。著作有《牧庵文集》。

史称姚燧之学,"有得于许衡,由穷理致知,反躬实践,为世名儒。为文宏肆该洽,豪而不宕,刚而不厉,舂容盛大,有西汉风。宋末弊习,为之一变。盖自延祐以前,文章大匠,莫能先之"(《元史》卷一百七十四)。后于许衡的作者,《四库全书总目》最称赞的是姚燧,说姚遂"虽受学于许衡,而文章则过衡远甚"。又说:"柳贯作燧谥议,称其典册之雅奥,诏令之深醇,抉去浮靡,一返古辙。"在这类诏册之文中,其《左丞许衡赠官制》尤为出色,其文曰:

天非继圣学之坠绪,则不生命世之大才;国欲与王道以比隆,肆用为烝民之先觉。何物故之已久,尚人思之未忘。故资善大夫、中书左丞、集贤大学士、兼国子祭酒兼领太史院事许衡,玉裕而金相,准平而绳直。出处则惟义所在,言动亦以礼自持。休休焉有容,属属焉其敬。人能弘道,惟朝闻夕死之是期;我欲至仁,匪昼诵夜思而不得。行己似秋霜烈日,化人如时雨和风。来席下之抠衣,满户外者列屦。达简在帝心者,率多丞弼;穷固守师说者,不失善良。鹤鸣九皋,而声闻于高;凤翔千仞,必德辉乃下。爰立相以尧君舜民之志,所告上皆伊训说命之言。丹扆斥奸,少不避雷霆之轧击;青台治历,本于笑日月而送迎。繇理穷而智益明,随任使而职斯举。今既亡矣,谁其嗣之?呜呼!在尔身有重没世之名,于朕心有失同时之恨。虽成庙纳书以命谥,固已振木铎之高风;而功臣胙土则未加,用申锡龟章于下地。光灵如在,宠数其承。可赠正学垂宪佐运功臣、太傅、开府仪同三司,追封魏国公,仍谥文正。(《全元文》卷二百九十九)

姚燧曾从学于许衡,也很得许衡的赏识,故此文写来,既有"制册"之文体应具的堂皇广大,确是"雅奥古辙,抉去浮靡",但同时又是充满着深厚感情的,与此类文体常有的空而少物的通病,自是不同,可目为"夸张"了的感情。

表章之文

至于说到表章一类,吴澄有一篇上表,乃谢辞朝廷赐礼币之文,虽非议时论政,也不能堪称大手笔,但却于中很能反映吴澄作为有元一代儒学大师的思想。

吴澄年五十余,始以大臣荐,强起而用之,三次入朝为官,而时皆不长,即以辞归。可以说,吴澄是以他的道德学问,奠定了在有元一代的地位。揭傒斯所撰《神道碑》云:"皇天受命,天将真儒,北有许衡,南有吴澄"(《全元文》卷九百二十九)。《四库全书总目》也以许衡、吴澄二人相提并论。其三次辞官,可见其心迹。尤其是最后一次,足可见之。其时在泰定二年,吴澄主修《英宗实录》,书成,澄即请老而归。朝廷赐币以彰其有功,而吴澄却上《谢赐礼币表》,称:

> 愧碌碌之谫才,乏卓卓之奇节。以言其文章,则体格卑陋;以言其学行,则器识凡庸。自甘晦迹于深山,岂觊发身于昭代……误蒙上圣之简知,得厕群贤而布列。然犬马余齿,已非少壮之年;而蝼蚁微诚,莫展驱驰之志……未尝毫厘有补于国,况又耄耋无用于时……臣栖迟畎亩,固难强筋力以输忠;教诲子孙,誓当竭精神而报上。(《全元文》卷四百七十三)

申说已老而无才,忝居一位,甚是自谦且进而自贬若此,以辞谢赐币,其后并致书于当位者多人,反复恳请,寄希望于辞此赐币,而又明己心。

疏议之文

在元初疏议之文中,最为时所称者,是许衡议事中书省时所上之疏,而其中就多有论如何行汉法者。如他于至元三年(1266)上《时务五事》,其中所论几乎包括了他全部的施政纲领。其一曰"立国规模",他建议忽必烈,要想统治汉地,就必须"改就亡国之俗",而"改用中国之法",唯有此,"致治之功,庶几可成也"。这里从立国之基础的高度又申明了行汉法的必须;二曰"中书大要",他指出中书宰相的主要职责是"在用人立法而已",而不在具体政事的一一参与;三是"为君难六事",四是"农桑学校",先曰"今国家徒知敛财之功,不知生财之由;不惟不知生财,而敛财之酷,又害于生财也",又指出国家应当重视教育,以培养人材;五曰"慎微",曰国家不可号令数变,要言而有信,以安民心(《全元文》卷六十九)。其中又以第三部分为重点。在"为君难六事"中,他着力谈到作为一个君主要必备的道德修养,诸如要践言、防欺、任贤、去邪、得民心、顺天道等等,在这里,他把君主的思想品质的提升看作国家能否很好治理的重中之重,似乎有了圣君,国家即"庶几可治矣"。这里存在着严重的政治道德化倾向,而这种从道德的角度去理解政治的思路,可以说是许衡和当时大多数儒生的共同心理倾向,也是他们从所受传统儒家教育中所不可避免要承袭下来的心理定势。条奏献言,大抵本之儒道,成为此类文章在这一时期的显著特点。

许衡在至元十四年所上《论生民利害疏》中曾谈到用人问题，说："生民休戚，系于用人之当否。用得其人，则民赖其利；用失其人，则民被其害。自古论治道者，必以用人为先务，用既得人，则其所为善政者，始可得而行之。"（《全元文》卷六十九）如何选用人才，这在元朝也实为一个大问题。盖前此之宋与后之明清，皆以科举取士，而元朝一朝初不行科举，即使延祐开科以后，也是时断时续，而且每科所取人数极少，于广大汉族知识分子的出路问题所助不多。所以汉族儒生一直为恢复科举而不断上书，王恽于至元二十九年春《上世祖皇帝论政事书》中所言之十六事中即曰：

> 七曰：设科举以收人材。方今名儒硕德，既老且尽。后生晚进，既无进望，例多不学。州府乡县，虽立教官，讲书会课，祇皆虚名，略无实效。以致非常之材惟闻一士，州郡政治苦无可称。思得大儒硕德难矣！臣愚以为，不若开设选举取验之速也。夫进士选，历代号取士正科，将相之材皆从此出。前代讲之熟矣，理有不可废者。若限以岁月而考试之，将见士争力学，人才辈出，可计日而待也……（《全元文》卷一百六十八）

叹国无贤才，而冀开科取士以促士人进取之心，亟待之情深藏于平正议论之下。

在忽必烈时期，还有一个多建言、常献策的重要人物，即是郝经，而且其发为文章，与许衡等有很大不同，因此尤其引人注目。

元宪宗九年（1259），蒙古大举进攻南宋，南北交战，相持不下。因师久无功，郝经遂进《东师议》，劝忽必烈按兵观衅，积蓄力量，以保全东师，等待时机：

> 国家以一旅之众，奋起朔漠，斡斗极以图天下，马首所向，无不摧破。灭金源，并西夏，蹂荆襄，克成都，平大理，蹒轹诸夷，奄征西海，有天下十分之八，尽元魏、金源故地而加多，廓然莫与俟

大也。惟宋不下,未能混一,连兵构祸,逾二十年。何曩时掇取之易,而今日图进之难也?夫取天下,有可以力并,有可以术图。并之以力则不可久,久则顿弊而不可振;图之以术则不可急,急则徼倖而难成。(《全元文》卷一百二十一)

文中详细论述宋元对峙的形势,对宋方略的得失:

国家建极开统垂五十年,而一之以兵,遗黎残姓,游气惊魂,虔刘劚荡,殆欲歼尽。自古用兵,未有如是之久且多也,其力安得不弊乎……国家用兵,一以国俗为制,而不师古。不计师之众寡,地之险易,敌之强弱,必合围把稍,猎取之若禽兽然。聚如丘山,散如风雨,迅如雷电,捷如鹰鹘,鞭弭所属,指期约日,万里不忒,得兵家之诡道,而长于用奇。

其论蒙古之所以能"灭金源,并西夏,蹂荆襄,克成都,平大理,躏轹诸夷,奄征西海",曰皆善于用"奇",而今之对宋则不然:

夫攻其无备,出其不意,而后可以用奇。岂有连百万之众,首尾万余里,六飞雷动,乘舆亲出,竭天下,倒四海,腾掷宇宙,轩豁天地,大极于邃徼之土,细穷于委巷之民,撞其钟而掩其耳,啮其脐而蔽其目,如是而用奇乎?是执千金之璧以投瓦石也,可不惜哉!其初以奇胜也,关陇、江淮之北,平原旷野之多,而吾长于骑,故所向不能御。兵锋新锐,民物稠夥,拥而挤之,郡邑自溃,而吾长于攻,故所击无不破。是以用其奇而骤胜。今限以大山深谷,陇以重险荐阻,迂以危途缭迳,我之乘险以用奇则难,彼之因险以制奇则易。况于客主势悬,蕴蓄情露,无虏掠以为资,无俘获以备役,以有限之力,冒无限之险,虽有奇谋秘署,无所用之。

文章认为蒙古用"奇"之长此时已不存在,从而提出了自己的建议,主张应按兵不动,以待时变。其曰:

> 既入其境,敦陈固列,缓为之行。彼善于守而吾不攻,彼恃城壁以不战老吾,吾合长围以不攻困彼,吾用吾之所长,彼不能用其长。选出入便利之地,为久驻之基,示必取之势。毋焚庐舍,毋伤人民,开其生路,以携其心。亟肆以疲,多方以误,以弊其力。

这篇《东师议》不仅分析思致周密,极有说服力,而且在文章写法上善用比喻,尤多排比,给人的感觉是气势磅礴,劲健排奡,极富冲击力和感染力,确如《元史》本传所说,具有"丰蔚豪宕"(宋濂《元史》卷一百五十七)的特点。此篇可以说是元初为文要求"经世致用"的典范之作,而在散文技法上同样高出同时同类文章之上,尤以其气势给人深刻印象。

其后不久,宪宗死讯至,郝经又上《班师议》,建议忽必烈应撤军北还,以争取汗位,忽必烈从之。故忽必烈登上帝位后,以经为功臣,对他很是信任倚重,派其充国信使赴宋议和。经也积极建言献策,在即将赴宋之际,数次上疏,《便宜新政》和《立政议》皆为此时所作。在中统元年四月所上之《便宜新政》中,条奏皆当今急务,"谨裁新政便宜十六事上进",如"严备御以防不虞","定都邑以示形势","置省部以一纪纲","罢冗官以宽民力","总钱谷以济国用","明赏罚以定功过"(《全元文》卷一百二十一)等,皆为元朝渐次实行,将其视为一代开国之纲领,亦不为过。郝经也有从儒家伦理道德观念论政事者,如在《立政议》(中统元年八月)中,他就从传统的"天下一大器"来立论,其曰:

> 天下,一大器也。用之久则必敝窳残缺,甚则至于破碎分裂,置而不修,则委而去之耳。生民万物者,器之所中者也。器敝而委,则其中者亦必坏烂而不收。有志于天下者则为之倡,率其群而修之,坏琢而俾之完,扶持而置之安,藻饰而新之,涤荡而

洁之,使其中可以食,可以藏,可以积而丰,可以厌而饫,为器之主而天下王之,安富尊荣而享夫天下。彼志得意满、苟且一时者,见器之所有,而不见器之残缺,染指垂涎,放饭流歠,始则栩然,终则哆然,既饫而足,并其器与其余举而弃之,不知馁之复至也。至于神器之主,中藏尽亡,而天下馁者众,于是群起而争其余,天下乱矣。夫纪纲礼义者,天下之元气也;文物典章者,天下之命脉也。非是则天下之器不能安。小废则小坏,大废则大坏。小为之修完则小康,大为之修完则太平。故有志于天下者,必为之修而不弃也。(《全元文》卷一百二十一)

虽只是在申明儒家于民休息、修弊立新的旧论,但并无说教空洞之嫌,而是充满了感情,竟能动人,其以气胜,正是郝经为文的出色之处。他劝告忽必烈说:

> 方今之势,在于卓然有为,断之而已。去旧污,立新政,创法制,辨人材,绾结皇纲,藻饰王化,偃戈却马,文致太平,陛下今日之事也。

《元史》称"经为人尚气节,为学务有用",又说其"身为儒者,又讲事功"。验之于以上数篇论时议事之文,的确不虚。

当大德、延祐间为元治极盛之际,继袁桷之后,以虞集、揭傒斯、欧阳玄等为代表的一批台阁之臣,为文皆是"承平雅颂之声",过多敷赞圣德,弥纶彝宪,出语舒徐和缓,而少于个性,尤其弱于气骨。但在遍布啧啧赞语的"盛世之音"中,有一个发为异调之人,他,就是张养浩。

张养浩(1270—1329),字希孟,号云庄,济南历城(今属山东)人。成宗大德初入仕,历监察御史、翰林直学士、礼部尚书。以父老,辞官归养,文宗天历间复官陕西行台中丞,卒于任,谥文忠。著有《归田类稿》二十二卷。

张养浩性格刚毅耿介,以正直立朝,他在《处士庵记》中也自言己性云:"性迂才拙,自幼知其不能谐俗。加以内无城府,枢机不密,谓人之心,一皆己若。饵焉而辄饮,鼓焉而辄奋,善人与处,犹或见容,一值奸黠,败不旋踵。"(《全元文》卷七百七十四)张养浩这种直拙的性格,为官自然敢于讲真话,而不是顺承以求固位。他的散文,以谏书为代表。至大间,他官监察御史,作《西台上王者无私疏》云:

> 臣某伏闻天无私覆,地无私载,日月无私照,王者无私恩。又闻圣人谓"大哉尧之为君!惟天为大,惟尧则之"。盖尧之所以能则天而为君者,其道无他,至公无私而已矣。
>
> 夫名爵赏罚,天下之公器,所以奔走豪杰,惩劝臣下,初非为人主喜怒之姿而设也。如欲赏一人,则当询诸省台,若省台以为可赏,然后赏之,是庆赏无所私也;如欲罚一人,则当询诸省台,若省台以为可罚,然后罚之,是刑威无所私也。夫赏无所私,虽至旧至亲者不敢妄有所祈;罚无所私,虽至爱至狎者不容有所贷。三代有国家,所以享祚绵远垂拱无为而天下乂安者,其道由此。
>
> 钦惟皇帝陛下宽仁大度,早历艰难,天相民获,迄复于今,龙飞伊始,愿陛下思得之之难,与天下从新更始,万几之来,稽诸祖宗成宪,而陛下应之以无心,处之以无职,勿因怒而辄刑加官于左右。凡进谏者,皆为主进忠之人,原自陛下为始,毋加诛戮,以彰圣明,传之万世,子孙永为家法。夫赏善罚恶,国之大柄,此而公当,帝王之能事毕矣。
>
> 卑职承乏台官,不避斧钺,谨严如右。(《全元文》卷七百六十九)

此文谏武宗当刑赏无私,而不应诛戮谏臣,其为文言辞激切,有以气盛的特点。养浩其后又上万言《时政书》,历数当时种种弊政的祸国害民。"言皆切直,当国者不能容,遂除翰林待制,复构以罪罢之,戒省台勿复用。养浩恐及祸,乃变姓名遁去。"(《元史》卷一百七十五)仁宗延祐间,复召入朝,仍不改其正直敢言。英宗即位,欲于元夕在内廷张灯为鳌山,张养浩上《谏灯山疏》,力言不可。《四库全书总目》谓其:"如《陈时政》诸疏,风采凛然。"(《归田类稿提要》,《四库全书总目》卷一百六十六)其文如此,其人亦可想见。在元代,以汉人为朝官而像张养浩这样正直敢言的,并不多见。

第三章　金元书序文

　　书序文包括两大部分：书信和序跋，是古代散文中最有可能富有个性和展示文人真实内心的一类。书信之为文，大多带有私人性的特征，或论学，或抒情，更有赵孟頫在书信中极力剖析自我内心的极端；不过也有例外者，如郝经使宋被拘时所书。序跋之文，大多因为诗文集所作，自然多论诗评文，但如戴表元，于论诗文之际不时关注自身，在序跋中首先塑造了自己的形象，不仅特出，而且也形成一种风气。

第一节　金代书序文

　　书序之文在金代的存世文献中也占有相当的比例,包括书、序、跋三种文体。书即书信,序跋指前言后记一类的文字。其内容或介绍作家生平,或叙述成书过程与宗旨,或评价作品好坏,或谈论阅读心得,但都和作者的文学主张密切相关。因而,金代学人的文论观点就在书序之文中集中体现出来。郭绍虞在《中国文学批评史》一书中认为,"金代文学,不脱北宋之窠臼,其文论也不外北宋的问题。不仅如此,因其在北宋范围内互有宗主,反形成了派别,分立着壁垒。早一些的,有赵秉文与李之纯的对立;后一些的,有王若虚与雷希颜的对立"。这种说法是很有道理的。金代文学确实存在着赵与李、王与雷的对立现象,但认为其"文论不外北宋的问题"或未确当。正如顾易生等《宋金元文学批评史》所指出的那样,金人"一方面受苏、黄诗风的影响,一方面又对其新变的流弊加以反省,于是很自然地把目光转向唐人,转向唐人以前的古诗,因而在诗论中表现出一种明显的复古倾向"。论诗是这样,论文也是如此,并不仅限于北宋。

　　在某种意义上,书序之文就是来阐明作者的文学观点的。和两宋一样,金代书、序、跋等文章中也可以看到文学观点的激烈碰撞。大体说来,可以分为两派:一方以赵秉文、王若虚、元好问等人为代表,观点偏向于儒家正统思想,主继承;一方以李纯甫、雷渊、李经等人为代表,主创新。两派对金代文坛不时涌现的尖新浮艳的文风都有所不满,都试图引导金代文学朝着健康的方向发展。但在方法道路上,两派又存在很多分歧。争论的焦点主要集中在继承与创新、平易中和与峭健奇险等方面①。

赵秉文《复李天英书》

　　赵秉文"晚年颇以禅语自污"(《赵秉文传》,脱脱《金史》卷一百十),但其思想还是以儒家为主。元好问说他"不汨于利禄,不溺于流俗,慨然

---

① 参见胡传志:《论金末文学观念的纷争》,《东方丛刊》2001年第4期。

以仁义、道德、性命、祸福之学自任,沉潜乎六经,从容乎百家"(《翰林学士赵公墓志铭》,《金文最》卷九十三)。他的文艺观当然深受儒家的影响,强调师法古人,重视学力的培养,认为随着时代的发展,写诗做文章"一空依傍,自铸伟词"是不可能的。他的《复李天英书》即商量到此。其言谓:

> 足下之言,措意不蹈袭前人一语,此最诗人妙处,然亦从古人中入,譬如弹琴不师谱,称物不师衡,上匠不师绳墨,独自师心,虽终身无成可也。故为文当师六经、左丘明、庄周、太史公、贾谊、刘向、扬雄、韩愈,为诗当师《三百篇》、《离骚》、《古诗十九首》,下及李杜,学书当师三代金石、钟、王、欧、虞、颜、柳,尽得诸人所长,然后卓然自成一家,非有意于专学古人也,亦非有意于专摈古人也。自书契以来,未有摈古人而独立者。若扬子云不师古人,然亦有拟相如四赋,韩退之惟陈言之务去,若《进学解》则《客难》之变也。《南山》诗则子厚(虚)之余也。岂遽汗漫自师胸臆,至不成语,然后为快哉?(《金文最》卷五十四)

这里,他虽然肯定李经的创新努力,却批评他一味师心自造的创新途径。他认为学诗写文章应该转益多师,"遍学古人",才能尽得诸家所长,自成一家。写文章可以不从古人出,但是应从古人入。若必"率意而为之","能飞动而不能积学","迄令大成,不过长吉、卢仝,合而为一,未能以故为新,以俗为雅,非所望于吾友也。昔人有吹箫学凤者,凤鸣不可得闻,时有枭音耳。君诗无乃间有枭音乎?向者屏山尝语足下云:自李贺死,二百年无此作矣。理诚有之,仆亦云然。李公爱才,然爱足下之深者,宜莫如老夫。愿足下以古人之心为心,不愿足下受之天而不受之人,如世轻薄子也。"看来,他是主张"以故为新,以俗为雅"的。这种观点并不新鲜,北宋的梅尧臣、苏轼、黄庭坚等人都说过类似的话。赵秉文指出《进学解》效仿东方朔《答客难》,说服力很强,观点也很正确。随着文化的积累,时代的推移,自作语越来越难,几乎变得不可能。如果一意求新,可能会弄巧成拙,如韩驹所说:"目前景物,自古及今,不知凡经几人道。今人下笔,要不蹈袭,故有终篇无一字可解者,盖欲新而反不可晓耳。"(魏庆之《诗人玉屑》卷八)在金代,再次出现了这种现象。在李经寄给赵秉文的诗作中,除文中所引的几首外,赵秉文说其他诗篇"殊不可晓","得免秦知了足矣"。可见,赵秉文在理论上虽说没有多少创新,却有很强的现实意义。

赵秉文的这些观点,在他的《竹溪先生文集序》、《道学发源序》、《复麻知己书》中都有所流露。这里不再一一介绍。

元好问《陶然集序》《杨叔能小亨集序》

元好问是赵秉文的学生,也是主张师古的。他成功地继承了先秦、汉魏特别是唐宋以韩、欧为代表的优良传统,得文派之正,惟其如此,他的散文才能兼备众体,绳尺严密,有感而发而又平易畅达,取得了雄居一代的成就。但他的师古和赵秉文还有所不同,他师古的目的不是仅仅"从古人入",更不是对古人的字摹句仿,而是要"从古人出"。这一点他在《陶然集诗序》一文中阐释的很清楚:

> 诗之极致,可以动天地,感鬼神,故传之师,本之经,真积之力久,而有不能复古者。自"匪我愆期,子无良媒","自伯之东,首如飞蓬","爱而不见,搔首踟蹰","既见复关,载笑载言"之什观之,皆以小夫贱妇满心而发,肆口而成,见取于采诗之官,而圣人删诗亦不敢尽废。后世虽传之师,本之经,真积力久,而不能至焉者,何古今难易不相侔之如是耶……故文字以来,诗为难;魏、晋以来复古为难;唐以来,合规矩准绳尤难……后世果以诗为专门之学,求追配古人,欲不死生于诗,其可已乎?虽然,方外之学有为道日损之说,又有学至于无学之说,诗家亦有之。子美夔州以后,乐天香山以后,东坡海南以后,皆不烦绳削而自合,非技进于道者能之乎?诗家所以异于方外者,渠辈谈道不在文字,不离文字。诗家圣处,不离文字,不在文字。唐贤所谓情性之外,不知有文字云耳。(《金文最》卷四十三)

他在认同向古人学习的同时,也认识到"诗有别才,非关学也"的道理,主张不必于文字中求诗。即使欲于文字中去求,也须做到"学至于无学"、"情性之外,不知有文字"的地步,才算成功。这样的观点还见于他的《杜诗学序》一文中。其中有云:"窃尝谓子美之妙,释氏所谓学至于无学者耳……夫金屑丹砂芝术参桂,识者例能指名之,至于合而为剂,其君臣佐使之互用,甘苦酸咸之相入,有不可复以金屑丹砂芝术参桂而名之者矣。故谓杜诗无一字无来处可也,谓不从古人中来亦可也。"(《金文最》卷四十二)文章以合药为喻,认为学习借鉴古人的优点和长处要能做到融会贯通,炼钢绕指,如盐入水,消于无形,才算达到至境。他对杜甫做了极高的评价,运用形象化的比喻,对杜甫诗歌的丰富内涵和艺术成就给予了高度的评价和热烈的赞誉,把需要长篇文章才能阐述清楚的抽象理论认识,概括集中地用形象化的方法表达了出来,既避免了冗长的引用和繁琐的论证所可能产生的枯燥乏味,又使读者耳目一新。所以这篇序文被评家视为论杜经典之谈。

元好问非常看重"情性之外,不知有文字"的重要性,在他所做的书序之文中曾反复加以强调。如他的《杨叔能小亨集序》:

> 诗与文,特言语之别称耳。有所记述之谓文;吟咏情性之谓诗。其为言语则一也。唐诗所以绝出于三百篇之后者,知本焉尔矣。何谓本?诚是也……故由心而诚,由言而诗也。三者相为一。情动乎中而形于言,言发乎迩而见乎远,同声相应,同气相求,虽小夫贱妇孤臣孽子之感讽,皆可以厚人伦,美风化,无他道也。故曰:不诚无物。夫惟不诚,故言无所主,心口别为二物,物我邈其千里,漠然而往,悠然而来,人之听之,若春风之过马耳。其欲动天地、感鬼神难矣。其是之谓本。唐人之诗,其知本乎?温柔敦厚,蔼然仁义之言为多;幽忧憔悴,寒饥困惫,一寓于诗,而其厄穷而不悯,遗佚而不怨者故在也。至于伤谗疾恶,不平之气,不能自掩,责之愈深,其旨愈婉;怨之愈深,其辞愈缓;优柔餍饫,使人涵泳于先王之泽,情性之外不知有文字。幸矣,学者之得唐人为指归也。(《金文最》卷四十三)

为了避免陷入矫揉造作的恶道,元好问自称,他在初学诗时曾"以十数条自警"。最后他自谦而又不无遗憾地说:"惟其守之不固,竟为有志者之所先。"文章从情性论出发,提出为文之道本于诚,提倡务实历、求真情、不雕琢、本自然的创作方法,无疑是正确的。

上述文章以外,元好问值得一读的书序之文还有《东坡诗雅序》、《南冠录序》、《琴辨序》、《太原昭禅师语录序》、《跋国朝名公书》、《跋松庵冯太书》、《跋紫微刘尊师山水》等,文风平易自然,无所雕饰,不仅表现了他兼备众体的艺术功力,而且也表达了他卓越的理论见地。

王若虚《道学发源后序》

王若虚是金后期的重要学者,以其"议论之学"而备受推崇,"其辨章述作,褒弹古今,虽多寻章摘句,尽有惬心贵当者焉"(钱基博《中国文学史》)。他尊儒却不迂腐,对一些理学家所谓"圣人之文章,字字句句,无非性与天道"(《论语辨惑二》,王若虚《滹南遗老集》卷二)的观点颇为怀疑,并批评他们对《论语》中某些本无意义的文字求之太过。他在《论语辨惑序》一文中说道:"宋儒之议论不为无功,而亦不能无罪焉。彼其推明心术之微,剖析义利之辨,而斟酌时中之权,委曲疏通,多先儒之所未到,斯固有功矣。至于消息过深,揄扬过侈,以为句句必涵气象,而事事皆关造化,将以尊圣人而不免反累,名为排异端而实流于其中,亦岂为无罪也哉?"(《金文最》卷四十)对宋代理学家的观点加以辨析,既有由衷的赞许,也有尖锐的批评,和某些服膺宋儒之学的腐儒之谈大不相同。

王若虚对当时及后世产生较大影响的书序之文还有《道学发源后序》。其文云:

"韩愈原道曰:'孟轲之死,不得其传。'其论崭然。君子不以为过。夫圣人之道,亘万世而常存者也。轲死而遂无传焉。何耶?愚者昧之,邪者蠹之,驳而不纯者汩之。而真儒莫继,则虽存而几乎息矣。秦汉以来,日就微灭。治经者,局于章句训诂之末,而立行者。陷于功名利欲之私,至其语道。则又例为荒忽之空谈而不及于世用。仿佛疑似而失其真。支离汗漫而无所统。其弊可胜言哉?故士有读书万卷,辨如悬河。而不免为陋儒。负绝人之奇节,高世之美名,而毫厘之差。反入于恶者。惟其不合于大公至正之道故也。韩愈固知言矣。然其所得,亦未至于深微之地。则信其果无传已。自宋儒发扬秘奥,使千古之绝学一朝复续,开其致知格物之端,而力明乎天理人欲之辨,始于至粗,极于至精,皆前人之所未见,然后天下释然知所适从。如权衡指南之可信,其有功于吾道,岂浅浅哉!国家承平既久,特以经术取人,使得参稽众论之所长,以求夫义理之真,而不专于传疏,其所以开廓之者至矣。而明道之说,亦未甚行。三数年来,其传乃始浸广,好事者往往闻风而悦之……心术既明,趋向既正,由是而学之焉,虽至于圣域无难。"(《金文最》卷四十)

从这篇文章看来,王若虚对有些理学家虽颇为不满,对"格物致知"、"天理人欲"这些学问,却仍然推崇。他的学术旨趣在于:既不慊于汉儒传注之学的繁琐穿凿,又有憾于宋儒末流尚未知章句,就已指六经为糟粕,专事谈玄说妙的荒谬虚浮。他强调以尊经为旨归,"而于传记百氏弗信,见到处摆脱窠臼,而不依随以为是非"(彭应龙《滹南遗老集序》)。这样的观点,虽非卓见,却也颇为通达。

王若虚的文章褒者甚多,也不无贬者。钱基博在其所编的《中国文学史》一书中这样评价王若虚,"若虚论诗论文,一以苏轼为宗,而主于条达疏畅,意到笔随。顾诵所作,未能相副;笔势缓懦,疏而不快;辞意肤浅,率而无味;以视赵秉文,尤为每况愈下。"(钱基博《中国文学史》)从这篇序言来看,其行文明白晓畅,思致清晰,起伏照应,虽然算不上什么佳作,却也不是"率而无味"的文字。钱氏所评,或有苛责之嫌。

李纯甫《西岩集序》

李纯甫的思想较为复杂,儒释道三家的观点都有,且往往自相矛盾。

他虽自称"儒家子"(彭应龙《滹南遗老集序》,《金文最》卷八十一),却深染佛学,"三十岁后,遍观佛书,能悉其精微"(元好问《中州集》卷四),佛学思想占据了主导地位。因此,他的文学思想自然与赵秉文、元好问等儒者大异其趣。他力破前人日积月累的陈见,截断众流,主张为文"当别转一路,勿随人脚跟"(刘祁《归潜志》卷八),不傍古人,自成机杼,"字字皆以心为师"(元好问《中州集》卷四李纯甫《为蝉解嘲》)。其《西岩集序》有云:

人心不同如面,其心之声发而为言,言中理谓之文,文而有节为之诗。然则诗者,文之变也,岂有定体哉?故《三百篇》什无定章,章无定句,句无定字,字无定音,大小长短,险易轻重,惟意所适。虽役夫室妾悲愤感激之语,与圣贤相杂而无愧,亦各言其志也已矣,何后世议论之不公邪!(元好问《中州集·刘西岩集》卷四)

文章从《诗经》中寻找理论支撑,认为写文章就应像《诗经》那样,诗无定体,"什无定章,章无定句,句无定字,字无定音,大小长短,险易轻重,惟意所适",也就是"各言其志"而已。接着,他又批评后代规矩日多,议论日繁,禁锢了诗歌的发展。他着重批评后代三种可笑的、不公的议论:

齐梁以降,病以声律,类俳优然,沈宋而下,裁其句读,又俚俗之甚者,自谓灵均以来,此秘未睹,此可笑者一也。李义山喜用僻事,下奇字,晚唐人多效之,号西昆体,殊无典雅浑厚之气,反詈杜少陵为村夫子,此可笑者二也。黄鲁直天资峭拔,摆出翰墨蹊径,以俗为雅,以故为新,不犯正位,如参禅着末后句为具眼,江西诸君子,翕然推重,别为一派,高者雕镌尖刻,下者模影剽窃,公言韩退之以文为诗,如教坊雷大使舞,又云学退之不至,则一白乐天耳,此可笑者三也。嗟乎,此说既行,天下宁复有诗邪?比读刘西岩诗,质而不野,清而不寒,简而有理,澹而有味,盖学乐天而酷似之。观其为人,必傲世而自重者,颇喜浮屠。遂于性理说，凡一篇一咏，必有深意。能道退居之乐，皆诗人之自得。不为后世议论得夺，真豪杰之士也。

在这里，他既不提"宗经"，也不谈"温柔敦厚"，而是借《诗经》之名，阐发"诗为心声"、"惟意所适"的观点，力图破除诗歌声律、典事、样式、风格等方面的束缚，使诗歌保有自由率真的特性，让诗人发挥其创造性。这种不拘一格的理论对于"模影剽窜"、"窥陈编以盗窃"的赵秉文等人来说，也起到某种纠偏的作用。

李纯甫还有一篇《鸣道集说序》存世，无论文笔还是议论，皆无足观者。

除上述外，金代颇有代表性的书序之文还有赵衍《重刊李长吉诗集序》、王寂《与文伯起书》、杜仁杰《遗山先生文集后序》、李俊民《道藏经跋》等。可以看出，金代文人在书序之中所争论的问题，是唐宋文人的继续。而这些争论，又和理学思想的传播和扩散密切相关。金代文人虽说追随模仿宋文，但绝非宋文的影子或者回声。在某些方面，金代文人的理论思考甚至比唐宋两朝文人更广，气魄更大，观点也更为融通。

第二节　元代书序文

论元代的书序之文,许衡的《与窦先生书》是必须要被首先提到的,不仅因为较之他篇这是极有特色的一篇文章,更重要的是,它几乎可以反映出元初一代士人在仕进问题上的普遍心态。

许衡《与窦先生书》

许衡的《与窦先生书》是一篇很有特色的文章。其开始写道:

> 老病侵寻,归心急迫,思所以上请,未得其门也。迩来相从,实望见教。不意复有引荐之言,闻之踧踖且惊且惧。邸舍中悬沉所以不可之故,至于再三,始蒙惠许。违别三数月,复虑他说间之,不终前惠,是用喋喋重陈向来恳祷不已意。(《全元文》卷七十)

看似是拒绝推荐,不肯做官,但接下来,他谈到对于"治、乱"和"天命"的看法说:

> 尝谓天下古今,一治一乱。治无常治,乱无常乱,乱之中有治焉,治之中有乱焉。乱极而入于治,治极而入于乱。乱之终,治之始也;治之终,乱之始也。治乱相循,天人交胜……析而言之,有天焉,有人焉。究而言之,莫非命也。命之所在,时也;时之所向,势也。势不可为,时不可犯。顺而处之,则进退出处,穷达得丧,莫非义也。古之所谓聪明睿智者,唯能识此也;所谓神武而不杀者,唯能体此也。或者横加己意,欲先天而开之,拂时而举之,是揠苗也,是代大匠斫也……生平拙学,认此为的,信而守之,罔敢自易。今先生直欲以助长之力、挤之伤手之地,是果相知者所为耶?无益请朝,徒重后悔,岂交游之泛、不足为之虑

耶？抑真以樗散为可用之材也？相爱之深，未应乃尔。

文章反复陈述天人、时势、进退、出处、穷达、得失，用"天命"来解释治、乱的演化更替，以表明自己要"安时处顺"，不求仕进。但更重要的是，他由此得出的结论是任何社会现象的出现，都是上天的安排，人只能顺从天命，"势不可为，时不可犯"，一切听天由命。但文章另一层的意思是，人只要服从"天命"所规定的现实，"顺而处之"，那么，无论出处进退，就全都符合"义"的要求，即"莫非义也"。实际上许衡曾四至京师，再为祭酒，时进时退，并非绝意仕进。其出处进退，都和时势有关，时势不利时不妨退归林下，而时势有利时当然可以坦然出仕，不必顾虑太多华夷之辨、名节问题，因为已有"天命"作为支持，我是"顺而处之"，自然"进退"皆"莫非义也"。元初儒者，如许衡者很多，或先仕后退，或屡进屡退，或先官后隐，或亦隐亦官，皆和时势变化有关，遂自谓听天由命，其实内心深处，也并非处之泰然，其表现之一就是总在努力为自己寻求安身立命的理论依据。鲁迅先生所论"宋曾以道学为金元治心"即此谓也。

郝经《与宋国丞相书》《与北平王子正先生论道学书》

姚鼐在《古文辞类纂》"书说类序"中有言："战国说士说其时主，当委质为臣，则入于奏议；其已去国，或说异国之君，则入此编。"就是说，与异国之君书者，则无君臣之分，不入奏议而入书说类。故，郝经为使被拘于仪真时，所上南宋君主之书，当入于书说之类。忽必烈即位后，一是不得不多内顾而巩固刚得来之汗位，二是连年伐宋皆不克，故继位之初就以郝经为翰林侍读学士充国使使宋，告继位事，并商和议。正如郝经在《再与宋国丞相书》中所说："主上既至开平，受诸王推戴，即下诏于顺天，起经于病中，畀之书命，授以金虎符，令奉使贵朝，告登宝位，布弭兵息民意。"（《全元文》卷一百二十二）但宋丞相贾似道曾私与蒙古言和，恐经至而事泄，于是拘经于真州，凡十六年。至元十一年(1274)始得放还。这十六年，对郝经是历经考验的漫长岁月。我们从他这一时期不断上给南宋君臣的信中，可以读到十分复杂的内容，既有要坚守使命的清心誓命，又有对南宋君臣的义正词严和隐隐怨怼,更有自己被拘而使命不得完成的苦闷,从这些给宋国皇帝、丞相的书信中我们可以看到一个复杂和坚持的郝经。《元史》称其"为人尚气节"(《元史》卷一百五十七)。《四库全书总目》赞其"生平大节炳耀古今"(《四库全书总目》卷一百六十六别集类十九),皆于此种种书信之中清楚可见。

郝经曾数次上书于南宋丞相贾似道,寄希望于权相,希望他能成南北之和。在《与宋国丞相书》中,分析当下南北形势曰:

> 窃惟方今之势,祸天下者兵,福天下者和。相君而宅人者,当如何哉?去其所祸,就其所福,可也。夫为祸福者在于北,成祸福者在于南。且如北朝不肯休兵,夫孰能止之?虽南朝欲休,而莫能休也。南朝欲和,而北朝不从,虽欲和而岂能和也哉?故为之计者,北人好用兵,因其欲止而止之,鲜于和,因其欲和而和之,则乱可弭,而天下被其福也。好用兵而激之以兵,鲜于和而拒而不和,则乱无期已,而天下被其祸也。故曰:"为祸福者在乎北,成祸福者在乎南。"(《全元文》卷一百二十二)

但他哪里知道,正是他寄予无限希望的丞相贾似道拘其于仪真不放归,书信自然如沉大海!郝经此时的处境是,羁身既不得解,书信又无得报,正像他在信中一再所说,"既朝廷不得造,执事不得见,制使不得接,于是作为表书、关移、公牒,而皆不见答。经等如是之无所靳,汲汲切切,而诚且尽,而贵朝乃鄙外不急,置而不问,如是摒蔑也。""于是始逾年时,即上书阙下,不报;复上书宰相,又不报……乃一表、复表、再表,一书、复书、再书,牒省院,关制府,陈说者非一,一皆不报。今既绵历四年,荐更寒暑,祸变外砾,中热自焚,抱臂蹙额,气息缕缕,必渐以渐尽。岂能扪舌以坐尽,又当引领而快吐。"宋朝国主、丞相、枢密院、两淮制治使,郝经都不断地上书论时势,以请归,但他始终不得返朝,外界的一切消息也完全被隔绝于围墙之外。郝经这样形容自己此时的处境:"坠乎千仞之下,仰天而呼,高下疾徐,都所不知。过之者睨而不视,闻之者掩耳而走,彼横议反覆之徒,必又瞰临而下石,惟恐其不忠也。"(《上宋主陈请归国万言书》,《全元文》卷一百二十二)又说:"如稽留我辈,有意贵朝,虽老死片天之下,不以为憾。如其无益,徒役人众,耗糜禀饩,箝口束臂,块处株守,面四壁而不闻,无一人而与问,事势淹远,人情惮烦,多言而必谓之躁,催请而必谓之急,不言而必谓之怒,喟然自艾而必谓之怨,积日累月,必得罪于众左右矣。不能成事,而反生事,此焉是惧。"但也抱怨"累为文移,俓自陈说,而皆不报。一室之内,颠连宛转,不睹天日,绵历数年。主上何罪,经等亦何罪,而窘逼至是耶?"虽悲苦至此,但郝经始终坚持其节守,必欲全己之忠,他曾屡次表白心迹,如在《复与宋国丞相论本朝兵乱书》中说:"使人之事,当变故非常之时,则竭尽忠赤,力为剖白,开陈利害,万折不衂,职分然也。岂箝口从谀,以常自处,靡靡碌碌,坐制于时,甘为贱丈夫,则非惟仆等之辱,亦执事之所恶也。""经等之事,本自易处,数年之间,不克进退,是用喋喋,以重速戾。盖不敢欺贵朝,亦不敢负本朝,复不敢自欺,亦不敢欺天下后世,以误生灵。"(《与贾丞相书》,《全元文》卷一百二十二)郝经将他离开元朝时的"中统"年号,一直顺序地使用到北返元朝的那一天,虽然其时早已经是至元十二年了,这一举动本身就带有它的悲壮性。后世囿于偏见,以为郝经身事异族,忠于元朝,虽不甚鄙之,但也绝不称其身守使节之忠义,其实郝经之忠于使事,可以与汉之苏武并论。

郝经论为学以有用为宗,这是他"身为儒者,又讲事功"的必然。在年轻时的一篇《上紫阳先生论学书》中,郝经写到:

> 经生今二十有八年矣……士结发立志,诵书学道,卒之乎无用,可乎哉?幼而学,长而立也。迩焉而一身,小焉而一家,大焉而一国,又大焉而天下,必有所用也。鸟兽龟鳖,屑屑之物也,犹皆有用也。蜂虿虺虫它,毒世之物也,犹皆有用也。灵而为人,学而为士,夫乃反无用,可乎哉?世有人焉,之无伏腊之不辨,鲁鱼亥豕之不分,乃辨天下之大事,立天下之大节,济天下之大难,享天下之大富贵,声色不动而有余裕焉。吾诵书学道之士,试之一职,则颠蹶而不支,委之一事,则衂挠而不立,汲汲遑遑,终其身

不能免于冻馁,而趋利附势殒义丧节,何也?事无用之学也。(《全元文》卷一百二十三)

但人求"有用",也要有所"坚守",在《答冯文伯书》中,他就表达了这样的思想:

学而有用,亦不胁肩谄笑于未同,以求试乎用,不以天民为己任而自私也……尝自诵曰:"不学无用学,不读非圣书,不务边幅事,不作章句儒。"以是而行之,殆六七年……合则进,否则止。苟遂不合,则将委世长往,抱明月以孤骞,吸清风而高蹈,续圣贤之坠绪,传之无穷,亦不至于失己而委斯文于地也。(《全元文》卷一百二十三)

文章接着说到自己:

奈之何家君戴白而无菽水之奉,为子之职分未尽也。二弟幼孱,婚取未毕,为兄之义未尽也。为人子而事父未能,为人兄而抚幼未能,恶在其为道也。是以低眉俯首,为人讲读,糊其口于四方,以养老,以畜幼,以俟时之几,而不以为愧耻,其自视犹愈于抱关击柝者也。虽然,不为威惕,不为利疚,不犯非礼,不为不义,以业自食,亦不至于失己而委斯文于地也。士信于知己,非高明而敢为謷言若是哉!

只有了解郝经为学主"有用"的态度,我们才能清楚他不赞成"工于作文"的观点。他在《儒行序》(宪宗元年五月)中说到:

世之所谓儒者,文章而已矣。父师以之垂训,学者以之为务,有司以之进退多士,是以禽然相尚,炳然相辉,而儒之为儒,不复古矣。盖文章者儒之末,而德行者儒之本也。务其本而末自从,有诸内则必形于外,韩子所谓:"根之茂者其实盛,膏之沃者其光晔,仁义之人,其言蔼如也。"则谓之儒者,可工于文章而已矣乎?文章工矣,行如之何?(《全元文》卷一百二十四)

正是基于此,又有感于"近世以来,纷纷焉求人之法以为法,玩物丧志,窥窃模写之不暇,一失步骤,则以为狂为惑,于是不敢自作"的弊病,郝经论"文法"曰:

> 古之为文也,理明义熟,辞以达志尔。若源泉奋地而出,悠然而行,奔注曲折,自成态度,汇于江而注之海。不期于工而自工,无意于法而皆自为法。故古之为文,法在文成之后,辞由理出,文自辞生,法以文著,相因而成也,非与求法而作之也。后世之为文也则不然。先求法度,然后措辞以求理,若抱杼轴,求人之丝枲而织之,经营比次,络绎接续,以求端绪,未措一辞,钤制夭阏于胸中,惟恐其不工而无法。故后之为文,法在文成之前,以理从辞,以辞从文,以文从法,一资于人而无我,是以愈工而愈不工,愈有法而愈无法,祇为近世之文,弗逮乎古矣。夫理,文之本也,法,文之末也。有理则有法矣。未有无理而有法者也。(《答友人论文法书》,《全元文》卷一百二十三)

关于郝经的学问所自,陶自悦《陵川集序》称其"性理得之江汉赵复",今以经之书参之,确是不谬。郝经在《与汉上赵先生论性书》中说:"先生(指赵复)巍然以师道自处,学者云从景附。又为《伊洛发挥》一书,布散天下。使孔、孟不传之绪,家至日见,则道之复北,虽存乎运数,其倡明指示、口传心授,则自先生始。"(《全元文》卷一百二十三)又曰:"性理,问学之本也,敢以书为请。不大鄙外,以为可教,则幸教焉,指其要归焉,则幸甚矣。经虽不佞,亦敢为北方学者之倡,使吾道复明于中国,兼晋、楚之富,必不乾没先生之材矣。"可见郝经学问确受赵复很大影响,并曾书信求教。但郝经在《与北平王子正先生论道学书》中却又说他的六世祖"从明道程先生学,一再传至曾叔大父东轩老,又一再传及某"(《全元文》卷一百二十三)。这就是说,他的儒学曾经世代相传,并非完全得之赵复。他在此文中还对道学提出了如下的看法:

> 周、邵、程、张之学,几夫圣而造夫道矣,然皆出于大圣大贤孔、孟之书,未有过夫尧、舜、禹、汤、文、武、周、孔之所传者。独谓之道学,则尧、舜、禹、汤、文、武、周、孔之学,不谓之道学,皆非邪?孟、荀、杨、王、韩、欧、苏、司马之学,不谓之道学,又皆非邪?故儒家之名立,其祸学者犹未甚,道学之名立,祸天下后世深矣。岂伊洛诸先生之罪哉?伪妄小人私立名字之罪也。其学始盛,祸宋氏者百有余年。今其书自江汉至中国,学者往往以道学自名,异日祸天下必有甚于宋氏者。

由此看来,郝经虽家传程氏之学,又从赵复得到"性理之学",但他却是不肯以道学自名的。惟其如此,故论学才能发为"有用",身为儒者而又讲"事功"。

《元史》称,"经为人尚气节,为学务有用。及被留,思托言垂后,以著述为务"。正如其自叙"宋人馆于仪真,不令进退,束臂抱节,无所营为"(《续后汉书序》,《全元文》卷一百二十五),故"五六年间,颇得肆意经传"(《周易外传序》,《全元文》卷一百二十五)。郝经在《春秋外传序》言其志曰:

> 书者,皆所不行乎今而行乎后世者也……拘于仪真之扬子院……经之穷则固同夫古之圣贤矣……然而宋人以一国穷予,天不以道穷予也,岂可以人之穷,而并天之不穷者而弃之以自绝哉!(《全元文》卷一百二十五)

郝经被拘十四年,正是在此信念支持下,多所著述,作有《一王雅》、《春秋外传》、《原古录》、《太极演》、《周易外传》、《变异事应》、《玉衡真观》、

《续后汉书》等。

王恽《上张右丞书》《檄李秀才士观取渊明文集书》

王恽在元代初年,尽管上书万言,"极论时政",奉献新朝,不遗余力,但通观其前后所作,也是充满内心矛盾。王恽于中统元年十一月,初起为官所作之《上张右丞书》中有云:

> 夫布衣穷悴之士,混间阎之下,处岩穴之间,欲砥行立名,非附骥尾而托青云之士,恶能施于后世哉!昔夷齐,让国之贤君也,在彼则僻处海滨,在此则晦迹中国。周武北伐,二人相与叩马而谏,太公以义士扶而去之,时人未之知也。及宣父赞之曰"古之贤人也","求仁而得仁",故得名粲星斗,望隆嵩华,奋乎百世之上,通乎千载之下,其名日益彰矣。此太史公所以感激而传之也。向非夫子表而出之,吾知其寥寥寂寂,西山一饿夫耳,又焉能廉顽鄙而厉懦夫者哉?恽,卫人也,生于穷巷之中,长于蓬茨之下,意广材疏,无以肖似,徒以欲罢不能之心,雪其窗,萤其几,蟫蠹书史,自娱自愈而已,其于圣学之蕴,治国平天下之术,憎不知也。以故年近不惑,而无成于一艺。迹混常流,而不登于士林。《传》曰:"四十、五十而无闻焉,斯亦不足畏也已。"仆每读至此,未尝不废书长叹,伤岁月不我与也。于是中夜兴起,彷徨四顾,思得出大贤之门,脱囊中之颖,攀逸驾,附骥尾,固瞠乎其后矣。庶几碌碌,因人成事,免夫埋灭无闻之耻。(《全元文》卷一百六十八)

其文中自称"布衣穷悴之士",也有牢骚不平之气,自与《贱生于无用说》中论士之"居贫守贱"者不可怨叹"世之不可用"而当反求诸己的议论,不可同日而语。王恽还有一篇《檄李秀才士观取渊明文集书》,也是颇有情绪的文章。此书写其数次向李秀才借《靖节文集》一观,对方竟愕然以"无有"为由而拒,王恽愤于此伪诈之人,激而为文曰:

夫何天诱其衷,手足误败,云此集我家实有之,盖次兄手所录也,不知吾子前日之拒之辞,诚何心哉?且靖节之诗,正如清风明月,四时何尝阙焉。既非秘异世莫得闻之书,一旦诿张,自欺其心,又欺其友,抑不知吾子诚意之学、尚友之义,果安在哉?《传》曰:"人谁无过?过而能改,善莫大焉!"望吾子毋以前日之辞为愧,不致有抵璧投珠之举,复惠然许诺,以修旧好,是吾党中改过自新之友,岂不快哉!岂不快哉!如其不然,使吾子终绝于长者也。吾且将长驱问罪,以图进取之计,不知吾子将何所逃罪焉?纵吾子限以学海,峻以文府,坚以诗垒,整笔阵以前,与吾义师抗,正烦腰间之箭,重射鲁连之书也。若曰坚守力尽乃降,谢罪于辕门之下,将惟命是听。俾介忠胄信之士,干仁橹义之师,尽取所有,稇载而归,以贻执事羞,固非所愿也,惟吾子详择焉。嘿斋主人顿首白。(《全元文》卷一百六十八)

此实为书信,而前加之以"檄"字,文中又有故为庄重,以至要兴师讨伐之语,盖激气而为文,与常理不同,却是极有趣味。以此两文观之,论一人文章之特点,亦未可只见一面。

刘因《上宰相书》《庄周梦蝶图序》

刘因(1249—1293),初名骃,字梦骥,后改名因,字梦吉,号静修。保定容城(进属河北)人。史称"天资绝人","才识超迈",又称其"性不苟合","家居教授,师道尊严","尝爱诸葛孔明静以修身之语,表所居曰静修"。至元九年(1282),诏征承德郎、右赞善大夫。后以母疾辞官,再征不起。三十九年病卒。《元史》卷一百七十一有传。著有《静修集》二十八卷。在元代诸儒之中,刘因被一致认为是最有操守的,虽然他曾一度应诏为右赞善大夫,但旋即辞归,后再诏为集贤学士,不就,借故辞去,所作《上宰相书》即有关于此,其文曰:

九月二十八日,因再拜。因自幼读书,接闻大人君子之余论,虽他无所得,至如君臣之义一节,自谓见之甚明。其大义且勿论,姑以日用近事言之。凡吾人之所以得安居而暇食,以遂其生聚之乐者,是谁之力欤?皆君上之赐也。是以凡我有生之民,或给力役,或出智能,亦必各有以自效焉。此理势之必然,亘万古而不可易,而庄周氏所谓无所逃于天地之间者也。因生四十之年,未尝效尺寸之力以报国家养育生成之恩,而恩命连至,因尚敢偃蹇不出、贪高尚之名以自媚、以负我国家知遇之恩而得罪于圣门中庸之教也哉?且因之立心,自幼及长,未尝一日敢为崖岸卓绝、甚高难继之行;平昔交友,苟有一日之雅者,皆知因之此心也。但或者得之传闻,不求其实,止于踪迹之近似者观之,是以有高人隐士之目。惟阁下亦知因之未尝以此自居也。请得一一言之。(《全元文》卷四百六十二)

如此为文,可谓善为辞令。此是以极力贬损自己,以求退身之地。不追求功名利禄,其志不可谓不高远,却也只能以这种屈辱自己的方式来保全自己。在这两段文章下面,便讲自己所以不能出仕之故,乃家中频遭不幸,自己又羸病交加,更甚的是为此而生发的伤感,更影响了自己的身体,病势益增,所以朝廷之诏实力不能从心,故请求宰相"俯加矜悯,曲为保全"。语言很纯朴,诚恳也如李密的《陈情表》,且又笼罩着伤感之气,事实上也正是,刘因第二年就因病去世了,年仅四十五岁。刘因留给我们的困惑在于,他出生于金亡之后,不是金遗民,又是保定容城(今属河北)人,更谈上宋遗民,那么,他的义不仕元,到底是因何考虑呢?元人陶宗仪《南村辍耕录》中有一则关于刘因的记载颇可玩味:

中书左丞魏国文正公鲁斋许先生衡,中统元年,应诏赴都日,道谒文靖公静修刘先生因,谓曰:"公一聘而起,毋乃太速乎?"答曰:"不如此则道不行。"至元二十年,征刘先生至,以为赞善大夫,未几辞去,又召为集贤学士,复以疾辞,或问之,乃曰:"不如此则道不尊。"

与许衡基于经世致用的重"道"之"行"不同,刘因更重视的是"道"之"尊"。就是说,他不仕元,是不愿以一个"儒者"的身份,而臣事于在他看来开化尚未深的"夷族"君主,也就是说,他更多的是站在"重道"和与之相联系的儒家传统文化传承的角度来考虑"出处"问题的,这与遗民看此问题的角度是很不相同的。① 我们再将刘因竭力批评老庄作为一个话题纳入讨论之列,问题就更明显了。刘因常常不惜借题发挥来抨击老庄思想,如在《退斋记》中,即论老子曰"以术欺世而以术自免","误国而害民"(《全元文》卷四百六十五),与此思想一以贯之。其《庄周梦蝶图序》中,亦有云:

> 周寓言梦为胡蝶,予不知何所谓也。说者以为齐物,意者以蝶也周也皆幻也,幻则无适而不可也。无适而不可者,乃其所以为齐也。谓之齐,谓之无适而不可,固也。然周乌足以知之,周之学,纵横之变也。盖失志于当时,而欲求全于乱世,然其才高益广,有不能自已者。是以见夫天地如是之大也,古今如是之远也,圣贤之功业如是之广且盛也,而己以渺焉之身,横于纷纷万物间无几时也,复以是非可否绳于外,得丧寿夭困于内,而不知义命以处之,思以诧夫家人时俗,而为朝夕苟安之计而不可得,姑浑沦空洞,举事物而纳之幻,或庶几焉得以猖狂恣肆于其间,以妄自表于天地万物之外也……噫! 卤莽厌烦者,孰不乐其易而为之;得罪于名教、失志于当时者,孰不利其说而趋之。在正始、熙宁之徒,固不足道,而世之所谓大儒,一遇困折,而姑籍其

---

① 对于刘因所写那些为数不少的哀悼南宋和旧金的诗,更多的是表现了他对南宋灭亡和旧金败亡的历史批判,以及更深一层的对文化的哀悼,因为在他的心目中,南宋的文化,金的文化,在文化相对落后的蒙古的攻伐和占领中,无疑是遭遇了劫难的。他是一个文化悼亡者。今录几首作为参考,《书事五首》其二:"卧榻而今又属谁,江南回首见旌旗。路人遥指降王道,好似周家七岁儿。"对宋的灭亡,更多地把它看做是历史上无数次亡国剧的又一次重演。《巫山图》:"朔风卷地声如雷,西南想见巫山摧。江南图籍二百年,一炬尽作江陵灰。"《观梅有感》:"东风吹落战尘沙,梦想西湖居士家。只恐江南春意减,此心原不为梅花。"简直就是在对文化衰落的一次次无比的哀悼和沉痛的祭奠。此观点参考了查洪德的论述,具体可参见查洪德:《北方文化背景下的刘因》,《文学遗产》2002年第3期,第71～82页。

说以自遣者,亦时有之。要之,皆不知义命而已矣。(《全元文》卷四百六十三)

其谓庄周之学乃"纵横之变",说他"失志于当时,而欲求全于乱世",又"其才高益广,有不能自已者"云云,颇有见解。但其后则是从卫道出发,批判庄周思想,不遗余力,这是他思想上深向儒学的必然归路。可以见出,刘因之退,不是退于老庄,即他决不是以隐士的身份来定位自己,他退于儒者,且是坚守儒家"道"之尊崇地位的大儒,他一生以教授生徒、著书立说的实践,最终将自己塑造成为了历史上一个受人敬仰的"性不苟合,不妄交接,家虽贫非其义一介不取"(《刘因传》,《元史》卷一百七十一)的君子固穷,安贫乐道的形象。

吴澄《象山先生语录序》《谒赵判簿书》《答姜教授书》

吴澄上《谢赐礼币表》以辞朝廷赐币之后(参见前文),又致书于当政者多人,以冀其人旁助一言,并示己之绝心,所书可谓多且烦矣。以下所列,是其中部分篇章的片段:

> 澄去腊抵家闲居,幸无他苦。公朝厚恩,赐以礼币。但老病非才,愧无寸劳,曾不能略效忠力于国,而受锡赉,于义不当也。谨以奉表阙庭、呈覆省府恳辞。倘会当朝诸公,望助一语,俾得从请为幸。(《回忽都笃鲁弥实承旨书》,《全元文》卷四百七十四)

> 澄老病无用于时,尸位窃禄,内省已剧羞愧,退后又荷朝廷厚恩。此虽圣君贤相之大德,然揆之分义,非所敢当。是以拜表阙庭,具呈政府,致恳辞之诚。子贞相知之深,望于当路一语。傥得勉从区区所请,则此心安矣。(《回曹子贞尚书书》,《全元文》卷四百七十四)

澄尸位三年,多厝钜公过爱。惜年齿逾迈,疾病侵加,虽欲久客京华而莫可。还家治药,扶护衰龄,庶或缓死,以观太平。未去之先,荷政府勉留;已去之后,荷公朝锡予,此圣天子、贤宰相、众大臣优老礼贤之大德。施非其人,岂所敢当!澄既非勋旧,又无劳绩,一旦滥叨重赐,为之惭怍惊悸,是用摅诚恳辞。伏惟寅恭同协,肯为转旋,使澄于心得安,免致逾分愆义,荣莫大焉。(《与许左丞书》,《全元文》卷四百七十四)

忽蒙公朝赐赉,非远臣贱士所宜得,是以恳辞。当路诸公觉或胥会,旁助一言,俾遂吾意为佳。(《与高尧臣侍御使书》,《全元文》卷四百七十四)

宗师知我者,诸公会次,旁助一言,得如吾意则幸矣。(《回吴宗师书》,《全元文》卷四百七十四)

既非勋旧,又无劳绩,岂所敢当?是用摅诚恳辞,乞相公密赞上宰,特为奏闻,收还所赐,庶几于义得安。(《与乌伯都剌平章书》,《全元文》卷四百七十四)

为什么吴澄不厌其烦地反复致书于当道者多人?辞却朝廷赐币并非什么了不得的大事,但他却因之而引起了一系列的连锁反应,我们几乎要认为他有些反应过度了,用得着如此小心翼翼么?我们无从探知事件背后的细节,但在此事件中,行动本身即已显示了一种态度。吴澄年五十余,始以大臣荐,强起而用之,身为一代大儒,基于儒家正统观念,虽强起而仕元,恐怕内心也是强烈不安的,故他虽三次入朝为官,但时间皆不长,即以辞归。虽说他未曾仕于南宋,且出而为官时元朝已统一南北很久,那么他仕元绝非什么有损道德节气的问题,但吴澄还是很严肃地对待这个问题。这也许源于吴澄一代大儒的身份,而且他又向来以儒家道统继承人自居的,还在年轻时所作之《谒赵判簿书》中他就说到:

澄生十有九年矣,家贫不能从师,惟大父家庭之训是闻。幼年颇以能属文而见知于人,然当时所能者,举业而已,未闻道也。年十有六,始知举业之外,有所谓圣贤之学者,而吾未之学,于是始厌科举之业,慨然以豪杰之士自期,必欲为周、程、张、邵、朱,而又推此道,以尧舜其君民而后已也。试尝实用其力于此,则豁然似有所见,坦然若甚易行,以为天之生我也,似不偶然也,吾又何忍自弃?于是益务加勉,以穷尽天下之理。虽力小任重,如蚁负山,所学固未敢自是。然自料所见则加于人一等矣。(《全元文》卷四百七十五)

吴澄在文章中称孟子、韩愈皆为奇特脱俗挺出于当世之豪杰者,又历数两宋以来可称豪杰之大儒如周子、二程、张子、邵子,而后曰:"南渡以来,去程、张殆将百年,而闽中有朱夫子,又能集数夫子之大成。则朱子,又中兴以后之豪杰也。朱子没至今逮将百年矣,以绍朱子之统自任者,果有其人乎?"可见其乃慨然以道统继承人自居。有此背景,儒家传统道德伦理的影响在他自然要比一般人深刻,更重要的是,他对自己的期待也高,既然要承当起儒家道统继承人的职责,那么要求自然更高,而且时时注意对自己形象的塑造,书信往来于当道者多人,我们可以看出其中强烈表达自己态度,并要努力塑造自己形象的意图。

因此之故,吴澄对汲汲于禄途,以致世风沦丧的现实很是不满,自己深以之为耻,并时时以古之贤人君子自期。在《复董中丞书》中,他就说道:

澄闻学者非以求知于人也,欲其德业有于身而已矣;仕者非以自荣其身也,欲其惠泽及于人而已矣……迩年习俗日颓,儒者不免苟求苟得,钻刺百端。媚灶乞墦不以为羞;舐痔尝粪,何所不至!……澄以古人贤人君子自期,则其出处进退必有道矣。不然,贪荣嗜进,亦若而人也,阁下奚取焉?爱人以德,成人之美,是所望于今之大臣宰相能如古人者。爱之以德,而成其美,

岂必其仕哉？康节邵先生诗云："幸逢尧舜为真主,且放巢由作外臣。"澄虽不肖,原自附于前修。(《全元文》卷四百七十三)

在《答姜教授书》中吴澄又分析道,其时浊污士风的原因是"有为",他说：

> 近年贪浊成风,在在而然。行之不以为非,言之不以为耻。陷溺至此,盖有为也。何为？为饮食之费、妻妾之奉、子孙之遗而已。(《全元文》卷四百七十四)

接着说自己：

> 澄酒肉俱绝,而无所于费也；中馈虚,而无所于奉也。二三儿躯干壮健,写字读书之余,各务耕桑,自营衣食于家,可以不饥不寒,而无俟于父之遗也。萧然一身,二竖给使,令纸帐布衾如道寮禅榻,随所寓而安。案上古《易》一卷,香一炷；冬一褐,夏一绤；朝夕饭一盂,蔬一盘；所至有学徒给之,无求也,而无不足。身外皆长物又焉用丧所守以取赢为哉？此区区自乐之实,而无所资于人。

可以看出,吴澄时时不忘对自己品行的砥砺,他论人、论世最后总要归结于自己,世浊而我欲清,世贪而我随遇而安,他是时时以古之贤人君子自期的。他在《答赵仪可书》中,以想象之辞,这样描写了古之君子的心理状态：

> 古之君子有所得于中,充然不渝其乐,外境之变于前,或顺或逆,殆如浮云空华之过目。终身顺适而自乐者未足多,满前拂逆而处之泰然者,深可贵也。(《全元文》卷四百七十四)

在《复颜可远书》中,他又说:"士之自修者,为己之外,任其自然而已。君用之,则安富尊荣;子弟从之,则孝弟忠信,士之用于人在此。然其一可期,其一不可期。吾惟勉尽于其所可期,而不希觊于其所不可期,吾之心所以泰然无事而常乐也,世俗之荣辱曾何足为吾之轻重哉!"(《全元文》卷四百七十四)吴澄所希求达到的正是这样一种心泰然无事而常乐,世俗之荣辱不足为己之轻重的理想道德境界,虽至贫病交加其犹能寻乐处:

澄客腊至家,日寻药裹,幸免他苦。暇则相对圣贤,自寻乐处。相望辽邈,伏愿体道怡神,为时保爱。(《与王伯宏中丞书》,《全元文》卷四百七十五)

澄老病侵加,所亲惟药物。目尚能视,而耳之闻言已不听;足尚能步,而手之运笔已不便,用是于朋游问讯侵侵阔疏。虽欲复如少壮时之交际,不可得也。兀坐一室,政此厌厌。好风东来,吹下云朵,四壁顿为之光辉,二竖亦为之惊却,困悴之体苏醒者半日。昔人云"痊风驱疟",岂不信然!永愚手卷不敢以荒陋而靳于言,第不甚相知,措辞不能的切,聊以塞命尔。(《答潭宣使书》,《全元文》卷四百七十五)

吴澄的修养功夫使其心中时时充满着一股浩然之气,对自己的道德素养,他很自信,以致他曾自信地这样在《答王子绝书》中说:"平居倒指耆儒宿学,如吾纯心者寥寥晨星。"(《全元文》卷四百七十五)

在元代程朱理学占据主导地位的时候,吴澄的思想却是偏于陆子之学的。吴澄认为:"朱子于道问学之功居多,而陆子以尊德行为主。问学不本于德性,则其蔽必偏于语言训释之末,故学必以德性为本,庶几得之。"可见吴澄思想中多有陆学因素。在《象山先生语录序》中他曾说陆子之《语录》,"澄肃读之,先生之道如青天白云,先生之语如震雷惊霆,虽百数十年之后,有如亲见、亲闻也。"(《全元文》卷四百八十三)又曰:"呜呼!道在天地间,今古如一,人人同得,智愚贤不肖,无丰啬焉。能返之于身,则知天之与我者,我固有之,不待外求也;扩而充之,不待增益也。先生之教人盖以是,岂不至简至易而切实哉?不求诸我之身,而求诸人之言,此先生之所深悯也。今口谈先生、心慕先生者,比比也,果有一人能知先生之学者乎?果有一人能为先生之学者乎?呜呼!居之相近,若是其甚也;世之相去,若是其未远也。可不自愧、自惕而自奋与?勿徒以先生之学付之于其言也。"这也可以视为吴澄多受陆学影响的证明。吴澄虽为一代大儒,但并不鄙作文为小技,它在《元复初文集序》中曾说:

> 儒者以文章为小技,然而岂易能哉!能之不易,而或视以为易焉,昌黎韩子之所不敢也。且其为不易何耶?未可以一言尽也。非学非识不足以厚其本也,非才非气不足以利其用也。四者有一之不备,文其能以纯备乎?(《全元文》卷四百八十四)

吴澄为学既多受陆学影响,故其论文学,自然沾染着陆氏心学的影子。"陆学重心性,重主体,讲学重在'理会我',论文则强调主体的批判精神,不随人跟脚。"(张晶《辽金元文学论稿》)吴澄论文学,也强调艺术个性,用他的话说,就是"诗而我"。他在《朱元善诗序》中曾说:

> 不能诗者联篇累牍,成句成章,而无一字是诗人语。然则诗虽小技,亦难矣哉。金溪朱元善才思俱清,遣辞若不经意,而字字有似乎诗人。虽然,吾犹不欲其似也。何也?诗不似诗,非诗也,诗而似诗,诗也,而非我也。诗而诗已难,诗而我尤难。(《全元文》卷四百八十四)

"诗而诗",在吴澄看来,只是写出来的东西像"诗"而已,才是第一步,绝非诗之至境,因为还够不上"诗而我",即有个性的诗歌创作。只有在"诗而我"的基础上写出不似旁人之诗,才达到"诗而我"的境界。这种论诗观点,与他所受陆氏心学的濡染是有相当关系的。

戴表元《陈晦父诗序》《刘仲宽诗序》《许长卿诗序》《老子原旨序》

有元一代，文学之士多兼而为理学家，但戴表元算是个例外，在《先天图义序》中，他表示了对于理学的隔膜：

> 余之少也，固习于科举，长也厄于忧患，又生穷乡僻邑，无所师授，亦莫能听受其说。（《全元文》卷四百十七）

对此，我们不能论之以谦虚，大体上这应该可以显示他的学问主体，即不以儒家义理为重，而是以文学适性，可以说戴表元是"元代文人，实多儒者"、"一代文章，儒风甚盛"这种大现象中的一个例外，戴表元更多的是以其纯文学的诗文成为元代一大家的，以至"至元大德间，东南以文章名重一时者，唯表元一人而已"（《元史》卷一百九十）。

戴表元在宋曾登进士第，做过建康府教授，入元后，即闲于家，大德八年(1304)，表元年六十余，始被荐于朝，未几也以疾辞。他的一生，没有历登显位，但却以东南文章大家名于当世，其门徒甚众，其交游甚广。观其足迹，遍及东南各地。表元于文学各体中，最重要的是其为他人诗文集所作之序跋，在序跋中他论文，更论人。表元所交之人，大多与其相似，未官或居于下僚，表元为其人作序跋，往往先论其人，而己又常有身同感受之慨叹，故表元所作序跋中多涉己、多论己、多叹己。读其所作之序跋，即可知表元之为人。所以，表元序跋的独特在于，它首先为我们塑造了作者自己的个人形象。

他在《陈晦父诗序》（大德十年十月三日）中回忆自己少年盛气时，独好为诗，说：

> 余犹记与陈晦父昆弟为儿童时，持笔橐出里门，所见名卿大夫，十有八九出于场屋科举。其得之之道，非明经则词赋，固无有以诗进者。间有一二以诗进，谓之杂流，人不齿录。惟天台阆风舒东野，及余数人辈，而进士早，得以闲暇习之。然亦自以不

切之务,每遇情思感动,吟哦成章,即私藏箱笥,不敢以传诸人。譬之方士烧丹炼气,单门秘诀,虽甚珍惜,往往非人所通爱。久之科举场屋之弊俱革,诗始大出。而东野辈憔悴老死尽矣,余亦鬓发种种。晦父在当时年最少,且复五十余,作诗方工。天固将迟其所成,使之行名以遇于世乎?(《全元文》卷四百十八)

戴表元追忆少时耽于吟诗之情、之景,而此时已是鬓发半白,在他那里,"诗"成为年轻时风流潇洒的象征,而他好诗不辍,年愈老愈沉湎于此,"盖时可之于诗,勤类余,居家穷类余,穷而不废业类余"(《李时可诗序》,《全元文》卷四百十七)。他也常常处于心理矛盾的状态中,他在《周公谨弁阳诗序》中尝言:"作诗惟宜老与穷"。在他的文章中形成了这样一种景观——老、病、穷的生活状态与以诗自乐、以诗为命的那份坚持之间的对照:

> 余自垂髫学诗,以至皓首,其间涉历荣枯得丧之变,是不一态;诗之难易精粗深浅,亦不一致。虽不敢自谓已有所就,然不可谓之不勤其事也。方其勤之之初,謦呻蹙缩,经营转折,几亦自厌其劳苦。及为之之久,积之之熟,则又幡然资之以为乐。(《许长卿诗序》,《全元文》卷四百十八)

> 于是元凯老而好诗,呻吟嗳嚅,心愈勤而身愈穷,又不得宁其居而游,其事种种有与余相类者。及为诗之曲折,悲欢炎凉之感,盛衰腴瘠之变,疾徐繁简古近之发,开怀抵掌,颠倒倾尽,亦往往与余合。嗟乎,元凯乎!夫身既已老而穷,而方好诗以游;游将何之,而诗复将为何用?顾为诗亦穷,不为之亦穷。吾人姑毋尤诗,惟游当少止。(《李元凯诗序》,《全元文》卷四百十八)

> 白发苍髯,皆老矣,皆穷,皆能以文字自乐。(《朱伊叟诗序》,《全元文》卷四百十八)

> 人之于艺，苟非其攻而好之者，则不能精。余少时多好，好仙，好侠，好医药卜筮，以至方技博弈、蹴鞠击刺、戏弄之类，几无所不好。翰墨几案间事，固不言而知也。然皆不精，惟于攻诗最久……辛卯春，余来吴，君信尽出其所作累百篇相示。酒酣气张，音吐清扬，余为击节，从容停箸，隽永骤乎，适哉！虽然，余与君信皆渐老矣。余自追念少年血气盛强时，所好诸艺，皆为无益，幸而不精。虽精于诗，亦复何用。曾不如医药、卜筮、方技，犹可以自给；蹴鞠、博弈之流，犹为人所爱幸。东方生叹陛楯郎之不为优旃，太史公羞节士而尊货殖，非空言也。君信此事姑止。闻新年移家湖上，为我种鱼千数头，栅鸡圈豕，令牧养可作百十日具，艺秫酿美酒数石，余以深冬访子，为子屡醉不一。从来二曹父子、渊明、太白，精于诗者无一诗不及酒。余二人亦可缘此纵言乎。（《张君信诗序》，《全元文》卷四百十七）

在这句句浸染血泪的辛酸之言和不时间杂放达之语的文字中，他的情感状态时而是追忆时的片刻狂欢，时而是清醒之后的叹老嗟贫，有时又是"诗误我"的无限感叹和感叹之后的愈而弥坚，表现出了一个复杂的戴表元，正因为此这才是真实的，一个活生生的士人形象凸现了出来。

作为元代的诗文大家，表元自然有不少论文之作，且多纯从文学角度出发，大不同于有很浓理学背景的其他人，这是戴表元在文论方面独树一帜的地方。戴表元在江南三十年，游历很广，他频繁地往来于奉化(今属浙江)、杭州、宣州(今安徽宣城)、湖州(今浙江吴兴)、严州(今浙江建德一带)、昆陵(今江苏丹徒)、金陵之间，因此他十分重视诗人的游历，提出"游益广，诗益肆"的观点，在《刘仲宽诗序》中，他指出：

> 余少时喜学诗，每见山林江湖中有能者，则以问之，其法人人不同。有一老生云："子欲学诗乎？则先学游；游成，诗当自异。"于时方在父兄旁，游何可得。但时时取陆放翁《入蜀记》、范至能《吴船录》之类，张诸坐间，想象上下，计其往来，何止日行数

千万里之为快。已而得应科目,出交接天下士大夫,谙其乡土风俗。已而得宦学江淮间,航浮洪流,车走巍坂,风驰雨奔,往往经见古今战争兴废处所。虽未能尽平生之大观,要自胸中潇潇然,无复前时意态矣。身又展转,更涉世故,一时同学诗人,眼前略无在者。后生辈因复推余能诗,余故不自知其何如也。然有来从余问诗,余因不敢劝之以游。及徐而考其诗,大抵其人之未游者,不如已游者之畅;游之狭者,不如游之广者之肆也。呜呼,信有是哉……如此则游益广,诗益肆。(《全元文》卷四百十八)

通过自己的亲身体会,戴表元阐发了"游"对诗歌创作的重要性,诗人通过多游历山川风物,以广见闻,博胸次,在与自然、社会的直接亲和中开阔视野,从而获得诗思。因此,在戴表元看来,多游历,对诗歌创作是大有益处的。而每个人在各自"游"中的亲身体会是不相同的,这就涉及艺术个性的问题。正如戴表元在《赵子昂诗文集序》中所说的:

就吾二人之今所历者,请以杭喻。浙东西之山水,莫美于杭,虽儿童妇女,未尝至杭者,知其美也。使之言杭,亦不敢不以为美也,而不如吾二人之能言。何者?吾二人身历而知之,而彼未尝至故也。他日试以其说问居杭之人,则言之不能以皆一,彼所取于杭者异也。今人之于诗之于文,未尝身历而知之,而欲言者皆是也。幸尝历而知之,而言之同者亦未之有也。(《全元文》卷四百十七)

杭州之美,人所共知。即便未尝亲至者,也都称其为美,但这只是一种间接知识,不过是人云亦云;而"居杭之人"情况便不一样了,因为在亲身体验中"所取于杭者异",故谈起杭州来,则"不能以皆一"。戴表元重"游",也正是因为只有"游"、只有在切身的体会中,为文才能不苟同,有个性。在《双溪王先生尚书小传序》中,他又指出:"古之君子,欲明道于天下者,不能使人无异,而尝恶人之苟同。以为异则道可因人而明,苟同之情,虽一时欢然无失,而初不能以相发……唯其不相一,而真是出焉。而今人谓独视单听,可以尽天下之耳目,无是理也。"(《全元文》卷四百十七)"苟同之情",虽可以让人们"一时欢然无失",但却不能使人互相砥砺以有所启发,而"唯其不相一,而真是出焉",这是非常深刻的观点。

戴表元认为好诗应该是"无迹之迹"的,即达到"神"的境界。他在《许长卿诗序》中说:

> 酸咸甘苦之于食,各不胜其味也,而善庖者调之,能使之无味;温凉平烈之于药,各不胜其性也,而善医者制之,能使之无性;风云月露,虫鱼草木,以至人情世故之托于诸物,各不胜其为迹也,而善诗者用之,能使之无迹。是三者所为,其事不同,而同于为之之妙。何者?无味之味,食始珍;无性之性,药始匀;无迹之迹,诗始神也。(《全元文》卷四百十八)

这里所谓的"无迹之迹",是指诗歌的审美境界不露圭角,浑然无迹,这其实是与严羽的"兴趣"说相一致的。南宋严羽在《沧浪诗话·诗辨》中说:"盛唐诸人惟在兴趣,羚羊挂角,无迹可求,故其妙处透彻玲珑,不可凑泊。"戴表元于此引为同调,无疑他心目中的典范便是这种"无迹之迹"的唐诗。元代诗歌崇唐返古,与此也可见一斑。①

既多游历,广交友,则友朋之间诗酒唱和、宴饮游乐之诗不可不多,戴表元为此类游宴之诗作序,其中多有写景记游之辞,这也是其重"游"思想的必然,但在元代他辈游记之作尚少写景,而多发议论的背景下,尤为特例。其《游云门若耶溪诗序》写道:

---

① 元代诗歌的崇唐返古(即古体宗汉魏两晋,近体宗唐),是一个十分复杂的问题,其间既经历了对前朝诗风的反思和批判(方回论诗倡"一祖三宗"说,也正是因对宋季诗风的不满,而欲救其弊,只不过,他选择的是一条宋诗的道路,不入众流,最终还是被有元一代宗唐的大潮淹没了),也经历了南北复古诗风的汇合;而又可以仁宗延祐年间为界,分作前后两期,延祐以前宗唐得古诗风由兴起到旺盛,延祐以后宗唐得古潮流继续发展。邓绍基主编:《元代文学史》(北京:人民文学出版社,1991),第365~375页有具体论述,可参看。

出稽山门东南三十里,得陶山,魁然一佳坞也。于是暮春,湍林昼鸣,散坐,索索有凉气,夜分尤甚。卧者闻岩上虎声,诘朝问人,非虎也。出山尽东六七里,一溪清纤如带,车者云,即若耶溪。溪上有任公子钓台,敞恍无复人境,乃知唐诗人夸诩非虚语。彼王谢辈怀章绶、携导从而游,直以不能遽尔舍去故也!溪忽萦忽直,山乍昂乍伏,左右顾皆会人意。稍转,登明觉寺,诸胜一一在眼中。穿西望碧帏四悬,云门寺也。初游陶山小雨,至若耶尚阴暄。近云门,天日始尽清朗,遂投元上人竹房饮酒。酒酣,倚顾况所题松树,酌葛翁丹井泉,分韵咏诗,游者自永嘉陈用宾而下,通四十人皆赋之。诗成,剡源戴表元序之。甲午岁三月十日序。(《全元文》卷四百十九)

一片烂漫之语,写来清纯可爱,皆为新人耳目之作。

戴表元还有一篇《老子原旨序》,在世论多非老庄之学时,颇为异调:

由《老子原旨》三卷,当涂南谷杜君所著。注老家多矣,亦有出于名儒大老之手,而人无传焉。岂故略而遗之耶?缘其中未能释然于老子之学,而务矫其辞以合吾意,毋怪乎有所扞格龃龉而不能通也。儒者疑老子道德仁义与礼之说,又忧祸厌乱,自为也过多。又谓老子非神仙,无久生不死者,以此数说积于胸,与今之言老子家异……呜呼!世无老子之学即已耳,必若欲崇老子之学,其书当自老子之徒自为之。吾夫子独善时,门人高弟身亲受业,然目未瞑,而难易同异之论,纷然而起。后来残编断简,同门彼此相违者,又所不算。盖皆以为出夫子而卒不敢自以为是,而又暇强知老子意而注其书耶?故道相若则能相为知,智相及则能相为言。(《全元文》卷四百十七)

考虑到戴表元缺少理学背景的事实,这种议论发生在他身上,也就不足为奇了。

方回《汪斗山识悔吟稿序》《唐长孺艺圃小集序》

元人论诗多崇唐抑宋,上述戴表元即为代表,在他心目中诗歌的典范是"无迹之迹"的唐诗。但在这种大环境中有一个人表现了异调,他就是由宋入元的方回。方回(1227—1307),字万里,号虚谷,别号紫阳真人。徽州歙县(今属安徽歙县)人。宋景定三年(1262)别省登第,曾知严州。入元,任建德路总管,寻罢,徜徉杭、歙间以终,享年八十一岁。著有《桐江集》八卷、《桐江续集》三十六卷。方回曾选评唐宋间律诗为《瀛奎律髓》,于江西派既衰之后,大倡"一祖(杜甫)三宗(黄庭坚、陈师道、陈与义)"之说,为江西派护法,其论诗主张影响颇巨。其诗论主张除在《瀛奎律髓》中有较全面系统而详细的阐述外,散见于其序跋之中者亦复不少,时有真知灼见。

方回的诗论首先是从直陈宋季诗风之弊入手的,他对南宋末年以理学入诗及"四灵"、"江湖"派的流弊多致批评,如在《赵宾旸诗集序》中他说:"而今之人反是,惟恐夫诗之不深于学问也,则以道德性命、仁义礼智之说,排比而成诗;惟恐夫诗之不工于言语也,则以风云月露、草木禽鱼之状,补凑而成诗。以哗世取宠,以矜己耀能。愈欲深而愈浅,愈欲工而愈拙。"(《全元文》卷二百十一)在《孙后近诗跋》中他又说:"近世之诗莫盛于庆历、元祐,南渡犹有乾淳。永嘉水心叶氏忽取四灵晚唐体,五言以姚合为宗,七言以许浑为宗,江湖间无人能为古选体,而盛唐之风遂衰,聚奎之迹亦晚矣。"(《全元文》卷二百十七)南宋中后期的"四灵"、"江湖"诗派多学晚唐诗。方回认为宋诗之衰,"四灵"、"江湖"之弊是均起于师法晚唐的,尤在于师奉姚合、许浑。方回论诗主张"一祖三宗",首先正是用心于救此弊病。

方回评诗的独特意义还在于他所特有的宋诗眼光。严羽《沧浪诗话》论宋诗弊病颇有识见,但他主要是站在唐人、特别是盛唐人的立场来批评宋诗,故于宋诗的发展一笔抹杀。严羽标举"兴趣",即情与景合,兴会无端,并以之为盛唐诗歌的特征,其妙处如"羚羊挂角,无迹可求"。方回则不同。宋诗尚意境、尚理趣,这在方回的诗论中称之为"意脉",他以"立论尽意"为脉,即是说作者写诗时应有明确的立意,写作过程中当求切题、达意,表现在结构上即是起承转合,脉络分明。以故方回在《瀛奎律髓》的批语中最喜谈起句、结句、景联、情联,以及用事、对偶等造句之法,所论琐碎不堪,这也是他遭人诟病最多的地方。但在序跋文中,方回多从大处着眼,所涉"意脉"之论,颇有可称道处。方回在《汪斗山识悔吟稿序》中论学诗之要,即称:"古诗以汉、魏、晋为宗,而祖《三百五篇》、《离骚》。律诗以唐人为宗,而祖老杜,沿其流止乾淳,溯其源止洙泗。律为骨,意为脉,字为眼,此诗家大概也。""律为骨,意为脉,字为眼"一语实为方回论创作方法的总纲。《瀛奎律髓》一书,所评大都就句法结构与字眼立论,即此处所云之"律为骨"、"字为眼"者,我们于此不多论。而方回论诗重"意脉",却由此可见一斑。更进一步说,其论创作称"意为脉",也正体现了宋人祖述杜甫的诗学精神。我们知道,宋人作诗重立意。情意之分,是论诗者宗唐或宗宋的大关键。晚明陆时雍论诗主汉魏盛唐,主神韵,其《诗镜总论》即云:"夫一往而至者,情也;苦摹而出者,意也。若有若无者,情也;必然必不然者,意也……情意之分,古今所由判矣。少陵精矣刻矣,高矣卓矣,然而未齐于古人者,以意胜也。"(顾易生、蒋凡、刘明今《宋金元文学批评史》)其对杜甫之微词暂且不论,但他认为杜甫以"意胜",这是不错的。而宋诗正是以其"意胜"独树一帜,以区别于唐诗的。

  方回以"立意"论作诗,是一个大的方法论范畴,所含内容多矣,自不能简单化地分而析之。但具体到方回自身,概其身经宋元之际的战乱,故于世道之治乱兴衰自然尤深致意。这一点,即使是论诗偏重于作诗技巧的方回也不能例外,如他在《晓窗吟卷序》中即称:"世之处人伦事会之际,鲜舒多惨,乐而淫,不无之;哀而伤,比比皆是也。"故方回论诗,也有标举"气抑难宣发而为诗"之语,如他在《仇仁近百诗序》中曰:"诗号为能言者……气有所抑而难宣,意有所未易喻,时有所触,物有所感,事有所不可直指,形之为诗,则一言片语而尽之矣。"在《跋汪君若楫诗文》中又曰:"诗文亦道之一也,胸襟必有自得之地,然后可谓擅者聚焉而不散,存焉而不亡。"他指出诗文当本之作者自得之胸襟,或抒发感触,或表达意旨,故可"号为能言"。

方回论诗,又以格高为第一。其在《唐长孺艺圃小集序》中认为《三百篇》、楚《骚》以来,至汉苏、李,魏曹、刘,格尤卑者,晋以下诗始有格高、格卑之分,其曰:"诗以格高为第一……予乃创为格高、格卑之论何也?曰此为近世之诗人言之也。予于晋独推陶彭泽一人格高,足可方稽、阮;唐推陈子昂、杜子美、元次山、韩退之、柳子厚、刘禹锡、韦应物;宋推欧、梅、黄、陈、苏长公、张文潜,而于其中以四人为格之尤高:鲁直、无己,足配渊明、子美为四也。"(《全元文》卷二百十四)

赵孟頫《与右之书》《第一山人文集叙》《南山樵吟序》

元代是理学为"国学"的时代,著名文士如刘因、许衡、吴澄等也多为道学家,所以文坛上的道学气也十分浓重,文章多为道学之文,所以戴表元算是一个例外了。除表元之外,还有一位所为文章也是少有的文士之文的作者——赵孟頫。

赵孟頫虽然也认为"为文者皆当以六经为师"(《刘孟质文集序》,《全元文》卷五百九十三),但从创作实践来看,他的散文作品还是较少道学的说教色彩的,而多抒写胸中之蕴,总体风格平易晓畅,从容大度,为元文之佼佼者。孟頫为文多书写身边琐事,身病心愁,无所不书。书信之中多叹病嗟老之语,或迎来送往,大抵只是身边家庭友朋往来之琐事,不作论道讲理之大道语,此与其他元人之书不同。赵孟頫身在朝廷,官不可谓不高,但心里也未尝平静过,他对江南家乡怀有深深的依恋。在《与次山书》中他这样表白:"不肖窃禄于此,欲归而未可得,此心殊摇摇也。"(《全元文》卷五百九十二)而在《与右之书》中他又说:

> 孟頫奉别以来,已复三年矣。夙兴夜寐,无往而不在尘埃俗梦间。视故吾已无复存者,但赢得面皮皴摺、筋骨衰败而已。忆吾右之优游间里中,峨冠博带,与琴雪为友朋,不使一毫尘事芥乎胸臆,静中所得,使可与安期羡门同调。近忽得家下书,知右之因库役事被扰异常,家事亦大非昔比。今见挈家在茗玉兄处,令人惆怅无已!然时节如此,切不可动吾心。是有命焉,但安时

处顺，自可胜之耳。不肖一出之后，欲罢不能，每南望矫首，不觉涕泪之横集。今秋辈既归，孑然一身在四千里外，仅有一小厮自随，形影相吊，知复何时可以侍教邪？因黄簿便，草草奉状，报问起居，时中惟善自爱。报意苕玉兄长及阿嫂，各请善保，不宣。（《全元文》卷五百九十二）

赵孟頫和妻子管道升相濡以沫三十年，不幸老年丧妻，这对他来说无疑是个巨大的打击，在《与中峰和上书》中，我们可以感受到他那撕心裂肺的悲伤：

孟頫得旨南归，何图病妻道卒，哀痛之极，不如无生！酷暑长途三千里，护柩来归，与死为邻。年过耳顺，罹此荼毒，唯吾师慈悲，必当唉悯……盖是平生得老妻之助卅年，一旦哭之，岂特夫左右手而已邪！哀痛之极，如何可言……盖孟頫与老妻不知前世作何因缘，今世遂成三十年夫妇？又不知因缘如何差别，遂先弃而去？使孟頫栖栖然无所依。（《全元文》卷五百九十二）

又加之老病交浸，"孟頫半岁卧病，不得奉记，想不怪也。刘汉臣来，乃知雅候亦苦疮疖，甚喜平复，菩提奴一病几死，至今未甚愈"（《与清真鉴义真人书》，《全元文》卷五百九十二）。所以一段时间来，赵孟頫的心情差到了极点，在他的这些文章中你读到的不是一个诗书画三绝的风流雅士，而是一个又老又病的人：

孟頫去家八年，得旨趣还，何图酷祸！夫人奄弃，触热长途，护柩南归，哀痛之极，几欲无生！忧患之余，两目昏暗，寻丈间不辨人物，足胫瘦瘵，行步艰难，亦非久于人间者。承专价惠书，远贻厚莫，即白灵儿，存没哀感。托交廿年余，蒙爱至厚，甚望吾友一来，以叙情苦，而又不至。悬想之情，临纸哽塞，不具。七月四日，孟頫再拜进之提举友爱执事。（《与进之书》，《全元文》卷五

百九十二)

> 六月间到杭,值酷暑异常,归来便著疹疾。又遍体生疮,奇痒不可言,爬搔所不能快,终日茕然,独处一室,无复生意……自老妻之亡,家务尽废,最是两儿媳皆不曾成就,事事无人掌管,此兄长所深知,无由言者,故略及之耳。(《与袁伯长书》,《全元文》卷五百九十二)

似乎孟頫已沉溺于对自己老和病的抒写之中,看起来有些歇斯底里,而这其中该深藏着多么大的悲痛啊!

与大多人的汲汲于朝廷开科取士不同,赵孟頫发表了不同的意见。在《第一山人文集叙》中,他写道:

> 宋以科举取士,士之欲见用于世者,不得不繇科举进,故父之诏子,兄之教弟,自幼至长,非程文不习,凡以求合于有司而已。宋之末年,文体大坏,治经者不以背于经旨为非,而以立说奇险为工;作赋者不以破碎纤靡为异,而以缀缉新巧为得。有司以是取士,以是应程文之变,至此尽矣。狃于科举之习者,则曰:"巨公如欧、苏,大儒如程、朱,皆以是显,士舍此将焉学?"是不然,欧、苏、程、朱,其进以是矣,其名世传后,岂在是哉!王君壮猷,自弱冠赋声满场屋间,取乡举如拾芥,非唯王君视功名唾手可得,一时之士亦孰不以高科期之?尔来科举既废,王君出其胸中之蕴,作为诗文,成数巨编。暇日携以见过,求余为之叙。余读一再过,文不苟作,字不苟置,意深而气直,涵泳《书》、《易》,出入《骚》、《选》,宜可以名世传后,而非一时科举侥幸求合于有司之作也。非自拔于流俗者能若是耶?(《全元文》卷五百九十三)

此序集中阐述了作者对宋以来文风的看法。他认为:宋重科举,士之欲入仕途者,皆以文章迎合考官,宋末考官以奇险新巧之文取士,致使举子纷纷趋之,遂令文苟作,字苟置,文体大坏。作者这个科举害文的观点在一定程度上代表了宋末以来一些有识之士的看法。特别是一些志于为诗的文士,如戴表元,即有与此相同之议论。言科举害文之弊,开门见山,不迂回,不避讳,笔锋直逼要害;行文先后有序,设问自答,虽系议论文字,却无丝毫艰涩干枯之疵,充溢潇洒流畅之韵,堪为序文之佳作。

而在《南山樵吟序》中,孟頫则集中阐释了自己的诗论主张:

> 《南山樵吟序》者,吴君仲仁所为诗也。诗在天地间视他文最为难工,盖今之诗虽非古之诗,而六义则不能尽废。由是推之,则今之诗犹古之诗也。夫鸟兽草木皆所寄兴,风云月露非止于咏物。又况由古及今,各自各家,或以清淡称,或以雄深著,或尚古怪,或贵丽密,或春容乎大篇,或收敛于短韵,不可悉举。而人之好恶不同,欲以一人之为求合于众,岂不诚难工哉!必得其才于天,又充其学于己,然后能尽其道耳。吴君年盛资敏,不以家事废学,故其为诗清新华婉,有唐人之余风,此予所以深嗟累叹,爱之不能已也。山谷道人有言曰:"本之以《国风》、《雅》、《颂》,深之以《离骚》、《九歌》,此作诗之良法。"予既序《樵吟》,复告之以是者,所以起吴君也。吴君名寿民,仲仁其字,南山其自号云。(《全元文》卷五百九十三)

其论诗基本观点有二:一曰"今之诗犹古之诗也";二曰诗歌允许也必然有艺术个性,而且是"自古及今"都存在着"各自家数"、多种风格、多种流派并存的情况,这是由于"人之好恶"不同所致,任何"欲以一人之为求合于众",都是难以做到的,这反映了作者对不拘一格、兼收并蓄的艺术观。

赵孟頫论文主张平易,其在《刘孟质文集序》中曰:

> 文者所以明理也,自六经以来,何莫不然,其正者自正,奇者自奇,皆随其所发而合于理,非故为是平易险怪之别也。后世作

文者,不是之思,始夸诩以为富,剽疾以为快,谈诡以为戏,刻画以为工,而于理始远矣。故尝谓学为文者,皆当以六经为师,舍六经无师矣。(《全元文》卷五百九十三)

虽然他在这里也说"学为文者,皆当以六经为师,舍六经无师矣",但这还要从他是在反对故为险怪之文这一角度来理解,事实上他的散文作品还是较少道学的说教色彩的。他是极不满"夸诩以为富,剽疾以为快,谈诡以为戏,刻画以为工"的为文态度的,故其为文力戒于此,抒写胸中之蕴,大体风格平易晓畅,从容大度,为元文之佼佼者。

揭傒斯《上李秦公书》《书王鼎翁文集后序》

元中期所谓"盛世之音",主要表现在两个方面:一是为文内容上多是"羽仪斯文,黼黻治具",即为盛世颂德唱功;二是在为文风格上雍容典雅、平正中和,于此他们自认为是向欧阳修散文学习的结果。

揭傒斯的两篇文章《上李秦公书》和《书王鼎翁文集后序》,即在内容上极好诠释了"盛世之文"的特点。揭傒斯(1274—1344),字曼硕,龙兴富州(今江西丰城)人。幼家贫,刻苦读书,早有文名。大德间出游江汉,为程钜夫、卢挚所器重。延祐初,荐于朝,特授翰林国史院编修官,迁国子助教。天历初,开奎章阁,擢为授经郎。预修《经世大典》。元统中,累迁翰林侍讲学士。至正三年(1343),年七十,求去,不许。诏修辽、金、宋三史,揭傒斯与为总裁官。四年卒。《元史》卷一百八十一有传。著作有《揭傒斯全集》。

在元中期,揭傒斯的文名,差可与虞集比肩,"国家大典册及元勋茂德当得铭者,必以命公;人子欲显其亲者,莫不假公文以为重。仙翁释子、殊邦绝域,慕公名而得其片言只字者,皆宝而传之"(《全元文》卷九百六十九)。故当时及后世论元文,一般都是虞、揭并提的。黄溍为揭傒斯撰神道碑,称其"为文叙事严整而精核,持论一主于理,语简而当"。《四库全书总目》则以其言为论定,谓"其文叙事严整,简而有要"。如此概括揭文特点,颇为中肯。其《上李秦公书》中云:

> 夫士志为上,时次之,位次之。农不以水旱怠其耕,商不以寒暑辍其负贩,故能致千金之产,登百谷于场,况士之志于道者乎?不逢于今,必显于后。有其时,有其位,道行于天下,天也。无其时,无其位,道不行于天下,亦天也。君子无与焉。故士之所患者,志不立,道不明;不敢计其时与位也。因其时,求其位,以行其道,此士之志也,而不敢必乎天也。士尚志于道,生乎今之世,可谓得其时矣;然犹往往以不得其位为患。其信之不笃而欲必于天者,从而为之言曰:"上之人不能用。"夫士且怨且愤,呜呼过矣!(《全元文》卷九百二十)

这篇文章的思想,和王恽的《贱生于无用说》的见解相似,也和虞集的《尚志斋说》命意相近。其思想是和王恽、虞集一脉相承的,而且更加温顺和平。但这篇文章更多官方说教的语气。作者说为士者只应尚志,不可怨天尤人。"有其时,有其位",乃是天命;"无其时,无其位",也是天命。为士者应该一切听之于"天",而"不敢计其时与位"。如果不得其时、不得其位,不可"且怨且愤",如果怨愤"上之人不能用",那是自己信道不笃之过。此文虽是一篇干谒文字,却与历来的干谒之文大不相同。这是元代文章的新特点。

其另一篇《书王鼎翁文集后序》则谈及了一个在元之"盛世"才可能进入公众话语范围的话题:如何看待宋之忠臣。其文曰:

> 余旧闻宋太学生庐陵王鼎翁作《生祭文丞相文》,每叹曰:士生于世,不幸当国家破亡之时,欲为一死而无可死之地,又作为文章以望其友为万世立纲常,其志亦可悲矣。然当是时,文丞相兴师勤王,非不知大命已去,天下已不可为,废数十万生灵为无益,诚不忍坐视君父之灭亡而不救,其死国之志固以素定,必不待王鼎翁之文而后死。使文丞相不死,虽百王鼎翁未如之何,况一王鼎翁耶!且其文见不见未可知,而大丈夫从容就义之念,亦有众人所不能识者。近从其邑人刘省吾得《王鼎翁集》,始见所

谓《生祭文丞相文》,既历陈其可死之义,又反复古今所以死节之道,激昂奋发,累千五百余言,大意在速文丞相死国。使文丞相志不速定,一读其文,稍无苟活之心,不即伏剑,必自经于沟渎;岂能间关颠沛至于见执,又坐燕狱数年,百计屈之而不可然后就刑都市,使天下之人共睹于青天白日之下,曰杀宋忠臣,文丞相何其从容若此哉!故文丞相必死国必不系王鼎翁之文,其文见不见又不可知,而鼎翁之志则甚可悲矣。即鼎翁居文丞相之地,亦岂肯低首下心,含垢忍耻,立他人之朝廷乎!鼎翁德之粹、学之正、才之雄、诗文之奇古,则刘会孟先生言之备矣,兹不复论,独论文丞相之心与鼎翁之志云尔。(《全元文》卷九百二十)

这里既称赞了宋之忠臣文天祥,又称赞了宋之遗民王炎午,这篇文章是写于文天祥、王炎午可以表彰的元朝盛世,也正是"盛世之音"的内容所可包。如果是在元代混一之初,为文论及"文丞相之心与鼎翁之志",便很难措辞。而到了元代后期,则表彰前朝忠烈,便是眼前的政治需要了。虞集写这样文章的时候,已是元之盛世、需要表彰忠烈之时了。此时此刻,写如此这般的文章,不仅不会违背上面的意旨,而且是甚合时宜、适应现实政治需要的了。因此,揭傒斯在《题昔刺使宋图后》一文中,极力称赞昔刺公和郝文忠,对于元代忠臣,也同样表彰了。

纵观元代散文,其文风大体有两种倾向。一是追踪韩愈,欲振唐风以济金、宋之弊,这由金末而入元的元好问大力提倡,其后学郝经也倾向于此,影响较大。再后姚燧又主张出入秦汉之间,于学韩的基础上追先秦、两汉,而"踵牧庵而奋"(张养浩《元公神道碑》,《全元文》卷七百七十六)的元明善与此取径相同。姚燧、元明善之后,张养浩、马祖常、吴莱等也是代表,而这一派的最大特点是对雄奇、劲健文风的追求。而有元一代真正占主导地位的文风是学欧阳修的一派,尤其在中期以后在文坛占了统治地位,其为文风格是雍容正大、和缓平易。"某尝以为世道有升降,风气有盛衰,而文采随之。其辞平和而意味长者,大抵皆盛世之音也"(虞集《李仲渊诗稿序》,《全元文》卷八百二十七),除了表现"盛世之音"主题的内在需要,考虑到其时程朱理学昌盛的背景,可以发现,这种文风的追求和理学中人对圣贤气象的追求在文化精神上也是一致的,也就是说这是一种以理学为精神底蕴的文风。在元中期众文章大家的序跋之文中,多表现出对这后一种文风的追求。

虞集《刘应文文稿序》《刘桂隐存稿序》

虞集长于江西,学于江西。他说自己"予侨居江西,三十年矣。是亦江西之人,于江西得无情乎?"(《刘应文文稿序》,《全元文》卷八百二十)故对北宋江西文家,最为尊崇,曾说"言文者,未有先于江西"。而对当世文章的不满,也刺激着虞集,其《刘应文文稿序》即云:

> 然习俗之弊,其上者,尚以怪诡险涩、断绝起顿、挥霍闪避为能事,以窃取庄子、释氏绪余,造语至不可解为绝妙。其次者,泛取耳闻经史子传,下逮小说,无问类不类,剿剟近似而杂举之,以多为博,而蔓延草积,如醉梦人,听之终日,不能了了。而下者,乃突兀其首尾,轻重其情状,若俳优谐谑,立此应彼,以文为事。(《全元文》卷八百二十)

正是不满于种种"习俗之弊",虞集欲"脱落其鄙朴之质,振作其委靡之体",故引江西之文以求扭转此风,其后曰:"即江西论之,欧阳文忠公、王文公、曾南丰,非其人乎?执笔之君子,亦尝取其书读之。凡己之所为,合于三君子否也?苟不合,则己谬可知已,而曾不出此何也?盖三君子之文,非徒然也,非止发于天资而已也。其通今博古,养德制行,所从来者远矣。"

事实上,虞集论北宋江西之文虽言曾、言王,更言苏,但评价最高并奉为楷模的,是欧阳修的文风,这在《刘桂隐存稿序》一文中说得尤为清楚:

> 昔者,庐陵欧阳公,秉粹美之质,生熙治之朝,涵淳茹和,作为文章,上接孟韩,发挥一代之盛,英华酝郁,前后千百年,人与

世相期,未有如此者也……至于欧公,则闇然而无迹,渊然而有容,挹之而无尽者乎!(《全元文》卷八百二十)

欧阳玄《族兄南翁文集序》《欧阳先生集序》

对欧阳修推崇备至的还有欧阳玄,他是虞集之父虞汲的弟子,在朝数十年,与虞集互有呼应,迭主文坛,对元代中后期文风趋于雅正、舂容一路,影响很大。欧阳玄在《族兄南翁文集序》一文中说:

> 吾江右文章,名四方也久矣,以吾六一公倡为古也。窃怪近年江右士为文,间使四方学者读之,辄愕然相视曰:欧乡之文,乃险劲峭厉如此。何不舒徐和易,以宗吾六一公乎?盖尝究其源焉。吾乡山水奇崛,士多负英气,然不免尚人之心,足为累焉耳。夫文上者载道,其次记事,其次达言,乌以尚人为哉?欧阳公生平于平心两字用力甚多,晚始有得。前辈论读书之法,亦曰"平心定气"。人能平其心,文有不近道者乎?此其所以廉静而深醇也。夫文廉则不夸,静则不躁,深则不肤,醇则不靡。尚愿羽翼吾欧阳公之学以楷模后生,将见江右之文章,粹然为四方师表矣。(《全元文》卷一千九十二)

欧阳玄称欧公之文"舒徐和易",用"廉、静、深、醇"四字概括欧文"近道"的成因,又说"欧公生平于平心两字用力甚多",这实际上是从修养、文章内容两方面入手认识欧文,也告诉学者如何学欧。

和虞、欧声息相应,扇扬欧文纡徐、平易之风而影响较大的,还有与虞集并称"儒林四杰"的揭傒斯、黄溍、柳贯等人,他们也得到了天下学士的普遍认同,一时间宗欧、学欧成为风气,占据了元中后期文坛的统治地位,而文章雍容典雅、平正中和的近欧、似欧,也成了元代盛世之文的风格特点。揭傒斯《欧阳先生集序》中的一段话,指出了元代中期盛世之文的这种特点,"其为文丰蔚而不繁,精密而不晦者,有典有则,可讽可诵,无南方啁哳之音,无朔土暴悍之气"(《全元文》卷九百二十二)。其实,这正是自虞集、欧阳玄以来这一派作家的共同特点,体现着元文在纠正初期南北文派弊端后所达到的艺术水准,也体现着"文擅韩欧"与"道从伊洛"的紧密融合后所达到的元文的本色。

钟嗣成《录鬼簿序》

元曲作为一代之文学,虽然在中国文学史上占据了重要地位,但元曲作家们却是元代沉沦下僚、地位不高的一批文人,他们的生平资料很少为人所知,甚至许多人没有名字留传下来。现在很多元杂剧作家的生平创作情况为我们所知,是因为有了《录鬼簿》这本书,书的作者是钟嗣成。钟嗣成(约1279—1360),字继先,号丑斋,原籍大梁(今河南开封),后寄居杭州。一生累试进士不第,多与戏曲艺人交往。著有《录鬼簿》,记叙元杂剧前辈和同时代作家151人及其剧目,是研究元代戏曲的珍贵资料。在《录鬼簿序》一文中,钟嗣成为历来被正统儒士视为小道的通俗戏曲振臂一呼,表示要为杂剧作家立传存真。其文曰:

> 贤愚寿夭、死生祸福之理,固兼乎气数而言,圣贤未尝不论也。盖阴阳之屈伸,即人鬼之生死。人而知夫生死之道,顺受其正,又岂有岩墙、桎梏之厄哉!虽然,人之生斯世也,但以已死者为鬼,而不知未死者亦鬼也。酒罂饭囊,或醉或梦,块然泥土者,则其人虽生,与已死之鬼何异?此曹固未暇论也。其或稍知义理,口发善言,而于学问之道,甘为暴弃,临终之后,漠然无闻,则又不若块然之鬼之愈也。予尝见未死之鬼,吊已死之鬼,未之思也,特一间耳。独不知天地开辟,亘古迄今,自有不死之鬼在。何则?圣贤之君臣,忠孝之士子,小善大功,著在方册者,日月炳焕,山川流峙,及乎千万劫无穷已,是则虽鬼而不鬼者也。
>
> 余因暇日,缅怀古人,门第卑微,职位不振,高才博艺,俱有可录。岁月弥久,湮没无闻,遂传其本末,吊以乐章。复以前乎此者,叙其姓名,述其所作,冀乎初学之士,刻意词章,使冰寒于水,青胜于蓝,则亦幸矣。名之曰《录鬼簿》。嗟乎!余亦鬼也。

使已死未死之鬼,作不死之鬼,得以传远,余又何幸焉!若夫高尚之士,性理之学,以为得罪于圣门者,吾党且啖蛤蜊,别与知味者道。至顺元年,龙集庚午月建甲申二十二日辛未,古汴钟嗣成序。(《全元文》卷九百十一)

  文章开篇说了两种鬼:"已死之鬼"和"未死之鬼",指出已死者自然是鬼,而活在世上的也有为鬼者。这未死之鬼中又有两种类型:酒囊饭袋的"块然之鬼"和甘为暴弃的"漠然之鬼"。作者满怀激愤地认为碌碌无为尚不如醉生梦死,既然来世一遭,就应当有所建树,名垂青史。于是笔锋一转,提出一种超然众鬼之上的"不鬼之鬼",他们无论是生是死,都能与日月同辉,和山川同在。值得注意的是作者在列举这种鬼时,于"圣贤君臣"、"忠孝士子"之外,又加上"高才博艺"的杂剧作家,而且尤以后者为重点。作者甘冒得罪于圣门的罪名,为"门第卑微"、"职位不振"的戏曲作家大声疾呼,真可谓是具有坚定的开创意识和深邃的历史眼光。

第四章　金元传状文

　　传状文为记叙类散文之一种。记叙文经过唐宋两代文人的润溉打磨,无论是在体式上、手法上、角度上还是在风格上,都已经高度成熟,达到了后世难以企及的高峰。如果说金代文人在论说文上还敢于和唐宋较短量长,树自家面目的话,在记叙之文中他们几乎毫无例外地放弃了这种努力。无论是赵秉文、李俊民还是王若虚,甚至是元好问,都心悦诚服地以韩、苏等大家为师,未尝另辟蹊径。因此,金代记叙之文模仿抄袭的痕迹很重,没有什么大的开拓。同时,金代作家虽然模拟唐宋,却未得其神韵,往往失之毫厘,谬以千里。即便如此,他们的努力却也并非全是徒劳,其传记行状、碑记墓志、山水亭台等作品中都时有佳作,其吟咏情性,流连光景,清逸顿挫之处,也颇能起人妙思,爽人心目,可以说得上是披沙拣金,往往见宝了。元代叙事文数量众多,总体上承接唐宋、继续呈现出繁荣状态。主要包括传状之属、碑志之属、杂记之属、杂事之属四类。与唐宋的叙事文相比,元代并没有出现以叙事文闻名的作家,许多理学大家同时又是文坛领袖、大师,如元初北方的姚燧、刘因,中后期南方的虞集、欧阳玄等。因此,元代的叙事之文难免受这种当时普遍盛行的理学气息的影响,文章多冷静、严谨的生发议论,很少有主观情感轻易流露。文法文风上,元代的叙事文深受唐宋散文大家的影响,总体上呈现出宗唐宗宋两种倾向,发展过程中出现由唐宋分宗到二派合流的转变,中间也出现超越唐宋、直追秦汉的现象。总之,元代的叙事之文发展出自己独有的特点,传状文是较有成就的文类之一。

第一节　金代传状文

金代的传状之文，存世甚少。《金文最》收录了行状一篇，传记九篇。其中赵秉民《祁忠毅公传》、王寂《先君行状》、李俊民《孟氏家传》、杜仁杰《真静崔先生传》、元好问《王玄佐小传》等都是较为不错的篇章。文字上都能做到言简意赅，虽谈不上惜墨如金，内容却也还算丰富，人物塑造得也颇有生气。

赵秉文《祁忠毅公传》

赵秉文经为通儒，文为名家，是一位"辞翰争辉，耀腾天下"（方亨《赵闲闲游草堂诗跋》，《金文最》卷四十八）的人物，他作为元好问的老师，以一代通儒而入于文学，所以他的散文往往兼取古文和道学之长，显得比较蕴厚，可以称得上众体兼备。他存世的纪传体文章是《祁忠毅公传》，虽稍嫌烦琐，但文理自然，委婉有致，从容不迫。在刻画人物时，颇能见出人物的精神状态和内心世界。兹录一段，以见其大概：

> 公讳宰，字彦辅，江淮人。宋季以医术补官。王师破汴得之，后隶太医。海陵朝，续迁通奉大夫、太医使。自以数被恩遇，欲自效。会后官有疾，召宰诊视。既入见，即上疏谏南伐，其略言："国朝之初，祖宗以有道伐无道，曾不十年，荡辽灭宋。当此之时，上有武元、文烈英武之君，下有宗翰、宗雄谋勇之臣，然犹不能混一区宇，举江淮、巴蜀之地，以遗宋人。况今谋臣猛将，异于曩时。且宋人无罪，师出无名。加以大起徭役，首营中都，民已罢困。兴功未几。复建南京，缮治甲兵，调发军旅，赋役烦重，民人怨嗟，此人事之不修也。间者，昼星见于牛斗，荧惑伏于翼轸。巳岁自刑，害在扬州，太白未出，进兵者败，此天时不顺也。舟师水涸，舳舻不继，而江湖岛渚之间，吾虽有士马之众，恐无所施。此地利不便也。"言甚激切。海陵怒，命戮之于市，籍其家

产。天下哀之。强兵以逞,诛戮谏臣,固天所以开圣人也。(《金文最》卷一百十四)

这段文字真实地再现了太医祁宰效命直谏惨遭杀害的情景。"言甚激切。海陵怒,命戮之于市,籍其家产。天下哀之。"寥寥数语,既刻画了太医祁宰的忠厚戆直,又突出了海陵王的专断残忍,还把天下人的人心向背清楚地表现出来,足以见出其大手笔的本色,也是其文"不执一体,有时奇古,有时平淡"、"极所欲言而止,不以绳墨自拘"的又一有力证明。《金史·祁宰传》在传记祁宰时,有十分之九的笔墨都抄自赵文,也正是对其文章的肯定。

王寂《先君行状》

金代的行状之文,《金文最》中只存王寂《先君行状》一篇,因此有必要作简要介绍。

文章先是叙述了自己的父亲所具有的美德懿行,如夜纵老弱的叛军,救其惨死;掩杀剧盗,造福州里;杀蛊解毒,缉捕悍将,大新庙学,馈粥活人,力罢官课等文治武功和远见卓识,勾勒出一个封建社会理想的既奉职守法,又自律爱民的士大夫的形象。这是其父入世的一面,接着王寂又用近三分之一的篇幅,叙述了其父出世的人生态度。其中叙述较生动的是这样一段:

先君雅倦游方,抗章求去。适会命下,迁归德府判官。时府帅怙权专恣,遇官曹暴甚。尝课诸县伐冰。厚取其值以资公帑。先君曰:二千石为天子牧民者也。奈何掠民肤髓,为觞豆之奉乎?力争乃罢。初,自长吏而下皆不悦。及旁郡有坐是而黜者。始谓先君曰:"微公几殆"。由是信服。事多咨决。先君曰:"吾年如此,岂能终埋没于簿领哉。"翼日,请老以归。先君天资浑厚,胸次洞然。与人无秋毫隐。自其壮岁,声闻蔼然。谓青云可立致。无可跋躓。反堕冗调中。顾寻常出其下者,踵相蹑台省矣。人以为必不能平,先君处之,怡然自得。性嗜书卷,未尝去手。在诗百篇,平淡简古如其为人。中年以来,世味嚼蜡,因自号退翁,喜竺干学。从香林比丘悟柔传出世法。岁晚,饭蔬衣褐,倏然如僧。过故山泉石佳处,杖履终日。徜徉乎其间,如是者十有四年。一夕奄遘微疾,阅数日,晨起如平时。沐浴易服,跏趺而逝。属纩之后,香闻满室,信宿乃歇。人皆异之。(《金文最》卷一百十三)

读过之后,一个"不以物喜,不以己悲"、平淡简古、胸次洞然的老人形象跃然纸上,只是"属纩之后,香闻满室"云云,未必实有其事,当是作者虚构,但也使这段文字颇具传奇色彩,增强了文章的趣味性和感染力。王寂一生为官,但淡泊名利,论者多归因于当时环境的影响,从这段文字看来,他的生活态度在很大程度上还来源于其父亲的影响。

杜仁杰《真静崔先生传》

在金代传记之文中,杜仁杰的《真静崔先生传》是一篇比较独特的文章。一般的传记之文虽多有点染夸张,但还是以事实为基础的。而杜仁杰的这篇文章与其说是一篇人物传记,不如说是一篇志异小说。文章的情节全是一些捕风捉影的道听途说,来称颂一个姓崔的道士的功德和神通。

杜仁杰(1201?—1283?),字仲梁,号止轩,长清(今属山东)人。金末隐居,入元亦屡征不仕。存小令一首,套数四篇。有《善夫先生集》。其《真静崔先生传》一文有云:

先生……假医术藉以为积善之基,富贵者无取,贫窭者反助所给。是以四远无夭折。人咸德之。粗工王彰嫉之,必欲致之死地而后已。一日与先生遇诸旷野,辄挽掣偃仆。以土封厥吻而去。彰以为死矣。少之复苏,过者惊叫问状。曰:我疾作乃如是。后亦不复介意。居无何,弟子刘志恒请卜金山昊天观居焉。

边人杨涓、毕琳,意在有所结,约以仲冬来,过是不至,时大雨雪。毕因拥扫家庭间,获片楮。乃先生让二子寒盟之章也。复有横山马志定、路志亨,事先生有日矣。将去,以诗为贶,匾诸所居之堂。堂灾,诗宛然留壁间,如新染翰者。其神异有类如此。(《金文最》卷一百十四)

不难看出,此文在写法中虽与一般杂体传记的写法无异,但内容上却近于荒诞不经。全文着力叙描道士崔元甫的传闻轶事,而没有把重点放在刻画人物的精神面貌和性格上,和以记人为主的传记文字有所不同。文章叙事简洁,只三言两语就把一件事交代得清清楚楚,从中也可以看出杜仁杰娴熟驾驭语言的能力。需要指出的是,这样"志异记怪"的文字在金代是很普遍的,只是多见之于碑志墓铭中。由此可以看出,道教文化在金代文化史上是有着很重要的影响的。

李俊民《孟氏家传》

李俊民(1176—1260),字用章,号鹤鸣老人,泽州晋城(今属山西)人。唐高祖李渊第二十二子韩王李嘉的后裔。少习二程理学,超然有独得之妙。承安间以经义举进士第一,入为应奉翰林文字,未几弃官教授乡里,后隐居嵩山。金亡后,忽必烈召之,不出。卒,赐谥庄靖。能诗文。所著有《庄靖集》。

金人的文集中,元好问《遗山集》外,李俊民《庄靖集》是最为完整的一种。集中有诗七卷,文三卷,现存文章一百多篇。他在金末文坛上名望稍次于元好问。其文冲淡平和,语言流畅,时有跳掷驰骤之笔。这样的特点在《孟氏家传》一文中体现得较为明显。其文章开头措辞平易,语气自然,纡徐有致,条达疏畅,对孟氏的家谱世系做了简明扼要地交代,虽颇多谥美,却很有节制。文章最后,词锋又突然一变,陡起波澜:

孟氏姬姓,鲁公族孟孙之后,保姓受氏,于今不绝。其间贲之勇,舍之约,轲之儒,光映百世,凛然如生。裔孙攀鳞驾之,亡其世系。自高祖而下,得其传焉。又惧其湮没,以前后事略,托所友而寄之。意者,欲文之碑而志于墓欤?或录其实于太史氏之家欤?状其行于太常议其谥欤?将施之于彝鼎如克之所谓铭者,自成其铭欤?审如是,其志远且大矣。其自叙者备矣,尚何言哉!然有美而不闻于世,友之过也,故不敢不书,以俟来者。

(《金文最》卷一百十四)

连用了四个排比问句,层层铺张,一唱三叹,颇有气势。虽"气尽语极,急言竭论,而容与闲易,无艰难劳苦之态"。这是苏洵在《上欧阳内翰第一书》中称赞欧阳修的话,在这里对于李俊民也是很合适的。事实上,李俊民的文风与欧阳修和曾巩非常相似,遣词造句简洁精练,充沛的语气和平易的语调浑然一体,具有委婉流畅、平易自然的风格。《四库全书总目》评价他"所作诗类多幽忧激烈之音,系念宗邦,寄怀深远,不徒以清新奇崛为工,文格冲澹和平,具有高致,亦复似有其为人,虽博大不及元好问,抑亦其亚矣"(《四库全书总目》卷一百六十六别集类十九)。这种说法应该说是允当的。

上述文章外,元好问的《王玄佐小传》也很有特点,文章刻画了一个沉默寡欲的隐士,很是生动形象。尤其是嵌书信于小传之中,浑然天成。文中聘书写得文情并茂,至情至理,而王玄佐仍然不为所动,其归隐之心的彻底,不问可知。

第二节　元代传状文

元代的传状之文,大体包括传记、行状、述、事略四体。其中传记和事略文居多,可读性较强,具有一定的文学和思想价值。行状与述也有一定数量,但成就不高。从思想内容上看,元代的传状之文可以大德、延祐为界,分为前后两期。前期儒风盛行,以姚燧"宏肆豪刚,春容盛大"为代表的北方文风较为突出,有宗欧苏和法韩柳两种倾向,内容以表现金宋遗民心理和民族情感者居多。大德、延祐之后,元代文坛出现"治世之音"的特异现象。以虞集为代表的南方作家主导文坛,南北文风渐趋融合,在继承欧、韩两种传统的前提下,总体上倾向于欧文之平易、凝练、顺畅。传状之文的创作则呈现多样化、灵活化的特点,主要表现有三:其一,继续反映社会现实和民族情节。代表作家有虞集。其二,宣扬封建道德,为烈妇节妇作传层出不穷。以柳贯、揭傒斯为代表,作品如揭傒斯的《李节妇传》、《仙茅述》,柳贯的《刘节妇传》、《韩节妇传》、《傅节妇传》、《节妇传》等等。由于这类作品文学价值不高,这里不作论述。其三,出现具传奇小说色彩的奇人奇事,文学价值相对最高。代表作家有黄溍、马祖常和杨维桢等。

王恽《烈妇胡氏传》

王恽早岁从学于王磐,曾得元好问指点。散文创作主张"浮艳陈烂是去,方能造乎中和醇正之域"(《遗安郭先生文集引》,《全元文》卷一百七十六)。其文章风格则多倾向于欧阳修。他的《烈妇胡氏传》便颇能体现其文章理念。其文如下:

> 妻胡氏,滨洲渤海县秦台乡田家子。至元庚午,平絜胡洎二子南戍枣阳。垂至,宿沙河岸。夜半,有虎突来,咥平体曳之而去。胡即抽刀前追,可十许步,及之,径刺虎划肠而出,毙焉。趣呼夫,尤生,曰:"可忍死去此。若他虎后来,奈何?"委装车,遂扶伤携幼,涉水而西。黎明及季阳堡,诉于戍长赵侯,为救药之。

军中聚观,哀平之不幸,吒胡之勇烈也。信宿,平以伤死。赵移其事上闻,得复役终身。(《全元文》卷一百八十二)

不到二百字的篇幅,却已经把事情的原委、经过交代清楚。语言平易朴实,栩栩如生地刻画出胡氏抽刀追虎之勇,划肠刺虎之烈,及其事后扶伤携幼弃车而走的从容镇定,可谓精简周全之致。文末写到:

嘻!胡柔懦者也。非不惧兽之残酷,正以援夫之气激于衷,知有夫而不知有虎也,平虽死,其志壮烈言言,方之太山。虢妇何壮毅哉?

元人为文好议论,这篇传记也不例外。郭预衡《中国散文史》认为王恽的文章思想受宋之道学影响更为深刻,然而这篇传记却全无道学说教之气,仅对胡氏之"壮毅"之举大加褒扬,赞其危急时刻"知有夫而不知有虎"的勇烈行为。文章读来通体顺畅,深得欧文平易自然之妙,为儒风盛行的元代前期少有的纯净之文。

姚燧《太华真隐褚君传》《序江汉先生事实》《中书左丞李忠宣公行状》

姚燧早岁曾拜许衡为师,至元七年(1270)拜为秦王府文学。姚燧兼受韩愈、欧阳修文风的影响,呈现出多样化特色。为文主张经世致用,并不像宋代理学家重道废文那样偏颇。《元史》称其文章:"闳肆赅洽,豪而不宕,刚而不厉,春容盛大,有西汉风。"张养浩在《牧庵集序》中称其:"惟公才御气假,纵横开阖,纪律惟意,其大略如古劲将率市人战,鼓行数合,无敌不北。"清黄宗羲作《明文海序》论及元文,则将他与虞集并称。

姚燧的散文在当时极负盛名,《太华真隐褚君传》就是他的一篇著名的传记文。该文记述一位全真教道士褚志通,于金、元之际与世隔绝,隐居华山并怡然自得的事迹。文中描写了他生活居所的险奇,其中华山之险绝和牛心谷之景两段描写,文笔简洁古雅,很有特色:

> 云台,华岳也,为山益奇,上方又天下之绝陷。自趾望之,石壁切云霄,峻峭正矗,难侍铁絙不得缘坠上下。又不知铁絙成于何代,何人,意者古能险之圣也。将至其颠,下临壑谷,深数里,盲烟幕翳其中,非神完气劲,鲜不视眩而魄震。
>
> 谷南道,中方入行二里许,深林奇石,泉溅溅鸣。其西啊垦地盈亩,构室延袤寻丈,环莳佳花美箭。(《全元文》卷三百四十五)

在这样特殊的环境下,褚道士的生活方式亦非同寻常:"君负食上下自给,如由室适奥,嬉然不为艰。"文中详写的一段听声辨兽之事,令人惊叹:

> 一夕如闻林间行声戛戛,君则曰:"兽也,虽不得其名,可试而知。"引石投之,曰:"麋鹿哉,将惊而奔,或止而不去者,虎耳。"果止听去。明旦视樊垣外,虎迹纵横。再夜起行如前夕,不以自戒而止,闻而谈者神明之。

这位遁迹深山的奇人对自身但求自适,对外世的态度,则是"不求人知",给人的印象常常是"苦身不近人情",一切"人间声利""嘿不酬应",并婉言谢绝了皇帝的慕名召见。如此"恬愉静退之士,罕类例求也"。褚志通的这种行为和处世态度,从一个侧面反映了元代刚刚经历乱世的一部分士人的一种心态,具有一定代表性。

姚燧的《序江汉先生事实》,也是让世人称道的文章,记述了他的先人姚枢于德安获得儒者赵复的故事,颇具有思想特点和时代特色。文章写到:

> 某岁乙未,王师徇地汉上。军法:凡城邑以兵得者,悉坑之。德安由尝逆战,其斩刈首馘,动以千亿计。先公受诏:凡儒服挂浮籍者皆出之。得故江汉先生。见公戎服而髯,不以华人士子

遇之。至帐中,见陈琴书,愕然曰:"回鹘亦知此事耶?"公为之一莞。与之言,信奇士。即出所为文若干篇。以九族歼残,不欲北。因与公诀,但蕲死。公止共宿,实羁戒之。即觉,月色惨然,惟寝衣留故所。公遽羁马,周号积尸间,无有也。行及水涘,见已批发脱履,仰天而祝。盖少须臾,蹈水未入也。公曰:"果天不生君,与众已同祸矣。其全之,则上承千百年之祀,下垂千百岁之绪者,将不在是身耶?徒死无义,可保吾而北,无他也。"至燕,名益大著。北方经学,实赖之明。油其门者将百人,多达材其间。(《全元文》卷三百一)

元虽以武力建国,但统治者很重视中原儒释之学,曾派专人寻访金宋文士。赵复开始不从,姚枢便说以天命。为了"上承千百年年之祀,下垂千百岁之绪",使儒业不坠,于是赵复来到北方,而北方经学因此亦得以推广。本文从两方面写出当时儒者心态,一方面为求儒士,姚枢以诚相待,并不遗余力的争取,另一方面,赵复为抱知遇之恩,由抱以死节,拒绝北上转而见贤思齐,以承受儒学之绪为业绩而北上,其所经历的复杂而感人的转变过程,很具有代表性。作为一篇事略文,它有一定的史料价值。

姚燧还有一篇《中书左丞李忠宣公行状》值得提出,很能体现他的文风特色。元人大多注重应用文字,行状作为传记文的一种,用于为写传、墓志等提供原始资料,是很有实用价值的。姚燧的这篇行状,结构谨严,叙事简要,气势流畅,颇为耐读。如其中一段:"七年,会上以蝗旱为忧,俾录山西、河东囚。行至怀仁,民有魏氏,发得木偶,持告其妻挟左道,厌胜谋杀,已经数狱,服词皆具,自以为不冤。公烛其诬,召鞫其妾,搒掠一加,服不移晷。盖妒其女君,谓独陷以是罪,可杀之也。即直其器,而杖其夫之溺爱受欺,当妾死罪。观者神之,或咨赏泣下。"(《全元文》卷三百八)此段文字写李德辉生前任山西湖东世职守令时,明察秋毫、英明断案的事迹。写的好的行状文,就是一篇优秀的人物传记,而这一段写得就像一个生动的人物传记的片段,顺畅而又凝练。

刘因《武遂杨翁遗事》

刘因受程朱理学影响比较深，文章道学气颇重，但也自有风格。为文主张取诸家之长，不蹈袭麋束，强调写经世置用之文。故其文既醇于道学，又精于文章，不同于一般的文士儒者。《四库全书总目》评论其文风格为："遒健排奡，迥在许衡之上，而醇正不减于许衡。"又引张纶《林泉随笔》说："其为文章，动循法度，春容有余味……皆正大光明；较文士之笔，气象不侔。"

刘因受父亲刘述影响，对元王朝采取不合作的态度。正如他在《书画像自警》中所说的："所以承先世之统者，如是其孤。"（《全元文》卷四百六十六），多有恋金心理和遗民思想。这种心理情结在他的许多诗文作品中都有所反映，如他的《武遂杨翁遗事》，便是直言记述乱世时难的文章。引述如下：

> 翁与予外家通谱牒一世矣，昭穆则舅父也。八十岁余，每一过予，辄自喜数日，而谓有所得也。好闻邵氏"恶盈"语，每告之一二，必手录而藏之。尝谓余曰："予视世俗，惟予与山西一石丈者，其所为颇当吾子意。宜吾子之不见合于人也。"略能道予家数世事，每援之以为其朋友子孙之戒，临终，遗其子孙者无他语，惟及予。戒其诸孙令从予学而已。

> 翁旧尝与予言，昔自西山来武遂，涉百里途。一日意甚速，访捷径于人，视所尝往来当早至。中途遇人夺骑补驿传，乃远避之，乃反迂于所常往来者。尔后思之，事莫不然。遂不敢求捷。又云："某人者，拥高官以南，予谓其人不免，后果如予言。盖治行时，予见谋利之具以知之。"又云："昔年二十余，遇保州抄骑，身已十余创，即伏而死矣。其一人复抽刀，由背及腹刺至地而去。是时岂意复生于天地之间六十年余也。以此知生死非人所能为也。"又云："保州屠城，惟匠者免，予冒入匠中。如予者亦甚众，或欲精择事能否，其一人默语之曰：'能挟锯即匠也。'拔人于

生,挤人于死,惟所择,事遂已。而凡冒入匠中者,皆赖以生。当时恨不知其人之姓名。"若此等语,每语次,必一二及之。予亦乐闻而不厌其言之屡也。性喜饮,醉即微笑。好谈佛书,亦颇能知其微处。

呜呼!亲旧日益尽,予日益孤。感念知己,不觉涕零。遂书此书示其子孙,使知翁之言行如是,且令不忘予家之好云。翁字吉甫,忘其名。

至元十六年正月十六日,书于吟风亭。(《全元文》卷四百六十六)

文章主要是回忆作者的外家亲戚杨吉甫,以杨翁的许多片段话语为主结构全篇,叙述其所亲经之事。语气纡徐和易,似在与人静心聊天,令人甚感亲切。然而平淡的叙述中,又蕴涵哲理戒意,反映了金元之际,乱世之中,普通百姓的遭遇及其微妙心理,读来颇耐人寻味。

虞集《陈炤小传》

虞集学问淹博,持论通达,在朝为官三十年,位尊资长,"当世文士,尝经论荐,后皆知名"(欧阳玄《元故奎章阁侍书学士翰林侍读学士通奉大夫虞雍公神道碑》,《全元文》卷一千一百四),身边聚集了大量知名人士,堪称文坛领主。其文章风格雅训醇和,简洁平易,挥洒自如,是元代后期文坛"治世之音"的代表。虞集道统秉承程朱理学,却不拘泥。他不满于道学家重经轻文,特别推崇欧阳修的文章,在《刘桂隐存稿序》中赞道:"庐陵欧阳公秉粹美之质,生熙洽之朝,涵醇茹和,作为文章,上接孟、韩,发挥一代之盛,英华醇郁,前后千百年,人与世相期,未有如此者也。"(《全元文》卷八百二十)而虞集的文风也近于欧文。

在元代一统天下的太平盛世,社会比较稳定,文人少受现实矛盾的影响,因而此期散文的现实性不强。虞集还有一些涉及时事政治的文字,比如他的《陈炤小传》。写的是南宋末期,一职位不高的抗战将领陈炤镇守常州并以身殉城的事迹。其文写到:

岁甲末,大元大兵渡江,江东西守者皆以降。大兵自沙武口冒雪徭渡至马洲,将攻常州。明年乙亥,宋命故参知政事蜀人姚常德之子訔居常起知其州,以炤知兵,起复添差通判常州以佐之。訔、炤心知常无险,去临安近,不可守,而不敢以苟免求生,同起治郡事。帅羸惫就尽之卒,以抗全胜日进之师,厉士气以守。缮城郭,备粮糗,治甲兵。炤输私财以给用,不敢以私丧失国事。身当矢石择后四十余日,心力罄焉。及兵至城下,拥壕而阵,城上矢尽,不降。城且破,訔死之。炤犹调兵巷战。家人进粥,不复食。从者进马于庭曰:"城东北门缺,可从常熟塘弛赴行在。"炤曰:"孤城力尽援绝而死,职分也。去此一步,无死所矣。"……兵至,炤遂死。(《全元文》卷八百六十六)

文笔简洁精练,仅寥寥数笔便刻画出了主人公陈炤的英勇和从容。文末借炤之友邵焕语曰:"宋之亡,守藩方擐甲胄而死国难者,百不一二;儒者知兵,小臣仓卒任郡寄而死,千百人中一二耳。若炤者不亦悲夫!"抒发感慨,进一步表彰其忠义无私。在元需要表彰忠烈的盛世,做此文章恰好适应了现实政治的需要,颇能彰显出时代之风气。

黄溍《柳立夫传》

黄溍与临川虞集、豫章揭傒斯、同郡柳贯齐名,号为"儒林四杰"。黄溍从学于宋遗民方凤,为文以平和雅正为主,风格极近虞集。《四库全书总目》中云:"其文原本经术,应绳引墨,动中有法度。"《元史》称其"文辞布置谨严,援据精切。俯仰雍容,不大声色"(《元史》卷一百八十一)。是说其行文朴实,思维缜密而注重逻辑。宋濂在《故翰林侍读学士中奉大夫知制诰同修国史同知经筵事金华黄先生行状》中说他:"文辞温醇,类欧阳永叔。"(《黄文献公集》卷十二)则大体点明了他文章的风格倾向。

黄溍为人正直,操行孤洁,其文章也颇能见出他的个性,如《柳立夫传》便是一例。文章记述了德才兼备的医生柳立夫,不计酬劳、救死扶伤的事迹。作者围绕人品和医德两个方面生动叙述了柳立夫值得称颂的三件事,即其自愿以身受刑代兄赎罪,拒娶厚遇他的吴公的爱姬,以及以德化人教训里中子。文章故事性很强,极近小说。现仅录一段供赏:

> 吴公既病殁,立夫乃去,卖药黄池上。里中子或求立夫,愈疾,弗为报。立夫尝为称贷于富人,又弗尝也。会复得疾,乃不敢致立夫,而更迎它医。他医以药温之,病加剧。不得已始召立夫。立夫诊之曰:"病得之劳而伏暑,奈何以刚齐燥之?"方冬冱寒,而立夫言如此。他医素害其技,乃谓病家:"彼固有嗛于君不可信,"病家将谢,遂罢立夫。已而,念立夫素长者,卒听不疑,竟如其言而效。乃奉币物,重报立夫。立夫辄骂曰:"公市人,何复以市人处我,趣归而逋,无用是污我也。"里中子乃大惭悔,尽尝所货钱。由是,乡间皆慕化立夫。行有不可者,惟惧立夫知之也。立夫后以高寿终。(《全元文》卷九百六十一)

此段文笔省净,叙事一波三折,人物形象亦生动鲜明。文首云立夫之医德"志在德物,未尝挟以为市也","取足自养而已"。这段便着重突出了立夫不计较酬劳与前嫌,有求必应并坦诚行医的胸襟,文中痛骂里中子,则显示了他仁义耿直和为人的光明磊落。此外,文章对里中子和他医形象的刻画也极为生动传神。里中子典型的市民心理、形象,如贪图便宜,求医称贷不予偿还;功利心理,"会复得疾""更迎它医"而"病加剧",召立夫诊,又信谗而罢谢立夫,直到"如其言而效"才知相报;以及其市贾观念等。而他医之不明药理胡乱医治,以及嫉贤妒能谗言离间的庸医形象也在数笔之间跃然纸上,这正和柳立夫形成鲜明的对比。这样精彩的故事及其艺术不亚于"三言""二拍"以及其他明清小说,可见元代叙事文学已经达到了相当的水平。

柳贯《故宋迪功郎史馆编校仁山先生金公行状》

柳贯(1270—1342),字道传。婺州浦江(今属浙江)人。早年无仕进之意。大德四年出仕江山县教谕,时已三十一岁。至正二年(1342)起为翰林待制,兼国史院编修官,在馆七月而卒。柳贯从方凤、吴恩齐、谢翱等学习,与方回、仇远、戴表元、龚开交游,在当时南方文坛上颇有名气,被称为"文场之帅,士林之雄"。著有《柳待制文集》二十卷。

柳贯的文名比诗名大,其散文雄浑严整,长于议论,事祥而词敷,见称于时。为文主张"涵濡义理之真,而含咀道德之华,初不为葩栩粉泽以饰艳逞巧,要自致于用而已"(《席御史集序》,《全元文》卷七百八十六)。即要求以性理为主而不事华艳,并归于经世致用。黄溍评曰:"涵肆演迤,舂容纡余"与黄溍的"俯仰雍容,不大声色"相近,而更加质朴些。故其散文多为墓铭碑表、兴学修桥等应用文字,而于行状之文中,有《故宋迪功郎史馆编校仁山先生金公行状》可体现其文风的主要特点。仅录一段文字,如下:

> 先生神爽清飒,器宇静夷,平居渊潜俨恪,深自晦藏,而内积忠信,与物无忤,非意之干,自不能近。简直不阿,视人犹己,久于之居,愈益生敬。四方学者,承风依止,肃襟造请。方群一疑塞胸,胶葛纠缠,莫能自解,而亲其矩范,聆其诲演,固各消之,隐匿轩露。如人有疾疢,查脉制剂,廷其浮沉滑濇之候,而中央攻熨补泻之宣,动悟孚格,不俟终日。其或一时捍格而不入,则宽以养之,徐而制之,浸罐磨袭,未尝无益而错施之也。先生笃于分义,先人后己,终始不渝。尝有故人子坐累,母子并击悉官,分配夷隶,母子至不相闻。先生耿耿在抱,为之物色经营,倾赀赎归。其子后贵,先生终不自言,相见劳问而已。而其推以成人者,又若此矣。(《全元文》卷七百九十七)

这段文字于平实之中略见古奥,富于层次,思路清晰,余阙评其为文"缜而不繁,工而不镂",是有道理的。

马祖常《息虓传》

马祖常(1279—1388),字伯庸。光州(今河南潢川)人。先世为汪古部人。元延祐初行科举,乡贡、会试、廷试皆名列前茅。授应奉翰林文字同知制诰兼国史院编修。三年,拜监察御史。后升翰林待制。泰定元年(1324)除礼部尚书。元统元年(1333)拜御史中丞,寻除旧密副使。至元四年病卒。《元史》卷一百四十三有传。著有《石田文集》十六卷。

马祖常出身于汉化程度很深的色目官宦之家,其学问根底主要也是理学。故其为文,继承理学家一贯的文以载道、经世致用的传统,主张"赋天地中和之气,而又充之以圣贤之学"(《全元文》卷一千三十五)。《元史》称:"祖常工于文章,宏赡而精核,务去陈言,专以先秦两汉为法,而自成一家之言。""专以先秦两汉为法",应指其为文注重先秦散文的言简意赅和朴质无华。《记河外事》就很能体现马文的特色,其文如下:

> 有计吏河外来,称河外斗菽三十千,弱民持钱告籴大家,大家亦无有。菽日益贵,民日益病,而有司赋之日益急也。余方食,投箸,即起说,且曰:"菽之比粟也悉急?而病若是!是履贱踊贵也。有司赋之亟,其谓何?请予悉之。"吏曰:"子,儒服者,所谓治天下之事,子盖憒憒也。故事,国马食,岁征诸内地而不给,则漕河间盐,错置郡邑,算民之口而廪食之,估当其直,而以藁秸入之官。又不给,则差河北郡县,凡民数几,可秣马几,俾马就食于外。今中山、河间、赵地百姓,无糠秕救旦夕命,人挈男女之里中,不得易斗米。其均赋于河外,有以也。子泥于古而昧于今,而不知道方之道。子不仕则已,子而仕,将见瘝官之罚,集子之躬矣。"(《全元文》卷一千三十六)

文章采用问答体的形式,通过计吏、听者的一问一答,揭示"菽日益贵,民日益病,而有司赋之日益急也"的主旨,指出蒙元统治中"马政之弊"这个关系着国计民生的现实问题。百姓"无糠秕救旦夕命",而国马食每年必征,即使卖二鬻女也不堪重负。这种重马轻民的统治思想,反映了善骑射、靠武力打天下的蒙古民族浓重的游牧习气,也从一个侧面反映出元后期黑暗混乱的统治及其造成的社会矛盾的激化。文章很具有史料价值和时代特色。

《息虻传》则是马祖常一篇很具传奇小说特色的叙事文。写的是一对固执、单纯的农民夫妇欲为子求妇,想当然的认为丑陋、惫懒的东家女美甚,便冒失的召媒往问,前媒告以实情,不信反訾,信他媒巧言,以致上当受骗,弄得一家鸡犬不宁的闹剧。文章简洁凝练,条理清晰,尤其是几个人物形象也刻画得栩栩如生。妫姓父母不信实言,"反訾媒氏,谓间谍两好;且称女子有柔德、能女工,不论色也。仍召他媒氏往"。及当"内外族暨里闬所善闻之,皆窃笑,相与图,告翁媪……翁媪惧不听,命其子,遂婚迎成礼"。仅两处数十字,二人的固执、想当然、愚昧和保守便刻画出来了。二媒人不同遭遇的描写也很有趣,二人都是有心的聪明人,前媒"过女父母家,匿所过事,阴觇女子",他媒氏,则"性驵侩,善佞承戒",然前媒"摘实"遭訾,他媒"言貌于情却"却反得翁媪束帛之劳及别奉之财物,令人哭笑不得。而两夫妇所得之丑女则:

> 病瘿,肿至不下颈领,背如负箕,腹下垂如斛,目黑白不分,色漆黑,卒自项及踵无一善相。

> 女子既归夫家,谂舅姑不我陋,侦夫之觑我之不灼也,仇族里之宿毁啃我也,大肆专妒,日凌其夫,凡夫党之登其门者,壶浆亦不馈焉。恶声彰著,丑状百出,虽夫之女兄弟佩履声过户外,亦恚恨不解。居半岁,舅姑怒于堂,夫恶于室,诸所与无不欲速其夫之出之也。久之,沉忧积无所寄托于天地之间,属淮滨大水,因自溺死。世之女子至今羞道焉。(《全元文》卷一千三十八)

描述虽显夸张,但亦形神兼备。这也是一篇元后期出现的类似传奇小说的传记文。然而,马祖常散文常有过于质实的缺点,为时人所批评,如这篇《息虻传》,故事虽类传奇,但纯粹叙述,缺少细节的描写,其质实之过可见一斑。

杨维桢《铁笛道人自传》《罗鳌传》

杨维桢入明不仕,性格桀骜不驯,疾恶如仇。为文备诸家体,不以藻饰、古奥为美,博雅不群。《四库全书总目》中云:"至其文则文从字顺,无所谓翦红刻翠以为涂饰,聱牙棘口以为古奥者也。"所谓"文从字顺",未见得确切,但说杨文朴雅、不藻饰倒是有之。宋濂在其墓志铭中云:"肆力于文辞,非先秦两汉弗之学,久与具化,见诸论撰,如睹商敦周彝,云累成文,寒芒横逸,夺人目睛……其亦文中之雄乎!"(《元故奉训大夫江西等处儒学提举杨君墓志铭》,《宋学士全集·补遗二十一》卷五)这都说明从杨维桢的文章中最能见出其高洁特立、桀骜不驯的个性。

杨维桢所处的元代末期,政治日益腐败,社会矛盾日渐加剧,农民起义不断,国势也愈加显出衰落的局面。此时的散文创作中"治世之音"的风潮已明显退去,现实促使一些文人采取避世自保的态度,因而文章也大多显示了部分文人此时超尘出世的心态与风貌。而杨维桢所做数篇传记文最能说明这种状况。

《铁笛道人自传》写的就是他以铁笛道人自比,放浪于山水之间,自我适意的篇章。

> 铁笛得洞庭湖中,治人缑氏子尝掘地得古莫邪,无所用,镕为铁叶,筒之,长二尺有九寸,窍其九,进于道人。道人吹之,窍皆应律,奇声绝人世。江上老渔狎道人,时时唱《清江欸》乃道人为作《回波引》和之,仍自歌曰:"小江秋,大江秋,美人不来生远愁。吹笛海西流。"又歌曰:"东飞乌。西飞乌,美人手弄双明珠,九见乌生雏。"城中贵富人闻道人名,多载酒道人所,幸闻笛。道人为一弄毕,便卧遣客,即客不去,卧吹笛自如也。尝对客云:"帝有《君山古弄》,海可卷,蛟龙可呼,非均天大人不发也。"晚年同年夫有以遗佚白于上,用玄纁物色道人于五湖之间。道人终不一起。(《全元文》卷一千三百二十四)

铁笛的来历写得极富奇幻色彩,文字简明,读来顺畅平易。还有一篇与此风格相近的《斛律珠传》,写得颇有情致。文章用拟人的手法为一把胡琴作传,并称其他两件乐器,即铁笛和玉笛为"三友",津津乐道其妙并潇洒自得。他称胡琴为"斛律珠",称二笛为"大小龙君"和"管同",且每件乐器都似乎有着不寻常的来历,放言狂诞,以此来彰显自己清高孤傲的情致和超尘脱俗的意趣。文章想象丰富,时见传奇之笔,很有个性特色。

他的《罗錾传》,写一个以鱼盐之利致富的渔家子罗錾仗义助人的事迹。文中提到的"古田叔、稽发、雍乐成之徒",都是《史记·货殖列传》中所谓以"奇胜"致富的人,或以盗墓,或博戏,或做商贾买卖,都是为正统耻的行当,而杨维桢则对其"见义必为","无所为而为之"表示赞赏,认为豪侠仗义的罗錾与之相近,并予大加赞扬,曰:"呜呼,松不櫽而直,性直也;玉不澡而白,质白也。錾只义出性质,非欤?予谓錾传,使有身后名,不与不轨者同没世也。"(《全元文》卷一千三百二十三)罗錾的身上具有秦汉文学中豪侠义士"重然诺,轻死生"的形象特点,作者置正统观念于不顾,为人所不齿的鱼盐商贾、仗义行侠之人作传,若非其性情豪迈、不羁言行,实难为之。也可说明杨维桢文章突出的个性特色,亦足见他旷达的襟怀。

杨维桢还有《冰壶先生传》、《竹夫人传》两篇文章,亦以奇见称,写假想的事物,实际上更近乎小说。这些作品在小说发展史上的地位不可忽视。

第五章　金元杂记文

杂记文,主要包括游记、山水记、亭台楼阁记、书画器物记等。这类文章可以描写叙事,可以抒怀寄意,极易发挥作者的文学才能。金元时期,此类散文的创作并没有承继唐宋繁荣的势头,表现得比较沉寂。一些专为书画、器物而题写的小文,写法较为灵活多变,颇有文学价值。

第一节　金代杂记文

杂记文成熟于唐,繁荣于宋,到了金代,仍然是文人们充分施展艺术才能和抒发内心世界的重要载体。这不仅体现在杂记文的数量上,更体现在其质量上。较之于其他文体,金代杂记文的质量较高,多有佳篇,风格也更为多样化。

赵秉文《磁州石桥记》

金代的散文大家中,最长于模拟之作的,莫过于赵秉文。赵秉文才高气雄,转益多师,模拟的对象很多,且他的拟作大多具有原作风韵,可以说拟谁像谁。他颇以论说文自负,但他最见功力的作品,仍是记序一类文字。如《寓乐亭记》、《磁州石桥记》、《适安堂记》、《种德堂记》等,都写得雍容博大,气象雄浑,很有盛世昌明的气度。如《寓乐亭记》发端有云:

河朔之地,沃野千里,盘盘一都会。太行西来,大体如一身,苏门奠其首,隆虑据其脊,雷首披其胸,恒山枕其足。注以横漳,堑以滹沱,锺以大陆。其山川风气,雄深郁律,故其人物,魁杰秀异,有平原之遗风,廉、蔺之英骨。下逮宋广平,魏文贞,皆河朔人。传曰:三晋多奇士,其风土之然乎!(《金文最》卷二十六)

又《磁州石桥记》有云:

北趋大都,南走梁宋,西通秦晋之交,东驰海岱之会,磁为一要冲。滏水西来,距城西四十里而近。又五里,东合于漳。方春秋霖潦,砅崖而下,漳水汹怒。则激流而上。汇于观鱼亭下者,三丈有奇,吞长堤,灭两涘,平时有梁而舆,有舟而方……每夕阳西下,太行千里,明月东出,二川合流,徘徊近郊,则铜雀之台,西陵之树,高齐、石赵之所睥睨,信陵、平原之所驰逐,山川兴废,森

乎目中,信天下之雄胜,而燕南之伟观也。(《金文最》卷二十六)

健笔纵放,横空结构,真可以当得起高响入云、雄秀俊逸的评赞了。《四库全书总目·滏水集提要》引刘祁《归潜志》说:"李屏山教后学为文,欲自成一家;赵闲闲教后进为诗文,则曰:文章不可拘一体,有时奇古,有时平淡,何拘?李尝与予论赵文曰:才甚高,气象甚雄,然不免有失支堕处,盖学东坡而不成者。"所谓"气象甚雄",当是指他的上述风格而言。但大安之后,这种气象便日见衰弱,如作于大安二年的《涌云楼记》:

道京师而来者,历汾晋,接秦陇,走云代,商旅络绎,使驿旁午,车摧马踣,日不半舍,使人目寒而足栗,凄然有去国之悲。皋落之山,晋阳之泊,广阳之故道,井陉之故关,地古天荒,岩深树老,使人心折而骨悲,黯然有怀古之思。(《金文最》卷二十六)

在情调上就显得大不一样,流露出一种百感苍茫的感慨,这大概和金国国势的日渐衰微有关,也与他晚年的精力和心境有关。

赵秉文的散文也有一些如李纯甫批评的那样"不免有失枝堕节处,盖学东坡而不成者",这一点遭到了钱基博的激烈批评:"今观其文,主于浩浩直达,而畅所欲言,其原出于苏轼。然辞为爽朗,而无警切之论,徒见其肤,而未得为'才高'。学主义理,而无深沉之思,斯伤于浅,而未征其'学博'。义理之学,欲以自外于宋儒,而未能有独见;条畅之文,不过依稀于苏笔,而未能有以自发;不拘绳墨,徒失体要……集中《双溪记》之摹韩愈《送李愿归盘谷序》,《涌云楼记》之摹范仲淹《岳阳楼记》,《寓乐亭记》之摹苏轼《超然台记》,如小儿仿红,字摹句拟,未足语于大方家也。"(钱基博《中国文学史》)钱氏之评不免苛刻,赵秉文在这些文章中确实有所模仿,但尚未达到字摹句拟的程度。这些"拟作"在艺术上虽然没有什么创新,却也叹问交作,排比推理,议论富有气势,有宋文的雄辩之风。所谓"不拘绳墨,徒失体要"云云,显然出于钱氏的偏见。

王若虚《咏白堂记》《焚驴志》

王若虚对韩愈、柳宗元、欧阳修常露不满之意,以为"凡文章须是典实过于浮华,平易多于奇险",持此标准,对韩柳欧文多有指摘,而独倾倒于苏轼,曾谓"东坡,文中龙也。理妙万物,气吞九州岛,纵横奔放,若游戏然,莫可测其端倪"。然自作则不逮,体弱不能起其文。只有《咏白堂记》和《焚驴志》还算是可以一读的文章。如《咏白堂记》,当作者的友人高思诚因为爱慕白居易而想把自己"所居之堂"命名为"咏白堂"时,他直言不讳地说道:

> 人物如乐天,吾复何议。子能于是而存心,其嗜好趋向亦岂不佳。然慕之者,欲其学之;而学之者,欲其似之也。慕焉而不学,学焉而不似,亦何取乎其人耶?盖乐天之为人,冲和静退,达理而任命,不为荣喜,不为穷忧。所谓无入而不自得者。今子方皇皇干禄之计,求进甚急,而得丧之念交战于胸中。是未可以乐天论也……虽然,其所慕在此者,其所归必在此。子以少年豪迈,如川之方增而未有涯涘,则其势固有不得不然者。若其加之岁年而博以学,至于心平气定,尽天下之变而返乎自得之场,则乐天之妙庶乎其可同矣。(《金文最》卷二十八)

直言无碍,揭露了自己的朋友所慕在此而所归在彼,口诵玄元而心存利禄的虚伪面目,把原本无聊的应酬文字写成了对朋友的箴言规劝,可谓相当中肯。文字也收放自如,委婉曲折,意到笔随,颇有欧、苏文章的特点。

再如《焚驴志》:

> 岁己未,河朔大旱。远迩焦然无主,赖镇阳帅自言忧农。督下祈雨甚急,厌禳小数,靡不为之。竟无验。既久,怪诞之说兴,适民家有产曰白驴者,或指曰:此旱之由也。云方兴,驴辄仰号

之。云辄散不留。是物不死,旱胡得止。一人臆倡,众万以附。帅闻以为然。命亟取将焚之。驴见梦于府之属某曰:"冤哉燓也,天祸流行。民自雁之,吾何预焉。吾生不幸为异类,又不幸堕于畜兽。乘负驾驭,惟人所命。驱叱鞭棰,亦惟所加。劳辱以终,吾分然也。若乃水旱之事,岂其所知,而欲寘斯酷欤!孰诬我者,而帅从之。祸有存乎天,有因乎人。人者可以自求,而天者可以委之也。殷之旱也,有桑林之祷,言出而雨;卫之旱也,为伐邢之役,师兴而雨;汉旱,卜式请烹宏羊;唐旱,李中敏乞斩郑注。救旱之术多矣。盍亦求诸是类乎?求之不得,无所归咎,则存乎天地,委焉而已;不求诸人,不委诸天,以无稽之言而谓我之愆。嘻其不然。暴巫投魃,既已迂矣,今兹无乃复甚。杀我而有利于人,吾何爱一死。如其未也,焉用为是以益恶。滥杀不仁,轻信不智,不仁不智,帅胡取焉。吾子其属也,敢私以诉。"某谢而觉,请诸帅而释之。人情初不怿也,未几而雨,则弥月不解。潦溢伤禾,岁卒以空,人无复议驴。(《金文最》卷一百十七)

文中对于"自言忧农"而毫无善策,只知"轻信"、"滥杀"的封建官吏焚驴祈雨的愚昧行为进行了辛辣的嘲讽,言简意赅,辞近而旨远,是一篇不可多得的讽刺小品。

王若虚还有一篇《门山县隐堂记》,也是较有情致的作品,文章写得明白晓畅,平易自然。纵意而谈,很有深度。对于"吏隐"之说,自有新意;名"堂"之由,更有深旨。其中有激愤,也有牢骚,而用语吐辞,却归于平淡。这也是王若虚行文的一个特点。

麻革《游龙山记》

麻革,生卒年不详。字信之,号贻溪先生。虞乡(今山西省永济县)人。金哀宗正大年间(1224—1231)与张澄、杜仁杰等隐居内乡(今属河南)山中,教授生徒,日以著作诗文为业。著有《贻溪集》。

元代房祺在《河汾诸老诗集后序》中有这样一句:"麻贻溪与元老诗学

无慊,古文出其右,公言也。"由这句话来看,麻革的文章在当时是享有盛名的。但他的古文作品今多散佚,能见出其散文功力的,只有这篇《游龙山记》。文章一开始,作者先对龙山之游了反面衬托:写自己因饱游历览而厌倦的心情,而代北山色的枯槁灰暗又助长了这样心情;再作正面蓄势:引刘京叔之诗,魏玉峰之言,说明他们对龙山的盛赞和自己将信将疑的心理,造成读者的悬念;然后才叙述龙山二日游。作者详细形象地描绘了龙山的山崖峰峦、林木花卉、涧泉溪流以及村墟井邑。其中有云:

> 又行十许里,大抵一峰一盘、一溪一曲,山势益奇峭,树林益多,杉桧栝柏,而无他凡木也。溪花种种,金间玉错,芬香入鼻,幽远可爱,木萝松鬣,胃人衣袖。又萦纡行数里,得冈之高,遽陟而上,马力殆不能胜。行茂林下,又五里,两岭若岐,中得浮屠氏之居曰大云寺。有僧数辈来迎,延入,馆于寺之东轩。林峦树石,栉比楯立,皆在几席之下。憩过午,谒主僧英公,相与步西岭,过文殊岩,岩前长杉数本挺立,有磴悬焉。下瞰无底之壑,危峰怪石,巉屼巧斗,试一临之,毛骨森竖。南望五台诸峰,若相联络无间断。西北而望,峰豁而川明,村墟井邑,隐约微茫,如弈局然。徜徉者久之。夤缘入西方丈,观故侯同知运使雷君诗石及京叔诸人留题。回,乃径北岭,登萱草坡,盖龙山绝顶也。岭势峻绝,无路可跻,步草而往,深弱且滑甚,攀条扪萝,疲极乃得登。四望群木,皆翠杉苍桧,凌云千尺,与山无穷,此龙山胜概之大全也。(《金文最》卷三十四)

作者写景,富于变化。境界各异,笔法多变。时而化静为动,极有气势;时而句式整饬,形象鲜明;时而放笔深远,视野开阔;时而探幽析微,勾画细密,笔触相当灵动。随着美不胜收的佳景的不断披露,作者的心理也相应变化:由先觉"未有奇",到"心始异之",到感叹"不知天壤之间,六合之内,复有几龙山也",恨自己文思浅狭,游历仓促,"无以尽发山水之秘"。可谓情景相生而又相互交融。结尾处照应开头,把龙山与诸山作比较,总结归纳了龙山的特点,并发异日再游,边游边记之愿。文章通过简捷流畅的笔触使得龙山"奥秘渊邃、树林荟蔚繁阜"的独特之景跃然纸上,堪称山水游记中的珍品。

元好问《市隐斋记》

元好问的杂记散文也写得颇有特色,如《市隐斋记》的婉转讽刺批判精神,有发人深省之妙。此文本来是应友人李生的挚意请托给娄公的"市隐斋"写的应制文章,然而作者并没有违心地一味歌颂赞美隐者的行为,并且字里行间明显流露出对隐者思想行为的微词。其文如下:

> 吾友李生为予言,予游长安。舍于娄公所。娄隐者也,居长安市三十年矣。家有小斋,号曰市隐。往来大夫士多为之赋诗。渠欲得君作记。君其以我故为之。予曰:"若知隐乎?夫隐,自闭之义也。古之人,隐于农、于工、于商、于医卜、于屠钓,至于博徒、卖浆、抱关吏、酒家保,无乎不在,非特深山之中,蓬蒿之下,然后为隐。前人所以有大小隐者之辨者,谓初机之士,信道未笃,不见可欲,使心不乱,故以山林为小隐。能定能应,不为物诱,出处一致,喧寂两忘,故以朝市为大隐耳。以予观之,小隐隐于林,则容或有之,而在朝市者,未必皆大隐也。自山人索高价之后,欺松桂而诱云壑者多矣,况朝市乎?今夫干没氏之属,胁肩以入市,叠足以登垅断,利嘴长距,争捷求售,以与庸儿贩夫血战于锥刀之下,悬羊头,卖狗脯,盗跖行,伯夷语,曰'我隐者也',而可乎?敢问娄之所隐奈何?"曰:"鬻书以为食,取足而已,不害其为廉;以诗酒游诸公间,取和而已,不害其为高。夫廉与高,固古人所以隐也,子何疑焉?"予曰:"予得之矣。予为子记之。虽然,予至此犹有未满焉者,请以韩伯休之事终其说。伯休卖药都市,药不二价。一女子买药,伯休执价不移。女子怒曰:'子韩伯休耶?何乃不二价。'乃叹曰:'我本逃名,乃今为儿女子所知。'弃药径去,终身不返。夫娄公固隐者也,而自闭之义无乃与伯休

无异乎？言,身之文也,身将隐,焉用文之？是求显也,奚以此为哉。予意大夫士之爱公者,强为之名耳。非公意也。君归试以吾言问之。"(《金文最》卷三十一)

作者既表达了对那些隐居山林"欺松桂而诱云壑"的小隐者的不满,更对那些"悬羊头,卖狗脯;盗跖行,伯夷语"的所谓市隐者,进行了酣畅淋漓的指斥,揭露了这些人以隐居手段沽名钓誉的两面派投机心理。文章虽然没有直接批评娄公,却通过委婉曲折的用典,对娄公进行了含而不露的巧妙讽刺,表现了不"强为之名"的实事求是的态度。文章结尾,作者给娄公和李生留了一条退路,"予意大夫、士之爱公者,强为之名耳,非公意也。君归,请以吾言问之。"这是一个很巧妙的"转身",娄公沽名钓誉既已昭然若揭,却说娄公求名可能是大夫士"强为之名,非公意也",让人读了忍俊不禁。而且名为"市隐斋记",实际上做的是一篇"非隐记",立意、写法上颇具匠心,令人嚼味无穷。杜仁杰所谓遗山文"又别是天生一副炉鞲,比古人转身处,更觉省力"(《遗山先生文集后序》,《金文最》卷四十五),当是就此而言。

元好问杂记之文佳作颇多,较知名的还有《东游略记》和《邓州新仓记》等。《东游略记》笔法继承了《水经注》、《洛阳伽蓝记》所开创的游历考察传统和文风,语言简朴求实,而不讲究藻饰,与一般游记散文大异其趣。在记述游历泰山的见闻时,先写泰山的高度和登临所经之处,继写泰山四峰,尤以写日观峰为重点,然而作者并没有描写日观峰观日出的瑰丽壮观景象,而是对太史公司马迁的"泰山鸡一鸣,日出三丈"进行辨析,科学地分析了由于泰山地势高峻,故山下山上昏晓时差较大的原因,可谓言之凿凿,有根有据,即便对权威成见也不妄尊盲从,很有实事求是的科学态度。

《邓州新仓记》表彰漆水公的善政,这本来容易流于空虚谀美,但由于元好问对农民耕耘的辛苦和粮食对国计民生的重要性认识得更为深刻,所以在行文时,既倾注了浓厚的感情,又从理论上发挥了独到的思想认识。文章说理深刻,分析透彻,议论精辟,辞情恳切,结构严谨,特别是语言的洗练,排比句式的运用,使文章的主题更加显豁,极大地增强了文章的表现力和感染力。

此外,元好问的《画记·张萱四景宫女》《南阳县令题名记》《太古观记》《临锦堂记》《王无竞题名记》《济南行记》《威德院功德记》《竹林禅院记》《紫微观记》《朝元观记》等都是较为优秀的作品。这些篇什无论在思想性或者艺术造诣方面,都有值得借鉴的地方。

李俊民《睡鹤记》

李俊民的《睡鹤记》也是一篇难得的佳作。文章借石鹤以喻志,表达了自己身处乱世而甘心"沉潜静默",不鸣不飞的处世态度,从中折射出其倔强、孤高以及最终追求的一种超然出世的人生境界。文章构思巧妙,李俊民号鹤鸣老人,所以文章开头就由鹤鸣老人之好鹤引出:

> 人之情在所甚好,有所甚好而不得,则必见似之者而喜,非徒好之,盖感而有所得焉。濠梁之鱼,得之乐;山阴之鹅,得之书;支道林之鹰与马,得之神俊。不有所得,夫何好焉?鹤鸣之好鹤,亦犹是也。鹤也者,物之生于天而异者也。其性洁而介,其声亮而清。洁而介则寡所合,亮而清则寡所和。独以孤高自处,飞鸣于霄汉之上,岂求其异也哉!盖天之所赋者异也。夫才高则无亲,势孤则失众,鹤奚恤焉!若或矫情自浼,下同于频江之贵,变常而表其真,非鹤之德也,非鹤鸣之所好也。(《金文最》卷二十九)

接着又由鹤引出"丙申岁于新居之侧有蹲石曰睡鹤",即兴抒发了他由这只石鹤而引发的感慨:

> 其骨耸而奇,其背瘠而偻,其颈宛,其喙箝,若无意飞鸣者。虽沉潜静默,有飘然物外之想。疑其孤高之过为众所弃而自晦欤?抑卫人之轩不足乘欤?鸟程之树不足栖欤?将遁世远举羽化而仙,此特其化身欤?不然何为不飞不鸣,日游于睡乡者乎?

谓其果不能鸣,则陈仓之鸡胡为而鸣耶?谓其果不能飞,则零陵之燕胡为而飞耶?吁!即是时也。以飞鸣望于鹤不可,望于石犹不可,姑以其似而若有所得,故感而为之记云。

全篇抑扬顿挫,一唱三叹,典型地代表了李俊民的文风。以鹤喻己,将其"鹤鸣老人"别号的寓意及其孤高、远离尘俗的特点,阐述得淋漓尽致,是一幅惟妙惟肖的自画像。语言酣畅,句法新奇,文脉自然,一气呵成。文格冲淡和平,自具高致,不愧为一代名家。

金代长于杂记之文的作家还有很多,上述诸家以外,较有特色的杂记还有王寂《三友轩记》、王庭筠《五松亭记》、《香林馆记》,刘祁《游林虑西山记》、《归潜堂记》等,都值得一读。如王寂《三友轩记》写自己贬官以后"终日兀然,如坐井底,闭门却扫,谢绝交亲,分为冻蛰枯枿,无复有飞荣之望"(《金文最》卷五四)的情状和甘与"顽石"、"散木"为友的变态心理,表面上故作旷达,实则难掩郁郁不平之气。文章作意与李白"举杯邀明月,对影成三人"的立意和情调相仿,条理井然,气势畅达,亦是妙文。

第二节　元代杂记文

元代的杂记文数量繁多,并不逊于宋代,各类记体文尤其是亭台楼阁类记文,都非常丰富,继续呈现繁荣的状态。但从质量上看,流传后世的佳作却不及唐宋。受当时政治文化气息的影响,元代的记体文相对都比较简洁、凝练,且绝大多数作家好发议论,只是道学气轻重程度上有所区别;在文风上,仍然体现出祖唐宗宋、模韩拟欧的倾向。本节主要介绍的作家有郝经、王恽、刘因、戴表元、赵孟頫等。

郝经《江石子记》《横翠楼记》

郝经之记体文长于议论,凡气理治道、家国天下、经训典诰皆可入"记"。如《醉经记》《种德园记》,文章逻辑严谨、层推叠进,阐发自己醉心于《六经》及尊崇德行的道理。再如《临漪园记》,由亭子景色的描写转而过渡到事政民生的道理论说,字里行间渗透着传承义理之学的使命感,不愧为元初儒者之文的代表。

郝经少有闲适之作,而其《江石子记》则特出其中,写得颇为别致。其文有云:

> 余平生自书札之外,于物无他嗜,及在仪真,与山川百物隔绝,每见一花木果实,辄持玩不能去手,汲汲如不得见。向也与物相忘,今则遇物辄感,有庄生所谓去国期年见似之者而喜者。盖非为物移也,所见者罕也。
>
> 仪真涉江,土脉秀异,或过雨,或治地,每得石子,皆奇润可爱,诸色备足:有脂白含蓄如隐玉者,有淡黄肤腴如蜡丸者,有缜黑圆莹如玄珠而芒角者,有如丹砂剥泐而不纯者,有如空青淡沱而类琴瑟者,有赤色而芒角者,有白而络红脉者,青而黑晕重复者,黑渍土食中边黄者,浅碧而白晕杂者,有如晴虹凝结而不散者,有如抹霞晚照而孕有余者,有如拳者焉,有如栗者焉,有如钱

者焉,有洼者平者缺者凸者,有蒲背者,有鸡卵者焉。每得一则如获物外奇宝,濯之以清泉,熏之以沉烟,置之盘盂之内而簸弄于明月之下……(《全元文》卷一百三十)

再如《横翠楼记》,是郝经记体文中少有的没有经学道义论说的文章,写得颇具辞采亦不乏情致。如下一段:

其春烟满帘,春云绘山,西郎十二,颜行玉立,澄渌澹荡,白鸟容与,冯栏抚几,觞豆粲如,志得气许,把臂畅饮,开露肝胆,削去町畦,杯沉山影,酒激纹浪,吞江南之清风,吸燕赵之劲气,亦一快也。至于夏秋之交,天虚气清,红蕖绿茭香满榱栋,诸峰隐隐,出没云锦,白露滴玉,霞绮唤月,代讴燕歌,问起迭作,四坐淋漓,杯盘错遝,壮怀清怨,写入瑶瑟,银管风声,翠绡凉重,开元之旧曲,明昌之新声,揄扬缥缈,浮动喜气,一楼之上,独见太平,莹莹之致滞,冥冥之隐忧,扰扰之尘蔓,孰得孰失,尽为释然。远韵高清,脱去凡近,超超胜概,莫得名言。

呜呼!人寓形于天地,而适情于万物,初不为物役也。倏然而往,倏然而来,不为拘拘,不为孑孑,遂古一乐也。或浮沉于杯酒,或放旷于山林,或优游于廊庙,用舍乘化,不锢不滞,夫是之谓达士。今观仲伟之自处,非古所谓达者欤?(《全元文》卷一百三十)

王恽《泂溪记》《秋涧记》

王恽的记体文题材范围较广,其中建筑记和游记相对较多。与郝经相比,王恽的记体文没有什么理学气息,其文善于描写和叙述,描写仅止于绘景和简单的兴发抒情,少寄托或义理的论说,整体上给人以清新健朗之感。如《泂溪记》写泂溪之景云:

至若林霏未开,披拂缟练,风漪遡行,殆萦而转;夕月秋霁,瑶琨满溪,流光空明,荡而复回;金支翠旗,有来宓妃,鸥泛泛而

不下,舟摇摇而若维。是则渊洄泱泱,容态百出,澄万虑,驻景色,可喜可观者也。(《全元文》卷一百六十九)

文字清新优美,句式铺排错落,颇有唐宋散文之风范,而又有自己的手法特色。再如他的《秋涧记》,其文写道:

> 太行诸山,去郡西五十里而近,予尝远游。西自百家岩,东尽灵山北崦。并山之麓,深溪钜涧横斜交络,折地而东骛。秋水时至,万壑潨浍,允犹龛合,咸就约束,滔滔汩汩,迤逦而去,或清或浊,无远无迩,不择细大,顺受而并容者,此涧之量也。至于流涧决壅,激而为非湍,旋而为盘涡,汇而为渊浑,束而为细流,岩屋以伏其怒,巨石以杀其势,就泛长倾,顺流远引,溉平田而有秋,浮大木而出谷,不致四滥横溃,使一漫流害,注大川而后已者,此涧之功也。及其忽焉收潦,千里一空,曾不少遗,用以自润,萦纡盘折,深沉阔远,涨痕在而流沫空,沙尾平而崖涘峻,纷兮交贯,旷兮长虚,水之去来虽有缓急,涧之吞吐初若也,又类夫含章可贞,或从王事无成有终者,是又涧之不有其量之舆功也。(《全元文》卷一百七十二)

质朴流畅的语言,描绘出秋涧溪水的变化,清新而自然,朗朗上口。

王恽的记体文中,还有一系列山水游记文,除上述两篇外,还有如《游王官谷记》、《西山经行记》、《游东山记》、《游玉泉山记》、《游霖落山记》等。这些文章的水平与成就虽不是元代最高,但在整个元代山水游记的创作低落的情况下看,还是颇引人注目的。此外,王恽之记体文还有如《待旦轩记》、《克己斋记》,有时代特色和个性特点。《徵梦记》记梦,较有意思。

刘因《辋川图记》《游高氏园记》《驯鼠记》

刘因受程朱理学影响较深,文章难免有道学气,但文章颇具文采,有自己的风格。纵观刘因文集,其记体文篇目并不多,然而文如其人,每篇都带有强烈的个性色彩,与一般中规中矩的亭台楼阁记体文相比,别具特色。刘因记体文中最闻名的,是他的《辋川图记》。文中写到:

> 呜呼,古人之于艺也,适意玩情而已矣。若画,则非如书计乐舞之可为修己治人之资,则又不暇而不屑为者。魏晋以来,虽或为之,然而如阎立本者已知所以自耻矣。维以清才位通显,而天下复以高人目之,彼方偃然以前身画师自居,其人品已不足道,然使其移绘一水一石一草一木之精致,而思所以文其身,则亦不致于身陷贼而不死,苟免而不耻,其紊乱错逆如是之甚也。岂其自负者固止于此而不知世有大节,将处己于名臣乎?斯亦不足议者。
>
> 予特以当时朝廷之所以享盛名,而豪贵之所以虚左而迎,亲王之所以师友而待者,则能诗能画、背主事贼之维辈也。如颜太师之守孤诚,倡大义,忠诚盖一世,遗烈振万古,则不知其作何状,其时事可知矣。后世论者,喜言文章以气为主,又喜言境因人胜,故朱子谓维诗虽清雅,亦萎弱少气骨。程子谓绿野堂宜为后人所存;若王维庄,虽取而有之可也。呜呼!人之大节一亏,百事涂地,凡可以为百世甘棠者,而人皆得以刍狗之。彼将以文艺高逸自名者,亦当以此自反也。(《全元文》卷四百六十五)

文章抓住王维屈节事贼这一点,大加抨击,不仅对其绘画才能及成就不屑一顾,诗歌也被批为"萎弱而少气骨",正所谓"大节一亏,百事涂地"。刘因之所以如此苛责王维,也与他自己曾坚决辞官不做有关,而别有寄托,由此标榜士大夫之操守、民族之气节,批判当时仕元失节者,带有遗民心理。

像《辋川图记》这样借题发挥的文章还有,比如他的《退斋记》、《蠢斋记》,都是作者心有所激,借以批判老庄思想的文章。这类文章虽然不免偏激,却都言之成理。由此可见刘因与众不同的一面。

其实刘因对老庄之学是非常熟悉的,这从他的其他记体文章里也可

看出。如其《游高氏园记》,全文如下:

> 园依保城东北隅,周垣东就城,隐映静深,分布秾秀。保旧多名园,近皆废毁,今为郡人之所观赏者惟是,予暇日游焉甚乐。园之堂,其最高敞者尚书张梦符题为"翠锦"。或者指之谓予曰:"此贵家某氏之楼也,今甫四十五年耳,已彻而为是矣。嘻!人其愚哉。非不见之,复为是也,奚益?"予闻之,大以为不然。夫天地之理,生生不息而已矣。凡所有生,虽天地亦不能使之久存也。若天地之心见其不能使之久存也,而遂不复生焉,则生理从而息矣。成毁也,代谢也,理势相因而然也。人非不知其然也,而为之不已者,气机使之焉耳。若前人虑其不能久存也,而遂不为之,后人刱前人之不能久有也,而亦不复为之,如是,则天地之间化为草莽灰烬之区也久矣。若与我安得兹游之乐乎?天地之间,凡人力之所为,皆气机之所使。既成而毁,毁而复新,亦生生不息之理耳,安用叹耶?子既晓或者,复私记其说。
>
> 至元辛卯四月望日记。(《全元文》卷四百六十五)

文章篇幅不大,行文简洁,阐述了事物的成毁、代谢是因理势相因使然,言"天地之理,生生不息"的道理。颇有老子的哲学思辨色彩。再如其《驯鼠记》也很有特点,全文如下:

> 心之机一动,耳气亦随之。迫火而汗,近冰而栗,物之气能动人也。惟物之遇夫人之气也亦然。鼠善畏人者也,一日静坐,有鼠焉出入怀中,若不知予之为人者,熟视之,而亦不见其为善畏人者。予因思先君子尝与客会饮于易水上,而群蜂近人。凡扑而却之者皆受螫,而先君子独不动,而蜂亦不迫焉。盖人之气不暴于外,则物之来不激之而去,其来也如相忘;物之去不激之而来,其去也亦如相忘。盖安静慈祥之气与物无竞,而物亦莫之撄也。平吾之心也,易吾之气也,万物之来,不但一蜂鼠而已也。

虽然,持是说以往,而不知所以致谨焉,则不流于庄周、列御寇之不恭而不已也。至元七年十一月三日记。(《全元文》卷四百六十五)

文章借人与外界事物的关系及相互作用,强调人要以安静慈祥之气、平易之心"与物无竞",阐明修心养性能使人与自然世界相协调、相融合的道理。他的《归云庵记》所记便是一所道庵曰"归云",庵主筑老子祠,曾令刘因"不觉有飘然遗世、泠然长往之志也"。可见刘因对老氏及其学说的态度是复杂的。

戴表元《敷山记》《寒光亭记》《乔木亭记》

《元史》本传称戴表元"闵宋季文章气萎骫骳已甚,慨然以振起斯文为己任。时思明王应麟、天台舒岳祥并以文学师表一代,表元皆从而受业焉。故其学博而肆,其文清深雅洁,化陈腐为神奇,蓄而始发,间事摹画,而隅角不露,施于人者多,尤自秘重,不志许与。至元大德间,东南以文章大家名重一时者,唯表元一人而已"(《元史》卷一百九十)。

戴表元入元以后,没有任职显位,且辞官较早。表元之性情恬淡自适,其文章风格,卢文弨于《剡源集跋》中所评很贴切:"其文和易而不流,谨严而不局,质直而不俚,华腴而不淫。此非徒古于子句之末者也。"(《抱经堂文集》卷十四)而在记体文中,很多篇章也正体现了这种文风特点,比如其为世所称的《敷山记》,全文如下:

昔予尝读晋人《绝交书》《誓墓文》,心诚怪之。以为诸公酬咏山林,沉湎乡井,亦云过矣。久之叹曰:嗟乎!士大夫心知材业无所益于时,宁出此焉,犹可矫懦激顽哉。然此事贫者亦不易为,则好义之士,又有为之哀工穿硐,致锸买山,以成其高者。若吾家处士之于吴中,符山人之于襄阳,风流客主,天下两贤之,而今岂复有斯人乎?

庚寅之冬,遇吴兴姚子敬于杭。子敬倾然为予到敷山之事。

敷山者,西于吴兴十有馀里,山中卷外截,水罄折行平原茂樾间。左右之徐山、杅山,挟敷山而蹲。敷山之前,苍峭亘连,圭起虞伏,望而知为美壤也,然已入于势家,莫可物色。更累十年,子敬之邻有曹君者,始售而有之。既克有之,则以予子子敬。於,子敬欲窥一区之地以居久矣,而不敢望如敷山之美也。曹君曰:"敷山之美,我幸有之,子贫而贤,我以成子。"子敬曰:"我诚不敢望敷山之美也,而不敢不成曹君之义。且吾亲年高,他日倘幸以为寿藏,而筑室读书于其侧,耕渔以给口,藏修以养体,咏歌以舒志,洋洋乎曹君之赐,吾事毕矣。"

　　吾闻之惊喜。夫子敬之所以得于曹君,与曹君之所以知子敬,视古人何远哉!虽然,曹君义人也。子敬非材业无所益于时者也,予未识子敬时,凡从吴兴来者,夸子敬不容口。曹君亦用是贤贤乎?及既识子敬,乃恂然一儒徒。清苦刻厉,议成而言,虑言而动,其不负敷山审矣。则曹君不为伤义,子敬不为沽惠也,虽然,子敬材诚高,业诚良,知子敬者,或不皆如曹君之真。将有结驷千乘,兼金束带,问途于敷山之下,是吴兴之荣,子敬之达,非敷山之得曹君也。曹君曰:"吾何暇于是?抑子之言为虑,姑为我记之。吾将自书以镌于敷山之石。"子敬名式,曹君名元。弟名浚者,字资深;名渊者,字子登。余剡源戴表元,子帅出。庚寅之岁,是为某年。谨记。(《全元文》卷四百二十八)

文章融记山、记人于一体,即用一山同时衬托出曹君赠山的情义和姚子敬之贤,采用记言、对话形式,叙议结合,显得简洁自然,老益平实。再如《寒光亭记》,便是以叙记简洁赅要取胜,全文如下:

　　寒光亭在溧阳州西五十里梁城湖上。亭之下为寺,曰白龙。岁月湮漫,不知兴创之所由始。宋元丰间重修塔记称:"父老相传,已七百载。"则沿而至今,可知其久也。

　　东闽浙,西淮裹,宦客游人之所必至,至必有歌诗咏叹,以发寒光之美，无虚览者。张安国、赵南仲、吴毅父雄词健墨，最为人所推重。而栋宇垂废，不足以相映发。州有进士汤君，以文辞为之徽施于江湖之往来，值一二名公卿喜之，亭得改立。如此十年，又废。大德辛丑年，进士君之诸孙实来相游寻。顾瞻徘徊，则昔之华榱画槛，惟荒榛存焉。喟然曰："兹亭之兴，吾祖固有力，今安得臻其勤？"倾资庀工，亭又加筑。既又捐田白龙，以为修葺之助。功完事具，寺僧乃为进士君置祠，而来征记于余。人尝言：江南佳山川，造物者勒畀于人，而惟僧佛者可以得而居之。是盖不然。人之或如此意者，孰加于王侯将相？彼其占形胜，营园池，斥台榭，徒欲乐于其身；有馀，丐及于宾游童伎。僧佛之乐，常愿与人同之。故人之从之，材者不吝于言，仁者不吝于财，无怪也。此非惟有数，而用心之公私广狭，吾徒有愧言者多矣，岂止于系一亭之兴废而已哉！

　　进士君诸孙曰德裕，曰佑孙。寺僧曰祖慧。余剡源戴表元。十年丙午秋季二十六日记。（《全元文》卷四百二十四）

文章不长，却是篇很完整的亭记，可谓短小精悍。此文叙述寒光亭兴废一波三折的经过，并借以阐发了其中的蕴涵的不止"于系一亭之兴废"表面上的变化，而更关系到人的"用心之公私广狭"的深刻道理。

可见戴表元的记体文善于议论，但很少板起面孔来生硬说教，而是往往很有人情味又不失醇和清雅。比如他的《乔木亭记》，写到作者儿童时游亭与数十年后再游今昔对比，展现离乱之后虽世态变迁，而可喜乔木亭犹存。又借主人之言：

　　嗟乎！吾乔木乎！是亭者，几不为吾有，吾幸而复得之。吾生于忠烈之家，自吾之先，未尝无尺寸之禄。当其时，出而逸游，入而恬居，耳目之于靡曼妖冶，心体之于芬华安燕，固未尝知有乔木之乐也。自吾食贫，不免于寒暑饥渴之患。吾之处世不待倦而休，涉事不待困而悔，日夜谋所以居吾躬者百方，欲复畴昔之仿佛不可得。时时无以寄吾足,骋吾心,则瞰好风景佳时,取古圣贤之遗言,就乔木之傍而讽之。其初不过物与意会,久而觉其境之可以舒吾忧也。为之徘徊,为之偃息,为之留连,不忍舍去。盖吾昔也无求于乔木,而今者知乔木之不可一日与吾疏也。吾是以必复而有之。(《全元文》卷四百二十四)

抒写失而复得后与亭形影不离的深情,其中又隐见乔木而思故国之意,流露出淡淡的故国之思。再如《清华堂记》,作者意欲勉力后学,却借用水与木为喻,以一系列形象生动的语言,点出学习应持之以恒,不畏艰难险阻,今后才能"用于世为高流""处于家为隆栋"的道理。可谓循循善诱,用心良苦。

其他如《文溪记》、《质野堂记》、《广心堂记》、《居清堂记》等,都是以简洁生动的语言,记述其深情意趣和士大夫的高情旷怀。

赵孟頫《缩轩记》《吴兴山水清远图记》

赵孟頫天性率真、遇事较通达。杨载在《行状》中云其"明白坦夷,始终如一"(《大元故翰林学士承旨荣禄大夫知制诰兼修国史赵公行状》,《全元文》卷八百十二)赵孟頫作为宋氏宗室出仕于元,虽官位显赫,又颇受天子赏识,但内心却一直陷于仕退之间的矛盾中。这在他的文章中也有所流露,比如《缩轩记》有云:

> 余与戴子遇于浙水之上,相向而笑曰:"胡然来乎?"于是握手而语,促膝而坐,莫逆而相与为友……俄而戴子有归志,曰:"吾将归乎思明之山,遵海滨而处,辟吾堂之南溜,名之曰缩轩。子能记之否乎?"曰:"何哉,子所谓缩者?"……戴子曰:"……世且与我违矣,而欲不缩,得乎?"余喟然而叹曰:"吾过矣!子之言是也,吾喻子志矣。天下莫夭于盗,而颜子为寿;莫贫于齐景,而伯夷为富。万锺之禄,君子或以为不足,衮衣之荣,君子或以为辱。世以为石,君子以为玉。由是言之,则子所谓缩者,岂非屈

于一时、而伸于一世者耶？"（《全元文》卷五百九十六）

赵孟頫与戴表元是"莫逆"之友，表元以"缩"名轩，意为退隐，而赵孟頫深有感慨，谓表元之"缩""岂非屈于一时、而伸于一世者耶？"是深表赞同的。然而现实中，他却几次辞归，终未得成功，没有做到戴表元那样的彻底。

赵孟頫具有很高的素养，诗文书画，无不擅长，他在当时尤其以书画闻名，因此也写了许多题画的诗文。如他的《吴兴山水清远图记》就是其中很有名的一篇，全文如下：

> 昔人有言："吴兴山水清远。"非夫悠然独往有会于心者，不以为知言。
>
> 南来之水，出自天目之阳，至城南三里而近汇为玉湖，汪汪且百顷。玉湖之上有山，童童状若车盖者曰车盖山。由车盖而西，山益高，曰道场。自此以往，奔腾相属，弗可胜图矣。其北小山垣迤，曰岘山，山多石，草木疏瘦如牛毛。诸山皆与水际，路绕其麓，远望唯见草树缘之而已。中湖巨石如积，坡陀磊魂葭苇丛焉，不以水盈缩为高卑，故曰浮玉。浮玉之南，两小蜂参差，曰上、下钓鱼山。又南长山，曰长超。越湖而东与车盖对峙者，曰上、下河口山。又东四小山，衡视则散布不属，纵视则联若鳞比，曰沈长，曰西余，曰蜀山，曰乌山。又东北曰毗山，远树微茫中，突若覆釜。玉湖之水北流入于城中，合苕水于城东北，又北东入于震泽。春秋佳日，小舟溯流城南，众山环周，如翠玉琢削，空浮水上，与船低昂。洞庭诸山，苍然可见，是其最清远处耶？（《全元文》卷五百九十六）

文章只写山水，而无涉画语，名为"图记"，实绘吴兴风光。字里行间流露出"清远"之意，展现了画家特有的感悟力和敏锐的观察力。

赵孟頫的记体文字追求清新流畅，平易和缓，他的《大雄寺佛阁记》、

《瑞州路北乾明寺记》等都体现了这种风格。

虞集《小孤山新修一柱峰亭记》《松友记》

虞集的为世传颂之作是杂记文,其文风格雅训醇和,简洁平易,是元代中后期文坛"治世之音"的重要代表。如《尚志斋记》,正是其醇和雅训的"盛世之文"的典范作品。《致悫亭记》表彰梁君父子明乎礼义,使同乡之人有所"取则",也属于此类。

但虞集的记体文中有更加个性化的文字,比如他的《小孤山新修一柱峰亭记》,其中一段:

> 旧有亭在山半,足以纳百川于足下,览万里于一瞬,泰然安坐而受之,可以终日。石级盘旋以上,甃结坚缜,阑护完固,登者忘其险焉。盖故宋江州守臣厉文翁之所筑也。距今六十三年,而守者弗夏,日就圮毁,聚足以涉,颠覆是惧。至牧羊亭上,芜秽充斥,曾不可少徙倚焉。是时彭泽邑令咸在,亦为赧然愧,艴然怒,奋然将除而治之。问守者,则曰非彭泽所至境也,乃相与怃然而去。明日,过安庆,府判李侯维肃,某故人也,因以告之。曰:"此吾土也,吾为子新其亭而更题曰'一柱'可乎?夫所谓一柱者,将以卓然独立,无所偏倚,而震凌冲激,八面交至,终不为之动摇。使排天沃日之势,虽极天下之骄悍,皆将靡然委顺,听令其下而去。非兹峰,其孰足以当之也耶。新亭峥跳在吾目中矣,子当为我记之。至池阳,求通守周侯南翁,为吾书之以来也。"李侯,真定人、仕朝廷数十年,历为郎官,谓之旧人。文雅有高材,以直道刚气自持,颇为时辈所忌。久之,起佐郡。人或愤其不足,侯不屑也。观其命亭之意,亦足以少见其为人矣。且一亭之微,于郡政非有大损益也,到郡未旬日,一知其当为,即以为己任,推而知其当为之大于此者,必能有为无疑矣。(《全元文》卷八百四十七)

文章名为亭记,实则赞李候之为人。以一柱峰之"卓然独立,无所偏倚,而震凌冲激,八面交至,终不为之动摇"喻李候维肃之"直道刚气"。文字优美,迂徐春容,寓意新颖而深刻,是游记中的佳作。

再如他的《松友记》,也颇有特色。全文如下:

> 孤君子取友之道,取之一乡,取之天下,又取之尚古之人。苟得友焉,初不以天下为广,一乡为狭,尚古为远,于今为近也。聚千载而得一友焉,安知其不出于一乡也。然而不可以必得也,则假诸物以见意焉,此吾太常宋公云举,所以命松为友也。
>
> 夫所谓友,求诸同时,而不得并也;求诸同乡,而不得;旷天下则有之,而不得偕也。而斯松也,千载有之,今亦有之,天下有之,乡亦有之,有一松而合千载于一日,通天下于一乡。善哉,宋公之为志乎!昔太常之在翰苑也,独居乎玉堂之署,文字之暇,宾客散去,竟日萧然。遂以无事,乃盘桓乎松下,而有遐思焉,曰:"吾友在是矣。"此松友之所始也。公友松乎?松友公乎?公自翰苑拜御史,出为部使者,召拜国子司业,迁太常,颂诗读书,日与圣贤相对,超举特出,莫逆于心。所谓贯四时而不改,亢金石而不渝,公其松矣。
>
> 子不敏,公以其尝再为僚也,命为之记,然则余亦友松者乎?
> (《全元文》卷八百五十三)

文章以象征的手法,以松喻人。写宋云举之"命松为友",颂其像松树一样"屹乎独立,不为势利之所移"的品质,"贯四时而不改,亢金石而不渝,公其松矣",赞扬为人要有独立的政治怀抱和道德风貌。很有感染力。

《克复堂记》,则围绕一好猎者戒而复猎的故事,阐"其拔本塞源,脱然不远而能复者,世甚鲜也"(《全元文》卷八百四十九);言抑止物欲之艰难,赞儒家"克己复礼"之德能。文章构思严谨,结构精当。

揭傒斯《庐江县学明伦堂记》《陟亭记》

《四库全书总目》称其为文"叙事严整,语简而当"。揭傒斯也是"盛世之音"的代表之一,在他的记体文中也有所体现。比如,他的《庐江县学明伦堂记》,借庐江县学明伦堂的重建,宣扬治世之"圣道",这是在元仁宗开科举后,出现的一篇有代表性崇文尊儒的文章。再如《陟亭记》,文中对陟亭一带山川景色的有关描绘:

> 遂升高而望青原、天容、天玉诸锋,如剑如戟、如屏如帷、如卓笔者陈乎其前;东山、墨潭、蛇山之属,如骞如倚、如踞如伏,如黝如绀者缭乎其后;飘然如匹素,渺然如白蛇,自天南下,千里不息而横截乎党滩者,赣江也。朝晖夕景,云长广雾,名灭变化,不可殚纪。宜乎孝子慈孙于此屺岵之悲而无穷也。(《全元文》卷九百二十五)

此段景物描写可谓穷情写物,以景物衬托人,即使行文的过渡,又衬托了墓主人格的高尚。但是文章的重点并不在于写景,而用相当的篇幅记叙了宋末元初的乡贤处士阮霖的故事,最后将重心落在了对封建孝义观念的议论上,文章写到:

> 父子者,人之大伦也;生死者,人之大故也。子虽甚爱其亲,不能使其亲长存;父虽甚爱其子,不能使其子皆孝。及夫登高丘,临墟墓,不必其亲之所藏,未有不悄然伤怀、彷徨踯躅者,人之至情也。况浩兄弟之孝,临其亲之所藏者乎!然孝于亲莫大于敬其身,敬其身莫大于厉其行。虽管歌盈耳,献酬交错,常如陟屺陟岵之时,庶毋负兹亭之所以名也。呜呼!当至元风虎云龙之世,使民望少自损,何所不至!而宁为乡善人以终抚其山川,天固将启其后之人矣。(《全元文》卷九百二十五)

文章对封建的孝义观念做了非常充分的肯定,同时也在一定程度上对阮霖这样的贤士未能尽其才的感叹。写法上夹叙夹议,以景托人,文末的议论也起到了画龙点睛的作用,文章颇显法度。

代表元中后期"盛世之文"的,除了虞集,揭傒斯,还有欧阳玄。他的记体文章同样表现了"羽仪斯文,黼黻治具"(宋濂《宋学士全集》卷七《圭斋文集序》)的特点,如《逊斋记》《芳林记》《读书堂记》《听雨堂记》《永思庵记》等。

吴莱《甬东山水古迹记》

吴莱的记体文屈指可数,今天所见仅两篇山水人物古迹记,但都有自己的特色。吴莱就曾评其文曰:"崭绝雄深,类秦汉间人。"如《甬东山水古迹记》,便于简约中略见古硬,其中一段写到:

> 昌国中多大山,四面皆海。人家颇居篁竹芦苇间,或散在沙墺,非周不相往来。田种少,类入海中捕鱼。蟳蚨蛇母弹涂,杰步腥涎亵味,逆人鼻口。岁或仰谷他郡。东从舟山过赤屿,转入外洋,望岸峇山。山出白艾,地多蛇,东到梅岑山,梅子真炼药处山,梵书所谓补怛洛迦山也,唐言小白花山。自山东行,西折为观音洞,洞瞰海外巉中裂,大石壁紫黑,旁嶨而两歧,乱石如断圭,积伏蟠结,怒潮枞击,昼夜作鱼龙啸吼声。又西则为善财洞,峭石啮足,泉流渗滴,悬罂不断。前入海数百步有礁,土人云:曾有老僧秉烛行洞穴,且半里,山石合,一窍有光,大如盘盂,侧首睨之,宽弘洁白,非水非土,远不辨涯际。凡自山北转得盘陀石山,粗怪益高,垒石如埕,东望窅窅,想象高丽、日本界,如在云雾苍莽中。日初出,大如米筱,海尽赤,跳踊出天末,六合矞然鲜明。及日光照海,薄云掩蔽,空水弄影,恍类铺僧迦黎衣,或现或灭。南望桃花、马秦诸山,嵌空刻露,屹立巨浸,如世叠太湖灵璧,不著寸土尺树,天然可爱。东南望东霍山,山多大树,徐市盖驻舟此。土人云:自东霍转而北行,尽昌国北界,有蓬莱山……

(《全元文》卷一千三百七十一)

文中所云"洛迦山"、"小白花山",都是我国四大佛教名山之一。文章将甬东一带风景描绘的历历如画,如写乱石、怒潮、石洞、日出等,皆细腻传神而又有条不紊。文中间叙土人所云奇闻轶事,亦真亦幻,为此地增添了不少神秘色彩。是一篇优秀的山水游记文。

马祖常《小石山记》《小圃记》

马祖常是元代引领文坛风潮的重要人物之一。苏天爵在其《文集序》中称其:"接武隋唐,上追汉魏,后生争效慕之,文章为之一变。与会稽袁桷、蜀郡虞集、东平王构更迭唱和,如金石相宜,而文益奇……而主持风气,则祖常等数人为之巨擘云。"他的记体文,通常比较短小精悍。《四库全书总目》中评价曰:"其文精赡鸿丽,一洗柔曼卑冗之习。"(同前)比如《州判张君去思记》、《刘候庙记》、《小石山记》、《石田山房记》等,都写得精巧别致,别有特色。以这篇《小石山记》为例,全文如下:

> 岳镇之列居四方,其间出云气神物变化灵异,以之顺成年谷,滋益品类者大矣。于峦壑之美,岩穴之秀,木荣泉清,珍禽闲兽之所托依,往来仙真高人之所栖宿,是皆有以寓游观,乐放逸,在君子之所不可废者也。
>
> 淮以南诸山,石矿而不莹。予得小如盎者一,凿器实水,植之其中,亦磊落峻拔,含蓄雄伟可喜也。彼虽不能如岳镇之大出云气光景,神物变化,要受封祭,然世或欲椟淇竹以塞河决,炼五色以补天漏,则予斯石也,其能无尺寸之功欤?(《全元文》卷一千三十六)

将岳镇与小石山相比较而写,以岳镇之奇异衬托小石山的"磊落峻拔"、"含蓄雄伟可喜",又想象它可以"塞河决"、"补天漏",字里行间掩饰不住赞赏喜爱之情。全文表现得清新闲适,别有情致。

马祖常为文好议论,即使篇幅短小,亦言有所指,如《小圃记》,全文如下:

> 余环堵中治方一畛地,横纵为小畦者二十一塍。昆仑奴颇善汲,昼日绠水十馀石。井新浚,土厚泉美,灌注四通。阳春土脉亦偾起,古所谓滋液渗漉,何生不育者,信矣哉!杂芦菔、蔓菁、葱、薤诸钟,布分其间。栅以秸薪,限狗马越入蹂躏。
>
> 圃在前时为故主马厩,土有粪,合水之膏泽并渍之后,菜熟芼羹,以侑廪米之馈馏。吾于世资盖寡取也,如是可日计矣。
>
> 学子汪瑁曰:"铸铁作齿,缀于横木,使土平细,尤益菜。"余谓不然。土之力完则殖繁,若力尽,则亦不殖矣。因为小圃记。
>
> (《全元文》卷一千三十六)

文章不长,发表议论则点到为止,整篇文章显得很别致,是一篇清新可人的小品文。

第六章　金元碑志文

碑志文,主要分为碑文和墓志文等几类。从文学角度看,碑文多溢美夸饰之词,写得好的较少。墓志文尚质求实,往往保存了许多珍贵的史料,具有一定历史价值,因而较值得关注。金元碑志文亦有可读者。

第一节　金代碑志文

较之其他文体,金代的碑志之文存世最多,《金文最》收碑文近五十卷,占全书的三分之一。碑志的目的是记功记事,以传之久远,为铺张声势,一般都求当时有文名的大家来写。无论是唐代的韩柳、宋代的欧苏还是金代的赵秉文、元好问、李俊民,文集中都有大量的碑志。金代的碑志主要有纪功碑、建筑碑、墓碑和塔铭等。建筑碑和记的差别不大,尚有可读;纪功碑则多不可取,都是在生平和功德方面做文章,说好而不言坏,一味颂扬,过誉之辞,触目皆是。这也是这类文体的性质决定的,不独金代为然。墓志一类文章,给死者歌功颂德的居多,亦少有优秀之作。但元好问是个例外,较少谀墓之作。一则金亡以后,他要以文存史,所以文章多秉笔直书,取材真实可信,章法严谨。二则其所撰墓志之文中,人物多为其故旧好友,故有实事可记,不像别的本无可述而勉强砌词铺张的碑志。

党怀英《鲁两先生祠碑》和《十方灵岩寺碑》

党怀英现存碑文不多,约计十一篇,写得较好的有《鲁两先生祠碑》和《十方灵岩寺碑》,从中可以见出他高文大册的风格。如《鲁两先生祠碑》介绍泰山书院及两先生祠的创建沿革:

> 初,两先生筑室泰山下,以为学馆。属大辟岳祠,基甫迫,乃北徙山麓,而以旧馆为柏林地,岁分施钱,为养士之费,学者至今赖之,而乡人指以为上书院者,则其所徙地也。大定间岳祠焚,越明年,有诏营建,乃命更新庙学。已而,诸生相隔与言曰:'昔两先生宦学汶上,汶学祀之不忘。吾侪居其乡,食其德,乃遂已乎!'于是两先生诸孙闻其言,更出所有,作为祠堂于大门之左,以成学者之意。石先生之孙震使其侄朔走京师,属门婿党怀英书其本末,将刻诸石……将使人人为邹鲁,固当师承鸿儒,因文以入道德之奥,而后游两先生祠下而食余庇,可以无愧矣。(《金

文最》卷七十)

纡徐委婉,跌宕有致,多少有一点欧阳修文的从容娴雅之美。再如《十方灵岩寺碑》记载了灵岩从唐代开始的密宗如何分解,又转化为禅宗各派重要基地的历程,交代得也很清晰:

> 历隋至宋,土木丹绘之工,日增月茸,庄严为天下之冠。四方礼谒,委金帛以祈福者,岁无虑千万人。佛事益兴,而居者益众,分而为院者凡三十有六。趣响既异,遂生分别,主僧永义律行孤介,以接物应务为劳,为辞寺事。时开封僧行详,方以圆觉密理讲示后学,众共推举,可以住持,乃更命祥实来代义。仍改甲乙,以居十方之众,熙宁庚戌岁也。越三年癸丑,仰天元公禅师以云门之宗始来唱道,自是禅学兴行,山林改观,是为灵岩初祖。尔后法席或虚,则请名德以主之,而不专一宗,暨今珍公禅师二十代矣,其传则临济商也。(《金文最》卷七十)

不难看出,党怀英的碑记之文的特点是不尚虚饰,因事遣词,通达流畅,坦易自然,风格比较冲淡。赵秉文推本欧阳而论定其文,说他"文章非能为之工,乃不能不为之为工也;非要之必奇,要之不得不然之为奇也。譬如山水之状,烟云之姿,风鼓石激,然后千变万化,不可端倪"(《夫翰林学士承旨文献党公神道碑》,《金文最》卷八十八),给他以很高的评价。今以这两段文字观之,殊不足称。故钱基博在其主编的《中国文学史》中评价道:"间得读其遗文,抑扬爽朗,失之于尽;盖得欧之笔,而失欧之韵;有欧之朗,而逊欧之茹;行百里者半九十,倘学欧而得苏者乎。"郭预衡也在《中国散文史·金文六家》中论道:"其文写得自然平易,不求'尖新奇险'是不错的,至于'千变万化',则未见得。"

元好问《雷希颜墓铭》

元好问文集中的碑铭文章,在各体文中,占数独多,也最能体现其散文"直朴纪实"、"工于叙述"、"文有史法"(姚乃文《论元好问的散文成就》,《晋阳学刊》2002年第3期)的特色。

由于元好问的墓志散文所述写的大都是他熟悉的重要历史人物,所以他大多都是饱蘸着感情的笔触去表现他们,这样就成了较为成功的人物传记作品。如他为好友、金代著名文学家王若虚撰写的《内翰王公墓表》,简洁生动、形象真实地记述了王若虚在崔立同党翟奕等凶悍武将的威胁下,据理善辩,从容应对的事迹,表现了王若虚沉着冷静,懂得斗争策略,既保持了自己的人格气节,又避免了与敌对势力的正面冲突终究不肯屈服的节操和智慧。作者以纪实为旨归,没有夸夸其谈的长篇大论,也毫无绘饰雕琢的语言,记述客观、真实、可信,这正是元好问墓志散文的显著特征。

《雷希颜墓铭》也是一篇成功的传记散文。其文有云:

> 初,希颜在东平;东平,河朔重兵处也,骑将悍卒,倚外寇为重,自行台以下,皆务为摩拊之。希颜莅官,所以自律者甚严。出入军中,偃然不为屈,故颇有喧哗者。不数月,闾巷间,家有希颜画像,虽大将,亦不敢以新进书生遇之。尝为户部高尚书唐卿所辟,权遂平县事。时年少气锐,击豪右,发奸伏,一县畏之,称为神明。及以御史巡行河南,得赃吏尤不法者,榜掠之,有至四五百者。道出遂平,百姓相传雷御史至,豪猾望风遁去。蔡下一兵,与权贵有连,脱役遁田间,时以药毒杀民家马牛,而以小直胁取之。希颜捕得,数以前后罪,立杖杀之。老幼聚观,万口称快,马为不得行。然亦坐是失官。
>
> 希颜三岁丧父,七负养于诸兄,年十四五,贫无以为资,乃以胄子入国学,便能自树立如成人。不二十,游公卿间,太学诸人莫敢与之齿。渡河后,学益博,文益奇,名益重。为人躯干雄伟,髯张口哆,颜渥丹,眼如望羊。遇不平,则疾恶之气,见于颜间,或嚼齿大骂不休,虽痛自摧折,猝亦不能变也。食兼三四人,饮至数斗不乱,征酒淋漓,谈谑间作,辞气纵横,如战国游士;歌谣

慷慨,如关中豪杰;料事成败如宿将;能得小人根株窟穴,如古能吏;其操心危,虑患深,则又似夫所谓孤臣孽子者。平生慕孔融、田畴、陈元龙之为人,而人亦以古人期之。故虽其文章,号一代不数人,而在希颜,仍亦余事耳。希颜年四十六,以正大八年辛卯八月二十有三日,暴卒。后二日,葬戴楼门外三王寺之西若干步。好问与太原王仲泽哭之,因谓仲泽言:"星殒有占,山石崩有占,水断流有占,斯人已矣。瞻乌爰止,不知于谁之屋耳!"(《金文最》卷九十八)

笔势奇纵,兔起鹘落,把雷希颜的外貌、性格、气质才干、胆识气魄乃至饮食习惯都活灵活现地勾勒出来。在客观真实地记述人物和事件的同时,又注重文章的结构,材料的取舍,细节的真实,描述的形象生动,语言的简练朴素,其生动处,足堪与韩、欧比肩。钱基博《中国文学史》对他的墓志之文甚为推崇,称其"有例有法,有宗有趣,而根柢盘深,雄浑挺拔,不可以绳墨拘。及其世涉沧桑,人有殄瘁,慨当以慷,则尤沉郁顿挫,令人读之神往"。此言得之。

元好问碑志佳篇甚多,如《王黄华墓碑》、《闲闲公墓志铭》、《寄庵先生墓碑》、《内相文献杨公神道碑铭》、《内翰王公墓表》、《通奉大夫钧州刺史行尚书省参议张君神道碑铭》、《刘景玄墓志铭》、《南峰先生墓表》、《族祖处士墓志铭》、《敏之兄墓志铭》、《赠镇南军节度使良佐碑》、《千户乔公神道碑铭》、《千户赵侯神道碑铭》、《故帅阎侯墓表》、《冠氏赵侯先茔碑》、《孙伯英墓志铭》、《紫虚大师于公墓碑》、《天庆王尊师墓表》、《圆明李先生墓表》、《通玄大师李君墓碑》、《藏云先生袁君墓表》等,均称佳什,咸可诵览。但因所作众多,文字难免重复,以至张宗泰在《书遗山集碑铭表志后》一文中评其文道:"盖遗山负词坛宿望,天下求碑志之文者争赴其门,故其多至于如是也。遗山学博而才雄,集中张万公,杨云翼,冯叔献诸碑文皆鼓全副精神表扬之。惟是所作既多,笔墨之间往往不加检点,而自蹈窠臼者所在而然。"(张宗泰《鲁岩所学集》卷十二)这笔墨之间"自蹈窠臼",是其小疵。

李纯甫《栖霞县建庙学碑》《重修面壁庵碑》

李纯甫的碑志之文仅存三篇,在这位"翰墨文章,亦游戏三昧;道冠儒履,皆菩萨道场"(《金文最》卷六十)的文坛怪杰笔下,都多多少少和佛老相关。刘祁说,"屏山南渡后,文字多杂禅语葛藤,或太鄙俚不文"(刘祁《归潜志》卷十)。这三篇碑记虽也杂禅语葛藤,却均不是"鄙俚不文"的文字。文风雄奇简古,生动可读。雄奇者如《栖霞县建庙学碑》:

登之栖霞,濒海之埂。阜昌初,薙荆榛而县焉。地属齐,有秦汉之遗风。故其人尚鬼道。近世又以丘刘之说行,蜂团蚁结,云鼓波涌。驾飞甍,连巨栋,涂金镂碧。其费不赀。盖与紫微之宫、涡阳之殿相兄弟。羽衣缁冠之党,遐想蓬莱、方丈隐隐在目睫间,亦天下之奇观也……自是扼腕之方士,知仁义之学,垂髫之小儿,有揖让之风。其褒衣博带者,将峨峨而来,洋洋乎闻雅颂之声。于落成之际,会公被檄有京师之行,属其同年交李纯甫志。纯甫牢辞不可,遂折简于栖霞之士曰:儒者之言与方士之说,不两立久矣,请以近喻。诸君尝见夫海乎?汪洋澄渟,浩无涯矣。际空如碧,白波不兴。鱼龙鸿洞,不水其水。此儒者所谓日用而不知者。隐然而风雷震,划然而蛟龙鸣,非不砰轰可喜,大抵索隐行怪,君子不为。彼方士之所慕,吾儒之所羞也。山东贤士大夫,观水于其澜,必有能辨之者。(《金文最》卷八十一)

简古者如《重修面壁庵碑》前段:

屏山居士,儒家子也。始知读书,学赋以嗣家门。学大义以业科举,又学诗以道意。学议论以见志,学古文以得虚名。颇喜史学,求经济之术;深爱经学,穷理性之说。偶于玄学,似有所得,遂于佛学,亦有所入。学至于佛,则无可学者。乃知佛即圣人,圣人即佛。西方有中国之书,中国无西方之书也。(《金文

最》卷八十一)

句式灵活飞动,语言错落有致,抑扬开阖,时出险句怪语,有经纬错综之妙。钱基博曾评价元好问的文章"大抵省净不如欧,唱叹而出以宏赡;疏快亦逊苏,徐重而能为峻健。复体单语,杂厕奔迸,而飞腾瑰玮,仿佛韩愈;盖不为宋文而力追唐格者也"(《中国文学史》)。结合两个人的文风来看,这些评语用在李纯甫的身上,似乎更为合适。

李俊民《重修王屋山阳台宫碑》

金人的文集中,元好问《遗山集》外,李俊民《庄靖集》是最为完整的一种。集中存文章一百多篇,以写景、杂记类的文章为多。这大约与他"抗志遁荒"的生活有关。这类文章最能体现他的"冲淡和平"的文风。兹引其《重修王屋山阳台宫碑》:

> 王屋山者,在底柱析城之东。仙家谓之清虚小有洞天。三十六洞天之一也。坛之南十六里曰阳台者,小有洞天之一也。其靡然而逝,隆然而起,似近而远,似断而连。隐隐乎山之阳者,九龙戏珠岭也。东向二百步许,溢天一之水。白而不浊,甘而不坏。为九鼎金丹之祖者,洗参泉也。岩窍其腹,廓然有容,嘘吸元气与山泽通者,西北白云洞也。位高而自抑,势仰而还俯,如竦如惧,如趋如附。北面而朝坛者,华盖峰也。乱峰之间,邃而深,幽而往,窈窕而入延袤而上者,紫阳谷也。树林丛翳,虎豹却走,萧爽森肃,鬼神护守者,上方院也。自是出避秦沟,陟瘦龙岭,蹑仙桥,欨天门。然后登坛而朝玉顶,凌风汗漫,披云杳冥,其去天阙犹咫尺尔。时天界诸天,悉以天众见于每岁朝山之会,宜其为洞天之冠也。(《金文最》卷八十三)

李俊民此文,写法上似乎借鉴了欧阳修的《醉翁亭记》,描写王屋山的环境、山水、名胜,井然有序,用点染的方法介绍山中各处的特点,要言不烦,而又引人入胜,是建筑碑记中较好的一篇。

金代碑志之文,颇足观者还有王庭筠《涿州重修汉昭烈帝庙碑》。王庭筠(1151?—1202),金书画家、文学家。字子端,熊岳(今辽宁盖平)人。大定进士,官至翰林修撰。居黄华山,自号黄华山主、黄华老人。精书法,学米芾;又善画枯木竹石,存世有《幽竹古槎图》等。亦能诗,七言长篇以造语奇险见称。所著有《黄华集》。他的这篇碑志辞理兼备,盛赞三国刘备的仁政德化,词雄笔健,议论风生,被元代文学家郝经盛赞为"论议文采,近世所无"(《涿郡汉昭烈皇帝庙碑》,《全元文》卷一百三十三),可知其文采风流,也曾照映一时。

第二节　元代碑志文

元代的碑志之文,数量众多,总体成就不高,但具有时代特色。具体看,纪功碑和建筑碑多不出颂扬粉饰的俗套,内容较为空洞。惟元人为时人所作的墓碑文尚有可取之处。元代文学颇受理学思想濡染,很多著名的散文作家同时也兼有很高的理学造诣,因而似碑志之文这类应用文字更受理学的渗透,且程度更深,风格上亦更加凝重、质朴,总体上表现出"雅正"的审美倾向。内容上主要表现出三方面的倾向:一、体现作者本人个性特色及文法风格。其代表作家有姚燧、杨维桢等。二、体现蒙元特殊的时代特色。一方面,由撰写碑文的同时流露出遗民情怀,代表作品如刘因《孝子田君墓表》、柳贯《方先生墓志铭》,另一方面则多个侧面反映了元代社会诸方面的现实状况,代表作品如姚燧《平章政事徐国公神道碑》、袁桷《朝列大夫同金太常礼仪院事白公神道碑》、欧阳玄《文正许先生神道碑》等。三、体现元代一定的文学批评思想。元代文学批评及理论成就不高,但有着承宋启明的衔接作用。作家的主要批评思想虽主要不体现于碑志之文,但片言支语之中亦有精当得体的论断,因而值得重视。

郝经《遗山先生墓志铭》

郝经家世业儒,祖父郝天挺曾为元好问师。经又学于元好问,后为其师元好问撰写了碑铭,便是有名的《遗山先生墓志铭》。其文曰:

> 诗自三百篇以来,极于李、杜。其后纤靡淫艳,怪诞癖涩,寖以驰弱,遂失其正。二百余年而至苏、黄,振起衰踣,益为瑰奇,复于李、杜氏。金源有国,士务决科干禄,置诗文不为,其或为之,则群聚讪笑,大以为异。委坠废绝,百有余年,而先生出焉。当德陵之末,独以诗鸣,上薄风、雅,中规李、杜,粹然一出于正,直配苏、黄氏。天才清赡,邃婉高古,沈郁大和,力出意外……以五言雅为正,出奇于长句杂言,至千五百余篇。为古乐府不用古

题,特出新意以写怨恩者,又百余篇。用今题为乐府,揄扬新声者,又数十百篇。皆近古所未有也。汴梁亡,故老皆尽,先生遂为一代宗匠,以文章伯独步,几三十年。铭天下功德者,尽趋其门,有例有法,有宗有趣,又至百余篇。为杜诗学、东坡诗雅锦机、诗文自警等集,指受学者。方吾道坏烂,文曜瞳昧,先生独能振而鼓之,揭光于天,俾学者归仰,识诗文为正而传,其命脉击而步绝,其有功于世又大也。(《全元文》卷一百三十四)

文章将元好问与唐宋文坛的代表李、杜、苏、黄并举,肯定其诗文成就及扭转文坛风气之功。其标榜"雅""正"这一儒家正统的诗学观念,暗含干预现实的要求和倾向。这对有元一代诗文的审美倾向有着重要的影响。

姚燧《便宜副总帅汪公神道碑》《平章政事徐国公神道碑》

姚燧平生碑志之文最多,今存《牧庵集》三十六卷,碑志之文就占了二十卷。《元史》本传载:"当时孝子顺孙,欲发挥其先德,必得燧文,始可传信;其不得者,每为愧耻。故三十年间,国朝名臣世勋,显行盛德,皆燧所书。"可见姚燧所作碑文颇受当世推崇。

由于当时请托颇多,范围亦广,故姚燧所撰碑主(主要是当朝文臣武将)也形色各异,因而其碑文所涉内容也较丰富。姚燧的文章风格多样,吴善在《牧庵集序》中总体评价曰:"雄深雅健。"(《全元文》卷一千一百二十五)《四库全书总目》引宋濂在《元史》中的评价,称其文"宏肆该洽,豪而不宕,刚而不厉,舂容盛大,有西汉风"。而姚燧的碑文中最能体现这些特色的,要属其《巩昌路同知总管府事李公神道碑》。文章较详细地记述了李节的生平和家世。突出表现其于金元大乱之际能深明大义、当事立断的气魄,能临危不惧、冒死葬父的孝行,以及入元以后勤政爱民的功绩和晚年急流勇退、寄情田园佛老的洒脱情怀。语言准确精当,笔法跌宕严谨见出变化,结构紧凑。

再如《中书左丞姚文献公神道碑》,文中亦记载了姚枢与赵复见面时的一段文字,和其《序江汉先生事实》相比,便可见出其一代名儒古奥之风。其他如《少中大夫孙公神道碑》,文虽较篇制相对短小,但剪裁得当,写的流畅自然。

姚燧的碑文多精彩描写,善于突出人物性格特征,往往给仁留下深刻的印象。并且叙事之中多有触及社会现实及当朝制度的文字。如《便宜副总帅汪公神道碑》中的关于战争场面一段描写:

> 明年癸丑,世祖以太帝总天下兵,既移忠烈一军戍和州。会将军南诏袆牙临洮,公赖趋觐,俾督漕嘉陵,继利州。公造舟栈涂,水路兼行,足缺兵藉,而恤乏民力,始益昌,不以饥告。戊午,宪宗自将讨蜀,忠烈集诸将问计楼上,曰:"吾州凋伤之余,玉帛无所于得,一旦乘舆至,左右近贵之臣需求,何以为资?"公则然曰:"吾曹拔身健儿,惟有能将率士众效死前驱,何至为是媚人。定死前驱,公惟恤吾妻子其责。"忠烈泣然,灌酒地曰:"兄与诸将熏心誓是,德臣何言,所孤兄诸将托者,有如此酒。"大驾至利,巡所治楼壁桥隍,叹曰:"使吾非戍此,敌先之,则四川领喉之地,可必能岁月平哉!"遂移师西南,攻剑关。关之西隘曰苦竹,隆庆府治。其上西北东三面崭绝,深可千尺,猿猱不能缘以上下者也。其南一涂,一人侧足可登,不可并行。敌尽锐御者惟此,而帝敕诸军,攻未至某地无张汝帐,自伐鼓督之。公前登,帝望帐张,倡为歌呼,六军和之,声动天地,隘之兵民非崖如蝶。(《全元文》卷三百十六)

叙事中突出人物(撰主汪忠让之弟忠烈公)性格,形象鲜明感人。尤其写剑关之险,生动逼真,使人如临其境。可见姚燧之文并非都见古奥艰涩。

《平章政事蒙古公神道碑》更有感人的描写:

> 公蒙古氏,讳博啰罕辉和尔。公之曾孙嘉木和尔、公之孙扎

鲁和托、公之子始辉和尔与兄威伊特,俱事太祖。时太畤盛强,威伊特谋往归之,辉和尔苦止曰:"帝何负汝,而为是。"竟去,追之不复,雪泣而归,请独宣力。帝贰之曰:"汝兄与众皆往,独留何为?"无以自明,乃折矢誓曰:"所不忠事帝者,有如此矢!"帝感其诚,易名希禅,约为"按达"。盖明炳几先,与友同死生之称。

帝后与王罕陈与哈喇真,彼众我寡,敕乌鲁一军先发,其将玛楚岱玩鞭马鬣不应,希禅请曰:"战犹凿也,匪斧不入,我先为凿,诸军斧继。"顾帝决曰:"臣万一不还,三黄头儿将轸圣虑者。"辰入疾战,打败其军,哺犹逐北,敕使止之,乃旋师。免胄为殿,脑中流矢,帝伤之曰:"朕戒卿蚤休兵,竟创而归。"亲为传药,寝与同帐,逾月而卒。帝曰:"曩济勒锦为敌将,实御希禅,其以济勒锦民百户属希禅子,世世岁赐勿绝,其族散亡者收完之。"即封北方万家⋯⋯(《全元文》卷三百十三)

文章欲撰博啰罕辉和尔的生平,却先从他的儿子辉和尔写起,写他苦劝其兄威伊特未果,"追之不复,雪泣而归",表现他与帝"友同死生"的交情,催人泪下。

再如《平章政事徐国公神道碑》,前面叙述事件的背景:

⋯⋯明年(至元二十四年),僧格分中书庶务,立尚书省,初为平章,后为丞相。凡昔盗杀臣为领部,为制国用使,为尚书省,所遣钱粟并归中书,举诬为中书失微,杀其二相。大为计局,钩考毫厘,诸省承风,鄂省已剧,浙省犹酷。延蔓以求,失其主者,逮及其亲。又失,代输其邻,追系收坐,岸狱充牣,榜掠百至,或关夫三木,责妻市酒以偿,民遆堪命,自经裁与瘐死者已数百人。虐焰熏天,诸王贵戚亦莫谁何,无下之。

独公愤然,数其奸赃。帝初未然,益犯威颜,颜色俱厉,帝以为丑诋大臣,失几谏礼,怒迁左右批其颊,辩不为止,曰:"臣非有仇于彼而然,直不忍其罔上自私,敢因雷霆一击,遂而结舌,使明帝有不受言之名,臣实愤耻。"帝意始解,命将卫介百人,控鹤倍之,入籍其家,得金宝衍溢栋宇,他物可资计者将半其内帑。罪即彰白,始钤其人,诸系计局者皆出之。又命籍党恶浙省诸臣、平章左右臣、参政乌玛喇默呼、实都、王济等家,并僧格之姻、鄂省约苏穆尔,皆醢以谢天下,以成其狱。(《全元文》卷三百十三)

前一段文字体现了保甲连坐制在元代的反映,有珍贵的史料价值。后一段则生动地突出了碑主徐国公的性格耿介、忠言直谏,即使蒙羞被辱亦大胆的说明事理,并言是站在君王的角度为之考虑,使其接纳谏言,由此将徐国公的性格形象展现的极为鲜明。能忠谏直言的人物在姚燧笔下能得到特别的褒扬,另如《中奉大夫荆湖北道宣慰使赵公神道碑》,碑主赵公椿龄也是具有这样善恶分明德性的贤才。

《湖广行省左丞相神道碑》叙写碑主色目人阿尔哈雅,主要围绕其"耿直"、"勇武"的性格展开,而文章为表现阿尔哈雅平生之战功的有关文字,亦反映了元兵灭宋过程中的杀戮暴行。如写到至元年间元兵攻樊城,"拔而屠之,无噍类遗",城中百姓无一生还;攻新郢时,写赵、范两都统被割首,"公(阿尔哈雅)割赵脑,肤挠酒饮之"。碑主阿尔哈雅之野蛮,令人发指。这些文字都有很强的纪实性,为了解蒙元开国历史提供了必要的参考。

其他如《中奉大夫荆湖北道宣慰使赵公神道碑》、《浏阳县尉阎君墓志铭》等篇,则较多涉及了杀人盗匪等吏治民情的相关内容,很具有现实性。

刘因《孝子田君墓表》《武强尉孙君墓铭》

刘因一生所作碑志墓表并不多,与姚燧相比,其碑志之文少描写而锋叙述,文笔较省洁赅简,理性味道较浓。篇制亦较为精悍,如最短的一篇《新安王生墓铭》,碑文仅三十七字,加上铭文总共不过百余字。

刘因受程朱理学影响比较深,文章道学气颇重,但他有一篇有名的《孝子田君墓表》,一反理性、冷静的常态,别有情致。文章以"呜呼"开篇,全文共用了五次,感叹号九次,在其所有碑志之文中格外引人注目。其文如下：

> 呜呼！天地至大，万物至重，而人与一物于其间，其为形至微也。自天地未生之初，极天地既坏之后，前瞻后察，浩乎其穷。人与百年于其间，其为时无几也。其形虽微，而有可以参天地者存焉。其时虽无几，而有可以与天地相始终者存焉。故君子当平居无事之时，于其一身之微，百年之顷，必慎守而深惜，唯恐其或伤而失之。实非有以贪夫生也，亦将以全夫此而已矣。及其当大变，处大节，其所以参天地者，以之而立；其所以与天地相终始者，以之而行。而回视夫百年之顷，一身之微，曾何足为轻重于其间哉？然其所以参天地而与之相始终者，皆天理人心之所布容已，而人之所以生者也，于此而全焉。一死之余，其生气流行于天地万物之间者，凛千载而自若也。使其舍此诶为区区岁月筋骸之计，而禽视鸟息于天地间，而其心固已死矣，而其所布容已者，或时发焉，则视其身亦有不若死之为愈者，是欲全其生而实未尝生，欲免一死而继以百千万死。呜呼！可胜哀也哉。
>
> 先人尝手录金源贞祐以来致死于所天者十余人，而武臣战卒及闾巷草野之人为多，而予每览之，未尝不始焉而惭惕，若不自容；中焉而感激，为之泣下；终则毛骨悚然，若有所振励者。故为之访诸故老，揆诸小说，考其姓里，增补而详记之，唯恐其事之不传也。近复得清苑孝子田君焉。
>
> 贞祐元年十二月有七日，保州陷，尽躯居民出，而君及其父与焉。是夕，下令："老者杀！"卒闻命，以杀为嬉，未及君之父者十余人，而君乃恻然欲代其父死。遂潜往，伏其父于下，以两手据地，俯而延颈以待之。卒举火，未暇省阅，君项脑中两刀而死，夜及半幸复苏。后二日，令再下,："无老幼，尽杀！"时君已以艺被选而行次安肃矣，闻其父死，谓人曰："我当逃归葬吾父。"遂归，求父尸而得之，负以涉河，水伤胫至血出。发母冢，下尸而塞之，乃还，而众不之觉也。呜呼！次其所以为孝子者欤。

其子道章,资高爽,喜读书,而遗山元公、陵川郝公皆尝为诗文以美之。雅善予,一日,状其父之孝行,访余于易水之上,且曰:"古者孝友,虽庶人得书于官吏,而先人之行孝若是,生无一命之旌,而死遂无一言之托,以传不朽。为先人子者,亦何以自立于世? 今谋所以表夫墓,惟先生实哀之!"言已,泣数行下。呜呼! 予尚忍不铭君也哉! 君讳喜,世为保之清苑人。其仕至佩金符,其寿四十三,其卒则岁乙未润七月。考彦,妣乔,母兄嘉。其所娶实望族韩,有妇德,乡里称为韩孝妇。其寿八十六,男女三:道昭、道章、裴氏女寅;孙五:温、良、恭、俭、让;曾孙四:元、亚、季、德昌。铭曰:呜呼! 蹈斧钺而致死,犹渊水之归全,其死者,藐焉此身之微,其全者,浩乎此必之夭,有累虽丘,匪丘者存;有圆虽石,匪石惟文,百世之下有旌古而励俗者,必名此曰孝子之原,过者其式之,孰独匪人! (《全元文》卷四百六十七)

文章记述了金贞祐元年(1214)十二月七日,蒙古军队攻陷保州之后所犯下的滔天罪行,及田君慷慨代父受死及后来毅然背父安葬的孝行。全文贯以激切愤慨之情,描写真挚细腻。开篇以大段落的议论抒发作者郁积于心、浓重得难以稀释的复杂情绪,对蒙古军惨绝人寰的杀戮暴行进行了尖锐的揭露,沉痛悼念田君并对其行为深怀敬意,是元代优秀的碑志之文的代表作之一。

反映乱世之惨淡、生灵涂炭的文字,在他的《武强尉孙君墓铭》中也有反映。文中写孙君临去世前对其子孙及继贤的遗言,曰:"吾以先世泽,生有四幸,若等可勿忘。金崇庆末,河朔大乱,凡二十余年,数千里间,人民杀戮几尽,其存者以户口计,千百不一余,而无与存焉,一幸也。其存焉者又多转徙南北,寒饥路隅,甚至髡钳黥灼于臧获之间者,皆是也,而吾未尝去坟墓,且获尉乡县焉,二幸也。当其扰攘时,侵陵逼夺,无复纪序,而吾四妹一弟,俾皆以礼婚嫁,今皆成家,若与世变不相与者,三幸也。平居非强宗,世乱受陵暴,自其分尔,而吾乃为乡人所推,遂得挺身树栅,保干余家,凡族党婚戚,皆赖以安全,四幸也。吾挟以是没,上有以承先人,下有以遗若等,无恨矣。"(《全元文》卷四百六十七)读之亦感人心扉,令人震撼。

虞集《张隐君墓志铭》《户部尚书马公墓碑》

虞集的记序杂文享誉一时,其中最受称誉的是典册碑版之作。其文风格雅训醇和,简洁平易,是元代中后期文坛"治世之音"的重要代表。如他的《张隐君墓志铭》较有代表性:

> 既葬,矩以国史院编修官柳致忠之状,来请著隐君之行而表著阡云:隐君早孤,能自力学,习进士业有声,既居耒阳,买田筑室,将终身焉。或劝以仕,不应,大延宾客师友,课其子以学。州建孔庙,君出私财作礼殿,及东完庑,为七十子及从祀诸儒像其中,又为像舍鳌山,以徕四方学者,事未集而殁,子铃克成之。周道圯下者沮泽、高者嵌崎,君悉募治使隆隐平夷;又浮船架梁、通续阻绝,岁躬视而葺之。民取子钱者,法三之,君又损贷者三之半。雨旸之愆,必斋戒为之祷。有疾者,君为之医药。岁饥,君贱贾发其盖藏,或遂捐而与之,或使以木偿,因以为棺,给贫者之殓。尝之武昌,道遇渴死者,倒囊注善剂活之;遇饿仆者,顷糇糗食之。虚行五十里,困不能自达,宁解衣易米以爨。衡武阳洞盗起,焚剽邻道,君聚其囊箧,落置庭中,曰:"吾于乡邻为独赡,盗至,先得吾财易,则乡邻免矣。"而盗卒亦不犯。他日,有十男子求见君,察其非常,挥从奴散去,独与之语,已而偕行,度甚远,乃独还入室中。少时又独出,如是者再四,妻孥莫知其所为。后十余年,乃与矩言及之,曰:"向有十贼劫我云'得金若干乃出,不尔祸且及我。'语而与约,使待于野,我独归取。畀之重,不可待,故至再四,彼取其半以去,曰:'特试君耳,无用许也。'虑家人泄语,或掩袭有弗克,且殆患,故不欲言。"然则隐君,盖奇士也。著之以铭曰……(《虞文靖公道园全集》卷十四)

生动的事例记述了一个能急人之困、慷慨解囊、舍己救人并且有勇有智的奇隐士形象,表现了其高尚的德操。叙事的部分剪裁得当,尤其写他往返数次取金馈盗并将此事隐瞒十余年的罕事,使碑主细心、仁厚和慷慨之性格表现得淋漓尽致。篇尾铭的部分虽不足百字,却非常得体的概括了碑主的德行,并流露出世人之敬仰之情。文章简洁流畅,少理学之气,淳雅之余又颇见谐趣,独具特色。

《户部尚书马公墓碑》写马公之事迹,特别关注了他"尤关民事者",涉及元初吏治的问题,有一定的现实性。这在"治世之音"盛行的元中后期,尤为引人注目。

《牟伯成先生墓碑》及《翰林学士承旨刘公神道碑》两文,通过对碑主文章成就及特色的评价,反映出此期"盛世之文"的审美倾向。如前文写到:"为文沛然若江河之决,不极所致不止。时人以为似眉山苏轼,此先生之为学也。"(《全元文》卷八百八十三)以及篇末铭文对碑主文章的赞美可知碑主为文宗宋的倾向。印证了元代文人为文"宗唐袭宋"之说,也与虞集本人特别推崇欧阳修为代表的宋文风格有关。后者则评曰:"公之论文则淳厚而不浮,论治则平易而不紊。用能以老成为国蓍蔡,长儒林艺苑者数十年。"(《全元文》卷八百七十六)特别用"淳厚"、"平易"和"老成"来赞美其文,盛世之文章特色亦由此可见一斑。

袁桷《朝列大夫同佥太常礼仪院事白公神道碑》《戴先生墓志铭》

袁桷也是位元代应用文字的多产作家。《四库全书总目》称其文章"博硕伟丽,有盛世之音",当大德延祐间"文治极盛"之时,"蔚为承平雅颂之声","为虞、杨、范、揭先路之导"。其文章主要宗法北宋之文,推崇欧阳修、王安石和曾巩。早年从学于戴表元所得最多,论文主张道理和辞章的统一。他承师之志,希望复古以振宋末文章之弊。

袁桷撰碑志之文,取材得当,善于表现人物性格。如《翰林学士承旨荣禄大夫遥受平章政事赠光禄大夫大司徒上柱国永国公谥文康阎公神道碑铭》所撰与袁桷有知遇之恩的阎复,其文写到:

仁宗在东宫时,知公归,特遣使赐币,命公卿设祖帐于都门外。桷尝以院属侍公入议事堂,鹄峙山立,中外各改容以奉。语简意足,不屑持辩争,丞相而下皆倾动。一日草诏书,其语义难以入国语,大臣疑之。有集贤学士,亦出微语。公诏椽史,具纸笔,请学士改譔。学士大愧,欲立。会食毕,公改为之,而前诏一字不复用,一坐大惊。

公以文墨自任,不旨为紧要官。罢尚书省时,世祖召入便殿,谕以"卿为执政官何如?"公谢不能。世祖曰:"知让诚美事,宜勿强。"

成宗择相,召公密问曰:"左丞相缺,孰可任?"以江浙行省左丞相某对,益称上意。其陈于上者,大较若是。(《全元文》卷七百三十四)

文章从文才和德行两个方面表现阎公。彰其才思,则敏而惊四座;叙其德行则取"知让"、"荐贤"两件小事表现其儒者风范。文笔简洁流畅,风格平和典正。偶有描写,如《资善大夫资国院使赠资政大夫江浙等处行中书省左丞上户军顺义郡公谥贞惠玉吕伯里公神道碑铭》中一个精彩的片断:

复从丞相阿答海镇扬州。议以州所领四万户军移镇鄂,而易鄂两万户军更戍于扬。奏已毕,白于鄂省丞相阿里海牙,使者相望,讫不肯发军。淮省丞相念非公不能办,即乘驿宣上旨。语竟,鄂相色赤反目。公前曰:"丞相何怒?受上旨怒,怒且不敬。"丞相惧,答曰:"吾怒阿答海。"公复前,曰:"上旨非淮相所造,公怒,殆怒上!愿丞归。"相益惧,具酒食,谢悔,乃发军。(《全元文》卷七百三十三)

写碑主玉吕伯里伯行运用智谋与胆识迫使鄂省丞相阿里海牙受旨发兵的故事。这段文字虽短,却写得有声有色,生动地表现了玉吕伯里伯行的智勇形象,颇具史家笔法。

袁桷有写篇章还涉及当时(至元年间)吏治及社会民生等现实状况,如他的《朝列大夫同佥太常礼仪院事白公神道碑》,撰写了一位关心民生疾苦、为百姓解决问题的清官:

> 会诏举不附权臣自晦者,有以君辞荆湖事荐于上,除福建宣慰司经历。闽郡广远,丰欠不同。是岁汀州谷善收,戍兵所给梁不登数,福、泉、与化谷骤踊。有司议移三郡谷于汀,君建言:"道途转输,大无益。发贵粟以赈三郡,归直于汀,可多得谷,诚两便。"有司难之,君署记,曰:"使有罪,愿已独受。"卒如其议,而官之赢粮果倍增。
>
> 衡永戍兵耕闲田,官出牛,输其租。牛死,不得落籍,戍兵岁率镪数十万以酬。君恻然,计之曰:"牛死,当纳皮、角于官,除故籍而以官租捐纳之,则得矣。"戍兵由是免害。
>
> 有省臣献广西地,肥沃可为田,徙湖南居民往耕之,当调户五千。君力言不可,平章公是其议,奏止之。献田者复调兵征思明,发运粟入贼境,道远雨淖,荷担者各持去态。君忧有他变,出直募民,民乐受以往。峡州岁饥,请粟于官,有欲核验始发,君言:"饥民朝不及西夕,使核验,死当过半矣。"大德二年,进本省理问官,推诚烛幽,莫有滞滥。而言论风采,彬彬文雅,盖以吏治济其儒行者与!(《全元文》卷七百三十四)

这些文字从一个侧面展示了元代中期出现的社会问题,涉及户籍、吏治、农业等多个方面,以及统治者以儒法治国的实况及其成效,具有史料价值。

还有些文字涉及文学批评方面的内容,如他的《戴先生墓志铭》:

> 先生讳表元,字帅初,一字会伯,世为庆元奉化州人……先生眉目炯耸,慷慨自愤,欲以言语笔札谓己任。尝曰:"科举取士,弊不可复改。幸得仕矣,宜濯然自异,斯可也。"后二年,失仕

归刻,遂俾桷事先生,始弃声律文字。力言后宋百五十余年,理学兴而文艺绝。永嘉之学,志非不勤也,挈之而不至,其失也萎。江西诸贤,力肆于辞,断章近语,杂然陈列,体益新而变日多。古言浩漫者荡而倨,极援证者广而类,俳谐之词,获绝于近世,而一切直致,弃坏绳墨,棼烂不可攀举。文不在兹,其何以垂后。先生深悯焉。方是时,礼部尚书王公应麟、天台舒公岳祥师表一代。先生独执子弟礼,寸闻支语,悉围以为文。其文清深整雅,蓄而始发,间事摹画,而隅角不露。(《全元文》卷七百三十四)

写到戴表元深察科举之弊而保持濯然自异的操守,批评永嘉之学、江西诸贤文章棼烂,不能为后世起到垂范作用等语颇中肯。而袁桷对戴文"清深整雅,蓄而始发"的概括,亦颇为精当,多为后人所认可。

此外,如《真定安敬仲墓表》、《刘隐君墓志铭》、《翰林学士承旨大司徒鲁国王文肃公墓志铭》等文中,亦有对死者生平诗文成就的概括和评价,对研究元代文学批评有一定的参考价值。

柳贯《方先生墓碣铭并序》

柳贯的散文抒写情性思想者不多,为文主张以性理为主而不事华艳,而多见古雅质朴的特色。《四库全书总目》称其文章:"原本经术,精湛宏肆。"一直为世人所称道的,是他为老师方凤所作的《方先生墓碣铭并序》:

先生隐君子也,雅志游,常欲资之以昭德葆性,汲汲然恨地行不广,接人不多,盖老而愈锐。初本陈氏子,在襁而献府君命为后,曰:"是能缵吾业者,何必吾宗。"逾冠出客杭都,主贯外祖阁门舍人俞公所,将作监丞方公洪奇其文,以族子任。试国子监,举上礼部,不中第。于是陈丞相尤器惜之,将具奏请补初品官,而丞相去。

江南已内附,先生未尝有仕籍,然追记其一时所与,非班序之显人,则庠黉之闻士。于书无不通究,毛氏《诗》,其最邃者也。

始盖用为文以应有司,后乃束其兴、观、群、怨之旨而一发于咏歌,体裁纯密,声节娴婉,不缘琢镂而神融气浩成一家言。诗即益工,业日益落,里士吴明府渭因与其伯兄辟家塾延致先生吴溪上。遇浩宾客则采撷云月,嘲弄林水间。晚善括苍吴思齐善父、武夷谢翱皋羽,序其倡答诸诗曰《风雨集》以识。皋羽无子,死,数百里赴其丧,为函骨葬严子陵钓台南。间岁西游,访遗览古,兴创增郁,自陵阳牟公献之、新安方公万里而下,若淮阴龚圣予、剡源戴帅初、永康胡穆仲、南阳仇仁近、莆田刘声元、吴兴陈无逸,皆联文字交。积其稿卷满数十,便东归山中,如有德色然。尝繇京口溯江至建业,又东南出括行,寻雁荡大龙湫,抉摘景物,率藉为赋咏,无一毫徼世意。或以是迂先生,则笑曰:"彼岂知我哉!"家故贫,至先生一倚吟诵,尤不事生殖,遂以艰娶终。其可传者,古近体诗及他著作合若干篇,未诠次得诸躬,无若贻诸后,先生庶几未不死者。(《全元文》卷七百九十九)

文章于记事之外微露国家兴亡的感慨,表露了一定的遗民情怀。整篇文章散发出古雅恬淡、亲切质朴的气息。

欧阳玄《文正许先生神道碑》

欧阳玄所活动的时代,正是蒙元文坛"治世之音"兴起之时,其文章也具有这一特殊文坛现象的特点。关于此,宋濂所述最详赡,他在《文集序》中说道:"海内名山大川、释老之官、王公墓隧之碑,得公文辞以为荣。片言只字流传人间,咸知宝爱。文学德行,卓然名世。羽仪斯文,黼黻治具,公之功为最多。"(《宋学士全集》卷七)可知,欧阳玄在这个时期,官位甚盛,文望甚高,是元代盛世之文的代表作家。而最能体现他"羽仪斯文,黼黻治具"风格的文字,碑志之文中当以《文正许先生神道碑》为代表。其开篇曰:

洪惟圣元度越千古,世祖皇帝,以天纵之资,得帝王不传之学,上接伏羲、神农、黄帝、尧、舜不传之统,而为不世之君。若鲁斋许先生,以纯正之学,下接周公、孔子、曾、思、孟轲以来不传之道,而为不世之臣。君臣遇合之契,堂陛都俞之言,所以建皇极、立民命、继绝学、开太平者,万世犹一日也。猗欤盛哉!(《全元文》卷一千一百三)

本文善歌善颂,本为许衡撰碑,发端却由歌颂圣元世祖皇帝说起。从"不世之君",说到"不世之臣"。君继"不传之统",臣得"不传之道"。所谓"建皇极,立民命,继绝学,开太平"云云,正是伊洛诸儒所标榜的"丰功伟业"。由此可见,欧阳玄之服膺道学、润色鸿业,是不遗余力的。是篇十分得体的盛世之文。

此外,欧阳玄还撰有赵孟、虞集等人的神道碑,都是洋洋大文,意雄而辞赡,为一代巨制。

杨维桢《故翰林侍读学士金华先生墓志铭》

杨维桢性耿直,喜求新异,为文"咄咄逼人",论撰"寒芒横溢,夺人目睛"(《元故奉训大夫江西等处儒学提举杨君墓志铭》,《宋学士全集·补遗》卷五),又兼朴雅、不藻饰。如他为黄溍撰写的碑文《故翰林侍读学士金华先生墓志铭》可见出这些特色:

先生讳溍,字晋卿,姓黄氏……先生位至法从,萧然不异布衣时……遇佳山水,竟日忘去,形于篇什,多冲淡简远之情。然性刚中,触物或弦急不可犯。少时即泮然无复停碍,与同乡柳太常贯为文友,风节文章在柳上,人呼"黄柳"其论者依据义例,致授的切。在禁林三史,惜以忧辍其修,后妃、功臣、博士类服其精审。精筵讲文皆切于治道之大者。晚年喜为浮屠,亦研极其闲汤之说,清者盈门,厌亦麾之去。其为文,表笺、书序、传记、赞说、志铭凡若干八篇,曰损斋稿若干卷,乌志若干卷,赋若干首。

於乎!我朝文章雄唱,推鲁姚公,再变推蜀虞公,三变为金华两先生也。王峰李孝光尝与予为两先生评。余曰:"柳太常如东鲁杜翁课闺阃子弟,言言有遗事。黄太史如独茧遗丝,初不谐众响,至趣绝弦,激绝之音,出于天成者,亦非众音可谐也。"孝光以吾言为然。

  太史考文江浙时,余辱与连房,罨有不可遗落者,必决于予。在杭提学时,谒文者填至,必取予笔代应。且又不掩于人,曰:"吾文有豪纵不为格律囿者,此非吾文,乃杨廉夫文也。"自京南归时,予见于天竺山,渭予曰:"吾老且休矣!子宋纪变已白于禁林,宋三百年纲目属之子矣。"(《全元文》卷一千一百三十七)

文笔朴雅平易,然字里行间流露出当仁不让的意味,尤其是后面两段文字,具有很强的自我意识,足见文亦如其人。

他的《故处士殷君墓志铭》写殷公原为拯救家乡人民,冒生命危险出而与元军交涉的情景,体现出一定的现实性。

第七章　金元辞赋文

作为抒情散文的辞赋是一种兼有诗、词、文特点的文体。自宋以来，辞赋突破了骈赋和律赋对用韵、对仗的严格限制，更为散文化。金元之文承宋而来，辞赋集写景、抒情、议论于一身的特点更为突出。金代赵秉文、元好问、李俊民等大家以激情奔放的笔力偶一为之，也间有摇曳多姿之作。降至元代，辞赋等抒情散文领域没有出现影响深远的大作家，也没有产生太多脍炙人口的作品。元代的辞赋之文，今存辞、古赋、徘赋、律赋、文赋五种，数量不多，艺术成就也平平。不管这个时代的辞赋作家如何呕心沥血地创作，如何费尽苦心地提高艺术技巧，都无法扭转辞赋衰落的趋势。

第一节　金代辞赋文

金代的辞赋之文有赋、骚、乐章三种体式,数量不多,作者多是名倾一时的大家,如赵秉文、元好问、李俊民等。究其原因,可能跟金代文字散佚严重,只有大家的文字保存下来有关。金代辞赋之文的特色并不鲜明,大抵而言,也就是中规中矩而已。

赵秉文《游西园赋》《海青赋》

金代的赋体文以赵秉文存世最多,他的《游西园赋》、《海青赋》均称佳作。如《游西园赋》写作者独游西园,发出的物是人非、昔荣今悴的感慨:

> 九月令辰,众宾皆醉,赵子独游西园——盖故苑同乐之地。于时天高气清,景物凄厉。草绿惨以断蔓,果红蔫而脱蒂。若乃藻扃黼阁,檐摧槛圮。曲池荒而飞萤,灌木老而泚雉,嗟物是而人非,何昔荣而今悴! 既而登高台,俯清雎,天落镜中,水涵空际;物无倒影之心,水无涵空之意。心与境忘,境与神会。先生一笑而作,渺归鸿于天外。(《金文最》卷一)

文章似散而骈,因触物而感伤,由感伤又趋于平淡,把一种空渺寂寥的感受委婉曲折而又淋漓尽致地表达出来,情与景与理融为一体,意味深长。

《海青赋》是作者在章宗泰和年间"扈从春水"所作。所谓"春水",即春渔于水,同"秋山"相对而言,本为北方渔猎民族的一种生产、游乐和祭祀活动,为金朝的最高统治者沿袭下来。篇中逼真地再现了女真人调养的一种鹰鹘即海东青搏击天鹅的雄姿,神采飞动,栩栩如生,颇富民族特色和地域的特色:

> 霜空萧条,塞草先白。海树无枝,海云寡色。黯兮辽迥,风

悲日匿。何鸷鸟之不群兮,超瀚海而一息。尔其俊气横鹜,英姿杰立,顶摩穹苍,翼迅北极,铁钩利嘴,霜排劲翮,角膝插脑,细筋入骨,顾盼雄毅,飞腾灭没。旦寄巢于扶桑,夕刷羽于碣石……既而新阳届候,太簇司月,阳焰浮,冰嘶坼,水溶溶而浮绿,鹅翩翩而下唼。探使星驰,属车雷发,千舆隐磷,万骑飘瞥,上将幸乎光春之中,所以观民风而宣郁结。龙旗标而殿门敞,虎旅围而鼓声叠。忽水击而惊飞,乍云翔而成列。玉爪翻臂,锦绦下绁,初贴水而徐回,倏干云而上击。雨血纷纭,风毛磔裂。象广寒之舞,纷霓裳之回雪;似吴宫之战,惊玉颜之喋血……(《金文最》卷一)

该文是篇典型的"赋得"体文章,起承转合,层次非常分明,各部分过渡之处,也自然稳当,不着痕迹。其与唐代杜甫的《雕赋》相比,虽结尾失之于力弱和草率,但笔势劲健,兔起鹘落,也颇为生动传神。

赵秉文的赋体文几乎篇篇皆佳,除上两篇外,他的《解朝醒赋》、《反小山赋》、《拙轩赋》等也都是秀拔可诵的好篇章。

王寂《岩蔓聚奇赋》

王寂的古赋亦有可观。他的赋作虽然仅存《岩蔓聚奇赋》一篇,却属奇崛不羁的力作。试读其文:

伊合抱之岩藤,迹其生之有渐。挺标末其不凡,商世用而尤赡。裁挝马之短棰,绾维丹之长缆。斲滇池飞电之杖,组湘浦含风之簟。独高节之拥肿,外累累然中歉。顾匠石之数过,不侧目而一睨。有好事者,非常风鉴。破长桥之蛟卵,剖巴山之猿嘁。其混然而天成,微斧凿之可验。彼甓石虽洁而近乎俗,金玉虽珍而几于僭。当樽俎之胜处,惟瘿君之独占。惜流落于市井,为时人之所厌。幸淇泉之赏音,辍酒直而见念。不然,则灰爨下之桐而失丰城之剑。老人既归而谋诸妇曰:"我以酒隐,处身纯俭。

欣此物以有托,了吾生而无憾。"于是拨春瓮之嘈嘈,洒乳泓之湛湛。挹彼注兹,十分潋滟。追颜子之瓢饮,陋管氏之反坫。咀嚼石蟹之霜螯,狼藉荷盘之菱芡。少焉既夕,风清天淡,舞月影兮徘徊,吸露华兮泛滟。已而先生径醉也,宫锦淋漓,角巾欹垫。卷河汉于一酌,尽江湖于一蘸。洗战国之蛮触,吊古今之时暂。陶陶乎释身世之羁缚,浩浩乎谢功名之机陷。然后神游八表兮,其将以蹑冥鸿之背而探骊龙之颔也。(《金文最》卷一)

其想象之奇特,仿佛韩愈;气度之悠然,不减陶潜。周惠泉评价此赋"通篇凭虚构象,物我无间,神游八表,思接千载,有戛戛独造之风"(《金代文学发凡》),确是知者之评。

元好问《秋望赋》《新斋赋》

元好问的赋作也有不让前贤之处。他的赋作虽然现存的仅仅只有四篇,然而也可见出其隽爽有致的特点。如《秋望赋》写在秋天野望时的所见所感:

步裴回而徙倚,放吾目乎高明。极天宇之空旷,阅岁律之峥嵘。于是积雨收霖,景气肃清。秋风萧冥,浓淡霏拂。绕白纡青,纷丛薄之相依,浩霜露之已盈。送苍苍之落日,山川郁其不平。瞻彼辕辕,西走汉京。虎踞龙蟠,王伯所凭。云烟惨其动色,草木起而为兵。望嵩少之霞景,渺浮丘之独征。汗漫之不可与期,竟老我而何成。把清风于箕颍,高巢由之遗名。悟出处之有道,非一理之能并。紧南山之石田,维景略之所耕。老螭盘盘,空谷沦精。非云雷之一举,将草木之偕零。太行截天,大河东倾。邈神州之西北,悦风景于新亭。念世故之方殷,心寂寞而潜惊。激商声于寥廓,慨涕泗之缘缨。吁咄哉。事变于已穷,气生乎所激。豫州之土,复于慷慨击节之誓。西域之侯,起于穷悴佣书之笔。谅生世之有为,宁白首而坐食。且夫飞鸟而恋故乡,嫠妇而忧公室。岂有夷坟墓而翦桑梓。视若越肥而秦瘠,天人不可以偏废。日月不可以坐失,然则时之所感也。非无候虫之悲。至于鳌六鳌而睨层霄,亦庶几乎鸷禽之一击。(《金文最》卷一)

放目高明,即景生情,既有对宇宙时空的体悟,又有对王侯霸业的兴叹;既有忧国怀乡之思,又有恋生畏老之情,把人类集体无意识留存下来的苦乐悲欢都若隐若现地表达出来,实属难得,以至于康金声在《金赋概论》一文中认为该赋是"金赋中最成熟的作品",并评论说:"该赋书写金国在蒙古军进逼下国土日蹙,国势垂危的愤郁之情。秋日之景透露出悲凉伤感,但又壮烈慷慨,笔力雄浑苍劲。它同作者忧虑国势的哀愁,决心雪耻的壮怀自然和谐地融汇渗透,构成了洋溢着悲壮美的崇高意境。语言峻拔沉雄,又自然情深。其深沉有似子美,勃郁又类放翁,造诣确实不凡。"(李正民等《辽金元文学研究》)这样的评价虽不无溢美之嫌,但并不过分。

他的赋和词一样,也表现出"深于用事,精于炼句"的特点。如他的《新斋赋》:

新之为说也,在金曰从革,在木曰从斤,丘陵为山而恶乎画,履霜坚冰而致于驯。犹之于人,则齐鲁有一再之渐,狂圣由念否之分。惟夫守一而不变者,不足以语化。化之为神,附陈迹以自观,悼吾事之良勤,失壮岁于俯仰,竟四十而无闻。圣谟洋洋,善诲循循,出处语默之所依,性命道德之所存。有三年之至谷,有一日之归仁。动可以周万物而济天下,静可以崇高节而抗浮云。曾出此之不知,乃角逐乎空文。伥北辕以适楚,将畴问而知津。掩虚名以自夸,适以增顽而益嚚。我卜我居,于浙之滨。方虚阴以休影,思沐德而澡身。盖尝论之,生而知,困而学,固等级之不躐;愤而启,悱则发,亦愚智之所均。斋戒沐浴,恶人可以祀上帝;洁己以进,童子可以游圣门。顾年岁之未暮,岂终老乎凡民。

已焉哉,孰糟粕之弗醇。孰土苴之弗真。孰昧爽之弗旦,孰悴槁之弗春。又安知温故知新与夫去故之新,他日不为日新又新日日新之新乎?(《金文最》卷二)

文章在写法上似乎是模仿陶渊明《归去来兮辞》,写得极其平淡,但表达的心境不同。陶潜是避世而隐居"衡宇",而好问则是求新而卜居"新斋";一个是"世与我而相违,复驾言兮焉求"的绝望,而另一个则是"动可以周万物而济天下,静可以崇高节而抗浮云"的追求。在语言上,两篇文章都朴实简净,音节自然谐美,有一种整饬的美感。后人对元好问这篇《新斋赋》尤为激赏,有云:金都既陷,文献沦亡,好问巍然为一代宗工,以著作及身自任,其气节不在柴市下也。即以骈文论,亦不愧为文苑大宗者。盖其时,文咏不振也久矣,或好为性理之辞;或矫为山林之语,篇章虽富,迥异前修,至于赋篇,几成绝响。

上述赋篇以外,李俊民的《醉梨赋》、《驯鹿赋》也是不错的赋体文字。需要说明的是,金代留下来的赋都是骈赋,而不是散赋,这固然增添了句式的整饬感和美感,却束缚了内容和情意的表达,虽有佳作,仍难免使人有遗珠之憾。

第二节　元代辞赋文

元代辞赋既在体制形式上没有新的变化，也在主题、题材上无有新的扩展。总体而言，元代辞赋，走的是一条复古的道路。元世祖忽必烈定鼎中原后，粗暴地采取了废除科举的政策，闭塞了文人的进身之路，导致文人落入"九儒十丐"的悲惨境地，后来科举制虽被短暂恢复，但文人士大夫又一味崇古求朴，在辞赋形式的取舍上，放弃唐宋律体，而取先秦两汉的古体。元人祝尧在其著作《古赋辨体》中说："三国六朝之赋，一代工于一代。辞愈工，则情愈短而味愈浅，味愈浅而体愈下。""是以有唐一代，古赋之所以不古者，律之盛而古之衰也。""（宋代文赋）专尚于理而遂略于辞，昧于情矣……以理论为体，则是一片之文，押几个韵尔。"他的论述从一定程度上反映了元人崇古赋的风尚。除此以外，元代辞赋的复古还大力呼唤情感内容的回归，这又是对唐宋辞赋崇尚理义的一种否定。具体而言，就思想内容上说，元代辞赋纷繁庞杂，蔚为大观，或寄情山水、流连光景之作；或古董书画、自娱自乐之作；或自伤哀怨、悲愤难平之作；或托物寓意、哲理隽永之作，凡此种种，不胜枚举。就艺术境界上说，元代辞赋大体呈凹型发展态势。初期由金入元的作者如郝经、刘因之作境界都比较开阔，笔力雄健而有气骨；中期则转为沉静内省，以完善自我，超脱凡俗为目标，文风平和冲淡，鲜有不平与抗争之音；直至晚期，吴莱、杨维桢等再发抗激呐喊之音，成为元赋史上最后的一抹亮色。就体格风貌上说，元人辞赋杂糅辞、古赋、徘赋、律赋、文赋五体特色，自成一家，不再纯然为其中任何一种。

郝经《幽塑赋》《怒雨赋》《琼花赋》

郝经"为人尚气节，为学务有用"（《元史》卷一百五十七）。这反映在他的赋作中，就是激切之音多，文风汪洋恣肆，笔力劲健，一气呵成，有一股冲决而起的强烈感染力。他特别擅长古赋和律赋，《幽塑赋》一文写的雄奇浩瀚，其文曰：

天明监观弗蔽兮,奠表著以诚陈。各蹈道以执则兮,于坦夷兮是循。惟礼与信为通逵兮,俾行李以问津。顾率履之弗越兮,何虎尾之咥人。棘予裳而柅予车兮,竟蠖屈而莫信。滑溟涬以造艰兮,胡构台以愆辰。习坎而入于坎窞兮,遂蒙幂乎穹。

　　块百折而偾于下兮,坠沉坳而无极。荐局侧于智井兮,重覆盆而挤石。郁愤默而屯悒兮,触黝然其若漆。蹐泥途以垫隘兮,薄湫壤而淫湿。顿濡滞而壅底兮,疾重膇以侵贼。混河鱼与谷鲋兮,麦曲劳兮焉所得。颠连而无攀援兮,仰干仞兮涯埃。

　　责躬而反己兮,抑不知其所自。粤台宗之权舆兮,兆玄鸟以降殷。托帝乙之支属兮,分方祊于太原。蝉联而曼延兮,委落族而纷纶。羌台弱植之茕特兮,乃继序乎其季。振迅而自亢兮,欲托始以立世。袭皇风之氤氲兮,纫幽兰以为系。冠章甫之巍峨兮,错琼瑰以为佩。握火齐于天衢兮,挽扶桑以载燧。造高朗以正大兮,灼群昧以用晦。

　　撼混沌之滓秽兮,萃元精之纯粹,衣尧兮服舜,仁为旗兮义为轫。坚穷而石守兮,望道圁而日进。绝踪兮追尘,弗以为远也。探神区而挹道真,轶乎无极之近,渴日而不得留兮,乃以夜而为昼。

　　葺江蓠以为裳兮,搴芙蓉以为袖。扈薛芷以揿芳兮,濯烂锦而摛绣。步骥骡于康庄兮,鬻鸿鹄于云霄。越希有而出大荒兮,乃度而绝辽。汛洙泗以扬波兮,扇之平以清飙。掇蕙莒而杯瀼露兮,洒旭日而晞兰苕。邁灵修之际嘉兮,下弓旌以为招。

　　谓黎元之无告兮,久遇毒于荼苦。方焦糜于鼎镬兮,又荐之于刀俎。俾颠连之赤子兮,化白骨而撑柱。血肉膏于原野兮,腐栖苴而横宿莽。閧兕而挐蛇虺兮,翳三光而污九土。

　　朕矗焉其伤心兮,岂为民之父母。汝其为荩臣兮,敷余孚于吴楚。转一气为阳春兮,暴尪魃为灵雨。包载干戈兮,朕亦愿为好生之主,越拜手稽首兮,迓续民命则在乎兹举。昇龙节而锡虎符兮,缭霞旌而凛霜伏。遗黎若崩厥角兮,将慰乎云霓之望。引馀息而煦之以天吹兮,鼓太和之泱泱。变时雍而底定兮,鳏孤废疾者而有养。攀三五以反旌兮,辂成康而掉鞅。

奸宄遽为之阏塞兮,懵不知其故也,方血人于齿牙兮,盗憎主人而恶也,覂余御而不使之行兮,断予辔于路也。众枭不识夫鸾皇,乘谓予日之暮也。绰噪而各为凶声兮,乃迁台以怒也。

怀照乘与夜光兮,适暗掷而召疑。谓鱼目与瓦砾兮,乃翻诚以为欺。弃神鼎与和氏兮,以康瓠珷玞而为奇。如射工之伺人兮,故巧发其阴机。弗为社稷之远猷兮,姑诡遇于一时。好逆而寇来兮,则予焉所知。会衣裳而衷甲兮,执鲁连为钟仪。荐棘而重围兮,隔天日兮江之湄。溯回而屯以邅兮,设罗毕而为之糜。锢阴谷而高且深兮,入而不使之去也。

为赫逼之千端兮,觊予改于步也,奈予心之不移兮,屹乎不周之柱也。倏岁月之屡迁兮,春与秋其代谢,交一臂而阅之兮,身乃为之传舍。方气数之缔凶兮,予何能与之争。天定亦能胜人兮,而伪乌能易余之诚。戴片天以兀处兮,岂能拘余之心?

欲天飞而道游兮,曾不知予身之陆沉。冥搜而坐驰兮,迅祥飙而迈往。激九万之扶摇兮,欻上征而遐想。将搴瑶芝于玄台兮,诉于帝而称罔。虎豹乃守天门兮,列魑魅与魍魉。犬狺狺而吠人兮,阍帝阎而弗敞。仰天而呼兮,孰雠吾民而若是之阻修。台圣非姬昌与玄王兮,曷为亦在夫夏台羑里之幽。

虎豹纵横兮,麟获而为囚。鳄鲲拉其謦欬兮,乃突梯乎蠹蝓。王雎暗而不鸣兮,蜩鸠肆其啁啾。杂芳荪于荠葑兮,竟不别夫薰莸。日方中而见沫与斗兮,塞予之行孰为此谋。挟李顺与苟纯兮,王骦入室而操矛。漏国而倒制兮,委而莫予问也。

呼天而无与言兮,抚予膺而自恨也,塞予业已如是兮,第不忘乎吾民。翩然还归顾自视兮,面四壁而无闻。余节弊而增尘兮,眇只影而无伦。漫劳心而惓惓兮,辙申旦而弗寐。载命龟而虔卜兮,复端策而讯筮。吉弗食而数奇兮,再三渎而莫契。鬼神亦台违兮,予焉得而请于帝?

登天而不可兮,乃益入于地。悠悠所薄兮,曾不知其为计。望燕云而不见兮,听哀鸿之嗷嗷。灵修不可以有为兮,邃违远而郁陶。怀猷而孰为矢兮,屹魏阙而梦劳。

緊眇末有以召是兮,只怨艾而自责。必操存之颇僻兮,有搜恶与隐慝。无乃不能制欲兮,胜于理而不德。亦其饕功而冒进兮,任乎重而弗克。则亦遂非而崇侈兮,不能执中而过以不及。或昧夫几而闇以颠兮,窒于物而强以塞。孝不能尽亲兮,忠不能尽于君。信不能及友兮,诚不能格夫人。是用底于蹎踬兮,则皆自夫予身。内咎而不敢谁尤兮,中隐畏而酸辛。

第予之所奉行兮,礼人而笃夫动也。纵或有以自取兮,何为至此极也?戢兵兮止杀,则吾君之仁也。输平兮继好,非有恶于渠也。止予兮将焉求,则亦荏祸于渠也。前修与已事兮,可以镜视而新是图。亲仁兮善邻,乃为国之訏谟。合则所以福吾民兮,阻则顿夫师徒。繄天诱吾哀兮,吾民之祸庶有瘳。

行人竟何辜兮,羌见羁而反害,夫澶渊与靖康兮,于得失之迹则固在。和安而战危兮,前辙宜以为戒。谓江南之文物兮,可以继夫三代。释子卿而俾之归兮,乃曾不如匈奴。阏太和而徼幸兮,反信用乎矫诬。误国而不自知兮,曾汉唐之不如。

嗟台身之在天地兮,眇太仓之一粒。和龙之赤气兮,衅固有所积也。吾君之命不辱兮,死生不足为得失。自惜怙私而召乱兮,从颠陨而弗恤也。塞台焉所望兮,乃援溺而入于羽渊。时不可以骤合兮,竟却走而不前。苟非台之所召兮,则坏运其自天。

固台所怀之贞珉兮,犹未至于玷缺。故佩之杜蘅兮,有芳荃以为结,撷中庭之霜华兮,旃之乎吾之节。揽江云而缀天星兮,噫孤风而抱明月。吸素霓与清风兮,虽闇室而益白。洁己而莫予污兮,挺节而莫予折。截玉而断铁兮,冽冰而澶雪。不欺天而负君兮,庶无愧乎前哲。从野马与坚埃兮,涸狐兔而蹀血。已地拆而天倾兮,犹不恳予之说,在我者亦既尽兮,安得复为之喋喋!

乱曰：与其恶蒙以求明兮，曷若静固以养正兮。与其行险以徼利兮，曷若安时而委命兮，世固不予知兮，谨独圣之令也，幽所以益吾之修兮，屋漏则致予之敬也。非予殄天民之泽兮，殃民者固为之阱也。（《全元文》卷一百二十）

郝经一生中最大的事件就是被南宋贾似道羁留在仪真十多年。仪真"馆"中形如"囚徒"的生活，让他感慨万端，忧思满胸。这篇《幽愬赋》就是他对被羁仪真一事的幽愤心情的写照。这篇赋正如有论者所评的，"郁积极深，发而为赋，一唱三叹，颇有楚辞遗风。在具体的写作方法上，也借鉴了屈原的《离骚》的写法，尤其是香草美人的写法如与楚辞如出一辙，精神内涵上高尚的情操及强烈的忧患意识则更逼近《离骚》"（曲德来等《历代赋广选·新注·集译》）。全赋痛斥了破坏两国交好的奸佞之徒，深刻地反省了自身的道德修为，流露出一种深沉的孤独感。作者感到自己的冤屈"呼天而无与言兮"，所以只能"抚予膺而自恨也"，尽管"奸宄遽为之阏塞兮"，但作者"奈予心之不移兮，屹乎不周之柱也"，表露了绝不玷辱君命的坚强决心，全赋达到了舍弃小我，力求大我的思想高度。作者对于国家、人民的深深责任感，动人心魄，感人至深。

其《怒雨赋》更是一篇精彩的律赋：

蟾骨毕而膨脖，箕侈口而馋吞。帝恶贪兮赫怒，气轩轩兮不平。乃命箕伯，召坎师，转阴轴，翻阳机。郁抑乎两仪，蕴隆乎四维，包并乎八荒，充塞乎九围。括一囊而大举。疆万里以长吹。阵云移海而起，双霓贯斗而飞。肃肃慄慄，沉寥惨戚。收两造之和气，寒凛凛兮来逼。忽六合之破碎，迸金光于虚碧。震来兮虢虢，迅击兮霹雳。轰万乘之空车，限千寻之绝壁。劲穿心而裂耳，讶踵入而顶出。间剥啄之声落，似沙石而还湿。忽抑绝而闭默，等万籁之喧寂。骤江倾而河沛，瀽天瓢为一滴。滔滔荡荡，潺潺泱泱，千里一注，瞿塘峡上。急浪惊湍，汹滴飞蟠，从天而下，砥柱山间。纷秦坚之百万，避晋玄之五千。怒夫差之水犀，既射潮而矢天。少瑟缩而淅沥，复诞滟以连泫。蛟龙奋而不屈，走陆梁以高骞。蚯蚓喑而不鸣，蛙黾喧而不喧。疑天地之嘉运，欲覆世而一湔，罔两惊而转石，罔象喜而跳渊。溢溷中之污秽，没庭下之兰荃。疑天地之衰运，复太古之茫然。稚子踣而不苏，畏崩坏而坏垣。老媪伏而不动，固局束以挛拳。彼胸中兮何主，宜外物之变迁。羌独台兮草堂，方偃蹇而高眠。为揽衣而徐起，正冠襟而待。主之乎以忠信，彼胡为乎波扁。倏孤电之长扫，贾余勇而忽还。星吐焰而耿耿，月流波而娟娟。于是抚床而下，击藜而歌之。歌曰：尸居兮龙见，渊默兮雷殿，彼自怒而为幻，我惟常而是允。存而守之，一心而定。推而放之，四海而准。又何怒之迁，而喜之引也。（《全元文》卷一百二十）

郝经生活在蒙古王朝生气勃勃、四处征伐的兴盛向上时期，元初的这种自信有为的时代深深地感染了他，他一生积极从政，渴望施展宏图。他的诗文理论也折射着这种自信力，《四库全书总目》称"其生平大节，炳耀古今。而学问文章，亦具有根柢。如太极先天诸图说辨微论数十篇，及论学诸书，皆深切著明，洞见阃奥。周易春秋诸传，于经术尤深。故其文雅健雄深，无宋末肤廓之习。其诗亦神思深秀，天骨挺拔，与其师元好问可以雁行"。此篇《怒雨赋》极富壮采，起笔不俗，想象奇特，令人耳目一新。行文气势浩然，节奏强劲，物象宏大。全赋从视觉、听觉入手，极尽铺陈夸张之能事，比喻新颖，笔力刚健而简练，给人强烈的视觉冲击与听觉震撼，其间流露的独立不惧，视险如夷的精神更让人为之一振。全赋风格奇崛放旷，如天马行空，无拘无束，尤其得称道的是赋末所歌之辞，蕴含哲理，回味深长。

郝经的另一首律赋——《琼花赋》，是一篇记梦的赋作，与《怒雨赋》奇崛雄劲的风格不同，郝经的这篇《琼花赋》向读者展示了一副清丽脱俗、缥缈虚幻的美景。作者在梦中"栩栩曳曳，境与世别"，"飘飘乎冯高御空"，达到了一个神奇的所在，只见孤鹤飞来，载着作者凌空而去，抵达一片太虚幻境，后有二仙相随，饮酒赋诗，笙歌处处，既而飞琼惊艳，"适来瑶池，善为新声",作者在浪漫美景中深深沉醉,最后是"花落尊空,歌残玉树",作者从睡梦中醒来,"乃为记梦之歌"。全赋铺陈详尽,描写细腻,语言传神,意境清新,勾起人无尽的遐想,这对于行文一向激切的郝经来说,确是令人耳目一新之佳作。

方回《泛湖遇雨戏为短赋》

《四库全书总目》谓"回人品卑污,见于周密《癸辛杂识》者,殆无人理。然观其集中诸文,学问议论,一尊朱子。崇正辟邪,不遗余力,居然醇儒之言"。方回虽然口碑不佳,但不可否认其文章也有传世之作,且看其《泛湖遇雨戏为短赋》曰:

> 柳絮化萍,浓绿藏莺。不见其处,止闻其声。此岂非春工之极致欤。湛然宴坐,轻舟自行。万姿千态,远山纵横。透疏帘而湿衣,忽骤雨之若倾。普下碇而闭户,才顷刻而又晴。方子酒稍酣矣,奋雪髯而慷慨。曰此何为者邪,悟舒惨之不常。于是诵臣扑表忠之奏,歌苏仙荐菊之章。彼割据于五季,若钱氏之数王。渺邱垅之无迹,怆松楸其可伤。涸银海而出金碗,穴狐兔而上牛羊。岂不亦雄杰一时兮,终若雍门之泣孟尝。赋梅处士,妙解影香。骨可以腐,千古不亡。郁孤山其矶,拥万树之青苍。罔蔗节之遗恨,保故封犹若堂。天道茫茫,一雨一旸,荣悴隆替,柔刚微彰。谓偶然不足芥蒂兮,曰作善降之百祥。谓理有必可恃兮,曷颜天而跖长。二客白李,遽头曰张。嗟无故而多事,拟陈迹而揣量。指金巨罗其犹浅,举大白而罚之觞。方子曰不然,老阴为六,老杨为九。老则必变,如翻覆手。惟知变者,可与长久。知六之变,固乃所守。知九之变,健不为首。顾此湖中之舟与舟中之人,岂长寿而不朽。能畏谨以自修,庶吉亨而无咎。幸乘时而过分,负且乘兮致寇。环绰约之蛾眉,佩金印而如斗。管絃沸其前后,绯紫卉其左右。一旦不能自保,卒同归于石友。蠢苗窜于三危,防风横于九亩。或裸体以罾鱼,或跣足而踏藕。俾带索之

荣公,甚泥途之绛叟。立层冰而弗寒,野茹仅其适口。无乐亦复无忧,不自知其不偶。岂不胜于孟晋而疾颠者乎,此庄子所以为庙牺。而李斯所以忆上蔡之狗也。舟且抵岸,悉闭其牖。赋诗各成,肴核再取。有化为无,无生为有。雨晴晴雨,纷揉结纠,斯时也度夕阳,犹未至于酉。多言数穷,姑相与大笑,尽樽中之酒。

(《全元文》卷二百七)

这是一篇颇富生活情趣的赋作。此赋题为《泛湖遇雨戏为短赋》,一个"戏"字,便增添了几许诙谐几许灵动。作者开篇写春,感叹"春之极至",然后写泛舟湖上,见"远山纵横",接着就遇上了雨,"透疏簾而湿衣,忽骤雨之若倾",然而,急雨过后,天又放晴了。这一场急雨让作者与友人诗兴大发,他们饮酒赋诗,痛快酣畅,并从中悟出"天道茫茫,一雨一旸","湖中之舟与舟中之人,岂长寿而不朽"的深刻哲理。赋末的"姑相与大笑,尽樽中之酒"又活画出作者放旷豁达、洒脱豪爽的精神风貌。全赋语言清新畅达,收放自如,蕴含哲理,颇令人回味无穷。

戴表元《观渔赋》《碧桃花赋》

戴表元的辞赋,意雄而辞赡,奇伟而不凡,虽未跻身于"元诗四大家",但在整个元代文坛上,却不能不占有一席之地,无论何种体裁的文章,总有引人入胜之趣。其《观渔赋》是一篇对话体的哲理赋:

秋潦既退,河归故痕。童子六七。携畚出门。载奔载呼,集于河埃。先生异之,往蹴而观。乃见群童,脱衣裸足。断渠起塍,翻水使涸。或运淖没膝,或扬泥沾膊;或倾畚挂箕,或布韦行筏,或群蹴鼓谨,或独仆发谑。并力竞劳,有类竭作。

先生曰:"唉,尔何为乎?"有叟在傍,倚策而吁。曰:"童于之知尔,将取鱼。每岁八月,大水渺漫。滨河之陆,涌浪如山。常有大鱼,随潮往还。彼一童子,及潮未汐。往渔于河,得鱼盈尺。今此巨浸,与秋俱退。渠居平陆,不绝如带。众童惑焉,求鱼于梁。曾是区区，鱼得而归？且虽有鱼，其获几何？常闻渔人，日渔于河。出市售之，味薄少甘。得不偿劳，甚而纤。一网出海，百夫属厌。视河之获，力减功兼。我求其说，渔何尔殊。海劳而苦，河逸而腴。苦厚腴薄，劳成逸败。所以论鱼，河卑于海。蛟鳄之宅，风涛之渊。健者以奋，弱者以迂。亦若吾人，随乡论贤。故瘠土者材，而沃壤愧焉。议河于海，无所取旃。曾是沮洳，虾翔蛤奔。升勺之水，可得而言。"先生闻之，忽然而惭，怃然不悦，问叟姓名，俯首不答。顾谓童子："汝渔且止，吾问是邦有隐君子，汝往问之，叟宁非是耶？"(《全元文》卷四百十二)

全赋以"童子六七。携畚出门。载奔载呼，集于河墥。先生异之，往蹴而观"起兴，充满悬念，引人入胜。接着老叟出场，为作者阐述了捕鱼的道理，深入浅出，富含哲理。渔人渔于河，"出市售之，味薄少甘。得不偿劳，甚而纤"，但"一网出海，百夫属厌。视河之获，力减功兼"。这是由于"海劳而苦，河逸而腴"的缘故。最后老叟进一步推鱼及人，对作者进行点化，"故瘠土者材，而沃壤愧焉"，所谓物竞天择，适者生存，生于忧患，死于安乐。赋作结尾更是飘逸空灵，老叟乃隐君子也，全赋构思巧妙，以小见大，娓娓道来，生动有趣，发人深省。

另有一篇《碧桃花赋》曰：

王丞公家既毁于火，俨榛薋之遗虚，纷风披而雨堕。三年乱定，主人一还，顾瞻咨嗟，惨见心颜。忽有异花，烨于凳间。主人曰："吁是何祥也？"问之居人，居人不知；问之行路，行路愕眙。乃问野老，野老曰："此所谓碧桃花也，胡为乎来哉！且其为花，种之实艰。土不温而不芼，岁不远而不蕃。睹厥种之瑰奇，疑仙人之所植。故花于桃者必红，而此色独碧。今主人逃空虚而远适，曾日月之未赊。厥凳燥刚，瓦砾交加。伟尤物之突生，诚可骇而可嗟野老既去。"主人默然，徘徊花间，花若有言。于是主人遽然而悟，色然而笑曰："此非造物所以戏予者耶？此非造物所以慰予者耶？一以为慰予，则我也既履其殃；一以为戏予，则我也方玩其祥。长杨、建章之宛，太液、未央之囿一卉木之见材，争献妍而恐后。当其供娱燕游进幸俎豆，土壤饫乎礼肉，丘隰眩乎组缋。盖有海西异域之植，峤南远驿之果。勤追风之飞骑，烦浮天之大舸。散累千万人之力，仅易一盼之娱。迨乎陵迁谷改，时异事殊，视茫然之陈迹。曾不足以自附于劫灰之余；顾樵苏之见赦，与匠石之不诛，反不如漆园吏之所羡，若彼臃肿不材之樗。噫嘻嗟乎！物有至妖而为累，事有当戚而可欣。大者若此，细胡足论。惟夫环堵之室，数弓之园，虽故物之已非，而为我者自存，讯邻里之在亡，对江山之无恙；持壶觞以相劳，发欢愉于惆怅。清风往来，鸣鸟上下，突焉皆除，见此粲者。矫焉若凌虚猝坠，翕然若离群独至。淡焉若铅容素腻，将颦将蹙，吊予厄而悲也。飘焉又若茶裳缟袂，将翱将翔，幸予还而喜也。迫而亲之，不可睇视。若商山之皓，须眉秀伟，忽不召而自来，咸惊嗟而叹异。又若西山之阳，孤竹之子，亭亭冰映，皦皦玉峙，悗涂炭之在前，欲洁身而趋避也。耿孤莹于众妍，当时风而兴喟，然后知是花之吉祥，将慰我而非戏。噫嘻嗟乎！物之无情，妍媸美丑，待人而名，亦有不待人而生。人虽至灵，悲欢喜戚，触物而形。亦有物莫之撄，渺蘧庐于大窔，信寓意之所以。盖吾昔者之非去，而今者之非归，尚安能以私心之察察，预一物之盛衰。其来也无所期，其泊也无所羁。其嵬然异也，无毁无誉；其皎然丽也，无洁无缁。于是花兮相忘，聊遗老兮庶几。"（《全元文》卷四百十二）

宋濂曾在所撰《戴表元传》中这样写道："初，表元闵宋季文章萎苶而辞骫骳，骳弊已甚，慨然以振起斯文为己任。时四明王应麟、天台舒岳祥并以文学师表一代，表元皆从而受业焉。故其学博而肆，其文清深雅洁，化陈腐为神奇，蓄而始发，间事摹画，而隅角不露，施于人者多，尤自祕重，不妄许与。至元、大德间，东南以文章大家名重一时者，唯表元而已。"（《元史》卷一百九十）这篇《碧桃花赋》，便是一篇精彩新奇的哲理赋，很能代表戴表元的行文风格。主人在家宅毁于火后三年而还,见到异花"烨于甃间",很是奇怪,野老告之曰"碧桃花"。此花"种之实艰","睹厥种之瑰奇,疑仙人之所植",于是主人"遽然而悟",得出"物有至妖而为累,事有当戚而可欣","盖吾昔者之非去,而今者之非归,尚安能以私心之察察,预一物之盛衰"的哲理。全赋行文流畅,比喻贴切,文字清雅,尤其值得称道的是赋末的一段议论性文字,见解深邃,耐人寻味。

刘因《白云辞》《横翠楼赋》《苦寒赋》

刘因辞赋之文的代表作是《白云辞》、《横翠楼赋》和《苦寒赋》。
《白云辞》曰:

> 白云凝情兮佩月光,白露结彩兮明幽芳。众星皎皎兮,水波不扬。渺予思之若遇兮,耿在目而不忘。音容著兮形无方,肃予中立兮四无旁。子无归去兮,山高水长。
>
> 白云高飞兮,杳不可寻。灵风长往兮,声不在乎幽林。皎月东升兮忽西沉,玄鹤何逝兮遗之音。予思未及兮,实怀我心。倏万里兮捐所歆,旷同游兮启云襟。子无归来兮,山幽水深。(《全元文》卷四百六十二)

这是《全元文》中刘因仅存的二首辞赋。刘因"初为经学,究训诂疏释之说,辄叹曰:'圣人精义,殆不止此。'及得周、程、张、邵、朱、吕之书,一见能发其微,曰:'我固谓当有是也。'及评其学之所长,而曰:'邵,至大也;周,至精也;程,至正也;朱子,极其大,尽其精,而贯之以正也。'其高见远识率类此"(《元史》卷一百七十一)。他把自己的居室称为"静修",就是受到诸葛亮"静以修身,俭以养德"的影响。而这两首《白云辞》,正淋漓尽致地诠释了一位心态平和、清静修为的文人形象。

第一首辞赋,重在写静。茫茫夜色中,诗人孤寂一人,"肃予中立",抬头只见那皎洁清寒的冷月,跳荡闪烁的星辰,一切是那样的宁静,宁静得"水波不扬",连草木的芳馨都只是淡淡地幽幽地沁入人的心脾。在这份宁静中,诗人深邃地思考,他更多感悟到的是无所归去,山高水长的怅然。

第二首辞赋,重在写动。皎月西沉,黎明破晓之际,玄鹤疾飞,鸣音响绝幽林,既而"灵风长往",天上的白云时卷时舒,瞬息万变,诗人欲与自由闲适的白云一起乘风旷游。无奈"白云高飞,杳不可寻","山幽水深",无所归来。全篇呈现出一派恬淡空灵的境界,也反映出作者清静闲远的人生况味,含蓄隽永,余韵深长。

其《横翠楼赋》曰:

金台雄壮甲天下,而山水人物为最也。其西北有峰,望之巀然而立,巍然而高,琅然而秀者,郎山也。其西四十里有泉,穴城而来,流分而派衍,环乎市井之间,为一时之伟观者,鸡水也。水之上,又多楼亭台榭之美。而宏丽特出,俯瞰间阎,骋怀游目,足以极登临之胜槩者,横翠楼也。楼之上,飘轻裾,曳长袖,解剑指廩,酾酒临江,养胸中之天地,游物外之文章,为燕南文物之冠冕者,楼之主人也。主人觞于斯,詠于此,会宾客于斯,见千岩万壑,盘纡拂郁,而坐致乎几案间,故乐而名之曰"横翠"也。然而乐其所以乐者,非直为景物役也,将以取山水之秀而助其气也。若夫嵯峨,刻削峰峦,混涵天地,呼吸万壑,斩绝峻拔,嶷嶷然有可望而畏之者,与秋色而高相也。云开日出,雨霁虹销,岩崿霭,若拂岚扑黛,霭霭然有可喜而玩之者,朝来之爽气也,霜露既下,木叶尽脱,水穷霞尽,天高鹜飞,微微螺髻,隐隐蛾眉者,天寒而宜远也。日下壁而乘彩,月上轩而飞光,开帘挂笏,把酒而觞者,翠屏之晚对也。朝晖夕阳,烟容雨态,如万物之供四时而无穷也。由是观之,主人气象巍然,襟韵磊落。灵台洞月,玉骨横秋,飘飘然有凌云之风者,殆不偶然也。燕赵诸公,多以歌诗道其美,记之者有陵川之雄文,詠之者有木庵之绝唱。前人之述作已备,主人复以文命仆。仆辄不自揆,拾人之滞穗,丐人之残暑,亦为之赋而赘之于后。其辞曰:

丙寅之秋七月,与主人相携登于横翠之楼。览斯宇之所处,极沧溟之尽头。地连西鄙,雄冠中州。星风箕尾,州别翼幽。控雁门之右塞,引鸡距之清流。倚太行之岩观,接易水之长洲。有如阴云惨惨,晦日冥冥。林峦失色,岩壑潜形。或风雨骤至,汹然如半夜之潮生;或波涛努卷,涌然如万马之军声。使人魂飞胆慄,心折骨惊。怅然失色,悚然忘形。怛侧于憭慄兮,而若有远行者乎!又如云开山色,雨沐秋容。天光接塞,水影涵空。浮一天之灏气,快千里之雄风。使人湍飞逸兴,浩发吟魂。如登泰山,漂昆仑,有可挟日月而薄风云者乎!又如骋出岫之白云,傲横空之素霓。揖列壑之青岚,访攒风之翠黛。穷岛屿之萦回,观宇宙之宏大。吞燕赵之精英,吸乾坤之沉潜。发胸次之瑰珂豁中襟之蒂芥。其亦有思乎古人之登高而吊古伤时而感慨也。若乃太行之英,郎山之灵。开袖幌,辟岩扃,收雾障,列云屏。供诗情于晚眺,供图画于新晴。于时吾与子咏春风于舞雩濯洁缨于沧浪。来登斯楼。终日徜徉。歌紫芝之曲,酌明月之觞。渺天地于一粒,随造化而翱翔。期万代于咫尺,顺四时而行藏。下视万物,杳焉如千里毫芒。然后嚚嚚然,洋洋然,庶乎可以与天下俱忘者矣。(《全元文》卷四百六十二)

总体而言,这篇赋模仿前人的痕迹较浓,赋前的一段引子,把欧阳修的《醉翁亭记》模仿的惟妙惟肖,而赋的正文,又依稀可见王勃的《滕王阁序》、范仲淹的《岳阳楼记》和苏轼的《赤壁赋》的身影,全文虽模仿比重较大,但仍不失为一篇优秀的赋作。全赋起笔不凡,先总写横翠楼的地理位置再分述阴晴时节横翠楼的奇妙景色及由此引发的作者内心丰富多边的主观感受。全赋文字如行云流水,一气呵成,读来朗朗上口,回味无穷。作者"渺天地于一粒,随造化而翱翔","嚚嚚然,洋洋然,庶乎可以与天下俱忘者矣"流露出一种修身养性,悠游闲适,从容平淡的心绪,颇得诸葛亮"静以修身"之神韵。

《苦寒赋》这样写道:

严气积,玄律穷。北斗知春,回指于东。惟功成而不去,孰顽冥之可容。乃郁彼孽暴,激彼威锋。凝愁云而蔽日,怨寒风而揽空。夺阳春之生气,使天地闵然寂然,如未判之鸿蒙于时烛龙绝光,荧惑失次。阳乌断足,火鸟缩翅。毕方高而远翔,痴牛毛寒而缩猥。炎帝为之收威,祝融为之屏气。羲和倚日以潜身,盘古开天而失视。天吴死于朝阳之谷,倏忽灭于海南之地,若乃焦溪涸,热海澄。沸潭止,温泉冰。水井冻,阳谷凝。炎洲地冽,裸壤毛缯。荧台烟灭,瘴水生凌。而我生于此时,奚凛冽之可胜!或有从军永诀,去国长违。霜锋宝剑,铁衬单衣。积雪没胫,悲风激怀。夜渡剑河,晓上轮台。阴山雪漫,瀚海冰厚。当次苦寒,十死者九。又若寒门久容,贫间故居。不不烛,尤衣无襦。鼻酸气失,堕指冽胃。火如红金,薪如桂枝。儿号妻哭,痛尽伤悲。抱膝而苦,竟死何裨。噫嘻呜呼!天欤!地欤!神欤!彼顽冥之不去,我生死其何辜。呜呼噫嘻!盖尝闻之,无寒不温,无贞不元,时之革化,由是而门。吁炎吹冷,元气所存。贞极不元,寒极不温。乖序错命,罪半东君。于是易川牛马走,地上虮虱臣。再拜东方发狂语,唇冻舌涩难具除。告我东君,胡甚不仁。嗟生类而欲尽,君奚为而不春。匪我语汝,其孰汝亲。匪君顾我,孰活我人。我藉汝力,汝假我神。挽天地之和气,黜顽冥于玄根。汲东海之泥以接地轴,炼泰山之石以补天轮。以广厦万间庇吾民之冻骨,以布裘千丈吊四海之冰魂。使飕飕赤字鼓舞于春风,熙熙然乐其天真。胡为弛纲维而退避,独廉让而谦尊?我徒问汝,汝且不言。于是乎乃归,墐其户而聋其楹,裘其被而熏其衣。不尤乎神,不怨乎天。束手容足,以顺乎时之自然。(《全元文》卷四百六十二)

凛冽的春寒,使世间"儿号妻哭,痛尽伤悲",以至"十死者九",这是一幅多么凄凉悲苦的人生惨相!作者满腔悲愤,对"东君"展开了严厉的控诉,"乖序错命,罪半东君","告我东君,胡甚不仁"。此赋表面上写的是春寒,实则是对元朝严酷政治高压的隐射。刘因继承先世之统,故在政治上对元王朝采取不合作的态度,被元世祖称为"不召之臣"。对于元朝的大张杀伐之威,他渴望"以广厦万间庇吾民之冻骨,以布裘千丈吊四海之冰魂",表现出一种救济苍生的仁人情怀,但在《苦寒赋》的最后,他选择了退隐自防,"束手容足,以顺乎时之自然",流露出无奈的悲凉情绪。

赵孟頫《纨扇赋》《修竹赋》

赵孟頫的《纨扇赋》曰:

> 炎暑时至,阳乌怒飞。金石为流,白汗沾衣。候吹纤条,延爽南扉。玉枕徒设,桃笙安施? 旁皇踯躅,不知所为。于是裂轻纨兮似雪,制圆扇兮如月。光摇怀袖,凉生毛发。起遐想于青苹,引清飔于天末。肃然襟带,凄其缔葛。醒人饥骨,炎歊如脱。须臾或离,中肠为热。殆造物者欲解民之愠,假人力以为之。不然,岂天时之可夺也。复有题诗欣赏,因书奇绝。障轻尘以寄恨,扬仁风而言别。或画乘鸾之女,或误成蝇之笔。白羽裮褋而自愧,蒲葵比方而知劣。
>
> 及乎商气应,厌民夷。玉露降兮百草,金风生兮桂枝。罗衣重拂,秋兰复菲。孤萤冷照,寒螀暗啼。弃捐箧笥,绸缪网丝。班姬形中道之怨,江淹赋零落之诗。嗟夫! 用舍有时,出处有宜。惟人亦尔,于物奚疑? 彼狐貉之御冬,岂当夏而亦悲? 苟形藏之任道,愿俟时乎安之,伊圣贤不可见兮,之二人又何知?(《全元文》卷五百九十一)

赵孟頫是宋太祖赵匡胤的第十一代孙,他的仕途经历元世祖到英宗共五朝。由于他是以亡宋宗室的身份入仕元朝。这就必然遭到非议和排挤,同时传统道德观念也无时不在困扰着他,故而他一直处于仕与隐的矛盾之中,这篇《纨扇赋》就含蓄地表达了这种困惑与烦恼。

纨扇在酷暑时节,颇受人们的青睐,"于是裂轻纨兮似雪,制圆扇兮如月",但到了"玉露降兮百草,金风生兮桂枝"的秋季,却"弃捐箧笥,绸缪网丝"。这种"用舍有时,出处有宜"的世态炎凉史让作者得出"苟形藏之任道,愿俟时乎安之"的无奈结论。这里所表现的行藏任道的思想,诚如有论者指出的"亦是儒者之常言,但不像前人一样,从遇与不遇在写纨扇的诗赋中,却是别出新意的,其境界也是较高的。作者淡淡写来,毫无做作之态,而简练有风韵,也非一般作者所能及"(马积高《赋史》)。

再看他的《修竹赋》:

> 猗猗修竹,不卉不蔓,非草非木。操挺特以高世,姿潇洒以拔俗。叶深翠羽,干森碧玉。孤生太山之阿,千亩渭川之曲。来清飙于远岑,娱佳人于空谷。观夫临曲槛,俯清池。色浸云漠,影动涟漪。苍云夏集,绿雾朝霏。萧萧雨沐,袅袅风披。露鹤长啸,秋蝉独嘶。金石间作,笙竽杂吹。
>
> 若乃良夜明月,穷冬积雪,扫石上之阴,听林间之折。意参太古,声沉寥泬。耳目为之开涤,神情以之怡悦。盖其媲秀碧梧,托友青松。蒲柳渐弱,桃李羞容。歌箿箿于卫女,咏《淇奥》于国风。故于猷吟啸于其下,仲宣息宴乎其中。七贤同调,六逸齐踪,良有以也。又况鸣巇谷之凤,化葛陂之龙者哉!至于虚其心,实其节,贯四时而不改,柯易叶则,吾以是观君子之德。(《全元文》卷五百九十一)

中国古代士大夫,历来就有一种"竹"的情结,故而爱竹咏竹成为他们生花妙笔下一个永恒常新的话题。赵孟𫖯的这篇赋作,多俪语而押韵,写法上它以蒲柳桃李为反衬,碧梧青松作陪衬,讴歌了修竹的气质节操。赋末一语道破竹的道德内涵:"至于虚其心,实其节,贯四时而不改,柯易叶则,吾以是观君子之德"更将全赋的格调提升到了一个新的高度。赵孟𫖯论其才艺,有"风流文采、冠绝当时。不但翰墨为元代第一,即其文章亦揖让于虞杨范揭之间,不甚出其后也"(《四库全书总目》卷一百六十六别集类十九)。子昂赋善图写景物,如此赋的"色侵云漠,影动涟漪。苍云夏集,绿雾朝霏","若乃良夜明月,穷冬积雪,扫石上之阴,听林间之折。意参太古,声沉寥"等句子都是因物生姿,意境别出。全赋清丽简练,落笔不俗,不失为一篇佳作。

马祖常《伤己赋》

马祖常其《伤己赋》曰:

> 嗟余生之多忧兮,几颠而数穷。誓言书以自见兮,力追古之高风。呼天龙以驾我兮,伻天使使为朝。何九稼之不一获兮,尚偃蹇而如兹。岂剞劂之有不善兮,将世德之下贤。荐乌荌于宗器兮,缀履綦以玑环。封敦牁以块泰岱兮,谓泛滥其莫涯。冠髻童以弁冕兮,问礼意而莫知。决大疑于淫鬼兮,凭诬傅以度揆,顾圣言之靰鞿兮,指纲维为械系。悯相道之无朋兮,去一发之几希。扼吾车之莫骋兮,胶吾口之难辞。惩前悔之不惮兮,配古道其或可思。一旦舍此而改图兮,念后余之病我。日浚恶以启堙兮,患世之屏经而好权。迁歧溪之多迷兮,世或谓其固然。抱昌辞以适与我兮,俟来学以偕行。辨百家之纠纷兮,孰察予之重轻?
>
> 乱曰:我涉大波,孰为航兮?我载大途,孰为箱兮?古声喤喤,金石之扬兮,世无伥兮。(《全元文》卷一千三十二)

这篇赋,是马祖常自伤因正道直言而几遭贬谪之作。他四十二岁任监察御史时,曾弹劾权相铁木跌儿,左迁开平县尹。在《题松厅事稿略后》中,他自述:"昔祖常承乏察院,初官未熟时事,往往笃信古道,动辄得咎。言泰州山移之变,则得奉祠太社;谕铁公丞相废法擅权,则谪官开平。婴虎口之毒,摈斥五年。"(《全元文》卷一千四十五)作者一腔正气,痛斥世风日下,黑白颠倒的社会现实,"岂剞劂之有不善兮,将世德之下贤",他铁骨铮铮,义愤填膺,悲叹自己被奸臣陷害,"扼吾车之莫骋兮,胶吾口之难辞"。尽管如此,他坚决奋发自励,不与流俗合污,"惩前悔之不惮兮,配古道其或可思",表现出贞骨凌霜、高风跨俗的坚贞品质,此赋继承了楚骚遗风,缠绵悱恻,抒情意味极浓。

杨维桢《哭虱赋》《些马赋》

杨维桢其《哭虱赋》曰:

> 惟尔虱之种类不一也:在狗类蝇,在牛豕类蟪,在人处缁而白,处白而缁者,其幺若蚁,不知又有尔类!蹯腹而轻身,纤足而劲觜;或青或绀,或黄或紫;白昼潜世藏,昏黑垄起;脱走如珠,狙刺如矢。使人胁不得以贴席,肱不得以曲几。追踪捕痕,若亡若存。遁影朽空,灭迹密纹。汤沐所不能攻,掌指所不能扪。但见肉斑朦其成癏,肤窒栗其生龟。怒床几而欲剖,避衾褥而欲焚。呜呼尔虱兮!蜂则有蠶兮蜂可袪,蝎则有螫蜮蝎可诛,嗟尔幺类孰能屠!腾蛇神兮殆即且,即且狡兮制蟊蛛,嗟尔幺类又谁呋!咨大化之好生,恐一物之弗纾;胡尔恶之兼毓,为吾人之毒茶!饱膏血之毒觜,资肥脂之臭躯。吾将上告司造,殄尔类,非无辜也!

> 辞毕,是夜梦有被玄衮裹终绛服而至者,若有辞曰:"吾即见骂尔文者!辞义既严,敢不退避。然吾小毒小臭,尔亦知世有大毒大臭者乎?奸法窃防,妨化圮政,剥人及肤,残人至命;阚若豺虎,鸷甚枭獍,此非大毒大臭者乎?为国之病,而司棐不屏。其或分民曲直,任国是非,义无避位,仁不让师,则丹书是珪,皂椟见遗。彼大毒大臭,又何惮不为乎?且吾起伏适节,消息乘机,白露洒空,劲风吹衣,蝉蜕而退,莫知予之所归。于试絜夫大毒者无已时,大臭者臭无穷期,孰为可詈不詈乎?子不穷南山之竹以为辞,而詈予琐琐不已,呜呼!"

> 于是杨子增愤加怖,涕泗不支。霍然而觉,不知虱之所之。
(《文史英华·辞赋卷》)

杨维桢生活在元末朝纲紊乱、战祸四起之时,他的《哭虱赋》虽是继李商隐《虱赋》、陆龟蒙《后虱赋》之后所作,但在思想感情上却是与柳宗元的《骂尸虫文》一脉相承的。全赋构思新颖,作者开篇极言对虱的厌恶之情,巧妙运用比喻、对偶、对比等修辞手法,将虱附其身的惨状描写的淋漓尽致,得出"吾将上告司造,殄尔类,非无辜也"的义正词严的结论。下篇化入梦境,将虱拟人化为"被玄衮裹绛服而至者",与作者展开激烈论辩,借虱之口揭示深刻道理。虱只不过是"小毒小臭",而那些"奸法窃防,妨化圮政,剥人及肤,残人至命,阚若豺虎,鷙甚枭獍"的贪官污吏才是"大毒大臭"。此赋较之柳宗元的《骂尸虫文》,痛快淋漓虽相似,但笔法更委曲幽默。全文语言简洁,笔力雄健,发人深省。

其《些马赋》曰:

杨子至钱清之明年,旧乘马老而不任,遣奴钱塘市壮马。奴得贾胡马,济江中流,阴雾四合,风浪猝作,舟如飏箕,奴与马几溺,幸而济。奴归语主曰:"主福得良骏,良骏几累仆;意者西域异种,神物所忌,恐非主厩中物也。"至则格应于图,诚良骏也。在度为骒,在岁为。身如织文,蹄如截铁。首印渴乌,耳插卓锥。尾如流慧,目如方诸。主人赏其神骏,抖其风尘,命奴洗马西江之濆。马临流振而嘶,嘶而踊,已而泳于中流,莫知所适。奴告主人,主人蹢躅西江上,皇皇焉计无得而挽。则自咤曰:"蹑官,贱役也;良骏,天骨也。驾天骨于贱役之地,使屈首丧气,若跛累狗,宜骏之见水泳而去,主者不得有也。"主人悲不自已,乃辞而些之曰:

吁嗟骏乎!汝其糜没九渊,填于海鳅之空乎?抑越景超光,以返于房屋之宫乎?将升昆仑,抑负端图,化荥河之龙乎?其将觏湘累以从其忠乎?毋亦皤车白乘,随革尸之愤,忽往忽来于江中乎?又辞曰:灵奇傲倪生渥流,肉鬃星尾文龙虬,协图特出兮应世求。嗟我何幸兮逢沙邱,逝八极兮临九州,观阆阓兮历玉台以遨游。忽泳水兮为龙为龟,重澜驰逐兮奴不善泅。盐车坎壈兮为骏愁,逝一跃兮释累而离龙。吁嗟！渊沦兮蓄怪幽,三角八尾兮猇鼍牛头,岩牙嘘口兮啖海舟,嗟尔骏兮纷逢仇。骏不归来乎贻我忧,超越倒景兮乘云浮,骏兮来归乎,江险不可以久留。
(《历代赋广选·新注·集译》卷六)

杨维桢生性狷直忤物,因良骏溺于中流,内心悲痛,有所感发遂成此赋。此赋初读起来,似在哀马,细读数遍,实则伤己。作者生性刚直,傲岸不驯,受人排挤,内心苦闷彷徨找不到出路,他本是一匹千里马却苦于没有伯乐,只能孤芳自赏,甚至落入"驾天骨于贱役之地,使屈首丧气"的悲惨境地。元末作家多批判现实的激切之作,他们在末世的悲凉气氛中,既不能潇洒游弋,又不愿隐然自乐,而是在悲愤中自省,在苦闷中寻索,这篇赋典型地体现了元末文人的这种心态。

第八章　金元铭颂文

金元的铭颂之文，包括铭、箴、颂、戒、赞五种文体。其中，箴、戒意在警告劝诫；铭文则或警戒或祝颂；而赞、颂之文，多美盛德之形容，或夸赞褒扬诸集所载人物、文章、书画，或哀悼人之殁而述德以赞之者是也。

第一节　金代铭颂文

金代的铭颂之文在数量上略多于辞赋之文,但在成就上却略逊一筹。佳作虽不能说没有,却很难找出唐代刘禹锡《陋室铭》那样文质兼美的篇什。一代有一代的文学,金人的兴趣志好不在于此,故不能强求。

李纯甫《李翰林自赞》

文人为文自称自赞最有名者有二:一个是汉代的东方朔,一个是唐代的李白。东方朔自言"长九尺三寸,目若悬珠,齿若编贝,勇若孟贲,捷若庆忌,廉若鲍叔,信若尾生,若此,可以为天子大臣矣"(《东方朔传》,班固《汉书》卷六十五)。李白则说自己"虽长不满七尺,而心雄万夫……日试万言,倚马可待"(《与韩荆州书》)。李纯甫可以与二人鼎足而三。他身材短小,形象不伟,但也是狂夫,目空一切,心雄万夫,逞才使气,及于文章。故其文常常剑走偏锋,刻意怪奇。他的《李翰林自赞》,先抑后扬,气盛言直,字里行间洋溢着非常自信的豪气:

> 躯干短小而芥视九州岛,形容寝陋而蚁虱公侯,语言謇吃而连环可解,笔札讹痴而挽回万牛。宁为时所弃,不为名所囚。是何人也耶?吾所学者,净名庄周。(《金文最》卷二十一)

文章极短,但句句沉重,字字劲直,虽是骈体行文,却自有一种海潮波涌、起伏跌宕的气势。刘祁说他"少自负其才,谓功名可俯拾,作《矮柏赋》,以诸葛孔明、王景略自期"(《归潜志》卷一),结合他这篇自赞来看,更能想见其人。而其人如此,其文可知。

需要说明的是,这篇文章与朔、白二人并不同调,二人是干谒进取之词,李纯甫则是避世自遣之语。他有治国平天下的远大志向,不甘心以文人立世,但面对"忠不必用兮,贤不必以"的黑暗现实,他选择了"变心以从俗",放浪形骸,纵情文酒。唐代的李翱在《答朱载言书》说文章"义深则意远,意远则理辩,理辩则气直,气直则辞盛,辞盛则文工"(《李文公集》卷六)。李纯甫的这篇文章,可以说就是辞盛而文工的典型。

赵秉文《东坡真赞》

赵秉文虽然作文主张转益多师,但他还是以学苏为主。他留存下来的文章中有十多篇是与东坡有关,可见其对苏轼的崇敬热爱之情。请看他的《东坡真赞》:

> 坡仙西来自峨眉,手抉云汉披虹霓。天庭射策如虎罴,奔走魍魉号狐狸。大儒发冢挥金锤,要观赤壁窥九嶷。南宫玉堂鬓成丝,鸿文大册帝载熙。入海簸弄明月玑,归来貌悴文益奇。荒坟不朽骨与皮,何况闲望江河驰!壁间倏睹轩须眉,无乃示吾横气机!裹粮问道往从之,人言画图君绝痴。(《金文最》卷二十一)

这篇文章,与其说是一篇散文,倒不如说是一首古诗。全篇都是对苏轼的称颂向往之词,比喻还算贴切,对苏轼的生平功业概括得也比较全面。此文还有一个特点,就是句末的每个字都入韵,这在铭赞之文中是较为独特的文字。赵秉文论文也主张自成一家,他在《山谷草书跋》一文中提到"文章不蹈袭前人,最是不传之妙"(《金文最》卷四十八),但他所作与他的论调却往往不同,经常拘束在模仿苏轼的圈子里不能自拔。而他的这篇赞文应该说是有所突破的,写画像赞却没有一笔涉及东坡的形象,这也是该文异于一般像赞的一个特点。

赵秉文还有一篇铭文《任山子铭》,也是不拘一格的文字。全文不述铭主的生平事迹,而只发议论,与一般的铭文大不相同。

元好问《赵闲闲真赞》

元好问受业于赵秉文,但写出的文章风格和乃师并不一致。同样是颂赞心中崇敬的师长辈的文字,却呈现出另类的特色。如他的《赵闲闲真赞》：

> 周旋于正广、道宗、平叔之间,而独能绍圣学之绝业。敛避于蔡无可、党竹溪之后,而竟推为斯文之主盟。不立崖岸之谓和,不置町畦之谓诚,不变燥湿之谓定,不污泥滓之谓清。蔼然粹温,见于丹青。虽无老成人,尚有典型。凤衰无周,龙移造魏。殄瘁攸属,古为怨欷,人知为五朝之老成,不知其为中国百年之元气。公无恙时,辱公陶甄,携之提之。且挽且前,万马之所驰,不足以北公之辕;万折之所碍,不足以回公之川。将私其私耶,抑以为文字之传;匠石斲斤,子牙绝弦。千载一人,犹以旦暮;万里一士,且谓比肩。念公生平,使我涕涟。颜如渥丹,双瞳炯焉。彼粹而温,既与不可传者死矣。观乎此,则犹可以仿佛其足音之跫然。（《金文最》卷二十一）

字里行间凝聚着很深重的情感,形成了某种内在的骨力,这种发自内心的真情与他深厚的学养融合,从而形成了不拘常格的颂赞文字。如果说赵秉文的《东坡真赞》是以健笔取胜的话,那么元好问此篇则是以深情感人。此文开头还有一篇序言,也写得声情并茂,凸显了赵秉文惜才爱才、不避忌讳的儒者形象。

元好问文章风格比较多样,即使是为数不多的几篇颂赞之文,风格也不一律。他的《写真自赞》为自己画像,行文上不但有别于李纯甫和赵秉文,甚至和他自己的其他篇章,也不尽相同。

第二节　元代铭颂文

元代铭颂之文多体制短小,行文工整,语调平和,敷写似赋,多用对偶、排比、比喻等修辞手法,或以韵文成篇,或箴文前冠之以序,对写作背景及创作原因进行解释说明,序用散文,箴用韵语。总体而言,其作品数量有限,艺术成就也不高。

郝经《自恕箴》《曲肱亭铭》

郝经行文主张文道合一,以道论文,他在《原古录序》中曾说:"道非文不著,文非道不生。自有天地,即有斯文,所以为道之用,而经因之以立也。"(《全元文》卷一百二十五)其《自恕箴》就反映了这种风格:

> 自治不严而去恶不勇者,自恕之心害之也,恕以及人,则待人以宽,其可也;恕以自及,则处己以宽,不可也。己所不欲,勿施于人,洁矩之道也。己欲立而立人,己欲达而达人,强恕而行也。责己重以周,待人轻以约,则己可克而仁可为也。以责人之心责己,以爱己之心爱人,则尽道尽仁也。责人必以颜、闵而不贷,恕己自为桀、跖而不疑,而长恶不悛,从自反也,寡助之至,亲戚畔之矣。(《全元文》卷一百三十一)

此篇《自恕箴》立意新颖,作者通过"自恕"与"恕人"的正反对比,揭示"责己重以周,待人轻以约,则己可克而仁可为也。以责人之心责己,以爱己之心爱人,则尽道尽仁也"的深刻道理,告诫自己及世人要严格要求自己,不轻易饶恕自己的罪过,而用宽仁之心待人,才能行仁道,得多助也。

再看他的《曲肱亭铭》:

> 孰不为处,处欲其中。孰不为乐,乐欲无穷。彼不义之富贵,诡名与倖功。痴痴自喜,狡狡自雄。玉观金宫,胡为乎其中?

一时之乐,佟然自律。覆巢之祸,旋踵而至。则其乐也,岂能无穷? 伊亭中之高人,方择胜而栖神。与时屈伸,与道为邻。如时之不可以苟合,乃遥逍乎此身。高卧曲肱,不免世尘。徜徉从容,室不求通。从尔卿相,尽尔王公。不为伏凤,不为卧龙。本无心于求世,又何意于非熊。惟轩中之明月,与席上之清风。倏然而往,倏然而来。曾不知其几何,过耳目如朦胧。时则生柳,首则飞蓬。其神也矫矫,其乐也融融。饮水而眠,日自生东。乾坤一亭,乐在其中。命邪天邪,竟莫能穷。(《全元文》卷一百三十一)

此文颇得苏东坡《后赤壁赋》之神韵,作者以一颗平淡豁达之心,感受着人世间无处不在的幸福与乐趣,"孰不为乐,乐欲无穷"。他摒弃"不义之富贵,诡名与倖功",向往"与时屈伸,与道为邻"的逍遥生活,"高卧曲肱,不免世尘",尤其是那"惟轩中之明月,与席上之清风。翛然而往,倏然而来。曾不知其几何,过耳目如朦胧"的恬淡闲适,更有渊明遗风。郝经行文历来抒情性强,风格奇崛,此文一变雄奇劲健为平淡清新,颇让人眼前为之一亮,回味隽永。

王恽《芝枕铭》《宿云轩铭》《爱菊堂铭》

王恽虽是位典型的理学家,但行文却不失才气,且看其《芝枕铭》:

体似重而轻,性似柔而刚,岂颠木之余枿,荐幽人之野床。质似芝而秀,文似犀而光,果齐房之瑞气,化奇形而不忘。但髣髴兮一枕之妙,至于为芒为菌,吾不知其物化之常。秀比连叶,清凝寝香,枕或强名,用适则良。俾欹之籍之,勿邪其所思兮,是可以梦周公而接羲皇也。(《全元文》卷一百九十九)

一个小小的芝枕,作者运用他的生花妙笔,写出了它那可爱的体性、风神,全文摇曳多姿,文采斐然,尤其是芝枕"秀比连叶,清凝寝香","可以梦周公而接羲皇",颇有良多趣味,令人顿生倾慕之情。

再看其《宿云轩铭》:

> 睠此来云,态度容与。触石而生,与石为伍。宛被南山,宿我庭宇。主人名轩,其义安取?是将停蔼蔼之容,为思友之故邪?伴东山之卧,抱济时之雨也。云兮云兮,出两者之间,固无心兮,其从龙也,须以时兮。吾岂欲度之以自洁,徒为怡悦而已邪!(《全元文》卷一百九十九)

小轩名曰"宿云",清新飘逸,别具匠心,其可以"伴东山之卧,抱济时之雨","云兮云兮,出两者之间",何其恬淡自然,又何其清雅脱俗,但到文章最后,作者又点明"其从龙也,须以时兮。吾岂欲度之以自洁,徒为怡悦而已邪",留给人无限的遐想空间,更增一份空灵色彩。

还有一篇《爱菊堂铭》更是让人读之余香满口,把玩不尽:

> 草木之品,色中气清,有隐逸之称,唯菊为能。含精益龄,晚而芳馨,又类夫君子退让而不争。圯桥老仙,友而堂名,虽堕履之弗进,亦足以卜幽人之永贞。华构传芳,三世相仍,其孺慕也孝凝。然心深而爱,中乐不胜,口欲言而不能自鸣者,此郭氏之所以寻盟也。若夫平泉草木,固护封植,亦克厥承。是或一道,终未极爱之之至情。亲寻亲没,观志视行。日如古道,终身是程。呜呼郭君!至性愉色,岂得于尹氏者拳拳而服膺。吾今取为铭,以告草堂之灵。安知不入户,闻忾然之声也邪?(《全元文》卷一百九十九)

陶渊明的一首"采菊东篱下,悠然见南山",让菊成了花中的隐士,而上文中郭氏的爱菊堂又蕴含了主人"君子退让而不争"的隐士风范,作者对之赞赏有加,全文娓娓道来,不急不缓,流畅自然,典正淳雅,颇可称为"铭"中的佳作。

方回《月泉铭》

方回的主要成就在诗学理论,但其散文创作,也是佳作迭出。且看这篇《月泉铭》便无可厚非是一篇佳作:

> 泉出于地,天一生之。月出于天,日光所为。月之照物,明发于外。泉之照物,清在于内。人之方寸,其内至清。至清无欲,其外至明。则兼有夫月与水之光精者也。故月之与水能照万物之行而已,而心之在我,则能照万物之理焉。是故君子之学,莫大于养心。子方子回以告子陈子深。(《全元文》卷二百二十四)

全文文笔清新,含蓄隽永,哲理色彩浓郁。作者通过"月之照物,明发于外。泉之照物,清在于内"与"人之方寸,其内至清。至清无欲,其外至明"的对比,说明"心之在我,则能照万物之理"的深刻道理,得出"君子之学,莫大于养心"的结论,精当独到,给人无穷启迪。

戴表元《豢夸二氏诫》《瓶城轩铭》

戴表元之诫文,长于议论,但极少性理之学的说教,议论往往系以感慨,有情致可味,且看其《豢夸二氏诫》,文中这样写道:

> 其人亦以为吾搏已绝,浸淫欲兼他技,纵而及于戏弄、博弈之事。众奉之者,外与之游,而实耻搏之不如也,心索而习之。久之搏成,度其人已不复可畏也。一少年曰:"吾属所为奉子者,以子能搏耳。吾今与之搏,明日搏于市。"其人振腕翔踵而赴之,气喘然索矣。故今言技之不终者,以豢氏为诫。
>
> 群弟子得其说与书,大喜,不期年学皆成。先生处之洋洋然,其道有授而无受也,其能有出而无入也。心窃自幸:"吾既为天下师,何能劳苦复事学,今然后惟游乐是图,以毕其齿尔。"如

是又几年,群弟子时造先生之居而究焉,先生应之不逾其初,稍稍厌而去之。益老益昏,师道益衰,学者益离,无所得食而归其国,其国之人不为礼。戴氏曰:"二氏子之取侮,其终生者不可追矣。抑所与从游者,何太薄也。吾观自古志怪之书不一,其州国名号,非人迹所径,诞无所考信,其事复非人世当有,故君子多略而不稽。兹二事有涉于教,吾故表而录之,以使偷近娱而安成名者警焉。"(《全元文》卷四百二十九)

豢氏本善搏,无奈他自以为是,"浸淫欲兼他技,纵而及于戏弄、博弈之事",荒疏了对"搏"的训练,终被"心索而习之"的少年打败,而夸氏本有学问,却"处之洋洋然,其道有授而无受也,其能有出而无入也",放松了对自己的严格要求,不再"劳苦复事学",转而"惟游乐是图",终于导致"益老益昏,师道益衰,学者益离,无所得食而归其国,其国之人不为礼"的可悲下场。这一篇诫文,旨在通过豢夸二氏骄傲自大、自满自得而不思进取的事例,来警戒世人不可"偷近娱而安成名"。全文文笔流畅,说理透彻,发人深省。

再看其《瓶城轩铭》二首之一:

物生于土,而散复为土。然陶人得是土也。濡之炊之而为瓶,则一成形以终古,至于收藏卤莽,缺破龃龉,亦不能以复补,不如为土之为愈也。惟口亦然。善出其言,则玉帛歌舞;不善出之,血流漂杵;喜为福主,怒成祸府。故明者慎之,与其违时而伤义,宁且默而无语也。(《全元文》卷四百二十九)

此文着墨不多,而隐然可见时事,亦可见当时一般文士之所以谨言慎行。所谓"善出其言,则玉帛歌舞;不善出之,血流漂杵;喜为福主,怒成祸府",故而守口如瓶也。袁桷的《戴先生墓志铭》称其文"情深雅整,蓄而始发,间事摹画,而隅角不露"(《全元文》卷七百三十五)。这篇铭作,即是此种风格的反映。

吴澄《自修铭》

在元代著名理学家中,吴澄比较讲究辞章文采。吴澄创作了大量的"铭",其理学色彩较之元代其他作家更为浓郁,其《自修铭》阐明了自修的重要,并主张"穷其理","履其事",其文曰:

> 养天性,治天情,正天官,尽天伦。奚而养?奚而治?奚而尽?未知之,则究之;既知之,则践之。究者何?穷其理。践者何?履其事。若何而为仁义礼智之道,若何而为喜怒哀惧爱恶之节,若何而为耳目口鼻手足四肢之则,若何而为君臣父子夫妇长幼朋友之常,探其所以然,求其所当然,是之谓穷其理。存之于心则如此,见之于事则如此,行之于身则又如此。内而施之于家则如此,外而推之于人则如此,大而楷之于天下则又如此。躬行之焉,力践之焉,是之谓履其事。然则其先如之何?曰立诚而居敬。(《全元文》卷四百八十五)

清人称,"衡之文明白质朴,达意而止;澄则词华典雅,往往斐然可观。据其文章论之,澄其尤彬彬乎",观此文信然。这篇铭作大量运用设问和排比,由浅入深,论述详明,写来颇有波澜。

虞集《自赞画像》

《元史》载云:"集学虽博洽,而究极本原,研精探微,心解神契,其经纬弥纶之妙,一寓诸文,蔼然庆历乾淳风烈。"虞集文风醇和典正,平易简洁,也近于欧文,但他生活在元代比较稳定的时期,社会矛盾对他没有产生多少冲击,他也没有多少现实人生的感慨,这使得他的散文现实性不强,文气不足,而理学气重,台阁味浓。且看他描写自己的《自赞画像》:

> 邈乎千载之下,而谓古今一时也。眇乎五尺之躯,而谓天地一体也。廓乎不自知其所知也,欿乎未能至其所至也。俛乎若

忧,非有伤乎内也。泊乎若休,无所待乎其外也。服今人之服,食今人之食,同乎今之人,聊以顺吾际也。读古人之书,颂古人之诗,思夫古之人,不知老之至也。(《全元文》卷八百六十四)

元代中期,社会相对稳定,诗文也随之形成了自己的风格,诗以宗唐而形成"雅正"的"元音",散文则形成了平和舒徐的"盛世之文"。这种诗风、文风的突出代表便是被称为"元诗四大家"之首的虞集。此篇《自赞画像》,一派平和雍容之气溢于言表,所谓"读古人之书,颂古人之诗,思夫古之人,不知老之至也",就是这种心态的写照。

欧阳玄《静修刘先生画像赞》

欧阳玄行文"辞尚体要,不为冗絮。虽不如欧阳之深情流韵,而颇能渊苏文之躁气夸调,然亦有如苏文之以议论驰骋而雄快者"(钱基博《中国文学史》)。"海内名山大川,释、老之宫,王公贵人墓隧之碑,得玄文辞以为荣。片言只字,流传人间,咸知宝重。文章道德,卓然名世。羽议斯文,赞位治具,与有功焉。"(《元史》卷一百八十一)且看其为刘因所作的《静修刘先生画像赞》:

微点之狂,而有沂上风云之乐,资由之勇,而无北鄙鼓瑟之声。于裕皇之仁,而见不可留之四皓,以世祖之略,而遇之不能致之两生,乌麒麟凤凰,固宇内不常有也。然而一见而六典作,一出而春秋成,则其志不欲遗世而独往也明矣,亦将从周公孔子之后,为往圣继绝学,为来世开太平者耶!(《全元文》卷一千一百)

史载,"因天资绝人,三岁识书,日记百千言,过目即成诵,六岁能诗,七岁能属文,落笔惊人。甫弱冠,才器超迈,日阅方册,思得如古人者友之,作希圣解。国子司业砚弥坚教授真定,因从之游,同舍生皆莫能及"(《元史》卷一百七十一)。此赞对刘因给予了极高的评价,认为他是一代圣贤,是凤凰麒麟,是周公孔子一样的稀世之才,他虽然没有出仕,但他以程朱理学为本著书立说、教授生徒,这种生活态度,与周公为成王辅弼,孔子为"为往圣继绝学",在精神实质上是一致的。欧阳玄又以孔子的两个学生——不愿从政的曾皙和急于事功的子路为喻,说刘因既不是守节无为的狂狷之士,也不是循世离群的真隐,他不愿应诏,不肯从政的原因,与商山四皓和鲁之两生颇为相似。

柳贯《自赞画像》

《元史》记载,柳贯"作文沉郁舂容,涵肆演迤,人多传诵之"。且看其《自赞画像》:

> 好学而莫或改之,望道而未见也。壮而漫仕,初何与乎尊荣;老而归林,亦焉往而不得乎贫贱也。若乃企卒岁之忧游,服终身之静俭,则拄笏而看山,饮水而著书,尚庶几可以傲兀夫无穷之世变也。(《全元文》卷八百三)

此篇自赞,平淡自然,一派清新,描画出一幅年少好学求道、积极仕途、风光无限之貌,及至年老归隐,静俭持家,随心所欲,无拘无束,闲适自然,傲观天下无穷世变,颇有隐士之无穷野趣也。全文文笔流畅,意趣令人回味隽永。

第九章　金元赠序文

赠序到了唐宋八大家手里,有了很大的发展变化,除了保持叙交谊、慰离情的功用外,更增添了针对朋友的境遇和遭际而提出的独到或中肯的劝导,使得赠序的内容更加丰富并具有实用性。这种文体到了金元两代,亦呈延续之势,不乏佳作。

第一节　金代赠序文

金人作文每以唐宋为旨归,然赠序之文却并不繁荣,《金文最》中收录的赠序仅止十数篇,可咏之作则更是寥寥,只有元好问《送秦中诸人序》、王若虚《送王士衡赴举序》一二篇而已。

元好问《送秦中诸人引》

关于元好问的文章,李慈铭《越缦堂读书记·元遗山集》有一段评论,说:"遗山诗格固高,文亦屹为金元间一大家……其文碑志居十之八,多可考见史事。文亦落落大方,殊有风气;而重滞平衍,时亦不免,颇觉远逊于诗。与宋之周益公、楼公媿,元之郝陵川、危太朴,先后相斟,蹊径如出一致。其《东平行台严公(实)碑》、《雷希颜(渊)志铭》最为佳作,《赠镇南将军节度使完颜良佐(即陈和尚)碑》独拙劣……他作往往以空议冠首,多宋人理学肤语,尤可厌耳。"(《越缦堂读书记》下)这样的批评,大体不错。元好问之文长于叙事,而不善于说理。他"重滞平衍"的文章确实不少,只是"多宋人理学肤语"是金代文人的通病,不独元好问为然。至于"殊有风气"的文章,除了碑志之外,则是他的赠序一类。例如《送秦中诸人序》以娓娓动人而一往情深的笔触,表达了对友人返归秦中的赞羡之意,抒写了自己不慕荣利、急流勇退的高尚情操。其文云:

> 关中风气完厚,人质直而尚义,风声习气,歌谣慷慨,且有秦汉之旧。至于山川之盛,游观之富,天下无与为比。故有四方之志者,多乐居焉。
>
> 予年二十许时,侍先人官略阳,以秋试留长安中八九月。时纨绮气未除,沉湎酒间,知有游观之美而未暇也。
>
> 长大来,与秦人游益多,知秦中事益熟,每闻谈周汉都邑及蓝田鄠杜间风物,则喜色津津然动于颜间。
>
> 二三君多秦人,与余游,道相合而意相得也。常约近南山寻

一牛田,营五亩之宅,如举子结夏课时,聚书深读,时时酿酒为具,从宾客游,伸眉高谈,脱徙世事,览山川之胜概,考前世之遗迹,庶几乎不负古人者。然予以家在嵩前,暑途千里,不若二三君之便于归也。清秋扬鞭,先我就道,矫首西望,长吁青云。

今夫世俗惬意事,如美食大官,高赀华屋,皆众人所必争,而造物者之所甚靳,有不可得者。若夫闲居之乐,澹乎其无味,漠乎其无所得,盖自放于方之外者之所贪,人何所争,而造物者亦何靳耶?行矣诸君,明年春风,待我于辋川之上矣。(《金文最》卷四十四)

文章风神萧散,意态娴雅,对关中人情风物津津动容,对那些追求"世俗惬意事"的人有所批评,论其深度,似不及唐宋诸大家,但兴有所至,亦能信笔所之,娓娓动听,且有情致。笔墨淡雅,姿态横生,"清秋扬鞭"、"行矣诸君"数语,极尽唱叹之妙,故《金元明八大家文选》李祖陶评此文曰:"情深意远,气岸老苍。"(转引自郭预衡主编《中国古代文学作品选·宋辽金部分》)这样的文章,在金代是不多见的。

王若虚《送王士衡赴举序》

王若虚的《送王士衡赴举序》也是赠序之文中不可多得的力作。赠序之文有送别、有教导、有评论、有夸赞,但总的来说都是以褒扬、鼓励为主。然而王若虚的这篇赠序却是从劝谕的角度着笔的。试观其文:

潦净途平,风高气清,马骏车轻,送君此行,顾非掩泣于溢浦,悲歌于渭城者,何必怆怏而含情?虽然,有以规子也。亲老弟弱,室庐萧然,燠寒华枯,将于子乎属之,所责重矣。尚其勖哉!

决科犹战也,请以战喻。肩摩踵曳,鳞集毛萃,盱衡厉吻,扼腕扬袂,贾馀勇而尝素技者,皆吾敌也。攘而却之,吾子亦劳矣。宁执非敌,武王所以誓众;临事而惧,仲尼所以语门人。贲育之不戒,童子厄之;鲁鸡之不期,蜀鸡踏之。劲敌在前,若之何勿畏?吾子讲学甚力,涵养且久,则兵既厉而马既秣矣。然而犹有病焉:气扬而无降志,色骄而无俯容,或者其将振而矜之欤?惧犹不足,又振而矜之,恐乘隙捣虚瑕者毕坚,而胜负之势不可料也。鞌之役,不介马而驰之,齐师败绩;伐罗之举,趾高而心不固,莫敖以亡。厥鉴不远,吾子其图之。

吾子辱与不肖游,又辱赐之诚。是行也,窃将鼓噪以从其后,不幸而北,其曷忍诸?捷音一报,凯歌言旋。兹岂惟吾子之所获,抑不肖实与光焉,敢不尽言!闻之曰:仁者送人以言,岂贱子之所堪?抑朋友之道将善也,故以告。(《金文最》卷四十)

面对着"气扬而无降志,色骄而无俯容"的志在必得的朋友,王若虚忧从中来,不禁为朋友的前途担心。他一方面不愿意挫伤朋友的斗志,另一方面又想提醒朋友懂得"骄兵必败"的道理,所以他煞费苦心地结撰了此文。文中不乏严峻的措辞,但大量虚词和转折语的运用,使得文章语气显得从容委婉,不至于太煞风景以至破坏朋友的兴致。全文骈散杂用,错落有致,使文章增添了抑扬顿挫的气势,也见出了作者善于驾驭语言的功力。

第二节　元代赠序文

元代的赠序之文,包括赠序、寿序两种。元人赠序之文,除了叙友谊、道别情、贺诞辰外,还述主张,议时事,咏怀抱,劝德行,文道结合,说理透彻,出现了很多集叙事、议论、抒情于一体的精彩篇章,实为元代文坛一大亮点。

郝经《送王之才南游序》

郝经向来笔风雄健,其《送王之才南游序》写来也是气势浩然,刚劲有力,让人振奋不已。其文曰:

> 君子之动,无苟焉尔矣。动为一身,则有一身之义也;动为一家,则有一家之义也;动为天下,则有天下之义也。内焉而有所定,外焉而有所止,动而必中,中而必可,法于时人,召于来世,而必无所苟也,如是可动矣。故伊尹一动而殷,太公一动而兴周,子房一动而起汉,孔明一动而王蜀。不然,则食蔬而衣敝,处僻而居陋,安时而守顺,存心而养性,不动而可也,彼跃马挥鞭,横金匝玉,被貂厌毳,不避燥湿寒暑,弊弊焉跌荡唐突于浩浩之涂者,谓之为身动也,则心溺而形,奔荡蹶趋,不能固筋骸之束矣。谓之为家动也,则尊卑倒置,疏戚逆处,父子无以亲,夫妇无以别,长幼无以序矣。谓之为天下动也,则治乱安危之道,裁定宁一之理,彼恶足以知之,不过夫苟富贵,役趋走,奔竞夫势力之间耳。是以目涂中,观道左,未尝不为三叹也。友弟之才,积精蕴志,储秀孕灵,静而养之有日矣,而未见夫动也。谚有之:"三年不蜚,蜚将冲天。三年不鸣,鸣将惊人。"今膏车秣马,将有所动也,果为一身软?为一家软?而为天下软?必一夫此以正大之学,著高明之业,振起衰俗,使天下知余后学之有人矣,而不一夫趋走富贵,奔竞势力也。余方恬处,静以自存。吾子其着鞭前

路,不失其驰,而后有忻幕者矣。(《全元文》卷一百二十四)

文章开篇写出"君子之动"的重要性,并用太公、子房、孔明一动之后所获之利的事例予以证明,后又分类说明了"身动"、"家动"、"天下动"的不同,并赞赏王之才"积精蕴志,储秀孕灵",对其远游充满信心,"三年不蜚,蜚将冲天。三年不鸣,鸣将惊人",最后鼓励他"吾子其着鞭前路,不失其驰,而后有忻幕者矣",给人很强的自信力。

姚燧《送李茂卿序》《别丁编修序》

《元史》本传称姚燧之学,"有得于许衡,由穷理致知,反躬实践,为世名儒。为文闳肆该洽,豪而不宕,刚而不厉,春容盛大,有西汉风。宋末弊习,为之一变。盖延祐以前,文章大匠,莫能先之"。张养浩也称其"惟公才驱气驾,纵横开阖,纪律惟意,如古劲将率市人战,鼓行数合,无敌不北"(《全元文》卷七百七十一)。且看他的这篇《送李茂卿序》:

> 大凡今仕惟三涂:一由宿卫,一由儒,一由吏。由宿卫者言出中禁,中书奉行制勒而已,十之一;由儒者则校官及品者提举教授,出中书。未及者则正录而下,出行省宣慰,十分之一半;由吏者省台院中外庶司郡县,十九有半焉。吏部病其自九品而上,宜得者绳绳来无穷,而吾应者员有尽,故为格以扼之,必历月九十始许入品,犹以为未也。再下令后是增多至百有廿月。呜呼!积十年矣,劳乎哉。

> 李君茂卿,尝同燧受学先师司徒公,儒者也。公户部恩泽既推其兄之子,及将试吏堂,帖令出湖广省,盈九十月,将赴铨中书,燧贺之曰:人有不职幸不纠于御吏者,君以勤效无比;人有饕墨幸不罹罪罟者,君以清慎无比此;人有依庇有力,窃窃离所事同列之欢,以自求容一时,幸不谴斥者,君以中行不阿无此;人有挟仕而商,赋之州县,而倍责赢入以肥其家,幸不讼于民与众,树姻党子弟入官以妨后至之涂,幸不贬于士者,君禄入外无他营,

舍仆马则顾影无朋举无此。举无为为贺其可贺者。

谚曰:两姑之间难为妇。上政事堂下参幕,多或二十人。其事之来抱按求署,无一可后者,皆视其色,听其言,动立移晷比不龃龉,使驯驯如式,从己而出,譬则庖人善适众口,酸咸者好之不齐。然非暂也,必八年之久。大而经国子民,细而米盐甲兵,于尽得夫人之情而熟知夫事之势,增益其所不能,不既多乎?今之老于刀笔筐以致达官贵人者,皆下视吾缝掖,以为言阔事情而不适为用者,恃其能此焉尔。君既能之,是行也,以军国公相知之有素,无曰峻擢惟循所宜资,亦畀善所。昔也人吏之,今焉吏人。其留中,其居外,主乎闻司徒平生六经仁义之言,而济以今所能,古所谓以儒术饰吏事者,非君其谁哉?大德己亥秋八月上弦日姚燧书。(《全元文》卷三百一)

这是姚燧在同窗学友李茂卿将至中书赴选时所作的一篇赠序,此文简洁明了,层次清晰,笔力省净,深刻犀利。文中赞美了李茂卿"勤效"、"清慎"、"中行不阿"和廉洁自守的美好品质,还一针见血地指出了做官的不易,"譬则庖人善适众口,酸咸者好之不齐",并揭露了官场的某些弊病,"以致达官贵人者,皆下视吾缝掖,以为言阔事情而不适为用者,恃其能此焉尔"。最后鼓励李茂卿尽其所能,真正做到"以儒术饰吏事",对他充满信心。

再看他的《别丁编修序》:

至元十九年,余辞秦宪而归东周,明年复受命贰荆宪。自惟才之非也,行路之辽也,家贫而力之薄也,多疾而江南风土之未宜也,实难其来。然不惶偃蹇自宁者,公则压于君命,势不容己;私则以为人生文轨混同之时,不及夫年未艾以览江山人才之盛,勿之则有歉然之悔。斯恋恋之不欲已者,出处之大眹然也。

(《全元文》卷三百一)

此文之佳处,"虽然说不上'春然盛大,有西汉风',却也开阖自如,从容不迫。既讲君命,又述私情,用语不多,却甚得体。这样的文章,写于开国之初,是很有分寸的,也是很有思想特点的"(郭预衡《中国散文史》)。

戴表元《送陈养晦远游序》《送恩上人归云门序》《送张叔夏西游序》

今观《剡源文集》,记、叙、提、拔、杂著为多。最能表现其文风风格的,是某些赠序之作。例如《送陈养晦远游序》:

> 自余居剡源,得一士焉,曰陈君日成,字养晦,养晦当其时年方二十许,而丰姿器识如五六十著。每见余狂歌剧饮、叩壶击筑,未沉酣痛快之适,未尝不欢然与余和答以相乐。及思极愁生,阖门拥衾,为呻吟憔悴之作,又未尝不忺然与余同忧也。(《全元文》卷四一四)

如此之文,正郭预衡《中国散文史》所称:"确实写得'和易而不流',辞虽不古而文近于古。从其'精神命脉'求之,颇有唐人赠序风度。"

再看其《送恩上人归云门序》:

> 人之情莫适乎得其所欲。耳目之适于游,心体之适于居,尤人之甚欲者也。然至于权足为,力足行,而有得有不得焉,而后可以言命。昔者,尝怪齐景公以贤诸侯,欲一观转附、朝儛,而其臣有流连荒亡之讽;谢康乐、韩吏部以名士大夫,一欲临山出海,一欲离家栖华山,而诸人惊惶骇愕,防之如触禁犯毒。乃若山林避世枯寂之徒,轻装徒步,欲行而行,欲留而留,略造意,即得纵恣于所如。人情之疏通滞碍,果各异其逢哉!
>
> 东南之山,卓然以名迹著闻于人。人所慕游者,不过二三十里,道之相错远近不过数千。由浙人言之,云门最有名最近。彼其左台右剡,前沃洲,后天姥,游者宜不可缓。他日询其人,百不能一二至。有觉恩上人字以仁,自四明脱发即往居之。为上人

喜,上人曰:"吾何为拘拘于此?肩一簦,缘石桥,循雁荡,出金华洞,过天目,拂灵岩虎丘,浮金焦,仰钟阜,沿潜皖,投匡庐二林。久之,略大小孤,挹九华,穷其势。遂将摩洞庭,跨巫峡,历峨眉,望昆仑,然后返豫章,经衡岳,从观于苍梧之野无难也。"已亥秋,忽相逢西湖南屏山下。曰:"吾游倦矣。吾思之。使吾有以自适,虽居云门,可以遣吾老;无所适,虽日游万驿,未见多贤于吾云门者。徒劳苦耳。吾行天下,有诗累百首,平生交友满江海,今亦不挂念。顾归而见云门花草树石,皆吾饮食臭味;见云门风林湍獭,皆吾声音器玩;见云门烟霞天露,皆吾囊橐储糇;见云门禽虫鱼鳖,皆吾过从还往。外此吾何求乎?而复何恨?"

于乎噫乎!穷人世之适,有甚于上人之行留无滞碍者乎?上人之得于天也厚,过于人也亦云远矣。若余之区区,因非有封疆之责,轩绂之累,所居去云门东无十舍,鸟道一宿可至。秋高山中熟时,上人为我取葛翁泉酿酒。列酌数行,荡濯五脏昏垢。遂与上人寻大令之故踪,歌彻公之遗篇,陶陶乎,嚣嚣乎。喜而游,惫而体,不亦可乎?上人胡卢而叹,余亦忾缕而书,以为之序。(《全元文》卷四百十五)

全文文笔优美,结构谨严,行文自然有法。开篇以"人之情莫适乎得其所欲"一句起笔,直接点出主题。后文便在此前提下展开,指出"乃若山林避世枯寂之徒,轻装徒步,欲行而行,欲留而留,略造意,即得纵恣于所如"的闲适自得,后转写云门山水之美,通过恩上人之行,得出"使吾有以自适,虽居云门,可以遣吾老;无所适,虽日游万驿,未见多贤于吾云门者"的结论。最后一段,发表议论,"上人之行留无滞碍"是穷人世之适的极致,而作者自己也羡慕与上人饮酒赋诗、寻游故踪的乐趣,其"陶陶乎,嚣嚣乎",一幅快乐舒畅之清溢于言表。

还有一篇《送张叔夏西游序》,行文慷慨悲凉,不胜今昔之感,更见风采,其文曰:

玉田张叔夏,与余初相逢钱塘西湖上,翩翩然飘阿锡之衣,乘纤离之马。于是风神散朗,自以为承平故家贵游少年不翅也。垂及强仕,丧其行资。则既牢落偃蹇,尝以艺北游,不遇失意。亟亟南归,愈不遇。犹家钱塘十年。

久之,又去东游山阴四明、天台间,若少遇者,既又弃之西归。于是余周流授徒,适与相值,问叔夏何以去来道途,若是不禅烦耶?叔夏曰:"不然。吾之来本投所贤,贤者贫;依所知,知者死。虽少有遇,而无以宁吾居,吾不得已违之。吾岂乐为此哉!"语竟,意色不能无阻然。少焉,饮酣气张,取平生所自为乐府词自歌之。噫呜宛抑,流丽清畅,不惟高情旷度不可亵企,而一时听之,亦能令人忘去达穷得丧所在。盖钱塘故多大人长者,叔夏之先世高曾祖父,皆钟鸣鼎食。江湖高才词客姜夔尧章、孙季蕃花翁之徒,往往出入馆谷其门。千金之装,列驷之聘,谈笑得之,不以为异。迨其途穷境变,则亦以望于他人,而不知正复尧章、花翁尚存,今谁知之?而谁暇能念之者?嗟乎!士固复有家世材华如叔夏,而穷甚于此者乎?

六月初吉,轻行过门,云将改游吴公子季札、春申君之乡,而求其人焉。余曰:"唯唯。"因次第其辞以为别。(《全元文》卷四百十四)

张叔夏,张炎也。张炎虽然才华横溢,有词学专著《词源》,无奈一生不遇,失意潦倒,直到清代,他的论词主张才大放光芒。戴表元以精当的文笔写下了这篇著名的赠序,全文妙笔生花,婉转含蓄。作者记述了与张炎三次相遇时的情景,对张炎的文采精华,"风神散朗",其乐府词的"流丽清畅,不惟高情旷度不可亵企"都给予了极高的赞赏,无奈张炎一生落寞,正如他自己所说,"吾之来本投所贤,贤者贫;依所知,知者死",落魄江湖,好不悲凉,而作者自己也对他的遭遇深表同情,在深沉悲凉、惋惜怅然的情感氛围中表现了对元朝文化高压下的知识分子的感慨,读来令人掩卷而叹。

吴澄《送何太虚北游序》《别赵子昂序》

吴澄致力于道学,其文章词华典雅,斐然可观。他的书序、启记一类作品,最有文采。其《送何太虚北游序》曰:

士可以游乎?"不出户,知天下",何以游为哉!士可以不游乎?男子生而射六矢,示有志乎上下四方也,而何可以不游也?

夫子,上智也,运周而问礼,在齐而闻韶,自卫复归于鲁,而后雅、颂各得其所也。夫子而不周、不齐、不卫也,则犹有未问之礼,未闻之韶,未得所之雅、颂也,上智且然,而况其下者乎?士何可以不游也!然则彼谓不出户而能知者,非钦?曰:彼老氏意也。老氏之学,治身心而外天下国家者也。人之一身一心,天地万物咸备,彼谓吾求之一身一心有馀也,而无事乎他求也,是固老氏之学也。而吾圣人之学不如是。圣人生而知也,然其所知者,降衷秉彝之善而已。若夫山川风土、民情世故、名物度数、前言往行,非博其闻见于外,虽上智亦何能悉知也?故寡闻寡见,不免孤陋之讥。取友者,一乡未足,而之一国;一国未足,而之天下;犹以天下为未足,而尚友古之人焉。陶渊明所以欲寻圣贤遗迹于中都也。

然则士何可以不游也?而后之游者,或异乎是。方其出而游乎上国也,奔趋乎爵禄之府,伺候乎权势之门,摇尾而乞怜,胁肩而取媚,以侥幸于寸进。及其既得之,而游于四方也,岂有意于行吾志哉!岂有意于称吾职哉!苟可以夺攘其人,盈厌吾欲,橐囊既充,则阳阳而去尔。是故昔之游者为道,后之游者为利。游则同,而所以游者不同。余于何弟太虚之游,恶得无言乎哉!太虚以颖敏之资,刻厉之学,善书工诗,级文研经,修于己,不求知于人,三十馀年矣。口未尝谈爵禄,目未尝观权势,一旦而忽有万里之游,此人之所怪而余独知其心也。世之士、操笔仅记姓名,则曰:"吾能书!"属辞稍协声韵,则曰:"吾能诗!"言语布置,粗如往时所谓举子业,则曰:"吾能文!"阖门称雄,矜已自大,醯瓮之鸡,坎井之蛙,盖不知瓮外之天,井外之海为何如,挟其所已能,自谓足以终吾身、没吾世而无憾,夫如是又焉用游!大虚肯如是哉?书必钟、王,诗必陶、韦,文不柳、韩、班、马不止也。且方窥闻圣人之经,如天如海,而莫可涯,讵敢以平日所见所闻自多乎?此太虚今日之所以游也。是行也,交从日以广,历涉日以熟,识日长而志日起,迹圣贤之迹而心其心,必知士之为士,殆不止于研经缀文工诗善书也。闻见将愈多而愈寡,愈有馀而愈不足,则天地万物之皆备于我者,真可以不出户而知。是知也,非老氏之知也。如是而游,光前绝后之游矣,余将于是乎观。

　　澄所逮事之祖母,太虚之从祖姑也,故谓余为兄,余谓之为弟云。(《全元文》卷四百八十一)

吴澄行文义深而意远,意远则理辩,理辩则气直。此文开篇用两个设问句表明了"游"的重要性,紧接着,作者以孔夫子的游历事例证明了通过"游"来开拓眼界、增加见闻的必要性,并从反面批判了老子闭塞耳目的保守态度,同时还刻画了那些假游历之名而干谒权门的卑庸之徒的丑陋面孔,目光犀利,入木三分,读之令人解恨不已。在文章的末尾,作者对何太虚的求学上进、游历有为赞赏有加,全文观点明确,文笔精练,最突出之处是起伏跌宕,变化有致,充分利用正反对比,说古论今,纵横捭阖,又处处紧扣题意,使文章波澜迭起,很有气势,具有充分的论辩力量。

再看其《别赵子昂序》:

　　盈天地之间一气耳,人得是气而有形,有形斯有声,有声斯有言,言之精者为文。文也者,本乎气也。人与天地之气通为一。气有升降,而文随之。画《易》造书以来,斯文代有,然宋不唐,唐不汉,汉不春秋战国,春秋战国不唐虞三代,如老者不可复少,天地之气固然。必有豪杰之士出于其间,养之异,学之到,足以变化其气,其文乃不与世而俱。今西汉之文最近古,历八代浸敝,得唐韩柳氏而古,至五代复敝。得宋欧阳氏而古,嗣欧而兴,惟王、曾、二苏为卓。之七子者,于圣贤之道未知其何如,然皆不为气所变化者也。宋迁而南,气日以耗,而科举又重坏之。中人以下,沉溺不返,上下交际之文,往往沽名钓利,而作文之日以卑陋也。无怪其间有能自拔者矣,则不线麻不谷粟,而缨毯是衣,蚬蛤是食,倡优百态,山海百怪,毕陈迭见,其归欲为一世所好而已。夫七子之为文也,为一世之人所不为,亦一世之人所不好。志乎古,遗乎今,自韩以下皆如是。噫!为文而欲一世之人好,吾悲其文。为文而使一世之人不好,吾悲其人。

海内为一,北观中州文献之遗。是行也,识吴兴赵君子昂于广陵,子昂昔以诸王孙负异材,丰度类李太白,资质类张敬夫,心不挫于物而所养者完,其学又知通经为本,与余论及书乐,识见夐出流俗之表。所养所学如此,必不变化于气,不变化于气而文不古者,未之有也。子昂亟称四明戴君,戴君重庐陵刘君、鄱阳李君。三君之文,余未能悉知,果一洗时俗所好而上追七子,以合于六经,亦可谓豪杰之士已。余之汨没,岂足进于是哉?每与子昂论经,究极归一,子昂不予弃也。南归有日,诗以识别:

畸人坐书癖,殊嗜流俗笑。解弦三十秋,已矣钟期少。近赋《远游》篇,上下四方小。识君维扬驿,玉色天下表。伏梅千载事,疑谳一夕了。诗文正始上,白昼云龙矫。《乐经》久沦亡,黍管介毫杪。瑟笙十二谱,苦志谐古调。科蚪史籀来,篆隶楷行草。字体成七家,落笔一如扫。草木虫鱼影,自植自飞跳。曲艺天与巧,谁实窥奥窔。肉食肉眼多,按剑横道宝。鹤书征为郎,瑚琏惬清庙。班资何足计,万世日厉杲。骞骞鸳十驾,天下君与操。(《全元文》卷四百七十六)

这虽是一篇别序,但却以相当的篇幅总结了散文由汉至宋的发展过程,其中不乏精彩之见,且具有较高的理论参考价值。所以可以视为一篇重要的论文之作。

黄溍《送吴生归黄岩诗序》

《元史》记载:"溍之学,博极天下之书,而约之于至精,剖析经史疑难,及古今因革制度名物之属,旁引曲证,多先儒所未发,文辞布置谨严,援据精切,俯仰雍容,不大声色,譬之澄湖不波,一碧万顷,鱼鼈蛟龙,潜伏不动,而渊然之光,自不可犯。"例如《送吴生归黄岩诗序》:

> 予观今之有远行者,无不俯伏伺候,以求赠言于先生长者之门。得之必动色以喜,不得必怅然自失,觖然而去。古亦有是哉?老子云:"富贵者赠人以财,仁人者赠人以言。"则夫赠言者,古有之矣。其为言也,岂苟然而已乎?施之于身,则可以成其财而就其实;措之于事,则可以酬酢万变而不穷;述之于书,则可以惠幸乎来者。传曰:"仁人之言,其利溥哉!"故惟仁者为能赠人以言。若夫借齿牙之余论,为之道也,使一介疏贱,有所引重,以取名誉于当时,而用琐材薄技跻攀分寸者,亦得侈为荣遇,以夸示乎庸人孺子,此皆古所无有,而今有之。非古人不能为是言也。有德必有言,顾其所言者,在彼而不在此耳。今也求而得之则喜,求之不得则觖然而去,果何为者耶?惟吴生则不然。其为人好修,且有文。言若不能出诸口,舆人交,乃熙熙有恩意,而未尝欲人之誉己也。其来京师,受知於侍从近臣,而以名闻于天子,遂获齿于国之贵游子弟。及较其艺,又数出众人之右。解褐将有日矣,未尝欲以为闾里之荣也。今方去而省其亲于东南五千里钜海之上,惧夫离群索居,无所峙以为善也,故欲闻一言于先生长者以自壮。其求之者,亦异乎人之求之者矣。庸以其意题辞篇端,庶几有乐告以仁人之言者焉。至于感时物之变迁,念川途之修阻,苟可讬以慰其永怀者,亦君子所不废也。(《全元文》卷九百三十七)

全文运用对比手法,写来层次分明,说理透彻。文章首先描写了大多数的远行者对先生长者所作赠序的患得患失心态,紧接着阐释了赠言的意义,"施之于身,则可以成其财而就其实;措之于事,则可以酬酢万变而不穷;述之于书,则可以惠幸乎来者。"然后突出了吴生的与众不同,他才华横溢,尤其对于赠序,"其求之者,亦异乎人之求之者矣",黄溍对吴生寄予了极高的期望,同时也对当时索要赠序以图虚名的不良风气给予了恰如其分的批判。

马祖常《送牛国宝罢光学北旧序》《送简管勾序》

马祖常出生于汉化程度很深的色目人官宦之家,在元之中期,官声文名皆甚重。他"工于文章,宏赡而精核,务去陈言,专以先秦两汉为法,而自成一家之言"(《元史》卷一百四十三)。他继承了北方姚燧、元明善的文风并有自己的特点,"其文精赡鸿丽,一洗柔曼卑冗之习"(《四库全书总目》卷一百六十七别集类二十)。且看其《送牛国宝罢光学北旧序》:

> 余尝觌乎山之木,有所发蒙焉,隐于中曾未启也。顷之,友人国宝牛君告余曰:"我将去颍川,愿子有言以赠。"余应之曰:"赵夫子唱古学于君之邦,君之行殆欲大肆其所学而充其至耶?敢以山木之说辱行李"。
>
> 夫大山之产群木也,其当峄负麓,广坂长谷,风日所煦,清淑所会。是木也,必挺耸条畅,繁蔚充盛,入云刺天,百仞千尺,本可柱宇,末可几豆。其或穷崖绝壑,阴寒是集,檞栲杂植,丛灌互樛。是木也,必盘错拥肿,离奇符娄,不克茂达,不中规矩。宁元气滋液之不均耶?将厚地孕育之不类?抑亦所树立有利否也?何同是木,而材不材如是哉!
>
> 今君之颍川,当汉魏时为名郡,天下高节之士率十五六出颍川,彬彬如邹鲁间,其流风馀韵尚未艾也。今赵夫子岂其人耶?君所谓风日所煦,清淑所会者也,将见上征明堂之材于颍水之上矣。余方离奇符娄,以待爨事。(《全元文》卷一千三十五)

这篇赠序,构思新颖,独树一帜。作者的友人牛国宝将去颍川,临别时,作者却没有和约定俗成的写法一样行文,而是借"山木之说"来发挥,指出同样是木,但"材不材"却大不一样的道理,希望朋友有所作为,以成为"明堂之材"。全文文笔清新自然,比喻贴切,读之令人回味隽永,是一篇不可多得的新奇之作。

再看其《送简管勾序》:

> 中书以简君实理管勾曲阜庙学。将行,请吾为送别诗序。诺之,二年弗即与也。及来京师,告阙里孔子庙荒圮不治,又请。吾曰:今可为之也。
>
> 始,简君布衣,褎然公卿间,公卿皆礼之。虽小丈夫有所挟持,不礼人者,简君亦能使之忘其挟持而礼之。其交于人,非有钩连濡沫之巧也,非有排难解纷之侠也。平易以坦夷,和乐而静专,年弥久而情益真也,时益蹎而义愈笃也;如斯而已矣。汇类而观之,古之君子,入道之域者,亦由于是矣。简君让曰:"不敢有是,愿先生终序之。"
>
> 夫阙里庙不治,公卿大夫士之事也,子无忧其不治也。彼佛老之人,室庐观阙,丹臒涂饰,图所以事其师者,坎焉若不终日。公卿大夫士咸以文名而官容,庸有不治其师之庙,而自丰其屋者哉!子当求如奚斯者,作诗以俟之。(《全元文》卷一千三十五)

简实理将往曲阜庙学任管勾,请作者作序,作者却搁置了两年之久,但一听说阙里的孔庙荒圮不治,就立即将此序一挥而就。文章仗义执言,慨然以复兴教育为己任之心如见。

文章接下来称赞了简实理的为人,简氏平易坦夷,和乐静专,情真意笃,马祖常以概括的笔法平实写来,及至到了"夫阙里庙不治"三句,笔力千钧,当头棒喝,文章对佛老之人大建庙宇及公卿士大夫自丰其居室,置孔庙于不顾的现象进行了强烈的抨击与辛辣的嘲讽,文风劲直质朴,很能体现马祖常文的特色。

杨维桢《赠相士孙德昭序》

钱基博《中国文学史》论杨维桢之文说:"杨维桢多指斥时弊之作,是元末社会极端黑暗的反映……其中多壮愤雄奇之气,很能见出作者的个性,与元中期台阁诸臣的所谓'盛世之音'截然不同。文章有不同于流俗的见识,甚至有非正统色彩。"所言比较准确。杨维桢疾恶如仇,不甘于和顺,指斥时弊,往往不留余地,文风豪纵有奇气,而不以淳雅为美,在整个元文中,都显得很突出,且看这篇《赠相士孙德昭序》:

> 战国以来,圣人之道不行。士之急功利者,变而为游说,为滑稽,为刑名。然以三寸舌簧鼓天下之向背者,则莫甚于纵横捭阖之术也。汉有天下,既定于一,彼纵横捭阖者知其伎之穷;则又转而为谈天相人术,败君误世者,往往有焉。而名昭往史以神于验者,亦不少也。唐之后,习相人术者益纷纷焉藉是以为食;则其售于人者急,而罔于人者宜无所不至;揣摩肥度,言与其术自兵而有弗计也。嘻!以相求相者,将有利于己之富贵庆祥;以相相人,尤将有利于人之富贵庆祥耳。故相人者言庆言祥,则求相者喜;言妖者祸,则求相者怒。相人者将以为利也,又安得言妖言祸以犯人之怒而绝己之利哉?毋怪其揣摩肥度之说,与其术自兵而有所弗计也。
>
> 云间孙德昭氏于金陵山中得异人相术,其授受不苟。其谈相于人也,善则云善,恶则云恶,善不善也由乎人,利不利也由乎天;而吾所明之术不售,由人由天者所改也;由于吾者,抑仰何愧,俯何作欤?相者而若是,盖亦近乎道。以君子之论,有所不屑也,因其乞言而写以贻云。(《全元文》卷一千三百四)

此篇赠序首先讽刺了那些"习相人术者"的谄媚善变,虚伪好利,紧接着进行了鲜明的对比,反衬出相士孙德昭的诚实无私,他"善则云善,恶则云恶",不同流合污,表现了崇高的气节,作者对其夸赞有加,同时也表达了"善不善也由乎人,利不利也由乎天"的深刻见解。

第十章　金元哀祭文

　　金元两代的哀祭之文,大多典正温润,既恭且哀。总体来看,程式化、模式化的倾向较为严重,不过也有些篇章感情真挚,字字句句发自肺腑,表现出强烈的艺术感染力。较之辞赋、铭颂和赠序,金代哀祭之文存世更少。现在能见到的也仅是赵秉文、李俊民和元好问等名家之作。元代的哀祭之文,大致承金代遗风,典正敦厚有余,但也有感情真挚之篇。

第一节　金代哀祭文

从文体上说,金代哀祭文主要分为哀词和祭文两种;从内容上说,哀祭亡灵与祭神祭物者皆有;从形式上说,程式化的色彩比较明显,祭文皆为四六骈文,哀词则率为骚体。上述三个方面,金代文人可以说是均无足称道。尤其是程式化一点,可以说是金代哀祭之文的致命弱点。唐宋哀祭之文尚能见到变格,如韩愈《祭十二郎文》、苏轼《祭欧阳仲纯父文》等,而金代哀祭之文无一而非骈体,余风所及,甚至波及元代。但金代哀祭之文也并非一无是处,尚堪一提者,则在于这类文章中,尚有一些篇章能见到真感情,不同于一般空洞无味的应景之作。兹录数篇,以见其大概。

王寂《姚君哀词》

金代的哀词,《金文最》中仅收录三篇,足见其传世之少。这三篇,一篇是赵秉文的《哀先锋副统词》,一篇是党怀英的《姚醉轩先生哀词》,另一篇就是王寂的《姚君哀词》。王寂的文章以平易流畅见长,这篇哀辞也是如此。虽为"诗经"体的四字韵文,但用词平易,通俗易懂。既没有言不由衷的夸饰,也没有浮泛艳丽的词语。其文如下:

> 昔吾先君,所与交游皆当世名士。寂时尚幼,每闻谈姚君之美,殆不容口。正隆改元之明年,寂始识君。款接绪余,过所闻远矣。公讳孝锡,字仲纯,安丰人也。宋宣和甲辰举进士第。调代州兵曹,弹冠振衣。方有志于行道,居无何,雁门失守。主将以城降。当时官属,昼夕股栗,谋所以生。公投床大鼾,绝不以经意。人或问之,公曰:死生天也。夫何惧之有?士大夫以此多之。皇朝奄有,起公为五台主簿。未几移疾,盖不复有意于世矣。林泉佳处,杖履时一徜徉乎其间。如是者五十七年。大定辛丑八月日以疾终。春秋八十有三。先是岁饥,物价翔涌,长须辈收贷粟以规其利,公怒而责之曰:汝辈无状,苟家有饿莩,虽有

粟,吾得而食诸? 亟命散去。由是益称长者。公天资简淡,平居专以书史自娱。虽处暗室,无秋毫之欺。以至死生祝福不汨于胸中,况顾富贵为何等物也。平生知我,无如公者。公之云亡,寂适从事于四方。继丁家难,不得置生刍于门下。负愧多矣。呜呼,九原冥冥,念无以致其哀者,作以词以哭之。词曰:

公之父祖,珥汉貂兮。厥民涂炭,生不聊兮。守臣纳土,皆原朝兮。公独完节,徽乃僚兮。中天特立,斡斗杓兮。致之不可,况折腰兮。退安丘壑,躬牧樵兮。西子扫除,嫫母妖兮。龙媒连蹇,驽马骄兮。英声义气,江汉潮兮。文章德业,日月昭兮。初闻謦欬,如九韶兮。坐觉形秽,鄙吝消兮。醉轩下榻,昼尔宵兮。峰山执别,岁月辽兮。官游南北,木偶漂兮。期君寿考,松不凋兮。无何集舍,鹏似鸮兮。少微中夜,掩紫霄兮。百年如梦,鹿覆蕉兮。六十小劫,风雨飘兮。滕公载义,驻使轺兮。黄幡裹椽,恨未消兮。与公平生,言久要兮。并游地下,廉、蔺超兮。佳城一闭,无复朝兮。人琴俱亡,谁与调兮。山空月冷,夜寥寥兮。鸟啼花落,春萧萧兮。只鸡斗酒,敢忘乔兮。临风挥涕,川路遥兮。魂其如在,尚可招兮。(《金文最》卷一百十三)

文章先用简括的语言交代了姚君的生平,方出之以哀词来寄托哀思。其哀词音谐律婉,述事自然真切,抒情起伏变化,在悼念死者的同时,隐约地揭露了是非颠倒、民不聊生的社会现实。是以此文虽然没有感人肺腑的激烈效果,读之倒也恻恻动人。清人曾给王寂的文章以较高评价,说他"古文亦博大疏畅,在大定明昌间卓然不愧为作者……文章体格亦足与滹南滏水相为抗行"(《四库全书总目》卷一百六十六别集类十九)。从这篇哀词来看,其评价是信而有征的。

赵秉文《祭刘云卿文》

赵秉文作为金代第一流的作家,其地位好似欧阳修之在北宋,岿然为一代宗主。他之所以能够取得如此成就,一方面在于他能够兼采古文与道学之长,另一方面则在于他能够兼收并蓄,博采众家之文。"尽得诸人之所长,然后卓然自成一家"(赵秉文《与李天英书》,《金文最》卷五十四),是他的一贯主张,也是他的写作原则。他善于模仿,甚至袭用前人名句,但同时又能够旧瓶装新酒,将自己的真情实感注入其中,使得他的文章不但洗去了剽窃的嫌疑,反而形成了"自成一家"的风格,获得了和他同时代的文人的肯定。他的哀祭之文虽然不多,但也体现出了同样的特点,模拟和创造兼而有之。如《祭刘云卿文》:

> 呜呼云卿,而至斯耶！寿不登五十,官不过七品,而止于斯耶？方行万里,出门而车轴折,何辜于天,而夺之遽耶？既畀之才,而不畀之寿,何侈于彼,而独靳于此耶？呜呼哀哉！如君之才,无适不宜。小试所长,英英不羁。暂为御史,自信不疑。奋身直前,百谪不辞。既厄居陈,心和且夷。讲道论义,饮酒赋诗。诸公交辟,请置剧司。屈宰一邑,牛刀割鸡。政声籍甚,草木皆知。召还北苑,弃我遗黎。父老遮道,毋以公归。我公去矣,我民之思。桐乡遗爱,叶邑立祠。既斥而复,谓将有为。文章政术,百未一施。曾不逾月,而死及之。呜呼哀哉！君之始病,一仆自随。君之妻子,适来京师。及其盖棺,犹及临之。嗟嗟老母,倚门望之,哀哀孤魂,梦寐见之。扶榇还家,何以告之？闻此讣音,何以处之？呜呼哀哉！维南山翁,文为世师。令德之后,桂林六枝。君虽往矣,有此二儿。复大其家,尚或似之。君为不死,聊以慰之。呜呼哀哉！尚飨。(《金文最》卷一百十三)

这其中"方行万里,出门而车轴折"一句就原封不动地袭自黄庭坚的文章(《书邢居实南征赋后》,《山谷集》卷二十六),但用在祭文中丝毫也不显得生硬,很是自然,绝无袭用、强搬之感,宛如"己出",实有点铁成金之巧。整体而言,文章写得一唱三叹,声情并茂。悲痛之情,哀悼之意,含于字间,流淌笔端。赵秉文和刘云卿的私交应该不浅,刘云卿的墓碑也是出自他的手笔。他的诗作中还有两首是专门挽刘云卿的,其中一首写道:

"人物于今叹渺然,知君才德几人全。忠言唐介初还阙,道学东莱不假年。黄壤苦埋经世志,青毡未了读书缘。西园酬唱空陈迹,泪洒南风襞素笺。"(《挽刘云卿》,《御定全金诗增补中州集》卷十三)诗中所表达哀痛之情,与这篇祭文堪称同调。看来秉文对刘云卿的道德文章是由衷的赏识,对刘云卿的离世是真心的痛惜,才使得这篇文章如此哀婉感人。吴讷在论定祭文好坏的标准时说:"若夫谀辞巧语,虚文蔓说,固弗足以动神,而亦君子之所厌听也。"(《文章辨体序说》)以这样的标准来衡量,这篇祭文是可以免于"谀词巧语,虚文蔓说"之讥的。

赵秉文还有一篇模仿屈原《离骚》笔法所作的《哀先锋副统词》,也写得颇有生气。该文遣词造句都有意仿照《离骚》,但表达的情感却甚为真挚。在所有现存的金代哀祭之文中,堪称上乘。

李俊民《悼犬》

在为数不多且质量不高的金代哀祭之文中,李俊民的《悼犬》是一篇比较奇特的文字。其奇特的原因有二:一是其哀悼的对象特殊,是一只难登大雅之堂的家犬;二是伤悼的内容特异,不是在寄托哀思,而是在数落罪状。文章引经据典,义正词严,名为悼文,而实为判词。试读其文:

> 余家有畜犬,始善终恶。众劝烹之,姑息间,其恶弥甚。戊戌秋,烹以飨众,众意颇快,余独恻然悼之:
>
> 非土性而畜,常戒于书;礼阳气而烹,敢违于礼。生岂不好,祸皆自求。尔心则兽心,食则人食。其志不如樊瓠,其力不如韩卢。盗如在齐,吠如在桀。楚人之井为汝溺,宋人之酒为汝酸。孝子为之去妻,里媪为之逐妇。徐勉不敢以还宅,杨布不敢以易衣。饥则乞怜,饱则反噬。不敬而养,虽猛何为?稍能听指踪于萧何,自可得终老于柏直。孔门弟子,宁无敝盖之思;哙等少年,争效鼓刀之勇。有此行者,其能勉乎?盖与众而弃之,岂无故而杀者。虽然逐兔难忘上蔡之情,可奈嗾獒终速桃园之祸。(《金文最》卷一百十七)

这篇悼文,与王若虚的《焚驴志》可谓异曲同工。李俊民以一代文学名士的身份,去为一只畜犬写悼词,应该不是百无聊赖的游戏之作,恐怕另有深意。借犬骂人,暗喻讽劝,才是该文的主旨。徐师曾《文体明辨序说》中有云:"古之祭礼,止于告飨而已。中世以还,兼赞言行,以寓哀伤之意,盖祝文之变也。"(徐师曾《文体明辨》)这样的文章,放在古今哀祭之文的历史长河里,恐怕也是不多见的,称得上"祝文之变"的又一典型。

第二节　元代哀祭文

元代的哀祭之文,大致承金代遗风,典正敦厚有余,但也有感情真挚之篇。郝经、王恽、方回、戴表元等名家均有令人称道之作。

郝经《祭遗山先生文》

《元史》记载:"经为人尚气节,为学务有用。及被留,思托言垂后,撰续后汉书,易春秋外传、太极演、原古录、通鉴书法、王衡贞观等书及文集,凡数百卷。其文丰蔚豪宕,善议论。诗多奇崛。"他的祭文,也表现了这种特点。且看其《祭遗山先生文》:

> 维年月日,陵川郝经谨以清酌之奠,致祭于遗山先生之灵。呜呼!气数之穷,靡物不坏,或者不沦胥,乃造物者之所在。造物之所生,宜莫不生,而夺之成,是理其可明邪?呜呼!先生萃灵蜚英,羁宦学,岳岳棱棱,硕士鸿儒,莫不震惊,以为间世生。渡南河而为名公,入京师而为名卿。张洞庭之天音,引岐山之凤鸣。方雷厉以风飞,掞鸿章而振缨。挫万象於笔端,倒河汉而一倾。摅尘言莫滞思,沦锢浊以为清。辟斯文以洪源,俾灏汗而渊澄。而乃汴蔡沦亡,衅血凌城,气数俱尽,万化崩腾。时惟先生,独矫首而行。挽崦嵫之日,嗜欲曙之星。收有金百年之元气,著衣冠一代之典刑。辞林义薮,文模道程。独步于河朔者几三十年,岂非造物者之所在,而斯文殆将兴邪。去鲁西来,聿峻有声。天奎不芒,遂入杳冥。笔未获麟,年未中寿,而夺去之遽,彼造物者,果可明邪?呜呼!先生雅言之高古,杂言之豪宕,足以继坡、谷;古文之有体,金石之有例,足以肩蔡、党;乐章之雄丽,清致之幽婉,足以追稼轩。其笼罩宇宙之气,摇撼天地之笔,囚锁造化之才,穴洞古今之学,则又不可胜言。人得其偏,先生得其全。天不假之年,呜呼哀哉!先生虽死,文或不死,是谓亡而不死。

先生虽可哀,吾徒无所仰,尤为可哀也。呜呼哀哉!尚飨。(《全元文》卷一百三十五)

《四库全书总目》对元好问给予了极高的评价:"好问才雄学赡,金元之际,屹然为文章大宗。所撰中州集,意在以诗存史,去取尚不尽精。至所自作,则兴象深邃,风格遒上,无宋南渡末江湖诸人之习,亦无江西流派生拗粗犷之失。至古文绳尺严密,众体悉备,而碑版志铭诸作尤为具有法度。"《金史·文艺传》也称好问"为文有绳尺,备众体。其诗奇崛而绝雕刿,巧缛而谢绮丽,五言高古沉郁,七言乐府不用古题,特出新意,歌谣慷慨,挟幽并之气,其长短句揄扬新声,以写恩怨者又数百篇。兵后故老皆尽,好问蔚为一代宗工。"元好问是郝经的恩师,郝经在金亡后迁河北,曾得他的指授。这篇祭文,郝经于崇敬的笔调阐扬师法,笔力健举,沛然出之若有余,在艺术上达到了相当的高度。

王恽《祭诸葛丞相乞灵文》

《四库全书总目》这样评价王恽:"恽文章源出元好问,故其波澜意度,皆大不失前人矩矱。诗篇笔力坚浑,亦能嗣响其师。论事诸作,有关时政者尤为疏畅详明、了如指掌。"虽然后人最称道的是他的杂文,但是这篇《祭诸葛丞相乞灵文》也笔墨酣畅,斐然可观:

> 维大元至元年八岁辛未九月壬戌朔某日,承事郎,前监察御史卫人王某,敢昭告于汉大丞相忠武侯诸葛公之灵。呜呼!事有旷百世而相感者,以道义故也。维公挺天人之资,奋云雷而起,黜功利之邪说,明刚健之正体。攘伏群阴,嗣兴汉纪。两立偏安,幽烛厥理。兹少康克服之本心,何战国纵横之可拟。由是而观,公之志何意于鼎足而峙也。至于开诚心,布公道,从权制,亦仪轨,牧民训兵,赏善黜恶,以君臣大义而言,乃忠武开济之余事也。宜魏人畏之而虎,如走狐狸而号魑魅,偃回旌之威灵,叹奇材于壁垒。故三代而下,巍然王者之佐,惟公一人而已。系一

介之凡庸,何清光之敢企!然扬洪蜀郡之功曹,杨颙幕府之属吏,匙一言而表擢,感忠规而陨涕。又如李平廖立,以过见废,俾之怨艾,故非摈弃,及夫嫠妇既嫠,吾已矣,恨终左衽,发愤而毙。是又见公不屑与新之教、采葑采菲之意,无以下体而为累也。若恽也质朽才竦,有志未遂,年迫知命,动昧操履,蹒跚仕途,几年于此。八月行台,仅免官谤,三年御史,莫吐其气。令则俟大冶之甄陶,听鼠肝而虫臂。虽耿耿以自信,复何为而何逝?恐生于益于人,死罔闻于世也。用是中夜慨叹,不遑寤寐。乞灵祠下。陈辞而跽。我公在天,日星昭纬。容光必照,奚间彼此。思蜕濯其尘秽。扣囊底之余智。岂增益其所不能,为砭订其顽鄙。付清明于眇躬。极臣子之所止。有来厥脩,神所惠祉。庶免夫年与时驰,意从岁易。悲叹穷庐,遂成枯萎。区区之怀,竟无及于追悔也,尚享!(《全元文》卷一百九十五)

此篇祭文,表面看来是在祭奠汉大丞相诸葛亮,实则是作者自怀自伤,感慨悲凉。文章首先赞美了孔明的美好品质与丰功伟绩,列举了他当政时的治国之道,慨叹"故三代而下,巍然王者之佐,惟公一人而已。系一介之凡庸,何清光之敢企"!继而联想到自己的怀才不遇,"质朽才竦,有志未遂,年迫知命,动昧操履,蹒跚仕途,几年于此",胸中顿吐一腔愁闷无奈之气,颇能让天下落魄才子产生共鸣。

方回《哭兄百三贡元文》

钱基博先生认为,"方回扬西江之余波,而称诗伯,戴表元擅东坡之机趣,以为古文;风流照映,其尤焯焯者已"(《中国文学史》)。方回固然在元代诗坛上享有盛名,但在散文领域,也不失其光彩,且看这篇情真意切的《哭兄百三贡元文》:

呜呼!予尝有言:富贵而早死,不如贫贱而寿命长。然富贵与寿命,三不可一得,如此者虽行路无闻之人,且为之尽伤。而况于手足之爱,有学有文,有行有义,曰既亲又良。则乌得不闻讣惊叫,以至于号恸欲绝,既苏复咽,言及而涕滂者哉!昔先君谪没于东广,予不肖孤,三岁而远乡。先君居长,而有四弟,莫不义观伟异而昂藏。兄为季叔父之子,长予九岁,峣然于鸿雁之行。兄既冠而予尚,予知读书未能下笔也,而兄已有声名于场。古槐秋日,室屋修廊。从直学叔父以为师,同几年之学堂。或时掷梨栗以嘲笑,或纵谈史传古今而慨慷。诸生多倦堕以丽于罚,独兄与予争勤诵以琅琅。予既长而有知,困倦奔走于四方,兄不忍膝下之一日离,谨奉温情于侍旁。后母抱心疾,主家者父之爱姬,而兄皆无间言之毫芒。岁宝祐之乙卯,蔫秋鹗以横翔,是将嗣先君之衣钵,叔父固以为喜,而举族之气皆扬扬。既退飞于兰省,胡又屡造桥门而望洋。予幸沾壬戌之未第,仕不竟而多殃。为壹橼于九容,兄累然执叔父之丧。予既无以为一粟助,而兄之生理不植而愈戕。逮予再以学官罢归,兄且以郁攸焚屋而绪墙。两穷相值,空囊绝粮。兄割鹭股、刮毛,复数椽之庐,予起家佐幕僚于建康。时以书来,咸束盈箱。曰所患者,头风痛楚,甚于疮伤。盖吾州穷山之,小市之聚,医工甚拙,药物不臧。兄以此为患苦,而予则谓头风之为病也,非不可以为之膏肓。寄丹附于乌雄,且时时道所得之秘方。意以为必平复有日矣,乃闻岑岑愈有加,而饮啖愈不进,精神愈不张。予百窘无以为计,每一得报必浩叹而徊徨。入修门而问钧,春尚浅而雨霜。盖近日犹得蝇头之细书,谓天且向暖,宜少杀浊阴而扶明阳。何孟夏之一日,竟奄忽以云亡。呜呼!一妹未嫁,无复妆。一弟欲冠,华墨废荒。长子十岁,少子四岁,皆未成立,茕茕孤孀。兄之在地下也,予知其愁魂之无聊,而此念之难忘也。呜呼!仰事俯育,极一生之劳,而无卒岁可仰之耕桑。上下数千年,胸中历历,口称指画,缅缅可听,而名位不过一乡贡之郎。予先君止于五十六,而兄今亦止于五十六,岂其果有数耶?抑大块噫气,飘风吹花,皆偶然而莫详。呜呼!欲富不可得,欲贵不可得,欲寿命长又不可得,举世之人而贫贱短折者至多,则予疑夫造物于人,何必使之生生死死,而徒为是扰扰攘攘。虽然,世固有极富极贵而寿命长者矣,不啻车载而斗量。彼以其受天之气至厚,而此之所受者薄也,奈之何哉!予欲问天,天兮苍苍。(《全元文》卷二百三十)

这是一篇感情深挚、催人泪下的祭文。方回之兄患头风病,于"孟夏之一日","奄忽以云亡",作者悲痛不已,以深情的笔调,回忆了兄长的日常琐事及与自己的深厚感情,写来历历在目,细腻感人,尤其在祭文的最后,对天命定数发出了疑问,"举世之人而贫贱短折者至多,则予疑夫造物于人,何必使之生生死死,而徒为是扰扰攘攘",悲剧色彩更增一层。

戴表元《王氏子葬述》

戴表元行文,向来新颖独到,别具一格。《四库全书总目》载云:"顾嗣立元诗选小传,称宋季文章气萎苶,而词骩骳,帅初慨然以振起斯文为己任。其学博而肆,其文清深雅洁,化腐朽为神奇。"且看他的这篇《王氏子葬述》:

> 人之常情,莫羡于久生,莫不幸于夭折。而孔光、冯道之长年,人之丑之也,以为不如包羞而疾死;颜渊、伯鱼、杨家之童乌,得于天者劣矣,人之念之也,以为其身死而名存。是何区区无常之好恶,若是乎相悬邪?盖幽明善恶祸福之辨至于无可奈何,而后不可以无君子之论,濮之王氏于叔愚,其慧而贤,余与其兄伯温游,其兄屡称之。既而叔愚之友亦来与余游,叔愚之友又皆称之。既而非叔愚与其兄之友,他与余游而知叔愚者,往往又皆称之。余奇焉。而叔愚于其间,亦自多与余游,余因人之称而察之,良信。无几何,叔愚以大德四年某月某日,感疾死钱塘城东客舍,年才二十一。于是叔愚之兄哭而悲之曰:"吾失才弟矣。"其母悲之曰:"吾失贤子矣。"叔愚之友,若其兄之友、若乡里知旧悲之曰:"吾失佳友矣。"吾尝识与不识,同声悲之曰:"国失一良

士君子矣。"亲者既伤摧痛楚,无以自容,而疏者亦复嗟怜叹悼,不能为怀。夫斯人也,天既生而材之,骤焉而夺之何居?呜呼!是真不可以无君子之论。人之贤愚材否,可以力为,而死生寿夭之不出于己者,当姑置之,使勿乱吾意,故夫子慎言命,耻无名,讥老而不老,而以朝闻道夕死为无憾。叔愚年虽不高,今观高明之家,处贵权通显一人百年之间,谁能不死。一日辆车出门,柳翣载道,亦能使人嗟叹悼如吾之于叔愚者乎?世之名誉,或有能以矫取,而至于行众致远则必败,叔愚之势,非能致人以自厚也,而自其家庭,自其闾塾,推而致于远且众,举世称其名而信,非有所闻之实而能然乎。是则叔愚虽死,而贤于人固远矣,而知叔愚者何其悲。叔愚讳友贤,其先世本居东平。祖仕濮,因徙濮。父演卿,尝佐蕲宿帅府典籖。家世敦雅情素,故叔愚生而凝重。寡言笃学,龆龀能文章,其渐染服习然也。死之年某月某日,葬某州某原。前葬诸公诔文挽歌之类,衰为一编,属余叙次。遂为略具梗概,而详其傥然者以释叔愚之亲之悲,而亦以风励吾尝云。

(《全元文》卷四百三十二)

文章开篇,起笔不凡,"人之常情,莫羡于久生",然而作者却认为品德败坏且长寿者,不如那些流芳百世,"身死而名存"者。紧接着,作者通过他人对王氏子叔愚的赞赏,引出自己的好奇,及至叔愚"与余游","余因人之称而察之,良信"。叔愚死后,又通过多人的悲叹引出自己的悲叹,"国失一良士君子矣"。然而作者却并没有把感情停留在悲哀的层面上,而是为其"举世称其名而信"感到欣慰,希望作此祭文"详其傥然者以释叔愚之亲之悲",可谓立意高远,不同凡响。

吴澄《祭董平章文》

揭傒斯《神道碑》有云:"皇元受命,天降真儒;北有许衡,南有吴澄,所以恢宏至道,润色鸿业,有以知斯文未丧,景运方兴也。然金亡四十三年,宋始随之,许公居王畿之内,一时用事,皆金遗老,得早以圣贤之学佐圣天子开万事无穷之基,故其用也弘。吴公僻在江南,居阽危之中,及天下既定,又二十六年,始以大臣荐,强起而用之,则年已五十余矣。虽事上之日晚,而得以圣贤之学为四方学者之依归,为圣天子致明道敷教之实,故其及也深。"(《全元文》卷九百二十九)对吴澄做出了极高的评价,吴澄作为与许衡并称的理学大家,其祭文的理学气息也极其浓郁,且看《祭董平章文》:

> 自闻公丧,亦既逾年,始得致清酌庶馐之祭于公之祠前。唯公坚刚之质,劲直之气,廉正之操,果毅之才,如金百炼,不可少摧;如矢一发,不可少回;如乔岳之崔嵬,如洪流之硠磕。见义必为,不顾身之利害而移;见贤必敬,不因人之毁誉而疑。其嫉恶也如仇,其好善也如饴。勋阀巍巍,而恂恂文儒之设施;英迈堂堂,而循循理法之绳规。盖其禀于天者既毕,而其得于学者,又足以栽培滋溉,而有所裨。故能特立独行,表表于天下,而视世之依阿淟忍、阘然取媚者,亦清泉混混之不滓于污泥。某也,山泽之癯,羁孤之迹,分甘肥遁于明时。未识公面,已辱公知。居常惴惴溧溧,惟不可得而见矣!相望数千里之远,仅能寄一哀于此辞。尚飨。(《全元文》卷五百二十二)

此文对董平章极尽赞美之能事,他"坚刚之质,劲直之气,廉正之操,果毅之才","见义必为","见贤必敬",疾恶如仇,好善如饴,于国于家都是不可多得的优秀人才,吴澄用华美的辞章娓娓道来,醇和典正,斐然可观,足见艺术功力。

柳贯《祭孙柜文》

"虞集最擅高名,不免缓散;其次揭傒斯,尤伤肤懦;不如黄溍及贯之才完而气充,事详而辞核,皆善学宋人而祛其蔽;而黄溍春容纡徐,以欧参苏,而态有余妍;贯则醇粹明白,以曾参苏,而文无躁气。"(钱基博《中国文学史》)且看他的《祭孙柜文》:

维至顺三年,岁次壬申,五月己巳朔,越十又一日己卯,阿翁与汝阿爹、阿你以家馔,祭于中殇童子阿柜之魂。曰:呜呼!汝果何为生也?又果何为死也?汝性非警敏,而知务学为家法;习不佻轻,而知顺亲为大行。其言动颦笑,适有类于吾,而吾之所以爱汝异于他儿者,以汝为可讬以嗣也。去冬之十一月,汝祖母死,汝适作,既月乃止。止而面目手足稍觉虚浮,医言湿热在肝,搏血所致,法当进凉剂,用其方服饵,进退。迨今春天暮,两脚腕拘挛,肺气满懑,再更医,而证日以加,气日以微,虽药食交进未辍,而忽奄然逝矣!吾盖莫晓其故也。吾幸以文儒,忝有位序,而家学之重,顾后无继,大惧不能下见祖父。居闲二年,见汝诵习习字,稍稍悦可吾意,意诗书之脉,籍汝以不绝。而疾病侵凌,方长遽折,使吾衰莫之年,重罹此变,安得不惕然而惊,然以悲也!岂吾行负神明,而殆祸于汝耶?抑汝之父母不当得汝为子,而反以阏汝之生耶?棺敛既周三日,而葬于高亢之地,汝生于外家,而吾世家于此,汝之魂气无不之,其体魄尚归安此土地。一祭而诀,老泪潸然,忽不知吾肝肠之如割也。尚飨!(《全元文》卷八百三)

此篇祭文情感之真挚痛切,足以令人声泪俱下。尤其是文章结尾的两个问句:"岂吾行负神明,而殆祸于汝耶?抑汝之父母不当得汝为子,而反以阏汝之生耶?"真是痛彻心扉,感人至深。全文真情流露,顺畅自然,是一篇颇具感染力的祭文。

结　语

　　一代有一代之文学。世有"唐诗、宋词、元曲"之说,然唐于诗外尚有文、有词,宋于词外尚有文、有诗,元于曲外亦然,可知所谓"唐诗、宋词、元曲"之说乃择要之言也,不可尽信。金元之散文,虽不似唐与宋般大家辈出,但也不乏名家名作,继承了中国文学的优良传统,具有自己的时代面貌,因而在中国散文史上也占有一席之地。正所谓:承唐继宋有金元,胜过时文明与清。本编所论实乃管窥蠡测而已,对于金元散文深入而全面的认识,还有待学界进一步的努力。

参 考 文 献

刘勰. 文心雕龙. 北京：人民文学出版社, 2006.
柳开. 河东集. 长春：吉林人民出版社, 2005.
郑文宝. 南唐近事. 上海：上海古籍出版社, 2007.
王禹偁. 小畜集. 北京：北京图书馆出版社, 2004.
钱易. 南部新书. 上海：上海古籍出版社, 2007.
范仲淹. 范文正集. 长春：吉林人民出版社, 2005.
宋祁. 景文集. 上海：商务印书馆, 1936.
包拯. 包孝肃奏议集. 四库全书文渊阁本.
余靖. 武溪集. 长春：吉林人民出版社, 2005.
欧阳修. 文忠集. 长春：吉林人民出版社, 2005.
欧阳修. 归田录. 西安：三秦出版社, 2003.
尹洙. 河南集. 四库全书文渊阁本.
苏舜钦. 苏学士文集. 四部丛刊初编本.
洵注. 嘉祐集笺注. 金成礼笺注, 上海：上海古籍出版社, 1993.
李觏. 旴江集. 四库全书文渊阁本.
文同. 丹渊集. 长春：吉林人民出版社, 2005.
司马光. 涑水记闻. 北京：中华书局, 1989.
曾巩. 元丰类稿. 长春：吉林人民出版社, 2005.
宋敏求. 春明退朝录. 上海：上海古籍出版社, 2007.
庞元英. 文昌杂录. 天津：天津古籍书店, 1982.
王安石. 临川文集. 长春：吉林人民出版社, 2005.

沈括. 梦溪笔谈. 北京:中华书局,1963.
王辟之. 渑水燕谈录. 北京:中华书局,1981.
吴处厚. 青箱杂记. 北京:中华书局,1997.
苏轼. 东坡全集. 长春:吉林人民出版社,2005.
苏轼. 东坡词. 长沙:岳麓书社,2005.
苏轼. 东坡志林. 北京:中华书局,2002.
苏辙. 栾城集. 上海:上海古籍出版社,2009.
黄庭坚. 山谷集. 长春:吉林人民出版社,2005.
秦观. 淮海集. 上海:上海古籍出版社,2000.
陈师道. 后山集. 长春:吉林人民出版社, 2005.
晁补之. 鸡肋集. 长春:吉林人民出版社,2005.
宗泽. 宗忠简集. 上海:商务印书馆,1935.
赵令畤. 侯鲭录. 上海:上海古籍出版社,2007.
叶梦得. 石林燕语. 西安:三秦出版社,2004.
宋何薳. 春渚纪闻. 北京:中华书局,1983.
李纲. 梁溪集. 四库全书文渊阁本.
汪藻. 浮溪集. 上海书店丛书集成初编本,1959.
邓肃. 栟榈集. 四库全书文渊阁本.
刘子翚. 屏山集. 上海:上海古籍出版社,1990.
胡铨. 澹庵文集. 上海:上海古籍出版社,1990.
徐梦莘. 三朝北盟会编. 上海:上海古籍出版社,2008.
范成大. 石湖诗集. 长春:吉林人民出版社,2005.
杨万里. 诚斋集. 长春:吉林人民出版社,2005.
王明清. 挥麈录. 北京:中华书局,1961.
陆游. 渭南文集. 长春:吉林人民出版社, 2005.
陆游. 老学庵笔记. 北京:中华书局,2005.
朱熹. 朱子语类. 北京:中华书局,2004.
朱熹. 晦庵集. 四库全书文渊阁本.
朱熹. 朱子全书. 合肥:安徽教育出版社,2002.

周密. 武林旧事. 北京：中华书局,2007.
张孝祥. 于湖集. 上海：上海古籍出版社,1990.
陈傅良. 止斋集. 长春：吉林人民出版社，2005.
楼钥. 北行日录. 北京：中华书局,1991.
楼钥. 攻媿集. 上海：商务印书馆,1935.
吕祖谦. 宋文鉴. 长春：吉林人民出版社，2005.
陆象山. 象山集. 上海：上海古籍出版社,1987.
吕祖谦. 东莱集. 四库全书文渊阁本.
陈亮. 龙川集. 长春：吉林人民出版社,2005.
叶适. 水心集. 上海：中华书局,民国年间本.
孟元老. 东京梦华录. 北京：中华书局,1982.
张端义. 贵耳集. 郑州：中州古籍出版社，2005.
岳珂. 桯史. 北京：中华书局,1981.
岳珂. 金陀粹编. 北京：中华书局,1999.
刘克庄. 后村集. 四库全书文渊阁本.
罗大经. 鹤林玉露. 北京：中华书局,2005.
谢枋得. 叠山集. 1936年初版丛书集成初编本.
文天祥. 文山集. 北京：中国华侨出版社,1997.
谢翱. 晞发集. 国学保存会,1906.
灌园耐得翁. 都城纪胜. 北京：远方出版社，2002.
吴自牧. 梦粱录. 西安：三秦出版社，2004.
黄震. 黄氏日钞. 四库全书文渊阁本.
刘祁. 归潜志. 北京：中华书局,1983.
元好问. 中州集. 四部丛刊本.
元好问. 遗山集. 四部丛刊初编本.
赵秉文. 闲闲老人滏水集. 四部丛刊本.
王若虚. 滹南遗老集. 四部丛刊本.
脱脱,等. 宋史. 北京：中华书局,1977.
脱脱,等. 金史. 北京：中华书局点校本,1975.

苏天爵. 元文类. 北京:商务印书馆,1958.

刘昌. 中州名贤文表. 台北:台湾华文书局,1969.

宋濂,等. 元史. 北京:中华书局,1976.

茅坤. 唐宋八大家文钞. 北京:京华出版社,2002.

徐师曾. 文体明辨. 北京:人民文学出版社,1962.

贺复征. 文章辨体汇选. 清乾隆刻本.

吴纳. 文章辩体序说. 北京:人民文学出版社,1962.

顾炎武. 日知录. 长沙:岳麓书社,1994.

李有棠. 金史纪事本末. 北京:中华书局,1980.

张金吾. 金文最. 北京:中华书局,1990.

康熙. 御纂朱子全书. 四库全书文渊阁本.

永瑢,等. 四库全书总目. 北京:中华书局,1965.

姚鼐. 古文辞类纂. 上海:上海古籍出版社,1998.

刘熙载. 艺概. 上海:上海古籍出版社,1978.

曾国藩. 经史百家杂抄. 北京:西苑出版社,2003.

李修生主编. 全元文. 南京:江苏古籍出版社,1998.

郭预衡. 中国散文史. 上海:上海古籍出版社,2000.

张博泉. 金史简编. 沈阳:辽宁人民出版社,1981.

刘浦江. 辽金史论. 沈阳:辽宁大学出版社,1999.

宋德金. 金代的社会生活. 西安:陕西人民出版社,1988.

李桂芝. 辽金简史. 福州:福建人民出版社,1996.

周惠泉. 金代文学学发凡. 沈阳:东北师范大学出版社,1997.

詹杭伦. 金代文学思想史. 成都:成都科技大学出版社,1990.

张晶. 辽金诗史. 沈阳:东北师范大学出版社,1994.

顾易生,蒋凡,刘明今. 宋金元文学批评史. 上海:上海古籍出版社,1996.

林明德. 金代文学批评资料汇编. 台北:成文出版社,1979.

丁如明. 辽金元散文. 上海:上海书店出版社,2000.

李正民. 元好问研究论略. 北京:社会科学出版社,1999.

李修生主编.辽金元文学研究.北京:北京出版社,2001.

钱基博.中国文学史.北京:中华书局,1993.

赵义山,李修生主编.中国分体文学史·散文卷.上海:上海古籍出版社,2001.

邓绍基主编.元代文学史.北京:人民文学出版社,1991.

幺书仪.元代文人心态.北京:文化艺术出版社,1993.

漆绪邦主编.中国散文通史.长春:吉林教育出版社,1994.

张啸虎.中国政论文学史稿.武汉:武汉出版社,1992.

褚斌杰.中国古代文体概论.北京:北京大学出版社,1990.

姜涛.古代散文文体概论.太原:山西人民出版社,1990.

后　记

本书由多位作者合著而成,具体分工为:上卷《宋代编》,由田南池负责并撰稿;下卷《金元编》,由李真瑜负责,同时参加撰稿者有房春草、李业鹏、包蕾、徐甜田等;全书统稿修改由李真瑜负责。

本书的出版得到 211 项目基金赞助及安徽教育出版社的支持,安徽教育出版社编辑王骏为此书的出版付出了辛勤劳动,在此一并表示衷心的感谢。

李真瑜

2012 年 2 月